Geheimnisvolle Sehnsucht

Lisa Jackson
Geheimnisvolle Herzen
Seite 5

Cindy Gerard
Mach das gleich noch mal
Seite 219

Helen R. Myers
Der geheimnisvolle Traummann
Seite 359

MIRA® TASCHENBUCH
Band 20070

1. Auflage: Juni 2017
Copyright © 2017 by MIRA Taschenbuch
in der HarperCollins Germany GmbH

Titel der amerikanischen Originalausgaben:

Lone Stallion's Lady
Copyright © 2000 by Harlequin Books S.A.
erschienen bei: Silhouette Books, Toronto

In His Loving Arms
Copyright © 2000 by Cindy Gerard
erschienen bei: Silhouette Books, Toronto

Just A Memory Away
Copyright © 1996 by Helen R. Myers
erschienen bei: Silhouette Books, Toronto

Published by arrangement with
Harlequin Enterprises II B.V./S.àr.l.

Umschlaggestaltung: büropecher, Köln
Umschlagabbildung: Trinette Reed/Getty Images
Redaktion: Maya Gause
Satz: GGP Media GmbH, Pößneck
Printed in Germany
Dieses Buch wurde auf FSC®-zertifiziertem Papier gedruckt.
ISBN 978-3-95649-688-2

www.mira-taschenbuch.de

Werden Sie Fan von MIRA Taschenbuch auf Facebook!

Lisa Jackson

Geheimnisvolle Herzen

Roman

Aus dem Amerikanischen von
Irene Fried

Prolog

Kincaid-Ranch
Whitehorn, Montana

„Laura, ich habe wirklich schlechte Nachrichten", sagte Garrett Kincaid, während er sich eine Tasse Kaffee eingoss. Anschließend stellte er die Emaille-Kanne wieder zurück in die Glut des Lagerfeuers, die noch schwelte. Dunkle Kohlestückchen glühten rot, und Tausende Sterne glitzerten am Nachthimmel über dem Gebirgskamm der Crazy Mountains. Irgendwo in der Nähe heulte ein Kojote.

Laura antwortete ihm nicht. Wie denn auch? Sie war vor Jahren verstorben. Doch nachdem er sie knapp ein halbes Jahrhundert lang geliebt und mit ihr zusammengelebt hatte, musste er einfach manchmal mit seiner Frau sprechen. Ein Teil von ihr war noch immer in seiner Nähe, daran glaubte er fest – wenn auch nur in seinem Herzen.

Als er nahe am Feuer kniete und an dem heißen, bitter schmeckenden Getränk nippte, versuchte er, die Einsamkeit zu verdrängen, die ihn nie ganz losließ. Nachdenklich betrachtete er Ricco, seinen Paint-Horse-Hengst, der im Schein der Flammen graste.

„Laura, auch wenn Larry unser Erstgeborener war: Wir wissen beide, wie viele Fehler er hatte." Gequält schloss Garrett die Augen. „Larry glaubte nie, dass Regeln auch für ihn galten. Mit seiner Trinkerei, Spielerei, Raucherei und seinen Frauengeschichten hat er sich selbst viel zu früh ins Grab gebracht." Garrett fühlte den Kloß im Hals und fragte sich nicht zum ersten Mal, ob er bei seinem einzigen Jungen versagt hatte. Ob er zu geradlinig, zu unbeugsam für seinen eigensinnigen Sohn gewesen war. Doch für

Reue war es nun zu spät. „Liebling, da er nun ebenfalls von uns gegangen ist, möchte ich nicht schlecht über ihn reden. Verflucht, ich habe ihn fast so sehr geliebt wie du. Ich hoffe nur, dass er das gewusst hat."

Stirnrunzelnd streckte Garrett ein Bein im hohen Gras aus. Das Rauschen des Baches konnte er nun, da es durch das Frühjahrshochwasser angestiegen war, deutlich hören. „Ich habe die Sachen unseres Sohnes durchgeschaut und eine Schatulle gefunden, in der er private Dokumente und dergleichen aufbewahrte. Anscheinend hat sich unser Sohn in seinen Teenagerjahren seine Hörner nicht ganz abgestoßen. Und als wäre das nicht genug, hat er auch noch eine ganze Schar Jungen gezeugt. Sechs an der Zahl. Vielleicht auch sieben, doch da bin ich mir nicht so ganz sicher. Ich habe einen Detektiv mit der Suche beauftragt."

Er hielt inne und beobachtete, wie der Mond am Himmel strahlte. Das hier war wahrlich das Gelobte Land.

„Die Detektivin heißt Gina Henderson. Sie ist ein süßes Ding und dazu noch brillant. Ohne viel Aufhebens hat sie sechs unserer unehelichen Enkel aufgespürt, Laura. Ein höllisch gutes Mädchen ist sie. Du hättest sie gemocht." Bei dem Gedanken an die kurvige Rothaarige musste Garrett lächeln. „Sie wird nächste Woche hierherkommen und versuchen, Larrys Jüngsten aufzuspüren, falls es ihn wirklich gibt. Bis dahin muss ich aber alle unsere Enkel anrufen und ihnen von ihrem Vater erzählen. Denn sie haben keinen Schimmer, dass in ihren Adern Kincaid-Blut fließt." Er seufzte. Durch die Berge wehte ein laues Lüftchen, das durch die Zweige der Drehkiefer am Rande der Wiese strich.

„Laura, was für ein Durcheinander! Ich wünschte, du wärst hier, um mir zu helfen. Ich werde bei Larrys Söhnen alles wiedergutmachen und in Ordnung bringen. Es bricht mir beinahe das Herz, wenn ich daran denke, dass unser Junge so … na ja, so verdammt verantwortungslos gewesen ist. Andererseits haben wir es schon immer gewusst, nicht wahr? Larry war von Anfang an ein ungestümer Bursche."

Garrett stellte sich das hübsche Gesicht seiner Frau vor. Wahrscheinlich ist es besser, dass sie nichts von Larrys Unbesonnenheit geahnt hat, dass sie nicht hat darunter leiden müssen, dass so viele Kinder von ihrem Vater im Stich gelassen worden sind, dachte er. Garrett rieb sich den Nacken und spürte mit einem Mal die Last seiner 72 Jahre. Er leerte die Tasse mit einem Schluck und kippte den Bodensatz ins Feuer. Die Kohlen zischten und rauchten.

„Als Ersten werde ich Trent Remmington anrufen. Er ist zwar nicht der Älteste, aber er scheint mir derjenige zu sein, der eine anständige Vaterfigur am nötigsten gehabt hätte. Ich fürchte, er könnte Larry sehr ähnlich sein. Trent ist ein Rebell, hat es im Ölgeschäft weit gebracht. Heute steht er ganz gut da. Damals hat er kaum die Highschool geschafft und oft genug die Nerven seiner Mutter strapaziert. Sein Zwillingsbruder und er sind in dem Glauben aufgewachsen, der Ehemann ihrer Mom wäre auch ihr Vater. Um ihre Erziehung haben sich Nannys gekümmert." Garrett schnaubte bei dem Gedanken und goss die Kaffeekanne über dem Gras aus. „Blake hat sich angepasst. Trent hingegen war ein richtiger Satansbraten. Ein echter Eigenbrötler. Ist er immer noch, schätze ich." Sobald er sich streckte, knackten Garretts Knie, und er merkte den Anflug von Arthritis in seiner Hüfte. Er kickte Staub in das Lagerfeuer und packte die Reste eines Sandwichs und die Kanne in seine Satteltasche. Wie stellte man es an, einem Mann zu sagen, dass alles, was er ein Leben lang für wahr gehalten hatte, eine Lüge gewesen war?

Man tat es einfach. Garrett sammelte die restlichen Sachen zusammen und verstaute sie ebenfalls in der Satteltasche. Das Feuer erlosch, und er schaute den Berg hinab zum Herzen der Ranch, wo ein halbes Dutzend Lichter aus Schlafbaracke und Ställen zu ihm heraufleuchteten. Die silberfarbene Beleuchtung der drei Sicherheitslampen spiegelte sich auf den Schuppendächern und auf der Vorderseite des Haupthauses, das leer stand. Schon seit Jahren.

Na ja, das würde sich nun ändern.

Gott, wie sehr er Laura vermisste! Sie hatte fest zu ihm gehalten, in den guten wie in den schlechten Tagen ihrer Ehe. Niemals hatte er sie überleben wollen, doch man konnte sich weder aussuchen, wie man in diese Welt kam, noch wie man sie verließ.

Er entschied sich, Trent noch in derselben Nacht in Houston anzurufen, und ignorierte den Schmerz in der Hüfte. Dann lief er hinüber zu Ricco und tätschelte den weißen Fleck auf dem Hals des Hengstes. „Lass uns gehen", sagte er, schlang die Satteltasche über das Sattelhorn, griff nach den Zügeln und schwang sich nach oben.

Noch einmal hörte er das einsame Heulen des Kojoten und blickte zum Himmel. Eine Sternschnuppe schoss am Himmel entlang. Garrett lächelte, denn er deutete es gerne als ein Zeichen seiner Frau.

„Danke fürs Zuhören, Liebling", flüsterte er in den Wind. Er zog an den Zügeln, und der große Hengst und er machten sich auf den Weg nach unten.

1. Kapitel

„Jetzt mal langsam, ja?" Trent Remmington schrie fast schon in das Handy, das er sich fest ans Ohr hielt, um den Mann am anderen Ende der Leitung zu verstehen. Regen trommelte gegen die Windschutzscheibe, und das Krachen des Donners war lauter als das Getöse des Verkehrs in diesem Teil Houstons. „Wer sind Sie? Und was wollen Sie?" Ihm war, als hätte der Alte gesagt, er wäre sein Großvater. Doch das war völlig unmöglich.

Trent steuerte seinen BMW durch die Straßen, die langsam von dem plötzlichen Regenguss überflutet wurden. Wasser spritzte unter seinen Reifen hervor, die Scheibenwischer klatschten hin und her, und ein altes Garth-Brooks-Lied tönte aus den Boxen. Scheinwerfer blendeten ihn, während er schnell in die Straße einbog, in der er in einem Apartment-Hochhaus wohnte, das ihm auch gehörte.

„… Kincaid … mein Sohn … dein Vater … tot … gerade seine Papiere gefunden …"

Er konnte kaum hören, was der Mann sagte. „Einen Moment", presste er hervor und schaltete das Radio aus, gerade als er den Wohnungskomplex erblickte. Er drückte auf den Garagentoröffner, lenkte den Wagen in die Tiefgarage und stellte sich auf seinen Parkplatz. Die Leitung brach zusammen.

„Toll! Einfach toll!" Er stopfte das Handy in die Tasche seiner Wildlederjacke und stieg aus. Schultern und Kragen seiner Jacke waren nass: das Ergebnis des wilden Sprints von einem Anwaltsbüro zu seinem Auto. Hier in der Garage mit den zischenden Rohren und dem Zementboden war es heiß und drückend.

Während er zum Aufzug ging, seinen Schlüssel benutzte und in das oberste Stockwerk fuhr, wo er seine Suite – der Ort, den er sein

Zuhause nannte – betrat, lauschte er, ob das verdammte Telefon noch einmal klingeln würde. Die Jalousien waren hochgezogen. Hinter seinen Ledercouches und den Tischen aus Rosenholz, Glas und Messing hatte man einen herrlichen Ausblick über die Stadt. Die Fenster waren beschlagen, die Klimaanlage lief auf Hochtouren. Doch durch die zum Teil klaren Fensterscheiben konnte er Blitze sehen, die vom Himmel mit einer Helligkeit zu Boden zuckten, die anscheinend mit dem Lichterglanz Houstons wetteiferte.

Er entledigte sich seiner nassen Jacke und schenkte sich einen Drink ein. Dabei überlegte er, ob er den Verkauf der Hälfte aller Bohrlöcher, die ihm in Wyoming gehörten, durch seine Unterschrift besiegeln und mehr als zehn Millionen vor Steuern einstreichen sollte. Es hatte eine Zeit gegeben, in der ein derartiger Deal ihn zutiefst befriedigt hätte, weil er all diese Leute Lügen strafte, die ihn für einen völligen Versager hielten. Jetzt war es ihm völlig egal.

Während der Scotch – der pro Flasche mehr kostete, als er in seinen Anfangstagen pro Tag verdient hatte – seine Kehle hinunterrann, lehnte er sich mit einer Schulter an die Scheibe und fragte sich, wer ihn wohl angerufen hatte. Wahrscheinlich ein Streich oder falsch verbunden. Die Verbindung war ja auch lausig gewesen.

Er war beunruhigt. Vielleicht war es allerdings auch nur seine schlechte Laune. In letzter Zeit hatte sich sein ganzes Leben verändert, und er war sich nicht sicher, ob ihm die neue Richtung, die es nahm, auch gefiel. Mit zweiunddreißig war er ruhelos und rastlos, so war er immer schon gewesen. Doch er spürte nicht mehr den Rausch, den das Meistern von Herausforderungen in seinem Leben bisher ausgelöst hatte.

Trent wandte sich ab und kippte den Drink hinunter. Das mit dieser neuen Sicht auf die Dinge hatte vor ein paar Wochen in Dallas auf einer Ölindustrie-Tagung begonnen. Es war furchtbar langweilig gewesen, bis er diese Rothaarige getroffen hatte. Celia O'Hara. Er hatte sie in der Bar auf der Terrasse des DeMarco-

Hotels erspäht, und sie hatte ihn sofort fasziniert. Sie war sexy, ein wenig schüchtern, besaß Beine, die nicht zu enden schienen, und große grüne Augen, mit denen sie einen von einem Moment auf den anderen gerissen oder treuherzig anschauen konnte. Kaum hatte sie die Bar betreten, hing er an ihrem Haken. In seiner Arroganz hatte er angenommen, sie würde, wie so viele Frauen, seinem Charme erliegen.

Aber in dieser Nacht war ihm alles um die Ohren geflogen.

Er fragte sich, was mit ihr passiert war, denn sie war am Morgen einfach aus seinem Bett verschwunden gewesen. Und er hatte Nachforschungen angestellt.

Dabei hätte er sie vergessen sollen. Doch stattdessen hatte er einen Privatdetektiv kontaktiert. Ein Nein kam für ihn als Antwort nicht infrage. Vor allem nicht, nachdem sie nachts zuvor Ja gesagt hatte.

Das Klingeln des Handys zerstreute seine Gedanken. Er zog es aus der Jackentasche und ging ran. „Remmington."

„Trent?"

„Jepp."

„Ich hatte vor ein paar Minuten schon mal angerufen." Trent erkannte die tiefe Stimme mit dem leichten schleppenden Tonfall, der so typisch für den Westen der USA war. Trent setzte sich auf die Kante der Couch. „Da ich nicht weiß, wie viel du vorhin verstanden hast, fange ich noch einmal von vorn an."

„Das klingt gut."

„Ich heiße Garrett Kincaid und bin dein Großvater."

Trent saß regungslos da; mit einer Hand hielt er das Handy an sein Ohr, mit der anderen umfasste er das Glas, in dem das Eis langsam schmolz.

„Mir ist klar, dass du Harold Remmington für deinen Vater hältst. Und ja, zum Teufel, ihm gebührt wirklich alle Ehre dafür, dass er deinen Bruder und dich aufgezogen hat. In Wirklichkeit hatte sich deine Mutter aber mit meinem Sohn Larry eingelassen. Und ihr zwei Jungs wart das Ergebnis."

Der Mann redete wie ein Wasserfall. Und auch wenn Trent den Drang verspürte, ihn einen komplett Gestörten zu nennen und einfach aufzulegen, war die Geschichte des Typen mit so viel Wahrheit gespickt, dass er es unterließ. Möglich, dass Kincaid ein Irrer war, aber selbst wenn, war er ein taktvoller, langsam sprechender Irrer. In seiner Stimme konnte Trent einen Anflug von Bedauern wahrnehmen, ehrliche, nüchterne Reue.

„... da sind noch andere. Ich möchte, dass ihr euch trefft."

„Ich verstehe nicht ganz." Sicherlich meinte der Kerl Blake, seinen Zwillingsbruder. Oder waren da etwa noch mehr?

„Das wirst du schon noch."

„Vielleicht möchte ich das gar nicht. Wissen Sie, Kincaid, das hier ist mehr als bizarr."

„Da erzählst du mir nichts, was ich nicht schon wüsste. Hör mal, ich hoffe, deine Termine lassen sich so organisieren, dass du in einer Woche hierher nach Montana fliegen kannst, damit wir uns in Ruhe unterhalten können. Wir alle."

Trent dröhnte der Kopf, und Erinnerungsfetzen aus seiner Kindheit tauchten vor seinem inneren Auge auf. Blake und er, wie sie Fahrradfahren lernten, den Babysitter als Lehrer. Ihre Mom Barbara war nicht sehr oft da gewesen. Als sie noch in Montana lebten, war sie State Commissioner, eine Verwaltungsrätin auf Bundesstaatsebene, gewesen und eine echte Draufgängerin, die, wenn überhaupt, ihren ungestümen Zwillingsjungs nur wenig Beachtung geschenkt hatte. Internate und Nannys, das hatte ihre Mom unter Kindererziehung verstanden. Trent hatte die meiste Zeit damit verbracht, sich selbst in Schwierigkeiten zu bringen, damit ihm Aufmerksamkeit geschenkt wurde. Sein Bruder hingegen hatte auf Teufel komm raus versucht, perfekt zu sein, in der Hoffnung, dass das seinen Eltern auffallen würde. Falsch gedacht. Barbara war voll und ganz mit ihrer Karriere beschäftigt gewesen; Harold Remmington hatte sich nie sonderlich für sie interessiert.

„... so viel zu bereden", meinte der Anrufer. „Ich habe Pläne für euch Jungs ..."

„Ich bin es gewohnt, meine eigenen Pläne zu machen."

„Ich weiß. Das meinte ich nicht." Der Mann fügte hinzu: „Aber da wir jetzt eine Familie sind, möchte ich euch alle treffen."

„Familie?" Trent stieß ein verächtliches Schnauben aus. „Sie denken, Sie seien Teil meiner Familie?"

„Ja, Sohn, das tue ich."

„Ach, hören Sie mit dieser unaufdringlichen Cowboy-Masche auf, ja? Diesen Brocken muss man schließlich erst verdauen! Und dabei bin ich mir immer noch nicht sicher, ob Sie die Wahrheit sagen, ein erstklassiger Spinner oder jemand sind, der mich ausnehmen will. Noch vor einer Stunde war mein Leben so wie die ganzen zweiunddreißig Jahre zuvor. Und nun soll ich Ihnen abkaufen, dass alles, woran ich geglaubt habe, falsch ist?"

„Das fasst es in etwa zusammen."

„Verdammt!"

„Komm nach Whitehorn. Hier kannst du den Rest der Familie kennenlernen. Nur so erfährst du mit Sicherheit, ob ich die Wahrheit sage oder – wie hast du mich noch gleich genannt? – ‚ein erstklassiger Spinner' bin." Zum ersten Mal hörte er einen gerissenen Unterton in der Stimme des alten Mannes. Sein raues Lachen erinnerte an Kieselsteine, die in einer Holzschachtel klapperten. „Na ja, vielleicht bin ich das ja. Jedenfalls kannst du mich auf der Ranch besuchen. Was hast du schon zu verlieren?"

„Das ist eine gute Frage, nicht wahr?"

Kincaid ignorierte den Sarkasmus, beschrieb ihm den Weg zur Ranch und legte auf.

Trent trank den Rest seines verwässerten Drinks und marschierte anschließend direkt auf seinen Schlafzimmerschrank zu. Er würde sicher keine Woche warten. Mit dem Gedanken zog er eine ramponierte Ledertasche hervor und warf sie auf das Bett. Er ignorierte die Anzüge und Sportsakkos, die neben den Krawatten in seinem Schrank hingen, und lief zur Kommode, suchte ein paar alte Jeans und ein paar Hosen aus, die zu den Shirts passten, und ließ alles auf die Matratze fallen. Er hielt gerade so lange inne, dass er seiner

15

Sekretärin und seinen Vorarbeitern kurzfristige Anweisungen auf die Mailbox sprechen konnte. Außerdem trug er ihnen auf, ihn auf dem Handy oder per E-Mail zu kontaktieren. Danach verstaute er noch eine Hose und ein ordentliches Hemd, sein Rasierzeug und ein Fläschchen mit Migränetabletten in der Tasche.

Ein Anruf am Airport ergab, dass der erste Flug, der auch nur ansatzweise in die Nähe von Helena ging, erst für den Morgen geplant war.

Gut.

Morgen also würde er nach Whitehorn, Montana, aufbrechen, wo auch immer das war. Er würde den Alten nicht vorwarnen, dass er früher eintraf als vereinbart. Nein. Er wollte Garrett „Großvater" Kincaid unvorbereitet erwischen.

Trent glaubte an das Überraschungsmoment, an das Überrumpeln seines Gegners. Unglücklicherweise hatte Kincaid gerade das Gleiche mit ihm getan. Zeit also, den Spieß umzudrehen. Aus dem Gedächtnis wählte er die Nummer eines Privatdetektivs, der schon früher für ihn gearbeitet hatte.

„Ich bin's", erklang die Anrufbeantworter-Ansage, „Sie wissen, wie's funktioniert. Hinterlassen Sie eine Nachricht nach dem Piepton."

Trent wartete und sagte dann: „Hier ist Remmington. Wieder. Ich will immer noch, dass Sie alles in Erfahrung bringen, was es über Celia O'Hara, die Rechtsanwaltsgehilfin aus L.A., zu wissen gibt. Zusätzlich möchte ich aber, dass Sie ein paar Leute aus Montana überprüfen – Garrett Kincaid und seinen Sohn Larry. Sie stammen aus einem kleinen Ort namens Whitehorn, irgendwo östlich von Helena, direkt am Highway 191 in der Nähe des Laughing-Horse-Reservats. Finden Sie absolut alles über die beiden heraus, und schreiben Sie mir eine Mail- oder rufen Sie mich auf dem Handy an. Danke." Er legte auf, entschied sich gegen einen zweiten Drink, starrte hinaus in das Gewitter und wartete darauf, dass der Morgen anbrach.

Während sie in ihrem gemieteten Ford Explorer auf den Straßen von West-Montana fuhr, blickte Gina auf ihre Armbanduhr und lächelte vor sich hin. Seit sie am Flughafen losgefahren war, kam sie gut voran, und ihr Job war fast abgeschlossen. Sie hatte Garrett Kincaid geholfen, sechs der unehelichen Kinder seines Sohnes ausfindig zu machen. Die einzig verbliebene offene Frage war, ob Larry noch ein siebtes Kind in die Welt gesetzt hatte.

Sie würde ihr Leben darauf verwetten, denn es gab da diese Notiz in dem Tagebuch, das Larry geführt hatte. Da stand kurz und knapp: *Habe erfahren, dass Ex einen kleinen Sohn hat. Überprüfen. Könnte meiner sein. Zeitpunkt passt.* Natürlich konnte es bloßes Gekritzel sein, doch das glaubte sie nicht; das passte einfach nicht zu Larry. Nein, es gab ein Baby. Und angesichts von Larrys Erfolgsbilanz hinsichtlich der Zeugung unehelicher Kinder war sie sich sicher, dass der Junge ein Kincaid war. Das Tagebuch hatte sich in der Kiste mit Larrys persönlichen Gegenständen befunden, in der Kiste, die im Zusammenhang mit all seinen unehelichen Kindern stand. Gina hatte das Gefühl, dass tatsächlich noch ein weiteres Kind, also der siebte Sohn, geboren worden war, vielleicht im vergangenen Jahr. Aufgrund von Larrys Aufenthalten in seinem letzten Jahr würde Gina ihr letztes Hemd darauf verwetten, dass sich das Baby irgendwo hier im Staat aufhielt, vielleicht sogar nicht allzu weit weg von Whitehorn. Nun ja, dachte sie mit der Entschlossenheit, für die sie bekannt war. Sie würde nichts unversucht lassen, um dieses Kind aufzuspüren.

Auch wenn sie dem Mann nie begegnet war: Gina hegte eine besondere Abneigung für Larry; er war das genaue Gegenteil seines Vaters Garrett gewesen. Larry Kincaid, ein trinkfester Spieler, der ständig den Frauen nachstieg, der durchs Leben stolziert war ohne ein Fünkchen Einfühlungsvermögen, Verständnis oder gar Interesse für andere. Uneheliche Kinder hatte er in die Welt gesetzt, als wäre es irgendein Wettbewerb. Anschließend ignorierte er die Sprösslinge und auch die Frauen, die sie geboren hatten, so ziemlich. Garrett dagegen war anständig und geradlinig, ein Mann mit strikten Moralvorstellungen, ein Mann, so verlässlich und treu wie Montana, das weite Land, das ihn hervorgebracht hatte.

Alles in allem hatte es ihr gefallen, Garretts verlorene Enkel ausfindig zu machen … na ja, bis auf einen. Den Satansbraten. Aber an Trent Remmington wollte sie jetzt gerade nicht denken. Denn als sie sich im Monat zuvor kennengelernt hatten, hatte sie ihn über ihre wahre Identität belogen und damit ihre eigenen Regeln über Bord geworfen. Und dieser Gedanke bereitete ihr immer noch Magenschmerzen.

Sie hatte einen Riesenfehler begangen und dabei fast ihr Herz verloren.

„Dummkopf", murmelte sie und kickte ihre Sandalen weg, um barfuß zu fahren. Sie griff in ihre offene Handtasche auf dem Beifahrersitz und kramte, immer wieder hinschielend, darin herum. Dabei wich sie einem Truck aus, der auf der Gegenfahrbahn auf diesem langen Highway-Abschnitt auf sie zuraste. Das Etui ihrer Sonnenbrille endlich in der Hand, schaffte sie es, diese aus der Box zu holen und aufzusetzen.

Vor ein paar Jahren, nachdem sie den Collegeabschluss in der Tasche hatte, hatte sie ihren Bruder Jack noch angefleht, sie bei ihm als Privatdetektivin mitarbeiten zu lassen. Erst hatte er sich dagegen gesperrt, doch schließlich stimmte er zu, und sie hatte damals geschworen, sich niemals mit einem ihrer Kunden einzulassen.

Das war ja auch nie ein Problem gewesen. Bis sie Trent Remmington getroffen hatte.

„Blöde, blöde Kuh", schalt sie sich leise und stellte das Radio an. Während sie den wenigen Nachrichten lauschte, lehnte sie den Arm aus dem Fenster und fühlte den heißen Maiwind in ihren Haaren. Unter dem tiefblauen Himmel Montanas erstreckte sich ein Hektar um den anderen sanft ansteigendes Farmland, so weit das Auge reichte.

Zäune trennten Felder, auf denen Rinder und Pferde weideten, in allen nur denkbaren Farben und Rassen. Sie lächelte, als sie ein

Brahman-Kalb mit dem charakteristischen kleinen Buckel an der Schulter erblickte, das ihr aus großen neugierigen Augen beim Vorbeifahren zusah. Gefleckte Longhorn-Rinder trabten gemächlich entlang des Ufers eines Wasserlaufs. Auf einer anderen Weide begann ein verspieltes Fohlen, das den Schweif einer Fahne gleich in die Höhe hielt, loszulaufen, schlug mit den schwarzen Beinen aus und schüttelte die Mähne, als es zu einer kleinen Appaloosa-Herde aufschloss.

Diese Weite hatte nur sehr wenig mit dem überfüllten L. A. zu tun. Hier war es still – für ihren Geschmack vielleicht ein wenig zu still, doch es war eine nette Abwechslung zu der Hektik der Großstadt. Gina würde nur kurze Zeit hier sein. Garrett hatte sie eingeladen, auf der Ranch zu wohnen, während sie auf der Suche nach Larrys Baby unter jeden Stein guckte, der noch nicht umgedreht worden war. Sie hatte entschieden, Garretts Angebot anzunehmen. Es war ein lang gehegter Wunsch von ihr, eine Woche lang die Arbeit auf einer echten Ranch kennenzulernen, und so wie es schien, würde er endlich in Erfüllung gehen. Länger als eine Woche würde sie ganz sicher nicht bleiben; sie wusste ja, dass der Rest von Larrys Kindern bald auftauchen und sie dann wieder mit Trent Remmington konfrontieren würde.

Irgendwie würde sie das zu verhindern wissen. Auch wenn Garrett hatte anklingen lassen, dass sie bleiben, die Jungs kennenlernen und ihre Aufgabe bei der Suche erklären sollte. Aber dieses Angebot musste sie höflich ablehnen.

Es gab einfach keinen Grund, zu bleiben.

Gerade als Faith Hills Stimme aus dem Lautsprecher schallte, erspähte sie die Abzweigung zur Kincaid-Ranch. Sie riss das Lenkrad herum und fuhr eine lange, enge zweispurige Landstraße entlang. Zwischen den parallel laufenden Schotterpfaden wuchs hohes trockenes Gras, das das Fahrwerk des Autos streifte. Schlaglöcher und Steinbrocken übersäten die staubige Fahrbahn. Gina musste beim Anblick des kargen Bodens in diesem Teil des Landes lächeln. Auf einem Feld tuckerte ein Traktor dahin, und etwas weiter entfernt erhoben sich über sanft ansteigenden, mit Kiefern bedeckten Anhöhen zerklüftete Berge bis in den Himmel.

Als der Weg eine Biegung hin zu dem machte, was anscheinend das Herz der Ranch war, fuhr Gina langsamer. Um einen festgestampften Parkplatz herum waren die Ställe, die irgendeiner Renovierung unterzogen wurden, die Arbeiterunterkunft und eine Vielzahl weiterer Gebäude angeordnet, unter anderem ein verwittertes Pumpenhaus, mehrere Maschinenschuppen und Ähnliches. Das eindrucksvollste Gebäude von allen war jedoch – trotz seiner Baufälligkeit – das einst stattliche zweigeschossige Ranch-Haus. Früher einmal wunderschön, zerfiel es langsam in seine Einzelteile. Fensterläden, denen etliche Holzlatten fehlten, hingen an den Fenstern hinab, die ehemals weiße Farbe begann abzublättern, und mehr als eine Fensterscheibe war mit Brettern zugenagelt worden. Das Erdgeschoss wurde von einer breiten Veranda umrandet, auf deren Stufen sie einen Mann entdeckte. Einen großen Mann mit breiten Schultern, dunklem Haar und … und …

„O Gott!"

Gina trat so heftig auf die Bremse, dass der Explorer ruckelnd zum Stehen kam.

Dort, in voller Lebensgröße – nein, eher überlebensgroß –, stand Ginas ganz persönlicher Albtraum.

Trent Remmington wartete auf sie.

Und seinem Gesichtsausdruck nach zu urteilen, war er fuchsteufelswild.

2. Kapitel

Gina nahm den Fuß langsam von der Bremse und stellte den Motor ab. Wie hatte das nur passieren können? Trent sollte doch erst nächste Woche hier eintreffen!

„Gib mir Kraft", flehte sie leise. Plötzlich wurden ihre Handflächen feucht, während sie verkrampft das Lenkrad umschlossen hielt. Durch das geöffnete Sonnendach schien die Sonne Montanas grell und unnachgiebig auf sie herab, die ihr grell und unnachgiebig erschien. Die Hitze breitete sich bis zu ihrem Nacken aus, und ein Kaleidoskop von dunklen verführerischen Bildern spukte durch ihren Kopf. Vor ihrem inneren Auge sah sie nur allzu lebhaft seine gebräunte Haut, das Spiel seiner Muskeln, nackte breite Schultern, als er sich in Dallas neben sie auf das Bett legte, sie küsste, sie berührte, sie vor Verlangen förmlich brennen ließ ...

Hör auf damit!

Obwohl es erst Mitte Mai war, fühlte sie sich schlagartig so erhitzt, als wäre es Ende August. Sie konnte jetzt nicht an ihre gemeinsame Nacht in Dallas denken. Wollte es nicht. Zähneknirschend rief sie sich in Erinnerung, dass sie eine erwachsene Frau war. Eine Privatdetektivin, Himmelherrgott noch mal! Sie musste sich kein bisschen schämen oder verpflichtet fühlen oder ... Oder sich vormachen, dass sie sich in ihn verliebt hatte. Niemals!

Wieso also spürte sie bei seinem bloßen Anblick ein erwartungsvolles flaues Gefühl im Magen?

Gina hielt die Daumen gedrückt, blinzelte und betete leise, dass sie sich das alles nur einbildete.

Aber nein.

Trent Remmington war hier auf der Ranch. Zu voller Größe aufgerichtet – er war eins achtundachtzig groß – stand er auf der vorderen Veranda des weitläufigen zweistöckigen Ranch-Hauses, die Arme über der Brust verschränkt, die Lippen missbilligend zusammengepresst. Die helle Frühjahrssonne ließ ihn die Augen zusammenkneifen. Aus denen funkelte er sie – die Gesichtszüge angespannt, eine Strähne des dunklen Haares, das sie so anziehend gefunden hatte, in der Stirn – wütend an.

Wohl oder übel musste sie sich mit ihm auseinandersetzen. Jetzt. Ganz sicher würde er Antworten fordern, die zu geben sie nicht bereit war. Ihre Füße zwängten sich in die Sandalen, und für einen kurzen Moment dachte sie, dass sie vielleicht Glück hatte. Vielleicht war der Mann auf der Veranda ja gar nicht Trent, sondern sein eineiiger Zwilling Blake. Das würde den ungewöhnlichen Aufzug in Jeans und verwaschenem Jeanshemd erklären.

Nein, sie machte sich etwas vor. Über beide Brüder hatte sie sich eingehend informiert. Auch wenn sie sich zum Verwechseln ähnlich sahen, waren die Persönlichkeiten von Blake und Trent so unterschiedlich wie Tag und Nacht.

Blake, ein Kinderarzt, der nun in Südkalifornien lebte, war gütig und warmherzig, ohne diese eiskalte Überlegenheit seines respektlosen einzelgängerischen Zwillings. Und dieser Mann dort drüben, der zäh wie Leder wirkte und sie durch die staubige, von Mücken übersäte Windschutzscheibe zornig anstarrte, war Trent Remmington. Zweifellos. Schon möglich, dass er seinen zweitausend Dollar teuren Anzug und die Designer-Krawatte abgelegt hatte, doch es umgab ihn immer noch dieselbe arrogante Haltung, die einem erfolgreichen Öl-Unternehmer, wie er einer war, zu eigen war.

Zu allem Übel hatte er sie anscheinend erkannt. Wenn Blicke töten könnten, würde sich Gina Henderson alias Celia O'Hara jetzt die Radieschen von unten anschauen.

Sie öffnete die Tür des Explorers und trat auf den Schotterparkplatz. „Schenk mir Kraft!", flüsterte sie in der Hoffnung, dass irgendein Schutzengel, der gerade in der Nähe war, sie erhören würde. Aktenkoffer, Laptop und Reisetaschen ließ sie im Auto.

Stattdessen straffte sie sich und marschierte über den Platz. Plötzlich war sie sich ihres zerknitterten kakifarbenen Rocks und der ärmellosen Bluse bewusst, die sie vor ein paar Stunden in L. A. übergeworfen hatte. Ihr Lippenstift war sicher verblasst und ihr Haar ein zerzaustes Durcheinander, weil der Wind durch das geöffnete Fenster und das Schiebedach des Explorers heftig daran gezogen hatte. Jetzt war keine Zeit mehr, ihre weibliche Rüstung auf Vordermann zu bringen. Nicht dass es überhaupt etwas genützt hätte.

Ein alter zotteliger Hund, in dessen Genen mehr Schäferhund als Labrador steckte, lag auf einem Flecken nackten Bodens in der Nähe der Veranda. Aus dem Schatten eines Busches ließ er, als sie näher kam, ein leises „Wuff" hören.

„Ist schon gut", beruhigte sie den Mischling, auch wenn sie selbst keinen Moment lang daran glaubte. Dumpf klopfte er mit dem Schwanz auf den Boden und machte keinerlei Anstalten aufzustehen.

Vor den Stufen blieb sie stehen und sah nach oben. „Wir müssen aufhören, uns so zu treffen", sagte sie, um das Eis zu brechen.

Er versuchte nicht einmal, sich ein Lächeln abzuringen.

Wer konnte es ihm verdenken?

„Was, zum Teufel, machst du hier?"

So viel zum Thema „Höflichkeiten austauschen".

„Suchst du mich?", fuhr er fort.

„Bitte?" Beinahe hätte sie gelacht. Wenn er wüsste, dass sie in die andere Richtung davongelaufen wäre, hätte sie auch nur erahnt, dass er hier sein würde.

„Ich glaube nicht an Zufälle." Blaue Augen bohrten sich in die ihren.

„Ich auch nicht." Seine Stimme weckte Erinnerungen an Lachen und Verführung, Erinnerungen, die sie schnell von sich schob. Ihr Lächeln erlosch, und sie räusperte sich, während sie in das kantige Gesicht blickte, das sich für immer in ihr Gedächtnis gebrannt hatte. „Ich bin hier, um mit Garrett Kincaid zu sprechen."

„Du kennst ihn?" Aus schmalen Augen beobachtete er, wie sie die unterste Stufe erreichte. Aber er ging nicht auf sie zu, bewegte sich nicht, lächelte sie nicht im Mindesten an. Er stand einfach nur da: Die Beine, mit einer Jeans bekleidet, waren leicht gespreizt, das Jeanshemd flatterte in der leichten Brise, die mit dem Duft der Heckenkirsche gewürzt war, und die Arme hatte er über seiner breiten, ihr so vertrauten Brust verschränkt.

Für Lügen war jetzt kein Platz. „Ich arbeite für Garrett", gestand sie und konnte fast sehen, wie die Rädchen in seinem Kopf angesichts dieser neuen Information zu arbeiten begannen.

„Du arbeitest für ihn?", wiederholte er und maß sie erneut von oben bis unten.

Sie erklomm die Stufen und stand so dicht neben ihm, dass sie ihn zum ersten Mal berühren konnte, seit sie vor fünf oder sechs Wochen im Morgengrauen aus dem DeMarco-Hotel in Dallas geschlichen war. Sie errötete bei dem Gedanken an ihre letzte Begegnung, schaffte es aber, ihre Augen nicht von seinen abzuwenden.

„Er hat mich engagiert."

„Dann bist du wohl keine Rechtsanwaltsgehilfin?"

„Nein", bestätigte sie und wünschte sich gleichzeitig, durch die verwitterten Dielenbretter fallen zu können. „Ich bin Privatdetektivin und wurde damit beauftragt, Garretts Enkel zu finden."

Um seinen Mund herum zeichneten sich tiefe Furchen ab. „Sonst noch was, worüber du mir Lügen aufgetischt hast?"

„Äh … ja", räumte sie nickend ein. Als sie erneut rot wurde, streckte sie ihr Kinn nach oben. „Leider über ein paar Dinge. Es … ähm …" Ihre Blicke trafen sich, beschämt wandte sie den Kopf ab. „Damals schien es angebracht, aber … Na ja, jetzt besteht kein Grund mehr, um den heißen Brei herumzureden. Ich finde nur, dass Garrett an dieser Unterhaltung teilhaben sollte."

„Wieso?"

„Das hier ist seine Veranstaltung. Ich wurde nur von ihm beauftragt. Außerdem weiß ich nicht, was er dir schon alles gesagt hat.

Wenn er überhaupt etwas gesagt hat. Vielleicht möchte er dir einige Dinge selbst erklären?"

„Darauf möchte ich wetten."

Sie warf einen Blick zum Haus. „Er ist wohl nicht hier?"

Trent schüttelte den Kopf, und das nachmittägliche Sonnenlicht fiel auf die dichten mahagonifarbenen Strähnen, die den Kragen seines Hemdes und die Ohren berührten. „Der Vorarbeiter meinte, er sei in die Stadt gefahren, um Vorräte abzuholen.

Na toll, dachte sie sarkastisch. Nun war sie hier gefangen. Mit Trent und ihren Lügen. „Aber du hast ihn getroffen."

„Noch nicht." Er fixierte sie mit seinen unnachgiebigen blauen Augen. „Er hat angerufen, mich für die kommende Woche hierher eingeladen, und ich habe entschieden, einen Frühstart hinzulegen und etwas eher zu kommen."

Deswegen also hatte Garrett sie nicht vorgewarnt, dass Trent hier sein würde. Er hatte es selbst nicht gewusst.

„Dann lebst du hier in Whitehorn?" Offenbar war die peinliche Befragung noch nicht vorüber.

„Nein", sagte sie schnell. „Der Teil mit L. A. war die Wahrheit."

„Und was ist gelogen?"

Innerlich zuckte sie bei dem Gedanken an den Namen zusammen, der ihr spontan eingefallen war. „Für den Anfang: Ich heiße Gina Henderson."

Er zog eine Augenbraue nach oben und bedeutete ihr so, fortzufahren. Sie sah zu der Scheune hinüber, wo gerade ein Traktor polternd anhielt. Er zog einen Anhänger, der bis obenhin mit Heuballen beladen war. Die beiden Rancharbeiter, die oben auf dem Heuberg saßen, sprangen ab und begannen damit, die Ballen zu entladen. Sie warfen sie auf ein Fließband, das so positioniert war, dass es die Packen nach oben beförderte und durch ein offenes Tor auf das obere Geschoss der Scheune fallen ließ. Dort konnte sie weitere Arbeiter sehen, die bereitstanden, um die Bündel auf dem Heuboden übereinanderzustapeln.

„Sonst noch etwas, was ich wissen sollte, *Gina*?"

„Ähm, ja. Wahrscheinlich vieles, aber lass uns einfach warten. Dann kann Garrett all die schmutzigen Details erklären", schlug sie vor, während sie einen kleinen Schweißtropfen wegwischte, der ihr seitlich über das Gesicht lief.

„In Ordnung. Spielen wir nach deinen Regeln. Aber wenn er ankommt, erwarte ich, die Wahrheit zu hören."

„Die wird dir kaum gefallen."

Sein Lächeln war so kalt wie Regen im November. „Da bin ich mir sicher", bestätigte er. „Ich bin verdammt sicher, dass es mir nicht gefallen wird."

„Warte einen Moment", beharrte Jordan Baxter, der sich in seinem Schreibtischstuhl zurücklehnte und seine Tochter Hope mit verbittertem Blick betrachtete. Er legte den Absatz eines polierten Stiefels auf einen Haufen säuberlich aufeinandergelegter Verträge und sah mit zusammengekniffenen Augen auf das einzig Gute, das er in seinem Leben erreicht hatte. „Du willst mir sagen, dass Garrett Kincaid alle unehelichen Kinder von Larry versammeln will? Hier in Whitehorn?" Bei dem Gedanken wurde ihm übel. Seit dem Tag, an dem ihn Dugin, einer dieser hochnäsigen Kincaid-Brüder, in der Grundschule White Trash genannt hatte, hasste Jordan Baxter die gesamte Familie.

Hope klatschte eine Akte auf die Kante des Schreibtisches ihres Vaters und lehnte sich mit der Hüfte gegen das Eck. „Ich sage dir nur, was ich vorhin beim Essen im Hip-Hop-Café gehört habe. Wahrscheinlich stimmt es sowieso nicht."

Jordan hoffte, dass sie recht behielt. Das Hip-Hop-Café war Whitehorns Gerüchteküche schlechthin. Einige Informationen, die man beim Verzehr von Elch-Hackfleisch, Blaubeerkuchen und heißem Kaffee hörte, stimmten haargenau; der Rest war einfach nur das Gerede gelangweilter kleingeistiger Gemüter, die gerne für ihre eigene Aufregung sorgten.

Hope hob ihre schmalen Schultern, als sei es ihr egal, was ihr Vater dachte. Sie war 25 Jahre alt, sah aber in ihrem T-Shirt, den schwarzen Hosen und mit dem blonden Pferdeschwanz viel jünger aus. Sie war etwas blauäugig, aber angesichts der Tatsache, dass ihr Vater sie über die Jahre vor allem beschützt hatte, war das zu erwarten. Trotzdem war sie schlau wie ein Fuchs.

„Sechs Bastarde?", wiederholte er und stieß einen langen leisen Pfiff aus. „Und alles Jungs?"

Hope lächelte milde. „Ich bin nicht sicher, Dad. Das habe ich nur gehört, und jetzt regst du dich wieder darüber auf." Seufzend erhob sie sich und ging hinüber zum Türrahmen des Vorzimmers. Dort lehnte sie sich an. „Ich hätte nichts erwähnen dürfen." Tatsächlich sah sie auch so aus, als würde sie bereuen, ihn eingeweiht zu haben.

„Hör mal, mein Schatz. Genau solche Dinge muss ich wissen. In einer kleinen Stadt kann ein einziger Schnipsel an Information ein Vermögen bringen oder zerstören. Wenn es denn wahr ist. Also, wer hat darüber gesprochen? Und sag jetzt nicht Lily Mae Wheeler. Diese alte Hetzerin lebt ausschließlich für Klatsch, der noch nicht einmal verlässlich ist."

„Ich habe zufällig gehört, wie Janie mit Winona Cobbs sprach."

„Winona? Tja, das erklärt es." Jordan seufzte angewidert. „Man sollte diese Frau mit ihrem übernatürlichen Hokuspokus wegsperren, anstatt ihr zu erlauben, Trödel an der Interstate zu verkaufen." Er sah auf und erwischte Hope dabei, wie sie versuchte, ein Lächeln zu unterdrücken. „Was denn? Du weißt genauso gut wie ich, dass sie sich benimmt, als hätte sie Peyote geraucht."

„Janie war diejenige, die darüber sprach. Und du solltest vorsichtiger sein, Dad", meinte Hope. „Wenn du so über Winona redest, könnte dich das in Schwierigkeiten bringen. Wenn ich mich nicht täusche, nennt man so etwas Verleumdung."

Jordan ließ beide Füße auf den Boden fallen. „Ich nenne eben alles beim Namen." Aber wenn Janie Austin diese Informationen über die Kincaids verbreitete, könnte der neueste Klatsch ein Fünkchen Wahrheit enthalten. Normalerweise beherrschte Janie ihr Handwerk. Intelligent und hübsch, wie sie war, konnte sie nicht

27

nur auf alle Informationen zugreifen, die im Hip-Hop-Café von Tisch zu Tisch weitergegeben wurden. Sie war außerdem mit Reed Austin, dem Hilfssheriff, verheiratet, der so ziemlich über alles Bescheid wusste, was im County passierte. Nein, Janie war keine, die Wasser auf die Mühlen des Tratsches von Whitehorn goss.

Es könnte also wahr sein.

Also könnte Whitehorn ein riesiger Ansturm von Kincaids bevorstehen.

In Jordans Speiseröhre brannte die Magensäure. Er griff in seiner Schreibtischschublade nach einer Packung Rennie, die gegen das Sodbrennen helfen sollte. Er schob den Stuhl zurück. „Ich schätze, das muss ich selbst überprüfen."

„Tu das", empfahl ihm Hope, während sie zu ihrem Schreibtisch am Empfang zurückkehrte.

Jordan nahm seinen Hut und betrachtete sich selbst im Spiegel, der neben der Tür angebracht war. Mit 46 hatte er seine besten Jahre noch lange nicht hinter sich, aber das Grau in seinen dunklen Haaren und die Linien um die Augen und den Mund herum erinnerten ihn daran, dass auch er nicht jünger wurde. Zwar trainierte er regelmäßig, war fit und hatte noch nicht einmal den Ansatz eines Bäuchleins. Aber so langsam sah man ihm die Jahre an. Er hasste den Gedanken an die Frage, wie viele dieser grauen Haare und Falten direkt aus dem Umgang mit diesen verdammten Kincaids resultierten. Schon sein ganzes Leben lang war diese Familie der Fluch seines Daseins. Und dass es weitere sechs bisher unbekannte Brüder geben sollte, die demnächst in Whitehorn auftauchen würden, trug nicht gerade dazu bei, seine Laune aufzuhellen.

„Vergiss nicht, dass Jeremiah Kincaid deine Großmutter umgebracht hat", sagte er, als er am Schreibtisch seiner Tochter vorbeikam.

Hope verdrehte die Augen. „Ach, komm schon, Dad. Das ist unfair. Der Leichenbeschauer hat gesagt, sie hätte zu viel getrunken und im Bett geraucht. Das hat das Feuer verursacht, nicht irgendeine hinterhältige Verschwörung der Kincaids. Du bist der

Einzige im gesamten Bundesstaat Montana, der Jeremiah für den Drahtzieher hält."

„Er war es." Der Bastard. Reich, mächtig und tödlich, hatte er Vera Baxter erst in sein Bett gelockt, um sie dann von sich zu stoßen. Als sie seine Zurückweisung nicht akzeptieren wollte, starb sie in einem Großbrand, von dem Jordan keine Sekunde glaubte, dass sie ihn verursacht hatte.

„Ist es denn wichtig? Sie sind beide tot. Lass es los."

„Ich denke darüber nach", log er und ballte frustriert die Fäuste. Langsam streckte er die Finger aus. Gerne hätte er argumentiert, jeden Vorfall aufgezählt, wo ein Kincaid einem Baxter übel mitgespielt hatte, damit seine Tochter endlich den Schmerz verstand, den jeder Baxter in sich trug, doch er unterließ es. Hope hätte ihm sowieso nicht geglaubt. Manchmal war sie naiver, als gut für sie war.

„Ich hoffe, du liegst hier falsch", sagte er und rückte seine Krawatte zurecht.

„Ich auch." Einen Moment lang hielt sie seinem Blick stand. „Ich möchte nicht, dass du deswegen durchdrehst."

„Das werde ich nicht." Nun ja, durchdrehen vielleicht nicht. Aber allein der Gedanke, dass sich ein Kincaid mehr in der Gegend aufhalten könnte, brachte sein Blut gehörig in Wallung. Jeremiah war Garretts Halbcousin gewesen oder so etwas in der Art. So wie diese Kincaids herummachten, war es schwierig, den Überblick über die Familienverhältnisse zu behalten. Nicht, dass er das unbedingt wollte.

„Dann hat Larry sechs außereheliche Kinder gezeugt? Na, das passt ja." Er lachte freudlos, setzte seinen Hut ordentlich auf und griff nach dem Türknauf. „Ich wette, als Garrett davon erfahren hat, hat es ihn fast umgebracht."

„Lily Mae hat erzählt, Garrett wolle die Whitehorn-Ranch unter den Erben aufteilen. Als Wiedergutmachung oder so."

Bei dieser Aussage stutzte er. Langsam ließ er den Türknauf los und betrachtete seine Tochter aufmerksam. „Sagtest du nicht, dass Janie Austin die Informationen hatte?"

„Ja, und Lily Mae hat ihre Meinung dazu kundgetan."

Zähneknirschend dachte Jordan an die Kincaid-Ranch – den Ort, an dem er sich als Kind abgerackert hatte, die Ranch, die ihm versprochen worden war. „Du weißt, dass das Land mir gehören sollte. Uns. Bevor es sich die Kincaids von uns erschwindelt haben, nannte man es das Baxter-Anwesen."

Hope seufzte, und Traurigkeit überschattete ihren Blick. Wieder spürte er diesen unglaublichen Drang, sie zu beschützen, denn sie war das Licht seines Lebens.

„Wieso kannst du das nicht loslassen, Dad?", fragte sie resigniert. „Was soll deine Faszination für das Kincaid-Haus überhaupt bringen? Ich weiß, dass Onkel Cameron dir die Ranch versprochen hat, als sie ihm gehörte. Aber das ist viele Jahre her. Und du hast sowieso schon so viel."

Das stimmte. Vor Jahren hatte es Jordan bei einer Investment-Firma in New York zu Reichtum gebracht. Jung, frisch von der Uni und entschlossen, seine ärmliche Vergangenheit hinter sich zu lassen, war er in das Investmentbanking eingestiegen und hatte sich gefühlt wie ein Fisch im Wasser. Aber seine Heimat war hier. In Whitehorn. Auch wenn er jetzt Tausende Acres im County besaß, bedeuteten sie ihm nichts. Das alte Baxter-Anwesen dagegen schon. In wirklich schweren Zeiten war es sein Zuhause gewesen. Wie immer spürte er einen Kloß im Hals und schluckte ihn eilig herunter.

„Weißt du, Dad, du könntest ein Dutzend Anwesen hier in der Umgebung kaufen und verkaufen. Und alle würden die Kincaid-Ranch in den Schatten stellen."

„Es geht doch nicht ums Geld, Schatz", erwiderte er und wünschte, sein einziges Kind könnte ihn verstehen. Aber im Gegensatz zu ihm kannte sie keine drückende Armut, hatte nicht die Sticheleien reicherer Kinder in Whitehorn ertragen müssen, die er zu hören bekommen hatte, als er hier aufwuchs. Am schlimmsten waren die abfälligen Kommentare und der gemeine Spott gewesen, mit denen die Kincaid-Jungs ihn bedacht hatten. „Nein, es geht überhaupt nicht ums Geld, Hope", wiederholte er mit leicht rauer Stimme. „Es geht um Stolz. Um Familienehre. In dieser Welt zählt nichts anderes, und du solltest es langsam begreifen."

„Wann, sagtest du, wollte Garrett zurückkommen?", fragte Gina und überlegte dabei, wie sie es nur schaffte, mit diesem Mann Small Talk zu machen.

„Ich habe dazu nichts gesagt. Der Vorarbeiter …"

„Rand Harding", fügte sie automatisch hinzu.

Trent nickte. „Er war sich nicht sicher, glaubte aber nicht, dass es lange dauern würde."

Gina drückte sich im Geiste die Daumen. Je weniger Zeit sie allein mit Trent verbrachte, desto besser.

„So! Das ist doch eine hervorragende Gelegenheit, uns besser kennenzulernen", schlug er, die Hüfte an das Geländer gelehnt, vor. „Wenn ich mich recht entsinne, gibt es noch unerledigte Punkte zwischen uns."

Mehr, als du ahnst, dachte sie. Plötzlich war ihr Mund staubtrocken. Sie entschied, dass es wohl am besten wäre, das Geheimnis vorerst für sich zu behalten. Bis sie sich sicher war.

„Du sprichst von Dallas." Ihr Herz schlug rasend schnell, als sie an jene Nacht dachte. Er fixierte sie so intensiv, dass sie kaum zu atmen wagte. Gütiger Gott, wieso war sie nicht einfach immun gegen ihn? Wieso hatte sie ihn nach dieser unglaublichen Nacht, die sie miteinander erlebt hatten, nicht einfach vergessen? Wieso verhielt sie sich wie ein vollkommener Idiot, wenn es um ihn ging? „Ich finde nicht, dass wir das vertiefen sollten."

„Wieso nicht?

Unausgesprochene Vorwürfe schwangen in seinen Worten und hingen in der warmen Frühlingsluft. „Weil es unsinnig ist. Wir haben eine Nacht miteinander verbracht. Es war ein Fehler, und damit hat es sich."

Er griff nach ihrem Arm, als befürchtete er, dass sie flüchten würde. „Es hat sich wohl nicht so ganz. Immerhin sind wir jetzt beide hier."

„Na und? Dann sind wir das eben", antwortete sie patzig. Sie wünschte, sie wäre an jedem anderen Ort auf der Welt als hier, von Angesicht zu Angesicht mit ihm, Schuhspitze an Schuhspitze, Sandale an abgewetztem Stiefel, wo sie seine von der Arbeit aufgerauten Fingerspitzen auf ihrer Haut spürte und den schwachen Duft des Aftershaves roch, das er auch an ihrem ersten Abend getragen hatte. Einen Moment lang dachte sie, er würde sie so küssen wie in Dallas. Ihr steckte ein Kloß im Hals, und sie musste alle Kraft aufbringen, um ihren Arm loszureißen. „Ich finde trotzdem nicht, dass wir uns mit alldem befassen müssen."

Glücklicherweise trottete der alte Hund die Stufen hinauf und legte sich zu ihren Füßen. „Du bist ja mal ein Wachhund", meinte sie, dankbar für die Entschuldigung, nicht in Trents still anklagende Augen schauen zu müssen. Sie beugte sich nach unten und kraulte dem Faulpelz die Ohren. Mit seinen dunklen Augen schaute er sie schmachtend an. Eine nasse pinkfarbene Zunge lugte seitlich aus seinem Maul heraus, und er rollte sich auf den Rücken, um ihr seinen Bauch zum Streicheln anzubieten.

„Anscheinend hast du einen Freund fürs Leben gewonnen", stellte Trent fest.

Und gerade jetzt brauche ich jeden einzelnen davon, dachte sie bei sich.

Das Geräusch eines Lastwagenmotors drang an Ginas Ohren, und als sie sich umdrehte, sah sie, wie ein großer Pick-up schwerfällig den Weg entlangrumpelte. Über und über mit Getreidesäcken beladen, saß die Ladefläche schon fast auf den Reifen auf. Hinter dem Lenkrad, mit einer Fliegersonnenbrille auf der Nase, saß Garrett Kincaid, der Patriarch einer Brut von sechs, vielleicht sogar sieben unehelichen Enkeln. Genau genommen hatte Gina nie einen der erwachsenen Männer und Frauen getroffen, durch deren Adern Kincaid-Blut floss.

Außer Trent.

Und dieses Treffen hatte sich als Riesendesaster erwiesen. In seinem Fall – und nur in seinem Fall – hatte sie zugelassen, dass ihre persönliche Neugier über ihre selbst auferlegte Regel, sich von ihren Kunden fernzuhalten, siegte.

„Siehst du? Jetzt musstest du gar nicht mehr so lange warten", stichelte Trent sarkastisch. „Lass uns ein wenig mit Opapa plaudern gehen. Kommst du?"

Sowie er nach ihrem Handgelenk griff, beschleunigte sich ihr Puls. Mit weiten, ausladenden Schritten zog er sie hinter sich her auf seinem Weg zu den Ställen, wo Garrett unter einer einzelnen Kiefer geparkt hatte.

„He, warte einen Moment", sagte sie, während sie neben ihm herjoggte, um mit ihm mitzuhalten. Sie riss ihren Arm los. „Ich … Äh, ich denke, es wäre das Beste, wenn Garrett nichts darüber erfahren würde, was sich in Dallas zwischen dir und mir abgespielt hat", gab sie zu bedenken. Sie bemerkte, wie ihre Wangen Farbe annahmen, was allerdings nichts mit der Hitze der Sonne zu tun hatte. Ohne darauf zu antworten, wartete er, die Augen zusammengekniffen. Die Sehnen an seinem Hals traten vor Anspannung deutlich über dem Kragen seines Shirts hervor.

„Weil er es nicht gutheißen würde?"

„Nicht deshalb. Aber …"

„Mach dir meinetwegen keine Sorgen, Schätzchen. Ich bin kein Mann, der aus dem Nähkästchen plaudert." Trents Lächeln war zuckersüß.

Sie kam sich so dermaßen dumm vor! „Gut. Denn das, was zwischen uns beiden passiert ist, hatte rein gar nichts damit zu tun, dass du Garretts Enkel bist. Du bist der einzige, dem ich je begegnet bin, und … na ja …" Ihre Stimme brach ab; es hatte keinen Sinn, das weiter auszuführen.

„Der einzige. Heißt das, du hast Blake nicht kennengelernt?"

Sie nickte. „Oder einen der anderen Brüder."

Er erstarrte. „Andere Brüder?"

„Garrett hat nichts erwähnt?", fragte sie zögernd.

Seine Miene wurde hart. „Wieso tust du es nicht?"

Wer A sagt, muss wohl auch B sagen, schätzte sie. Er würde es sowieso früh genug erfahren. „Larry Kincaid hat sechs uneheliche Söhne gezeugt, sehr wahrscheinlich sogar sieben."

Misstrauisch kniff Trent die Augen zusammen. „Willst du damit etwa sagen, dass es außer meinem Zwillingsbruder und mir noch fünf weitere gibt? Dass ich fünf Halbbrüder habe?"

„Na ja, eigentlich hast du sechs Halbbrüder, ohne deinen Zwilling, und eine Halbschwester. Mit seiner Frau Sue Ellen hatte Larry einen Sohn, Collin, und eine Tochter, Melanie. Die übrigen Kinder sind das Ergebnis seiner Affären mit mehreren Frauen."

Trent starrte sie an, als sei sie völlig übergeschnappt. „Das kann nicht sein", stieß er hervor, während das Förderband, das die Heuballen verlud, ruckelte und ein Kalb auf einem nahe gelegenen Feld klagend brüllte. „So dämlich ist niemand. Nicht heutzutage."

„Das kann dir Garrett alles viel besser erklären", wiegelte sie ab, nachdem ihr klar wurde, dass sie schon zu viel preisgegeben hatte. „Er kann dir von deinem Vater erzählen."

„Lass uns eine Sache klarstellen", erwiderte er leise. Seine Nasenflügel bebten nur ein klein wenig, als er sich zu ihr hinabbeugte, fast so, als wolle er sie mit diesen unglaublich blauen Augen durchbohren. „Larry Kincaid ist *nicht* mein Vater. Es braucht schon sehr viel mehr als nur einen One-Night-Stand, damit sich ein Mann diesen Titel verdient."

„Wahrscheinlich." Bei der Ironie, die in seinen Worten lag, musste sie schwer schlucken.

Er warf einen Blick hinüber zum Parkplatz, wo Garrett in der Nähe der Ställe aus seinem Wagen stieg „Und was die Vorfälle in Dallas betrifft: Ich behalte es für mich. Vorerst."

„Gut."

„Und jetzt ist es wohl an der Zeit, mit dem alten Mann reinen Tisch zu machen." Damit schritt er zum Auto hinüber und ließ Gina allein zurück. Sie fühlte sich wie ein Volltrottel.

Trent stürmte auf den Mann zu, der behauptete, sein Großvater zu sein, gerade als der Alte um den zerbeulten Kotflügel des Lastwagens lief.

„Du bist sicher Trent." Garrett nahm seine Sonnenbrille ab, verstaute sie in einer Tasche in seinem verwaschenen Karohemd und streckte die Hand aus. „Ein bisschen früh hier angekommen, was?"

„Ich konnte wohl nicht länger warten."

„Na gut." Garrett lächelte unerschütterlich. „Ich freue mich, dich endlich kennenzulernen. Es tut mir leid, dass es so lange gedauert hat."

Trent ergriff die Hand, die ihm der Alte reichte. Garretts Händedruck war stark und selbstsicher, das Gesicht wettergegerbt, sein glattes Haar fast völlig ergraut. Eine Spur indianischen Blutes floss in seinen Adern, die kupferfarbene Haut und die hohen Wangenknochen zeugten davon, doch seine Augen waren von einem überraschenden Blau. So durchdringend, dass sie, so schätzte Trent, jeden Unsinn, der dem Alten erzählt wurde, sofort durchschauen konnten.

„Also, wie soll ich dich jetzt nennen? Opa?" Der sarkastische Unterton in seiner Stimme war nicht zu überhören. Trent hatte vor langer Zeit gelernt, sich nicht auf die Familie zu verlassen. Ein Mann musste sein Glück in der Welt allein machen. Basta. Er vertraute niemandem.

„Garrett genügt."

„In Ordnung."

„Womöglich sollte ich damit beginnen, mich für meinen Sohn zu entschuldigen." Der Blick des alten Mannes nahm einen schmerzvollen Zug an. „Ich hatte keine Ahnung, dass es dich oder einen der anderen überhaupt gab." Er hob beide Hände, und aus dem Augenwinkel bemerkte Trent, dass Gina ihnen nun im Schatten des Baumes Gesellschaft leistete. Auch der Hund folgte ihrem Beispiel und lief nun über den Kies, der von Sonnenlicht besprenkelt war, um sich zu Garretts Füßen zu legen.

„Es ist nicht deine Schuld."

35

Garrett rieb sich das Kinn. „Nein. Das heißt allerdings nicht, dass ich mich nicht schlecht oder verpflichtet fühle, es bei dir und den anderen wiedergutzumachen."

„Vielleicht will niemand etwas haben?"

„Vielleicht." Garrett klang skeptisch, und Trent wurde klar, dass es sich hier um einen aufrichtigen Mann handelte, einen Mann, der sich für seinen Sohn schämte. Für Trents biologischen Vater.

Als Vater oder Vorbild muss Larry Kincaid offenbar die weit schlimmere Wahl gewesen sein. Denn Trents Mutter hatte Harold Remmington als den Vater der Zwillinge ausgegeben. Harold war ein anständiger Kerl gewesen, zumindest schien es Trent so. Wenn man Schwächlinge mochte. Trent mochte sie nicht.

Aber, verdammt noch mal, Larry Kincaid?

„Wie ich sehe, hast du Gina schon kennengelernt", meinte Garrett und deutete mit dem Kinn in ihre Richtung.

„Gerade eben."

Gina – wenn das ihr wirklicher Name war – rang sich ein Lächeln ab, das bestenfalls einstudiert wirkte. Oh, sie war ein echter Hingucker, das musste er ihr lassen. In der Terrassenbar des DeMarco-Hotels war sie ihm auf Anhieb aufgefallen. Sie war allein in die Bar spaziert, und ihm war gewesen, als hätte er die sanfte Berührung eines Fingers an seinem Nacken gespürt. Er hatte aufgesehen und dabei die schönste Frau erblickt, die ihm seit langer Zeit begegnet war. Ihr rotes Haar, in sanften Stufen geschnitten, umrahmte ein vollkommenes ovales Gesicht, dessen blasse Haut ein paar Sommersprossen schmückten. Tiefgrüne Augen mit golden schimmernden Wimpern schienen im Mondlicht zu funkeln. Ihre vollen Lippen umspielte ein sanftes Lächeln, das er absolut hinreißend fand und sein Untergang gewesen war. In dem Moment, als er sie zum ersten Mal wahrgenommen hatte, hatte er sich dafür entschieden, sie zu verführen.

Gerade fiel ihm noch das rosige Leuchten auf, das ihre Wangen färbte. Sie war also verlegen? Das sollte sie auch sein. Sie hatte ihn belogen. Und war erwischt worden. Für Lügner hatte Trent nichts übrig. Sie waren für ihn schlimmer als Schwächlinge.

„Tatsächlich sind wir uns schon einmal begegnet", gab sie zu und schüttelte Garrett mit einer Vertrautheit die Hand, die Trent störte. Als würden sie ein gemeinsames, sehr privates Geheimnis teilen, eines, das auch ihn betraf. „Ganz kurz. In Dallas."

Garrett zog zwar eine silbergraue Augenbraue hoch, aber er kommentierte das nicht weiter.

„Vielleicht sollten wir woandershin gehen und das alles bereden", regte Trent an, der sich plötzlich unbehaglich fühlte. Er schaute zum Himmel, wo ein Falke Kreise zog, und weit darüber sah er den Kondensstreifen eines Düsenjets, der den weiten Himmel Montanas in zwei Teile trennte.

„Gute Idee. Treffen wir uns im Haus", schlug Garrett vor. „Ich nehme an, ihr habt beide Gepäck dabei?"

„Meins ist im Wagen, aber ich nehme mir ein Zimmer in der Stadt", stellte Gina eilig klar.

Garrett blickte finster drein. „Unsinn. Wir haben reichlich Platz, und ich wüsste dich gern in der Nähe."

Sie würde einziehen? Hier?

„Lass uns deine Taschen reinbringen."

„Und was ist mit dir?" Er schaute zu seinem Enkel.

„Ich habe schon mit Rand gesprochen. Er hat mir ein Zimmer im Haupthaus gezeigt. Anscheinend hat er angenommen, dass es für dich okay ist." Trent besah sich das zweistöckige Haus, das auf einer kleinen Anhöhe thronte.

„Absolut. Solange ihr euch alle hier einlebt."

„Zumindest für eine Weile", schränkte Trent ein. Er kratzte sich am Unterarm und stellte die Frage, die ihn schon seit Längerem beschäftigte: „Ich nehme an, du hast Blake kontaktiert?"

„Ja, ich habe heute Morgen mit ihm gesprochen. Er meinte, er würde dich anrufen."

„Er hat mich wohl nicht erreicht."

„Hast du denn nicht mit ihm telefoniert?"

„Nein."

Trent schüttelte den Kopf und ging nicht weiter darauf ein, während er und Garrett Gina zu ihrem Auto begleiteten. Es gab schließlich keinen Grund, die Probleme, die zwischen ihm und seinem Zwillingsbruder bestanden, hier zu diskutieren. Er hatte sowieso das Gefühl, dass alles früh genug ans Tageslicht kommen würde.

„Blake wird nächste Woche hier sein", meinte Garrett. Gina öffnete den Kofferraum. „Wie die anderen auch."

Trent sah sich einem halben Dutzend Taschen gegenüber. Leichtes Reisegepäck schien für diese Dame ein Fremdwort zu sein. „Also ein richtiges, ordentliches Familientreffen?", kommentierte Trent und zog eine mittelgroße Tasche heraus.

„Eher ein außerordentliches", korrigierte Garrett.

Mit zusammengekniffenen Augen dachte Trent an seinen Erzeuger. „Acht Kinder von sechs verschiedenen Frauen. Wusste Larry denn gar nichts über Verhütungsmittel?"

„Sieht nicht so aus." Garrett verzog das Gesicht und griff sich ebenfalls eine Tasche. „Andererseits würde ich sagen, dass du wirklich froh darüber sein kannst."

3. Kapitel

Gina ließ ihren Koffer auf das Bett fallen. Am liebsten hätte sie sich selbst in den Hintern getreten. Trent Remmington! Wieso war ausgerechnet er als Einziger unangemeldet erschienen? Welch eine grausame Ironie war das? Mit jedem anderen Spross wäre sie klargekommen, aber nicht mit Trent. Zumindest nicht, bis sie sicher war, dass sie ihm wieder gegenübertreten könnte. Was vielleicht niemals der Fall sein würde. Aber das alles hatte sich nun geändert.

Sie hängte ein paar Kleider in einen Schrank, der die Größe eines Sarges hatte, legte mehrere Paar Jeans und T-Shirts neu zusammen und anschließend alles in eine große Eichenkommode. Als sie ihr Bild in dem gesprungenen ovalen Spiegel betrachtete, der über der Kommode angebracht war, bemerkte sie ihre zerzausten Haare und die Überbleibsel dessen, was einmal ihr Make-up gewesen war.

„Na, super", brachte sie stöhnend hervor. Missmutig war sie und nicht ganz auf dem Damm. Und das wahrscheinlich nur, weil sie Trent wieder gegenübertreten musste. Es gab sonst keinen Grund dafür, oder?

Sie biss sich auf die Unterlippe und berührte sanft ihren festen flachen Bauch.

War es möglich? Könnte sie schwanger sein? Das Wiedersehen mit Trent hatte ihre Sorgen nur verstärkt. Sie hatte nie zu den Frauen gehört, deren Menstruation sich mit der Genauigkeit eines Uhrwerks einstellte, aber selbst für ihre Verhältnisse war sie überfällig.

„Das sind nur deine Nerven", versuchte sie, sich zu beruhigen, griff nach ihrer Bürste und machte sich daran, ihr verheddertes Haar zu bändigen. „Dieser Fall hat dich völlig verwirrt."

39

So ganz war sie davon jedoch nicht überzeugt. Sie drehte ihr Haar zusammen, steckte es mit einer Klammer fest und trug anschließend etwas Lippenstift auf, bis sie mit ihrem Aussehen zufrieden war. Seufzend setzte sie sich auf die Kante des schmalen Bettes und fragte sich, wie lange sie es wohl ertragen würde, diesen Raum ihr Zuhause zu nennen. Ein sonnengebleichter Teppich bedeckte den Holzfußboden, und ein kleiner Schreibtisch, den man in eine Ecke gestellt hatte, fungierte gleichzeitig als Nachttisch. Da der Raum leicht moderig roch, öffnete sie ein Fenster, und die frische Luft bauschte die alten Spitzengardinen auf.

Von ihrem Aussichtspunkt im zweiten Stock aus konnte sie den Hund dabei beobachten, wie er sich den Weg zu einer alten Eiche erschnüffelte, anhielt und ein Eichhörnchen beäugte, das in den Zweigen des Baumes herumkletterte. Auf der anderen Seite des Zaunes grasten auf einer Weide ruhig einige Stuten, deren Fell in der Sonne glänzte. Fohlen mit langen, spindeldürren Beinen sprangen so ausgelassen auf und ab und tollten herum, dass Staubwolken aufwirbelten. Ein nahe gelegenes Feld war so groß, dass sie die Umzäunung nicht sehen konnte. Dort trampelte eine Rinderherde am Ufer eines Flusses entlang, der durch die üppigen Weiden lief.

Gina wunderte sich über die Männer und Frauen, die hier lebten, so weit weg von einer Großstadt. Sie beobachtete Garrett und einen strammen Mann in Cowboyhut und staubigen Jeans dabei, wie sie die Futtersäcke von der Ladefläche des Pick-ups luden. Das Förderband stand still, und auf dem Traktor saß wieder ein Helfer. Laut brummend fuhr der alte John Deere durch ein offenes Gatter, während er eine schwarze Rauchwolke ausstieß.

Pferde wieherten, Rinder brüllten, und eine Wespe summte und arbeitete fleißig an einem schlammigen Nest, das direkt unter dem Dachvorsprung hing. Gina sog die frische Luft ein, die nach Frühlingsblumen und frisch gemähtem Gras roch, dann seufzte sie.

„Der Himmel auf Erden", hörte sie, fuhr herum und sah Trent in der Tür stehen, eine Schulter gegen den Türrahmen gelehnt, die Arme über der Brust verschränkt.

„Sieht ganz danach aus."

„Selbst für eine Städterin?"

„Vor allem für eine Städterin."

Zu ihrer Überraschung betrat er das Zimmer und warf die Tür ins Schloss. „Ich glaube, wir sollten reden", meinte er und griff sich den Schreibtischstuhl. Mit einem Schwung drehte er ihn um, nahm rücklings darauf Platz und legte seine Arme auf der Rückenlehne ab. „Du fängst an."

„Womit?"

„Damit, dass du mir sagst, was hier vor sich geht. Mit dem Alten, mit dir – wer immer du auch bist. Beginnen wir mit Dallas."

„Das war ein Fehler", stellte sie fest und begegnete ruhig seinem Blick. „Ich glaube, das ist uns beiden bewusst."

„Es war kein abgekartetes Spiel?"

„Bitte? Abgekartet? Was …?" Sie starrte in seine wuterfüllten blauen Augen, und plötzlich verstand sie. „Du glaubst, ich hätte geplant, dich zu treffen und … und was?"

„Mich zu verführen."

Fast hätte sie aufgelacht. Der Mann hatte seinen Verstand verloren. „Bilde dir bloß nichts ein, Remmington. Ich hatte zu viel getrunken. Du auch. Ich wusste nicht, dass du in der Nacht in der Hotelbar sein würdest und …"

„Du wusstest, wer ich war. Ein klarer Vorteil, würde ich sagen."

„Es war kein Spiel."

„Nein?" Während er sich das Kinn rieb, blickte er finster drein. „Fühlt sich jetzt aber so an. Und zwar wie eines, das ich irgendwie verloren habe." Durchdringend sah er sie an. „Ob du es glaubst oder nicht, ich bin es nicht gewöhnt, zu verlieren."

Dieser Mann reizte sie so ungemein. Andererseits war er aber auch jemand, mit dem sie sich wohl oder übel auseinandersetzen musste. „Ich weiß."

„Genau das ist es ja. Du weißt alles über mich." Er stand auf, überwand die wenigen Meter, die sie trennten, und baute sich so groß vor ihr auf, dass sie fast zum offenen Fenster zurückgewichen wäre. Doch sie blieb standhaft. „Und ich weiß nichts über dich, nicht wahr?"

„Außer dem, was ich dir erzählt habe."

„Richtig. Also lass uns etwas sehr Wichtiges klarstellen. In meinem Leben schnüffelt niemand herum. Punkt. Und ich vertraue niemandem, der mich belogen hat. Schon zwei Treffer, die du in diesem kleinen Theaterstück, das ja kein Spiel ist, gegen dich erzielt hast. So wie ich das sehe, bist du bei drei Treffern disqualifiziert."

Sie ermahnte sich, nicht aufzubrausen. An ihrer Beherrschung festzuhalten. Doch es ging nicht. Es war einfach nicht ihre Art.

„Hör mal genau zu, Trent – ich darf dich doch so nennen, in Anbetracht der Umstände? ,Mr. Remmington' scheint da etwas zu förmlich zu sein. Ja, ich wurde von Garrett engagiert, um dich zu finden. Nicht um in deinem Privatleben herumzuschnüffeln, sondern um dich ausfindig zu machen und zu ermitteln, ob du einer von Larry Kincaids Söhnen bist. Das ist alles. Ich habe dich in der Nacht in Dallas angelogen, weil ich … ich …"

„Weil du deine Tarnung nicht auffliegen lassen wolltest?"

„Na ja, so würde es wahrscheinlich ein Fernseh-Cop ausdrücken. Aber ich habe mir gesagt, ich würde sowieso keinen der Kincaid-Nachkommen treffen. Dass ich das so professionell wie möglich handhaben würde und dann … Okay, ich hab's vermasselt. Zugegeben, als ich dir in der Nacht über den Weg gelaufen bin und du angefangen hast, mit mir zu flirten, konnte ich nicht anders. Du bist eben einfach zu unwiderstehlich. Ist es das, was du hören wolltest?"

Er betrachtete sie mit einem Ausdruck, als könne er nicht glauben, was er da hörte. Sie konnte es ja selbst nicht glauben! Nur leider konnte sie nicht mehr an sich halten, denn sie war noch lange nicht fertig mit ihm.

„Also, die Antwort auf deine Frage ist …", sie schloss den Abstand zwischen ihnen bis auf wenige Zentimeter und warf ihm einen derart zornigen Blick zu, als würde sie nicht innerlich zittern. „Dich zu treffen war nicht Teil irgendeines miesen Plans oder einer

Gaunerei oder wie auch immer du es nennen möchtest. Wie schon gesagt, es war ein Fehler. Vielleicht einer, über den wir hinwegkommen sollten, geht das?"

Blitzschnell fasste er sie am Handgelenk. „Hinwegkommen? Ich weiß nicht, wie es dir geht, aber so etwas passiert mir nicht jeden Tag."

„Oh, lass mich damit in Ruhe." Demonstrativ sah Gina zu seiner Hand. „Und nimm die gefälligst weg. Ich falle nicht auf deine Neandertaler-Praktiken rein." Sofort ließ er sie los. Demonstrativ ging sie um ihn herum, nahm ihre Laptop-Tasche und öffnete sie. „Gibt es sonst noch etwas, wozu du mich verhören willst?", erkundigte sie sich, wobei sie über ihre Schulter schaute und danach ihren schicken kleinen Computer auf den Schreibtisch neben ihrem Bett stellte.

„Ich wollte nur die Dinge zwischen uns klären."

„Soeben geschehen." Sie fand eine Steckdose, schloss ihr Gerät an und sah sich dann – sie versuchte, ihr wildes Herzklopf zu ignorieren – suchend nach einer Telefonbuchse um.

Als hätte er ihr Dilemma verstanden, erklärte er: „In den Zimmern gibt es keine Anschlüsse. Ich habe das schon überprüft." Er zeigte mit dem Daumen auf die Wand und fügte hinzu: „Ich bin im Zimmer nebenan."

Ihr Magen zog sich zusammen. Er war nah. Viel zu nah. Nur eine Tür den Flur entlang? In einem Haus mit sieben Schlafzimmern. Das war einfach … toll!

„Ich habe schon mit Garrett darüber gesprochen und die örtliche Telefongesellschaft instruiert, noch ein paar Anschlüsse zu legen. Aber das wird seine Zeit dauern." Er ging zur Tür und öffnete sie schwungvoll, spazierte hindurch und warf ihr über die Schulter zu: „Wie ich schon sagte: Das hier ist nicht L. A."

Dann stimmte es also, dachte Jordan und schob seinen Teller ans andere Ende des Tisches. Er hatte sich ein ausgiebiges, wenn auch spätes Mittagessen gegönnt, bei dem er sich den Tratsch angehört

43

hatte, der um ihn herumschwirrte wie ein Schwarm Moskitos über stehendem Gewässer. Garrett Kincaid hatte mithilfe einer Privatdetektei aus Kalifornien Larrys uneheliche Brut aufgespürt. Außerdem hatte er es geschafft, die Ranch in Besitz zu nehmen, die Jordan als sein ganz persönliches Erbe betrachtete. Natürlich war er herausgedrängt worden. Die Versprechungen seines Onkels Cameron waren nichts als heiße Luft gewesen. Wieder einmal hatten die Kincaids den Baxters einen Tritt in den Hintern versetzt.

Zur Hölle!

Mit finsterem Blick rührte Jordan in seinem Kaffee und spürte, wie sein Blut in Wallung geriet. Doch irgendwie schaffte er es, seine Zunge im Zaum zu halten. Schon vor langer Zeit hatte er gelernt, dass es besser war, es jemandem heimzuzahlen, als wütend zu werden. Doch das erforderte eine beträchtliche Menge an Selbstkontrolle.

Jordan nahm einen großen Schluck aus seiner Tasse, beäugte die Desserts, die in der Dreh-Auslage langsam auskühlten, und entspannte sich allmählich in seiner Nische. Er war allein, was seiner Ansicht nach auch gut so war. Seit er als mehrfacher Millionär nach Whitehorn zurückgekehrt war, hatte er viele sogenannte Freunde gewonnen, aber er traute keinem von ihnen über den Weg. Er wusste, dass sie ihn nur wegen seines Geldes mochten und für all das, was er für sie tun konnte. Ja, er entwickelte sich hier in der Stadt zu einem mächtigen Mann, und er hatte sich in seiner Rolle ganz wohlgefühlt. Bis Wayne Kincaid sein Angebot ausgeschlagen hatte, die Ranch zurückzukaufen, die sein Erbe hätte sein sollen.

„Wie wäre es mit einem Stück Kuchen?" Janies Frage riss ihn aus seinen hasserfüllten Gedanken. Sie war ein süßes Ding und wirklich äußerst effizient. Das blonde Haar zu einem Pferdeschwanz zusammengebunden, stets ein freundliches Lächeln auf den Lippen, leitete die Oberkellnerin und Möchtegern-Geschäftsführerin inzwischen das Hip-Hop-Café. „Wir haben frischen Erdbeer-Rhabarber-Kuchen, den magst du doch am liebsten."

„Schon. Aber ich glaube, ich passe."

„Dein Pech", zog sie ihn auf und schenkte ihm Kaffee nach.

„Hey, was hört man da über Garrett Kincaid? Er hat Wayne die Ranch abgekauft und will sie nun mit Enkeln bevölkern, die Larry im ganzen Land gezeugt hat?"

Feine Fältchen bildeten sich zwischen Janies Augenbrauen, und sie zögerte. Eigentlich neigte sie nicht dazu, zu tratschen – anders als die meisten ihrer Gäste. „So heißt es zumindest. Aber ich habe nicht selbst mit Garrett darüber gesprochen, also ist es einfach nur ein Gerücht." Als die Eingangstür geöffnet wurde und eine Gruppe Teenager eintrat, knallte sie eilig Jordans Rechnung auf den Tisch. „Ruf mich an, wenn du es dir mit dem Kuchen anders überlegst, ja?"

„Mach ich." Er griff nach seinem Geldbeutel und beäugte die Menschenmenge. Da war Lily Mae, das größte Klatschmaul der Stadt, wie üblich todschick zurechtgemacht in einem engen lavendelfarbenen Pullover und einer passenden Hose. An einem anderen Tisch hatte Winona Cobbs ihren ergrauten Kopf eingezogen und Christina Montgomery, die jüngste Tochter des Bürgermeisters, in ein leises Gespräch verwickelt.

Er hörte den Namen Kincaid an mehreren Tischen in dem brechend vollen Café mehrmals fallen.

„Gleich sechs! Unglaublich!", war von Lily Mae zu hören. „Und alle von verschiedenen Müttern, abgesehen von den Zwillingen natürlich", spie sie einer Frau gegenüber aus, die Jordan nicht erkannte. „Und es ist von einem weiteren die Rede. Ich kann dir sagen! Egal, was man sonst von Larry Kincaid hält, ein Charmeur war er allemal."

Jordan schnaubte und trank seinen Kaffee aus.

Er hatte genug gehört. Larry Kincaids uneheliche Söhne würden bald wie die Heuschrecken über die Stadt herfallen. Nachdem er mehrere Scheine, inklusive eines großzügigen Trinkgeldes, herausgezogen und hingelegt hatte, warf er seine Serviette auf den Tisch. Genau das fehlte der Stadt. Noch mehr Kincaids und dann auch noch Bastarde.

Na ja, dachte er bitter, ging gedankenverloren bei Rot über die Straße und wich dabei einem Sportwagen aus, der die Hauptstraße entlangraste. Waren nicht alle Kincaids Bastarde?

Wieso hatte er nur zugelassen, dass diese Frau ihm so unter die Haut ging? Trent überlegte hin und her, während er half, die Futtersäcke erst abzuladen und sie dann später in den Ställen zu verstauen. Sie hatte herumgeschnüffelt, ihn angelogen, und er hatte ihr in jener einen heißen Nacht in Dallas nicht widerstehen können. *Na und? Vergiss sie.* Er musste sie noch ein paar wenige Tage hier in Whitehorn ertragen, und dann würde er wegfliegen und sie für immer verlassen.

Richtig?

Er biss die Zähne zusammen. Mit seinem ganzen Körpereinsatz wuchtete er die Säcke näher an die Wand und stapelte sie ordentlich übereinander. Das Gefühl, dass Gina anders war, versuchte er zu ignorieren. Sie gehörte nicht zu den Frauen, die man liebte und dann verließ, zu jenen Frauen, die er mit einem einmaligen sexuellen Abenteuer verband. Sein Mund wirkte ganz verkniffen. Vor Jahren noch hätte er auf keinen Fall lange darüber nachgedacht, wenn es darum ging, eine Frau kennenzulernen und mit ihr zu schlafen. Doch mit dem Alter war er wählerischer geworden, passte auf, beherrschte sich. Schließlich hatte er gelernt, dass die Menschen – Frauen eingeschlossen – ständig etwas von ihm wollten, manchmal mehr, als er zu geben bereit war.

Also ging er besonnen vor. Bis zu jener verdammten Nacht in Dallas.

„Stimmt etwas nicht?", fragte Garrett, zog den letzten Sack vom Pick-up und warf ihn auf den Stapel. Für einen alten Mann war er stark, ein fleißiger Arbeiter, obwohl Trent aufgefallen war, dass er leicht humpelte und ihm der Schweiß über den Nacken den Rücken hinunterlief. Garrett zog seine ramponierten Lederhandschuhe aus und legte sie auf ein Fass Haferflocken. „Du siehst so aus, als würde dich etwas beschäftigen."

46

„Ich muss über vieles nachdenken."

„Müssen wir das nicht alle?" Gemeinsam schlenderten sie im schwindenden Sonnenlicht zum Haupthaus. An der hinteren Veranda angekommen, zogen sie ihre Stiefel von den Füßen und gingen in die Küche. Dort führte eine hübsche Frau mit dunklen hochgesteckten Haaren, die gerade in den Ofen spähte, die Aufsicht über die Kochtöpfe auf dem Herd. „Das Hühnchen ist bald fertig", meinte sie und sah Garrett mit dunklen leuchtenden Augen an. „Ich püriere eben noch schnell die Kartoffeln, dann könnt ihr im Esszimmer Platz nehmen. Oh, hallo." Sie erblickte Trent, wischte sich eine Hand an der Schürze ab und streckte sie ihm entgegen. „Ich bin Suzanne."

„Rands Frau", ergänzte Garrett. „Mein Enkel, Trent Remmington. Ich habe Suzanne gebeten, in der Küche einzuspringen, bis ich jemanden finde, der die Arbeit hier übernimmt. Suzanne ist eigentlich Buchhalterin in der Stadt."

„Das heißt, wenn ich nicht gerade die Superköchin Julia Child spiele", zog sie ihn auf. Beim Anblick der gespielten Entrüstung auf Garretts Gesicht musste sie lachen.

„Mir macht es nichts aus", beruhigte sie ihn, nahm sich ein paar Ofenhandschuhe und trug einen Topf mit gekochten Kartoffeln zum Spülbecken. Einen Großteil des Wassers schüttete sie weg, etwas fing sie in einer kleineren Schüssel auf. „Seit ich mein Baby, Joe, bekommen habe, geht es im Job ein bisschen langsamer zu. Die Buchführung mache ich nur noch für ein paar Leute. So." Den Topf mit den Kartoffeln stellte sie auf die Theke, dann öffnete sie die Ofentür und zog ein paar goldbraun gebackene Hähnchen heraus. „Ich muss noch die Soße machen. In ungefähr fünfzehn Minuten wird serviert. Dann muss ich allerdings auch schon nach Hause. Ich habe Joe bei meinem Bruder gelassen." Sie verdrehte grinsend die Augen.

„Mack ist ein guter Junge, aber so viel Zeit mit seinem Neffen zu verbringen, erträgt er nur selten." Bei dem Gedanken lachte sie hell auf. „Er ist siebzehn, und wenn es um Babys geht, hat er zwei

47

linke Hände. Andererseits ist es wahrscheinlich an der Zeit, dass er etwas über Kinder lernt, bevor er sich mit einem Mädchen einlässt und selbst eins bekommt."

„Die beste Art der Empfängnisverhütung", bemerkte Trent leichthin.

Suzannes Lächeln verschwand, und auch Garrett wirkte ernüchtert. „Wir sollten uns um den Abwasch kümmern."

Da ihm klar wurde, dass der Alte offensichtlich Schwierigkeiten mit den Abenteuern seines Sohnes hatte, sagte Trent nichts mehr. Er ging über einen langen Flur zur Haupttreppe, doch am Torbogen, der zum Wohnzimmer führte, verlangsamte er seine Schritte. Ginas gedämpfte Stimme drang zu ihm.

„Ich habe gesagt, ich komme zurück, sobald die Angelegenheit beendet ist, Jack", fuhr sie hitzig auf. Dann wartete sie ein paar Sekunden, während der Kerl am anderen Ende der Leitung seinen Teil sagte. „Ja, ich weiß. Ich weiß. Ich bringe es so schnell wie möglich zu Ende."

Und wieder war Ruhe.

Trent sagte sich, dass er weitergehen müsste, dass sie etwas Privatsphäre verdiente. Doch dann erinnerte er sich daran, dass sie sich um die Wahrung seiner Privatsphäre überhaupt nicht geschert hatte. Soweit er wusste, hatte sie ihre Nase in seine intimsten Angelegenheiten gesteckt.

Hast du nicht auch das Gleiche bei ihr versucht? Hast du nicht einen Privatdetektiv angeheuert, der Celia O'Hara ausfindig machen sollte? Und als das nicht gefruchtet hat, ihn darauf angesetzt, Garrett Kincaids Leben zu durchleuchten?

Den plötzlichen Angriff seines Gewissens ignorierte er.

„Ich weiß nicht, Jack", erwiderte Gina und seufzte schwer geplagt. „Ich bin immer noch an der Sache dran. Aber ich komme bald zurück, versprochen." Dann lachte sie. Jenes tiefe kehlige Lachen, das auch schon in Dallas seine Aufmerksamkeit erregt hatte. Kurz durchzuckte ihn Eifersucht. „Ja, ich vermisse dich auch … Ach, komm schon. Du weißt, dass es so ist. Bitte? Hörst du wohl auf, dir Sorgen zu machen? Ich kann sehr gut allein auf mich aufpassen." Und wieder hatte er wohl etwas unheimlich Amüsantes gesagt, denn nun kicherte sie. „Also gut, ich denk daran. Wenn ich nicht in ein paar Tagen zurück bin, musst du eben ohne mich weitermachen. Und ja, ich bin sicher, es bricht dir das Herz, aber glaube mir, Jack, du packst das." Wieder hörte sie ihm zu, dann stöhnte sie theatralisch. „Ich auch. Okay, ich muss jetzt los. Ich rufe wieder an." Eine Minute lang herrschte Stille, während der Kerl am anderen Ende sich seinerseits verabschiedete. „Ich liebe dich auch", sagte sie, bevor sie auflegte.

Trent, der sich wie ein Spion fühlte, erwog kurz, über die Treppe nach oben und in sein Zimmer zu verschwinden. Dann kam ihm das aber hinterhältig vor, wo er sich doch rühmte, so geradlinig zu sein.

Die Fäuste in die Hosentaschen gerammt, schlenderte er ins Wohnzimmer. Sie saß, in einer Ecke der geblümten Couch, die schon bessere Tage gesehen hatte, eingekuschelt, und starrte in den kalten Kamin. „Dein Freund?", fragte er sie.

Sie war überrascht. „Bitte?"

Er deutete auf das Telefon. „Ich habe das Ende deiner Unterhaltung mit deinem Freund mitbekommen. Klingt fast, als würde er dich vermissen."

Ein kleines Lächeln stahl sich in die Winkel ihrer vollen Lippen. „Oh, das tut er", bestätigte sie nickend. Aus ihren grünen Augen sprühte Belustigung, als ob sie ihn gerade auf die Schippe nahm.

„Ein besonderer Typ?" Er konnte nicht anders, er musste fragen. Dabei versuchte er gleichzeitig, einen weiteren Stich dieser elenden Eifersucht zu ignorieren.

„Sehr." Die Art, wie sie ihren Kopf hielt, zeigte deutlich ihren Stolz. Dieser Mann bedeutete ihr sehr viel. Sonnenlicht fiel durch das Fenster und verfing sich in den feurig roten Strähnen ihres Haares.

„Kennst du ihn schon lange?"

„Mein ganzes Leben lang."

Das störte Trent. Dieser Jack hatte erlebt, wie sie aufwuchs. Er dagegen hatte sie erst vor wenigen Wochen kennengelernt. „Dann ist er der Junge von nebenan?"

„So könnte man das sagen." Jetzt ist sie mehr als amüsiert, dachte er. Wie sie da mit angezogenen Beinen auf dem ausgeblichenen Sofa saß, mit einem Notizbuch auf dem Schoß, gab sie ein heimeliges warmes Bild ab. Es schien, als gehöre sie in dieses Haus mit der veralteten vergilbten Tapete und der eigentümlichen Sammlung an Erinnerungsstücken. An den Wänden hingen alle möglichen Arten von Waffen, Geweihen und Tierköpfen, Trophäen aus längst vergangenen Jagden, die nun Staubfänger im Arbeitszimmer waren. Am Ende des Flures gab es sogar einen Schaukasten mit alten Western-Kostümen und Utensilien der amerikanischen Indianer.

Trent schlenderte zum Kamin. „Dieser Kerl ... Jack", meinte er beiläufig mit einem Kopfnicken in Richtung Telefon. „Weiß er von mir?"

„Er hat von dir gehört, ja."

„Und von Dallas?"

Sie errötete und schüttelte den Kopf. „Nein. Und ich hoffe, er findet es nie heraus." Sie legte ihren Notizblock zur Seite, zögerte, sagte dann aber doch: „Ich dachte, wir wollen das, was geschehen ist, vergessen?"

„Kannst du das?"

Sie biss sich auf die Lippe. Jedes Anzeichen von Belustigung war aus ihrem Gesicht gewichen. „Ich weiß es nicht", gab sie zu, und es war die erste Aussage, die er ihr glaubte. „Aber ich werde mir Mühe geben. Die allergrößte Mühe. Da wir beide hier sind, mag es die nächsten paar Tage schwierig werden, aber ich werde mich bemühen, über den Dingen zu stehen." Sie kniff die Augen ein klein wenig zusammen. „Das heißt, wenn du endlich aufhören würdest, es mir ständig vorzuhalten. Weißt du, es ist ja nicht so, als wäre das allein meine Schuld gewesen. Wie heißt es doch so schön? ‚Es gehören immer zwei dazu.'"

„Ja, aber eine Person war aufrichtig."

„Dann versetze mir doch ein Dutzend Peitschenhiebe mit einer neunschwänzigen Katze, oder stell mich an den Pranger, oder brandmarke mein T-Shirt mit einem scharlachroten Buchstaben oder ..." Sie schnippte mit den Fingern und sprang wütend auf die Beine. „Nein! Ich weiß etwas viel Besseres! Wieso reitest du nicht einfach ständig darauf herum, um mir Schuldgefühle zu machen, hm? Wie wär's denn damit?" Mit diesen Worten drehte sie sich auf dem Absatz um und stürmte aus dem Zimmer.

Er wollte ihr folgen, doch sie warf ihm einen derart kalten Blick über die Schulter zu, dass selbst Quecksilber gefroren wäre. „Lass es, ja? Lauf nicht hinter mir her, sag kein Wort! Und wenn ich das nächste Mal telefoniere, schiele nicht durchs Fenster, und lausche nicht am Schlüsselloch. Es geht dich wirklich nichts an."

„Und genau da liegst du falsch, mein Schatz", meinte er lang gezogen. „Du hast damit angefangen, deine Nase in mein Leben zu stecken. Erinnerst du dich? Nicht umgekehrt. Und darum denke ich, dass alles, was du hier tust, mich sehr wohl etwas angeht."

„Geh mir einfach aus dem Weg."

„Das könnte sich als unmöglich erweisen."

„Versuch es, ja?" Wie ein Blitz war sie aus dem Zimmer und die Treppen hoch verschwunden.

Gerade als Trent sich fragte, wo der alte Mann in diesem Haus den Whiskey aufbewahrte, hörte er Suzanne Harding rufen: „Alles klar, das Essen ist fertig. Kommt- und holt es euch!"

Garrett hatte keine Ahnung, was in Trent und Gina gefahren war, aber es gefiel ihm nicht. Nein, das gefiel ihm ganz und gar nicht. Während der gesamten Mahlzeit – Suzanne hatte leckeres Hühnchen, Kartoffelpüree und Soße, Apfelmus und grüne Bohnen zubereitet – stocherten sie lustlos in ihrem Essen herum, taten ihr Möglichstes, den jeweils anderen zu ignorieren, und zwangen sich ein Lächeln auf die Lippen, das bei beiden gekünstelt und angespannt wirkte.

Da war etwas im Busch.

Wenn er es nicht besser gewusst hätte, hätte er gedacht, dass sie eine Art Krach unter Liebenden ausfochten. Denn danach sah es aus. Obwohl es eigentlich unmöglich war. Sie kannten einander ja kaum.

Trent, der seinen Teller zur Seite schob, sagte schließlich: „Okay, dann erzähl mir von diesen anderen ‚Brüdern‘, die ich habe. Wie hast du von uns erfahren?"

Garrett schob seinen Stuhl von der langen Tafel zurück und ging die wenigen Schritte zum Sideboard, wo Suzanne eine Kanne Kaffee bereitgestellt hatte. Nachdem er drei Tassen eingeschenkt hatte, stellte er diese auf den Tisch und entgegnete: „Eigentlich wollte ich es euch allen zusammen erklären, aber da du schon hier bist, kann ich auch zur Sache kommen." Er nahm erneut auf seinem Stuhl Platz und spürte die schmerzende Arthritis in seiner Hüfte, die er aber ignorierte. Der Versuch, die unverantwortlichen Handlungen seines einzigen Sohnes zu erklären, fiel ihm schwer. „Lasst uns hinausgehen und auf die Veranda setzen."

Obwohl die beiden im Laufe des Abends kein einziges höfliches Wort miteinander gewechselt hatten, folgten sie Garrett durch die Verandatür zu einem Picknicktisch mit Bänken. Gina folgte Garretts Beispiel und setzte sich an den Tisch. Trent blieb auf der Veranda stehen und lehnte sich mit dem Rücken gegen eine Säule, die das Dach stützte.

„Na, dann schieß mal los", forderte Trent ihn auf.

Garrett umfasste seine Tasse mit beiden Händen. Jetzt kam der schwierige Teil der Geschichte. Das alles schmerzte ihn unheimlich. Als Larry vor über 50 Jahren geboren worden war, wäre Garrett vor Stolz fast geplatzt. Ein Sohn! Ein gesunder, gut aussehender, kräftiger Junge. Doch mit den Jahren erwies sich Larry als widerspenstig, leicht reizbar, selbstsüchtig und faul. Schlimmer noch, schon als Teenager hatte er seine Hände nicht von den Frauen lassen können. Aber das alles war sehr lange her.

„Das ist nicht einfach, verstehst du? Ein Kind zu begraben ist eine qualvolle Erfahrung. Egal, wie schwierig es gewesen ist."

Garrett runzelte die Stirn und betrachtete nachdenklich die dunkle Flüssigkeit. „Als Larry starb, hat es mich fast umgebracht", gab er zu und gestand sich selbst die große Leere ein, die er in seinem Herzen hatte. „Kurze Zeit vorher war Laura von uns gegangen, und ich war einfach nur dankbar, dass sie nicht mehr lebte." Er schürzte die Lippen und unterdrückte den Schmerz, der ihn immer überkam, wenn er an seine Frau und an seinen Erstgeborenen dachte. „Jedenfalls bin ich nach Larrys Tod seine Habseligkeiten durchgegangen und habe dabei einen Schlüssel für ein Schließfach bei einer örtlichen Bank gefunden. Vor Jahren hatte Larry mich gebeten, für das Schließfach zu unterschreiben. Das hatte ich völlig vergessen. Als ich es öffnete, lag ein Brief von Larry darin, an mich oder Collin adressiert …"

„Seinen ehelichen Sohn?", vermutete Trent.

„Richtig. Außerdem enthielt es noch eine kleinere Box, und das wichtigste Dokument darin war ein Brief, der alle Einzelheiten über die anderen Kinder, die Larry gezeugt hatte, enthielt und alles erklärte." Er hob eine Hand. „Da waren Namen, Daten, einige Adressen, Bilder und annullierte Schecks, Notizen, Babyfotos, Geburtsurkunden. Selbst Kopien alter Schulzeugnisse. Er muss alles aufbewahrt haben, was ihm je in die Finger gekommen ist. Ich nehme an, er hat diese Dinge in dem Schließfach aufbewahrt, damit im Falle seines Todes jemand in der Familie über dich und deine Brüder Bescheid weiß."

„Wie aufmerksam von ihm", erwiderte Trent sarkastisch.

„Es ist wenigstens etwas. Nicht besonders viel, da hast du recht", bestätigte ihm Garrett, der wünschte, es gäbe einen Weg, seinen Sohn zu entschuldigen. „Aber zumindest habe ich so von euch erfahren."

„Niemand wusste über uns Bescheid?"

„Soweit ich das beurteilen kann, nur die Mütter. Und sie hielten alle den Mund."

„Wieso?"

„Ich weiß es nicht."

„Ein paar von ihnen wurden bezahlt", warf Gina ein.

„Willst du damit sagen, dass sie ihn erpresst haben oder dass man ihnen Schweigegeld bezahlte? Meinst du das?"

Gina zuckte mit den Schultern.

„Wer weiß", sagte Garrett. „Ich fand, ich sollte sie in Ruhe lassen. Das ist eine Sache zwischen den Müttern und ihren Söhnen."

Trent schnaubte verächtlich. „Der Begriff ‚zerrüttete Familie' wäre für diese hier noch schmeichelhaft." Er schüttete den Rest seines Kaffees auf den ausgetrockneten Rasen.

„Dann ist es wohl höchste Zeit, dass wir das geraderücken."

„Womöglich ist es dafür zu spät."

„Wir werden das wohl erst erfahren, wenn wir es versuchen, nicht wahr? Also? Versuchen wir es?", erkundigte sich Garrett, bevor Trent Gina einen letzten Blick zuwarf und wortlos hineinging.

Gina bemühte sich, gleichgültig zu wirken. Doch Garrett hatte schon mehr als genug Zeit in seinem Leben mit Männern und Frauen verbracht, sodass es ihm leichtfiel, zu erkennen, wenn zwei Menschen aneinander interessiert waren. Und bei Trent und Gina ging es weit darüber hinaus.

Gina hatte zugegeben, dass sie Trent in Dallas getroffen hatte.

Garrett überlegte, was vorgefallen war. Aber er fragte nicht. Vielleicht war es besser für ihn, wenn er es nicht wusste.

4. Kapitel

So viel zum Thema Stille auf dem Land, die sie in den Schlaf wiegen würde. Gina warf die Decke ihres winzigen Bettes zurück und tapste barfuß durch den Raum zu ihrem Morgenrock – einem kurzen Etwas aus Baumwolle, das besser als Überwurf für den Strand taugte, aber leicht und somit einfach einzupacken war. Lautlos schlich sie die Treppen hinunter und zur Hintertür hinaus. Der Mond stand hoch am schwarzblauen Himmel, der mit Millionen Sternen übersät war – viel mehr Sternen, als sie jemals gesehen hatte.

Die Arme fest um ihren Körper gelegt, eilte sie einen ausgetretenen Pfad entlang zu den Ställen. Dort betrachtete sie, über das Geländer des Gatters gelehnt, die dunklen Silhouetten der Pferde, die sich in der Finsternis bewegten. Die Luft war warm, eine leichte Brise wehte durch das frisch gemähte Heu und spielte über ihrem Kopf mit den Zweigen einer Kiefer.

Friedvoll. Ruhig. Ein wunderbares Panorama. So anders als das geschäftige Treiben in L. A., einer Stadt, in der zu jeder Tages- und Nachtzeit das Brummen des Verkehrs, das Piepen von schlüssellosen Schlössern und die schreienden Sirenen überall zu hören waren. Hier waren die einzigen Ablenkungen von einer reinen, beinahe schon himmlischen Ruhe das Zirpen von Grillen, das Quaken von Fröschen und ein gelegentliches Wiehern der Pferde.

Dass Trent Remmington in dem Zimmer im Haupthaus neben ihrem schlafen musste! Unglaublich! Ihre Finger verkrampften sich um den obersten Balken. Stille und Seelenfrieden. Pah! Warum war sie so dumm gewesen und hatte sich auf ihn eingelassen – wenn man das so nennen konnte. Grausamere Beobachter konnten das, was zwischen ihnen vorgefallen war, durchaus als

55

einen One-Night-Stand oder einen Aufriss in einer Bar titulieren.

Diese Begriffe ließen sie innerlich zusammenzucken. Sie war nie der Typ gewesen, der sich leicht auf jemanden einließ. Wenn je ein Name zu ihr gepasst hatte, dann Eisprinzessin, wegen ihrer abwehrenden Haltung gegenüber Männern. Zumindest während der ersten paar Dates. Als Kind hatte sie mitansehen müssen, wie ihre geschiedene Mutter sich abmühte, um über die Runden zu kommen. Nur um letzten Endes einen Mann zu heiraten, um finanziell abgesichert zu sein. Damals hatte Gina entschieden, dass sie diesen Pfad nicht beschreiten würde. Auf gar keinen Fall. Nie. Niemals würde sie ihr Glück oder ihr Selbstwertgefühl für einen Mann – egal für welchen – opfern. Und so hatte sie nie einen gefunden, der sie wirklich interessiert hatte.

Bis auf Trent. Dieser verdammte Kerl! Vom allerersten Moment an, als sie Larry Kincaids Schachtel mit den Erinnerungsstücken geöffnet hatte, war sie von Trent Remmington fasziniert gewesen. Trent, der „böse Zwilling", war so aufsässig und wild gewesen wie sein Bruder Blake gut und pflichtbewusst. Trent trank, rauchte, fuhr Motorrad und Boote, ritt auf Pferden, alles in halsbrecherischer Geschwindigkeit, und besaß auch noch die Vorladungen von Gerichten und die blauen Flecke und Narben, um diese Erfahrungen zu belegen.

Eine Vielzahl an Babysittern und Nannys hatte er verschlissen, und er hatte es sogar geschafft, aus mehr als einem Internat zu fliegen. Gina hatte sich beim Lesen seines Profils augenblicklich zu dem sexy respektlosen Rebellen hingezogen gefühlt. Mit fünfzehn hatte er einen wartenden Bus „ausgeliehen" und versucht, ihn durch den Drive-in-Schalter eines örtlichen Burger-Ladens zu fahren. Mit sechzehn sprang er auf einen Güterwaggon und fuhr quer durch das Land. Mit siebzehn stieg er in die efeubewachsenen Hörsäle seines exklusiven Internats ein, um einen Test zu stehlen, woraufhin er der Schule verwiesen wurde. Ein paar Jahre später, nachdem er sein Studium geschmissen hatte, bluffte er sich durch ein Pokerspiel mit hohen Einsätzen, das er zum Schluss gewann. Er hatte seinen Sportwagen gesetzt. Am Ende ging er daraus nicht nur als Eigentümer seines Sportwagens hervor – für den er Blake immer noch fünftausend Dollar schuldete, die der ihm geliehen hatte –, sondern ihm gehörte auch die Urkunde für ein Stück Land, auf dem er schließlich Öl fand.

Der Satansbraten, der um Haaresbreite im Gefängnis gelandet wäre, endete als hitzköpfiger Ölmagnat, der plötzlich, ohne Collegeabschluss und einen Großvater oder Vater, der ihm den Weg geebnet hätte, zu Reichtum kam. Mit Glück, Mut und Köpfchen hatte er seine Millionen gemacht.

Trent war nicht nur gut gebaut, attraktiv und mit einem umwerfenden Lächeln gesegnet, er war auch ein verlorenes Kind gewesen, ein Teufelsbraten von einem Teenager und ein Mann, der allen Widerständen zum Trotz alles wiedergutmachte.

Wenn sie so darüber nachdachte, entschied Gina in dieser sternenklaren Nacht, war sie sehr gut gerüstet und bereit gewesen, seinem unwiderstehlichen Charme zu erliegen.

Jene Nacht, in der sie ihm zufällig begegnet war, hatte sich von dieser hier nicht so sehr unterschieden. Es war ihr letzter Abend in Dallas gewesen, wo sie Trent Remmington auf einer Tagung ausfindig gemacht hatte. Nachdem sie sein in Houston ansässiges Unternehmen Black Gold International überprüft hatte, war sie nach Dallas gereist, um einen flüchtigen Blick auf den Mann selbst werfen zu können. Gina stand kurz vor der Rückfahrt nach L. A., wo Jack auf sie wartete, um diesen Fall unter Dach und Fach zu bringen. Doch in einem plötzlichen Anflug von Feierlaune war sie auf ein Glas Wein hinunter in die Bar gegangen.

In weniger als einer Stunde trank sie zwei Gläser Wein. Das war nicht so schlimm, abgesehen von der Tatsache, dass sie seit dem Frühstück nichts gegessen hatte. Und so stieg ihr der Cabernet direkt in den Kopf. Von ihrem Platz an einem Tisch neben einem Pflanzkasten aus überblickte sie die Tanzfläche, hinter der sich die

Bar befand. Und dort entdeckte sie niemand Geringeren als das Objekt ihrer jüngsten Jagd: Trent Remmington.

Für ihn war sie eine Fremde, doch die Monate, die sie damit zugebracht hatte, sein Leben auszukundschaften, gaben ihr das Gefühl, als würde sie ihn schon kennen. Wochenlang hatte sie versucht, ihn ausfindig zu machen und sein Leben zusammenzufügen, da er der fünfte uneheliche Sohn Larry Kincaids war. Sie hatte Bilder von ihm gesehen, jeden Artikel gelesen, der über ihn geschrieben worden war; sie war von ihm fasziniert gewesen.

In jener Frühlingsnacht konnte sie ihren Blick einfach nicht von ihm abwenden, während er an einem Drink nippte, der nach Scotch mit Wasser aussah. Als er in ihre Richtung sah, schlug sie die Augen nieder und entschied, zu gehen. Bevor sie etwas Dummes tat, wie sich ihm vorzustellen.

Gerade wollte sie aufbrechen, aber noch bevor sie ihre Rechnung unterschreiben konnte, erschien der Kellner mit einem weiteren Glas Wein. „Mit den besten Empfehlungen des Herrn an der Bar."

Vor Aufregung zog sich ihr Magen zusammen. Sie musste nicht hinübersehen, um zu wissen, dass er Trent meinte, der sie nicht direkt anstarrte, sondern sie in einem Spiegel mit schräg geschliffenen Kanten betrachtete, der über der Bar hing.

Das ist ein Fehler, warnte sie sich eindringlich. Dennoch schaffte sie es, den Kellner anzulächeln und den Drink anzunehmen. Sie sah zu Trent und hob das Glas in die Höhe. Mit irrsinnig wild klopfendem Herzen murmelte sie: „Danke."

Er nickte, blieb aber auf seinem Barhocker sitzen und kümmerte sich um sein Getränk. Eine Liveband spielte in einer Ecke auf, und ein paar mutige Paare, einige mit unglaublichen tänzerischen Fähigkeiten, übernahmen das Parkett. Gina trank den Wein aus und fühlte sich etwas benommen. Doch als sie aufbrechen wollte, erschien ein weiteres Glas Cabernet.

„O nein, ich kann nicht", erwiderte sie kopfschüttelnd.

„Der Herr besteht darauf."

58

„Aber …" Gerade wollte sie beginnen zu diskutieren, da zog der Kellner vergnügt ab, nahm eine Bestellung an einem nahe gelegenen Tisch auf und überließ Gina ihrem Drink. Sie musste nicht mehr fahren, sondern es nur in ihr Hotelzimmer schaffen. Für den Morgen hatte sie schon einen Weckruf vereinbart, und trotzdem brauchte sie heute kein weiteres Glas Wein mehr. Sie wollte keins mehr.

Bei einem Blick hinüber zur Bar bemerkte sie, dass Trent sie musterte. Seine blauen Augen leuchteten im Spiegel. Er sah erheitert aus, die Spur eines Lächelns umspielte seine Lippen. Sofort spürte sie, wie Wut in ihr aufstieg.

Es amüsierte ihn, sie dabei zu beobachten, wie sie versuchte, dieses dumme Glas Wein abzulehnen. Was würde passieren, wenn sie es in einem Zug leerte? Würde er ihr ein weiteres spendieren? In seinem stummen Blick stand Herausforderung, also setzte sie sich, trank den Wein und erhob sich erneut.

Noch ein Glas kam, genau wie sie es erwartet hatte.

„Ich kann wirklich nicht", beteuerte sie, doch der Kellner ließ sich nicht abweisen. Also saß sie wieder da, ein Glas teuren Wein vor sich auf dem Tisch.

Wieder der Blick in den Spiegel.

Na toll.

Obwohl ein Teil ihres Verstandes keine Ruhe gab und ihr immerzu sagte, sie würde einen unglaublichen, nicht rückgängig zu machenden Fehler begehen, fühlte sie sich mutiger, als sie es hätte sein sollen. Vorsichtig hielt sie das Glas in der Hand, stand auf und steuerte, nachdem sie sich zwischen den tanzenden Paaren hindurchgeschlängelt hatte, auf die Bar zu.

„Ich schätze, ich sollte Ihnen für den Drink danken. Ach nein, für die Drinks", sagte sie, unfähig, die Spur Sarkasmus in ihrer Stimme zu verbergen.

„Gern geschehen." Ein schiefes Grinsen machte sich auf seinem Gesicht breit.

Verdammter Kerl, er genoss das auch noch. Das Funkeln in seinen Augen verriet ihn.

„Setzen Sie sich", meinte er und klopfte auf den leeren Stuhl neben seinem.

Sie wusste, dass sie es lassen sollte, konnte aber unmöglich widerstehen. „Trent Remmington", stellte er sich vor. Zu ihrem Entsetzen fand sie sein jungenhaftes Grinsen unglaublich anziehend.

„Ähm, Celia ...", sagte sie. Obwohl sie beschwipst war, wusste sie, dass sie ihm ihren echten Namen und ihren Beruf nicht offenbaren durfte. Außerdem wollte sie ihm nur dafür danken, dass er ihr den Wein ausgegeben hatte. „Celia O'Hara."

„Übers Wochenende in der Stadt?"

„Ja."

„Geschäftlich oder rein zum Vergnügen?"

„Ich besuche meine Schwester", log sie und schimpfte mit sich im Stillen, dass sie das zu weit trieb. „Und Sie?"

„Eine Tagung."

„Also geschäftlich."

„Zum Großteil."

„Leben Sie in der Nähe?"

„In Houston. Wie gesagt, ich bin nur wegen der Tagung hier." Er leerte sein Glas. „Möchten Sie tanzen?"

Sie hatte schon seit Ewigkeiten nicht mehr getanzt. „Tanzen?" Sie sollte es lassen. Schon nüchtern war es keine gute Idee, Trent Remmington so nahe zu kommen, geschweige denn, wenn sie sich ein bisschen beschwipst fühlte. Allerdings hatte der Wein anscheinend irgendwie die Kontrolle über ihre Zunge und ihre Handlungen übernommen, denn sie hob den Kopf und flirtete schamlos.

„Wieso nicht?"

Eine Million Gründe schossen ihr durch den Kopf. *Das ist gefährlich. Er ist dein Kunde, Herrgott noch mal, ob er es nun weiß oder nicht. Der Ruf eilt ihm voraus, dass sein Leben voller Gefahren ist – wie ein Tanz auf dem Vulkan. Wenn er herausfindet, dass du ihn belogen hast, wird es ein Unglück geben. Eine Katastrophe!* Aber das hielt sie nicht auf.

Das Lied war eine Country-Ballade, die sie hätte erkennen müssen, was sie aber nicht tat. Trent berührte ihren Ellbogen leicht mit den Fingern, um sie zur Tanzfläche zu führen, und sie spürte, wie ihr Puls in die Höhe schoss. O Gott, das war ja schlimmer als gedacht! Er nahm sie in die Arme, und da wurde ihr klar, dass sie sich in Schwierigkeiten befand. In ernsthaften Schwierigkeiten. Gut aussehend wie alle Kincaids, war er kräftig, roch leicht nach Moschus und fühlte sich so warm, so richtig an. Ihr dummes kleines Herz begann, schneller zu pochen, und als sein Atem über ihr Haar strich, stellte sie sich vor, wie sie diese Lippen küsste, die sie schon auf so vielen von Larrys versteckten Fotografien gesehen hatte.

Von allen Kincaid-Nachkommen war Trent der einzige gewesen, der sie berührt hatte, der gewissermaßen durch den riesigen Packen Papier die Hand nach ihrem Herzen ausgestreckt hatte. Sie fühlte sich, als würde sie ihn sehr genau kennen, als hätten sie seine persönlichsten Geheimnisse miteinander geteilt, seinen leisen Schmerz.

Das war natürlich verrückt.

Oder etwa nicht?

Während der Leadsänger der Band ein altes Liebeslied zum Besten gab, schien es so natürlich, dass er sie eng an sich drückte. Ihr war, als könne sie das Klopfen seines Herzens trotz der Musik, des Stimmengewirrs und des Geschirrklapperns hören. Hunderte winziger weißer Lichter leuchteten durch die Zweige der eingetopften, strategisch um den Innenhof platzierten Bäume, und eine sanfte warme Brise streichelte über ihr Gesicht.

Obwohl sie nicht gerade die beste Tänzerin war, ließ Trent die Schritte einfach erscheinen. Er hielt sie fest an sich gepresst, ohne sie zu erdrücken, wirbelte sie mühelos durch die anderen Paare hindurch, und nicht ein Mal trat sie ihm dabei auf die Füße. Alles in allem war es ein Wunder. Ein himmlisches Geschenk. Eine … Katastrophe! Sie tanzte doch nicht wirklich mit einem ihrer Kunden? Mit einem, der noch nicht einmal wusste, dass er der Gegenstand ihrer Suche war, mit einem, den sie schon belogen hatte!

61

Als das Lied endete, hielt er sie einen Augenblick länger in den Armen, was ihr den Atem raubte. Ihre Haut prickelte, das Herz pochte in ihren Ohren. So gern wollte sie sich an ihn lehnen, doch glücklicherweise gab er sie frei. Sie atmete tief ein. Da nahm er sie bei der Hand und führte sie, nachdem er ihre Getränke von der Bar geholt hatte, zu einer Nische in einer abgedunkelten Ecke. Dort setzte er sich neben sie auf eine Bank. Sie versuchte, sich zu überzeugen, sofort zu gehen, weil sie sich selbst nicht vertrauen konnte, wenn er ihr so nahe war.

„Erzählen Sie mir von sich", schlug er vor, das Bein leicht an ihres gepresst. Ihr Innerstes begann dahinzuschmelzen. Sie schluckte schwer, nahm ihr Glas und nippte an ihrem Wein, den sie eigentlich hinunterstürzen wollte. „Sind Sie verheiratet?"

„Nein." Zum Beweis hielt sie ihre linke Hand mit den unberingten Fingern nach oben und sagte sich, dass sie sich in Teufels Küche brachte.

„Je gewesen?"

Sie schüttelte den Kopf.

„Wieso nicht? Und erzählen Sie mir nicht, dass Sie noch nicht den Richtigen gefunden haben."

„Gut. Mache ich nicht. Ich bin einfach von Natur aus ein Mauerblümchen."

Abschätzig kniff er die Augen zusammen, und sie musste ein Lächeln unterdrücken. Sie trug ein enges schwarzes Minikleid, hohe Riemchensandaletten und dazu goldene Ohrringe und eine Kette. Sie hatte die Haare eingedreht hochgesteckt, sodass nur ein paar weiche Strähnchen Nacken und Gesicht umgaben.

„Mauerblümchen", wiederholte er. Dann schüttelte er den Kopf. „Netter Versuch, Celia. Aber das kaufe ich Ihnen nicht ab."

Gleichgültig zuckte sie mit den Schultern. „Sie haben gefragt. Wie steht es mit Ihnen?"

„Bisher habe ich Glück gehabt. War nicht mal nahe dran."

Das wusste sie natürlich. Er war bekannt für seine flüchtigen Beziehungen, die sich nie zu etwas Ernstem entwickelten.

„Lauern viele Exfreunde in Ihrer Vergangenheit?"

„So viel Vergangenheit ist da nicht, fürchte ich", gab sie zu. Doch er schien nach wie vor skeptisch zu sein.

„Haben Sie einen Beruf?"

„Rechtsanwaltsgehilfin. Ich möchte gerne Anwältin werden." Herrgott, wie kamen diese Lügen nur so schnell aus ihrem Mund?

Eine dunkle Augenbraue hochgezogen, nippte er an seinem Drink.

Sie hingegen gab vor, nicht das Geringste über ihn zu wissen.

„Dann möchten Sie mir also weißmachen, dass Sie keine Exfrau und ein Dutzend Kinder irgendwo versteckt halten?" Das Kerzenlicht warf goldene Schatten auf seine kühnen Gesichtszüge.

„Nein, ich habe vorhin gelogen. Ehrlich gesagt, habe ich vier Exfrauen und, um das richtigzustellen, fünfzehn Kinder. Nicht nur ein Dutzend." Er lachte leise, und dieses Mal wirkte sein Lächeln ehrlicher. Offenbar war sein Interesse geweckt.

Vorsicht, Gina, du begibst dich in gefährliche Gewässer, schrie der nüchterne, hart arbeitende Teil ihres Privatermittler-Verstandes. Der andere Teil jedoch, die weibliche, alberne, romantische Seite, wollte tiefer hineinwaten und konnte nicht widerstehen, einen Schritt näher an den Strudel heranzugehen, den sie in ihrer Nähe spürte.

„Was machen Sie eigentlich beruflich, dass Sie all diese Kinder unterstützen können und außerdem genügend Kleingeld übrig bleibt, um fremden Frauen teuren Wein auszugeben?", erkundigte sie sich unschuldig. Sie fragte sich, ob er die Wahrheit sagen würde.

„Na ja, ich bin mehrfacher Millionär und besitze Ölquellen und Immobilien im ganzen Bundesstaat. Da habe ich Sie allein dort sitzen sehen und dachte, dass Sie interessant aussehen."

Lächelnd nippte sie an ihrem Wein. „Funktioniert dieser Spruch normalerweise gut?"

„Eigentlich schon." Das sagte er ohne eine Spur Arroganz.

Sie wollte dieses verwegene Spiel unbedingt weiterspielen, doch sie wusste instinktiv, dass sie sich die Art von Problemen aufladen würde, die sie in ihrem Leben weder haben wollte noch brauchen konnte. Sie lehnte sich zu ihm rüber, als wollte sie ihn küssen, sagte aber stattdessen: „Na ja, bei mir funktioniert er nicht. Nicht heute Abend."

„Und Sie sind eine lausige Lügnerin."

„Nein, ich …" Er streckte die Hand aus, legte sie auf ihren Hinterkopf und zog sie eng an sich heran. Seine Augen waren mit einem Mal so nah, dass sie die verschiedenen Blautöne bemerkte, die ineinander verliefen. Als er schließlich sprach, streiften seine Lippen die ihren.

„Wie ich gesagt habe: eine lausige Lügnerin."

Sie schluckte schwer, während sie in diese leuchtend hellen Tiefen schaute und versuchte, darauf schnell etwas zu erwidern. Wollte er sie etwa küssen? O Gott, jetzt und hier in der Bar? Vor den Tanzenden und der Band und den anderen Gästen? Ihr Puls raste, und plötzlich war sie vollkommen außer Atem. Sie fuhr sich mit der Zunge über die Lippen.

„Dachte ich's mir doch", meinte er arrogant und ließ die Hand fallen.

Er hatte nur mit ihr gespielt?

Wie ein verschrecktes Reh ergriff sie die Flucht. Als sie so abrupt aufstand, berührte sie mit dem Ellbogen ihr Glas. Wein spritzte auf Trents Hemd und Anzug, auf sein Gesicht, auf den Tisch.

„Oh, es … es tut mir leid", stammelte sie und probierte, das Verschüttete aufzuwischen. Sie spürte, wie ihr Gesicht die gleiche rote Farbe wie der Wein annahm. „Ihr Anzug …"

„Ist schon in Ordnung."

Hektisch tupfte sie ihn mit einer Serviette ab. „Sie müssen das sauber machen, bevor der Fleck eintrocknet. Ich werde die Reinigung bezahlen."

„Ist schon in Ordnung."

„Nein." Sie blieb hartnäckig. „Ich meine, bitte, ich fühle mich wie eine Idiotin. Das Mindeste, was ich tun kann, ist, das zu übernehmen." Kleinlaut deutete sie auf den roten Fleck auf seinem Hemd und die Tropfen, die immer noch sein Jackett zierten. „Wenn Sie es in die Reinigung geben, können Sie mir die Rechnung zuschicken ..." Nein, das würde nicht funktionieren. Auch wenn sie etwas beschwipst war, wusste sie, dass sie ihm nicht ihren echten Namen oder ihre Adresse würde geben können, denn dann hätte er sie bei ihrer Lügerei entlarvt. „Noch besser, Sie geben mir einfach den Anzug. Ich lasse ihn hier im Hotel reinigen und gebe ihn Ihnen dann morgen zurück."

„Tolle Idee. Lassen Sie uns gehen." Im nächsten Augenblick war er schon auf den Beinen. Mit den Fingern umfasste er Ginas Handgelenk und zog sie mit sich. Sie wollte etwas einwenden, doch als sie zu protestieren begann, entdeckte sie ein herausforderndes Glitzern in seinen Augen, eine Augenbraue frech nach oben gezogen, und die felsenfeste Überzeugung, dass sie nicht zu ihrem Angebot stehen würde.

„Gehen Sie voraus", meinte sie leichthin und kämpfte gegen all ihre rationalen Instinkte an, die ihr sagten, dass sie nicht nur mit dem Mann flirtete, sondern auch mit der Gefahr spielte. „Wenn Sie denken, dass wir das tun sollten."

Er schenkte ihr einen Blick, aus dem pure sexuelle Energie sprach. „O ja, das denke ich." Zum Barkeeper gewandt, sagte er: „Setzen Sie alles auf meine Rechnung." Dann bahnte er sich den Weg zum Aufzug. Dabei ließ er Ginas Hand nicht los. In der Kabine drückte er den Knopf für das Penthouse-Geschoss.

Ihr Magen verkrampfte sich. Allein mit ihm in dem Lift, der ins oberste Stockwerk fuhr, bekam sie langsam kalte Füße. Als sie oben angekommen waren und die Türen aufgingen, waren aus Ginas Füßen Eisklötze geworden. „Ich bin mir nicht sicher, ob das wirklich so eine gute Idee ist."

„Ich dagegen weiß, dass es keine ist." Mit Gina im Schlepptau, ging er in eine Suite mit einer wunderbaren Aussicht über die Stadt. Dallas war ein einziges Lichtermeer. Die Sterne funkelten. Ihr Kopf drehte sich.

Was tue ich hier eigentlich? fragte sie sich verzweifelt. Beinahe wäre sie auf eins der beiden kleinen Ledersofas gefallen, die rechtwinklig um einen Glastisch herum aufgestellt waren. Dort standen ein Korb mit Früchten und ein Eiskühler, in dem eine Flasche Champagner kalt gestellt war. In einem mit Marmor verkleideten Kamin knisterte das Feuer, und durch die zweiflügelige Glastür erhaschte sie einen Blick auf das Kingsize-Bett. Sanfte Musik ertönte aus versteckten Lautsprechern.

Raus hier, Gina! Verschwinde, bevor du eine Dummheit begehst!

„Schenken Sie sich etwas zu trinken ein. Was Sie möchten." Er deutete zur Minibar hinüber, die in einem Wandelement untergebracht war, und ging ins Schlafzimmer.

„Ich glaube, ich hatte genug. Der Schaden, den ich Ihrer Kleidung zugefügt habe, sollte reichen."

„Wie Sie wollen." Schon knöpfte er sein Hemd auf. Um nicht der Versuchung zu erliegen, ihn anzuschauen, schlenderte sie zu den Fenstern und starrte hinaus auf die Stadt mit ihrem tosenden Verkehr und den wenigen Wolken, die in der mondhellen Nacht zu sehen waren.

Mach, dass du Land gewinnst, Gina. So schnell du kannst! Nimm seine Kleidung, lass sie nach unten in die Reinigung bringen, und dann geh auf dein Zimmer- und vergiss ihn. Er ist ein Klient. Genauer gesagt, ist er die gesuchte Person, die du im Auftrag eines Klienten finden solltest. Vergiss das nicht. Es war schon verrückt, dass sie sich überhaupt in der Nähe seiner Suite befand. Vor allem, wenn man bedachte, was sie für ihn empfand, dass sie sich ein eigenes Bild von ihm gemacht hatte. Dass sie seine Rebellion nachfühlen konnte und es sie mit Stolz erfüllte, was er alles aus eigener Kraft heraus geschafft hatte.

Sie musste verschwinden, schleunigst.

Als sie ihn aus dem Schlafzimmer kommen hörte, drehte sie sich um und bemerkte, dass er eine sauber Hose und ein Poloshirt trug. Barfuß. Er lief hinüber zum Tisch, öffnete wortlos die Flasche Champagner und füllte zwei Gläser mit der perlenden Flüssigkeit.

Ein Glas in jeder Hand, schlenderte er zu der Fensterfront, vor der sie stand. Sie hoffte, dass sie nicht wie ein verängstigtes Reh im Scheinwerferlicht aussah.

Ihr Puls ging mit jedem seiner Schritte schneller, und sie zwang sich, die Augen von dem Ausschnitt seines Shirts und dem geöffneten Kragen abzuwenden, der den Blick auf dunkle Brusthaare freigab.

„Noch so eine schlechte Idee", meinte sie, während er ihr ein langstieliges Glas anbot.

„Davon habe ich ganz viele."

„Scheint so."

Widerstrebend nahm sie den Drink. „Wie wäre es mit einem Toast?", schlug sie vor und beabsichtigte, kurz an dem Champagner zu nippen und danach abzuhauen.

„Sie zuerst."

„Okay. Wie wäre es mit ‚Prost'?"

Seine Mundwinkel verzogen sich zu einem Lächeln. „Ich hätte schon etwas Originelleres erwartet."

„Wie zum Beispiel …?"

„Auf Zufallsbekanntschaften." Er stieß mit ihr an, und ihr Herz machte einen klitzekleinen Sprung.

Beide nahmen einen Schluck, und irgendwie schaffte sie es, ihm in seine sexy blauen Augen zu schauen. „Oder wie wäre: ‚Auf die Kunst der chemischen Reinigung'?"

„Wieso nicht?" Wieder tippte er sein Glas an das ihre. Und wieder nippten sie beide daran.

Aber er hörte nicht auf. „Oder auf … mal sehen … Wie klingt: ‚Auf Frauen, die nicht immer das sind, was sie zu sein scheinen'?"

„Meinen Sie mich damit?", fragte sie, ihren rasenden Herzschlag ignorierend.

„Wem der Schuh passt …"

„Da hat ein barfüßiger Mann leicht reden", neckte sie ihn.

Er lachte kehlig. „Sie wissen nichts über mich."

„Und wessen Schuld ist das?"

„Sie würden es nicht wissen wollen."

Die eine Augenbraue hochgezogen, erschien ein kleines Grübchens auf seiner Wange. „Wetten, dass?"

„Ich glaube nicht. Vertrauen Sie mir einfach in dem Punkt." Auch wenn ihr innerlich wohlig warm war durch den ganzen Wein, verspürte sie Schuldgefühle wegen der Lügen, die sie ihm so schlagfertig auftischte. Aber jetzt gab es keinen Ausweg mehr. Das war ja das Problem mit den Ausreden; die eine zog noch eine nach sich und dann noch eine und so weiter. Sie stellte ihr halb volles Glas auf einem Beistelltisch ab, den eine Vase mit Schwertlilien, Paradiesvogelblumen und Lilien schmückte. „Ich glaube, ich sollte besser gehen. Wo ist der Anzug?"

„Im Schlafzimmer."

„Könnten Sie ihn herbringen?"

Fast hatte sie erwartet, dass er sie auffordern würde, ihn sich selbst zu holen. Stattdessen nickte er knapp, und sobald er sein Glas neben ihres gestellt hatte, lief er erneut durch die offenen Türen und kam mit dem schwarzen Anzug und dem Hemd zurück. „Sie müssen das nicht tun", bot er ihr an.

„Aber selbstverständlich muss ich das."

„Es war ein Missgeschick."

„Ich weiß, aber ich würde mich besser fühlen, wenn ich mich darum kümmern dürfte." Sie wollte nicht diskutieren, sondern endlich die Suite verlassen.

„Wieso?", fragte er. „Wieso würden Sie sich besser fühlen? Wir wissen doch beide, dass Sie das nicht absichtlich gemacht haben."

„Missgeschick hin oder her, es war mein Fehler." Oh, dieses Argument war wirklich lahm.

Er schüttelte den Kopf, ließ den Anzug auf ein Sofa fallen, warf Gina einen schuldbewussten Blick zu und sah dann zum Fenster hinaus. „Vielleicht sollte ich ehrlich zu Ihnen sein."

Bei diesen Worten zuckte Gina zusammen. „Das waren Sie nicht?"

„Nein."

„In Wirklichkeit sind Sie kein Millionär, ist es das?", scherzte sie, auch wenn der Witz nicht ankam. Außerdem wusste sie ja, dass es stimmte.

„Nein. Das meinte ich nicht." In seinen blauen Augen lag so eine drängende Ehrlichkeit, dass sie fast nach Luft schnappen musste. „Ich brauchte einen Vorwand, um Sie hierherzulocken."

„Oh?" Sie schluckte hart.

„Das mit der Reinigung war nur ein Trick. Die ist mir herzlich egal."

„Und als Sie mich hier hatten?", fragte sie. Sie schwitzte ein wenig, und ihr Herz klopfte. War es nur Einbildung, oder war es in der Suite wirklich schlagartig 15 Grad heißer?

„Ich wollte einfach mit Ihnen allein sein."

Jetzt begann ihr Herz regelrecht zu hüpfen. „Warum das?", erkundigte sie sich. Sie bemerkte den leidenschaftlichen Ausdruck in seinen Augen.

„Mein Liebling, weil ich finde, dass du die interessanteste Frau bist, die ich seit wirklich Langem getroffen habe."

„Sie … Sie kennen mich doch gar nicht."

„Das würde ich aber gern ändern."

Obwohl er aufrichtig klang, riet sie sich selbst, ihm nicht zu glauben. „Ich wette, das sagen Sie allen Mädchen, die Ihnen Wein auf die Kleider schütten."

Amüsiert lächelte er. „Du hast recht. Allen."

Seltsamerweise verspürte sie so etwas wie Enttäuschung.

„Und alle sind gerade jetzt hier."

„Stellen Sie sich das einmal vor. All die Trampel in einer Suite. Wirklich, Mr. Remmington, wie haben Sie das nur geschafft?"

„Ich würde gern sagen, es war Können. Wahrscheinlich war es aber nur ein Glücksfall."

Trotz ihrer Vorbehalte musste sie lachen. Was hatte er nur an sich, dass sie ihn so verdammt verlockend fand? So sinnlich? Interessant genug, dass sie ihren natürlichen Schutzwall einreißen und alle Bedenken in den Wind schießen würde? Sie konnte bis

69

in alle Ewigkeit versuchen, eine vernünftige Erklärung dafür zu finden. Sich selbst sagen, dass das daher kam, weil sie ihn von dem „kannte", was sie über den rätselhaften unehelichen Sohn von Larry Kincaid gelesen oder recherchiert hatte. Doch da steckte mehr dahinter. Sie war ganz hingerissen von diesem Fremden. Fühlte eine Verbundenheit mit ihm, von deren Existenz er keine Ahnung hatte. Sie war ein Dummkopf, das war sie. Und sie musste jetzt gehen.

Als hätte er ihre Gedanken gelesen, meinte er: „Du könntest bleiben."

Beinahe blieb ihr das Herz stehen. Sie war versucht … Aber nein, sie konnte einfach nicht.

„Ich verbringe die Nacht nicht mit Fremden."

„Du könntest mich zuerst kennenlernen."

„Mr. Remmington, ich glaube …"

„Trent."

„Na gut. Trent, ich glaube, es würde mehr als ein paar Stunden dauern, Sie kennenzulernen."

„Ich kann sehr charmant sein."

„Oh, bitte! Gute Nacht."

Zu ihrer Überraschung und gleichzeitig zu ihrem Leidwesen versuchte er nicht, sie aufzuhalten.

Er zuckte mit den Schultern. „Was du für das Beste hältst, Celia."

Dieser Name schon wieder! Er erinnerte sie an ihr falsches Spiel. „Sagen Sie mir jetzt nur nicht, dass ich die Gelegenheit meines Lebens verpasse", gab sie zurück und legte sich den verschmutzten Anzug, das Hemd und die Krawatte über den Arm.

„Ich würde nicht im Traum daran denken."

Er machte noch nicht einmal einen Schritt auf sie zu. Und wieder ein lächerlicher Stich der Enttäuschung. „Nun, vielen Dank für die Drinks, die Unterhaltung und den Champagner. Ich kümmere mich darum, dass Ihnen diese hier geliefert werden, bevor Sie auschecken."

„Danke."

Plötzlich kam sie sich dumm vor, deshalb wollte sie zur Tür gehen. Stattdessen durchquerte sie den Raum und stellte sich vor ihn. Die Kleidung noch im Arm, sagte sie: „Es war interessant."

„Amen."

Aus einem Impuls heraus küsste sie ihn auf die Wange. „Gute Nacht." Das war der Fehler.

Denn da fasste er sie an den Hüften. Er schloss sie in seine starken Arme, zog sie ganz nah an sich heran, bedeckte ihren Mund mit seinen warmen besitzergreifenden Lippen und küsste sie so wild, dass sie nicht atmen, nicht denken konnte, sondern nur ihren eigenen Herzschlag in den Ohren dumpf rauschen hörte.

Gina war schwindelig. Der Anzug fiel ihr aus dem Arm auf den Boden. Seine Hände lagen gespreizt auf ihrem Rücken, als wäre sie sein Eigentum. Sie öffnete den Mund, der Kuss wurde intensiver, er stöhnte auf. Von irgendwoher war Musik zu hören, und das Zimmer schien kleiner zu werden. Trent schmeckte nach Scotch und Champagner. Ihre Knie wurden weich, ihr Widerstand löste sich in Luft auf. Noch ehe sie sich' versah, erwiderte sie seinen Kuss, schmiegte sich an seinen durchtrainierten Körper, bis ihre Knie ganz nachgaben.

Tu das nicht, Gina. Das ist doch Irrsinn! Raus hier. Sofort. Solange du noch kannst!

Doch die Alarmglocken in ihrem Kopf schrillten vergebens. Sie schlang die Arme um seinen Nacken und hörte ihn wieder stöhnen, als er sie hochhob und durch die Doppeltüren in das Schlafzimmer trug.

Er fragte nicht.

Sie protestierte nicht.

Sie küssten und berührten sich, sie hörte das Geräusch ihres Reißverschlusses, und schon glitt ihr Kleid bis zu den Hüften herunter. Sie fühlte die erfrischende Berührung der Luft auf ihrer nackten Haut, erkundete seinen wunderbaren kräftigen Leib mit ihren Fingern, erforschte Erhöhungen und Vertiefungen, die durch harte sehnige Muskeln geformt wurden.

Ihr war sehr wohl bewusst, was für einen unwiderruflichen Fehler sie machte, aber es war ihr egal. Schon ihr ganzes Leben lang war sie so vorsichtig gewesen, wenn es um Männer ging. Doch dieses Mal, diese eine Nacht schob sie ihre Zurückhaltung, ihr Misstrauen beiseite. Sie kannte ihn, sagte sie sich, während er ihre Halsbeuge küsste und sie zum Erbeben brachte. Langsam schob er ihr das Kleid herunter, mit seinem Mund und seiner Zunge folgte er diesem Weg. Aufreizend ließ er die Lippen über ihre Brüste streichen, sein warmer Atem glitt über ihren Bauch, als er sie vollständig von dem seidigen Stoff befreite.

Sie seufzte. Jeder einzelne Nerv in ihrem Körper prickelte erwartungsvoll.

Er presste sie an sich, genoss die Berührung ihrer Finger, die mit den weichen Härchen auf seiner Brust spielten; sie küsste seinen Mund, der anscheinend nicht genug bekam. Durch das Glas der Doppeltüren flackerte das Kaminfeuer.

Sie hörte, wie er seine Hose auszog, spürte die Sehnen seiner muskulösen Beine an ihren und erlebte eine Lust, die sie bis dahin nicht gekannt hatte. Sein Atem strich über ihr Ohr, kitzelte sie, und sowie Trent mit den Fingern unter ihren Spitzen-BH schlüpfte, wollte sie mehr. Sie wollte alles. Sie wollte wissen, wie es war, eine Frau zu sein – vollständig geliebt. Wenn auch nur für eine Nacht.

Die Augen geschlossen, stöhnte sie leise auf, als er sie mit seiner Zunge, seinen Lippen liebkoste, jedes Grübchen ihrer Haut erforschte. Behutsam wanderte er mit der Hand tiefer und spreizte ihre Oberschenkel. Sie nahm ein sehnsuchtsvolles Ziehen in ihrem Inneren wahr. Den Rücken durchgedrückt, schmiegte sie sich an ihn, die Finger in seine Schultern vergraben. Gekonnt berührte er ihre intimste Stelle und fand den Punkt, der ihren Atem stocken ließ.

Heiße Wellen der Erregung strömten durch sie hindurch. Noch nie in ihrem Leben hatte jemand in ihr solche Emotionen geweckt. Diese Lust, diesen Hunger.

Instinktiv bewegte sie sich unter ihm, vor Verlangen fiel ihr das Schlucken schwer. Wie sehr verzehrte sie sich danach, ihn in sich aufzunehmen!

Heiß. Sie war so heiß. Winzige Schweißperlen benetzten ihre Haut, als er an der pulsierenden Stelle das Feuer weiter schürte. Keuchend presste sie sich an ihn, öffnete sich für ihn. Das Verlangen rauschte wild durch ihre Adern, betäubte ihre Sinne. Ein Strudel schien das Zimmer zu erfassen. Oder ihre Seele? „Trent", flüsterte sie mit heiserer, nicht wiederzuerkennender Stimme.

„Ich bin da, mein Liebling."

„Ich … ich will …"

„Ich weiß."

Heißes Begehren dröhnte in ihrem Kopf. Sie stöhnte. Oder war es seine leise raue Stimme, die sie da vernahm? Er verlagerte sein Gewicht, schob sich auf sie, und während er sie leidenschaftlich küsste, drang er tief in sie ein.

Sie keuchte, da ein scharfer Stich sie durchzuckte. Sobald er die Hüften rhythmisch kreisen ließ, verwandelte sich dieser Schmerz in reine Wonne. Sie hatte den Eindruck, dass er überall zugleich war: Er bewegte sich in ihr, küsste ihren Hals, ihre Augen, die Lippen. Mit seinen Händen streichelte er sie, während sie aufhörte, klar zu denken, und das Zentrum des Universums nur an dem Punkt existierte, an dem sie sich vereinigten.

Schneller. Härter. Heißer. Ihr stockte der Atem, sie war gefangen in seinem Rhythmus, bewegte sich wild mit ihm. Milliarden Sterne schienen hinter ihren geschlossenen Augenlidern zu explodieren. Als es ihr vorkam, die Welt würde in funkelnde leuchtende Teilchen zerbersten, wirbelten in ihrem Kopf hemmungslose erotische Bilder durcheinander.

Trent warf den Kopf in den Nacken, und mit einem heiseren Schrei ergoss er sich in ihr, fand Erlösung, ließ sich völlig gehen. Er sank auf sie und seufzte. Seine Finger spielten mit ihrem Haar, während er ihre Wange küsste. „Celia."

Ihr Deckname hing schwer in der Luft.

Ihre Lüge.

Ihr Betrug.

Sie öffnete den Mund, fest entschlossen, für klare Verhältnisse zu sorgen. Erneut küsste er sie und schickte damit all ihre guten Vorsätze zum Teufel. Diese eine Nacht würde sie dem verzweifelten Sehnen ihres Körpers nachgeben. Wenn es vorüber war, würde sie verschwinden. Er würde die Wahrheit niemals erfahren …

Bis jetzt, dachte sie und starrte in die unendliche Weite des Himmels über Montana. Der Mond, der hoch oben stand, tauchte die Kincaid-Ranch in perlmuttweißes Licht. Irgendwo in der Ferne jaulte ein Kojote, und Gina rieb fröstelnd über ihre Arme. Wie konnte sie nur jemals erklären, was passiert war? Es Trent begreiflich machen? Oder sich selbst?

War es überhaupt möglich?

„Was ist los?", hörte sie eine tiefe männliche Stimme fragen.

Sie wirbelte herum, und Trent Remmington stand direkt vor ihr. Der Mondschein warf silberne Schatten auf sein Gesicht. Und doch konnte sie den harten Ausdruck darauf erkennen, und sie wusste: Egal, was er zu sagen hatte, es würde kein Vergnügen werden.

„Nichts. Ich … Ich konnte nicht schlafen und dachte, dass etwas frische Luft helfen würde."

„Hat es das?"

„Bis jetzt noch nicht."

„Ich konnte auch kein Auge zumachen", vertraute er ihr an und spazierte zum Geländer, an das er sich lehnte. „Ich musste immerzu an die Nacht denken, als wir uns begegnet sind, und dass du mich belogen hast."

Jetzt kommt es, wappnete sie sich, und erwartete eigentlich, dass er sie heftig attackieren würde, weil sie ihre Identität vor ihm geheim gehalten, ja, verschleiert hatte. Stattdessen überraschte er sie.

„Ich habe es erst am nächsten Morgen bemerkt", gestand er, ganz offensichtlich über sich selbst verärgert. „Aber in der Nacht,

als wir zusammen waren … Das war dein erstes Mal, nicht wahr?"
Er klang ärgerlich. Auf sich? Auf sie?

„Ich verstehe nicht …" Sie verstummte.

„Doch, das tust du. Du bist nie zuvor mit einem Mann zusammen gewesen, oder?" Er presste die Lippen fest zusammen. „Du … Celia oder Gina oder wer auch immer du zum Teufel bist … Du warst Jungfrau."

5. Kapitel

„Entschuldigung?", warf sie atemlos ein, und selbst im Mondlicht konnte er die Röte auf ihren Wangen erkennen.

„Du hast vergessen, mir zu sagen, dass du Jungfrau warst."

„Du hast mich nicht danach gefragt."

Mutig begegnete sie seinem Blick, fast als würde sie ihn herausfordern, irgendeinen dummen Kommentar darüber abzugeben, dass sie über fünfundzwanzig war und sich aufsparte. Wofür? Für ihn? Er bezweifelte das und fühlte sich deshalb wie ein Scheusal.

„Hat es eine Rolle gespielt?"

„Für mich?" Er schüttelte den Kopf. „Aber ich dachte, für dich vielleicht." In diesem kurzen Nichts von einem Morgenmantel zuckte sie mit den Schultern, wie er fand, mit verhaltener Lässigkeit. Keine Frau, die so lange wartete, ging mit einem Mann so mir nichts, dir nichts ins Bett. Und doch war sie diejenige gewesen, die vor dem Morgengrauen verschwunden war.

„Es ist keine große Sache."

„Und was ist mit Jack?"

„Bitte?"

„Der Kerl, mit dem du telefoniert hast. Was ist mit ihm?"

Sie brummte zornig. „Mein Sexleben geht dich überhaupt nichts an."

Während er das verarbeitete, nahm er die Geräusche der Nacht in sich auf: ein Pferd auf einem nahen Feld, das schnaubte, Frösche und Grillen, die miteinander wetteiferten, während eine Fledermaus im Sturzflug ihren verborgenen Schlafplatz verließ. „Welche Beziehung hast du zu ihm?"

„Wenn du die Wahrheit wissen möchtest …"

„Das wäre mal eine willkommene Abwechslung."

Einen Moment lang presste sie die Lippen aufeinander, dann führte sie aus: „Jack und ich stehen uns sehr nah. Äußerst nah. Er würde es verstehen. Wenn du mich jetzt entschuldigst? Ich sollte versuchen, noch etwas Schlaf zu bekommen." Sie war schon losgelaufen, aber er war ihre abrupten Abgänge leid.

„Auf gar keinen Fall, Lady", erwiderte er, griff nach ihrem Handgelenk und wirbelte sie zu sich herum, dass sie ihm erneut ins Gesicht sehen musste. Deutlich spürte er ihre zerbrechlichen Knochen in seiner Hand. „Ich finde, ich verdiene ein paar Antworten."

„Wieso?"

„Weil diejenigen, die ich in Dallas bekommen habe, nicht gerade ehrlich waren."

„Vielleicht hast du einfach nur die falschen Fragen gestellt", gab sie fauchend zurück, riss ihren Arm los und stürmte davon. Wortlos sah er ihr dabei zu, wie sie in selbstgerechter und in seinen Augen nicht gerechtfertigter Empörung in Richtung Haus abzog.

„Frauen." Eigentlich wollte er die Sache damit abtun. Aber irgendwie ging ihm dieses Exemplar unter die Haut. Und zwar von dem Augenblick an, als er sie am anderen Ende der Tanzfläche erblickt hatte, wo sie allein an einem Tisch saß, Wein trank und sich todschick zurechtgemacht hatte. Zuerst hatte er angenommen, dass sie auf jemanden wartete. Eine umwerfende Rothaarige wie Gina war selten ungebunden. Und als die Verabredung, auf die sie seiner Meinung nach wartete, nicht aufgetaucht war, hatte er seine Chance ergriffen und ihr einen Drink ausgegeben.

Der Rest war, wie man so sagt, Geschichte. Er hatte ihr dabei geholfen, ihren Drink zu „verschütten", hatte das Komplott geschmiedet, sie in sein Zimmer zu bekommen. Natürlich hatte er gemerkt, dass sie sich dabei nicht wohlfühlte, dass sie One-Night-Stands nicht gewohnt war. Zur Hölle, aber ihm ging es da nicht anders. Nicht mehr. Schon beim ersten Anblick hatte er ganz sicher gewusst, dass sie anders sein würde. Interessant. Faszinierend. Und sie hatte ihn nicht enttäuscht. Allein der Gedanke an ihre gemeinsame Nacht erregte ihn. Als er am nächsten Morgen aufwachte, war sie verschwunden gewesen. Das war ungewöhnlich. Keine Notiz, keine Spur von ihr. Er hatte an der Rezeption angerufen, doch sie konnten ihm keine Auskunft zu Celia O'Hara geben.

Sie war einfach verschwunden.

Er entschied, sie ausfindig zu machen, und kam sich dabei wie ein Idiot vor. Noch nie zuvor hatte eine Frau ihn sitzen gelassen. Niemals. Dieses Gefühl gefiel ihm gar nicht. Deshalb ging er so weit, den Privatdetektiv anzuheuern, der regelmäßig die Überprüfung der Leute übernahm, die er bei Black Gold anstellen wollte. Der Mann kam mit leeren Händen zurück. Celia O'Hara, die Rechtsanwaltsgehilfin aus Südkalifornien, war wie vom Erdboden verschluckt.

Oder hatte, wie er später erfuhr, nie existiert. Und dann, aus heiterem Himmel, kam dieser lebensverändernde Anruf von Garrett Kincaid, der ihm eröffnete, dass er gar nicht Harold Remmingtons Sohn war. Zum Teufel damit, er war Larry Kincaids Bastard. Er war kurz davor gewesen, die Suche nach der Frau aufzugeben, hatte sogar den Privatdetektiv angewiesen, die Ermittlungen einzustellen – und jetzt war sie ihm förmlich in den Schoß gefallen. Nicht als Celia O'Hara, die Rechtsanwaltsgehilfin, die Anwältin werden wollte. Nein, als Gina Henderson, selbst eine Schnüfflerin, die ihn hinters Licht geführt und ausspioniert hatte, Herrgott noch mal!

Er trat kräftig nach einem Stein, den er an einen Geländerpfosten pfefferte. Von der Veranda her kläffte das alte Hündchen leise.

Das Schlimmste war, dass er sich immer noch zu ihr hingezogen fühlte. Sie hatte ihn belogen, betrogen, zum Narren gehalten, und doch konnte Trent sich nicht in ihrer Nähe aufhalten, ohne dass das Verlangen sein Blut in Wallung brachte. Es war lächerlich und dumm. Seine Reaktion auf sie war so unpassend, als wäre er ein geiler neunzehnjähriger Bursche statt zweiunddreißig und ein angeblich erwachsener Mann.

Andererseits war im Moment sein komplettes Leben etwas aus dem Gleichgewicht geraten. Er hatte sich überlegt, Blake anzurufen und alles mit ihm zu besprechen, sich aber letzten Endes dagegen entschieden. Sein Zwilling und er glichen einander zwar wie ein Haar dem anderen, aber ihre Denkweisen unterschieden sich immens. Trent hatte sich immer über jene Zwillinge gewundert, die stets die gleichen Kleider trugen, die die gleichen Fahrräder fuhren und wo der eine jeweils der beste Freund des anderen war. Er konnte sich das einfach nicht vorstellen. In der Highschool stand er auf Lederjacken, Jeans und T-Shirts, Blake dagegen auf den adretteren Preppy-Look. Trent fuhr Motorrad, sooft es ging mit einem Affenzahn, sammelte mehr als genug Strafzettel für zu schnelles Fahren ein und hatte Glück, dass er nie eine Nacht im Gefängnis verbringen musste. Blake dagegen fuhr, als sie noch zu Hause wohnten, das Auto ihrer Mutter, und wenn sie im Internat waren, eine verlässliche Limousine. Er arbeitete sehr hart, und da er sich schon in jungen Jahren in den Kopf gesetzt hatte, Arzt zu werden, ordnete er alles andere diesem Ziel unter. Er heiratete sogar eine gute Partie, eine Frau aus einer gesellschaftlich akzeptablen Familie, und zog nach Kalifornien, wo er eine Praxis eröffnete und sich als Kinderarzt niederließ.

Fast hätte er seinen Bruder um die Vision für seine Zukunft beneidet. Doch die schien allmählich zu zerbröckeln, denn Blake war inzwischen geschieden und wollte, wenn Trent das letzte Telefonat richtig interpretierte, mehr aus seinem Leben machen.

Was zum Henker das auch immer heißen sollte.

Mit einem letzten Blick hinauf zu den Sternen klopfte Trent auf die oberste Sprosse des Geländers und ging zurück zum Haus. Der Geruch von frisch gemähtem Gras hing in der Luft, gewürzt mit einem Hauch von Celia – verdammt, er musste es endlich auf die Reihe bekommen! Von Ginas Parfum. Wenn er sehr genau lauschte, war er sicher, das Wasser des Baches zu hören, der einige Weideflächen teilte. Leise wiehernde Pferde, raschelndes Gras und der Wind, der durch die wenigen lichten Bäume säuselte, waren zu vernehmen. Das alte Haus der Kincaids erhob sich über dem Land und erstreckte sich auf ihm.

79

Zu Hause?

Trent schnaubte und begutachtete das Herrenhaus zynisch. Das glaubte er nicht.

„Okay, wo stehen wir?", erkundigte sich Jack aus ihrem Büro in L. A., während Gina an ihrem Kaffee nippte. Sie kämpfte gegen Kopfschmerzen, die eindeutig auf den Schlafmangel zurückzuführen waren. Der Telefonhörer klemmte zwischen Schulter und Ohr. Sie saß im Arbeitszimmer auf einem abgenutzten ledernen Schreibtischstuhl und sah durch das offene Fenster hinüber zu den Ställen und auf mehrere Koppeln, die ineinander übergingen.

„Garrett hat alle Brüder dazu überredet, hierherzukommen. Sie werden sich Anfang nächster Woche einfinden. Ausgenommen Trent Remmington. Der hatte es ganz eilig und ist noch aufgetaucht, bevor ich hier war." Auf dem Stuhl zurückgelehnt, beobachtete sie Trent und Garrett, die mit dem Vorarbeiter der Ranch, Rand Harding, redeten. Allem Anschein nach unterhielten sie sich über die kleine Viehherde, die gerade in einen der Pferche gefahren worden war. Ihre staubigen Jacken fingen die ersten Strahlen der Morgensonne ein. Während die Männer, in das Gespräch vertieft, von einem jungen Ochsen auf den nächsten zeigten, war verstimmtes Brüllen zu hören.

„Gina?" Jacks Stimme brachte sie in die Gegenwart zurück. „Dann werden alle Söhne von Larry anwesend sein?"

„Ich glaube, nur die unehelichen. Garrett hat mit keinem Wort Collin oder Melanie erwähnt, die Kinder, die Larry mit seiner Frau bekommen hat. Wir erwarten also sechs Männer beziehungsweise noch fünf. Ich habe das Baby oder seine Mutter noch nicht aufspüren können." Sie runzelte die Stirn, denn dieses Geheimnis war das einzige, das für sie bisher nicht zu lösen war. Wer war die Frau, mit der Larry zuletzt etwas hatte, und wo war sie? Auf ihr Bauchgefühl und ihre weibliche Intuition hatte Gina sich immer verlassen können. Und gerade jetzt hatte sie so ein Gefühl, dass Larrys jüngstes Kind, das etwas älter als ein Säugling sein musste, in der Nähe war.

„Wenn es das Baby überhaupt gibt." Jack klang skeptisch. Eine vereinzelte Notiz in einem persönlichen Tagebuch musste nicht zwangsläufig bedeuten, dass es einen siebten unehelichen Sohn gab, zumindest wiederholte er das ohne Unterlass. „Sechs sind genug, meinst du nicht?"

„Ich weiß, aber wenn man Larrys Sachen durchgeht, gewinnt man den Eindruck, dass es einen viel jüngeren Bruder geben könnte." Sie trank einen Schluck von ihrem Kaffee, der inzwischen kalt war, und verzog das Gesicht. „Einen, der erst in den letzten Jahren geboren wurde."

„Bist du dir sicher?", hakte ihr Bruder nach, und sofort wurde sie nervös. Jack meinte es gut, war aber überfürsorglich. Oft kritisierte er sie im Nachhinein, war immer vorsichtig, so sehr, dass sie schreien wollte. Acht Jahre älter als sie und mit der Erfahrung aus seiner Zeit beim Los Angeles Police Department, lebte er in der ständigen Angst, dass sie verletzt werden könnte.

„Ich bin mir überhaupt nicht sicher", gab sie zu und blies sich den Pony aus den Augen. „Mein Bauch sagt, dass es noch einen Sohn gibt."

„Da haben wir's ja wieder: Instinkt geht über Fakten." Er lachte, und sie stellte sich die Lachfältchen um seine haselnussbraunen Augen vor.

„Es hat schon funktioniert."

„Dagegen komme ich nicht an."

„Aber du würdest gerne."

„Ach, Schwesterchen, du kennst mich gut", zog er sie auf.

„Leider", konterte sie.

„Also, wie wirst du es anstellen, das Kind aufzuspüren?"

Beim Nachdenken kniff sie die Augen zusammen. „Ich habe die üblichen Kanäle durchexerziert: habe Krankenhausakten überprüft, Geburtsanzeigen in der Zeitung durchforstet, Adoptionsagenturen und Anwälte gefragt. Jetzt werde ich mir den guten alten Tratsch anhören. Es gibt einen Ort in Whitehorn, wo sich anscheinend alle treffen – einen Diner, der Hip-Hop-Café heißt."

„Und was, wenn diese Taktik nichts bringt?"

„Ich weiß auch nicht. Dann sind wir genauso weit wie zuvor. Vielleicht muss ich einfach mit Winona Cobbs reden. Ich habe gehört, sie soll hier in der Gegend so eine Art Hellseherin sein. Womöglich kann sie aus Teeblättern lesen oder in eine Kristallkugel schauen oder aus der Hand lesen oder so."

„Junge, Junge, Junge ..."

„Na, in diesem Fall doch eher ‚Baby, Baby, Baby ...'."

„Sehr witzig", sagte er gedehnt, lachte dann aber leise. „Also, pass auf dich auf und ..."

„Tu nichts Gefährliches. Nimm dich in Acht, und ruf beim ersten Anzeichen von Ärger an. Stimmt es so in etwa, Jack?" Sie konnte nicht anders, sie musste ihn piesacken.

„Ja, so in etwa. Ach, eine Frage noch. Wie kommst du mit Remmington zurecht?"

Sie sah zum Fenster, und ihr fiel auf, dass Trent nicht mehr bei Garrett und Rand stand. „Das ist schwer zu sagen", räumte sie ein, „in Anbetracht der Umstände."

„Halt mich auf dem Laufenden, ja?"

„Mach ich."

„Ich lieb dich, Kleine."

„Lieb dich auch, alter Mann", neckte sie ihn. Beim Auflegen blickte sie auf das Datum, das auf dem Display ihres Laptops zu sehen war. Nun war es über einen Monat her, dass sie in Dallas die Nacht mit Trent verbracht hatte und ... O Gott! Eine nur allzu vertraute Angst schlich sich wieder in ihre Gedanken. Ihre Kehle war wie zugeschnürt. Sie starrte auf das Datum, rief dann die Ansicht für den April auf. Da war es, überdeutlich – das kleine Zeichen, das sie immer notierte und das sie an ihre letzte Periode erinnerte.

Vor über sechs Wochen.

Ihr wurde schwer ums Herz.

So lange war sie nie überfällig gewesen. Niemals.

Du hast aber vorher auch noch nie mit jemandem geschlafen ...

und dazu noch ungeschützt. O Gina, was hast du dir nur dabei gedacht? Du solltest doch schlauer sein!

Sicher war das nur ein Fehler.

Entweder war sie krank oder aber schwanger.

Es war höchste Zeit, das herauszufinden.

Winona rühmte sich ihrer Fähigkeit, die Menschen zu durchschauen. Es war nicht nur der Gesichtsausdruck oder die Körpersprache, über die sie ihre innigsten Gedanken preisgaben. O nein. Es war viel mehr als das. Sie war sich sicher, dass jede Person eine Aura besaß, die sich auch zeigte. Würden sich mehr Menschen die Zeit nehmen, könnten auch sie das erkennen, was für Winona so offensichtlich war.

Als sie die staubige Straße entlangging, achtete sie auf mehr als die meisten. Jordan Baxter hielt unter der Markise des Bankgebäudes an, kontrollierte den trägen Verkehrsfluss und überquerte die Straße. Er konzentrierte sich so sehr, dass seine Augenbrauen unter der Hutkrempe zusammengezogen waren, die Lippen derart gekräuselt, als hätte er in eine Zitrone gebissen. Jeder, der in seine Richtung sah, konnte sagen, dass er so wütend war wie Hornissen, deren Nest gerade mit einem Schlauch abgeschossen worden war.

Aber Winona wusste, dass es um mehr ging, er war nicht nur wütend. Diesen Gesichtsausdruck hob sich Jordan für die Gelegenheiten auf, in denen er mit den Kincaids zu tun hatte. Die Tatsache, dass seine Mutter nur eine weitere Kerbe auf Jeremiah Kincaids Bettpfosten gewesen war, hatte er nie überwinden können. Der arme Jordan. Seit jeher versuchte er, sich selbst zu beweisen, dass er den Kincaids in nichts nachstand. Zweifellos hatte er gehört, dass bald eine ganze Horde von ihnen ankommen sollte.

Jordan rauschte an ihr vorbei. Er fand nicht einmal die Zeit, sie verächtlich von oben bis unten zu mustern, wie er es sonst tat. Andererseits war er in diesen Tagen etwas eingeschüchtert. Er hatte versucht, ihr Land am Highway zu kaufen, mit dem Ziel, sie aus dem Stop 'n' Swap zu jagen. Sie hatte ihm gesagt, er solle sie in Ruhe lassen. Sie würde all seine schlechte Energie an sich abprallen lassen und zu ihm zurückschicken, wenn er es doch weiter versuchte. Er hatte sie ausgelacht. Bis um ihn herum ein paar kleine „Unfälle" passiert waren. Entnervt hatte er sich ihren Rat zu Herzen genommen und sich zurückgezogen. Seinen Frust schien er sich nun für die Kincaids aufzusparen.

Da konnte man nur viel Glück wünschen. Winona war der Ansicht, dass schlechtes Karma schlechtes Karma anzog. Solange Jordan am Negativen klebte, würde er nie vorankommen. All sein Geld, all seine Besitztümer, das würde ihm wenig Freude bereiten.

Sie fuhr sich mit einem Taschentuch über die Stirn und hielt auf ihrem Weg zur Bank inne. Da bemerkte sie, dass ein Schlepper vor dem Hip-Hop-Café parkte. Eine große rothaarige Frau schoss geradezu aus dem glänzenden Ford heraus. Sie war ein hübsches Mädchen mit festem Schritt, das einen entschlossenen Zug um ihr Kinn hatte und eine nüchterne Art, die Winonas Aufmerksamkeit erregte. Aber das war noch nicht alles, dachte Winona. Dieses Mädel sah aus wie jemand, der eine Mission hatte.

Genau das war das Problem mit der Jugend heutzutage: Sie hatte es viel zu eilig. Diese junge Frau, wer auch immer sie war, sollte langsamer machen, denn wenn sie es nicht tat, würde sie in ihr Verderben rennen. Winona hatte einen sechsten Sinn für so etwas.

„Oh, dieser Larry Kincaid liebte die Frauen. Vollkommen egal, ob sie verheiratet waren oder nicht. Mit seinem Charme hat er alles von ihnen bekommen." In der ersten Nische des Hip-Hop-Cafés zwinkerte Lily Mae übertrieben und betonte damit ihr Augenlid, das mit grellblauem Lidschatten geschminkt war.

„Ich sage Ihnen, Gina, wenn's nach ihm ging, war jede Frau im Umkreis von 50 Meilen Freiwild", schmunzelte die kleine alte Lady wissend. Netterweise trachtete Lily Mae danach, so viele Informationen wie möglich herauszugeben, doch selbst sie hatte den Überblick über Larry Kincaids Abenteuer verloren.

Von ihrem Platz aus nickte Gina und bemerkte, dass sie mehr als nur einen neugierigen Blick auf sich zog. „Ich meine eine Frau, die er vor ein paar Jahren getroffen hat oder vielleicht vor einem Jahr, jedenfalls nicht sehr lange vor seinem Tod."

„Ich überlege, ich überlege." Lily Mae schwenkte ihren Eistee, und ein Stück Zitrone wirbelte zwischen den Eiswürfeln hin und her.

„Es waren so viele! Da ist es wirklich schwer, alle auseinanderzuhalten." Lily Mae sah sich in dem überfüllten Café um, pausenlos in Alarmbereitschaft für die Entstehung von noch mehr Klatsch. „Haben Sie nicht schon eine ganze Reihe seiner Söhne gefunden? Sie alle haben unterschiedliche Mütter, nicht wahr?"

„Fast." Abgesehen von Trent und seinem Zwillingsbruder Blake wurde den anderen vier Männern das Leben von verschiedenen Frauen geschenkt. Gina trommelte mit den Fingern nervös an der Tischkante, bis sie bemerkte, dass Lily Mae ihre Aufregung zur Kenntnis nahm.

„Beschäftigt Sie etwas?"

Nur dass ich mit dem Enkel meines Klienten geschlafen habe. Dass ich ihn angelogen habe und ihm jetzt jeden Tag gegenübertreten muss. Und dass ich vielleicht von ihm schwanger bin. Aber ansonsten ist alles wunderbar! „Ich versuche nur, die Angelegenheit abzuschließen", entgegnete Gina. Das war ja auch die Wahrheit.

Als die Kellnerin vorbeikam, hielt Lily Mae ihr halb volles Glas in die Höhe. „Janie, würdest du noch mal nachfüllen?"

Janie brachte ein geduldiges Lächeln zustande und notierte schnell eine Bestellung von einem Tisch in der Nähe auf ihrem Block. „Kommt sofort", sagte sie zu den beiden Männern vom Sheriff's Department, die in der angrenzenden Nische saßen. Oder zu Lily Mae, das wusste Gina nicht so genau. Das Café war sehr gut besucht. Janie hetzte von einem Tisch zum anderen.

„Hier wird noch eine Kellnerin gebraucht", murmelte Lily Mae. „Janie kann nicht alles allein schaffen."

„Ich glaube, sie sind schon auf der Suche." Gina deutete mit dem Kopf auf das „Hilfe gesucht"-Plakat, das im Fenster hing.

„Ich schätze, sie finden schnell eine."

„Erzählen Sie mir doch von den Frauen aus Larry Kincaids Leben."

„Das würde ewig dauern. Ach, vielen Dank, Schätzchen." Als Janie mit einem Krug Eistee vorbeikam, lächelte Lily Mae fröhlich. „Darf ich euch noch etwas bringen?", bot sie an. „Heute haben wir frischen Erdbeer-Rhabarber-Kuchen."

„Ich sollte ja nicht …", meinte Lily Mae seufzend, zuckte dann aber mit den Schultern, „aber ich kann nicht widerstehen. Bring mir ein Stück und dazu etwas Eiskrem. Vanille."

„Für Sie auch ein Stück?", fragte Janie. Langsam drehte sich der Deckenventilator über ihren Köpfen.

„Nein danke", lehnte Gina ab.

„Ach, kommen Sie", ermunterte sie Lily Mae. „Wegen der Kuchen und Donuts, die es hier gibt, kommen die Leute von weit her."

„In Ordnung", gab Gina nach, mehr aus Nettigkeit denn aus Hunger. „Das Gleiche bitte."

„Sie werden es nicht bereuen." Als Janie ihr nachschenkte und dann davoneilte, zwinkerte Lily Mae noch einmal. „Also, was nun die Frauen in Larry Kincaids Leben betrifft … Mal sehen …" Lily Mae wackelte mit den Fingern und begann, ihre Version von Larrys buntem Leben, einer Mischung aus Fakten und Erfindungen, zu erzählen. Nur als die zwei Stückchen Kuchen an den Tisch gebracht wurden, legte sie eine kurze Pause ein.

Gina war fasziniert und merkte sich alles, was auch nur im Geringsten nach Wahrheit roch.

„Sie wissen viel über Larry Kincaid", meinte sie schließlich.

„Ja, das ist wahr. Ich mache es mir zur Aufgabe, Bescheid zu wissen." Arglos wedelte die ältere Frau mit ihrer Gabel vor Gina herum. „Whitehorn ist eine Kleinstadt. Ich halte einfach Augen und Ohren offen."

„Und wer war die Frau, mit der Larry zuletzt ein Verhältnis hatte?"

Lily Mae trennte gerade einen weiteren Bissen von ihrem Kuchenstück ab. Sie hielt inne und dachte einen Moment lang nach. Kleine Fältchen zeigten sich zwischen ihren Augenbrauen. „Wissen Sie, ich kann mich wirklich nicht erinnern." Dann, als wäre sie von sich selbst enttäuscht, schüttelte sie den Kopf. „Ich werde mich wohl umhören müssen."

Das werde auch ich tun, dachte Gina. *Und das mache ich am besten ganz schnell.* Je schneller sie Dodge ... äh, Whitehorn und somit auch Trent Remmington verlassen konnte, desto besser!

„Erzähl mir von Gina", forderte Trent Garrett auf, der den Baufortschritt der Reithalle überwachte, die er in Auftrag gegeben hatte, weil er hoffte, in den kommenden harten Wintermonaten Pferde trainieren zu können. Das Fachwerk stand schon, das Dach war eingedeckt, und jetzt wurde an den Wänden gearbeitet. Stirnrunzelnd zog Garrett an einem fünf mal zehn Zentimeter großen Kantholz, um die Festigkeit zu testen. Anscheinend war er mit dem Ergebnis zufrieden. Das Bauteam, das er engagiert hatte, um die Koppeln auszubessern und das Ranch-Haus zu reparieren, war sein Geld wert.

„Was genau möchtest du denn wissen?" Er linste unter seiner Hutkrempe hervor und warf seinem Enkel einen Blick zu.

„Du hast sie angeheuert, damit sie Larrys Söhne aufspürt." Er konnte sich nicht dazu durchringen, den Scheißkerl, der ihn gezeugt hatte, „Vater" zu nennen. Niemals würde er das tun.

„Ja."

„Und das hat sie auch getan."

Garrett richtete sich auf, schlug eine Pferdefliege tot und rieb dann seinen Daumen über den Kopf eines Nagels, der in eines der Kanthölzer geschlagen worden war. „Ja, das trifft es ganz gut. Aber eigentlich habe ich ihren Bruder beauftragt."

„Ihren Bruder?"

„Jack. Er ist der Eigentümer der Detektei. Gina arbeitet für ihn."
Trent biss die Zähne zusammen. So viel zu ihrer geheimnisvollen
Beziehung zu diesem Jack. Er hätte sich denken können, dass sie
ihn wieder belog. „Ach, tut sie das?", fragte er und gab sich keinerlei Mühe, den Sarkasmus in seiner Stimme zu verbergen. Er konnte
es gar nicht abwarten, sie mit dieser Information zu konfrontieren.
Gestern früh hatte er ihr Telefonat mit Jack belauscht, und so lächerlich es war, die Eifersucht hatte Trent beinahe zerfressen. Er
konnte nichts dagegen tun. Wenn es um sie ging, machte er sich
prompt zum Narren.

Mit zusammengekniffenen Augen inspizierte Garrett seinen
Enkelsohn. Die Fältchen in den Augenwinkeln vertieften sich.
„Na ja, ich würde sagen, es scheint doch mehr zu sein. Sie sind fast
Partner. Jack hat jahrelang für das L. A. P. D. gearbeitet und übernimmt die gefährlicheren Fälle. Hauptsächlich weil er seine kleine
Schwester beschützen will. Aber sie ist keine Memme. Ich habe
zwar das Gefühl, dass sie gerne gefährlichere Aufträge übernehmen würde. Aber in dem, was sie tut, ist sie äußerst begabt. Sie ist
recht bekannt dafür, verschollene Familienmitglieder ausfindig zu
machen." Er schob seinen Hut mit einem Daumen an der Krempe
zurück. „Hat dich doch recht schnell gefunden, nicht wahr?"

„Das nehme ich an."

„Und das beschäftigt dich?"

„Nein."

„Dann ist es vielleicht die Frau selbst, die dich beunruhigt." Das
war keine Frage. Der alte Mann hatte Intuition, das musste Trent
ihm lassen. „Und ich kann es dir nicht verübeln. Sie ist eine sehr
gut aussehende, clevere Lady."

Und eine Lügnerin, fügte Trent stillschweigend hinzu. Er fragte
sich, ob er überhaupt etwas glauben konnte, was aus diesem Mund
mit den perfekten weißen Zähnen kam. „Ich bin nicht auf dem
Markt."

„Woher willst du das wissen?"

„Ich weiß es eben."

Garrett erwiderte nichts darauf, sondern klopfte auf einen Pfosten und drehte sich zum Haus um.

„Erzähl mir von Larry. Was soll das mit all diesen unehelichen Kindern?"

Jede Belustigung in den Augen des alten Mannes erstarb. Und auch wenn Trent es hasste, ein so heikles Thema aufzubringen, fand er, dass er die Wahrheit verdiente.

„Wenn ich das nur wüsste." Als sie an einem Korral vorbeikamen, in dem Pferde im Licht der Nachmittagssonne grasten, seufzte Garrett. „Weißt du, manchmal denke ich, es könnte mein Fehler gewesen sein."

„Wie das?"

„Na ja ..." Garrett verzog das Gesicht zu einem ironischen Lächeln. „Als wir geheiratet haben, war Larrys Mutter schwanger mit ihm. Ich frage mich, ob Larry, als er alt genug war, um nachzurechnen, dachte, das sei sein Freifahrtschein für häufige Partnerwechsel."

Trent schnaubte verächtlich. Je mehr er über den Mann erfuhr, desto weniger mochte er ihn. Während Garrett anscheinend für Wahrheit, Gerechtigkeit, die amerikanische Lebensart und alles Gute in diesem Teil Montanas stand, war Larry das genaue Gegenteil davon gewesen. „Wahrscheinlich war er nur ein schwarzes Schaf."

„Davon hatten wir mehr als genug", räumte Garrett ein, blieb stehen und betrachtete ein paar Minuten die untergehende Sonne. „Du kannst es ruhig wissen: In der Kincaid-Familie fließt viel gutes Blut, aber auch ziemlich viel schlechtes."

„So ist es in allen Familien", stellte Trent fest.

Skeptisch hob Garrett eine ergraute Augenbraue. „Wir werden sehen. Wenn der Rest hier eintrifft."

Toll, dachte Trent mit einer guten Portion Zynismus, als er in seine Tasche griff und die Schlüssel herauszog. Einfach super!

6. Kapitel

Was habe ich also erfahren? fragte sich Gina, die ihre Palomino-Stute in den Gebirgsausläufern einen staubigen Pfad nach oben trieb.

Nur dass du Trent Remmington nicht aus dem Kopf bekommst.

„Du Dummkopf", murmelte sie. Sie schnalzte dem Pferd zu, ermutigte die kleine Stute damit, in einen leichten Galopp zu fallen, als sie eine der Anhöhen auf dem westlichen Teil des Kincaid-Landes erklommen. Seit drei Tagen wohnte sie nun auf der Ranch und wusste über den Aufenthaltsort des siebten Kindes von Larry Kincaid kein bisschen mehr als in L. A.

Dennoch spürte sie, dass sie der Sache näher kam. Allein die Tatsache, vor Ort in Whitehorn zu sein, feuerte ihre weibliche Intuition an. Ihre Finger umschlossen die Zügel etwas fester. Sie hatte die Stadt schon ausgekundschaftet, sich mit ein paar Einwohnern getroffen, die Stadtgeschichte erforscht. Zum ersten Mal in ihrem Leben begann sie zu verstehen, warum Menschen sich dafür entschieden, sich in einer kleinen Gemeinde niederzulassen anstatt in einer schnelllebigen, aufregenden Großstadt.

Oder war es wegen Trent? Es war kaum möglich, sich umzudrehen, ohne ihm über den Weg zu laufen. Entweder er saß am Schreibtisch im Arbeitszimmer des Hauses und führte sein Unternehmen über Fax, Modem und Telefon, oder er ging Garrett und den Handwerkern mit Hilfsarbeiten zur Hand. In der einen Minute hörte sie ihn mit einem Investor diskutieren, um ihm in der nächsten dabei zuzusehen, wie er Arbeitshandschuhe überstreifte, um bei der Ausbesserung eines Stacheldrahtzauns zu helfen. Er hatte sich die Hände schmutzig gemacht, als er Garrett dabei half, ein Ölleck in einem alten Traktor zu reparieren. Er war Rand bei der Auswahl der Kälber behilflich, die am nächsten Tag geimpft werden sollten, und gerade heute Morgen bot er Suzanne eine Tasse Kaffee an und bestand darauf, dass sie sich ausruhte und mit Gina und Garrett frühstückte.

In dem millionenschweren Playboy steckte mehr, als man auf den ersten Blick erkennen konnte. Er war ein Mann, der sich weder vor Arbeit noch vor Frauen oder sonst irgendetwas fürchtete.

Und sie war dabei, sich in ihn zu verlieben.

„Du bist doch total verrückt", spottete sie. Sie sollte hier einen Job erledigen. Punkt.

Und was ist, wenn du schwanger bist?

Einen Moment lang schloss sie gequält die Augen. Ja, was dann? Bei der Vorstellung schwirrte ihr der Kopf. Tief atmete sie den Duft der Kiefern ein. Dabei nahm sie wahr, wie die Stute sich versteifte. Gina riss die Augen auf, gerade als ein überraschter Vogel ihren Weg kreuzte und aufgeplustert davonflog. Sie sah dem Fasan nach, wie er in einem Wäldchen mit Nadelbäumen in Deckung ging. Die Sonnenstrahlen, die durch das Blätterdach fielen, sprenkelten den Pfad mit sonnigen Flecken und Schattierungen, die in Bewegung waren.

Wieder schnalzte Gina dem Pferd zu. Sie hatte sich für diesen Ausritt entschieden, um sich etwas Bewegung zu verschaffen, ein wenig die Ranch zu erkunden und den Kopf frei zu bekommen. Aber es gelang ihr nicht. Die wirren Knoten, die sie zu lösen versuchte, schienen immer fester und störrischer zu werden.

Die Ohren aufgestellt, fiel die Stute in einen Trab, der ihre Knochen gehörig durchrüttelte. Dennoch versuchte Gina, die Fakten des Falls in die richtige Reihenfolge zu bringen. Sechs von Larry Kincaids Söhnen hatte sie gefunden, das stimmte. Und es gab Hinweise, dass es noch ein siebtes Kind gab. Unbegründeten Gerüchten zufolge hatte Larry ein Verhältnis mit einer Frau gehabt, die in der Nähe von Whitehorn lebte. Doch anscheinend konnte niemand sagen, mit wem oder ob das Gerede der Wahrheit entsprach. Wer war also die Frau, mit der er sich eingelassen hatte? Wo war das Baby?

91

Gina hatte die Geburtsurkunden der Krankenhäuser in der Gegend überprüft, Geburtsanzeigen in den Zeitungen der Gemeinden um Whitehorn herum gelesen, im Internet gesurft. Doch das alles hatte nichts gebracht.

Und du willst eine Spezialistin für das Aufspüren von Vermissten sein? nörgelte ihr Detektivverstand an ihr herum.

Sie hatte gehofft, sie könnte diesen Fall schnell zu Ende bringen und zum nächsten Fall übergehen. Und damit von Trent Remmington fortkommen. „Ja, ja, ich weiß", beschwichtigte sie. Doch sie hatte versagt. Sie biss die Zähne zusammen. „Versagen" war ein Wort, das sie in ihrem Vokabular nicht haben wollte.

Der Pfad machte eine scharfe Kurve nach rechts. Dürre Bäume gaben den Weg frei zu einer grünen Wiese, auf der Wildblumen in Hülle und Fülle blühten und das Meer des hohen Grases mit kleinen lilafarbenen und weißen Blüten durchzogen. Ein Lüftchen kam auf, streichelte ihr Gesicht und spielte mit Ginas Haaren. *Das* hier war das Montana, von dem sie gelesen hatte, die Gegend, die romantische Fantasien und Geschichten von Cowboys hervorbrachte.

Und von draufgängerischen Ölindustriellen? Sie runzelte die Stirn und verbannte den Gedanken gleich wieder.

Bald würde sie sich nicht nur mit Trent auseinandersetzen müssen, sondern auch mit den übrigen fünf Söhnen, die Larry Kincaid vor der Welt versteckt hatte – erwachsene Männer, die sie aufgespürt hatte. Sie freute sich nicht gerade auf das Zusammentreffen. Sie hielt immer noch eine professionelle Distanz zu den gesuchten Personen für angebracht.

Wie würden die anderen Halbbrüder reagieren? Bis vor wenigen Wochen war keinem von ihnen bewusst gewesen, dass sie von einem renitenten Kerl gezeugt worden waren, der es nicht für nötig gehalten hatte, ein Teil ihres Lebens zu sein. Ja, Larry Kincaid war wirklich ein widerlicher Typ gewesen.

Sie bezweifelte, dass die Männer ausgerechnet sie kennenlernen wollten. In der Nähe eines Baches, der bergab strömte und Wassertröpfchen aufspritzen ließ, zog sie kräftig an den Zügeln. Sie stieg von der Stute ab, ließ sie grasen und setzte sich auf einen großen flachen Felsen an einer Biegung des Baches. Von dem sonnengewärmten Stein aus konnte sie bis auf die Ranch der Kincaids hinuntersehen. Die Reithalle, fast vollendet, war mit Abstand das größte Gebäude, und in der Ferne konnte sie das Haus des Vorarbeiters ausmachen. Die Rinder und Pferde, die auf den umliegenden Acres weideten, erschienen ihr wie kleine Punkte auf den hügeligen Flächen.

Gina zog ihre Stiefel aus, rollte die Jeans hoch und ließ die Füße im eisigen Wasser baumeln. Scharf zog sie die Luft ein. „Himmel, das ist aber kalt!" Alles wirkte so friedvoll. Ruhig. Unkompliziert. Sie betrachtete einen Schmetterling, der inmitten der Wildblütenpracht das Bachufer entlangflatterte. Es war eine Lüge. Ruhe war eine Illusion. Sie musste sich nur Larry Kincaid vorstellen und wie er sein Leben und das Leben aller um ihn herum verkorkst hatte. Sieben uneheliche Söhne. Und nie einen Gedanken an sie verschwendet.

Wieder dachte sie an Trent. Was sollte sie ihm sagen, falls sie schwanger war? „Denk nicht einmal daran", warnte sie sich. Dann war ihre Regel eben etwas überfällig. Na und? Sie war gestresst. Unendlich gestresst. Das war es. Sobald es ging, würde sie einen Schwangerschaftstest kaufen, und dann war die Geschichte erledigt.

Es sei denn, sie würde Mutter werden.

Himmelherrgott! Einen Moment lang spürte sie Vorfreude. Dann ermahnte sie sich, dass ein Baby nicht gerade die Art von Segen war, den sie sich im Moment erhoffte. Babys kamen erst, wenn man verheiratet war und in dem sicheren Umfeld, das eine stabile Beziehung bot. Richtig? Schwangerschaften wurden geplant. Es sei denn, man war ein Mensch wie Larry Kincaid. Sie schüttelte die unangenehmen Überlegungen ab und streichelte sich abwesend über den Bauch. Als sie sich dieser Geste bewusst wurde, hörte sie sofort damit auf. Es bestand überhaupt kein Grund, sich Ärger einzuhandeln.

Sie hatte hier in Whitehorn einen Job zu erledigen. Den wollte sie so schnell wie möglich abschließen, um dann nach L. A. in ihr Apartment in der Nähe der University of Southern California zurückzukehren, wo sie bis heute die eine oder andere Abendvorlesung besuchte, und zur Detektei, in der sie zusammen mit ihrem Bruder arbeitete. Der Gedanke an Jack ließ sie innerlich zusammenzucken. Wenn er auch nur die leiseste Ahnung hätte, dass sie glaubte, womöglich schwanger zu sein, wäre er am Boden zerstört.

„Hör auf damit!", fauchte sie. In dem Moment hörte sie das Geräusch von Hufen. Die Stute hob ihren golden schimmernden Kopf und wieherte. Gina sah über die Schulter. Trent erschien. Er saß auf einem rötlich grauen Wallach.

Bei seinem Anblick, vor der Kulisse der untergehenden leuchtenden Sonne, spürte sie einen Kloß im Hals. Sie rappelte sich auf, setzte ihre Hand als Sonnenblende ein und blinzelte in seine Richtung. „Weißt du was, Remmington? Wir können uns nicht immer so über den Weg laufen", sagte sie, mehr um das Eis zu brechen.

Ein leises Lächeln umspielte seine Lippen. „Genau mein Gedanke." Er glitt aus dem Sattel und ging auf Gina zu. Ihr Herz klopfte wie wild, und sie fand, dass er so absolut männlich und sexy wirkte, wie ein Mann nur sein konnte: das Haar vom Wind zerzaust, die dunklen Stoppeln eines Eintagsbartes auf dem Kinn. In ausgeblichenen Jeans, Stiefeln und einem T-Shirt gekleidet, die alle schon bessere Tage gesehen hatten, schien er zu diesem rauen, wilden Land zu gehören und sich von dem schmeichelnden, aalglatten Geschäftsmann zu unterscheiden, den sie in Dallas getroffen hatte.

„Wie hast du mich gefunden?", erkundigte sie sich und ignorierte das Verlangen, das in seinen blauen Augen stand, geflissentlich.

„Durch mein grenzenloses Können als Fährtenleser."

„Aber klar doch."

„Ich glaube … nein, ich bin sicher, in meinen Adern fließt etwas

Indianerblut. Stimmt das nicht? Oder vielleicht war ich in einem
früheren Leben auch ein Spurenleser."

„Jetzt mach aber mal halblang!"

Er lachte, und es klang tief und ehrlich und übertönte das Plät-
schern des Baches. „Okay, vielleicht hat dich Rand am Nachmittag
ausreiten sehen und mich in die richtige Richtung geschickt."

„So klingt es doch schon viel wahrscheinlicher", räumte sie ein
und fand sein schiefes Lächeln so ansteckend wie eh und je. Wieso
konnte sie ihm nicht widerstehen?

„Es hat nicht geschadet, dass du den Hauptweg genommen
hast."

„Und woher kennst du ihn? Und komm mir nicht mit so einem
Quatsch, dass du ein geborener Pfadfinder wärst, okay? Das kaufe
ich dir nämlich nicht ab."

Sein Grinsen glitt von einer Seite auf die andere. „Na ja, weißt
du, ich würde es mir gerne als Verdienst anrechnen lassen, aber ich
glaube, mein alter Kumpel Chester hier …", er tätschelte den Hals
des Hengstes, „… würde mir das sehr übel nehmen."

„Und der Grund, warum du mir gefolgt bist, ist?", hakte sie
nach.

„Ich dachte, wir müssten miteinander reden."

„Oh-oh. Hör mal, wenn es darum geht, dass ich dich über meine
Person belogen habe, dann habe ich mich schon entschuldigt, soweit ich weiß. Ich habe einen Fehler gemacht."

„*Wir* haben einen Fehler begangen", korrigierte er sie.

Sie zuckte innerlich zusammen. Natürlich hatte er recht. Miteinander ins Bett zu gehen war falsch. Zu viel Wein, zu wenig Erfahrung und eine Schwäche für den sexysten Mann, der ihr je über
den Weg gelaufen war, war eine tödliche Kombination.

„Wir müssen es nicht immer wieder durchkauen." Sie spürte,
wie ihre Handflächen ein wenig zu schwitzen begannen, und plap-
perte drauflos. „Ich weiß nicht, was ich sagen soll. Es tut mir leid,
dass ich gelogen habe, es wird nicht wieder vorkommen. Wir hatten etwas Spaß und … Oh!

95

Trents Arm schoss auf sie zu und ergriff ihr Handgelenk, an dem er sie an sich zog. „Tu das nicht."

„Tu was nicht?", fragte sie, atemlos vor Überraschung.

„Täusche nicht diese Lässigkeit vor, okay? Tu nicht so, als wäre es nur Spaß und ein Spielchen gewesen oder eine schnelle Nummer im Heu."

„Aber so war es doch", konterte sie. Nein, sie wollte sich nicht von Worten umgarnen lassen, nach denen sie sich sehnte. Sie ignorierte die Abweisung, das Nicht-wahrhaben-Wollen, das in ihrem Kopf für Schmerzen sorgte. „Trent, so etwas nennt man einen One-Night-Stand."

„Das hast du dir so ausgesucht."

Sie hatte das Gefühl, als hätte er sie geschlagen. „Warte mal einen Augenblick, ja? Willst du damit sagen, dass du und ich … ja, was? Ausgegangen wären? Eine Beziehung eingegangen wären? Was meinst du?

„Du bist nicht lange genug geblieben, um das herauszufinden, oder?

„Ich fand, es war Zeit, zu gehen."

„Vielleicht hättest du mich zurate ziehen können?" Sein Blick durchbohrte sie mit solch einer Intensität, dass sie sich am liebsten rausgewunden hätte. Doch sie blieb standhaft. Als sie bemerkte, wie gefährlich nahe seine Lippen den ihren waren, schluckte sie schwer.

Gina, denk nicht an so etwas. Das hat dich doch überhaupt erst in Schwierigkeiten gebracht!

„Ich … äh … Ich dachte, es wäre das Beste, die Dinge so zu belassen, wie sie waren."

„Weil du mich belogen hattest darüber, wer du bist."

„Zum Teil, ja."

„Aber jemand, der bis zu seinem 27. Lebensjahr wartet …" Er hielt inne und musste die Überraschung in ihren Augen aufblitzen gesehen haben, denn er nickte. „Ja, ich weiß, wie alt du bist. Seit Dallas habe ich meine eigenen kleinen Erkundigungen eingezogen. Wie fühlt es sich an, unter dem Mikroskop seziert zu werden?"

Sie riss an ihrem Arm, doch er ließ sie nicht los. Stattdessen versuchte er, mit Nachdruck seinen Standpunkt zu verdeutlichen. „Keine 27-jährige Jungfrau fällt so einfach mit jemandem ins Bett."

Sie streckte kämpferisch das Kinn vor und sagte: „Heißt das, weil ich zufällig mit dir im Bett gelandet bin, muss es deshalb gewesen sein, weil du jemand Besonderes warst, jemand, für den ich mich aufgespart habe, jemand …?"

„Ach, zur Hölle!" Stürmisch küsste er sie. Seine Arme umfassten sie und zogen sie dicht an sich heran. Bevor sie protestieren oder sich wehren konnte, presste Trent seine Lippen ungeduldig auf ihre. Ärger schoss durch ihre Adern, Entrüstung machte sich in ihrem Kopf breit, doch ihr sich vor Lust verzehrender Körper wollte sich nicht wehren, er *wollte* sich an ihn lehnen.

Die Begierde, Freund oder Feind, sorgte für ein sehnsuchtsvolles Ziehen in ihrem Inneren, brachte ein intensives sexuelles Bewusstsein mit sich, das ihre Knie weich werden ließ und einen unbändigen Hunger in ihr auslöste.

Wie sehr wollte sie sich ihm hingeben! Sie sehnte sich danach, ihn tief in sich aufzunehmen. Heiße Bilder, wie sie sich liebten, blitzten vor ihrem inneren Auge auf, brannten sich förmlich in ihr Gehirn. Sie sah straffe, braun gebrannte Haut, einen durchtrainierten Waschbrettbauch und dichtes Brusthaar. Mit einem Mal atmete sie flach, ihr Herz raste.

Tu das nicht, warnte sie ihr Verstand. *Gina, um Himmels willen, denk nach! Du bist ihm schon einmal verfallen. Das darf nicht noch mal passieren.* Und doch schlang sie ihren freien Arm um seinen Hals. Sie streichelte mit ihren Fingern sanft das Haar in seinem Nacken. Da bat seine Zunge an ihren Zähnen eindringlich um Einlass, und sie öffnete sich ihm. Ihn zu küssen, fühlte sich so richtig an. Und doch war es völlig falsch.

Sie ignorierte diese scheußliche Stimme in ihrem Kopf, die schrie, sie begehe wieder einen Fehler, einen, der ihr Leben verändern würde.

Beim Küssen stöhnte er auf, und sie spürte, wie er eine Hand auf ihren Rücken legte, die Fingerspitzen verführerisch nahe an ihrem Po. Oh, Trent, lass mich dich lieben, dachte sie heftig, obwohl sie den Mann kaum wirklich kannte.

Er hob den Kopf, vergrub seine Finger in ihrem Haar und brachte sie dazu, ihm in die Augen zu schauen. „Du machst mich verrückt."

Unschuldig lächelte sie. „Und ich war mir sicher, der Wahnsinn wäre ein Teil deines natürlichen Charmes, der vielleicht in der Familie liegt. Und jetzt soll *ich* der Grund sein?"

„Jawohl."

„Das glaube ich nicht."

Er zog eine dunkle Augenbraue nach oben. „Vielleicht sollte ich dich überzeugen."

„Ach, und wie willst du das anstellen?", fragte sie, flirtete hemmungslos, forderte ihn heraus.

„Soll ich es dir zeigen?"

Nein! „Unbedingt."

„Du hast es so gewollt, Lady."

„Habe ich das?"

„O ja." Und wieder küsste er sie. Wieder rauschte ihr Blut wild durch die Adern. Wieder schlug ihr Herz rasend schnell. Was war nur los mit ihr? Er kostete ihren Mund, und sie tat es ihm nach, küsste, knabberte und biss, bis sie fühlte, wie er sich mit ihr auf das weiche Gras sinken ließ.

„Weißt du, Remmington, so kann man sich ganz leicht Grasflecke einhandeln", brachte sie hervor.

„Wirklich? Hm. Dann ist doch alles in bester Ordnung." Er streichelte ihre Schultern mit seinen Händen und küsste ihren Hals und ihre Wangen. Sie erzitterte. Warm spürte sie seinen Atem auf ihrer Haut. Zwischen den einzelnen Küssen, die er mit seinen Lippen auf ihren Körper hauchte, sagte er: „Aber wenn du dir deswegen wirklich Sorgen machst, sollten wir das hier vielleicht ausziehen." Und schon raffte er den Saum ihres T-Shirts mit den Händen, streifte ihr den Stoff über den Kopf und gab ihre Haut der kühlen Frühlingsluft preis.

Aufhören! Hör sofort damit auf, schrie ihr Verstand, doch die Warnungen verhallten ungehört.

„Dann tätest du aber gut daran, meinem Beispiel zu folgen. Ich habe schon einen deiner Anzüge ruiniert."

„Anzug und T-Shirt geht es gut."

„Und der Krawatte?"

Während sie sich an den Knöpfen seines Hemdes zu schaffen machte, lächelte er. „Die ist Geschichte."

„Das hatte ich befürchtet", meinte sie. Sie versuchte, nicht auf seinen muskulösen Oberkörper zu starren oder auf die einladenden dunklen Härchen, die diesen bedeckten. Flache Brustwarzen lugten unter weichen, fast schwarzen Locken hervor, und sie musste an sich halten, nicht jede einzelne zu küssen.

„Wie schon gesagt, das ist Wahnsinn", flüsterte sie. Er legte sich neben sie und zeichnete mit einem Finger sanft die Umrisse ihres Spitzen-BHs nach. Ihr Magen schlug einen langsamen, sinnlichen Purzelbaum. Über sie gebeugt, küsste er den Ansatz einer Brust, und sie konnte sehen, wie das Sonnenlicht ein paar rote Strähnen in seinem dichten braunen Haar erhellte.

„Dagegen lässt sich nichts sagen." Sein Atem ließ sie erschauern, und das Gefühl war himmlisch und doch ruchlos. Ihr drehte sich der Kopf, und ihr Körper sehnte sich nach mehr.

„Ich meine ... Wir sollten besser zurückgehen ... Oh ..." Erregt keuchend schloss sie die Augen halb, als seine Zunge dem Weg folgte, den sein Finger vorgezeichnet hatte. In den weichen Cups ihres BHs richteten sich ihre Brustwarzen auf.

Er schaute sie an, erkannte die Lust in ihren Augen und küsste sie erneut. Mit einer Geschicklichkeit, die wohl von einigen Erfahrungen stammte, öffnete er die Häkchen des BHs an ihrem Rücken und warf das unerwünschte Stück Spitzenstoff beiseite.

Sanft berührte er die Spitze einer Brust und beobachtete fasziniert, wie sie sich zusammenzog. „Du bist wunderschön."

Errötend wollte sie sich zur Seite drehen, um ihre Nacktheit zu verbergen. Doch in der Bewegung drückte er sie wieder zurück ins Gras und sah ihr direkt in die Augen. Mit dem Daumen umkreiste er ihren Nippel, und sie stöhnte vor nie gekannter Leidenschaft.

So sehr wollte sie seinen nackten Körper auf ihrem spüren. Sie stellte sich vor, wie er ausgestreckt auf ihr lag, sie berührte, sie küsste, sie seine Erregung nur allzu deutlich fühlen ließ, während er sie so liebte, wie er es schon einmal getan hatte. Es kam ihr vor, als würde sie dahinschmelzen. Sanft verwöhnte er ihre Brüste, liebkoste mit der Zunge ihre harte Spitze, neckte sie. Da stöhnte Gina tief auf. Leidenschaftlich vergrub sie die Finger in seiner Schulter. Sie bog ihren Körper durch, forderte nachdrücklich mehr.

Ihre Lippen verschmolzen zu einem Kuss, der sie schwindelig machte. Wie aus der Ferne vernahm sie den rauschenden Bach und einen Specht, der den Stamm eines Baumes bearbeitete.

Er lag auf ihr, der Reißverschluss seiner Jeans drückte gegen ihre Scham. Eine Welle der Erregung erfasste sie. Sie hielt ihn fest. Langsam begann er, sich zu bewegen und an ihr zu reiben, Stoff an Stoff, sodass ihre Erregung ins Unermessliche wuchs.

Nicht allzu weit entfernt hörte Gina trotz des Trommelns des Spechts Hufschläge. Die Stute wieherte. Trent versteifte sich und hob den Kopf. „Ich glaube, wir bekommen Gesellschaft."

Sie erstarrte. „Nein."

„Doch."

„Ausgezeichnet", murmelte sie und streckte sich nach ihren Anziehsachen. Sie spürte, wie sie förmlich am ganzen Körper errötete.

Trent rollte sich auf die Füße und warf ihr die Kleidung zu. Den BH stopfte sie in die Gesäßtasche ihrer Jeans, eilig zog sie ihr T-Shirt über. Zeit, den Saum in die Hose zu stecken, blieb ihr nicht. Denn kurz darauf kam Garrett Kincaid auf einem gescheckten Hengst aus dem Wald geritten.

Gina war sich hundertprozentig sicher, dass ihr Gesicht die Farbe ihres Haares angenommen hatte. Der Mann war doch kein Idiot! Er würde nicht sehr lange brauchen, um sich zusammenzureimen, was hier vorgefallen war. Schließlich stand sie barfuß, zerzaust und mit zerknitterten Kleidern vor ihm. Trent hatte zwar sein Hemd an, allerdings war es nicht zugeknöpft, und so flatterte es im Wind.

Der Ausdruck auf Garretts Gesicht sprach Bände. Er war nicht erfreut. Ein harter Zug umgab seinen Mund. Die Augen, zu Schlitzen zusammengepresst, weilten auf seinem neu gefundenen Enkel. „Ich dachte mir schon, dass ich dich hier oben finden würde", sagte er und schwang sich so leichtfüßig auf den Boden, als wäre er 40 Jahre jünger.

„Hast du mich denn gesucht?", erkundigte sich Trent.

„Ja. Rand sagte, ihr beide hättet diesen Weg genommen. Deine Sekretärin hat angerufen. Sie meinte, es sei sehr dringend, und erwähnte irgendetwas von einem Streik."

„Verdammt noch mal!"

„Ich dachte, das würdest du wissen wollen."

„Das stimmt."

Garrett wandte sich mit strengem, unnachgiebigem Blick in Ginas Richtung. „Und für dich hat Jack angerufen." Wenn ihm ihr mitgenommenes Aussehen aufgefallen war – was ihm unmöglich entgangen sein konnte, wenn er nicht gerade blind war –, besaß Garrett so viel Anstand, es nicht zu erwähnen.

„Ich glaube, wir sollten zurückreiten." Trent stopfte die beiden Enden seines Hemdes in die Hose.

Missbilligend schob Garrett das Kinn vor. Er nickte kurz, ging dann zurück zu seinem Pferd und schwang sich in den Sattel. „Wäre nicht die schlechteste Idee, alles in allem."

Er lenkte das Pferd mit den Knien und trieb es an, bis der langgliedrige Hengst lostrabte.

Gina wollte am liebsten im Erdboden versinken. Unter gar keinen Umständen wollte sie, dass Garrett dachte, sie hätte es an Professionalität mangeln lassen. „Na, das war ja mal peinlich", sagte sie, klopfte sich den Staub vom Hosenboden und lief zu ihrer Stute.

„Aber nein. Er hat sich überhaupt nichts dabei gedacht."

„Wieso bist du dir so sicher?"

Trent schnaubte. „Er ist Larrys Vater, oder? Es gibt nichts, was Garrett Kincaid nicht schon gesehen hätte."

Doch Gina war nicht überzeugt. Ihre Brüste hoben und senkten sich ungehindert unter ihrem T-Shirt. Es war ja nicht so, dass sie prüde war. Ganz im Gegenteil. Aber sie brach ihre eigenen Regeln, die für professionelles Verhalten standen, ungemein leicht.

Als sie auf ihre Stute stieg, stellte sie fatalistisch fest, was das Problem war: Wenn es um Trent Remmington ging, schien ihr Kopf vollkommen hirnlos zu sein.

7. Kapitel

„Was läuft da zwischen dir und Gina?", wollte Garrett wissen, als Trent, der am ramponierten Schreibtisch im Arbeitszimmer saß, nach einem langen Telefonat mit seiner Sekretärin aufgelegt hatte. Der alte Mann war während des Gesprächs in das Zimmer gekommen, hatte auf einem Klappstuhl Platz genommen, der in eine Ecke gezwängt worden war, und darauf gewartet, dass Trent den Anruf beendete. Im Haupthaus wurde renoviert. Geräusche von Sägen, Hämmern und Männern, die miteinander sprachen, waren überall im Gebäude zu hören, während man daran arbeitete, den alten Kincaid-Sitz zu modernisieren.

„Zwischen mir und Gina? Nicht besonders viel", meinte Trent ausweichend. Er wollte sich nicht eingestehen, dass er seit dem Augenblick, an dem er sie in Dallas zum ersten Mal gesehen hatte, mit ihr ins Bett gehen wollte.

„Mir kannst du nichts vormachen." Garrett beugte sich nach vorn, stützte sich mit den Ellbogen auf den Knien ab und faltete die Hände zwischen den Beinen. Trent warf er einen scharfen wachsamen Blick zu, der ihm allmählich vertraut wurde. „Ich habe Augen im Kopf, weißt du? Und auch wenn es dir schwerfällt, das zu glauben: Ich bin nicht von vorgestern."

„Auch wenn es dir schwerfällt, das zu glauben, aber ich bin ein erwachsener Mann, kann meine eigenen Entscheidungen treffen und brauche niemanden, der mir sagt, wie ich mein Leben zu führen habe."

„Genau das hat Larry mir vor Jahren auch vorgehalten", konterte Garrett ungerührt. Er rieb seine Hände, spitzte die Lippen und sah aus, als hätte er noch etwas zu sagen.

„Was noch?", hakte Trent nach, sicher, dass ihm die Antwort nicht gefallen würde.

„Ich hoffe nur, dass du nicht nach ihm schlägst."

„Ha!", stieß Trent lachend hervor. „Wie Larry? Auf keinen Fall."

„Du hast ihn nicht gekannt."

„Alles in allem war das anscheinend eher ein Segen."

Ein Anflug von Schuldgefühlen verfinsterte Garretts Ausdruck, und er stand auf. Mit knacksenden Kniegelenken ging er zum Fenster und starrte an der Schlafbaracke, den Ställen, den Maschinenhallen und Koppeln vorbei in die Ferne. Allerdings vermutete Trent, dass Garrett weniger die unermessliche Weite der Ranch betrachtete, die sich bis zu den bewaldeten Gebirgsausläufern erstreckten. Nein. Sein Großvater – verdammt, das war immer noch schwer zu verdauen – dachte an einen Ort und an eine Zeit, die nur er sehen konnte.

„Larry hatte mehr als genug Fehler, das kann ich nicht leugnen", stellte Garrett gegen das Kreischen einer Handkreissäge aus einem anderen Flügel des Hauses fest. „Doch ich habe ihn trotzdem geliebt. Ja, er war ein Schürzenjäger, ein Säufer und ein Spieler. Er hat mir mehr graue Haare beschert, als das ein Sohn tun sollte. Aber er war nicht durch und durch schlecht. Zumindest kann ich nicht glauben, dass er es war."

„Oder du willst es nicht glauben."

Garrett zuckte die Achseln und rieb sich mit einer Hand den Nacken. „Das trifft es wohl eher. Sei's drum. Bitte sei vorsichtig. Gina ist ein nettes Mädchen."

„Nein, Garrett, sie ist eine erwachsene Frau."

Der alte Mann drehte sich auf dem abgetragenen Absatz seines Stiefels um und schoss seinem Enkel einen funkelnden Blick aus blauen Augen zu. „Eine *nette* erwachsene Frau. Hör mir gut zu, ich gebe dir einen wirklich guten Rat …"

„Ich kann mich nicht erinnern, dass ich darum gebeten hätte", unterbrach Trent ihn.

Garrett ignorierte den Einwurf und fuhr fort: „Tu nichts Unbedachtes. Mehr habe ich nicht zu sagen. Benutze deinen Kopf, und lass deinen Hosenschlitz zu." Damit verließ er den Raum.

Trent, der zurückblieb, klopfte mehrmals mit dem Stift, den er in der Hand hielt, frustriert auf den Schreibtisch. Die Zähne hatte er so fest zusammengebissen, dass sie schon schmerzten. Zum ersten Mal seit Jahren fühlte er sich wie ein kleiner Junge, der vom Schulleiter gescholten worden war. Das hatte ihm damals schon nicht gefallen, und heute gefiel es ihm nicht besser. Wahrscheinlich weil er selbst den gleichen Gedankengang gehabt hatte.

Er drehte sich mit dem knarzenden Bürostuhl um und sah durch die milchigen Fensterscheiben. Draußen war Rand Harding, der gerade in seinen Pick-up hatte steigen wollen, stehen geblieben, als Suzanne von der Rückseite des Hauses erschienen war. Den einen gestiefelten Fuß auf dem Trittbrett des Wagens, lehnte er sich gegen die geöffnete Tür, so als sei er dabei, hinter das Lenkrad zu klettern. Suzanne stellte sich in den Schatten einer Lebenseiche, während sie ihr gemeinsames Baby auf einer vorgestreckten Hüfte balancierte. Fröhlich lachend zwinkerte sie ihrem Ehemann zu, der auf sie zukam. Trent konnte ihre Unterhaltung nicht hören, wurde aber Zeuge des Ausdrucks auf ihren Gesichtern – Vergnügen und tief verwurzelte Zuneigung –, der in den lachenden Mündern und strahlenden Augen so offensichtlich war. Sie redeten kurz miteinander, dann lehnte sie sich zu ihm hinüber, und er küsste sie leidenschaftlich. Als wäre es ihm ernst. Dabei waren sie schon verheiratet. Sie errötete wie ein Schulmädchen, während das Baby weinte. Rand, den Cowboyhut auf dem Kopf nach hinten geschoben, grinste über beide Ohren, als hätte er, der Rebell der Highschool, der Ballkönigin einen Kuss geraubt.

Trent wandte die Augen ab. Er war nie ein Romantiker gewesen, nie ernsthaft daran interessiert, sesshaft zu werden. Na ja, ein Mal vielleicht, als er dachte, eine seiner Freundinnen wäre schwanger. Beverly, eine gertenschlanke Blondine, hatte ihn über das Baby informiert, um dann plötzlich eine Woche später zu sagen, dass ihr ein Fehler unterlaufen war.

Damals hatten ihn widersprüchliche Empfindungen erfüllt. Beverly war Wertpapierhändlerin gewesen und daran gewöhnt, ihre eigenen Entscheidungen zu treffen. Anspruchsvoll und dickköpfig zugleich, war sie aufregend und clever. Aber er hatte sie nie geliebt. Als sie ihm sagte, dass sie von ihm schwanger sei, hatten Trent gemischte Gefühle überkommen: eine Euphorie, die er nicht erwartet hatte, und eine überraschende Anwandlung von Anstand und Beschützerinstinkt. Er hatte sich entschieden. Er wollte am Leben des Kindes teilhaben. Entweder indem er Beverly heiratete oder indem er das gemeinsame Sorgerecht verlangte. Doch er hatte keine Chance gehabt. Obwohl sie es rigoros leugnete, ja, ihn wegen seiner Zweifel sogar auslachte, verdächtigte er Beverly, dass sie ihn entweder von vornherein über die Schwangerschaft belogen hatte, um ihn zu manipulieren. Oder aber sie hatte sich allein entschieden abzutreiben. So oder so hatte er die kurzlebige Affäre beendet, weil er sich sicher war, dass sie ihre Karriere über ihr Kind gestellt hatte. Und so wie er die Dinge sah, ging so etwas gar nicht.

Oh, natürlich! Er hatte schon viel darüber gehört, dass man heute „Qualitätszeit" mit seinen Kindern verbrachte, dass Frauen alles unter einen Hut bringen wollten. Aber er war der Ansicht, dass es einfach zu viel war, wenn einer Frau die Anforderungen von Ehemann, Kindern, Job und Haushalt auferlegt wurden. Er hatte das hautnah miterlebt. Seine eigene Mutter, eine Karrierefrau, die keine Zeit für ihre Zwillingssöhne aufbrachte, war der Grund, weshalb er niemals heiraten wollte – vor allem keine Frau, die schon an ihre Arbeit gebunden war.

Also hatte er jede Menge Affären und One-Night-Stands genossen. Lockere Beziehungen ohne Bedingungen. Er war vorsichtig gewesen – außer in der Nacht mit Gina. Diese Nacht war in vielerlei Hinsicht anders gewesen. Um der Wahrheit die Ehre zu geben: Es hatte ihn ungemein irritiert, dass Gina – na ja, damals hieß sie noch Celia – die Frechheit besessen hatte, sich davonzuschleichen,

106

während er noch in diesem Hotelzimmer schlief. Lieben und Gehen war bisher sein Markenzeichen gewesen.

Andererseits war sie von Anfang an etwas Besonderes gewesen. Er hatte sie gesehen, wollte sie verführen, und es war ihm sogar gelungen. Zufrieden war er danach jedoch nicht gewesen. Denn er wollte mehr. Und jetzt schien es, als könne er gar nicht genug von ihr bekommen.

Stirnrunzelnd ließ er den Stift in einen Becher auf dem Schreibtisch fallen und schaute noch einmal zu Rand und seiner Frau. Der Vorarbeiter hatte inzwischen hinter dem Steuer Platz genommen, den Motor gestartet und sich umgedreht und blickte beim Rückwärtsfahren über die Schulter. Suzanne strahlte über das ganze Gesicht und winkte ihm zu. Dann hielt sie die winzige Faust des Babys nach oben und öffnete und schloss die kleinen dicken Fingerchen, ihre eigene Geste imitierend.

Es war, als würde er sie tatsächlich beneiden, denn Trent spürte ein bisher unbekanntes Ziehen in seinem Herzen. Gott, was war er nur für ein Idiot! Dennoch starrte er weiter wie ein Voyeur zu der kleinen, eng verbundenen Familie.

Rands Pick-up verschwand in einer Staubwolke, und Suzanne, die im Allgemeinen – soweit Trent das beurteilen konnte – sehr ernst war, hob den kleinen Joe in die Luft und wirbelte um die eigene Achse. Das Baby warf den Kopf nach hinten, und Mutter und Kind lachten fröhlich, als würden sie keine Sorgen kennen in der Welt.

Zum ersten Mal in seinem Leben fragte sich Trent, ob auch nur ein kleiner Teil dieser heimeligen Szene je zu ihm gehören würde.

Die Zähne fest zusammengebissen vor Empörung darüber, was für eine haarsträubend gefühlsduselige Wendung seine Gedanken genommen hatten, ließ er das Rollo zuschnappen. Um Himmels willen, er war doch kein Spanner! Und er hatte keinerlei Interesse an dieser verführerischen Illusion eines idealisierten Familienlebens im Stil von Norman Rockwell. Neid hatte in seinem Leben keinen Platz.

Für Rand und Suzanne waren Heirat, Kinder und der ganze Familien-Sermon genau das Richtige. Verdammt! Für die meisten war es genau das Richtige.

Nur nicht für ihn.

Niemals.

Sackgassen abklappern. Auf dem Holzweg sein. Tote Punkte erreichen. Jedes einzelne dieser Klischees erwies sich als wahr. Gina fuhr ihren Laptop herunter und stöhnte auf, weil sich hinter ihren Augen schlimme Kopfschmerzen zusammenbrauten. Mit einem langen Telefonkabel bewaffnet, das mit einer der drei Leitungen verbunden war, die in dem Haus verlegt worden waren, saß sie auf dem Bett und ließ den Kopf im Nacken kreisen. Sie hasste es, dass sie sich geschlagen geben musste.

Das Baby war irgendwo dort draußen. Sie musste es nur finden. Seit dem gestrigen Ritt zurück zur Ranch war sie Garrett aus dem Weg gegangen. Stunde um Stunde verbrachte sie an der Tastatur, durchforstete das Internet, nutzte jede Quelle, die ihr zur Verfügung stand, in der Hoffnung, eine Spur zu Larrys siebtem unehelichen Sohn zu finden.

Dass sie sich in ihrem Zimmer einigelte, hatte noch einen anderen Grund, gestand sie sich widerstrebend ein. Sie brauchte Zeit, um sich zusammenzureißen. Wie hatte sie nur zulassen können, dass sie Trents Charme erneut zum Opfer fiel? Hatte sie denn gar nichts gelernt?

Sie lenkte ihre Aufmerksamkeit zurück auf das vorliegende Problem – die Suche nach diesem nicht greifbaren Kincaid-Spross. Bisher hatte sie nichts vorzuweisen. Sie massierte ihre Schläfen und wandte sich der kleinen metallenen Box zu, die geöffnet neben ihr auf dem Bett lag. Alles, was sie hatte, war eine Notiz in Larrys Handschrift, die daraufhin hindeutete, dass es eventuell ein weiteres Baby gab – einen Jungen. Sonst nichts. Nur eine Vermutung, weil das Timing stimmte. Nirgendwo hatte er den Namen des Kindes oder der Mutter vermerkt, noch nicht einmal das

Geburtsdatum. Gina war Larrys gesamtes Hab und Gut durchgegangen, in der Hoffnung auf einen Brief, eine Geburtsanzeige,
eine Kopie der Geburtsurkunde ... doch sie stand weiterhin mit
leeren Händen da.

„Das kann doch nicht sein", murmelte sie entnervt, doch dann
fing sie sich. Sie musste das Geheimnis um dieses Baby einfach
lüften!

So viel zum Thema „Stardetektiv", schalt sie sich. *Denk nach,
Gina, denk nach!* Sie ließ sich auf das Bett fallen und schloss die
Augen. Doch anstatt den Kopf frei zu bekommen, brachte die
Ruhe sie nur mit Bildern von Trent durcheinander: Trent im schicken Anzug im Hotel in Dallas, in Jeans und T-Shirt auf der Ranch
und mit nichts als einem Laken über seinem nackten Körper. „Oh,
du bist ein hoffnungsloser Fall", rief sie sich laut zu und beschloss,
dass es an der Zeit war, Garrett gegenüberzutreten. Sie konnte sich
ja schlecht auf ewig in ihrem Zimmer verbarrikadieren.

Außerdem musste sie sich noch um eine andere Sache kümmern – um die Kleinigkeit, einen Schwangerschaftstest zu kaufen. Gerade wollte sie nach Handtasche und Schlüssel greifen, da
hörte sie Fußschritte auf den Stufen. Innerhalb weniger Sekunden
stand Trent in der Tür, und ihr dummes Herz machte bei seinem
Anblick einen Sprung. Gut aussehend, wild und sexy wie sonst
noch was.

„Kann ich etwas für dich tun?", fragte sie, als er ihr Zimmer betrat, das dadurch kleiner zu werden schien.

„Ich habe mich nur gefragt, wie lange du auf der Ranch bleiben
willst." Seine Augen waren dunkel. Undurchdringlich.

„Ich ... ich ... Keine Ahnung. Ist das wichtig?"

„Wahrscheinlich nicht."

„Eigentlich wollte ich gar nicht bleiben, aber ich habe da ein
Problem", räumte sie ein und erhob sich. „Einen Job unerledigt zu
lassen gefällt mir gar nicht. Bis ich herausgefunden habe, ob Larry
ein weiteres Kind hatte, werde ich wahrscheinlich hierbleiben. Ist
das ein Problem?"

„Könnte sein", räumte er ein, verschränkte die Arme vor der Brust und runzelte die Stirn. „Du und ich ... wir hatten in Dallas einfach einen schlechten Start."

Grundgütiger, worauf wollte er jetzt schon wieder hinaus? Ihr Puls raste. „Ja, ich weiß. Das war mein Fehler ..."

„Unser beider Fehler", unterbrach er sie scharf.

„Ich hätte nicht lügen dürfen."

„Nein, aber ich auch nicht", bekannte er. Da fiel ihr ein nervöses Pochen in der Nähe seiner Augenbraue auf. „Du warst nicht die Einzige, die die Wahrheit verdreht hat."

„Nicht?"

Er schob das Kinn zur Seite. „Nein. Tatsache ist, dass ich dich in dem Moment bemerkt hatte, als du die Bar betreten hast. Ich wollte dich unbedingt kennenlernen und ..." Er schnaubte durch die Nase. „Verdammt noch mal, Gina", rief er rau und sah sie durchdringend an. „Ab dem Augenblick, als ich dich erblickt habe, hatte ich nur eines im Sinn."

„Und das ... war?", erkundigte sie sich. Sie stand nur ein paar Schritte von ihm entfernt und starrte wie gebannt in die erotischsten blauen Augen, die sie je gesehen hatte.

„Dass ich mit dir ins Bett gehen wollte."

Sie schluckte schwer. „Also ..."

„Das dürfte keine Überraschung sein."

„Nur dass du so ... unverblümt bist. Normalerweise reden die Menschen nicht über so etwas."

„Normalerweise passiert *so etwas* auch nicht." Er machte einen Schritt auf sie zu. „Zumindest nicht mir."

Er kniff die Lippen fest zusammen, so als würde er sich über sich selbst ärgern. Einen Moment lang dachte sie, er würde sie küssen. Für eine Sekunde war das alles, woran sie denken konnte, alles, was sie sich ersehnte.

„Aber du hast das geändert, Lady."

Ein Teil von ihr fühlte sich geschmeichelt, der andere zu Tode geängstigt.

„Ich hätte alles getan", sagte er, streckte seine Hand aus und berührte ihren Arm mit diesen warmen kräftigen Fingern, „alles, um dich in mein Hotelzimmer zu bekommen."

Langsam breitete sich Hitze in ihr aus, befiel ihre Wangen.

Sie wollte etwas sagen, doch er legte einen Finger auf ihre Lippen. „Und so haben wir uns gegenseitig hintergangen. Ich gestehe dir das, weil ich denke, dass wir noch mal von vorn beginnen sollten. Einen Neuanfang wagen. Ohne Lügen."

O Gott, bitte lass den Erdboden aufgehen und mich verschlucken.

Sag es ihm, drängte ihr Verstand. *Sag ihm, dass du glaubst, dass du schwanger bist!* Jetzt gleich! Doch die Worte wollten ihr nicht über die Lippen kommen. Was, wenn ihre Befürchtungen nur falscher Alarm waren? Wenn ihr Zyklus einfach durcheinander war? Wenn es gar kein Baby gab?

„Abgemacht?", fragte er so dicht vor ihr, dass sie seinen Atem auf ihrem Gesicht spüren konnte. Er strich sanft über ihre Lippen und ließ seinen Finger tiefer wandern, über ihr Kinn, ihre Kehle.

Das Atmen fiel ihr zunehmend schwer. „A…abgemacht", wiederholte sie, und der Hauch eines Lächelns war in seinen Augen zu erkennen.

„Na gut." Er zögerte kurz. So als würde er erwägen, sie zu küssen, sie an sich zu ziehen oder sie aufs Bett zu werfen und sie zu lieben. Doch er tat nichts von alledem. Stattdessen wandte er sich um und verließ das Zimmer. Gina blieb zurück mit den Scherben einer weiteren Lüge, die immer noch in der Luft hing. Einer noch viel größeren Lüge.

Es bestand die Möglichkeit, dass Trent Remmington bald Vater würde. Sie sank gegen die Wand und biss sich auf die Lippe. Wenn sie ihm jetzt hinterherrannte und atemlos von ihren Ängsten berichtete, sähe sie wie eine törichte, verzweifelte Frau aus. Nein. Sie musste warten.

Bis sie sich selbst sicher war.

111

Janie starrte das Mädchen an Tisch sechs unverwandt an. Es saß allein da und las in einem Taschenbuch, während es auf sein Essen wartete. In der Hektik, die die übrigen Gäste verbreiteten, wirkte es fehl am Platze. Fast jeder Tisch war belegt. Die Gespräche waren so laut, dass die Musik aus der Jukebox, irgendein alter Patsy-Cline-Song über Liebeskummer, kaum zu hören war. Besteck und Geschirr klapperten, das Stimmengewirr dröhnte, und perlendes Lachen erklang unter den surrenden Deckenventilatoren, garniert mit dem Brutzeln der Fritteuse in der Küche.

Das Mädchen, das Janie auf maximal zweiundzwanzig oder dreiundzwanzig Jahre schätzte, trug eine schwarze Hose und eine weiße Bluse mit hochgerollten Ärmeln. Auf ihrer Nasenspitze saß eine Brille mit dicken Gläsern, das gewellte, rötlich braune Haar war am Hinterkopf zusammengebunden, ihr Make-up war dezent. Alle paar Minuten sah sie von ihrem Roman auf, der ihre Aufmerksamkeit anscheinend nicht fesselte, blickte sich um und schaute die Menge abschätzig an.

Ein paar Stammgäste des Hip-Hop-Cafés waren anwesend. Lily Mae Wheeler, Winona Cobbs und Homer Gilmore, ein alter Mann mit langem grauen Haar und ebenso langem Bart, hatten ihre Stammplätze eingenommen. Homer verbrachte in den Bergen – wo er nach Außerirdischen Ausschau hielt – genauso viel Zeit wie in der Stadt. Die meisten Gäste kannte Janie beim Namen, doch ein paar Ortsfremde saßen hier und da verstreut. Immer mehr Menschen strömten in das Diner und belegten die Nischen und Tische schneller, als der Hilfskellner sie abräumen konnte.

Janie wirbelte zwischen den Tischen hin und her, nahm Bestellungen auf, servierte Getränke und Speisen und versuchte zu ignorieren, dass ihre Füße nach den langen Arbeitstagen dieser Woche langsam zu schmerzen begannen.

Gedankenverloren knabberte das Mädchen mit dem Buch an seiner Lippe und betrachtete verstohlen das „Hilfe gesucht"-Schild, das im Schaufenster hing. „Service!", rief der Koch. Janie beeilte sich, die vier Teller mit dampfenden Speisen aufzunehmen und schlängelte sich vorsichtig durch die Tische hindurch zu einer Nische in der Ecke. „Hähnchensteak?"

„Hier", antwortete ein Cowboy mit rotem Haar, Sommersprossen und Westernhemd. Er kam regelmäßig zum Essen und arbeitete als Farmhelfer auf mehreren Höfen in der Nähe. Dann stellte sie einige Reuben-Sandwichs mit Corned Beef, Sauerkraut, Käse und Russian Dressing vor jeden seiner Freunde. Da bedeutete ihr der Cowboy mit zwei Fingern, näher zu kommen. Den Blick hatte er fest auf das Mädchen an Tisch sechs geheftet. „Du kennst das Mädchen da drüben, das in das Buch vertieft ist, wohl nicht, oder?", erkundigte er sich.

„Nein." Janie schüttelte den Kopf. „Sie ist zum ersten Mal hier."

Er legte die Stirn in Falten. „Glaubst du, sie ist auf der Durchreise?"

„Das weiß ich leider nicht. Kann ich euch sonst noch etwas bringen?"

Seine Freunde schüttelten den Kopf und beugten sich über ihr Essen. Doch der Cowboy war abgelenkt.

„Service!" Die Tischklingel ertönte zeitgleich mit dem Ruf des Kochs, just in dem Augenblick, als das Patsy-Cline-Lied zu Ende ging.

„Dann muss ich es eben selbst herausfinden", sagte der Cowboy. Janie eilte zurück zum Tresen, um eine weitere Bestellung von Burgern und Fritten aufzunehmen.

Aus dem Augenwinkel beobachtete sie, wie der junge Mann zum Tisch des Bücherwurms hinüberschlenderte. Mit der Kaffeekanne in der Hand steuerte Janie auf Winona Cobbs zu.

Diese musterte das Mädchen mit dem Taschenbuch, als Janie ankam, um ihr Kaffee nachzuschenken. „Wer ist die denn?", fragte Winona und riss ein kleines Päckchen Kaffeeweißer auf, das sie in weißen Staubwolken zur Hälfte in ihre Kaffeetasse schüttete.

„Du bist die Hellseherin", zog Janie sie auf. „Sag du's mir."

„Na gut." Kleine Fältchen erschienen zwischen Winonas er-

113

grauenden Augenbrauen. „Ehrlich gesagt finde ich, dass sie wie Lexine Baxter aussieht."

Fast wäre Janie die Kaffeekanne aus der Hand gefallen. „Lexine? Niemals!" Lexine war das personifizierte Böse und saß für Verbrechen, die von Prostitution bis hin zu Mord reichten, im Gefängnis. Lexine war die Frau gewesen, die mehrere Mitglieder des Kincaid-Clans ermordet hatte, einschließlich ihres Ehemanns Dugin und ihres Schwiegervaters Jeremiah. Janie erschauerte bei dem Gedanken an die wunderschöne, verführerische, verkommene Frau. Gott sei Dank war sie für immer weggesperrt, ohne Aussicht auf Bewährung.

„Doch." Wiona spielte mit einem Kristallanhänger, der an einer Kette um ihren Hals hing, und sah noch einmal zu dem Mädchen an Tisch sechs hinüber.

Offensichtlich peinlich berührt durch die Aufmerksamkeit des Cowboys, errötete die Neue und schluckte. Sie zwang sich zu einem Lächeln, das sie nicht fühlte, und sah aus, als wolle sie augenblicklich vom Erdboden verschluckt werden.

„Nein, ich rede von einer jüngeren Lexine, vor all diesen Schönheitsoperationen und bevor sie entdeckte, dass Blondinen wirklich mehr Spaß haben." Winona kniff die Augen zusammen. „Nimm dieser hier die Brille ab, färb ihre Haare, und ich sage dir, sie gleicht Lexine wie ein Ei dem anderen.

Janie wollte es nicht glauben. Das, was sie hörte, ließ sie innerlich erschaudern.

„Damit liegst du völlig daneben."

Die Tür ging auf, und noch mehr Gäste strömten herein.

„Ich glaube nicht. Wenn ich mich nicht irre, fließt Baxter-Blut in ihr. Und da ist noch irgendetwas anderes. Sieh dir nur an, wie sie versucht, den Jungen, der mit ihr flirten möchte, zu ignorieren. Das ist doch nicht normal!"

Der Cowboy hatte eine Hand auf den Tisch gelegt und beugte sich, offensichtlich interessiert, zu ihr herab. Doch er bekam keinerlei positive Reaktion. Irgendwann gab er auf, kehrte zu seinem

Platz zurück, nahm Messer und Gabel und machte sich über sein Steak her.

Das arme Mädchen starrte angestrengt in sein Buch, doch Janie war aufgefallen, dass es nicht einmal die Seite umblätterte. Irgendetwas beschäftigte sie, und Janie konnte die Zeichen nur zu gut deuten. Besorgte Blicke, gespitzte Lippen, in ihren Augen lange Schatten – und all das kombiniert mit tiefen Seufzern. „Weißt du, ich würde wetten, dass sie hier in der Stadt ist, um ein gebrochenes Herz zu heilen. Sie könnte gerade mit jemandem Schluss gemacht haben." Dann, als sie sich selbst reden hörte, schüttelte Janie den Kopf. Da begann auch schon Elvis, durch die Lautsprecher zu tönen. „Nicht dass mich das etwas anginge."

„Und ich bleibe dabei! Sie sieht aus wie Lexine als junges Ding", beharrte Winona und nahm einen Schluck aus ihrer Tasse. „Ich meine, ohne all die schlechte Energie, die sie später heraufbeschwor."

Mit einer Handbewegung tat Janie Winonas Kommentare ab. Außerdem wollte sie nicht alle Baxters in einen Topf werfen. Jordan, der zunächst als armer Schlucker begonnen und das Beste aus einer schlechten Ausgangsbasis gemacht hatte, war als wohlhabender, aber nicht unbedingt liebenswürdiger Mann nach Whitehorn zurückgekehrt. Seine Cousine Lexine dagegen war von dem Leben als verabscheuungswürdige Verbrecherin angetan gewesen. Wenn auch kein Zweifel daran bestand, dass sowohl Lexine als auch Jordan die Kincaids hassten, ihr Streben nach Rache und die gleichen Großeltern waren alles, was die beiden gemeinsam hatten.

Dass das Mädchen mit der großen Brille auch nur entfernt der Mörderin ähnlich sehen sollte, überstieg Janies Vorstellungskraft.

„Kümmere dich um Tisch acht", instruierte sie den Hilfskellner. Da erklang die Glocke über der Tür. Eine Gruppe Teenager betrat lachend und scherzend den Laden und verzog sich in eine Ecke.

Janie, deren Augenbraue von dem Schweiß, der ihre Stirn benetzte, kitzelte, wollte gerade zu dem Tisch hinübergehen. Das Mädchen, das gerade noch gelesen hatte, zog beim Vorbeigehen Janies Aufmerksamkeit auf sich. „Entschuldigung." Es sah zu Janie hoch. „Ich möchte Sie nicht stören, aber ich habe das Schild im Fenster gesehen und dachte ... ich meine ..."

„Möchten Sie den Job?"

„Ja. Ich würde gerne eine Bewerbung ausfüllen." Große braune Augen funkelten hinter flaschenbodendicken Gläsern.

„Haben Sie Erfahrung?", fragte Janie die jüngere Frau.

„Ein bisschen."

„Ich sage Ihnen was: Holen Sie sich eine Schürze aus dem Schrank neben der Hintertür", schlug Janie vor. „Der Koch zeigt Ihnen, wo. Stift und Block sind in der Tasche. Dann kommen Sie wieder und fangen an zu arbeiten." Schnell gab sie der Neueinsteigerin ein paar grundlegende Anweisungen.

„Ich ... Ich hab die Stelle?", hakte das Mädchen ungläubig nach.

„Für heute Abend. Sehen Sie es als Probelauf."

„Wow!" Sie strahlte. Janie bedeutete dem Hilfskellner, ihren Tisch abzuräumen.

„Nur noch eine Sache", meinte Janie, als sich die Kleine in Richtung Küche aufmachen wollte.

„Die wäre?"

„Ich bin Janie Austin, die Restaurantleiterin. Wie heißen Sie?"

„Emma. Emma Stover."

„Ich freue mich, Sie kennenzulernen, Emma", sagte Janie lächelnd und wischte sich mit dem Handrücken ein Schweißtröpfchen von ihrer Stirn. „Willkommen an Bord."

„Was meinst du mit ‚wirklich vertraut'"?, erkundigte sich Jack Henderson, der vor seinem Schreibtisch auf und ab schritt, den Telefonhörer am Ohr. Er sah zum Fenster hinaus und beobachtete Autos, die auf der palmengesäumten Straße, ein paar Blocks vom Sunset Boulevard entfernt, hin und her fuhren. Eine dünne Smogschicht hatte Los Angeles im Würgegriff, doch das hinderte Inli-

116

neskater und Fußgänger nicht daran, sich auf den hellen Gehwegen zu tummeln.

„Ich meine damit, dass ich Gina und Remmington dort in der Hotelbar tanzen gesehen habe. Hm ... vor etwa fünf, vielleicht sechs Wochen." Herb Atherton lachte, was beinahe schmutzig klang. Jack hatte Herb nie besonders gemocht. Der konnte als Referenz zwar unter anderem einen Jura-Abschluss vorweisen, trug aber Jacks Meinung nach nur wenig dazu bei, das Rechtssystem zu verbessern. Herb war und würde immer ein Nehmer sein! Ein Mann, der die Moral einer Straßenkatze besaß, aber dennoch die Fähigkeit kultiviert hatte, auf andere herabzusehen, als wäre er mit Gott verwandt. Die Bedeutung des Wortes „Loyalität" kannte Herb nicht. Wenn der Preis stimmte, war er gewillt, alles zu tun, was es brauchte, um einen Fall zu gewinnen – ob richtig oder falsch, spielte keine Rolle.

„Bist du sicher?" Jack spürte, wie die Vene über seinem Auge zu pochen begann. Gina hatte kein Treffen mit Remmington erwähnt. Eigentlich hatte er gedacht, dass sie vorgehabt hatte, nach Montana zu gehen, den letzten Enkel aufzuspüren, sofern es ihn wirklich gab, und dann zu verschwinden. Sie war nicht daran interessiert gewesen, Larry Kincaids Brut unehelicher Kinder zu treffen, war sogar zurückgeschreckt vor Garretts Bitte, vor Ort zu sein, wenn alle in Whitehorn eintrafen.

„Ja. *Wirklich* vertraut, wenn du weißt, was ich meine."

Am liebsten hätte Jack durch das Telefon gegriffen und den schmierigen Anwalt erwürgt. Doch irgendwie schaffte er es, seine Geduld nicht zu verlieren. „Davon hat Gina nichts gesagt."

„Das wundert mich nicht. Sie hat aus Versehen den Wein über ihm ausgeleert, sich anschließend überschwänglich bei ihm entschuldigt, um schließlich mit ihm aufs Zimmer zu gehen – du weißt schon, um die Flecke rauszubekommen oder so ähnlich." Ein weiteres anzügliches Lachen endete in einem Hustenanfall.

„Rufst du aus einem bestimmten Grund an?", fragte Jack und versuchte, seinen Ärger zu verbergen.

117

„Ja. Ich brauche Hilfe beim Aufstöbern eines völlig verkommenen Vaters", erwiderte Herb, plötzlich ganz ernst. „Das Ekel ist verschwunden und hat vor etwas sechs Monaten seine Exfrau mit fünf kleinen Kindern sitzen lassen. Ich dachte, du hättest vielleicht Interesse an einer Zusammenarbeit."

„Das ist wirklich Ginas Ressort", wandte Jack ein, dessen Gesichtsmuskeln jedes Mal zum Zerreißen angespannt waren, wenn er von einem Mann hörte, der seine Familie im Stich ließ. Versager allesamt, sein eigener Vater eingeschlossen. „Ich richte ihr aus, dass sie dich anrufen soll, wenn sie wieder in der Stadt ist."

„Tu das." Herb legte auf, und Jack stand mit einem üblen Nachgeschmack im Mund da. Er mochte Herb Athertons Andeutungen über seine kleine Schwester gar nicht. Andererseits war Herb nicht der Typ, der etwas vom Stapel ließ, ohne dass er durch ein Fünkchen Wahrheit abgesichert war.

„Verdammt", fluchte Jack und wünschte, Gina würde den Kincaid-Fall endlich abschließen, von dort abhauen und herkommen. Wenn sie unterwegs war, war er immer etwas beunruhigt. Natürlich wusste er, dass er überfürsorglich war, wie er es eben immer gewesen war. Dennoch konnte er es nicht lassen, sich für sie verantwortlich zu fühlen. Er hatte die Detektei gegründet, weil die Arbeit beim L. A. P. D. mit unermesslicher Bürokratie verbunden gewesen war. Häusliche Gewalt, Drogen und Gangs hatten ihn stumpfsinnig gemacht, und bei der ersten Gelegenheit, die sich bot, verließ er die Polizei und stieg auf eigene Rechnung ins Geschäft ein.

Nach ihrem College-Abschluss hatte Gina ihn angebettelt, bei ihm mitarbeiten zu dürfen. Widerstrebend hatte er eingewilligt, sie ins Team aufzunehmen. So konnte er sie zumindest im Auge behalten, hatte er gedacht. Der Hammer war, dass sie sich als eine höllisch gute Ermittlerin erwiesen hatte, vor allem, wenn es darum ging, Menschen ausfindig zu machen. Letzten Endes hatte Jack sie dann zu seiner Partnerin gemacht.

Bis zu diesem Zeitpunkt hatte sie sich als nüchtern, clever, effizient und professionell bewährt.

Was also sollte das mit Trent Remmington?

Er nahm seine Tasse mit dem Kaffee, der inzwischen kalt war, ging zu der eingetopften Avocado-Pflanze hinüber und goss den Kaffeesatz auf die Erde.

Als ihr alter Herr die Biege gemacht hatte, war Gina erst vier Jahre alt gewesen. Jack, damals schon zwölf, hatte in jenem Moment den Entschluss gefasst, sich um sie zu kümmern. Und das hatte er.

Bis jetzt. Zumindest schien es so.

Er fluchte leise, griff nach seiner Lakers-Mütze und ging zur Tür hinaus. Die schlug mit einem lauten Knall hinter ihm zu, und die Hitze der Stadt traf ihn mit voller Wucht. Nicht dass es ihm etwas ausmachte. Er würde nun am Strand von Santa Monica laufen gehen, lange und intensiv nachdenken, dann seine Schwester in Montana anrufen und sie fragen, was zum Teufel da vor sich ging.

8. Kapitel

„Sag mir einfach Folgendes, Gina. Und sei ehrlich: Hast du eine Affäre mit Trent Remmington?", wollte Jack am anderen Ende der Leitung wissen.

Ginas Rückenmuskeln spannten sich an. Das passierte immer, wenn ihr Bruder sich so in ihr Privatleben einmischte. Da sie aber mitten in der Küche stand, konnte sie das jetzt nicht mit ihm ausdiskutieren. Das Telefonkabel wickelte sich um sie, als sie dem Tisch den Rücken zuwandte, an dem Garrett und Trent saßen. In der Hand hielten sie Tassen mit heißem Kaffee, ihre dünnen Pancakes tränkten sie in Ahornsirup. Suzanne zog gerade ihre Schürze aus, während sie leise summte. Eine Brise, die durch die offenen Fenster wehte, wirbelte den Duft von gebratenem Bacon und Java-Kaffee durch das Zimmer.

„Ich finde nicht, dass dich das etwas angeht", sagte sie mit leiser Stimme.

„Moment! Hör sofort damit auf, Gina. Du und ich, wir hatten einen Deal: Wir lassen uns *nicht* mit unseren Klienten ein oder mit Zielpersonen von Nachforschungen oder ..."

„Mordopfern?", zog sie ihn auf, um die Stimmung ein wenig aufzulockern. Insgeheim betete sie, dass Trent nicht zuhörte. Bevor das Telefon geklingelt hatte, hatten Garrett und er gerade über Blake gesprochen.

„Lass deine Spielchen, ja? Ich bin nicht in Stimmung", grummelte Jack.

Die Falten der Missbilligung, die sich um seinen Mund gegraben hatten, konnte sie förmlich vor sich sehen. „Und du geh nicht gleich in die Luft. Ich weiß, was ich tue."

Ihr Bruder schnaubte so sehr, dass sie wünschte, sie könnte

120

durch die Telefonleitung greifen und etwas Vernunft in ihn hineinschütteln.

„Weißt du, ich bin siebenundzwanzig."

„Alt genug, um so einen Fehler zu vermeiden."

„Vertrau mir", flüsterte sie. Mit ein bisschen Glück waren ihre Worte von den Rufen der Arbeiter verschluckt worden, die inzwischen eingetroffen waren, um mit der Renovierung des Hauses fortzufahren. Hämmer schlugen dröhnend ein, und draußen wurde ein Traktor gestartet. Das Motorknattern verdichtete die Geräuschkulisse. „Es ist mein Leben", erinnerte sie ihren Bruder eindringlich.

„Verdammt noch mal, Gina, du *hast* etwas mit ihm angefangen!" Ein Schwall von Flüchen brach aus ihm heraus, und nach einer Weile schaffte er es mehr schlecht als recht, seine Fassung wiederzuerlangen. „Du solltest es besser wissen."

„Und du solltest dich raushalten."

„Hast du nicht gesagt, Trent Remmington sei ein reicher Playboy? Ein draufgängerischer Ölmagnat? Ein Spieler?"

Bei jeder Anschuldigung zuckte sie zusammen. Wenn ihr Bruder wüsste, dass sie befürchtete, schwanger zu sein. Was würde er dann sagen? Na ja, er konnte es nicht herausfinden. Er würde einen Herzanfall bekommen, Garrett würde an die Decke gehen, und Trent würde wahrscheinlich annehmen, dass sie ihn erpressen und mit dem Baby eine Beziehung zu ihm erzwingen wollte. Grundgütiger! Was für ein Durcheinander. Das Hämmern hörte auf, und der Traktor fuhr davon, sodass der Klang des Motors allmählich nachließ. Wieder senkte sie die Stimme. „Jack, ich weiß, was ich tue", log Gina und legte unbewusst ihre Finger über Kreuz. „Ich würde es zu schätzen wissen, wenn du etwas Vertrauen in mich hättest."

„Himmelherrgott!" Einen Moment lang herrschte Stille am anderen Ende. Dann seufzte er laut, und sie stellte sich vor, wie er sich mit steifen Fingern frustriert durch sein braunes Haar fuhr und seine hellbraunen Augen sich vor Sorge verdunkelten. Die kleine

121

Narbe auf seinem Kinn, das Ergebnis eines Zusammenstoßes mit einem messerschwingenden Crack-Süchtigen, trat wahrscheinlich stärker hervor, je zorniger er wurde.

„Ach übrigens, seit wann hörst du eigentlich auf Klatsch?"

„Verschone mich, Gina."

„Verschone du mich. Herb Atherton? Wirklich? Ich bitte dich!"

„Okay, dann ist Atherton eben ein Schleimer, geschenkt. Und er würde sicher auch seine Großmutter verkaufen, wenn er meinte, es würde ihm einen Richterposten einbringen. Aber die Fakten hat er im Allgemeinen geklärt."

„Das Ekelpaket sollte sich um seinen eigenen Kram kümmern. Und das, mein lieber Bruder, solltest auch du tun."

„Genau das tue ich, Gina", sagte Jack, und in seine Stimme schlich sich dieser besondere Unterton des großen Bruders, den sie erkannte und hasste. „Das ist meine Detektei und …"

„Und ich dachte, wir wären Partner."

„Das sind wir, aber …"

„Dann vertrau mir, um Himmels willen, und spiel nicht verrückt! Ich schaffe das schon, okay?"

Sie stutzte. Bildete sie es sich nur ein, oder war es in der Küche plötzlich so still, dass man die sprichwörtliche Stecknadel hätte fallen hören können?

Sie räusperte sich. „Die übrigen Halbbrüder erscheinen in wenigen Tagen. Wenn du also fertig bist? Ich glaube, für heute habe ich genug einstecken müssen. Ruf doch nächste Woche noch einmal an. Bis dahin kann ich sicher wieder etwas vertragen." Damit knallte sie den Hörer auf die Gabel zurück und drehte sich um. Garrett und Trent schützten ein außergewöhnliches Interesse an ihren sauberen Tellern vor, während Suzanne, die ihre Schürze an einen Haken bei der Hintertür hängte, neugierig eine Augenbraue hob. Dann sagte sie: „Ich bin in ein paar Stunden wieder da", und die Fliegengittertür fiel krachend hinter ihr zu.

„Probleme?", erkundigte sich Garrett beiläufig bei Gina, die sich an ihren Platz setzte. Ihr Frühstück aus Spiegeleiern, Bacon und Pancakes war unter einem See von geschmolzener Butter und Ahornsirup erkaltet.

„Nö." Sie schüttelte den Kopf.

„Ich habe den Kommentar übers Einstecken gehört", gab Trent zu bedenken, und sie entdeckte einen angespannten Zug um seine Mundwinkel, der ihr bisher nicht aufgefallen war.

„Ach, das war nur mein Bruder. Manchmal kann er eine echte Nervensäge sein."

Trent nickte, schien aber nicht völlig überzeugt. Er nahm einen langen Schluck aus seiner Tasse. „Ich kenne mich mit Brüdern aus."

„Und du wirst noch mehr kennenlernen, sogar recht bald, wenn ich mich nicht täusche", merkte Garrett an, der sich langsam erhob. Durch das Fenster sah er einen schnittigen schwarzen Honda Acura schnurrend in den Hof einfahren. „Und da trudelt auch schon der Erste ein."

„Was, schon?", fragte Gina.

„Jawohl." Als der Mann hinter dem Lenkrad ausstieg und in die helle Sonne Montanas trat, kniff Garrett die Augen zusammen. „Anscheinend ähneln sich Zwillinge doch mehr, als sie es zugeben möchten."

Gina ging zu Garrett, stellte sich neben ihn und wappnete sich. Trent schob seinen Stuhl knarzend zurück und lächelte gekünstelt.

Der Neuankömmling zog einen Glattlederkoffer vom Rücksitz, und als er sich aufrichtete, konnte Gina zum ersten Mal in sein Gesicht blicken. Glattes dunkles Haar, hohe Wangenknochen, dünne Lippen – identisch mit den Zügen des Mannes, der zur Hintertür ging, um ihn zu begrüßen.

Blake Remmington war in Whitehorn eingetroffen.

„Dann bin ich also nicht der Erste", stellte Blake fest, als Garrett und Trent über den Parkplatz auf ihn zugingen.

Trent zwang sich zu einem Lächeln, obwohl ihm nicht danach zumute war. Blake und er waren nie miteinander ausgekommen. Er ging nicht davon aus, dass sich ihre Beziehung zueinander verändern würde, nur weil sie nun wussten, dass ihre Mutter sie beide belogen hatte. Und dass sie in Wirklichkeit Larry Kincaids Söhne waren. Wie zu erwarten trug Blake eine hellbraune Hose, ein offenes Poloshirt und auf Hochglanz polierte Slipper. Keine Jeans und keine Stiefel für den Typen, dachte Trent, nicht mal in Montana.

Garrett hielt ihm die Hand hin. „Garrett Kincaid. Dein Großvater. Es ist wohl einfacher, wenn du mich beim Vornamen nennst."

Trent fiel auf, dass auf Blakes Gesicht die ganze Bandbreite von Emotionen zu sehen war, als er die ausgestreckte Hand des alten Mannes ergriff. „Sehr erfreut."

„Die Freude ist ganz meinerseits."

Blake wandte sich von Garrett ab, und sein Blick traf seinen Bruder mit voller Wucht. „Trent. Du bist etwas zu früh da, nicht wahr?"

„Ich konnte mich einfach nicht fernhalten", gab Trent zurück, und obwohl er wusste, dass er seinen Zwilling nicht ärgern sollte, konnte er es nicht lassen. „Wie steht's mit dir?"

„Sobald ich den Anruf erhalten habe, habe ich mich um alles gekümmert, ein paar Sachen in eine Tasche gepackt und bin losgefahren."

„Ganz schön spontan für deine Verhältnisse", bemerkte Trent.

„Na ja, vielleicht habe ich mich verändert."

„Hast du etwa Pferde vor der Apotheke kotzen gesehen?"

„Nein, aber sie waren kurz davor." Blake zwinkerte seinem Bruder übertrieben zu. „Lass es gut sein, ja?"

„Ich werde es versuchen. Aber ich verspreche nichts."

„Na gut." Blake nickte knapp, ohne dass auch nur ein Härchen aus seiner perfekt gekämmten Frisur herausgefallen wäre. Obgleich mehr Leute, als Trent lieb war, darauf bestanden, dass er und sein Bruder sich aufs Haar glichen, hatten sie nicht sehr viel gemeinsam.

Ausgenommen natürlich, dass ihre Mutter eine lügende, neureiche Hexe war, die ausschließlich auf ihre Karriere bedacht war, und ihr Vater ein Betrüger, der den Frauen nachstellte. Diese sagenhaften Merkmale konnten sie miteinander teilen.

Trent wand sich innerlich bei dem Gedanken, wie sehr seine Nacht mit Gina das Zusammentreffen seiner biologischen Eltern widerspiegelte. Ihre Mutter war State Commissioner gewesen, eine vom Bundesstaat Montana eingesetzte Verwaltungsrätin, die das Pech hatte, bei einer Tagung des Rancher-Verbandes auf Larry Kincaid zu treffen. Nach zu vielen Drinks und einer schnellen Nummer stellte sie Wochen später ihre Schwangerschaft fest. Irgendwie musste es Barbara gelungen sein, Harold Remmington davon zu überzeugen, dass es seine Jungs waren, denn kurz darauf heirateten sie.

„Trent ist vor ein paar Tagen angekommen", ließ Garrett beiläufig verlauten.

Blake suchte mit seinen blauen Augen, die denen seines Bruders so sehr glichen, Trents Blick. Und obwohl die leichte Anspannung im Schulterbereich seines Bruders und der Hauch von Missbilligung in seinem Mundwinkel kaum zu bemerken war – Trent sah es. Außerdem würde er darauf wetten, dass der Alte die kritische Stimmung, die zwischen den Brüdern herrschte, erfasst hatte.

„Trent war nie besonders für seine Geduld bekannt." Blake zwang sich zu einem Handschlag. Er war stark, fest und kurz. „Wie ist es dir inzwischen ergangen?"

„Wie immer", antwortete Trent gedehnt. Er war nie der Typ gewesen, der sich Blake anvertraute. O ja, natürlich, wenn er sich hin und wieder in Schwierigkeiten gebracht hatte, musste er sich an Blake wenden, aber das war vor vielen Jahren gewesen.

„Du frönst immer noch der wilden Spekulation?"

„Ja. Und was ist mit dir?"

„Na ja, seit Garretts Anruf haben sich die Dinge etwas geändert."

Trent hörte Schritte hinter sich, und Gina tauchte auf. „Verzeihung", sagte sie und streckte ihre Hand aus. „Sie müssen Blake sein."

Unwillig bemerkte Trent, dass in Blakes blauen Augen ein Funke aufkeimte und sein Lächeln breiter wurde. „Und Sie sind …?"

„Gina Henderson", meinte Trent schnell, bevor Garrett die Vorstellung übernehmen konnte. „Gina wurde engagiert, um uns aufzuspüren."

„Herzlichen Glückwunsch", sagte Blake so warmherzig und geschmeidig, dass Trent ihn schon für krank hielt. Der Kerl war wie warmer Pudding. Trent hatte ganz vergessen, wie Frauen seinem Bruder stets zu Füßen lagen. Selbst jetzt. Gina war nicht dagegen immun.

„Ich helfe dir mit deinen Koffern", bot Garrett an. „Du kannst hier oben im Haupthaus bleiben oder in der Schlafbaracke unterkommen. Ganz, wie du willst. Genug Platz ist in beidem."

„Es ist egal, wo." Blake ließ den Blick über das Anwesen gleiten, und während er das zweigeschossige Haus, den Stall, die Schlafbaracke und die Nebengebäude betrachtete, lächelte er sogar. Ganz so, als würde er das raue, schroffe Land mögen, das sich in einem Flickwerk von Feldern vor ihnen entfaltete. „Es ist schön hier oben."

Garrett strahlte geradezu. „Das finde ich auch."

„Da bist du sicher nicht der Einzige", sagte Blake.

Aber anstatt stolz zu nicken, wurde Garrett ganz schnell ernst. „Nein", bestätigte er knapp. „Lass mich das machen."

Neben seinem Koffer hatte Blake eine Aktenmappe, einen Laptop und noch eine kleinere Tasche dabei, alle aus dem gleichen Leder, jedes Teil graviert mit seinen Initialen. Wahrscheinlich das Werk von Blakes Exfrau Elaine.

„Du bleibst eine Weile?", fragte Trent.

„Ich glaube, ja." Blake blinzelte in der kräftigen Morgensonne. Ein Waldsänger trällerte von einem Baum in der Nähe, und die Tischler schwangen in der neuen Reithalle geräuschvoll ihre Hämmer. „Wenn das für dich in Ordnung ist", meinte er, an den Mann mit der wettergegerbten Haut gerichtet, der behauptete, ihr Großvater zu sein.

126

„Je länger, desto besser", bestätigte Garrett und schnappte sich Blakes Laptop. „Ich glaube, wir müssen uns alle besser kennenlernen."

„Was ist mit deinem Job?", wollte Trent wissen. Er hatte seinen Bruder noch nie so entspannt erlebt. Seit Trent denken konnte, verfolgte Blake immer einen Vorsatz oder ein Programm. Er war der Sohn, der einen Plan hatte. Soweit Trent wusste, war sein Zwilling auf seinem Weg niemals ins Straucheln geraten.

„Ich nehme mir einen Monat frei. Mindestens. Vielleicht auch länger." Sie machten sich auf zum Haupthaus, und Blake betrachtete den Horizont. Im Nordwesten ragten die zerklüfteten schneebedeckten Spitzen der Crazy Mountains zu ein paar Schleierwolken empor. „Selbst Ärzte brauchen manchmal Urlaub." Er sah zu seinem Bruder. Seine Stirn war in tiefe Falten gelegt. „In letzter Zeit lief es nicht besonders gut."

„Ich habe von der Scheidung gehört."

Traurigkeit überschattete die Augen seines Bruders. „Ich schätze, es hat nicht sollen sein. Elaine und ich ..." Er schüttelte den Kopf und verzog das Gesicht. „Aber das alles ist jetzt Schnee von gestern."

Zum ersten Mal seit sehr langer Zeit hatte Trent Mitleid mit ihm. Auch wenn er Blake damals hätte sagen können, dass dieser gesellschaftliche Emporkömmling Elaine Sinclair keine Frau war, die gerne zu Hause bleiben und ein paar Kinder großziehen würde, nach denen sich sein Bruder, der Kinderarzt, so sehr sehnte. Elaine stand auf Geld und gesellschaftliche Events und wusste gerne, wer was tat. Sie hatte ihre eigenen Vorstellungen für ihren Arztgatten und sich selbst, und dazu gehörte beileibe nicht, dass sie schwanger und fett wurde und für ein „rotznasiges Balg" Kekse buk, zum Fußballtraining ging oder Tanzaufführungen besuchte. Wieso Blake das nicht erkannt hatte, war Trent schleierhaft gewesen.

Blake hatte Elaine geheiratet und auf ihr Drängen hin einen Job in Südkalifornien angenommen. Das Leben auf der Überholspur in Los Angeles war nicht nach Blakes Geschmack gewesen. Trent hatte es von Anfang an gewusst. Aber Blake hatte ihn damals nicht nach seiner Meinung gefragt. Hätte er gefragt, hätte Trent ihm wahrscheinlich trotzdem nicht die Augen geöffnet. Denn er war der Ansicht, dass jeder seine eigenen Fehler machen und dafür bezahlen musste.

Während er all dies überlegte, schaute er zu Gina hinüber. Gott, sie ging ihm wirklich unter die Haut! Selbst jetzt, mit einer dunklen Shorts und einer pastellgelben ärmellosen Bluse bekleidet, war sie sexyer als jede andere Frau, die er seit Langem getroffen hatte. Die Morgensonne verwandelte ihr Haar in ein Flammenmeer, und wenn sie lachte, kräuselte sich ihre kleine Nase, die über und über mit diesen fast schon unsichtbaren Sommersprossen bedeckt war. Ihr Lächeln war ansteckend, und ihre Beine, schlank und gebräunt, schienen endlos zu sein.

Ja, sie hatte ihn an der Angel, dachte er, stieg die Treppen hoch und hielt den anderen die Tür auf.

Und das ging ihm gehörig auf die Nerven. Wie ihn auch diese plötzliche Anwandlung von Eifersucht störte, die ihn überkommen hatte, als sie Blake angelächelt hatte. Er war nie von der eifersüchtigen Sorte gewesen. Im Gegenteil: Er war derjenige gewesen, der für Misstrauen sorgte. Aber nun, da der Spieß umgedreht war, schmeckte ihm dieses neue Gefühl ganz und gar nicht.

Drinnen angekommen, führte Garrett Blake die Stufen hinauf und bot ihm ein Zimmer direkt neben Ginas an. Nicht dass es ihm etwas ausmachte, beruhigte sich Trent und stellte die Taschen, die er trug, auf den abgewetzten Teppich in der Nähe der kleinen Kommode. Und doch spannte sich Trents verdammter Kiefer so sehr an, dass es schon schmerzte.

„Bringst du das Haus in Ordnung?", bemerkte Blake, gerade als zwei Arbeiter, die Farbeimer in der Hand hielten, zur Rückseite des Hauses marschierten.

„Ein bisschen. Es war ganz schön heruntergekommen." Garrett legte Blakes Laptop auf das Bett und sah aus dem Fenster. „Ich glaube, Rand kann meine Hilfe brauchen", meinte er, denn der Vorarbeiter kam gerade auf das Haus zu. „Lass dir doch alles von Trent und Gina zeigen, ja? Sie sind ja schon seit ein paar Tagen da." Garrett wollte sich in Richtung Tür drehen, als Blake ihn an der Schulter festhielt.

„Danke, Garrett", sagte er, als wäre er wirklich froh, den alten Mann kennenzulernen und diese chaotische Familie anzunehmen. Wieder streckte er die Hand aus, ergriff Garretts und drückte sie fest. „Ich freue mich sehr, hier zu sein."

„Das höre ich gerne, mein Sohn." Garretts Lächeln berührte seine Augen. Er klopfte Blake auf die Schulter. „Schön, dass du da bist."

Trent schlenderte aus dem Zimmer. Keine Sekunde länger konnte er dieses ganze aufgesetzte Getue um die Familienzugehörigkeit von Larry Kincaids Bastard-Kindern ertragen.

Er war nie wirklich gut mit Blake ausgekommen, und er glaubte nicht, dass es mit dem Rest seiner Halbbrüder besser laufen würde. Andererseits war er schon immer ein Einzelgänger gewesen. Herauszufinden, dass Larry Kincaid sein Vater war, hatte daran nichts geändert.

Trent ging die Treppe hinunter zum Arbeitszimmer, wo er sich unter den Fax- und E-Mail-Nachrichten begraben konnte, die hereinströmten. Ginas Lachen verfolgte ihn, und er machte ein finsteres Gesicht, als er sich vorstellte, dass sein Bruder sie amüsieren konnte.

Mann, dich hat es vielleicht schwer erwischt, dachte er. Wieder verspürte er Eifersucht. *Und das bei einer Frau, die dich belogen hat, mit dir ins Bett gehüpft und dann mitten in der Nacht auf und davon ist. Sie hat dich zum Narren gehalten.*

Im Büro warf er die Tür zu und nahm den Hörer ab, mit der festen Absicht, seine Sekretärin, seinen Anwalt, den Steuerberater und einen externen Investor anzurufen. Unschlüssig schwebten seine Finger über den Tasten, und er horchte nach dem Klang von Ginas Stimme, nur um erneut wütend zu werden.

Was, zum Teufel, war nur mit ihm los?

Wenn es um diese verdammte Frau ging, schien er wie verhext zu sein.

9. Kapitel

Garrett wischte sich den Schweiß von der Stirn und schlug nach einer lästigen Mücke, die ihn einfach nicht in Ruhe ließ. Er spazierte durch den Obstgarten, hielt dann inne und sah hinüber zum Haupthaus. Aus den Fenstern erstrahlte Licht, während die Dämmerung sich über das weite Land legte. Er hatte so hart gearbeitet, um es im Familienbesitz zu halten. „Vielleicht habe ich einen Fehler gemacht", bekannte er niemand Bestimmtem gegenüber, obwohl ihm klar wurde, dass er wieder an Laura dachte. Gott, wie sehr er sie vermisste! Und in Zeiten wie diesen, wenn er Unterstützung brauchte, weil er mit einer Entscheidung rang, war der Schmerz in ihm ganz frisch; so als hätte sie diese Welt erst gestern und nicht schon vor vielen Jahren verlassen.

Der alte Hund, der hinter ihm hertrottete, winselte, und Garrett streckte seine Hand nach unten, um dem Schäferhund die Ohren zu kraulen.

„Ja", bestätigte er und sah das aufmunternde Lächeln seiner Frau vor sich. „Versteh mich nicht falsch, ich glaube, es war eine gute Idee, all unsere Enkel ausfindig zu machen. Aber einige der Komplikationen habe ich nicht vorhergesehen. Jordan Baxter macht von sich reden und behauptet, er wäre um das Anwesen betrogen worden, und ich habe das Gefühl, dass er, was das angeht, keine Ruhe geben wird. Es wird Ärger geben, todsicher!" Garrett schnaubte, und seine Nackenmuskeln verspannten sich. „Ehrlich gesagt, weiß ich nicht, warum er so wütend ist. Aber anscheinend meint Jordan, die Ranch stünde ihm zu, weil sein Onkel sie ihm zu seinem sechzehnten Geburtstag versprochen hat."

Garrett richtete sich auf und betrachtete die ersten Sterne, die am Himmel zu leuchten begannen. „Wenn das wahr ist – was ich bezweifle –, dann ist das schon sehr lange her, und Cameron Baxter muss seine Meinung geändert haben, ansonsten hätte er die Ranch nicht an unsere Familie verkauft. Ach, so ein Mist! Was für ein Durcheinander!" Er griff in seine Hemdtasche nach der nicht vorhandenen Zigarettenpackung. Eine alte Gewohnheit, denn er hatte das Rauchen schon vor Jahren aufgegeben.

„Aber das Schlimmste kommt noch", gestand er und begab sich auf den Rückweg zum Haus. „Es geht um Trent. Irgendetwas läuft da zwischen ihm und Gina. Ich erkenne es an der Art, wie sie einander ansehen. Vor Kurzem habe ich sie bei einem gemütlichen Stelldichein oben auf dem Berg erwischt, gestern habe ich sie dann in der Scheune überrascht. Sie waren allein und … na ja, du weißt schon." Ein schwermütiges Lächeln umspielte seine Lippen. „Sie erinnern mich so sehr an uns, Laura. Dass ich meine Hände kaum von dir lassen konnte." Bei der Erinnerung, wie heiß und scharf er in Trents Alter gewesen war, musste er tief seufzen.

Er ging an einem offenen Fenster des Ranch-Hauses vorbei, und Countrymusic, unterbrochen von Rauschen, drang an seine Ohren.

„Das Problem ist", fuhr er fort, „Trent ist nicht der Typ, der sesshaft wird. Da fließt wohl zu viel vom Blut seines Vaters in seinen Adern. Ich befürchte also, dass jemand verletzt werden wird … und das wird sicher nicht unser Enkel sein."

Bei der Vorstellung runzelte er die Stirn. Da er fast das Haus erreicht hatte, hörte er auf zu sprechen. Es würde ihm schwerfallen zu erklären, dass er mit seiner toten Frau sprach, also kniff er die Lippen zusammen. Besorgt war er aber immer noch. Trent und Gina hatten etwas miteinander – das stand außer Frage. Und auch wenn die Beziehung an sich kein Problem darstellte, machte es Garrett krank, daran zu denken, dass Trent Gina das Herz brechen könnte. Diese couragierte Rothaarige verdiente sehr viel Besseres.

Obendrein verstanden sich Trent und sein Bruder Blake nicht gerade gut. Sie sahen zwar identisch aus, waren in Wirklichkeit aber so unterschiedlich wie Tag und Nacht.

Er ging die Stufen zur hinteren Veranda hinauf, und der Duft früh blühender Rosen vom überwucherten Garten stieg in seine Nase. Ja, dachte er, die Lage würde sich nur verschlimmern. An der Hintertür zog Garrett seine Stiefel jeweils mit den Zehen des anderen Fußes aus.

In den nächsten Tagen würde der Rest von Larrys Jungs hier ankommen.

Entgegen seiner Hoffnung konnte es passieren, dass die Heimkehr nicht von brüderlicher Liebe erfüllt war. Zog man die zunehmende Spannung im Haus zwischen Trent, Gina und Blake in Betracht und bedachte, dass der Klatsch in der Stadt in Bezug auf Larrys uneheliche Kinder die Runde machte, und nahm dann noch Jordan Baxters Entschlossenheit dazu, für Ärger zu sorgen, so standen die Chancen wahrscheinlich sogar verdammt gut, dass bald die Hölle losbrach.

Die Tür zu ihrem Zimmer stand einen Spalt offen, und allmählich waren ihr die nächtlichen Geräusche vertraut. Die alte Uhr im Foyer tickte im Sekundentakt, ein Fernseher, der leise gestellt war, dröhnte am Ende des Korridors, und Trents Stimme, gedämpft, weil er im Arbeitszimmer telefonierte, war kaum zu hören. Er hatte darauf bestanden, weitere Telefonleitungen verlegen zu lassen. Um eine Ranch, Trents Geschäft und das ihre zu führen, hatte eine einzige Leitung nicht ausgereicht. Und da Garrett dies ähnlich einschätzte und in der vergangenen Woche drei weitere installiert worden waren, konnten nun Fax-Nachrichten empfangen werden, während er online war und gleichzeitig telefonierte. Garrett hatte die Forderung nicht abgelehnt, weil er hoffte, dass mehrere seiner neu gefundenen Enkel den Sommer über auf der Ranch bleiben würden. Die meisten würden ihre Geschäfte von hier aus führen müssen.

Alles in allem war es ein Albtraum, resümierte Gina, setzte sich in ihrem Bett auf und rieb sich den Nacken. Sie hatte die vergangenen Tage damit zugebracht, Trent aus dem Weg zu gehen – und war kläglich gescheitert. Sie hatten die Mahlzeiten gemeinsam eingenommen, waren sich im Haus über den Weg gelaufen, und während sie Suzanne in der Küche ausgeholfen hatte, waren er und Blake eingesprungen, wenn Rand Hilfe benötigt hatte. Er hatte sehr viel Zeit im Büro verbracht. Also war sie dazu übergegangen, auf ihrem Zimmer zu arbeiten.

Sie war in den Korridoren an ihm vorbeigegangen, hatte versucht, zu lächeln und sich lässig zu geben. Aber zwischen ihnen war mehr gewesen als ein oberflächliches Nicken oder ein „Hallo", „Wie geht's?" oder sogar „Hast du gut geschlafen?".

Erst gestern hatte sie ihn allein in der Scheune angetroffen, als sie nach Garrett gesucht hatte.

„Garrett?", rief sie und betrat das dunkle Innere, das nach trockenem Heu und Rind roch.

„Er ist nicht hier." Trents Stimme zu hören überraschte sie, dann trat er aus dem Schatten hervor. Seine Stiefelabsätze, die beim Näherkommen auf hundertjährigen Bohlen klapperten, hallten in den Kammern von Ginas flatterndem Herzen wider. „Ich bin selbst auf der Suche nach ihm."

„Oh." Sie war nicht einmal in der Lage, den Hauch eines Lächelns zustande zu bringen, denn eine Schleiereule, die gestört worden war, schrie laut von den Dachsparren herab, und Staubkörner tanzten und wirbelten golden im Strahl des Tageslichts, das durch ein einzelnes rundes Fenster hereinfiel. Sie blickte ihm ins Gesicht, und ihr Atem blieb irgendwo zwischen Lunge und Kehle stecken. Deutlich hervortretende Wangenknochen, eine kantige Mundpartie und dichte Augenbrauen, die über derart blauen Augen wachten, dass sie selbst im Halbdunkel Schwierigkeiten hatte, zu schlucken.

„Er ist auch nicht in den Ställen. Da war ich schon."

„Dann ... dann ist er vielleicht in die Stadt gefahren."

„Nein. Sein Wagen steht drüben." Er war so nah, dass sie einen Hauch seines männlichen moschushaltigen Aftershaves riechen konnte, das sich mit den anderen Gerüchen des Stalles vermischte.

„Dann sehe ich in der Schlafbaracke nach."

„Warte!" Er streckte den Arm aus, um nach ihrer Hand zu greifen, und als seine Finger ihr Handgelenk umschlossen, traf der Schock sie mit voller Wucht. Kleine Schweißperlen reihten sich zwischen ihren Schulterblättern aneinander. „Ich glaube, ich bin etwas grob mit dir umgesprungen."

„Grob?"

Er runzelte die Stirn. Wie gern würde sie diese Lippen küssen! Frustration und Verwunderung, Gefühle, die sie sonst nicht mit ihm verbinden würde, hatten sich in seine Gesichtszüge gegraben.

„Ich finde nicht."

„Gina, wenn ich ehrlich bin: Du machst mir zu schaffen. Ich weiß nicht, was ich mit dir tun soll."

Sie lachte nervös auf. „Nichts. Da gibt es nichts zu tun."

„Nein?" Er schien nicht vollständig überzeugt. Die dichten Augenbrauen waren zusammengezogen, denn die Eule schrie wieder, flatterte mit den Flügeln und versteckte sich noch tiefer im Dachgebälk.

Wenn er doch einfach aufhören würde, sie zu berühren! Aber sie spürte seine Finger warm auf der Innenseite ihres Handgelenks, und die Atmosphäre zwischen ihnen wurde immer drückender, voll unausgesprochener Emotionen. Schlagartig dachte sie an ihr Liebesspiel, daran, dass sie womöglich schwanger war, und sie wollte sich ihm anvertrauen. Doch sie tat es nicht – sie konnte es einfach nicht. Nicht, bis sie sich sicher war. Aber vielleicht noch nicht einmal dann. So als hätte er ihre zweifelnden Gedanken gelesen, zog er leicht an ihrem Arm und holte Gina damit dichter heran. Trent neigte den Kopf, und seine Lippen lagen vor ihr wie die süße Versuchung. „Ich …"

Plötzlich quietschten Scharniere, und die Schiebetür wurde zur Seite gerollt. Durch die Öffnung drang das Sonnenlicht herein, und Gina löste eilig ihre Hand aus Trents Griff. Schnell wandte sie sich um und sah Garrett, Blake und Rand direkt vor der Scheune stehen. „Das stimmt. Wir sollten beim Tierarzt anfragen und sicherstellen, dass wir alle Seren für die Impfungen vorrätig haben", meinte Garrett, während die Sonne jeden Winkel der Scheune erhellte. Gina versuchte, ruhig zu wirken, und Trent trat sogar einen Schritt nach vorn.

„Gina und ich haben dich gesucht", sagte er ohne Einleitung, als ob es ihn nicht im Mindesten beunruhigte, dass sie schon wieder in einer beinahe kompromittierenden Situation erwischt worden waren. „Ich habe einen Anruf von Wayne entgegengenommen. Er möchte, dass du dich mit ihm in Verbindung setzt – und Gina ..." Er drehte sich zu ihr um und sagte spöttisch lächelnd: „Sie wollte auch irgendetwas." Mit einer erhobenen Augenbraue, die sie dazu ermutigen sollte, zu übernehmen, nickte er in die Richtung der drei Männer, die die Scheune betraten.

Ihr Kopf war wie leer gefegt. Sie konnte sich beim besten Willen nicht daran erinnern, warum sie den älteren Kincaid gesucht hatte.

„Stimmt etwas nicht?", fragte Garrett. Rand ging an ihnen vorbei ins Innere der Scheune, Blake unterdrückte ein wissendes Lächeln, und Gina, die gegen den Drang ankämpfte, Trent dafür zu ohrfeigen, dass er ihr den Ball zugeworfen hatte, zwang sich, zu nicken. Sie betete zu Gott, dass ihr Gesicht noch im Schatten lag und ihre Verlegenheit verbarg.

„So wichtig ist es nicht, wenn du beschäftigt bist. Ich wollte dich nur ein paar Dinge zu Larry fragen – wo er vor etwa eineinhalb Jahren gewesen ist. Dass er einige Zeit mit dir und Wayne verbracht hat, um hier alles zu besichtigen, weiß ich. Er war in Whitehorn. Aber ich wüsste zu gerne, ob er weitere Reisen unternommen hat." Sie hatten das alles schon einmal besprochen, aber sie wollte ihre Notizen überprüfen, und Garrett war nun einmal die beste Informationsquelle, die ihr zur Verfügung stand.

„Gib mir einen Moment, und wir treffen uns oben im Haus", antwortete er. Die Eule schlug mit den Flügeln und verlor dabei einige Federn, die zu Boden segelten. Auch wenn sie sich sagte, dass sie übertrieben empfindsam war, stakste Gina, wieder einmal peinlich berührt, zurück zum Haus.

Garrett hatte zu Larrys Aufenthaltsorten in der Zeit, in der der siebte Sohn empfangen worden war, nichts mehr beizutragen

135

gehabt. Auch dass er Gina und Trent in zärtlicher Umarmung erwischt hatte, hatte er nicht angesprochen. Aber er war nicht zufrieden mit der Situation; Ginas weibliche Intuition machte gerade Überstunden, und sie spürte Garretts Missbilligung beinahe körperlich.

„Na super!", murmelte sie, schob ein Bein unter den Po und lehnte sich an die Wand. Hier blieb ihr nicht mehr allzu viel Zeit. Schon am nächsten Morgen sollten die anderen Söhne hier auf der Ranch eintreffen. Wenn sie doch nur den letzten Sohn finden oder aber beweisen könnte, dass er nicht existierte, dann stand es ihr frei, zu gehen. Auch wenn Garrett sich wünschte, dass sie alle Männer kennenlernte, die sie aufgespürt hatte; sie selbst war sich nicht sicher, ob das so eine glorreiche Idee war. Wenn man bedachte, was passiert war, als sie den Drink angenommen hatte, den Trent ihr spendiert hatte. Eines hatte zum anderen geführt – und nun …

Ach, sie konnte nicht, sie wollte nicht über die Konsequenzen dieses ersten schicksalhaften Treffens nachdenken. Nicht, wenn noch so viel Arbeit vor ihr lag. Mit ihrem Bleistift kratzte sie sich am Kopf an der Stelle, an der das Gummiband ihres Pferdeschwanzes saß. Sie breitete die Akten, die sie über jeden von Larrys Sprösslingen angelegt hatte, auf dem zerknitterten Bettlaken aus. Auf dem Schreibtisch strahlte ihr Laptop in gespenstischem Blau.

Wo steckte dieses Baby nur?

Tagelang hatte sie versucht, es aufzuspüren, ohne Erfolg. Immer noch stand sie mit leeren Händen da.

„So viel zu deinem scharfen Ermittler-Verstand", höhnte sie. Ob es wirklich einen siebten unehelichen Sohn gab? Sie schlug das Tagebuch auf. Konnte es eine Finte sein? Hatte eine Frau versucht, ihr Baby als Larrys auszugeben, um ihm einen Schrecken einzujagen? Um ihn auszunehmen? War das alles nur irgendein verdrehter, grausamer Spaß? Sicher, Larry Kincaid hatte jede Frau, zu der er Kontakt gehabt hatte, benutzt und sie betrogen. Vielleicht hatte also eine von ihnen den Spieß umgedreht.

Gina klopfte mit dem Radiergummi am Bleistiftende an ihre

136

Zähne und ignorierte Trents Lachen, das über die Treppe nach oben drang. Mit wem er wohl sprach? fragte sie sich, schalt sich aber sofort, dass es sie nichts anging.

„Denk nach!", ermahnte sie sich. Während sie die Notizen zu den anderen Brüdern durchblätterte, überflog sie die Akten, suchte verzweifelt nach einem roten Faden, der sie alle miteinander verband, nach einem Schema dafür, wie Larry die Frauen aussuchte, nach einer Gemeinsamkeit, abgesehen von der Tatsache, dass sie alle Larry Kincaids Söhne waren. Vielleicht würde sie so die wahrscheinlichste Kandidatin für Larrys letzte Affäre finden. Sie spürte genau, dass die Frau irgendwo hier in der Nähe von Whitehorn lebte. Larry war etwa zu jener Zeit hier gewesen, als das Kind gezeugt worden war.

Wenn es überhaupt entstanden war, erinnerte sie sich selbst. Jeder Bericht, sauber getippt, datiert, mit Querverweisen versehen und in Manila-Aktenmappen gesteckt, enthielt eine kurze Biografie von Garretts Enkeln. Sie hatte jeweils Bilder der erwachsenen Männer beigefügt und für sich selbst eine Farbkopie behalten.

Sie öffnete eine Akte. Der Erstgeborene, Adam Benson, war siebenunddreißig Jahre alt und ein Überflieger, der einen MBA-Abschluss gemacht und sich den Ruf verdient hatte, Komplexe, so groß wie Montana zu haben. Seine reizbare Stimmung hatte Gründe – tief verwurzelte und dunkle Gründe. Gina betrachtete eingehend das Bild, das aus seinem College-Jahrbuch stammte. Auf arrogante Weise gut aussehend, mit rabenschwarzem Haar, stählernen grauen Augen und kräftigen kantigen Gesichtszügen, die vage an seinen Großvater erinnerten, war Adam ein auffallender Mann. Er hatte hart gearbeitet und war fest entschlossen, seine Spuren in dieser Welt zu hinterlassen. Immer drängend, niemals zufrieden, entwickelte er sich zu einem Corporate Raider, zu einer Heuschrecke, die Unternehmen schluckte und dann zerschlug. Selbst im zarten Alter von dreiundzwanzig Jahren, als das Bild entstanden war, sah er der Rolle entsprechend aus.

Gina legte sein Blatt beiseite und ergriff das nächste: das des fünfunddreißigjährigen Cade Redstone. Sie musste lächeln. Cade war das genaue Gegenteil seines Bruders: ein waschechter, Hunde liebender, Mustangs reitender, mit den Sporen klimpernder Cowboy, dessen Mutter Mariah Raintree eine Indianerin war, die einst bei den Kincaids gearbeitet hatte. Der Schnappschuss zeigte Cade auf einem Rodeo in Texas, rittlings auf einem störrischen Brahman-Bullen. Seine dunklen Augen funkelten erwartungsvoll. Die gebräunte Haut glänzte vor Schweiß. Gina vermutete, dass Cade sich hier auf der Ranch direkt wie zu Hause fühlen und seinem verspannten älteren Halbbruder wohlverdiente Seitenhiebe verpassen würde. Von Adam erwartete sie, dass er in auf Hochglanz polierten Lederschuhen hierherkam und Whitehorn nach der Ankunft sofort wieder verließ. Cade hingegen traute sie zu, seine Cowboystiefel genüsslich und voller Energie auf die staubige Erde dieses Landes zu setzen.

Auch diese Akte legte sie weg und nahm die dritte in die Hand: die von Brandon Harper, dem Ergebnis von Larrys Affäre mit einem Showgirl aus Las Vegas. Mit einem wahren Ungeheuer als Stiefvater hatte der Junge wild um sich geschlagen, wurde in ein Pflegeheim gegeben, dann adoptiert, war also ein jugendlicher Straftäter auf direktem Weg ins Gefängnis. Glücklicherweise war er sportlich und hatte, unter Anleitung mehrerer Coaches, den Knast vermeiden können. Wie Trent war er ein Selfmade-Millionär.

Das Foto, das sie von Brandon gefunden hatte, war im letzten Jahr bei einem gesellschaftlichen Ereignis in Lake Tahoe aufgenommen worden. Mit einem schwarzen Smoking und türkisfarbener Weste bekleidet, stand er im Foyer eines mehrgeschossigen Hotels vor einem beleuchteten Springbrunnen mit Wasserspielen und hielt ein fantastisch aussehendes Model im Arm, das wie ein teures Schmuckstück an ihm hing. Brandons Lächeln war so kalt wie seine eisblauen Augen. Eine Rolex-Uhr lugte unter seinem Ärmel hervor, das schwarze Haar war akkurat geschnitten. Seine Gesichtszüge waren kantig, unerschrocken und zurückhaltend. Während die Frau an seiner Seite offen strahlte, wirkte Brandon, als fließe Eiswasser durch seine Adern.

Gina warf die Akte zur Seite und schüttelte den Kopf. Das brachte sie kein bisschen weiter. Die Gemeinsamkeit zwischen diesen Halbbrüdern war ihr Erscheinungsbild. Sie sahen zwar unterschiedlich aus, aber in allen steckte, ganz tief in ihren Genen verborgen, die Andeutung einer indianischen Abstammung. Ihre Mütter waren alle schön, aber aus verschiedenen Schichten und Berufen. Adams biologische Mutter war Cheerleaderin gewesen und bei seiner Geburt gestorben. Cades eine hübsche Haushälterin. Brandons Mutter war eine auffallende Tänzerin. Jung und schön und offensichtlich nicht gefeit gegen Larry Kincaids wie auch immer geartete Reize.

Die nächste Akte enthielt zwei Lebensläufe: die der Remmington-Zwillinge. Blake und Trent. Ginas törichtes kleines Herz machte einen Sprung. So nah bei Trent zu wohnen war ein Fehler. Jede Nacht wälzte sie sich hin und her, dachte daran, dass er nebenan lag. Sie erinnerte sich an ihr Liebesspiel im DeMarco-Hotel in Dallas und an die anderen Male, da er sie geküsst hatte, und dass seine Lippen sie als sein Eigen zu brandmarken schienen.

Fang nicht wieder damit an, warnte sie sich selbst. Doch schon hatte sie das vorliegende Problem aus ihren Gedanken gestrichen. Stattdessen stellte sie sich das Gefühl seiner Haut an ihrer vor, dachte an seine warmen Hände, den Zauber, den sein Atem auf ihren Körper auslöste.

Schwer schluckend öffnete sie die Akte. Zwei Bilder mit nahezu identischen Männern starrten ihr entgegen. Blake trug einen weißen Laborkittel, ein Stethoskop um den Hals geschlungen. Ein helläugiger Junge von etwa drei Jahren saß auf seinem angewinkelten Knie. Der Zwerg hatte glatte runterhängende Haare und stellte einen Gips zur Schau, der ein komplettes Bein bedeckte. Dennoch grinste er breit und drückte einen einäugigen Teddybären an seine Brust.

Ganz offensichtlich genoss Blake seinen Beruf und die Kinder, die er behandelte. Sie fragte sich, warum er wohl in seiner Ehe nie Vater geworden war.

Dieser Gedanke sorgte dafür, dass ihr Magen sich zusammenzog. Wie ironisch, dass sie mit Trents Kind schwanger sein könnte. Mit einem Blick auf ihre Uhr kontrollierte sie das Datum und seufzte. So hatte ihr Plan, Mutter zu werden, nicht ausgesehen, und doch fand sie den Gedanken, dass ein Baby – Trents Baby – in ihr wuchs, berauschend. Sich an einem Ort niederzulassen war nie ein Thema für sie gewesen, Kinder wollte sie hingegen seit jeher haben.

Trotzdem hatte sie schreckliche Angst. Die Tatsache, dass sie noch keine Zeit gefunden hatte, einen Schwangerschaftstest zu kaufen, machte ihr deutlich, dass sie sich vor der Realität drückte.

Sie sah auf Trents Foto in der Aktenmappe hinunter. Es unterschied sich gänzlich von dem seines Bruders. Oh, äußerlich waren sich die beiden zum Verwechseln ähnlich, aber da endete die Ähnlichkeit auch schon. So ziemlich alles an ihnen, von ihren Persönlichkeiten bis hin zu ihrer Einstellung gegenüber dem Leben, schien diametral entgegengesetzt zu sein.

Der Schnappschuss war sehr aussagekräftig. Trent stand vor einer natürlich sprudelnden Ölquelle, auf den Lippen ein freches Lächeln, das unter dem Zweitagebart hervorblitzte. Seine Augen strahlten blau und triumphierend, das Haar, etwas länger als aktuell in Mode, war zerzaust. Keinen Schutzhelm für den Eigentümer der Firma. Stolz war aus seinen Gesichtszügen zu lesen, die pure Herausforderung glomm in seinen Augen, und er stand einfach nur da, die Arme über der Brust verschränkt, die Enden seines Jeanshemdes im Wind wehend. Rau. Wild. Ein ernst zu nehmender Gegner. Trent Remmington fühlte sich in Designeranzügen, aber auch in ausgeblichenen Jeans wohl, ein Mann, so fürchtete sie, den sie leicht lieben könnte.

Erschrocken holte sie Luft. *Liebe?* Sie dachte, sie könnte ihn lieben? Wo um alles in der Welt kam denn dieser lächerliche Gedanke her? Sie kannte den Mann kaum, verdammt noch mal, und nur weil … Nur weil sie dachte, sie wäre schwanger von … Ihr Magen krampfte sich zusammen, und plötzlich fiel es ihr schwer, zu atmen. Sie war immer eine vernünftige Frau und nie der Meinung gewesen, dass sexuelle Anziehungskraft notwendigerweise mit Liebe einhergehen musste. Aber wenn sie schwanger war ...

Klopf! Klopf! Klopf!

Sie schaute auf und stellte fest, dass Blake am Türpfosten lehnte.

„Möchten Sie eine Pause machen?", erkundigte er sich.

„Eine Pause?"

„Ich muss in die Stadt fahren und könnte etwas Gesellschaft brauchen. Außerdem kennen Sie sich in Whitehorn aus und könnten mir den Weg zum nächstgelegenen Lebensmittelladen zeigen. Ich habe Suzanne versprochen, einige der Vorräte abzuholen, die sie vorhin vergessen hat."

„Was ist mit Trent?", fragte Gina verdutzt.

„Er ist beschäftigt." Blakes Lächeln war eindeutig ansteckend. „Abgesehen davon sind Sie hübscher."

„Ich ... ich weiß nicht", setzte sie unsicher an, sagte sich dann aber: Wieso nicht? So wie die Dinge standen, kam sie im Moment sowieso keinen Schritt weiter. „Na klar. Geben Sie mir bitte eine Minute, ja?"

„Ich warte unten im Foyer auf Sie." Er verschwand, und sie schalt sich, dass jeder persönliche Kontakt mit jedem einzelnen der Kincaid-Söhne ein Fehler war. Andererseits hatte sie den schlimmsten aller Fehler ja schon begangen. Sie zog das Gummiband aus ihrem Haar, kämmte rasch die gewellten roten Locken mit einer Bürste, trug etwas Lippenstift auf und schnappte sich ihre Tasche. Den Trageriemen über der Schulter, sauste sie die Stufen hinunter und wäre dabei beinahe in Trent hineingelaufen.

Es ist schon witzig, dachte sie. Egal, wie sehr sich die Zwillinge ähnelten, sie wusste sofort, wen sie vor sich hatte, und das nicht nur wegen der Kleidung – nein, es war ihre Haltung.

„Wohin geht's denn?", fragte er und blieb auf einer Stufe stehen.

„In die Stadt."

Trent presste die Lippen aufeinander. „Mit Blake." Das war eine Feststellung, keine Frage.

„Ich soll ihm ein paar von den Sehenswürdigkeiten zeigen."

141

„Das sollte ja kaum zwei Minuten dauern."

„Du könntest mitkommen", lud sie ihn schulterzuckend ein.

Er kniff die Augen ganz leicht zusammen. „Danke, vielleicht ein anderes Mal. Viel Spaß."

Sollte das sarkastisch sein? Wahrscheinlich. Trent stieg die Treppe hinauf, und Gina eilte die übrigen Stufen hinunter.

„Das ist das Branding Iron, der lokale Nachtclub", erklärte Gina, während Blake sein elegantes Auto durch das Stadtzentrum von Whitehorn lenkte. Aus den Lautsprechern ertönten leise, sanfte Jazzklänge, und die lederne Innenausstattung roch neu.

Blake deutete beim Vorbeifahren mit dem Kinn in Richtung Club. „Jemals drin gewesen?"

„Nur ein Mal. Ich habe den Barkeeper und die Kellnerinnen befragt. Ihr Vater …"

„Wenn Sie Larry meinen, dann nennen wir ihn einfach bei seinem Vornamen, okay? ‚Vater' scheint mir nicht ganz passend."

Sie lachte kurz auf. „Das Gleiche habe ich schon von Trent gehört."

„Dann ist es wirklich wahr? Große Geister denken gleich", scherzte er und fuhr am Whitehorn Memorial Hospital vorbei, wo eine Statue von Lewis und Clark, den beiden Leitern der ersten Erkundungsexpedition an die Westküste Amerikas, im Eingangsbereich des Gebäudes stand. Hohe Pappeln säumten die Anlage, und Straßenlaternen erleuchteten das Gelände. „Ich habe es immer für einen Irrtum gehalten."

„Hier bitte rechts", sagte sie und zeigte auf die nächste Kurve.

„Voilà!", sagte er, als der Lebensmittelladen vor ihnen auftauchte. Zwei Pick-ups, ein zerbeulter Kombi, dessen Rücklicht von einem Isolierband zusammengehalten wurde, und ein Mercedes-Cabrio standen auf dem asphaltierten Parkplatz. Blake stellte den Motor ab. In dem Moment kam ein silberhaariger Mann in einem akkurat gebügelten Anzug aus dem Laden. Wut und noch etwas – war es Verzweiflung? – umspielten seine Mundwinkel, und

142

er warf dem Honda Acura einen düsteren Blick zu. Im Arm hielt er eine Papiertüte voller Lebensmittel, doch seine Schultern waren gebeugt von der Last seiner miesen Einstellung.

„Jordan Baxter", erklärte Gina, als dieser auf seine Funkfernbedienung drückte und die Scheinwerfer seines Cabrios aufleuchteten. Er öffnete die Tür und glitt hinter das Lenkrad.

„Wer ist er?"

„Ein Mann, dem Sie aus dem Weg gehen sollten. Schon seit Generationen herrscht zwischen den Baxters und den Kincaids böses Blut!"

Blake lachte. „Eine Familienfehde! Wie bei den Montagues und Capulets?"

„Nicht ganz so hochintellektuell", gab sie zurück und musste bei der Erwähnung von Shakespeares „Romeo und Julia" lächeln. „Ich fürchte, mehr wie bei der Jahrhundertfehde der Hatfields und der McCoys."

„Das tun Sie? Ehrlich gesagt, überrascht mich das. Sie sehen nicht aus wie eine Frau, die sich vor irgendetwas fürchtet."

„So eine Frau existiert nicht", antwortete sie ihm. Jordan parkte den Mercedes rückwärts aus. Im strahlenden Licht der Straßenlaternen erschien die makellose Lackierung des Cabrios beinahe flüssig. Mit einem perfekt getunten Aufheulen fuhr der Benz davon.

Gina streckte ihre Hand zum Türgriff aus, doch Blake rührte sich nicht. Mit einer Hand spielte er an seinem Schlüsselbund herum, die Finger der anderen lagen noch auf dem Lenkrad. „Bevor wir reingehen", begann er, „würde ich Sie gerne etwas fragen."

Gina versteifte sich. Der neckende Tonfall war verschwunden, ebenso wie sein jungenhaftes Grinsen. „Schießen Sie los."

„Okay." Er wandte sich ihr zu, damit er sie direkt ansehen konnte. Dann fragte er: „Sind Sie in meinen Bruder verliebt?"

143

10. Kapitel

Blakes Frage verfolgte Gina wie ein verlorener Welpe. *Sind Sie in meinen Bruder verliebt?* Wer wusste das schon? Sie hatte auf seine Andeutung hin gelacht und den Wagen fluchtartig in Richtung Laden verlassen. Doch der Gedanke, dass sie sich in Trent verliebt hatte, gewann immer mehr an Boden, verfolgte sie, unterbrach ihren Schlaf und ließ sie in den frühen Morgenstunden erwachen. Sie hatte es aufgegeben, weiterzuschlafen, und beschlossen, den Tag anzugehen. Aber selbst als sie jetzt aus der Dusche stieg und in das dampferfüllte Badezimmer trat, kreisten ihre Überlegungen ausschließlich darum, dass sie sich aller Wahrscheinlichkeit nach gerade Hals über Kopf verliebte.

„Reiß dich zusammen!", sagte sie sich, denn heute war der Tag, an dem Larry Kincaids Söhne ankommen sollten. All ihre Anstrengungen, sie ausfindig zu machen, würden in den heutigen Tag münden. Sie schlang ein flauschiges pfirsichfarbenes Handtuch um ihren Körper, steckte es über ihren Brüsten fest und wischte mit einem Waschlappen den Spiegel sauber, der von der Feuchtigkeit beschlagen war.

Bald würde sie Whitehorn, Montana, verlassen können.

Und was dann?

Klick.

Der Riegel an der Tür löste sich, und die Tür sprang laut quietschend auf. Das Handtuch gegen ihre Brust gedrückt, wirbelte sie herum. Trent, vollständig bekleidet in Jeans und einem cremefarbenen Hemd, die Ärmel nach oben gerollt, schlüpfte herein. Vor Schreck wäre ihr Handtuch beinahe zu Boden gerutscht.

„Was fällt dir ein?", flüsterte Gina herrisch, während ihr Herz wild hämmerte.

144

„Wenn ich das nur wüsste."

„Was soll das heißen?"

Statt zu antworten, kickte er die Tür zu, verriegelte sie und schnappte sich Gina. Der Dampf waberte in dem kleinen Raum, der nur von einer einzigen Glühlampe beleuchtet wurde, die in einer tulpenförmigen Fassung über dem Spiegel steckte.

„Bist du verrückt geworden?" Was war nur in ihn gefahren?

„Wahrscheinlich."

„Jetzt warte mal einen Moment …"

„Nein." Seine Augen hielten ihre einen Herzschlag lang gefangen, und sie war verloren. Gina musste schlucken. Trent eroberte ihren Mund mit seinen Lippen, und obwohl sie protestieren wollte, brachte sie kein einziges Wort hervor, um ihn zurückzuweisen. Nein, verdammt! Sie schmolz geradezu dahin. Genau wie die dämlichen Frauen, die sie so sehr verachtete. Wie von selbst schlangen sich ihre Arme um seinen Hals, und sie öffnete bereitwillig ihren Mund für ihn. Die Augen geschlossen, spürte sie, wie kleine Wassertröpfchen aus den Ringellocken ihres nassen Haares auf ihre nackten Schultern fielen.

Sie war verrückt. Jetzt war es amtlich! Und trotzdem küsste sie ihn genauso heftig wie er sie. Immer wieder sagte sie sich, dass sie doch nur das Feuer der Leidenschaft schürte, das niemals hätte entzündet werden dürfen. Aber es war ihr egal. Wenn damit ein Schaden verbunden war, hatten sie ihn schon angerichtet.

Das weiche Handtuch rutschte ein Stück an ihr herunter. Gina war so sehr in ihren Gefühlen, in diesem Augenblick gefangen, dass sie nicht einmal bemerkte, wie der Stoff allmählich dem konstanten Druck der Schwerkraft nachgab. Es wäre ihr aber auch egal gewesen. Trent küsste sie, verzehrte sich nach ihr! Tief in ihrem Inneren spürte sie die Hitze aufflammen. Ihre Haut prickelte, ihr Atem ging flach und stoßweise. Sie hatte den Eindruck, als wären sie ganz allein im Kosmos, und Trent Remmington zu lieben war ihr Schicksal.

Eine Sekunde lang flatterten ihre Lider. Dann, als er seinen Mund auf ihre Halsbeuge senkte und sie küsste, schloss sie sie

145

erregt. Mit einer Hand zog er sachte an ihrem Handtuch, bis sie nackt vor ihm stand. Sie stöhnte und lehnte sich gegen das Waschbecken. Ein kühler Luftstrom vom offenen Fenster strich über ihre Spitzen und die Haut. Ihre Brustwarzen richteten sich erwartungsvoll auf.

Mit seinem Daumen streichelte er über ihren Busen, während Zunge, Zähne und Lippen die rosige kleine Knospe der anderen Brust neckten und mit ihr spielten, bis das Verlangen wie flüssiges Feuer durch Ginas Adern floss. Heiß. Unkontrolliert. Sehnsuchtsvoll. Sie ließ den Kopf in den Nacken fallen, hielt sich seitlich an dem Porzellanbecken fest, sodass ihre Fingerknöchel weiß hervortraten. Sie wollte ihn so sehr – mehr als jede vernünftige Frau nach einem Mann verlangen konnte. Glühende Wellen der Lust jagten durch sie hindurch, pochten in ihrem Kopf, sodass ein heiseres Stöhnen ihrer Kehle entwich.

Irgendwo in der hintersten Ecke ihres Verstandes wusste sie, dass sie ihn aufhalten sollte. Ausgerechnet an diesem besonderen Tag, an dem bald das ganze Haus vor Kincaids wimmeln würde, musste sie beherrscht und entspannt sein, kühl und gelassen. Aber seine Zunge war pure Magie, die sie streichelte, berührte, liebkoste. Mit den Zähnen erkundete er ihre Haut, und sie bog ihren Rücken durch, um ihm näher zu sein, mehr zu bekommen.

„So ist es gut, Liebling", flüsterte er heiser, bevor er das Handtuch vollends von ihr wegzog und es auf den Boden warf. Heißer Dampf hing in der Luft, als er sich niederkniete, mit dem Mund tiefer glitt, mit der Zunge ihren Bauchnabel erforschte, mit den Händen ihre Scham ertastete. Raue Finger streichelte ihre Haut, und sie dachte mit einem Mal an das Baby, das vielleicht in ihr wuchs.

Sein Kind.

Sie spürte seinen heißen Atem an dem feuchten Dreieck zwischen ihren Schenkeln. Er hauchte einen Kuss an die Stelle, und erneut stöhnte sie. Ihre Haut schien Feuer gefangen zu haben. Auf den leichten Druck seiner Finger hin öffnete sie sich ihm, damit er sie küssen konnte. Erst sanft, dann drängender. Seine Lippen sogen an ihr, mit der Zunge schmeckte er ihre Lust.

Sie biss sich auf die Zunge, um nicht aufzuschreien, spürte, wie er ihre Beine anhob und sich über die Schultern legte. Sie hielt sich am Waschbecken fest. Das gesamte Universum schien ausschließlich an ihrem innersten weiblichsten Punkt zu existieren. Die morgendliche Brise wehte durch das offene Fenster herein und verjagte die letzten Dampfschwaden. In ihr baute sich der Druck jedoch immer mehr auf. Kleine Schweißperlen bedeckten ihren Körper. Seine Finger gruben sich in ihre Haut. Höher und höher getragen, erklomm sie den Gipfel, keuchend, rang nach Luft, bis sie ihn erreichte und sich schließlich fallen ließ. Ihr Körper bebte und zuckte, das kalte Porzellan drückte an ihre Hüfte, die Zärtlichkeiten dieses geliebten Mannes flossen wie Lava durch sie hindurch.

„Oh!" Sie konnte nicht klar denken, kaum sprechen. „Trent ... Oh, Trent!"

„Sch, Baby, es ist okay." Seine Worte pulsierten in ihr.

„Nein ... Ich ... Oh!" Wieder reckte sie sich ihm entgegen, und der Kosmos schien in tausend Teilchen zu zerspringen. Ihre Hände umfassten seinen Kopf, hielten ihn fest. Sie schloss die Augen und presste die Lippen aufeinander, um den Lustschrei zurückzuhalten, der aus ihr herauszubrechen drohte.

Und dann ebbte der Höhepunkt allmählich ab. Ihr Körper wurde weich; langsam ließ er ihre Beine auf den Boden gleiten. Ihr war schwindelig, noch drehte sich alles um sie herum.

Trent richtete sich auf, stellte sich dicht vor sie und zog sie an sich, hielt sie geborgen in seinen starken Armen. Sie lehnte sich an ihn und drückte ihr Gesicht an seine Schulter. Welle um Welle jagte durch sie hindurch. Die bloßen Füße auf dem Boden, klammerte sie sich an ihn, spürte immer noch ein sehnsuchtsvolles Ziehen in sich.

„Was ... Wieso ... bist du hier hereingekommen?", wollte sie atemlos wissen, als sie das Gleichgewicht langsam wiederfand.

147

„Habe ich dir das nicht gerade gezeigt?"

„Schon, aber ... Ich meine ..." Sie rückte von ihm ab und strich sich mit einer Hand die Haare aus den Augen. „Wieso jetzt?"

„Weil du mir aus dem Weg gegangen bist."

„Das ist dir aufgefallen?"

„War ja nicht so schwer."

O Gott, sie war splitterfasernackt! Ihr Verstand kehrte mit Wucht zurück, und sie stöhnte. „Ich muss mich anziehen."

„In Ordnung." Er klappte den Klodeckel zu und nahm darauf Platz.

„Wie? Du kannst nicht hierbleiben. Es ist unanständig. Wenn uns jemand sieht ..." Frech zog er eine Augenbraue nach oben. Als ihr aufging, dass dieses Argument hinfällig war, seufzte sie. „In Ordnung. Meinetwegen." Gina griff nach ihrem Höschen, zog es über und hakte sich anschließend den BH zu. Dabei versuchte sie zu ignorieren, dass er sie sehr genau musterte. „Ist irgendwie eine umgekehrte Strip-Show, hm?"

Sein breites Grinsen war fast unerträglich. Unverschämt verschränkte er die Hände hinter dem Kopf. „Vielleicht kann ich das Band später rückwärts spulen und es in der richtigen Reihenfolge ansehen."

„In deinen Träumen vielleicht."

„Genau das meinte ich." Ihr Kopf fuhr nach oben, um nachzuprüfen, ob er sie aufzog. Aber sein Gesichtsausdruck war so ernst, als würde er gerade bei einem Priester die Beichte ablegen. Ein Blick aus stechend blauen Augen brannte sich in ihre.

Im selben Moment färbten sich ihre Wangen rot. Sie schluckte schwer und sah fort. Was ging hier nur vor sich? Außer dass sie eine Art sexuellen Wunschtraum auslebte? War da etwa mehr? Oder spielte ihr ihre blühende Fantasie einen Streich? Sie schnappte sich Shorts und Bluse vom Haken in der Nähe der Tür und zog sich schnell an. Dann entriegelte sie die Tür und streckte den Kopf heraus – in der Hoffnung, dass sich niemand im Flur aufhielt.

Die Luft war rein. Eilig sammelte sie ihr Nachthemd ein.

„Nicht so schnell." Trents Stimme ließ sie zögern.

„Was?" Sie warf einen Blick über die Schulter.

„Worüber habt ihr gestern gesprochen? Blake und du?" Und jetzt bildete sie sich auch noch eine Spur von Eifersucht in seinen Augen ein. Oder war es doch möglich?

„Ach, über alles und nichts. Dein Name fiel."

„Ich hoffe in der Kategorie ‚Alles'."

Wieder hallte Blakes Frage durch ihren Kopf. *Sind Sie in meinen Bruder verliebt?* Mit einem Mal fühlte sich ihre Kehle so trocken an wie die Mojave-Wüste. Sie musste hier weg. „Was denkst du denn?", gab sie zurück und griff erneut nach dem Türknauf.

„Gina, ich denke, dass du in Panik verfällst." Das hielt sie vollends auf.

„Wovor?"

Die Antwort war ihr längst bekannt, noch bevor sie die Tür öffnete und flott den Flur entlangschritt.

„Vor mir, mein Schatz. Du weißt einfach nicht, was du mit mir machen sollst", rief er ihr so laut hinterher, dass seine Worte sie noch die Treppe hinunter verfolgten.

Amen, dachte sie. *Selbst wenn ich so alt wie Methusalem werden sollte, werde ich keinen blassen Schimmer haben, wie ich mit dir umgehen soll.*

Trent saß am kalten Kamin im Wohnzimmer des Haupthauses und musterte den Neuankömmling befangen. Er war der Erste des Trupps von Larrys Bastarden, der auftauchte. Mit sauberen dunklen Jeans, einem Karohemd und einem Paar Cowboystiefeln aus Schlangenleder bekleidet, stellte sich der Mann als Mitch Fielding vor. Aus dem Small Talk, der sich ergeben hatte, erfuhr Trent, dass Mitch das jüngste von Larrys Bälgern war.

Mitch war Bauarbeiter, Witwer und Vater von sechsjährigen Zwillingsmädchen, und er lebte in der Nähe. Er war etwa ein Meter achtzig groß, hatte rotblondes Haar, eine gebräunte Haut und intensive hellbraune Augen. Anscheinend konnte er es kaum

149

erwarten, Garrett und die restliche Brut kennenzulernen. Seine „Ach, was soll's"-Einstellung zehrte an Trents Nerven. Als der Typ Gina kennenlernte, errötete er sogar, und Trent war sich schon im Vorfeld sicher gewesen, dass Mitch den schüchternen Jungen vom Lande heraushängen lassen würde. Dass es so kam, machte Trent ganz krank. Andererseits benahm er selbst sich ja auch völlig untypisch, seit er Gina getroffen hatte.

Jeder Mann, der sie ansah, war ein möglicher Rivale.

Und nun saß Mitch auf der abgewetzten Couch und erzählte langatmig von seinen Töchtern. Gina, Garrett und Blake hörten ihm wie gebannt zu, und Trent wollte am liebsten zu ihr gehen und den Arm um ihre Schultern legen. Nur damit jedes männliche Wesen, das in ihre Richtung blickte, wusste, dass sie nicht mehr zu haben war.

Oder war sie das?

Noch nie in seinem Leben hatte ihn eine Frau derart durcheinandergebracht. Doch Gina brachte ihn dazu, gründlich nachzudenken. So besitzergreifend war er noch keiner Frau gegenüber gewesen, nicht einmal bei Beverly, als sie ihm erzählt hatte, dass sie sein Kind in sich trug.

Der Zug um sein Kinn verhärtete sich. Über dem Kaminsims hing ein antikes Gewehr. Er berührte es und ließ seine erfahrenen Finger über den Lauf der Waffe gleiten. Einen Moment lang erinnerte er sich an den Morgen, als er gehört hatte, wie Gina aufstand und ins Bad huschte. Er konnte es nicht lassen, ihr zu folgen. Eigentlich hatte er nur mit ihr reden wollen. Aber in diesem feuchtheißen Raum war sie so unglaublich sexy gewesen! Das nasse rote Haar hatte ein frisches Gesicht ohne jede Spur von Make-up umrahmt. Ihre grünen Augen hatten sich vor Schreck geweitet, das Handtuch war etwas verrutscht, und mit einem Mal hatte er vergessen, dass er überhaupt etwas sagen wollte. Selbst jetzt spürte er, wie seine Erregung förmlich wuchs, als er daran dachte, wie sie ihren Rücken über dem Waschtisch nach hinten bog, ihre Brüste so herrlich weiß und mit perfekten pfirsichfarbenen Brustspitzen ver-

150

sehen. Trent versuchte, diese erotische Erinnerung wegzudrängen und sich auf die aktuelle Unterhaltung zu konzentrieren.

„... ich war froh über diesen Anruf", erklärte Mitch, der die Hände mit ineinander verschränkten Fingern zwischen den Knien baumeln ließ. „Meine Mädchen müssen ihre Wurzeln kennen. Ihren Urgroßvater. Ihre Onkel."

Trent drehte sich der Magen um.

„Das sehe ich genauso", bestätigte Garrett und warf einen wissenden Blick in Trents Richtung. „Wir sind eine Familie."

Blake lachte. „Irgendwie eine sonderbare Mischung, aber ja, wir sind eine Familie."

Trent glaubte nicht daran. Nicht eine Minute lang.

Er hatte sogar den Verdacht, dass Larrys eheliche Kinder – Collin, der etwa in Mitch Fieldings Alter war, und Melanie – dieses Märchen von einer „großen glücklichen Familie" auch nicht so einfach schlucken würden.

Er riskierte einen Blick auf Gina, hielt ihre Augen eine Sekunde lang gefangen, und ihm wurde klar, warum er sich immer noch auf der Ranch aufhielt. Nicht wegen Garrett und seiner Halbbrüder. Es war pure Neugier, ansonsten war es Trent herzlich egal. Nein, der Grund für die Anziehungskraft, die diese Ranch auf ihn ausübte, war einzig und allein Gina Henderson.

„... sobald ich herausgefunden hatte, dass ihr alle existiert, wusste ich, dass ich etwas unternehmen muss", erläuterte Garrett, der am Kopfende des riesigen Esszimmertisches stand. Um ihn hatten sich die neu gefundenen unehelichen Söhne von Larry Kincaid sowie ein paar andere Kincaid-Verwandte versammelt. Alle Männer waren im Laufe des Vormittags eingetroffen. Die Spannung, die im Ranchhaus herrschte, war fast greifbar gewesen. Fremde, die Halbbrüder waren, Männer, die aufgewachsen waren, ohne ihren biologischen Vater zu kennen oder die Ranch oder einander. Verständlicherweise waren diese Männer misstrauisch. Hatten ein ungutes Gefühl.

151

Trent war mit Abstand der Schlimmste von ihnen.

Halb leer getrunkene Kaffeetassen standen verstreut auf dem Eichentisch, und ein paar Brüder hatten Notizblöcke mitgebracht. Trent nicht. Er lümmelte auf dem Stuhl. Die Arme über der Brust verschränkt, beobachtete er die Vorgänge still und wirkte so, als ob er an jedem anderen Ort auf dem Planeten lieber gewesen wäre.

Gina saß auf dem Stuhl neben Garrett. Das Kästchen mit den Utensilien und ihre Notizen lagen offen da. Einiges wurde herumgereicht, da die Männer ihre Arbeit unter die Lupe nahmen. Außerdem die Erinnerungsstücke, die Larry von seinen Kindern aufbewahrt hatte: Adams Zeugnisse, einen Vermerk des Jugendgerichts über Trent, eine Rodeo-Schleife von Cade, ein Jahrbuch mit Bildern von Brandon, der ein halbes Dutzend Touchdowns hingelegt hatte, eine Kopie von Blakes Anmeldung zur medizinischen Fakultät, ein Foto von Mitch und seinen Töchtern und, natürlich, die Agenda, die andeutete, dass ein Sohn am Tisch fehlte. Ein kleiner Junge, der noch nicht gefunden worden war – und vielleicht nie gefunden werden würde.

Alle Männer hatten sich ihre Akten angesehen und die kleinen Fetzen aus ihrem Leben, die Larry gehortet hatte. Eine große Bandbreite an Emotionen war zu erkennen, von wehmütigem Lächeln bis hin zu kaum kontrollierbarer Wut. Andere Gesichter wirkten gelangweilt oder ausdruckslos, als wolle man dem stillen, unerträglichen Leid keinen Raum geben.

Ginas Hals war wie zugeschnürt, als sie den Schmerz der Zurückweisung miterleben musste, den einige der Männer erfuhren. Sie alle waren einmal leicht zu beeindruckende Jungs gewesen.

Man hätte Larry Kincaid dafür kastrieren, ausweiden und vierteilen sollen, dass er seine Söhne dazu verdammt hatte, allein aufzuwachsen. Aber nun waren sie ja hier. Und sie hatten viele Fragen.

Als Garrett sprach, war Ginas Magen ganz verkrampft. Sie fühlte sich buchstäblich fehl am Platz. Dazu kam, dass sie der Grund war, dass all diese Männer gefunden worden waren, und noch dazu so schnell. Aber wie es aussah, wurde ihr nicht sehr viel Feindseligkeit entgegengebracht.

Außer von Trent. Er hatte ihr die Lügen, die sie ihm in Dallas aufgetischt hatte, noch nicht ganz verziehen. Nicht dass sie es ihm wirklich vorwerfen konnte. Aber wenn sie ihn jetzt so ansah, spürte sie ihr Herz tief in ihrer Brust klopfen. Zurückgelehnt betrachtete er jeden mit wachsamem Blick. Als würde er niemandem trauen. Was er höchstwahrscheinlich auch nicht tat. Eine Sekunde lang dachte sie daran, wie intim sie an diesem Morgen miteinander gewesen waren. Dann wandte sie sich ab und versuchte, sich zu konzentrieren.

„… also habe ich mich mit Wayne zusammengesetzt." Garrett deutete auf seinen Cousin, der zu seiner Linken saß. Wayne, ein schlanker, drahtiger Mann mit wettergegerbter faltiger Haut und den Gleichen erstaunlich blauen Augen wie Garrett, erhob sich halb und deutete eine Verbeugung an. Wayne hatte noch volles blondes Haar, das langsam ergraute. „Zusammen mit ein paar anderen Leuten, die mit dieser Ranch verbunden sind, hatte ich entschieden, dass ich sie zurückkaufen und unter euch allen aufteilen würde. Bis jetzt hat Wayne das alles verwaltet. Aber er lebt in der Stadt. Rand Harding ist unser Vorarbeiter, und gemeinsam mit seiner Frau lebt er im Vorarbeiterquartier. Sie werden hierbleiben, genauso wie ein paar Männer, die schon seit Jahren hier arbeiten."

Er legte eine Pause ein und schaute jeden seiner Enkel kritisch an, dann fuhr er fort: „Bevor ihr nun alle davon anfangt, dass ihr kein Interesse an dem Land habt, es nicht braucht oder keine Lust auf Rancharbeit habt, wartet einen Moment. Ich denke, das hier kann eine Art Basiscamp werden. Ein Ort, der euch allen gehört und wo ihr eine Verbindung zueinander aufbauen könnt. Diejenigen, die den Betrieb weiterführen möchten, okay. Und jene, die eine stille Partnerschaft wünschen – auch das ist in Ordnung." Wieder zögerte er, trommelte mit den Fingern nervös auf dem alten Eichentisch. „Verdammt, es gibt nur eine Art, das zu sagen, was ich sagen will, und das ist geradeheraus." Er sah einen nach dem anderen an. „Mein Sohn Larry hat sich keinem von euch gegenüber korrekt verhalten, und ich möchte das wiedergutmachen und euch das Gefühl geben, gebraucht zu werden – als Teil der Familie Kincaid."

Gina musterte die Gesichter der Männer. Jetzt waren sie alle ernst, starrten den Mann an, der unbekannterweise ihr Großvater war. Blake und Trent, die nebeneinander Platz genommen hatten, verhielten sich, als stünde eine Mauer zwischen ihnen.

Adam Benson, der älteste, saß neben Wayne Kincaid. Gina war unsicher, ob sie den grüblerischen Mann mochte, der sich nicht damit aufgehalten hatte, seine Arroganz zu verbergen. Sie glaubte ihm nur zu gern, dass er von Beruf ein Finanzinvestor war, der Unternehmen plünderte. Er trug ein gestärktes weißes Hemd, eine Krawatte, die Entschlossenheit ausdrückte, und einen eleganten marineblauen Anzug. Wie ein Falke beobachtete er schweigend das Treiben um ihn herum, und Gina konnte fast schon hören, wie es in seinem Kopf ratterte.

Ihm gegenüber, am anderen Ende des Tisches, trommelte Mitch Fielding mit von der Arbeit aufgerauten Fingern auf der Armlehne seines Stuhles. Sein Gesichtsausdruck wirkte gelassen, als ob ihn dieses ganze Melodram von seinem biologischen Vater kein bisschen anging. Er hatte sandbraunes Haar, das von den vielen Stunden, die er in der Sonne arbeitete, blond durchzogen war. Seine hellbraunen Augen strahlten warm und voller Energie. Mitch schien das, was Garrett und Wayne vorschlugen, bedenkenlos anzunehmen. Sein Karohemd war zwar sauber, aber abgetragen. Und auch seine Jeans hatten schon bessere Tage gesehen. Und doch bereitete ihm sein Aussehen genauso wenig Kopfzerbrechen wie die ganze Aufregung um das Land.

„Du möchtest, dass wir alle gleichwertige Partner sind?", fragte Adam.

„Ja", antwortete Garrett, und Wayne nickte.

Adam beugte sich nach vorn. „Nachdem du angerufen hattest, habe ich ein paar Recherchen über dieses Stück Land angestellt.

Es wird treuhänderisch verwaltet, nicht wahr? Für eine Jennifer McCallum …"

„Sie ist ebenfalls eine Kincaid", warf Garrett ein. „Eine Cousine, wie Wayne ein Cousin ist."

„Ich bin einer der Treuhänder", erklärte Wayne. „Wir haben alle abgestimmt und sind übereingekommen, die Ranch an Garrett zu verkaufen. Einstimmig."

„Und es gibt keinerlei Pfandrechte?", bohrte Adam weiter, seine Miene ein Ausbund an Konzentration.

„Nein." Garrett schüttelte den Kopf.

Wayne bestätigte dies. „Als Garrett uns den Vorschlag unterbreitete, die Ranch zu erwerben und unter euch aufzuteilen, hatten wir schon beschlossen, sie zu verkaufen."

„Und du tust das alles ohne Auflagen?" Adams zweifelnder Blick ruhte auf seinem Großvater.

„Alles, was ich verlange, ist, dass ihr so lange bleibt, wie ihr wollt, euch kennenlernt und Teil dieser Familie werdet."

„Klingt gut", sagte Mitch.

Adam presste den Mund fest zusammen. „Ich glaube nicht daran, dass es etwas gratis gibt."

Es schien, als hätte Trent genau den gleichen Gedanken gehabt. Er fing Ginas Blick auf, hielt ihn einen Moment lang fest, dann lehnte er sich noch weiter in seinem Stuhl zurück und sah fort.

„Ich finde die Idee höllisch gut", kommentierte Cade Redstone und schlug mit einer Hand auf den Tisch. Gina vermutete, dass es viel brauchte, um diesen draufgängerischen Cowboy einzuschüchtern. Zäh durch das Leben auf der Ranch, war Cade ein willensstarker, nüchterner Mann, der den ganzen Weg von der Scholle seines Stiefvaters in Texas hierhergereist war. Cade maß sich mit Adams stahlhartem Blick, gab aber keine Sekunde nach. „Eine höllisch gute Idee", wiederholte er.

„Ich habe nicht gesagt, dass die Idee schlecht ist. Ich hatte nur ein paar Fragen."

„Die sollt ihr auch stellen", unterbrach Garrett die beiden und

155

streckte beschwichtigend die Hände aus, als wolle er förmlich die Wogen glätten.

„Habt ihr nicht vor einer Weile 20 Acres an das Laughing-Horse-Reservat verkauft?" Adam schoss sich auf Wayne ein.

„Das ist richtig. Sie brauchen das Land für ein Hotel und ein Spa."

„Und ein Kasino."

„Möglich", bestätigte Wayne abwartend.

„Und das wird keinen Einfluss auf das übrige Land haben?" Adam klang nicht überzeugt.

„Das stimmt", antwortete Garrett. Er lehnte sich nach vorn und spießte seinen erstgeborenen Enkel beinahe mit seinem eigenen unnachgiebigen Blick auf.

„Und selbst wenn: Wir könnten die Sache über das County, den Verwaltungsbezirk hier, regeln", dachte Brandon Harper, Larrys zweitgeborener Sohn, laut nach. Er steckte sich zwei Finger unter den Kragen und lockerte so seine Krawatte. Als Investment-Banker, der sich sein Vermögen selbst verdient hatte, war er es gewohnt, sich mit Eigentumsfragen auseinanderzusetzen. Und anscheinend genoss er jede Art von Kampf, ob nun legal oder sonst wie geartet. Blaue Augen, die denen seines Großvaters sehr ähnelten, sahen in Adams Augen. Er zuckte nicht ein einziges Mal mit der Wimper. „Es ist kein Problem", bestätigte er noch mal nachdrücklich.

Aber Adam wollte nicht nachgeben. Die unterschwellige Spannung hing deutlich in der Luft. Jeder der Männer in diesem Raum kochte sein eigenes Süppchen, und er stand dem in nichts nach.

„Brandon hat recht." Garrett übernahm wieder die Zügel. Auch wenn der alte Mann kein sprunghafter Typ war: Mit ihm musste man rechnen. „Außerdem habe ich euch nicht zusammengerufen, damit ihr euch über die rechtlichen Umstände meines Vorhabens streitet. Ich wollte uns alle gemeinsam an eine Startlinie bringen, auf eine Basis stellen. Also, Gina ist überzeugt davon, dass es irgendwo da draußen noch einen Jungen gibt. Einen kleinen Jungen, ein Baby."

„Dessen Vater Larry ist?", fragte Brandon und strich eine schwarze Haarsträhne, die ihm in die Augen fiel, nach hinten.

„Ja." Garrett seufzte und klopfte mit den Knöcheln auf den Tisch. „Es sei denn, der Eintrag in dem Kalender ist falsch. Ihr habt ihn alle gesehen, der Kalender war in der Kiste." Er nahm einen Enkel nach dem anderen in Augenschein. „Nun schlage ich vor, dass wir alle zu Mittag essen und einander kennenlernen. Ich glaube, Rand und Suzanne haben alles auf der hinteren Veranda vorbereitet."

Er schob seinen Stuhl zurück, und die anderen folgten seinem Beispiel. Ein paar Männer versuchten sich in Small Talk. Mitch und Cade waren die aufgeschlossensten. Blake versuchte Brandon in ein Gespräch zu verwickeln, während Adam sich abseits hielt und Trent Gina einen Blick zuwarf, der sie an ihre Begegnung im Badezimmer erinnerte. Sofort errötete sie, doch sie ignorierte es und flüsterte ihm im Vorbeigehen zu: „Ich finde, es wäre eine gute Idee, wenn du einen Kontakt zu deinen Brüdern herstellen würdest."

„Halbbrüder." Er runzelte die Stirn, passte sich Ginas Schritt an und seufzte. „Weißt du, der alte Mann ist ein Narr. Dieser ganze idealistische, rührselige Mist! Er fühlt sich schuldig, weil sein Sohn ein Dreckskerl erster Güte war. Aber das heißt doch nicht gleich, dass wir je miteinander auskommen werden oder irgendetwas miteinander zu tun haben wollen.

Der schnippische Ton seiner Worte traf einen wunden Punkt bei ihr. Sie eilte zu Garretts Verteidigung. „Es würde nichts schaden, wenn du es versuchst, Trent", entgegnete sie. Gina wirbelte herum, damit sie ihm direkt ins Gesicht sehen konnte, und bohrte ihren Finger direkt in die Mitte seiner Brust. „Und wenn ich schon dabei bin, Ratschläge zu erteilen: Du solltest deine Einstellung ändern, okay?" Vor Zorn schwoll ihre Stimme an. „Du hast verdammt Glück, dass du deinen Großvater überhaupt kennst. Und egal, was Larry gewesen sein mag, Garrett Kincaid ist ein äußerst aufrichtiger, anständiger, fleißiger und fairer Mann. Es könnte schlimmer kommen, verstanden? Sehr viel schlimmer! Also denk darüber nach!"

Damit marschierte sie aus dem Esszimmer, und es war ihr herzlich egal, wer ihren Ausbruch gehört haben könnte. Trent Remmington war der aufwühlendste, aufregendste und leidenschaftlichste Mann, der ihr je begegnet war. Aber sie würde niemals ohne Protest zulassen, dass jemand Garretts Absichten in Zweifel zog. Und wenn Adam Benson oder ein anderer der Halbbrüder den Mund gegen Garrett aufreißen sollte, würde sie eben auch demjenigen die Meinung geigen.

Sie schäumte immer noch vor Wut, als sie durch die Terrassentür auf die Veranda hinausstürmte. Dort nahm die nachmittägliche Hitze allmählich zu. Leise Countrymusic erklang aus einem Radio, das auf dem Fensterbrett stand. Auf einem langen Picknicktisch mit karierter Tischdecke standen Platten und Servierteller mit warmem Essen, das im Schatten des Verandadaches dampfte. Suzanne und Rand lächelten, als sie Larrys Söhne kennenlernten. In der hübschen Frau, die den Halbbrüdern dabei half, ihre Teller zu füllen, erkannte Gina die Kellnerin Janie aus dem Hip-Hop-Café. Die sanfte Brise ließ die Blätter der Pappeln rascheln, die entlang des Zaunes standen.

Der würzige Duft von gegrilltem Hähnchen konkurrierte mit dem Aroma von Baked Beans und Knoblauchbrot. Ginas Magen knurrte leise. Trotzdem würde sie wahrscheinlich keinen Bissen herunterbekommen. Ein mit Eis gefülltes Fass enthielt Softdrinks und Flaschenbier, und auch eine Kaffeekanne stand auf dem Tisch bereit. In der Nähe der überfüllten Teller schwirrten schon die Wespen, und der Hund lag, immer wachsam, einfach am Ende der Veranda, den Kopf auf die Pfoten gelegt, die braunen Augen strahlend und erwartungsvoll. Offenbar hoffte er, dass man ihm eine Kleinigkeit hinwerfen würde oder dass etwas auf den Boden fiel.

„Verflixte Bienen", grummelte Garrett und schlug nach einer nervtötenden Wespe, die um seinen Kopf kreiste.

„Die essen nicht viel", scherzte Wayne.

„Besser nicht, sonst erschieße ich sie." Rand zwinkerte seiner Frau zu, die die Augen verdrehte.

„Benimm dich, Rand Harding", zog Suzanne ihn auf und warf Gina einen Blick zu. „Ich schwöre, manchmal habe ich Angst, ihn mit in die Öffentlichkeit zu nehmen." Sanft berührte sie ihren Mann am Kinn. „Denk an deine Manieren, sonst lasse ich dich nicht zu Leannes Hochzeit gehen." Sie schöpfte einen Löffel Bohnen und gab sie auf einen Teller. Da ging ihr auf, dass Gina das, was sie gesagt hatte, womöglich nicht verstand, deshalb führte sie weiter aus: „Leanne ist Rands jüngere Schwester, und sie heiratet bald. Es geht ja nicht an, dass er zeigt, was für ein Tölpel er in Wirklichkeit ist."

„Vorsicht, Frau!", knurrte Rand zärtlich und beugte sich näher zu ihr hinüber. „Vielleicht muss ich dir noch mal zeigen, wer hier der Boss ist?"

Als Antwort warf Suzanne den Kopf zurück und lachte herzlich. Das goldbraune Haar fiel in sanften Wellen über ihren Rücken, und ein paar der Männer blickten sie mit offener Bewunderung an. „Aber klar! Das möchte ich erleben, Cowboy!"

Aus Rands Lächeln sprach pures Vergnügen. Selbst ohne seinen Mund zu öffnen, teilte er seiner Frau mit, was er mit ihr vorhatte, wenn sie ihm vorschreiben sollte, was er zu tun hatte. Wieder lachte Suzanne fröhlich auf.

Gina brach das Herz bei diesem neckischen Geplänkel.

„Sie sind der Vorarbeiter, nicht wahr?", wandte sich Cade Redstone, der einen vollen Teller balancierte, an Rand. Der legte sich noch eine Scheibe Knoblauchbrot auf.

Rand nickte. „Ja. Denken Sie darüber nach, zu bleiben?"

„Nein, ich denke nicht nur darüber nach, ich habe es fest vor. Zumindest den Sommer über. Und ich möchte arbeiten. Mein ganzes Leben habe ich mit Pferden und Rindern verbracht."

„Dann betrachten Sie sich als angeheuert", antwortete Rand und klopfte Cade auf die Schulter.

Trent schlenderte auf der Terrasse umher und schnappte sich

159

eine Flasche Bier. Dann schraubte er den Deckel ab und begann, sich mit Adam Benson zu unterhalten.

Na ja, zumindest war es ein Anfang, nahm Gina an.

Sie nahm von Janie einen Teller entgegen. Aber der Duft des würzigen Hühnchens machte ihr bald klar, dass sie keinen Bissen würde essen können. Beim Anblick der Speisen rebellierte ihr Magen sofort. Sie versuchte, es auf das angespannte Gespräch im Esszimmer zu schieben, auf die Aufregung, die Männer zu treffen, die sie tagelang gesucht hatte, darauf, dass sie in Trents Nähe immer überreizt war. Doch tief in ihrem Inneren ahnte sie, dass der Appetitmangel und die Übelkeit eine andere Ursache hatten.

Es reicht jetzt, rief sie sich zur Ordnung. Wütend auf sich selbst, erkannte sie, dass sie Angst gehabt hatte, die Wahrheit zu erfahren. Aber nun war es an der Zeit, der Zukunft entgegenzusehen. Sie würde sobald wie möglich in die Stadt fahren und einen Halt bei der örtlichen Apotheke einlegen. Komme, was wolle. Dort würde sie dann einen Schwangerschaftstest kaufen, ihn mit zur Ranch nehmen und anschließend auch anwenden. Dann würde sie mit Sicherheit wissen, ob sie Trent Remmingtons Baby unter dem Herzen trug oder nicht.

11. Kapitel

„Du bist ganz schön schwer in die Ermittlerin verknallt." Blakes Kommentar war keine Frage. Eine Schulter an den Türrahmen gelehnt, stand er da und nippte an einer langhalsigen Bierflasche, während die übrigen Halbbrüder miteinander sprachen. Nach dem Mittagessen hatte es noch einen Nachtisch gegeben, und nun standen alle in kleineren Grüppchen zusammen. Wayne und Garrett hatten vor, einige der Erben auf der Ranch herumzuführen. Adam Benson war ins Haus verschwunden. Gina hatte sich gedrückt. Brandon Harper, der den Zwillingen einige Fragen zur Familiengeschichte gestellt hatte, unterhielt sich nun mit Suzanne Harding. Und so hatte Blake ihn in die Ecke treiben können.

„Wieso denkst du, dass ich überhaupt in jemanden verknallt bin?"

„Es steht dir ins Gesicht geschrieben. Während des Meetings konntest du die Augen nicht von ihr abwenden. Und vergiss nicht: Ich kenne dich. Wir sind die Einzigen, die dieselbe Mutter haben." Blake sah ihn unverwandt an. „Komm schon, lass den Mist. Was ist los?"

Eigentlich gab es keinen Grund zu lügen. „Wie du weißt, habe ich Gina vor ein paar Wochen kennengelernt", gab Trent zu.

„Wieso fahren wir nicht in die Stadt, und ich gebe dir ein echtes Bier im Branding Iron aus? Auf der Fahrt kannst du mir alles erzählen." Er schob sich mit einer Hand die Haare aus den Augen. „Und wenn du schon dabei bist, könntest du mir auch erklären, wie die Ranch hier tickt."

„Ich dachte, du hast kein Interesse an der Viehwirtschaft."

„Hatte ich auch nicht. Ich habe mich geändert." Blake verzog

161

das Gesicht und zupfte am Etikett seiner Flasche. „Das macht die Scheidung."

„Elaine und du, ihr wart nie füreinander bestimmt."

„Amen." Beide leerten ihre Flaschen und stellten sie auf einem Tisch ab. Als sie durch die Vordertür hinausgingen, entdeckten sie Garrett, der den Söhnen von Larry, die sich für die Ranch interessierten, Schlafbaracke, Ställe, Maschinenhalle und die verschiedenen Außengebäude zeigte.

Trent bezweifelte, dass er zu dieser Kategorie gehörte, aber wenigstens war er nicht allein. Benson wollte offenbar auch keinen Teil seines Whitehorn-Erbes.

Während die Zwillinge zu Blakes Auto gingen, schlug Trent nach einer Pferdebremse, die noch nicht begriffen hatte, dass die Herde auf der westlichen Weide graste. Die strahlende Sonne über Montana traf ihn mit ihrer Wärme direkt im Nacken, und beim Anblick eines verzweifelten blassen Kalbes, das, auf der Suche nach seiner Mutter, brüllend und auf wackeligen Beinen auf die Herde zulief, musste er einfach lächeln.

Trent ließ sich auf den Beifahrersitz gleiten. Er und Blake waren sich nie sonderlich nahe gewesen, aber nun fragte er sich zum ersten Mal in seinem Leben, ob das nicht ein Fehler gewesen war.

Blake setzte sich auf die Fahrerseite und steckte den Schlüssel in die Zündung. „Kannst du glauben, dass Larry Kincaid unser Vater ist? Wir hatten ja einige Zeit, um darüber nachzudenken. Aber geredet haben wir nicht darüber." Der Honda Acura sprang an.

„Nein. Andererseits stand ich Harold auch nie besonders nahe." Trent konzentrierte sich auf ein Wäldchen mit Espen in der Nähe eines Ackers. Im Schatten standen Pferde, die mit ihren Schweifen nach Fliegen schlugen, die Ohren gespitzt. Die Felle, von grau bis schwarz, glänzten im Sonnenlicht, und Trent fühlte zum ersten Mal in seinem Leben so etwas wie eine Verbundenheit zu dem Land. Aber das war natürlich Blödsinn. Niemals hatte er annähernd etwas wie Wurzeln gekannt. Genauso wie es ihm nie möglich gewesen war, eine Frau zu heiraten und sesshaft zu werden. Aber wie er so zum Fenster hinaus auf die stoppeligen, frisch gemähten Felder blickte, erschien Ginas Bild vor seinem geistigen Auge: das flüchtige Lächeln, wellige rote Haare und feurige grüne Augen.

Blake schnaubte. „Als Mom noch lebte, hat sie Harold fix und fertig gemacht." Er legte den Rückwärtsgang ein, setzte zurück und drückte den Hebel wieder nach vorn. „Ich hätte mir nur gewünscht, dass sie uns vor ihrem Tod von Larry erzählt hätte."

„Das wäre zumindest rücksichtsvoll gewesen", pflichtete ihm Trent bei. Aber er wollte nicht zu lange und zu eingehend über die Tatsache nachdenken, dass Barbara Simms Remmington ihren Kampf gegen den Krebs aufgegeben hatte – eine letzte Schlacht, die sie nicht gewinnen konnte. „Andererseits hat Mom die Dinge gerne auf ihre Art angepackt."

Blake setzte eine Wrap-around-Sonnenbrille auf. „Meinst du, Larry hat je überlegt, Kontakt zu uns aufzunehmen?"

Trent zuckte mit den Schultern. „Wer weiß? Garrett hat mir mal erzählt, dass es da einen Brief gab. Einen, den sie ihm geschrieben hat, nachdem sie erfahren hatte, dass sie sterben würde." Er räusperte sich. „Ich nehme an, sie hat Larry von uns erzählt, ihn aber gleichzeitig gewarnt, dass er sich von uns fernhalten soll, weil wir zu tollen jungen Männern herangewachsen waren. Oder so was in der Art, und dass sie nicht wollte, dass er alles durcheinanderbringt."

Blake verstärkte den Griff seiner Hände um das Lenkrad und versuchte, den Schlaglöchern auf dem Weg auszuweichen, der mit Spurrillen übersät war. Hohes trockenes Gras streifte das Fahrwerk des tiefergelegten Autos. „Wahrscheinlich ist er ihrem Rat gefolgt", bemerkte Trent abschließend.

„Wahrscheinlich wollte er sich nicht um noch ein paar Kinder kümmern müssen."

„Toller Typ, unser Vater."

„Der beste überhaupt." Blake fuhr langsamer, als sie an den Highway kamen, sah keinen Verkehr und trat aufs Gas. Der Acura

163

schoss vorwärts, fuhr auf die Hauptstraße und spritzte mit den Rädern den Kies auf, bis er auf dem Asphalt Halt fand.

„Und wo ist dieser Brief?"

Wieder wusste Trent keine Antwort. „Jedenfalls habe ich ihn nicht in der Büchse der Pandora gesehen, die Celia … äh, Gina heute herumgehen ließ."

Blake, der ihn durch dunkle Gläser abschätzig anblickte, kniff die Augen leicht zusammen und schaltete das Radio ein. Leiser Jazz erklang aus den Lautsprechern. „Hast du Gina eben ‚Celia' genannt?"

Trent biss die Zähne zusammen. Das sah seinem Bruder so ähnlich, jeden noch so kleinen Fehler mitzubekommen. „Ein Versehen."

Mit hochgezogener Augenbraue meinte Blake: „Dann pass lieber auf und halt deine Frauen auseinander. Sie mögen es nicht, wenn sie mit dem Namen einer anderen angesprochen werden."

„Woher willst du das wissen?", erkundigte sich Trent, der sich wieder über seinen Zwillingsbruder wunderte. Das war das Problem mit Blake gewesen: Er hatte immer mit etwas Pingeligem, Irritierendem und Selbstgerechtem reagiert, sobald Trent auch nur den kleinsten Hauch brüderlicher Zuneigung für ihn empfunden hatte. Das reichte, um Trent daran zu erinnern, dass er allein besser dran war.

„Oh, glaub mir, ich weiß es", antwortete Blake nachdrücklich, und Trent ging auf, dass mehr in seinem Bruder steckte, als man auf Anhieb erkennen konnte. Eine dunkle Seite voller Geheimnisse. Sieh an, sieh an! Sie fuhren hinter einem Traktor mit einem Anhänger voller Heuballen her, der die Straße entlangzuckelte. Blake zog auf die Gegenfahrbahn, drückte das Gaspedal durch, und das Auto rauschte am Farmer vorbei, um sich dann wieder auf der rechten Spur einzuordnen und Meilen zu fressen.

„Ich dachte, du wärst ein Kerl, der nur eine Frau hat", bemerkte Trent, während sie sich der Stadt näherten.

„Meistens schon", meinte Blake ausweichend. Er hatte eine Kurve etwas zu schnell genommen, und die Reifen quietschten, deshalb ging er nicht näher darauf ein. „Aber du warst nie so." Er fuhr über einen letzten Hügel, und da erschien Whitehorn vor ihnen. Es erhob sich inmitten des Ranch-Landes, eine Anordnung alter und neuer Gebäude. „Da wären wir also wieder", meinte Blake. Als sie erst das „Willkommen in Whitehorn"-Schild passierten und kurz darauf ein Geschwindigkeitsschild, wurde er langsamer. „Was geht da mit Gina?"

Skeptisch beäugte Gina die Schwangerschaftstests in einem Regal in der Stadtapotheke, entschied, dass sie alle etwa gleich waren, und klemmte sich eine Schachtel unter den Arm. Auch wenn sie niemanden im Laden kannte, fühlte sie sich irrsinnigerweise unbehaglich. So als würde sie ein grelles Neonschild tragen, auf dem stand, dass sie vermutete, schwanger zu sein.

„Du wirst es überleben", murmelte sie sich selbst zu. Diese Tests wurden heutzutage täglich gekauft.

Aber nicht von dir. Bis letzten Monat warst du eine siebenundzwanzigjährige Jungfrau!

Sie ignorierte den spöttischen Hinweis, nahm eine Tube Zahnpasta, die aktuellste Ausgabe des *Whitehorn Journal* und eine Flasche Shampoo mit, dann ging sie zur Kasse. Die Kassiererin, die ihrem Aussehen nach keine achtzehn Jahre alt war, machte Kaugummiblasen und ließ sie knallen. Dabei zwinkerte sie so sehr, dass es fast aussah, als gewöhne sie sich gerade an Kontaktlinsen. Es dauerte eine Ewigkeit, bis die Produkte eingetippt waren.

Auf einem erhöhten Podest hinter einer halbhohen Wand, auf der frei verkäufliche Präparate, Vitamine und Kräuter abgebildet waren, stand der Apotheker, der geschäftig die Medikamente von Rezepten zusammenstellte. Im ganzen Laden erklang leise Country-Musik, die das Surren der Deckenventilatoren übertönte.

Gina verlagerte ungeduldig das Gewicht von einem Bein auf das andere. Sie hielt ihren Geldbeutel schon in der Hand und fragte sich, ob man in Whitehorn noch nie von Warenscannern gehört hatte. Ein dünner Mann mit randloser Brille, der so roch, als hätte er in diesem Jahrhundert noch kein Bad genommen, stellte sich hinter sie in die Schlange. Ein paar Schritte hinter dem stinkenden Mann wartete ein Mädchen, das ihr Lily Mae als Christina Montgomery vorgestellt hatte und das so viele Haarpflege- und Schönheitsprodukte umklammerte, wie es ohne einen Korb tragen konnte.

Endlich hatte das Mädchen an der Kasse die Summe ihrer Rechnung zusammen und trällerte den Betrag hinaus. Gina stöberte in ihrem Geldbeutel und reichte ihr ein paar Scheine.

„Schönen Tag noch!", flötete die Kassiererin automatisch, als sie das Restgeld überreichte.

„Ihnen auch." Gina raffte die Tüte an sich. Sie hoffte, dass dieser verdammte Schwangerschaftstest nicht durch das weiße Papier durchschien, vor allem als sie Winona Cobbs erblickte, die die Zeitschriften in einem Regal durchsah. Genau das war das Problem in einer Kleinstadt: Man konnte jederzeit jemand Bekanntem zufällig über den Weg laufen. Gina lächelte kurz und winkte in Winonas Richtung. Dann ging sie schnurstracks an den neuesten Fußcremes, Badeölen und Prothesenreinigern vorbei zur Vordertür.

Draußen strahlte die Sonne, der Nachmittag war warm. Vor etwa einer Stunde hatte sich die Versammlung der Kincaid-Brüder langsam aufgelöst.

Als sie gesehen hatte, wie Trent und Blake zusammen Bier tranken und die Landschaft beäugten, war sie nach oben geeilt, hatte sich ihre Handtasche geschnappt und war aus dem Haus zu ihrem Ford Explorer verduftet, nachdem sie einen kurzen Stopp bei Garrett eingelegt hatte, um sich zu entschuldigen. Wie eine Irre war sie in die Stadt gerast. Mit hämmerndem Herzschlag und pulsierenden Kopfschmerzen direkt hinter ihren Augen. Fast hatte sie sich schuldig gefühlt, wie ein Sträfling auf der Flucht. Dennoch überschritt sie die Geschwindigkeitsbegrenzung auf dem Weg durch die Hügel und in die Stadt.

Wie dumm das doch gewesen war. Gina jonglierte die Tüte, griff in ihre Handtasche, die sie um die Schulter geschlungen hatte, und setzte eine Sonnenbrille auf. Auf der Suche nach ihren Schlüsseln kramte sie weiter darin herum, ohne aufzupassen. Als sie um eine Ecke bog, rannte sie in einen Mann, der ihr entgegenkam.

„Oh!" Beinahe wäre sie gestolpert. Die Zeitung unter ihrem Arm fiel heraus, und die Tüte aus der Apotheke glitt ihr aus den Fingern. Große männliche Hände ergriffen ihre Schultern, hielten sie aufrecht, und mit flauem Gefühl bemerkte sie, dass sie direkt in Trent Remmington gelaufen war.

Die Schlüssel fielen ihr aus der Hand und klimperten beim Aufprall auf den Asphalt.

O Gott! Der Schwangerschaftstest! „Ich … Ich habe dich nicht gesehen", stammelte sie und spürte, wie ihr Gesicht alle möglichen Rottöne annahm.

Reiß dich zusammen, Gina.

„Das hab ich mir gedacht", antwortete er trocken. Zu ihrer größten Verlegenheit stellte sie fest, dass er nicht allein war. Blake folgte ihm auf dem Fuß, beugte sich nach unten, steckte die Zahnpasta und den Film, die auf den Gehweg gefallen waren, wieder in die Tüte und überreichte ihr den lädierten Beutel mitsamt dem Inhalt.

Gina tastete nach den Schlüsseln, die im Sonnenlicht glitzerten.

„Dass ich ausgerechnet in dich hineinlaufe", witzelte sie und lächelte. Sie hoffte, dass dieses Lächeln lässig wirkte, obwohl ihr Herz mit etwa einer Million Schläge pro Sekunde raste. Was, wenn er den Schwangerschaftstest gesehen hatte? Was, wenn er erriet, warum sie ihn brauchte? „Ich … äh … hatte ich nicht schon gesagt, dass wir aufhören müssen, uns auf diese Weise zu begegnen?"

Trent ließ sie los. „Ganz meine Meinung", entgegnete er nüchtern. Ein Lächeln war auf diesen dünnen Lippen nicht zu erkennen. Stattdessen waren seine Augenbrauen zusammengezogen, und seine Nasenflügel bebten leicht.

Er wusste es! O Gott, er wusste es! „Ich … äh … muss los. Wir sehen uns auf der Ranch."

„Ich freue mich darauf", gab Blake zurück. Aber auch er, ruhig wie ein Richter, lächelte nicht. Ein furchtbar beklemmender Funke schoss durch Ginas Kopf, der sowieso schon schmerzte. Sie war sich sicher, dass ihr Geheimnis gelüftet war. Die Ironie daran: Sie wusste selbst noch nicht einmal, ob sie tatsächlich schwanger war.

Garrett hatte das Gefühl, dass irgendetwas in die Luft gehen würde. Die Spannung zwischen Gina und Trent war fast schon greifbar, so wie Luft, die, kurz bevor ein Sturm losbricht, elektrisch geladen ist.

Es war nur eine Frage der Zeit.

Er lief zu den Ställen hinüber, wo ihn der Duft der Pferde und des trockenen Heus umgab. Rand war in der dritten Bucht und untersuchte eine Stute, die ein Vorderbein schonte.

„Wie geht es ihr?"

„Wie soll es dem störrischen Gaul schon gehen?", fragte Rand, der das Vorderbein nach hinten bog, es zwischen seine Schenkel klemmte und dabei den Kopf des Palominos nicht aus den Augen ließ. Obwohl sie angebunden war, musste man bei Mandy aufpassen, denn sie stand in dem Ruf, gerne mal zuzubeißen. „Wie üblich." Er stocherte im Inneren des Hufes und beobachtete die Reaktion des Tieres. Als die Stute das Gewicht verlagerte, brummte er: „Denk nicht mal daran", und, an Garrett gerichtet: „Was ist los?"

„Nichts Gutes", antwortete Garrett, und seine Gedanken wanderten zurück zu Trent und Gina. Es war offensichtlich, dass die beiden dabei waren, sich zu verlieben. Nur sie selbst wussten es noch nicht. „Ich fahre später in die Stadt, um Vorstellungsgespräche mit ein paar Mädchen zu führen, die daran interessiert sind, das Kochen hier draußen zu übernehmen. Eine scheint gut geeignet. Sie hat einen Sohn und hätte gerne eine Stelle, wo sie auch wohnen kann. Ich dachte, du informierst Suzanne. Falls du sie vor mir siehst."

168

„Sie wird erleichtert sein", gestand Rand. „Mit den Büchern, Mack und Joe hat sie wirklich alle Hände voll zu tun."

„Wie geht's denn deinem Kleinen?"

Rand sah auf und grinste. Stolz wie ein Pfau war er. „Könnte nicht besser sein." Das Pferd bewegte sich und warf den Kopf auf und ab. „O nein, das wirst du nicht", befahl Rand der Stute.

„Wir sehen uns." Garrett schlug zum Gruß auf das Geländer der Box. Dann marschierte er hinaus in die grelle Sonne. Er rieb sich den Nacken und betrachtete nachdenklich den Parkplatz.

Der war relativ leer. Trent und Blake waren in die Stadt gefahren. Gina auch. Getrennt.

Wahrscheinlich nur ein Zufall. Und dennoch wurde Garrett das Gefühl, dass es Ärger geben würde, nicht los, als er sich zu seinem Auto aufmachte. Er öffnete die Tür, rutschte in den sonnengewärmten Innenraum und steckte den Schlüssel ins Zündschloss. Trent und Gina waren nicht wie Öl und Wasser, entschied er, während er den Rückwärtsgang einlegte, zurücksetzte und anschließend den alten Pick-up in Richtung Weg manövrierte. Nein, die zwei waren mehr wie Benzin und ein brennendes Streichholz.

Eine gefährliche und äußerst explosive Kombination.

Irgendeiner würde sich ganz sicher die Hände verbrennen.

12. Kapitel

Das Bier bekam seinem Magen gar nicht gut. Jordan hatte fast eine Stunde damit zugebracht, an der Bar des Branding Iron an seiner Flasche zu nippen und seinen Frust zu nähren. Außerdem passte er nicht so recht in das Publikum hier: Arbeiter, die langsam von der Arbeit kamen. Ein halbes Dutzend Fabrikarbeiter und Cowboys waren hereingeschlendert, lachten, rissen Witze, alle mit dreckigen Jeans und einem erleichterten Lächeln auf den Lippen, dass sie für heute ihre Schicht beendet hatten. Sie kamen zur Vordertür herein, plauderten miteinander, machten die Bardame auf sich aufmerksam und begaben sich auf ihre Stammplätze in den Nischen, am Poolbillard-Tisch oder hier an der Bar. Viele schauten auch schon auf den Fernsehschirm, der hoch über den Köpfen montiert war, weil sie sich über die letzten Sportereignisse informieren wollten, während sie durstig ein paar Bierchen zischten und Erdnüsse knabberten, um dann zu Frau und Kind nach Hause zu gehen.

Jordan fing sich ein paar grimmige Blicke von den Männern ein, die über ihren Drinks kauerten. Purer Neid, dachte er bei sich. Diese armen Arbeiter würden nie über ihre Kleinstadt-Wurzeln hinauswachsen, und sie waren neidisch auf ein armes kränkliches Kind, das es geschafft hatte. Dung und Sägemehl würden bis zu ihrem Tod an ihren Stiefeln kleben. Jordan Baxter hatte es von gebrauchten Turnschuhen zu italienischen Lederslippern geschafft.

Die Tür wurde schwungvoll geöffnet, und Christina Montgomery, die jüngste und wildeste Tochter des Bürgermeisters, rauschte in die Bar. Mehrere Ortsansässige drehten sich auf ihren Barhockern um, um sie in Augenschein zu nehmen. Klein, kurvig und kokett, steuerte Christina direkt auf die Bar zu. „Ich … Ich nehme ein …" Sie sah die Barkeeperin an und schob sich eine widerspenstige kastanienbraune Haarsträhne aus dem Gesicht. „Einen Gin Tonic ... Nein. Einfach ein ... Ach, ist egal. Eine Cola light, bitte!"

„Ist das alles?", fragte die Barfrau, und Christina spitzte ihren Schmollmund.

„Ja, ja, das ist alles", gab sie zurück, setzte sich auf einen Hocker und schüttelte ihre Haarpracht. Da bemerkte sie im Spiegel, dass ein paar Männer zu ihr herübersahen. Sie trug ein blaues Kleid und lange silberne Ohrringe. Nach einer Weile bekam sie ihren Drink, nahm einen Schluck und machte ein finsteres Gesicht.

Jordan entdeckte, dass sie zu ihm blickte und ihn verschmitzt anlächelte. Da er nicht interessiert war, sah er weg, doch Christina fühlte sich nicht zurückgewiesen, sondern wandte ihre Aufmerksamkeit einem jungen Cowboy zu, der in einer Ecke saß. Seine Ohren nahmen vor Verlegenheit tatsächlich eine rote Farbe an, aber Christina ließ es nicht dabei bewenden. Sie schnappte sich ihren Drink, und mit einem Gang, der jeden Mann angeregt hätte, schlenderte sie gemächlich zu einem Tisch, der weit hinten im Raum stand. Das Mädchen sprühte vor Sex-Appeal, und das wusste es. Es protzte damit.

Egal ob er es nun wusste oder nicht: Ihr Vater, Bürgermeister Ellis Montgomery, hatte ein mächtiges Problem. Aber *das* ging Jordan wirklich nichts an.

Er warf ein paar Geldscheine auf den Tresen, glitt von seinem Stuhl und erkannte, dass er in seinem stummen Zorn auf die Kincaids so gefangen gewesen war, dass er seinen Drink kaum angerührt hatte. Na ja, er würde ihn aber ganz sicher nicht runterkippen. Langsam ging er zur Vordertür.

Vor seinen Augen ging die Tür auf, und zwei Männer, die er noch nie gesehen hatte, traten ein. Sofort erkannte er sie als Kincaids. Und dann auch noch Zwillinge. Groß und breitschultrig, beide mit stechend blauen Augen, dunklem Haar und einer Arroganz, die bei den Kincaids tief verwurzelt war. Höchstwahrscheinlich zwei von Larrys Bastarden.

„Entschuldigung", meinte der eine mit dem weniger harten Gesichtsausdruck, als sie an ihm vorbeigingen. Er war gekleidet, als wolle er den Nachmittag auf einem Golfplatz verbringen. *Wach auf, Kumpel, hier in Whitehorn gibt es keinen Country Club.* Der andere, der in ausgeblichenen Jeans und einem Hemd mit hochgerollten Ärmeln steckte, sagte kein Wort, sondern warf Jordan nur einen nachlässigen Blick zu, der sein Blut zum Kochen brachte.

Jordan konnte nicht anders. „Sagen Sie bloß", meinte er sarkastisch, „Kincaids."

Der Nette nickte und lächelte. „Sieht so aus. Blake Remmington." Er streckte die Hand aus und fügte hinzu: „Mein Bruder Trent."

Jordan ignorierte die Geste. „Gebt dem Alten einen Rat von mir weiter: Er kann nichts verkaufen, was ihm nicht gehört."

Die Hand wurde zurückgezogen. „Entschuldigung?"

„Sie haben mich schon verstanden."

„Wer sind Sie?" Der Arrogante kniff die Augen argwöhnisch zusammen.

„Garrett Kincaids schlimmster Albtraum."

Die Zwillinge wechselten einen Blick und lächelten dann, als hätten sie ein Geheimnis miteinander geteilt.

Jordan kochte.

„Sind Sie der Gangster der Stadt?", erkundigte sich der Misthund namens Trent belustigt. „Wenn ja, sollten Sie sich besser neue Drohungen einfallen lassen."

„Sagt es ihm einfach."

Trent sah so aus, als wäre er dazu bereit, Jordan augenblicklich an die Kehle zu gehen. *Gut! Gib dein Bestes, du Bastard, und ich hänge dir eine Klage wegen Körperverletzung an, so schnell kannst du gar nicht gucken.*

Der Bedächtigere, Blake hatte er sich genannt, legte die Hand auf den Arm seines Bruders, um ihn zurückzuhalten. „Hören Sie, Mr. … Baxter, so war doch Ihr Name? Ich weiß nicht, was Sie für ein Problem haben. Aber erzählen Sie es irgendwo anders, okay? Wir sind nicht interessiert."

Das war es. Jordans Wut, die ohnehin schwer zu zügeln war, brach hervor. „Das werdet ihr noch sein", keifte er und drückte mit der Schulter die Tür auf.

Ja, es sind Bastarde, beide! Jordan konnte diesen Witz von einer Kneipe nicht schnell genug verlassen.

Draußen atmete er erst einmal tief die frische Luft ein. Wegen des grellen Sonnenlichts musste er blinzeln. Gleichzeitig versuchte er, die Gewissheit abzuschütteln, dass er seinen Mund hätte halten sollen. Die Kincaids zu warnen war ein Fehler. Ein Erstschlag war immer besser, eine Korallenschlange zu sein – also schwer auszumachen und hochgiftig – war vorteilhafter als eine gut hörbare Klapperschlange. So wie es momentan aussah, bestand keinerlei Grund, sich in die Karten schauen zu lassen. Aber Larrys Bastard-Zwillingen zu begegnen, hatte ihn unvorbereitet getroffen, und deshalb hatte er wild um sich geschlagen. Er war dumm gewesen. Wütend auf sich selbst, vergrub Jordan die Hände tief in seinen Hosentaschen.

Unachtsam durchquerte er den Park und ging dann im Zickzack ein paar Gassen entlang zu seinem klimatisierten Büro. Sofort fühlte er sich besser. Hier hatte er das Sagen, hier war er der Herr im Haus.

„Hey!" Seine Tochter Hope zwinkerte ihm fröhlich zu und schenkte ihm ein Lächeln, das den Eispanzer um sein Herz schmelzen ließ. „Alles in Ordnung?"

„Wieso denn nicht?"

„Ich weiß nicht, aber du wirkst ...", unschlüssig hob sie die Schultern, „... genervt wäre wohl das passendste Wort. Lass mich raten: Du hast noch mehr Klatsch über die Kincaids gehört."

Er wusste, dass sie ihn aufzog, und doch konnte er sich nicht beherrschen. „Ich hatte gerade das Vergnügen, buchstäblich in zwei von Larrys Bastarden hineinzurennen."

Ihre Schultern sackten ein kleines bisschen nach unten ab. „Gewöhn dich besser dran, Dad. Whitehorn ist nicht gerade eine Großstadt."

173

„Ja, ja, ich weiß." Dennoch wurmte es ihn. „Und? Ist hier etwas passiert?"

„Nicht viel. Aber das, was war, habe ich selbst geschafft", stichelte sie. „Weißt du, ich kann das."

„Ich weiß."

Hope hielt inne, straffte die Schultern und sah ihrem Vater von ihrem Schreibtischstuhl aus direkt in die Augen. „Das hoffe ich, Dad. Denn manchmal muss ich mich wundern."

„Wieso denn?", wollte er wissen, obwohl er kaum hinhörte, da er die Briefumschläge auf ihrem Schreibtisch durchging.

„Weil du mir anscheinend nicht vertraust."

Jordan riss den Kopf hoch. „Hier geht es nicht um Vertrauen, Hope. Du bist nur jung und …"

„Und nicht so hart, wie du mich gerne hättest", vollendete sie seinen Satz und seufzte laut. „Ja, ich weiß. Die Baxter-Prinzessin. Oder Erbin, oder wie auch immer du mich nennst, wenn du meinst, dass ich dich nicht hören kann."

„Das dauert seine Zeit." Dieser Satz ging ihm locker von den Lippen. Er benutzte ihn immer dann, wenn sie diese ganz besondere Unterhaltung führten. Und in letzter Zeit schien das häufiger vorzukommen. Stirnrunzelnd beäugte er die Absenderadresse auf einem der Din-A4-Umschläge in seiner Hand. „Und das weißt du."

„Ja, ja. ‚Gut Ding will Weile haben', ‚Geduld ist eine Tugend', ‚Was lange währt, wird endlich gut', ‚Mit dem Alter kommt die Weisheit'. Das hab ich alles schon gehört."

„Stimmt", meinte er und ging zu der Tür zu seinem Büro. Seine Aufmerksamkeit gehörte dem Umschlag, den er oben auf den Stapel gelegt hatte.

Er schloss die Tür hinter sich und riss ihn auf. Als er den Brief las, der von einem Verwandten von Sawyer kam, begann Jordan Baxter zu lächeln. George Sawyer war der nun verstorbene Anwalt, der die Willenserklärung von Jordans Onkel Cameron verfasst hatte. Er lehnte die Hüfte gegen den Schreibtisch und spürte eine Welle der Begeisterung in sich. Endlich schien es etwas Gerechtigkeit zu geben. In dem Brief stand, dass dieser Verwandte die Papiere des Rechtsbeistands durchgegangen war, die jahrelang im Kellergeschoss gelegen hatten. Und dort hatte er eine Kiste mit alten rechtskräftigen Urkunden entdeckt, darunter auch den verschollenen Brief von Jordans Onkel Cameron Baxter, in dem er Jordan die Ranch vermachte, ihm das Vorkaufsrecht einräumte und somit das Recht, jeden Verkauf vor Camerons Tod abzulehnen.

Fast wäre Jordans Herz stehen geblieben. Er blätterte die Seite um und sah ebenjenes Dokument vor sich. Alt und vergilbt, etwas muffig, stand genau das drin, was Jordan seit Jahren beteuerte.

Längst vergessene Gefühle schossen durch ihn hindurch, und seine Kehle kam ihm wie zugeschnürt vor. Er konnte sich lebhaft an seinen sechzehnten Geburtstag erinnern und an seinen Onkel Cameron, der ihm das Baxter-Anwesen versprach und ihm eine Kopie ebendieses Briefes aushändigte.

„Verdammt", murmelte er. In seinem Kopf malte er sich schon alle möglichen juristischen Winkelzüge aus, mit denen er den Kincaids das alte Land entreißen konnte. Am Ende hatte ihn sein eigener Onkel übers Ohr gehauen, indem er die Ranch den Kincaids verkauft hatte. Zu Jordan hatte er gesagt, er habe ihm niemals so ein Dokument überreicht. Da Jordans Ausfertigung in dem Feuer verbrannt war, das seine Mutter das Leben gekostet hatte, konnte er noch nicht einmal das Gegenteil beweisen.

„Dummer alter Bastard", entfuhr es ihm. Denn er wusste, dass Cameron George Sawyer irgendwie bestochen haben musste, in Bezug auf die Willenserklärung zu lügen.

Als Jordan seinen Onkel mit dem Immobilienverkauf an die Kincaid-Familie konfrontiert hatte, hatte Cameron nur schwer geseufzt.

„Und was ist mit meinem Vorkaufsrecht?", hatte Jordan wissen wollen.

„Es tut mir leid, Junge", hatte Cameron gesagt und väterlich eine Hand auf die Schulter des achtzehnjährigen Jordan gelegt. „Aber ich erinnere mich nicht daran, dass ich jemals gesagt hätte, dass ich dir dieses Recht einräume." Dann spuckte er den Tabaksaft an den Zaunpfahl in der Nähe des alten Pumpenhauses aus. „Was solltest du außerdem jetzt tun können? Du bist doch nur ein Kind. Ich weiß, was du hierfür empfindest, aber Tatsache ist: Ich bin so gut wie pleite. Ich muss verkaufen."

Jordan war wie vom Donner gerührt. Er schluckte schwer, denn all seine Hoffnungen und Träume lösten sich so schnell in Luft auf, wie die untergehende Sonne verschwand, die die Wiesen golden färbte und sich in den Fenstern des geliebten alten Ranchhauses spiegelte.

„Ich sag dir, was ich tun werde", sagte Cameron. „Ich sehe zu, dass du zu etwas Geld kommst, damit du das College bezahlen kannst."

„Auf gar keinen Fall! Du hast es versprochen! Du hast eine Urkunde unterschrieben."

Zum ersten Mal bemerkte er da diese dicke Ader, die unter der Krempe von Camerons dreckigem Strohhut an seiner Stirn pochte. „Dann beweise es", konterte der alte Mann. „Finde dieses verdammte Papier, und leg es einem Richter vor."

„Das werde ich. Ich gehe zu George Sweeney. Wenn er etwas taugt, wird er eine Kopie haben."

„Darauf würde ich mich nicht verlassen", hatte Cameron ihn gewarnt, und Jordans Nackenhaare hatten sich in böser Vorahnung aufgestellt. Und so war es gewesen: Als er den Anwalt spätnachts angerufen hatte, behauptete George, der nicht nur Camerons Anwalt, sondern auch sein Poker-Freund gewesen war, nichts von so einem Schriftstück in Bezug auf die Ranch zu wissen.

Man hatte Jordan geschlagen.

Bis jetzt.

Ein kaltes Lächeln umspielte seine Lippen. Fast dreißig Jahre später nahm Jordan Baxter das vergilbte Dokument in Augenschein, das die krakelige Unterschrift seines Onkels trug. Seine Kopfschmerzen lösten sich in Luft auf. Anscheinend hatte sich mit dem Öffnen des Kuverts alles geändert. Gerade waren sich Gerechtigkeit und Schicksal begegnet.

Er war nicht länger ein verängstigtes armes Kind von der falschen Seite der Gesellschaft. Im Alter von sechsundvierzig Jahren war er mehrfacher Millionär und ein Mann, mit dem man rechnen musste. Und die Kincaids würden diese Lektion nun lernen.

Endlich!

Jordan griff nach dem Telefon und wählte die Nummer seines Anwalts. Ja, die Glückssträhne der Kincaids würde bald zu Ende sein. Weil nun Jordan Baxter das Heft in der Hand hielt.

Sie war schwanger.

Daran bestand kein Zweifel mehr, sagte sich Gina, die auf dem Bett in ihrem Zimmer saß und auf den Teststreifen starrte. Es war früh am Morgen, die ersten Sonnenstrahlen fielen durch das geöffnete Fenster, und die Geräusche der Ranch drangen herein. Aus der Ferne ertönte das Krähen eines Hahns, auf das eine Lerche mit einem Lied antwortete. Eichhörnchen fiepten, ein einsames Kalb schrie, und ein Motor sprang ratternd an.

Vor wenigen Minuten hatte sie sich ins Badezimmer eingeschlossen, den Test gemacht und auf das Ergebnis gewartet.

Eindeutig positiv.

Und was jetzt?

Sie ließ sich wieder aufs Bett fallen und durchlebte eine ganze Reihe von Gefühlen: Begeisterung, Glück, Angst, Freude, Sorge.

Mutter! Gina Henderson, du wirst Mutter! Ihr Herz klopfte erwartungsvoll, und sie konnte nicht aufhören, zu lächeln.

Die Uhr in der großen Halle schlug sieben, und ihre Klänge hallten durch das ganze Haus. Aus der Küche waren Stimmen zu hören, deshalb rappelte sie sich wieder auf. Mit gemischten Gefühlen betrachtete sie sich selbst im Spiegel, der über der Kommode hing. Siebenundzwanzig und schwanger. Das klang doch gar nicht

177

so schlecht. Doch halt, siebenundzwanzig, schwanger und *unverheiratet*. Da war der Haken.

Aber heutzutage bekamen Frauen ständig allein Kinder. Alleinerziehende Mütter waren ein durchaus beständiger Teil der Gesellschaft. Sie strich mit der Hand über ihren flachen Bauch. Auf diesem Wege ein Kind zu bekommen hätte sie sich nicht ausgesucht. Nein. Sie hatte immer von einem Ehemann geträumt, der einer regelmäßigen Arbeit nachging, von einem Landhaus wie den typischen Cottage-Häusern in Cape Cod mit Satteldach, Holzschindeln und roten Fensterläden, umgeben von einem weißen Palisadenzaun, von Hund und Katze ... Ach, na ja. Ihre Wohnung in L. A. war groß genug für sie und den Säugling. Außerdem hatte sie Geld zurückgelegt, nach der Geburt konnte sie sich also eine Zeit lang freinehmen. Später würde sie dann umziehen und die Arbeit bei Jack wieder aufnehmen.

Und was war mit Trent?

Seufzend nahm sie eine Bürste und fuhr sich damit abwesend durchs Haar, bis es knisterte. Sicher, er verdiente es, von seinem Kind zu erfahren. Irgendwann. Sobald sich die Dinge hier auf der Ranch aufgeklärt und alle Kincaid-Halbbrüder sich beruhigt hatten. Sie würde nach L. A. zurückgehen und ihm Zeit lassen, sich daran zu gewöhnen, Teil dieser neuen, bunt zusammengewürfelten Familie zu sein. Wenn sie dann das erste Trimester der Schwangerschaft und somit die Gefahr einer Fehlgeburt überstanden hatte, würde sie ihm die frohe Botschaft überbringen, dass er Vater wurde.

Er hatte das Recht, es zu wissen; er durfte ihr nur nicht sagen, was sie zu tun hatte. Sie warf einen Blick aus dem offenen Fenster und erblickte Mitch Fielding und Rand Harding auf einer der Koppeln mit einigen jungen Ochsen, die sich dort im Licht der frühen Morgenstunden tummelten. Garrett stieß zu ihnen, im Schlepptau Brandon Harper, und alle vier kamen alsbald ins Gespräch. Die kalte Morgenluft trug das Gelächter zu ihr nach oben, und irgendwo in der Nähe bellte laut ein Hund.

Die Spitzenvorhänge bauschten sich auf, und kurz kam ihr die Idee, dass die Ranch ein wundervoller Ort wäre, um ein Kind aufzuziehen.

Im Geiste sah sie einen dunkelhaarigen Jungen, der über Felder jagte, im Bach fischte, auf dem Heuboden Festungen baute, auf einem temperamentvollen Mustang Wildpfade entlangritt, die sich durch die bewaldeten Hügel in der Ferne schlängelten. Oder vielleicht ein Mädchen mit Engelsgesicht und lachenden blauen Augen, das durch seinen Lieblings-Schwimmteich watete und darin plantschte, das versuchte, einen Schmetterling zu fangen, und dabei über ein Feld lief, das den Bach nach Flusskrebsen absuchte oder von seinem Vater lernte, ohne Sattel zu reiten ...

Jetzt hör schon mit diesen Hirngespinsten auf! Sofort! Das ist doch keine Szene aus „Unsere kleine Farm".

Einen Moment lang verengte ein Kloß ihre Kehle, und sie spürte, wie ihr heiße Tränen in die Augen stiegen. Vor Glück? Oder eher vor Kummer, weil die perfekte kleine Familie, die sie sich für ihr Kind erträumt hatte, nicht wirklich existierte? „Komm damit klar!", grummelte sie und wandte sich vom Fenster ab. Eigentlich sollte sie in der Klinik anrufen, einen Test zur Bestätigung durchführen lassen und Trent anschließend die Wahrheit sagen. Er hatte ein Recht darauf.

„Sei kein Feigling", ermutigte sie sich selbst, obwohl sie sich Trents Reaktion darauf nicht einmal vorstellen mochte. Womöglich kannte er diese Situation, weil er sie schon öfter mit anderen Frauen durchgespielt hatte? Dass er schon Kinder hatte, bezweifelte sie. Immerhin hatte sie tief in seiner Vergangenheit gewühlt, wusste über ein halbes Dutzend Beziehungen Bescheid. Dennoch hatte sie nie das Gefühl, dass er so weit gegangen wäre, ein Kind zu zeugen.

Bis jetzt. Mit dir.

Als sie die Bürste auf die Kommode zurücklegte, entschied sie, dass es das Beste wäre, den Mund zu halten. Zumindest bis sie einen Arzt aufgesucht hatte.

Klopf. Klopf. Klopf.

Gina erschrak fast zu Tode. Trent! „Einen Moment, bitte!" Eilig warf sie den Inhalt des Schwangerschaftstests in die Papiertüte und packte sie in den winzigen Mülleimer in ihrem Zimmer. Sie würde ihn später in der Stadt entsorgen, damit niemand ihn finden und peinliche Fragen stellen konnte.

O Gina, jetzt krieg dich mal wieder ein! Du bist doch keine fünfzehn mehr, um Himmels willen. Niemand wird deinen Müll durchwühlen, und selbst wenn: Was du tust, geht nur dich etwas an! Dich allein.

Und Trent.

Na ja, stimmt schon. Aber dieses Versteckspiel und das schlechte Gewissen sind unter deiner Würde!

Sie riss die Tür auf und starrte direkt in Blake Remmingtons blaue Augen. Erleichterung durchströmte sie. Leger in Pulli und Hose gekleidet, meinte er: „Ich dachte, Sie brauchen vielleicht eine Begleitung nach unten zum Frühstück."

„Wie fürsorglich!", sagte sie überrascht und berührt von seiner Sorge. „Aber das war nicht nötig. Ich hätte den Weg durchaus allein gefunden."

„Ich weiß. Aber ich brauche Gesellschaft."

„In diesem Haus voller Halbbrüder?", zog sie ihn auf.

„Eben deswegen."

Das Geräusch klappernder Pfannen hallte durch die Korridore.

„Mist, ich hatte Suzanne versprochen, ihr heute Morgen zu helfen." Sie hatte es komplett vergessen. Seit sie den Schwangerschaftstest gekauft hatte, wanderten ihre Gedanken rastlos umher.

„Morgen ist auch noch ein Tag", meinte er ohne den Hauch eines Lächelns.

„Ich könnte das Geschirr abwaschen oder mich ums Mittagessen kümmern", überlegte sie und verließ ihr Zimmer.

„Wie lange bleiben Sie hier?"

„Gute Frage. Ich weiß es wirklich nicht. Irgendwie habe ich nicht das Gefühl, dass ich meinen Job hier zu Ende gebracht habe.

Das wird wohl erst so sein, wenn ich erfahren habe, ob dieser siebte Sohn nun existiert oder nicht."

„Immer noch nicht sicher?"

„Nein", gab sie seufzend zu. „Ich sollte es aber besser herausfinden und den Fall abschließen. Mein Bruder steckt wahrscheinlich bis über beide Ohren in Papierkram." *Jake! O Gott, was sollte sie nur Jake sagen?* Nicht dass es ihn irgendetwas angehen würde. Oben an der Treppe angekommen, drang der Geruch brutzelnder Würstchen und heißen Kaffees als Begrüßung zu ihnen herauf. Ginas Magen flatterte ein wenig, und innerlich schalt sie sich. Nur weil sie nun wusste, dass sie schwanger war, stellte das noch lange keinen Grund dar, die Nummer mit der morgendlichen Übelkeit abzuziehen.

Gemeinsam gingen sie die Treppe nach unten. Da sagte Blake: „Außerdem hatte ich das Gefühl, Sie möchten vielleicht über Trent sprechen."

„Und wieso sollte ich das wollen?", fragte sie ihn und blickte ihn an.

Er machte sich nicht die Mühe zu lächeln. Sein Gesichtsausdruck war hart wie Granit. Dennoch griff er nach ihrer Hand. „Ich hoffte, das würden Sie mir sagen."

Man musste nicht gerade ein Hellseher sein, um zu sehen, dass er die Wahrheit kannte. Sie würde den Diamantring ihrer Oma verwetten, dass Blake annahm, dass sie schwanger war. „Vielleicht sollte ich zuerst mit Trent darüber reden", antwortete sie, als sie unten angekommen waren.

„Worüber?", donnerte Trents Stimme direkt hinter ihr.

Ginas Herz blieb beinahe stehen, als Trent aus dem Wohnzimmer trat, Cade direkt hinter ihm. Sie wusste nicht, wie viel Trent von ihrer Unterhaltung mitangehört hatte.

„Was genau wolltest du mit mir besprechen?", wiederholte er seine Frage. Blake ließ ihre Hand los, was Trent sofort auffiel.

„Ich glaube, ich lasse euch das mal allein lösen." Blake warf Cade einen bedeutsamen Blick zu. Der verstand schnell.

„Ich auch." Cade nickte in Blakes Richtung. „Ich gebe dir einen Kaffee aus." Die beiden machten sich auf den Weg in die Küche, von wo aus fröhliches Lachen durch die Gänge des alten Hauses schallte.

„Okay", ermunterte sie Trent, der nach ihrem Ellbogen griff und sie ins Wohnzimmer zog, wo sie allein waren. „Dann schieß mal los, Gina." Die Arme verschränkt, sah er sie aus zusammengekniffenen blauen Augen an. Eine dunkle Locke fiel ihm in die Stirn. Jeder einzelne Muskel in seinem Körper war angespannt, Nacken und Schultern wirkten steif. „Was solltest du mit mir besprechen?"

Wer A sagt, muss auch B sagen! Gina schluckte schwer und zwang sich, ihm in die Augen zu sehen. „Ich habe es heute Morgen herausgefunden."

„Was?"

Sie atmete langsam und tief ein und betete still um Kraft. Dann sagte sie: „Trent, die Wahrheit ist: Ich bin schwanger. Du wirst bald Vater."

13. Kapitel

„Du bist schwanger", wiederholte Trent überrascht.

Gina nickte und spürte tiefe Traurigkeit in sich aufkommen: Er nahm sie nicht in die Arme, wirbelte sie nicht herum, freute sich nicht. Sie räusperte sich und beobachtete das Spiel der Emotionen auf seinem Gesicht. „Ich habe es gerade erfahren. Obwohl ich den Verdacht hatte, habe ich den Test erst heute Morgen gemacht. Ich wollte in der Klinik anrufen und das Ergebnis überprüfen lassen."

„Das ... das ist eine gute Idee", bestätigte er steif. Mit einem Mal spürte Gina die Kluft zwischen ihnen, als stünden sie auf verschiedenen Seiten eines unüberbrückbaren Abgrundes und nicht auf einem ausgeblichenen Teppich im Wohnzimmer der Kincaid-Ranch.

„Ich dachte, du solltest es wissen." O Gott, warum war das nur so schwierig?

„Nachdem du es Blake gesagt hast." Seine Lippen waren zusammengepresst.

„Natürlich nicht! Blake hat den Schwangerschaftstest wohl gestern in der Tüte aus der Apotheke gesehen, als wir zusammengestoßen und mehrere Sachen herausgefallen sind. Na ja, ich nehme an, dass er es so herausgefunden hat. Entweder das, oder er ist ein Wahrsager. Jedenfalls hat er zwei und zwei zusammengezählt."

Trent kommentierte das mit keinem Wort, sah sie einfach nur an. So als suche er irgendwo in ihrer Geschichte nach einer Lüge.

„Trent, hör zu. Mach dir keine Sorgen. Wenn ich zurück nach Kalifornien gehe, werde ich ..."

„Was tun?", unterbrach er sie. Sein Gesicht verzerrte sich vor Zorn und wurde dunkelrot. Seine Augen funkelten böse. „Du wirst dieses Baby bekommen, verdammt!"

„Darauf kannst du wetten", feuerte sie überrascht zurück und machte einen Schritt auf ihn zu. Der Abstand zwischen ihnen verkleinerte sich also. „Was ich sagen wollte, ist: Auch für mich war es ein großer Schock. Ich bin nicht sicher, wie ich das genau machen werde, aber ich gehe nach Hause, arbeite bis zur Geburt und bekomme dann das Baby. Vielleicht suche ich später eine größere Wohnung, damit ich mein Kind großziehen kann."

„Unser Kind."

„Ja."

„Du gehst nicht zurück nach L. A."

„Bitte?" Fast hätte sie gelacht. „Trent, da wohne ich."

„Und was gedenkst du dort zu tun, hm? Eine alleinerziehende Mutter sein?"

„Ich werde eine alleinerziehende Mutter sein." War der Mann denn begriffsstutzig?

Auf seinem Gesicht spiegelte sich wilde Entschlossenheit. Seine blauen Augen bohrten sich in ihre und ließen sie nicht los. „Wenn du wirklich schwanger bist …"

„Das bin ich", gab sie ungehalten zurück. „Daran besteht kein Zweifel."

„Du hast ja in mehr als einer Situation gelogen. Vor allem mir gegenüber."

„Das ist etwas anderes."

„So ist es." Wut hatte sich in seine Mundwinkel gegraben. „Du hättest es mir eher sagen müssen."

„Ich wusste es nicht sicher." Sie sah zu ihm auf. „Ich wollte es dir nicht sagen, nur um dann festzustellen, dass es falscher Alarm ist." Verzweifelt warf sie einen Arm in die Luft. „Ich weiß nicht, was du von mir willst. Ich würde ja sagen, dass es mir leidtut, aber das tut es nicht!"

„Gut." Er fuhr sich mit steifen Fingern durchs Haar. „Wir heiraten", stellte er laut fest, so als hätte sie in dieser Angelegenheit kein Mitspracherecht. „Und … und du bleibst hier."

„Was?"

„Du wirst nicht nach L. A. zurückgehen."

„Bist du noch ganz dicht? Natürlich kehre ich nach L.A. zurück. Falls du es vergessen hast: Ich wohne da!"

„Jetzt warte mal einen Moment ..."

„Nein, du wartest", unterbrach sie ihn. „Nur weil ich schwanger bin, heißt das noch lange nicht, dass du mich schikanieren oder herumkommandieren kannst." Sie schäumte geradezu vor Wut, doch tief in ihrem Inneren war sie verletzt.

Was hast du denn erwartet? höhnte ihr Verstand. Dass er begeistert sein würde? Dass er dich an sich reißen und dir Dutzende von Rosen schenken würde? Dass er dann vor dir auf den Knien herumrutscht? Was bist du nur für eine dumme Frau!

„Ich nehme an, es ist mein Baby."

Seine Worte trafen sie tief, waren wie Salz auf der offenen Wunde in ihrem Herzen. „Natürlich ist es deins!" Grundgütiger, das lief nicht gut! Überhaupt nicht gut.

„Dann ist die Sache doch ganz klar, oder? Wir heiraten, und das Baby bekommt einen Namen."

„O Gott, was redest du da nur?", flüsterte sie entgeistert. Was für ein Heiratsantrag war das denn?

„Gib es zu, Gina! Darauf hast du doch spekuliert. Schon, als wir uns zum ersten Mal getroffen haben und du mich über deine Person belogen und so getan hast, als würdest du mich nicht kennen, dachte ich mir, dass du mich ausnehmen wolltest. Dann bist du mit mir ins Bett gehüpft und ..."

Sie verpasste ihm eine Ohrfeige. Hart. „Wage es ja nicht, noch einmal so etwas Abscheuliches anzudeuten! Ja, das Baby war ein Unfall, ungeplant. Aber es ist sicher nicht unerwünscht. Wenn man deine eigene Situation ansieht, könnte man meinen, du hättest etwas mehr Einfühlungsvermögen." Tränen brannten in ihren Augen. Heiße bittere Tränen, aber nicht aus Scham. O nein! Es war dieser Tiefschlag, diese Enttäuschung. „Ich ... Ich wollte dich nicht schlagen. Ich meine ... Ich wollte schon. Aber es tut mir leid." Sie hob eine Hand, um sie wieder fallen zu lassen. „Ich habe einfach gehofft, dass du es verstehen würdest."

Er knirschte mit den Zähnen, und langsam zeigten sich rote Striemen auf seiner Wange. „Genau deshalb werden wir heiraten."

„Niemals, Trent", gab sie kopfschüttelnd zurück. „Das mag jetzt abgedroschen klingen, aber im Moment würde ich dich selbst dann nicht heiraten, wenn du …"

„Der letzte Mann auf Erden wärst?", vervollständigte er ihren Satz schnaubend.

„Im ganzen Universum … einschließlich der schwarzen Löcher, okay?"

„Nein, es ist nicht okay. Ganz und gar nichts ist ‚okay'." Er ging zum Fenster, starrte hinaus, und seine verkrampften Schultern sackten nach unten. „Also lass dieses Theater, Gina oder Celia oder wer zum Teufel du wirklich bist. Wir haben ein Problem und …"

„Ich korrigiere", unterbrach sie ihn. Mit langen Schritten schloss sie zu ihm auf und stupste mit ihrem Finger gegen seine Brust. Dabei schluckte sie die Tränen der Enttäuschung, die ihr schon die Kehle verengten, herunter. Ein leichter Windstoß wehte ins Zimmer, spielte mit Trents Haaren, liebkoste ihre heißen Wangen. „Wir bekommen ein Baby", fuhr sie fort, ihre Stimme leiser als sonst. „Das ist kein *Problem*. Zumindest für mich nicht."

„Die Lösung ist, zu heiraten."

„Hast du völlig den Verstand verloren? Hast du auch nur ein Wort unserer Unterhaltung gehört?" Nun war sie diejenige, die entgeistert klang. Sie hob beide Hände auf Höhe ihres Kopfes, die Handflächen geöffnet, so als wolle sie sich ergeben. Doch das tat sie nicht. „Wir sollten es etwas langsamer angehen, okay? Heirat? Du sprichst von *Heirat*? Komm schon! Wir kennen einander nicht gut genug … Wir können nicht heiraten, ich meine … Denk doch nach, Trent, du lebst in Texas, ich in L. A. Ich habe eine Arbeit … nein, einen Beruf, den ich berücksichtigen muss."

Als sie ihre Arbeit erwähnte, fuhr er zusammen. „Ich werde mich um dich kümmern."

„Du wirst dich um mich ‚kümmern'? O Gott, so etwas Vorsintflutliches brauchst du nicht einmal zu erwähnen, ja?" Ihr schwirrte der Kopf, ihr Stolz war bis ins Mark getroffen, und der Schmerz saß tief. Sie legte eine Hand auf ihren Bauch, um ihr Baby zu schützen, denn Trents Reaktion war vollkommen falsch. „Weißt du, ich bin kein gebrechliches, unsicheres Persönchen. Kein zartes Pflänzchen, das nicht auf eigenen Füßen stehen kann, eine Frau, die sich ohne Mann nicht vollständig fühlt. Niemals! Ich werde niemanden aus irgendeinem Pflichtgefühl heraus heiraten." Langsam kochte ihre Wut wieder hoch. Wie sehr sie sich danach sehnte zu hören, dass er sie liebte, dass er den Rest seines Lebens mit ihr verbringen wollte, dass sie alle drei zusammen eine unzertrennliche Familie sein würden, eine, wie sie weder Trent noch sie selbst erlebt hatten. Aber diese … diese jämmerliche Argumentation war ja noch nicht einmal ein Heiratsantrag.

Und um alles noch viel schlimmer zu machen, dachte er, sie wollte ihn ausnehmen, ihn zu einer Heirat erpressen! Was für ein Witz! Was für ein schlechter Witz.

„Das Baby braucht beide Eltern", sagte er unnachgiebig und wandte seine Augen ab, um sie anzusehen. Offenbar war ein Teil seines Zorns der Sorge gewichen.

„Zwei Elternteile, die es lieben und einander auch", stimmte sie zu und blitzte ihn wütend an. Ihr Herz schmerzte, während sie ihre Seele offenbarte. „Zwei Menschen, die es wollen." Wieder drückte sie auf ihren Bauch. „Nicht ein Paar, das zusammenbleibt, weil zufällig ein unschuldiges Kind auf dem Weg ist. Nein."

„Hör mir mal genau zu, Gina. Das ist auch mein Kind." Er fasste sie am Oberarm. Hinter seinem Ärger konnte sie in seinen Augen tiefere Emotionen entdecken und einen Schmerz, den sie nicht auch nur annähernd begriff. „Ob es dir nun gefällt oder nicht, ich habe ein Mitspracherecht." Die Furchen um seine Mundwinkel wurden tiefer, die Augenbrauen zogen sich zusammen. „Worum geht es dir hier eigentlich? Um Geld? Ist es das?"

Gina schnappte nach Luft. „Denkst du das wirklich?" Enttäuschung, die tief in ihrer Seele vergraben war, quälte sie, nagte an ihr.

187

„Wie schon gesagt: Ich hatte von Anfang an den Eindruck, dass es um Erpressung ging."

Fast hätte sie wieder zugeschlagen. Stattdessen riss sie sich von ihm los und spürte die Ernüchterung schwer auf ihren Schultern lasten. „Bei dir dreht sich alles nur um Geld, nicht wahr?", flüsterte sie traurig. Dann nahm sie allen Mut zusammen, straffte sich und strich sich das Haar aus dem Gesicht. „Nun, bei mir nicht. Das tat es nie. Unglaublich, stimmt's? Glaub mir: Hätte ich dich ‚ausnehmen' wollen, hätte ich einen viel besseren Weg gefunden, das auch zu erreichen. Und jetzt habe ich dazu nichts mehr zu sagen. Ich bin hier, um einen Job zu erledigen, und ich habe vor, genau das zu tun. Danach gehe ich zurück nach Kalifornien."

„Einfach so?"

„Einfach so. Und was ist mit dir? Musst du nicht irgendwo nach ein paar Ölquellen bohren? Zum Beispiel in Texas, Wyoming oder am Yukon? Ich habe gehört, in Sibirien tauchen immer wieder Ölfontänen auf. Vielleicht solltest du dahin und das überprüfen!" Damit drehte sie sich um und stolzierte den Gang entlang. Dabei strahlte die Entrüstung förmlich in heißen heftigen Wellen von ihr ab.

Wie konnte er nur so herzlos sein? Und wie konnte ihr ein Mann so viel bedeuten, der sie für fähig hielt, so ein schmutziges, unmoralisches, abscheuliches… Hör auf! befahl sie sich. Es bestand keinerlei Grund dafür, sich immerzu mit seinen Motiven zu befassen. Vielleicht stand er einfach nur unter Schock. Aber das tat nichts zur Sache.

Sie konnte für sich selbst sorgen. Und für ein Baby.

Tatsächlich würde sie eine höllisch gute Mutter abgeben und wahrscheinlich einen halbwegs ordentlichen Dad. Das versetzte ihrem Herzen einen Stich. Aber sie sagte sich, dass die idyllische, romantische Vorstellung, die sie einst von ihrem Leben und ihrer Ehe gehabt hatte, unbedingt angepasst werden musste.

Denn sie würde Mutter werden.

Trent rieb sich die schmerzende Wange und beobachtete, wie Gina in selbstgerechtem Zorn davonrauschte wie ein Tornado. Seine Gedanken wanderten in Tausende Richtungen zugleich. Ein Baby? Was sollte er nur mit einem Baby anfangen? Und was ohne? Das Kind war noch nicht einmal auf der Welt, und er spürte dieses Gefühl von Anstand und von etwas anderem, das über Stolz hinausging, eine Angst um das ungeborene Kind. Ab jetzt war Trent verwundbar.

Die Sache mit Gina war völlig verpfuscht, und es war seine Schuld. Aber sie hatte ihn ja auch wie aus heiterem Himmel getroffen. Er verließ das Wohnzimmer und ging nach oben; dort hielt er vor ihrem Schlafzimmer an. Er warf einen Blick hinein zu dem zerwühlten Bett, in dem sie schlief. In der Luft hing noch der Duft ihres Parfüms. Bildete er es sich ein, oder strahlte in dieses Zimmer mehr Sonnenschein herein als in jeden anderen Teil des Hauses? Wieso amüsierte ihn ihr schräger Gesang, anstatt dass er ihn ärgerte? Was hatte sie an sich, dass er sie auch ohne einen Hauch von Make-up und mit ungekämmten Haaren sexy fand?

Zur Hölle, es hatte ihn schwer erwischt. Blake hatte recht, verflucht noch eins: Gina ließ ihn einfach nicht mehr los. Er lief zu seinem Zimmer und schnappte sich Geldbeutel und Schlüssel. Noch während er beides in seine Hosentasche stopfte, eilte er die Treppe hinunter.

Wie sollte er denn Vater werden? Was wusste er schon über Erziehung? Larry Kincaid, sein Erzeuger, war einfach nur ein Scheusal gewesen, ein ihm unbekannter Mann, ein Spieler, ein Betrüger, ein Schürzenjäger, der Kinder hatte und sich noch nicht mal dafür interessiert hatte, sie wenigstens kennenzulernen. Nein, dachte Trent verärgert, er würde nicht dieselben Fehler begehen – er würde kein abwesender Rabenvater sein, wie dieser Mistkerl es gewesen war. Und auch kein Waschlappen wie Harold Remmington. Der Typ ... er stand Larry in kaum etwas nach.

Garrett dagegen ... Trent nahm an, dass der alte Herr ein sehr guter Vater gewesen war, auch wenn sein Sohn Larry völlig ver-

189

korkst war. Trent wusste nicht, wie Garretts Tochter Alice geraten war. Es spielte auch keine Rolle, denn es hatte sicher nicht daran gelegen, dass Garrett nicht alles versucht hatte, nicht sein Leben gegeben hatte, um der beste Vater der Welt zu sein.

Trent wusste es instinktiv.

Am Treppenabsatz hielt er inne. Der wirkliche Sachverhalt traf ihn mit einer Heftigkeit wie ein Faustschlag mitten auf die Brust. Gina war schwanger. Mit seinem Kind. Seine Kehle war wie zugeschnürt. Erinnerungen an eine andere Zeit, an einen anderen Ort durchfluteten ihn in schmerzhaften Wellen. Beverly, hochmütig und schön, eröffnete ihm, dass er Vater werden würde. Eine kurze Weile beseelte ihn das neue, aufregende Gefühl der Vaterschaft. Begeistert stellte er sich die Geburt seines Sohnes oder seiner Tochter vor, die Kleinkind-Jahre, die Höhen und Tiefen in der Grundschule – doch alles war wie eine Seifenblase zerplatzt, angestochen durch die bösartige, lügnerische Zunge einer Frau, die er nie geliebt hatte.

Doch dieses Mal war es anders.

Dafür würde er schon sorgen.

Trent machte einen Schritt in Richtung Küche, hielt sich dann aber zurück. Ihm wurde klar, dass er diese Gefühle nicht nur wegen des Babys verspürte. Sondern wegen Gina. Wohl oder übel musste er sich eingestehen, dass er dabei war, sich in sie zu verlieben, und das schon seit dem Augenblick, als er sie vor knapp zwei Monaten zum ersten Mal gesehen hatte.

Er hatte sich bisher nur selbst etwas vorgemacht.

Die Spannung im Zimmer ist förmlich mit den Händen zu greifen, dachte Garrett, der seinen Berg Waffeln aufgegessen hatte und den Teller zur Spüle trug. Er selbst, Gina und Larrys Söhne hatten sich um den Küchentisch herum versammelt und den Betrieb der Ranch besprochen. Garrett hatte erläutert, dass jeder Erbe einen Teil des Anwesens erhalten würde, einige es aber womöglich vorzogen, stille Teilhaber zu sein. Andere bevorzugten, am Tagesgeschäft mitzuwirken.

Cade hatte Garrett versichert, er würde bleiben, und auch Mitch hatte zugestimmt, mitzuarbeiten. Bisher hatte sich weder Brandon festgelegt noch Adam, der eher nervös wirkte und erpicht darauf, zu gehen. Muss wahrscheinlich irgendeine nichts ahnende Firma schlucken, dachte Garrett unfreundlich. Für ihn war Adam derjenige, der diesen Ort hier am meisten brauchte, um endlich sein Herz zu entdecken. Aber andererseits musste Adam das selbst entscheiden.

Garrett reichte seinen leeren Teller an Suzanne weiter, die gerade die Spülmaschine belud, und goss sich dann noch eine Tasse Kaffee ein. Er nippte daran und schlenderte zurück zum Tisch, wo sich der Kreis seiner Enkel gerade langsam auflöste. Blake war ruhiger als sonst, als ob etwas an ihm nagte, und doch hatte er sich durchgerungen, wenigstens eine Weile auf der Ranch zu bleiben.

Während der gesamten Mahlzeit war Trent geradezu stumm gewesen. Wenn er sich schon überlegt hatte, inwieweit er hier in Whitehorn beteiligt sein wollte, behielt er es für sich. Er wirkte noch ernster als üblich, grüblerisch und finster. Ein paarmal schielte er in Ginas Richtung, die ihn kalt ansah.

Ein Streit unter Liebenden, vermutete Garrett.

Gina, die normalerweise frisch aussah und lächelte, war in den vergangenen Tagen ein Schatten ihrer selbst gewesen. An diesem Morgen war es besonders schlimm. Sie hatte kaum etwas gegessen, sprang auf und bot Suzanne Hilfe mit dem Geschirr an. Überhaupt war sie in der letzten Stunde in Gedanken versunken gewesen.

Womöglich wegen Trent.

Die unausgesprochenen Worte zwischen den beiden sorgten für eine Eiszeit-Stimmung.

Garrett hatte gehofft, dass das, was zwischen ihnen war, ein wenig nachgelassen hätte, doch genau das Gegenteil schien eingetreten zu sein. Wenn überhaupt, waren sie garstiger zueinander denn je.

Irgendetwas ging hier vor sich.

Und er war sich verdammt sicher, dass es ihm gar nicht gefallen würde. Er trank seinen Kaffee aus und stellte die Tasse in die Spüle.

191

Cade und Mitch taten es ihm gleich; die beiden wollten auch nicht am Tisch sitzen bleiben. Adam hatte eingewilligt, sich das Grundstück anzusehen. Garrett fürchtete nur, dass Larrys Erstgeborener taxieren wollte, wie viel es wert war.

„Ich schleiche mich mal raus und sehe nach den Tieren", informierte Garrett Suzanne. „Wahrscheinlich wartet Rand schon auf mich."

„Aber halt ihn nicht auf. Er soll heute einen Smoking angepasst bekommen. Du weißt ja, dass er auch zu Leannes Hochzeitsgesellschaft gehört."

Bei der bloßen Erwähnung einer Hochzeit versteifte sich Ginas Rücken. Eilig entledigte sie sich ihrer Schürze.

„Wie verkraftet es Rand, dass seine kleine Schwester in den Hafen der Ehe einläuft?", erkundigte sich Garrett bei Suzanne.

Sie lachte. „Ich glaube, er ist erleichtert. Und Bill ist ein toller Mann. Rands bester Freund."

„Dann sollte er zufrieden sein", bestätigte Garrett. „Ich sehe zu, dass er pünktlich zur Anprobe kommt." Er griff nach seinem Hut. Dabei fiel ihm auf, dass Trents Gesichtsmuskeln angespannt waren und Gina etwas blasser geworden war, als sich das Gespräch um die bevorstehende Hochzeit gedreht hatte.

Was zum Teufel war hier los? Soweit er wusste, kannten die zwei die Beteiligten überhaupt nicht. „Ach übrigens, ich habe jemanden gefunden, der sich der Hausarbeiten hier annehmen wird", informierte er Suzanne. „Ich lass dich wissen, wann sie anfangen kann. Sie ist ein wirklich nettes Mädchen mit einem kleinen Baby."

„Super", freute sich Suzanne und wandte sich wieder dem Geschirr zu. „Nicht dass ich es nicht lieben würde, hier von morgens bis abends zu schuften", zog sie ihn auf.

Trent kippte seinen Kaffee runter, warf Gina einen Blick zu und sagte, für alle deutlich zu hören: „Ich bin im Arbeitszimmer. Ich muss ein paar Telefonate führen." Er schaute so grimmig wie nur was. Ohne ein weiteres Wort stürmte er aus der Küche; die Absätze seiner Stiefel klackerten im Flur.

„Ich frage mich, was in ihn gefahren ist", bemerkte Suzanne. Gina, die ihre Schürze an einen Haken nahe der Hintertür hängte, biss sich auf die Lippe.

„Schlechte Laune", stellte Blake fest.

„Die allerschlechteste." Gina trocknete sich die Hände an einem Handtuch ab. „Ich werde für eine Weile in die Stadt fahren und bin am Nachmittag zurück." Sie zwang sich zu einem Lächeln, das irgendwie nicht zu ihrer Miene passte, dann eilte sie nach oben. Wenige Minuten später, die Handtasche unter dem Arm, brauste sie zur Vordertür hinaus, die hinter ihr krachend ins Schloss fiel.

„Wo wir schon von schlechter Laune sprechen", meinte Suzanne. „Das scheint ansteckend zu sein."

„Es sieht fast so aus", bestätigte Garrett und beobachtete, wie Gina zu ihrem Ford Explorer lief, einstieg und die unbefestigte Straße entlangdonnerte. „Weißt du, was hier los ist?", wandte sich Garrett an Blake.

„Nee." Doch der Mann war ein schlechter Lügner. Er wusste etwas, wollte es nur nicht sagen. Blake wich dem Blick seines Großvaters aus, schob seinen Stuhl zurück und streckte sich. „Ich denke, Trent und Gina werden das schon selbst klären."

„Und was genau ist ‚das'?"

Blake zuckte mit den Schultern.

In dem Moment klingelte das Telefon ein Mal. Noch bevor Garrett nach dem Hörer in der Küche greifen konnte, hatte Trent schon im Arbeitszimmer abgehoben.

„Ich gehe mal nach den Einjährigen auf der Nordweide sehen", entschied er, obwohl ihn der schwelende unausgesprochene Streit, den er gerade miterlebt hatte, noch immer beunruhigte. „Blake, wenn es dich interessiert, könntest du mich begleiten."

„Das mache ich doch glatt."

Garrett betrat die Veranda und begann, seine Stiefel anzuziehen. Da er durch die Fliegengittertür den Tumult im Haus hörte, wandte er sich um, gerade als Trent die Tür aufstieß.

193

„Jordan Baxter ist am Telefon", sagte Trent. Die Muskeln in seinem Gesicht waren gespannt wie gegerbtes Leder, während er mit den Augen den Parkplatz absuchte. Als er bemerkte, dass Ginas Geländewagen fehlte, runzelte er die Stirn. Dann wandte er sich Garrett zu. „Baxter will mit dir sprechen."

Garretts einzelne Nackenhaare stellten sich warnend auf. Er zog den zweiten Stiefel über und streckte sich langsam wieder, die Knie knackten ein wenig, und die Arthritis, die manchmal in seiner Schulter aufflammte, verursachte ihm nun Schmerzen. „Irgendwie habe ich das Gefühl, dass das keine guten Nachrichten sein werden."

Die Hände fest um das Lenkrad gelegt, fuhr Gina mit eingeschaltetem Tempomaten in Richtung Stadt. Bilder von Trent schossen ihr durch den Kopf. Sie sah ihn in einem Anzug vor sich, verführerisch lächelnd, oder im Bett, nackt, die Haut straff, das Spiel seiner Muskeln, während er sie liebte, oder wie er, in Jeans und Sweatshirt gekleidet, die Kincaid-Ranch in Augenschein nahm. Sie spürte einen Kloß im Hals und kämpfte wieder gegen die Tränen an.

„Das sind die Hormone", beschwichtigte sie sich selbst. Eilig wischte sie das salzige Nass von ihren Augen und schniefte laut. Sie musste aufhören, an ihn zu denken. Daran, was hätte sein können.

„Ha!"

Er hatte ihr doch einen Antrag gemacht, oder etwa nicht?

Seine Pflicht erledigt, das hat er!

In ihrem Ärger nahm sie eine Kurve etwas zu scharf, lockerte dann aber den Druck auf das Gaspedal. Sie musste jetzt an das Baby denken, konnte es sich nicht leisten, unvorsichtig zu sein. Nie wieder.

Aus einer Laune heraus riss sie das Steuer herum und entschied, auf dem Highway 17 nach Osten zu fahren und Winona Cobbs' Secondhandladen aufzusuchen.

Die Tore standen weit geöffnet, als Gina auf das staubige Grundstück fuhr. Dort hatte sich Trödel vom Anfang des 20. Jahrhunderts bis zur Jahrtausendwende um einen Wohnwagen angesam-

194

melt, den Winona ihr Zuhause nannte. Eine Ecke füllten uralte ausgeschlachtete Autos, in einer anderen stapelten sich gebrauchte Landwirtschaftsmaschinen. In Schuppen wurden Waren für den Privatgebrauch angeboten, von Tretnähmaschinen über Installationszubehör bis hin zu gebrauchten Kleidern und Schuhen.

Nur Winona war nirgends auf dem Gelände zu sehen. Gina stieg aus ihrem Auto, ging die wenigen Stufen zum Wohnwagen hinauf und klopfte an die Tür. „Ms. Cobbs?", rief sie laut und hämmerte dann mit der Faust gegen die Tür, in der Hoffnung, die Aufmerksamkeit der Frau zu erregen. „Sind Sie zu Hause? Ms. Cobbs?" Doch es kam keine Antwort, und auch im Garten war niemand, abgesehen von den Honigbienen. Die summten um mehrere Bienenstöcke herum, die in der Nähe des Zauns in einer Ecke des Grundstücks aufgestellt worden waren.

Offenbar ging die Hellseherin nicht davon aus, dass jemand anhalten und sie ausrauben würde.

Hierzubleiben und zu warten, war unsinnig; Winona könnte stundenlang fort sein. Und so glitt Gina erneut hinter das Autolenkrad, setzte sich eine Sonnenbrille auf die Nase und versuchte, sich auf Larrys siebten unehelichen Sohn zu konzentrieren. Sie schaltete das Radio ein und fuhr davon, im Schlepptau eine große Staubwolke. Ihre Gedanken wanderten unaufhörlich von Larrys Baby zu ihrem eigenen Baby, das unterwegs war.

Trotz der Wolkenbank, die sich im Westen zusammenbraute, hellte sich Ginas Stimmung zusehends auf. Sie würde ein Kind bekommen!

Das zauberte ein Lächeln auf ihr Gesicht, und auch wenn Trents Reaktion unentwegt schmerzte, konnte sie den Faith-Hill-Song mitsummen, der aus dem Radio kam. So fuhr sie in Whitehorn ein, einem kleinen Fleck auf der Landkarte, der ihr immer mehr ans Herz wuchs.

Sie entdeckte Personen, die sie kennengelernt hatte und die auf den Gehwegen spazieren gingen oder in Pick-ups und Autos an ihr vorbeikamen. Die Seitenstraßen und Gässchen der Stadt kannte sie inzwischen fast so gut wie einige Ortsansässige. Sie hielt an einem Stopplicht und wartete, bis ein Paar die Straße überquert hatte. Ihr blutete das Herz. Ein Mann und eine Frau liefen vorn am Explorer vorbei, die Hände ineinander verschlungen. Die Frau trug ihre Handtasche und eine Wickeltasche, der Mann, wahrscheinlich ihr Ehemann, hatte sich eine Babytrage umgeschnallt, in der ein winziges Baby ruhte, von dem nur ein paar blonde Löckchen zu sehen waren.

Tränen sammelten sich in Ginas Augen. Sie wischte sie eilends weg und räusperte sich. Immer wieder erinnerte sie sich daran, dass sie ihrem Baby genug Liebe für zwei geben würde. Sie brauchte keinen Ehemann. Und sie brauchte Trent nicht. Der Gedanke, dass er ihre Schwangerschaft als Versuch, ihm Geld aus der Tasche zu ziehen, gedeutet hatte, ließ sie zusammenzucken.

Hinter ihr hupte es, und sie begriff, dass der Zebrastreifen frei war. Nervös fuhr sie vor das Hip-Hop-Café. Dort erspähte sie nicht nur Lily Mae in ihrer Stammnische, sondern auch Winona Cobbs, die in einer Ecke in der Nähe des Tresens saß und eine Zeitung durchblätterte.

Gina schniefte die letzten Spuren der sentimentalen Tränen weg, stellte das Fahrzeug ab und eilte hinein. Als die Tür aufging, bimmelte eine Glocke, und der Duft von Kaffee, Donuts und gebratenem Speck hieß sie willkommen.

Die abgetrennten Sitzplätze waren fast vollständig besetzt. Vormittags kümmerten sich die Gäste um Kaffee und Gebäck und pflegten ihre Unterhaltungen.

Gina verlor keine Zeit. Etwas dreist schloss sie zu Winonas Ecke auf und fragte: „Was dagegen, wenn ich mich setze?“

„Überhaupt nicht!“ Die kleine rundliche Frau packte das Kreuzworträtsel, das sie zu lösen versuchte, in eine übergroße Handtasche. „Nehmen Sie Platz“, forderte sie Gina auf und deutete auf die Bank gegenüber. Die Armreifen klimperten, und mit ihren hellen Augen schien sie Gina zu durchbohren und direkt in ihre Seele zu blicken. „Beunruhigt Sie etwas?“

„Etwa eine Million Dinge", gab Gina zu und bestellte bei Emma ein Glas Eistee. „Aber ich wollte mit Ihnen sprechen, weil das Gerücht geht, dass Sie eine Hellseherin sind."

Winona nickte. „Ich habe die Gabe."

„Ich hoffe, dann können Sie mir helfen. Wie ich schon erwähnt habe, glaube ich, dass Larry Kincaid ein siebtes Kind gezeugt hat – das ich leider immer noch nicht aufspüren konnte." Gina griff in ihre Tasche und zog Larrys Tagebuch hervor, die Seiten aufgeschlagen, die die Notiz über den siebten Sohn enthielten. Sie schob es über den Tisch hinüber zu der älteren Frau. Winona rückte ihr Tuch zurecht und berührte die offene Seite. Die Augen geschlossen, konzentrierte sie sich, tiefe Falten gruben sich in ihre Stirn. „Das ist keine Täuschung. Sie befürchten, dass dieser Eintrag entstand, nachdem eine Frau anrief, eine Frau, die womöglich Rache an Larry Kincaid üben wollte. Aber es gibt ein Kind. Einen Jungen. Die Information ist richtig, aber …" Sie sog scharf die Luft ein, die Augenbrauen zusammengekniffen. „Aber ich kann nicht sehen, wie er es herausgefunden hat oder wer die Mutter des Kindes ist."

Winona schüttelte den Kopf, der darum herum geschlungene, leicht ergraute Zopf bewegte sich langsam hin und her. „Die Frau, die Larrys letztes Kind auf die Welt gebracht hat, bevorzugt es, anonym zu bleiben."

Gina verlor ihren Mut.

„Ich kann nur erspüren, dass die Mutter in der Nähe ist. Irgendwo hier in Montana. Aber sie ist besorgt. Nicht unglücklich." Winona öffnete die Augen und starrte Gina lange und durchdringend an. „Der Junge ist das Licht ihres Lebens. So wie Ihr Kind die Freude Ihres Lebens sein wird."

Fast hätte Gina sich an ihrem Kaffee verschluckt. Woher wusste Winona Cobbs, dass sie schwanger war?

Die Tür des Cafés öffnete sich, und Christina Montgomery stürzte in den Laden. Sie nahm in einer Ecknische Platz und griff nach der Karte. Sie wirkte blass und betrübt, die blauen Augen gehetzt.

197

Winona seufzte. Sie schürzte die Lippen.

„Stimmt etwas nicht?"

Das Gesicht der älteren Frau nahm einen besorgten Ausdruck an. „Ich muss schon sagen, irgendetwas muss in dem Wasser aus Whitehorn enthalten sein, dass die Fruchtbarkeit so dermaßen ansteigt."

„Einen Augenblick mal ..."

Doch Winonas Augen waren auf das Mädchen gerichtet, das derart untröstlich und zusammengesunken in der Ecke saß. Christina bestellte ein Soda und starrte aus dem Fenster, ihre manikürten Finger trommelten nervös auf dem Tisch.

„Sie hat auch dieses Leuchten."

„Welches Leuchten?", hakte Gina nach. Das Mädchen leuchtete ganz und gar nicht. Wenn überhaupt, war seine Stimmung düster und traurig.

„Ein schwangeres Leuchten. Es ist in ihrer Aura."

„Und Sie können es sehen?", fragte Gina, unfähig, ihre Skepsis zu verbergen. Auch wenn sie bei einer Ermittlung oft ihrer Intuition folgte, fußte diese doch auf wissenschaftlichen Erkenntnissen und Fakten.

Ja, aber sitzt du nicht auch hier und hast die Wahrsagerin um Rat gefragt? Wenn alle Stricke reißen ...

„Selbstverständlich kann ich es sehen. Nicht nur bei ihr, sondern auch bei Ihnen."

Gina traute ihren Ohren kaum.

„Aber in Christinas Fall umgibt sie ein Schleier von Traurigkeit."

„Ein Schleier von Traurigkeit?" War das ihr Ernst?

„M-hm." Winona kniff die Augen zu Schlitzen zusammen, und ein paar Sekunden lang hatte Gina das unheimliche Gefühl, dass die Besitzerin des Schrottplatzes tatsächlich Christinas Gedanken las. Aber das war ja verrückt. „Es hängt mit dem Vater zusammen, aber ich kann nicht sagen, wer es ist." Die Frau rieb das Kristallpendel, das um ihren Hals hing, mit ihren schwieligen Fingern. „Oh, das wird Ärger geben. Richtigen Ärger. Daraus wird nichts Gutes erwachsen."

„Woher wollen Sie das wissen?", erkundigte sich Gina. Sofort wandte die Ältere ihre Augen von Christina ab. Sie strahlten nun wieder Wärme aus, und ein Lächeln zeigte sich auf ihren ungeschminkten Lippen.

„Ich weiß nicht, woher. Wie schon gesagt, es ist eine Gabe."

„Oder ein Fluch."

„Das kommt auf den Standpunkt an. Was Christina betrifft, sehe ich in ihrer Zukunft leider nur Schmerz. Bei Ihnen sieht die Sache anders aus."

Gina konnte nicht anders, sie schluckte den Köder. „Tut sie das? Wieso?"

„Es ist ganz einfach." Winona nahm ihre Kaffeetasse und hielt sie sich an die Lippen. „In Ihrem Fall ist es so, dass Sie den Mann lieben, der der Vater Ihres Kindes ist."

Gina biss sich auf die Zunge, um die Erwiderung herunterzuschlucken. Denn es stimmte, verflixt noch eins, sie liebte Trent wirklich. So dumm das auch war. „Das heißt nicht, dass ich nicht auch Probleme habe."

„Nichts, was nicht zu regeln wäre", erwiderte Winona weise, nahm einen Schluck von ihrem Kaffee und stellte dann ihre Tasse ab. Zu Ginas Überraschung streckte sie ihren Arm aus und nahm Ginas Hand in ihre. „Was Sie nicht verstehen, ist, dass der Vater Ihres Babys Sie sehr liebt."

„Nein, ich denke nicht …"

„Genau darin liegt das Problem", unterbrach Winona sie. „Sie denken nicht auf die richtige Art und Weise: mit Vertrauen anstelle von Misstrauen. Gina, hören Sie mir zu. Ob Sie es nun glauben oder nicht, die Wahrheit ist, dass Trent Remmington, der Vater des Kindes, das Sie in sich tragen, Sie von ganzem Herzen liebt."

„Das wissen Sie?" Gina konnte es kaum glauben. Es war an den Haaren herbeigezogen.

„Und das ist noch nicht alles. Sie lieben ihn auch, aber aus Stolz können Sie es nicht zugeben."

14. Kapitel

„Wohin willst du denn?", erkundigte sich Blake, als er Trent dabei beobachtete, wie er seine Sachen in die Reisetasche packte.

„Ich komme zurück", sagte Trent mit Bestimmtheit. Er schaute sich in dem winzigen Zimmer um, das er seit seiner Ankunft in Montana als sein Zuhause betrachtet hatte, ob er noch irgendetwas brauchte. „Darauf kannst du dich verlassen." Mit einem Ruck zog er den Reißverschluss zu.

„Wann?"

Er bemerkte den neugierigen Ausdruck seines Bruders. „Sobald ich kann."

„Wohin gehst du?"

Trent hatte keine Zeit für Erklärungen. Er wollte sich um seine Geschäfte kümmern, den Kopf freikriegen und mit dem ersten Flieger, den er finden konnte, zurückkehren. Aber er musste auch ein Unternehmen führen und sein Leben in Ordnung bringen. „Ich muss sofort nach Houston abreisen. Gerade habe ich einen Anruf von einem meiner Vorarbeiter erhalten. In der Firma läuft allerhand Mist, darum muss ich mich persönlich kümmern.

„Zum Beispiel?"

„Zum Beispiel wird von Streik geredet. Aber das ist noch lange nicht alles. Ich habe ein paar Quellen in Wyoming, die geschlossen werden sollen. Das alles muss geregelt werden." Sein Blick traf auf Augen, die seinen eigenen so ähnelten. „Ich weiß nicht, wo oder wann ich lande."

„Sicher, dass das der Grund ist, warum du abhaust?"

„Worauf willst du hinaus?", fuhr Trent gereizt auf.

„Für mich wirkt es so, als würdest du davonlaufen", warf Blake ihm vor. „Genau wie unser alter Herr."

Trent zog sich den Riemen der Tasche über die Schulter. Nicht zum ersten Mal hätte er seinem eingebildeten Bruder gerne einen Dämpfer verpasst. Doch obwohl er seine Hand schon zur Faust geballt hatte, löste er sie langsam wieder. Das war nicht der richtige Zeitpunkt, um seinen Zwilling anzugreifen und ihn grün und blau zu prügeln.

„Du weißt nicht, wovon du sprichst."

„Ich weiß, dass du Gina im Stich lässt. Und das Baby."

„Den Teufel werde ich tun!" Trent musste sich zusammenreißen, nicht weiterzustreiten. „Ich rufe sie später an."

„Soll ich ihr das ausrichten?"

Trent biss die Zähne zusammen. Er ließ die Tasche fallen, drehte sich zu seinem Bruder um und meinte: „Sag einfach nichts, in Ordnung? Das Beste, was du tun kannst, ist, dich aus der Sache rauszuhalten."

„Du weißt, dass du ein Risiko eingehst. Vielleicht wartet sie nicht auf dich."

„Ich sagte, misch dich nicht ein!"

„Ich wünschte, ich könnte es. Aber du bist mein Bruder. Der einzige Bruder hier mit derselben Mutter und demselben Vater. Der einzige, mit dem ich aufgewachsen bin. Mir ist nicht egal, was aus dir wird. Aus Gina und dem Baby."

Trent zögerte, fühlte einen Kloß in seinem Hals. Er durfte sich jetzt nicht ablenken lassen. „Ich kann sehr gut für mich selbst sorgen, und um Gina werde ich mich auf meine Art kümmern", gab er zurück.

„Stets der Einzelgänger, hm?"

„Allerdings." Aber das war gelogen. Jetzt gab es Gina. Und das Baby. Tatsache war: Er musste Montana verlassen, um ein paar Dinge zu klären, bevor er zurückkehrte. Für immer. Um seine Frau und sein Kind einzufordern. Denn ob es ihr passte oder nicht, er würde Gina davon überzeugen, ihn zu heiraten. Aber noch nicht jetzt. Erst einmal musste er für alles eine Lösung finden. Und er begann mit Blake. „Hör mal, wenn du das Bedürfnis hast, dich mit

201

einem Bruder oder auch zweien anzufreunden, kannst du dir einen aussuchen. Larry hat für eine große Auswahl gesorgt."

„Genau. Ich entscheide mich für dich."

Trent hielt abrupt inne. Die Ehrlichkeit in den Augen seines Bruders, der Schmerz, den sie geteilt hatten, war nur allzu deutlich zu erkennen. Seine Kehle war ganz trocken, er schluckte schwer. Als er seine Stimme wiederfand, krächzte sie etwas. „Blake, nimm einen anderen." Damit schnappte er sich seine Tasche, machte einen kurzen Stopp im Arbeitszimmer, um seinen Laptop mitsamt der Hülle mitzunehmen, und stürmte aus dem Haus. Blakes Worte hallten in seinem Kopf wider. *Du weißt, dass du ein Risiko eingehst. Vielleicht wartet sie nicht auf dich …*

Er erspähte Garrett und den alten Hund in der Nähe des Maschinenschuppens. Es schien ihm besser, sich die Zeit zu nehmen und dem alten Herrn mitzuteilen, dass er zwar wegen seiner Geschäfte gehen musste, aber anrufen würde. Also überquerte er den Parkplatz und lehnte sich an den Zaun. Als er Abschied nahm, spiegelten die Vorwürfe, die in Garretts Augen standen, jene von Blake wider.

„Und was ist mit Gina?"

„Sie war schon weg, als die Nachricht kam. Ich rufe sie später an."

„Tu das." Das war kein Vorschlag, es war ein Befehl.

„Das werde ich."

„Und hör auf meinen Rat", fuhr Garrett fort, während er die Krempe seines Stetsons mit dem Daumen nach oben schob. „Drossel dein Tempo, damit du das Leben genießen kannst. Es ist schneller vorbei, als uns allen lieb ist."

„Ich werde es nicht vergessen", beteuerte Trent, der schon dabei war, seine Prioritäten zu überdenken. Während er sich die Stelle auf seiner Wange rieb, die Gina getroffen hatte, wusste er, dass er einen Weg finden würde, um es wiedergutzumachen.

„Gut." Garrett pfiff nach dem Hund und ging davon.

Trent drehte sich um und lief zu seinem Mietwagen. Seit Gina ihm eröffnet hatte, dass er Vater werden würde, sah er die Welt mit anderen Augen. Er warf seine Tasche auf den Rücksitz und nahm hinter dem Lenkrad Platz. Der Motor röhrte, und als er auf der zerfurchten Spur in Richtung Hauptstraße davonfuhr, spritzte der Kies hinter ihm hoch. Durch das Beifahrerfenster konnte er ein Pferd abseits der übrigen Herde sehen, einen einsamen Hengst, den Kopf hocherhoben, die Nüstern im Wind. Intensiv und mit zusammengekniffenen Augen betrachtete Trent den weißen Hengst einen Moment lang. Das Tier schwang seinen imposanten Kopf in seine Richtung, die Ohren gespitzt. Dann, als das Auto vorbeiraste, bäumte es sich auf. Dieses Pferd war ein Einzelgänger. Ein Vagabund. Ein Außenseiter.

Genau wie ich.

Er drosselte die Geschwindigkeit kaum, als er auf die Hauptstraße einbog. Trent schüttelte das Bild des Hengstes ab und umfasste das Lenkrad mit verkrampften Fingern. In den letzten Wochen war sein gesamtes Leben in tausend Einzelteile zerborsten. Alles, woran er geglaubt hatte, war zerstört. Er besaß eine neue Familie, wenn er sie nur an sich heranlassen würde; er hatte eine Frau, die er liebte, wenn er sie nur davon überzeugen konnte; und sein Baby war unterwegs.

Das war seine Chance! Wenn er es nicht schon vermasselt hatte, weil er nicht auf Gina gewartet hatte. Aber er drehte nicht um. Er hatte keine Zeit, denn mit einem Mal sah er sein gesamtes Leben vor sich auftauchen, und er wollte unbedingt endlich damit anfangen. Jetzt musste er sich um die Geschäfte kümmern, um wichtige Geschäfte. Als Allererstes würde er jedoch, sobald das Flugzeug in Houston gelandet war, zum nächsten Juwelier gehen und sich einen Ring mit dem größten Diamanten, den es gab, aussuchen.

Bei seiner Rückkehr nach Whitehorn würde ihm schon etwas einfallen, wie er Gina davon überzeugen konnte, dass er sie liebte. Wenn es sein müsste, würde er sein restliches Leben damit verbringen, es ihr zu beweisen.

Gina versuchte, die Übelkeit loszuwerden, die ihr anzuhaften schien. Dann war sie eben schwanger und allein! Dann hatte Trent eben vor mehr als zwei Tagen die Ranch verlassen, ohne sich zu melden. Na und? Sie saß auf der Schaukel auf der hinteren Veranda und schwang langsam vor und zurück. Der Laptop auf ihren Knien piepte in einem fort, weil die Batterie zu Ende ging. Nachdenklich betrachtete sie das weite Land, über das der Wind hinwegfegte, und sah den Rindern zu, wie sie über die trockenen Felder trampelten.

Seit sie vor über zwei Wochen hier auf der Ranch angekommen war, war sie dem letzten Nachkommen Larrys keinen Schritt näher gekommen. Jack schlug Krach, dass sie zurückkommen sollte. Und obwohl sie nicht gern ging: Tatsache war, dass sie hier auf der Stelle trat. Früher oder später musste sie nach Südkalifornien zurück, um die Suppe auszulöffeln, die sie sich eingebrockt hatte. Und auch Jack verdiente es, die Wahrheit zu erfahren.

Geräusche von innen bedeuteten ihr, dass sich die Männer zusammenfanden. Trent, Adam und Brandon waren, zumindest vorübergehend, gegangen, doch Mitch, Cade und Blake waren geblieben. Gemeinsam mit Rand und Garrett liefen sie rastlos im Wohnzimmer herum und warteten auf Wayne Kincaid, um die Rechtmäßigkeit des Landbesitzes zu besprechen. So wie sie es verstanden hatte, tat Jordan Baxter sein Möglichstes, um den Kincaids Ärger zu machen, denn er behauptete, er hätte irgendeinen Anspruch auf das Land. Außerdem war da noch die Presse.

In den letzten Tagen hatte das Telefon pausenlos geklingelt: Lokalreporter wollten über Larrys Söhne schreiben, über alle sechs. Bisher hatte Gina ein Interview vermeiden können. Wenn sie allerdings noch länger blieb, würde sie ein paar Angaben machen müssen. Recht bedacht, war das vielleicht gar keine schlechte Idee. Wenn sie zugab, dass sie nach Larrys siebtem Sohn suchte, könnte sich eventuell jemand melden, der etwas über diese verflixte Notiz in Larrys Tagebuch wusste.

Wieder piepste ihr Computer; sie schaltete ihn aus. Sie brauchte etwas Abstand, um den Rest ihres Lebens zu überdenken. Um einen Weg zu finden, den Schmerz in ihrem Herzen zu kontrollieren, den sie bei jedem Gedanken an Trent verspürte.

Sie war nach Hause zur Ranch gekommen, und er war weg gewesen – seine Sachen gepackt, sein Zimmer leer. Blake wollte ihr noch versichern, dass Trent zurückkommen würde, sie anrufen, kontaktieren würde. Für sie stand allerdings fest, dass das eine Lüge war.

Gina ging nach oben in ihr Zimmer und zog eine Jeans und ein T-Shirt an. Ja, Trent hatte sie gebeten, ihn zu heiraten, doch das war nur eine Reaktion gewesen, weil es der „Anstand" gebot. Offenbar hatte er seine Meinung geändert und ihre Zurückweisung für bare Münze genommen. „Was hast du denn erwartet?", höhnte sie, fasste ihre Haare zu einem Pferdeschwanz zusammen und betrachtete ihr Spiegelbild im gesprungenen Spiegel. „Friede, Freude, Eierkuchen? Gefühlsduselige Sentimentalitäten? Liebesbriefe und Diamanten? Ein gequältes Einverständnis, dass er ohne dich nicht leben kann?" Sie warf der Frau im Spiegel einen finsteren Blick zu. Ihre grünen Augen sahen so aus, als würden sie sich gleich mit Tränen füllen. „Wach auf, Gina! Du weißt es doch besser."

Aber du liebst ihn! Mach dir nichts vor. Du hättest seinen Heiratsantrag annehmen sollen, als er dich gefragt hat. Das wäre das Beste für dich gewesen, und für das Baby auch!

„Damit hätte ich ihn in die Falle gelockt. Nein danke."

Sie schnippte das Gummiband über die Haare und eilte die Treppe hinunter ins Erdgeschoss. In ihre Unterhaltung vertieft, saßen die Männer im Wohnzimmer, also ging sie durch die Küche und zur Hintertür hinaus. Sie wollte frische Luft und etwas Zeit für sich selbst, und so sattelte sie ihre Lieblingsstute und ritt von der Ranch.

„Los geht's!", feuerte sie das Palomino-Pferd an und schnalzte mit der Zunge. Die Energie brach sich Bahn, das Tier streckte sich. Die Schritte wurden länger, der Wind rauschte an Ginas Gesicht und an ihren Wangen. Tränen trübten ihre Sicht, doch sie ließ sie laufen, gaukelte sich selbst vor, sie kämen von der frischen Bergluft und nicht von ihrem gebrochenen Herzen.

„Lauf, verdammt noch mal, lauf!", rief sie, lehnte sich über die Schulter der bereitwilligen kleinen Stute, spürte das Schlagen der

Mähne an ihrem Kinn. Immer weiter nach oben, an Bäumen vorbei, ritt sie den Pfad entlang, der von Sonnenlicht und Schatten gesprenkelt war. Ein Kaninchen hoppelte quer über den Weg. Als sie vorbeirasten, tauchte es in das Gestrüpp ein.

Ginas Herz klopfte wild, ihre Gedanken kreisten um Trent. Gott, wie sehr sie ihn liebte! Mehr als sich gehörte, mehr als jede zurechnungsfähige Frau einen Mann lieben sollte. Gina, die Frau, die geschworen hatte, nie einen Mann an sich heranzulassen, niemandem zu vertrauen, der nicht standfest, wahrhaftig und treu war. Sie hatte nach dem Jungen von nebenan gesucht, einem Mann, auf den sie sich verlassen konnte, und nicht nach einem eigennützigen Kerl wie ihrem Vater, der ihre Mutter mit zwei kleinen Kindern im Stich ließ. Und dann verliebte sie sich ausgerechnet in einen eigenbrötlerischen Ölindustriellen, in einen Einzelgänger, der im Leben seinen eigenen Weg ging.

Entschlossen kämpfte sie gegen den Kloß in ihrem Hals an. Es half nichts, in Selbstmitleid zu versinken oder um einen Mann wie Trent Remmington zu weinen. Nein, sie musste es eben allein schaffen. Bisher war es ihr ja auch gelungen, sich um sich selbst zu kümmern; sicher würde sie es fertigbringen, ihrem Kind Mutter und Vater zugleich zu sein.

Die Bäume lichteten sich und gaben den Blick auf die Wiese frei, wo Trent und sie sich vor über einer Woche beinahe geliebt hätten. Ihr Herz zog sich zusammen, und wieder flossen die Tränen. Zwei Fasane kreuzten flatternd die Route der Stute. Flügel surrten, Federn wirbelten. Das Pferd kam aus dem Tritt und stolperte. Gina stürzte vornüber, das Herz flog ihr fast aus der Brust. Eisern hielt sie die Zügel fest.

Erschrocken scheute die Stute, und Gina wurde nach hinten geworfen. Dann, als hätte sie ein Brandeisen in der Flanke gespürt, schoss die Palomino-Stute vorwärts. „Nein!" Der Bach kam bedrohlich näher. Hufschläge donnerten in ihren Ohren.

O Gott, nein! Gina versuchte, sich aufzurichten, schaffte es aber nicht. Sie tastete nach dem Sattelhorn, ihr Kopf hing an der Schulter des Pferdes herunter. Die Haare streiften den Boden, ihr rechter Fuß hatte sich im Steigbügel verfangen.

„Brrr!", schrie sie. „Halt, oh, bitte …"

Sie spürte, wie sich die Muskeln der Stute bewegten, hörte das Rauschen des Wassers näher kommen.

„Bitte … nein!" Das Pferd sprang, unter ihr der tosende Bach. Das schnell fließende Nass klatschte auf Gestein, stürzte darüber hinweg auf dem Weg bergab. Der Sattel rutschte ein Stück, Gina schrie. Hufe trafen das gegenüberliegende Ufer, erklommen es. Staub wirbelte auf. Ihr Kopf schlug auf der Erde auf. Ein jäher Schmerz schoss von Ginas Hüfte aufwärts und explodierte in ihrem Kopf. Sie schluchzte qualvoll. Ihr Fuß glitt aus dem Stiefel.

Mit einem dumpfen Aufschlag fiel sie zu Boden, prallte so hart auf, dass jeder einzelne Knochen in ihrem Leib erzitterte. Unerträglicher Schmerz jagte ihre Wirbelsäule entlang. Einen Moment lang nahm sie alles bewusst wahr: den dunklen Himmel, der über ihr waberte, den Erdboden, der sich drehte. Etwas in ihr riss entzwei … warm und nass spürte sie es an ihrer Jeans.

Das Baby! O bitte, lieber Gott, nicht das Baby! Nimm, was du willst, aber bitte, bitte lass dieses kostbare Wesen am Leben bleiben …

Von irgendwoher hörte sie ein Pferd wiehern und einen Hund bellen. Als sie sich aufrappeln wollte, spürte sie, wie die warme Dunkelheit sie schmeichelnd umgab, die Finsternis ihr erst allmählich die Sicht und dann das Bewusstsein nahm. Tief traurig wegen ihres Verlustes, stöhnte sie schwermütig auf, schlang die Arme um ihren Körper und fiel zurück auf das weiche Gras.

„Was meinst du damit: Sie ist nicht hier?", wollte Trent wissen, als Garrett ihn darüber informierte, dass Gina nicht im Ranchhaus war. Er war verschwitzt, müde und nicht ganz auf der Höhe, denn er hatte seine Reise im Eiltempo erledigt. Kaum dass er aus dem Mietwagen gestiegen war, hatte er Garrett entdeckt, der den Arbeitern bei der Fertigstellung der Reithalle auf die Finger sah.

„Sie ist am frühen Nachmittag ausgeritten und noch nicht zurück." Garrett fuhr in Handschuhen über das Eck eines Kantholzes. „Um wie viel Uhr war das?"

„Vor vier, vielleicht fünf Stunden." Garrett kaute nachdenklich auf einem trockenen Grashalm. Während er Trent eingehend betrachtete, verlagerte er den Grashalm von einer Seite des Mundes in die andere. „Ich mache mir etwas Sorgen, weil sie nicht zum Abendessen nach Hause gekommen ist. Aber wahrscheinlich hat sie eine Menge um die Ohren und braucht etwas Zeit für sich." Aus seinen blauen Augen maß er Trent abschätzig und rundheraus. „Ich schätze, sie wird bald zurück sein."

Trent war nicht in der Stimmung, zu warten. In den letzten Tagen hatte er viel zu oft Geduld aufbringen müssen. Und immer, wenn er versucht hatte, auf der Ranch anzurufen, waren die Leitungen durch seine Halbbrüder belegt, die entweder telefonierten oder im Internet surften. „Ich werde nach ihr schauen. Wenn ich sie verpasse und sie hier auftaucht, lass sie nirgendwohin gehen."

„Und du glaubst, ich könnte sie aufhalten?"

„Du könntest es, verdammt noch mal, versuchen." Trent hatte keinen Nerv für diesen Unsinn. Den größten Teil der letzten achtundvierzig Stunden hatte er damit zugebracht, sich selbst dafür zu ohrfeigen, dass er so ein Dummkopf gewesen war. Insgesamt hatte er vielleicht drei Stunden geschlafen und war dementsprechend missmutig, aber der Ring in seiner Tasche beruhigte ihn. Wenn er Gina fand, würde er ihr sagen, wie viel sie ihm bedeutete und dass er sie – schwanger oder nicht – heiraten wollte. Dass er es nicht ertragen konnte, an eine Zukunft ohne sie zu denken.

Er sattelte den rötlich grauen Wallach, den er für sich beansprucht hatte, und ritt durch die Berge davon. In der Dämmerung wurden die Schatten der umliegenden Bäume länger, der Himmel hatte sich lavendelblau gefärbt.

Aus dem Augenwinkel entdeckte Trent den einsamen weißen Hengst, von dem er so viel in sich selbst wiedergefunden hatte.

„Aber jetzt nicht mehr", schwor er sich, während sein Wallach sich streckte, Boden gutmachte, rannte, als kämpfe er gegen den Wind.

„Hey!" Er hörte Blakes Stimme und warf einen Blick über die Schulter. Sein Bruder war eilig aus dem Haus gelaufen und hielt an, um mit Garrett zu sprechen. Noch so eine Angelegenheit, die er bereinigen musste, dachte Trent mit mürrischem Gesichtsausdruck. Er sah noch, wie Blake in Richtung Ställe losging, dann wandte er seine Aufmerksamkeit den Bergen zu. Ja, hier könnte man sehr gut Kinder großziehen, und es war ein Kompromiss: nicht Texas und ganz sicher nicht Südkalifornien. Sowohl Gina als auch er könnten von hier aus arbeiten, das Leben etwas langsamer angehen und ihr Kind aufwachsen sehen. Der Gedanke an das Baby ließ Trents Brust vor Stolz anschwellen.

Möglich, dass keine mustergültigen männlichen Vorbilder in seinem Leben vorhanden waren. Das war aber noch lange kein Grund, zu denken, dass er nicht einen verdammt guten Vater abgeben konnte. Den besten Vater überhaupt. Er trieb den Rotschimmel weiter in den Wald und den vertrauten Weg hinauf, der sich durch die Pinien schlängelte bis zu der Wiese, wo sie fast miteinander geschlafen hätten. Aus einem ihm unergründlichen Gefühl heraus wusste er, dass sie dort war, und das Bedürfnis, sie wiederzusehen, sie zu berühren, festzuhalten, ihr zu versprechen, sie in alle Ewigkeit zu lieben, ließ sein Herz höherschlagen.

„Vorwärts, vorwärts!", drängte er, mit einem Mal begierig, sie zu finden. Die Bäume machten Platz, und er entdeckte das Pferd. Ein Lächeln stahl sich auf seine Lippen, und beinahe hätte er gelacht. Doch dann bemerkte er, dass der Sattel verrutscht war und ganz verdreht um den Bauch des Tieres hing.

Sein Magen krampfte sich zusammen.

Wo war Gina?

Er gab dem Wallach die Sporen, trieb ihn auf die Wiese. Seine Augen suchten den Hang ab, wo das Sonnenlicht rasch verblasste. Die ersten Sterne begannen, in der Dämmerung zu leuchten.

Dann sah er sie. Zusammengekrümmt auf dem Gras, Blut an ihrem Kopf, die Haut kreidebleich. Sein Herz blieb beinahe stehen, doch er trat dem Rotschimmel in die Flanke, ritt wie ein geölter Blitz und sprang aus dem Sattel, noch bevor das Pferd die Möglichkeit hatte, anzuhalten.

„Gina! O Gott, Gina!" Er eilte an ihre Seite. Das Blut rauschte in seinem Kopf, und er fiel auf die Knie. „Gina, oh, mein Liebling … Bitte! Bitte …" Seine Kehle war wie zugeschnürt. Trotzdem versuchte er, nachzudenken. Sie atmete, ihr Puls war kräftig. Die Kopfwunde war nicht tief, das Blut bildete schon langsam Schorf aus.

„Gina, kannst du mich hören?", flüsterte er, die Arme um ihren Körper geschlungen. „Oh, meine Süße, halt durch. Ich kümmere mich um dich."

„W…was?" Ihre Augenlider flatterten. Dann öffnete sie sie, und Augen, so grün wie eine Frühlingswiese, starrten ihn an. „Trent?"

„Sch." Tränen stiegen ihm in die Augen. „Du wirst wieder. Ich hole Hilfe."

„W…was ist passiert?", fragte sie. Als sie sich bewegte, stöhnte sie.

„Bleib ruhig liegen. Sch." Er drückte seine Lippen fest auf ihre dreckverschmierte, blutige Stirn. „Du schaffst das."

„Aber …" Sie kämpfte mit einer Erinnerung, und dann sah er die pure Angst in ihrem Blick. „Das Baby …"

„Wird es schaffen."

„Ich weiß nicht … Ich glaube nicht …" Dann war sie wieder weg, die Augen geschlossen, während er sie an sich gepresst hielt. Da erst bemerkte er den Fleck auf ihrer Jeans, der den Stoff dunkelrot verfärbte.

„Alles wird gut", versprach er. *Und wenn wir dieses Kind nicht retten können, bekommen wir andere Kinder. Ein Dutzend, wenn du möchtest.*

Er hob sie in seine Arme und trug sie, so sanft es ging, zu seinem Pferd. Irgendwie würde er sie den Berg hinunterbekommen, und

210

zwar schleunigst, und wenn er sie Schritt für Schritt selbst tragen musste.

„Trent!" Blakes Stimme schnitt durch die Hügel. Er blickte auf und sah seinen Bruder ausgerechnet auf diesem verdammten weißen Hengst sitzen. Einen Augenblick später war er schon abgesprungen. „Was ist passiert?"

„Ich weiß es nicht."

„Leg sie hin, damit ich sie untersuchen kann, und hol Hilfe", wies Blake ihn an.

„Ich kann sie nicht allein lassen."

„Und ob, Trent! Schon vergessen? Ich bin Arzt. Jetzt mach schon, geh – und hol Hilfe! Sie muss ins Krankenhaus. Frag nach, ob es einen Rettungshubschrauber oder Ähnliches gibt."

Trent saß schon auf seinem Pferd und ritt in irrsinnigem Galopp den Hügel hinunter. Es lief ihm eiskalt den Rücken hinunter, die Zähne hatte er vor Entschlossenheit fest zusammengebissen. Er würde Gina jetzt nicht verlieren! Nicht, wenn er sie doch gerade erst gefunden hatte!

Da waren Stimmen … so viele Stimmen … Gina erwachte im Krankenhaus in einem schmalen Bett, das mit einem weichen grünen Laken bezogen war. Ihr Kopf fühlte sich an, als wäre er gespalten worden, und ihr ganzer Körper schmerzte. Sie zuckte unter der Neonlampe zusammen und erwartete, dass ein Arzt sie untersuchen würde. Stattdessen starrte sie direkt in Trent Remmingtons besorgte Augen.

Er blinzelte ein paar Tränen fort und bekam es gerade so hin, zu lächeln. „Ich wusste, dass du es schaffst", meinte er, auch wenn die versagende Stimme seine Worte Lügen strafte. „Du bist zu zäh, um so einfach loszulassen."

„Bin ich das?" In diesem Moment fühlte sie sich alles andere als zäh.

„Wo bin ich?"

„Im Whitehorn-Memorial-Krankenhaus."

Aber irgendetwas stimmte nicht, etwas Größeres. Sie spürte eine Schwere, ein Unheil in ihrem Herzen. Dann erinnerte sie sich. „Das ... das Baby?"

„Dem geht es gut", versicherte ihr Trent. „Aber was den Vater des Kindes betrifft, da bin ich mir nicht ganz so sicher. Er wäre fast in eine Million Stücke zerfallen." Vor Ergriffenheit konnte er kaum schlucken, und die Liebe und der brennende Schmerz in seinen Augen rührten sie zu Tränen. „Alles wird gut werden", fügte er schroff hinzu. „Der Arzt hat gesagt, du wirst es bis zum Geburtstermin schaffen ... na ja, falls du seine Anweisungen befolgst."

„Das werde ich", versprach sie erleichtert.

„Gut." Trent nahm ihre Hand in die seine und betrachtete stirnrunzelnd den intravenösen Zugang, der auf ihrem Handrücken gelegt war. „Er hat auch bestätigt, dass es das Beste für dich wäre, mich zu heiraten."

„Bitte?", fuhr sie auf, bemerkte aber schnell, dass es nur ein Scherz war. „Der Mann muss einen brutalen Sinn für Humor haben."

Trent fuhr sichtbar zusammen. „Hör mal, ich weiß, was du von mir hältst. Und glaube mir, ich verstehe das. Aber ich hatte schon entschieden, dass ich dich liebe, dich brauche, dich will und ... Ach, zum Teufel ..." Er schluckte schwer und blickte ihr tief in die Augen. „... dass ich nicht ohne dich leben will. Ich bin nach Houston gegangen, um ein paar Dinge in der Firma zu regeln und ..."

„Sch!" Unerträgliches Leid bemächtigte sich ihres Herzens. „Du musst das nicht tun. Oder irgendetwas sagen. Nur weil ich einen Unfall hatte und fast das Baby verloren habe, heißt das nicht, dass du verpflichtet bist oder ... Oh!" Sie schnappte nach Luft, als er seine Lippen ungestüm auf ihren Mund drückte und sie küsste, dass ihr Hören und Sehen verging.

Als er den Kopf hob, glänzten Tränen in seinen Augen. „Ich *will* dich heiraten, verdammt. Hast du gehört? Ich *will* dein Ehemann sein und der Vater des Kindes und selbst ... Gott! Selbst wenn du es verloren hättest, würde ich wollen, dass du den Rest deines Lebens mit mir teilst."

So sehr wollte sie ihm glauben, sehnte sich danach, seinen Worten zu trauen, und beinahe hätte sie die tiefe Betroffenheit, die in seinen Gesichtszügen zu lesen war, überzeugt.

„Ich werde tun, was auch immer nötig ist", sagte er mit rauer Stimme, offenbarte sein Innerstes. „Du kannst arbeiten. Wir können in L. A. wohnen. Egal was, aber für den Anfang würde ich gerne hier leben. Nur du und ich. Und wenn das Baby dann kommt, wir drei gemeinsam." Der Griff um ihre Hand wurde fester. „Ich liebe dich, Gina. Das ist das Entscheidende. Ich habe dich geliebt, ab dem Moment, an dem ich dich in Dallas erblickt habe."

Ihr war, als wollte ihr Herz zerspringen. Tränen kullerten über ihre Wangen.

„Heirate mich, Gina." Unverhohlene Gefühle raubten ihm die Stimme.

Sie konnte nicht Nein sagen. Wollte nicht Nein sagen, denn im Grunde hatte sie auf diesen Augenblick gewartet, hatte ihn herbeigesehnt. Auch wenn ihr Stolz angeschlagen gewesen war und sie ihre Qual durch Angeberei maskiert hatte. „Natürlich will ich dich heiraten", flüsterte sie, kurz bevor seine Lippen ihren Mund eroberten. Dieser Einzelgänger liebte sie, und sie glaubte ihm. Er bedachte sie mit einem zärtlichen Kuss, der das Versprechen auf ein Morgen enthielt. Als er aufsah, strahlte ihre gemeinsame Zukunft in seinen Augen. „Ich liebe dich auch."

„Ich weiß."

Langsam breitete sich ein Lächeln auf seinem Gesicht aus.

Sie kicherte sogar. Es war ernst! Sie würden heiraten. Sie würde Mrs. Trent Remmington werden. Sie lachte laut, und Trents tiefes Glucksen hallte durch den Raum. Er hielt sie eng an sich gedrückt, und sie hielt sich an ihm fest. O Gott, wie hatte sie nur an ihm zweifeln können?

„Was bin ich froh, dass du wieder unter uns bist!" Plötzlich stand Garrett Kincaid an ihrem Bett, gemeinsam mit Blake. „Du hast uns allen einen ganz schönen Schrecken eingejagt."

„Vor allem Trent", fügte Blake hinzu und berührte ihre Hand.
„Und jetzt …", sagte er mit einem Blick zu Garrett, „… sollten
wir im Schwesternzimmer Bescheid sagen, dass die Patientin aufgewacht ist. So geben wir den beiden hier …", sein Kinn deutete
auf Trent und Gina, „… ein paar Minuten, bevor der echte Arzt
kommt."

„Also bist du ein Hochstapler", meinte Trent lächelnd. „Hab ich
es doch die ganze Zeit gewusst."

„Ich bin nur nicht der behandelnde Arzt."

Zusammen mit Garrett ging er zur Tür, doch Garrett drehte sich
noch einmal um und bemerkte: „Du solltest recht schnell gesund
werden, Gina. Du musst noch einen meiner Enkel finden."

„Das werde ich", sicherte sie ihm zu.

„Nachdem du mich geheiratet hast", insistierte Trent, der, direkt
neben dem Krankenhausbett, auf die Knie ging und ihre Hand in
seine nahm. „Ich bin hiermit nach Whitehorn zurückgekehrt", begann er, griff in seine Hosentasche und holte einen Ring hervor:
einen goldenen Reif mit einem einzelnen Diamanten, der unter
dem grellen Krankenhauslicht funkelte. „Dann musste ich annehm-
men, dass ich ihn dir nie würde geben können. Vielleicht sollte ich
es deshalb richtig machen." Er hob ihre Hand und schob ihr den
Ring über den Finger. Die Infusion ignorierte er. „Gina Henderson, willst du meine Frau werden?"

Tränen glitzerten in ihren Augen „Ich weiß nicht, was ich sagen
soll. Ich … Äh, ich glaube, ich bin hier etwas benachteiligt." Sie deutete auf den Ständer. „Wer weiß, was mir über den Tropf verabreicht
wird." Er zog diese äußerst aufreizende dunkle Augenbraue nach
oben und wartete. „Habe ich nicht schon gesagt, dass ich will?"

„Ich würde es gern noch einmal hören."

„Okay, Remmington. Wir haben einen Termin. Ich möchte dich
liebend gerne heiraten", antwortete sie keck.

Erneut lachte er. „Dann erledigen wir das so schnell wie möglich. Nur damit du nicht deine Meinung änderst."

„Ich denke nicht im Traum daran. Sobald ich hier raus bin."

„Das gilt."

Ihr wurde warm ums Herz. Wie sehr sie ihn liebte!

Laute Schritte erklangen draußen auf dem Flur. Eine Sekunde später platzte ihr Bruder Jack durch die Tür herein. „Gina? Mein Gott, es tut mir so leid, dass ich nicht schneller hier sein konnte." Er eilte an ihre Seite und ignorierte Trent. „Geht es dir gut?"

„Blendend", antwortete sie und sah die Sorge in seinen Augen. „Du solltest noch etwas wissen – du wirst Onkel."

„Moment bitte ... *was*?"

„Und ich möchte, dass du mich zum Altar führst."

„Hey, jetzt mal langsam. Bist du im Delirium?"

„Kein bisschen, großer Bruder. Dieser attraktive Mann hier ist Trent Remmington. Und er wird dein Schwager werden."

Zwei Wochen später stand Gina im ersten Stock des Kincaid-Hauses in ihrem Zimmer. Mit der Hilfe der Hochzeitsplanerin Meg Reilly aus Whitehorn hatte sie es geschafft, schnell eine Hochzeit zu organisieren. Trents Halbbrüder waren ausnahmslos alle erschienen.

„Du siehst wunderschön aus", stellte ihre Mutter fest und küsste Gina auf die Wange, während Meg den Schleier zurechtzupfte. Der kleine gesprungene Spiegel über Ginas Kommode reflektierte die Gesichter der drei Frauen.

„Und du siehst für eine Großmutter ganz schön gut aus."

Ihre Mutter zog eine Grimasse. „Eigentlich bin ich viel zu jung, um Oma zu werden", wandte sie ein, dann lachte sie. „Und trotzdem bin ich entzückt darüber. Ich sollte jetzt besser unten Platz nehmen", fuhr sie fort. Nachdenklich fügte sie hinzu: „Ich wünschte nur, ihr würdet in L. A. leben."

„Ich habe dir gesagt, dass das nicht geht. Trent und ich haben uns darauf geeinigt, hier in Whitehorn zu bleiben. Außerdem muss ich ja noch einen von Larrys Söhnen finden, ein Baby."

„Arbeit, Arbeit, Arbeit. Du wirst bald selbst ein Baby haben, um das du dich kümmern musst."

„Allerdings, und wahrscheinlich kommt es auf die Welt, bevor ich das andere gefunden habe", zog Gina sie auf. Dabei fiel ihr auf, dass Meg sich bei dieser Unterhaltung seltsamerweise unwohl fühlte.

„Ich glaube, es ist Zeit", lenkte Meg, wehmütig lächelnd, ab. „Ihre Mutter hat recht: Sie sehen sagenhaft aus."

„Vielen Dank." Ein Blick aus dem Fenster zeigte Gina ausgedehnte Landschaften, über denen sich die unermessliche Weite des Himmels von Montana erstreckte. Rinder grasten, und ein einsamer weißer Hengst lief den Zaun entlang, den Kopf hoch und stolz nach oben gestreckt. Sie hatte das Gefühl, als würde sie hierher nach Montana gehören, auf die Ranch. Gemeinsam mit Trent.

Die ersten Akkorde auf dem Klavier kündigten ihr Erscheinen an, und so eilte sie zur Treppe, wo Jack auf sie wartete; er sah so nervös aus, als wäre er selbst der Bräutigam. „Bist du dir sicher?", fragte er sie.

„Mehr als über alles andere in meinem Leben." Sie schritt die Stufen hinab, folgte einer Spur aus Rosenblättern, die Mitch Fieldings Zwillingsmädchen ausgestreut hatten.

Jack stützte sie mit seinem Arm, und als sie durch die Verandatüren in den Garten hinausliefen, strahlte Gina. Ihre Familie, Trents Familie und einige nette Einwohner aus Whitehorn, Montana, hatten sich unter einer hastig aufgebauten Laube eingefunden, wo Trent in einem schwarzen Smoking auf sie wartete. Durch ihre Adern floss Freude; sie ließ Jacks Arm los und ging nach vorn an die Seite des Mannes, der ihr Ehemann werden würde.

Er wartete nicht erst auf die Aufforderung des Reverends, sondern hob ihren Schleier noch vor der Zeremonie und küsste sie mitten auf den Mund. „Als Glücksbringer", flüsterte er, und ihr Herz zog sich vor Entzücken zusammen.

„Ob du's glaubst oder nicht, ich brauche keinen", vertraute sie ihm an, auch wenn alle sie hören konnten. „Zufällig bin ich heute die glücklichste Frau auf Erden."

Epilog

„So, Laura, das wär's. Trent und Gina sind verheiratet", sagte Garrett, der etwas abseits der Menge stand. Bunte Lichter erhellten die Veranda, und eine Band spielte Countrymusic. Braut und Bräutigam tanzten miteinander, hielten sich fest, verhielten sich, als würde niemand außer ihnen im Universum existieren, obwohl sie die improvisierte Tanzfläche mit anderen Paaren teilten. „Das hatte ich zwar nicht erwartet, aber es ist gut. Und unser kleines Urenkelchen verdient es auch." Er kicherte und weigerte sich, über die Tatsache nachzudenken, dass Jordan Baxter fest entschlossen schien, ihnen Ärger zu machen.

Er betrachtete den Rest von Larrys Söhnen und fragte sich mit einem Mal, was aus ihnen werden würde. Cade Redstone war an diesem Abend besonders still gewesen. Er hatte sich der Feier angeschlossen, aber nicht viel gesagt. Und als Garrett ihn jetzt erblickte, saß er allein da, gedankenverloren. Garrett seufzte. „Wir können nur hoffen, dass alle Jungs genauso glücklich werden, wie es Trent heute Abend ist. Weißt du, vielleicht bringt er sogar seine Beziehung zu Blake in Ordnung. Er hält seinem Bruder zugute, dass der das Leben des Babys gerettet hat."

Garrett sah zu den Sternen hinauf. „Wie sehr ich dich vermisse, Laura", gab er zu und spürte den altbekannten Stich in seinem Herzen. „Aber ich weiß, dass du uns von oben zusiehst." Seine Augen funkelten belustigt. „Ich würde es dir sogar zutrauen, dass du das alles hier selbst arrangiert hast. Du warst immer eine gute Kupplerin." Sein Blick wanderte zurück zu Braut und Bräutigam. „Mein Liebling, dieses Mal hättest du es auch nicht besser hinbekommen."

– ENDE –

Cindy Gerard

Mach das gleich noch mal

Roman

Aus dem Amerikanischen von
Johannes Heitmann

1. Kapitel

Er war für mich ein Bruder, auch wenn wir nicht dieselben Eltern hatten. Jetzt ist er gestorben, und mir bleibt nichts anderes übrig, als ihn zu vermissen.
Eintrag aus Mark Remingtons Tagebuch

Das Haus seines Bruders stand oben auf dem Hügel, und dort war auch die Witwe seines Bruders. Mark saß in der Dunkelheit in seinem Wagen und wünschte, er wäre nicht hier.

Er stand in der Auffahrt, der Motor seines Sportwagens lief noch. In Gedanken hörte er wie in einem Albtraum die besorgte Stimme von Grace McKenzie, die ihn wegen ihrer Tochter anflehte. „Ihr beide habt euch doch immer so nahe gestanden, Mark. Mir ist klar, dass sie noch trauert, aber irgendetwas stimmt nicht mit ihr, und sie will sich uns nicht anvertrauen. Bitte fahr zu ihr, vielleicht redet sie ja mit dir."

Mark wollte trotzdem nicht hier sein, aber es ging jetzt nicht darum, was er wollte. Mit Ausnahme der Beerdigung vor drei Monaten hatte er Lauren seit sieben Jahren nicht mehr gesehen. Leider konnte er diesmal nicht so einfach verschwinden. Erst musste er sich davon überzeugen, dass sie wieder auf die Beine kam. Doch danach würde er sich sofort davonmachen. Wieder einmal.

Entschlossen umfasste er das Lenkrad, als er die Umrisse einer Frau hinter einem der hell erleuchteten Fenster sah. Mühsam wandte er den Blick ab und ließ sich tiefer in den Autositz sinken. Sein Magen zog sich schmerzhaft zusammen.

Es war bereits nach Mitternacht gewesen, als er sich die Autoschlüssel geschnappt hatte und von der Sunrise-Ranch die Küste von San Francisco hinauf hierhergefahren war. Jetzt war es kurz vor drei Uhr nachts. Das ist doch verrückt, dachte er und rieb sich das Gesicht. *Wieso musste ich mitten in der Nacht fahren?* Aber wie üblich hatte er nicht auf den Verstand gehört, sondern war einfach dem Gefühl gefolgt. Er wollte das alles hinter sich bringen, auch wenn er den Anruf von Laurens Mutter am liebsten gar nicht weiter beachtet hätte.

Nach der ersten Begrüßung war Grace McKenzie gleich zum Thema gekommen und hatte ihn bedrängt, nach Lauren zu sehen.

Mark blickte in die Dunkelheit hinaus. In einem Punkt irrte Grace sich leider. Er war der letzte Mensch auf der Welt, mit dem Lauren sich unterhalten würde. Und dies hier war der letzte Ort auf Erden, wo er jetzt sein wollte.

Wieder musste er gegen den Drang ankämpfen, den Wagen einfach zu wenden und wieder zurückzufahren. Schließlich war er im Fliehen der Experte. Alles abbrechen und sich aus dem Staub machen. Das war die Art, wie er immer seinen Stolz bewahrte.

Abgesehen vom Stolz riet ihm jetzt auch der Verstand, von hier zu verschwinden. Doch der Verstand hatte ihn auch nicht dazu gebracht, hierherzukommen.

Er fühlte einen dumpfen Schmerz in der Brust. Vor drei Monaten, im April, hatten sie seinen Bruder beerdigt. Nate war tot, und Mark war nur hier, weil Lauren in Schwierigkeiten steckte. Und weil Grace ihn daran erinnert hatte, dass er zur Familie gehörte. Als Familienmitglied hatte er auch Pflichten.

Er stieß die Luft aus. Pflichtgefühl hatte ihn sicher nicht hergeführt, eher der Whisky, mit dem er sich Mut angetrunken hatte. Stocknüchtern wäre er niemals zu diesem Treffen bereit gewesen. Ohne Alkohol konnte er nicht über Nate und Lauren nachdenken und sich an all die Male in seinem Leben erinnern, als er weggelaufen war, statt sich den Problemen zu stellen.

Diesmal nicht, beschloss er und stellte den Motor ab. Er fuhr sich über die Bartstoppeln, atmete noch einmal tief durch und öffnete die Autotür. In der Vergangenheit hatte Lauren sich oft genug an seiner Schulter ausgeweint. Ich bin ein Mann, sagte er sich, und ich werde es ertragen, wenn sie es noch einmal tut.

„Du bist wirklich ein richtiger Held", sagte er sich spöttisch. Selbstlos und ohne jede Furcht, im richtigen Leben ebenso wie am Steuer eines Wagens. So ähnlich hatte es einmal ein Sportreporter ausgedrückt, der über eines von Marks Autorennen berichtete.

Das war alles lange her.

Und es war schon lange her, seit Mark zum letzten Mal die schwarz-weiß karierte Flagge und das Siegerpodest gesehen hatte. Viel Zeit und viele Nächte waren seitdem vergangen.

Wieder sah er zum Haus und ging widerstrebend weiter. „Es ist egal, was du jetzt möchtest und was nicht", sagte er leise zu sich selbst.

Wichtig war jetzt nur, wie es Lauren ging.

Mark schob die Hände in die hinteren Hosentaschen und ging zur Haustür.

2. Kapitel

*Ich weiß nicht, womit ich gerechnet hatte, aber ich hatte nicht
erwartet, sie so am Boden zerstört zu sehen. Und ich hätte
nicht gedacht, dass mein Verlangen immer noch so stark ist.*
Eintrag aus Mark Remingtons Tagebuch

Die Türklingel schellte zum zweiten Mal. Lauren blickte zur Uhr.
Es war erst drei Uhr morgens. Sofort bekam sie wieder Gewissensbisse. Natürlich machten ihre Eltern sich Sorgen, aber wieso konnten sie sie nicht einfach in Ruhe lassen?

Lauren hatte damit gerechnet, dass sie irgendwann auftauchten,
aber nicht mitten in der Nacht. Und nicht so schnell, obwohl ihre
Mutter bei dem Telefonat gestern noch besorgter als sonst geklun-
gen hatte. Es war immer dasselbe: Sie solle sich nicht von ihrer Familie und ihren Freunden abschotten. Alle wollten ihr schließlich
nur durch diese schwere Zeit helfen. Es half auch nichts, wenn
Lauren ihrer Mutter versicherte, dass alles in Ordnung sei und sie
einfach nur Zeit brauche. Ihre Mutter wiederholte immer wieder,
sie hätten sich seit der Beerdigung vor drei Monaten ja kaum gesehen, und es würde ihnen wehtun, wenn Lauren sich in ihrem
Schmerz so verschloss.

Lauren wusste, dass sie ihre Eltern nicht davon abbringen
konnte, sie weiter zu bedrängen. Und es tat ihr auch leid, ihre Eltern, die es doch nur gut mit ihr meinten, ständig abweisen zu müssen. Aber sie fühlte sich, als wäre sie nach Nates Tod in ein tiefes
Loch gefallen, und bislang hatte sie noch keinen Weg gefunden,
sich aus diesem Tief wieder zu befreien.

Noch einmal klingelte es. Lauren fuhr sich durch das dichte
blonde Haar und strich es sich aus dem Gesicht, als könne sie sich

dadurch für das wappnen, was ihr jetzt bevorstand. In diesem Zustand wollte Lauren nicht von ihren Eltern gesehen werden. Sie hatte abgenommen, und ihr langes Haar war so glanzlos wie ihre braunen Augen.

Sie war zu Tode erschöpft. Das lag nicht nur an dem unglaublichen Schmerz über den Verlust ihres Mannes. Dazu kam noch die panische Angst vor der Zukunft, die sie förmlich lähmte. Lauren stand ganz neuen Problemen gegenüber und wusste nicht, wie sie diese meistern sollte. Und dazu kam noch das schlechte Gewissen ihren Eltern gegenüber.

Und auch das war noch nicht alles.

Tränen traten ihr in die Augen, und Lauren kämpfte sie nieder. Jetzt war nicht der richtige Zeitpunkt. Sie hatte es ihren Eltern anders verkünden wollen.

Wortlos blickte sie zur Tür und stand dann vom Sofa auf. Sofort wurde ihr schwindlig vor Müdigkeit. Sie wartete, bis das Schwindelgefühl abebbte, dann zog sie sich den Gürtel ihres weichen Morgenmantels enger, ging in den Flur, straffte die Schultern und öffnete die Tür.

„Hallo, Lauren."

Als Mark vor ihr stand und nicht ihre Eltern, bekam sie weiche Knie. Sie hielt sich schnell an der Tür fest, doch gegen die Gefühle, die in ihr aufstiegen, half auch kein Festhalten.

Sie war so erschrocken, dass sie kaum atmen konnte. Und zum ersten Mal seit Monaten empfand sie etwas anderes als Trauer oder Verzweiflung. Erinnerungen überkamen sie, und es war verwirrend, genauso wie vor langer Zeit zu empfinden, als sei die Vergangenheit wieder frisch und neu.

Doch vor ihr stand keine Erinnerung. Es war Mark, und diesen Mark kannte sie nicht mehr.

Sie nahm alles an ihm gleichzeitig wahr. Die dunkelblauen Augen, denen man die Erschöpfung ansah, das kantige unrasierte Kinn, das dunkelblonde Haar, das so ausschaute, als habe Mark es gerade eben mit den Fingern durchgekämmt. Seine Hände steck-

225

ten betont lässig in den Gesäßtaschen der verwaschenen schwarzen Jeans.

Lauren kannte den Duft seines schweren, leicht rauchigen Rasierwasser noch von früher, und immer wenn sie diesen Duft roch, musste sie an Mark denken. Außerdem roch er jetzt nach Whisky, den er anscheinend ausgiebig getrunken hatte. Das war eine Seite, die sie an Mark noch nicht erlebt hatte.

Es tat Lauren leid, was aus ihm geworden war. Allerdings konnte sie sich nicht dagegen wehren, dass sie auf sein gutes Aussehen immer noch reagierte. Ihr Ehemann war tot, aber sie selbst war noch sehr lebendig, das erkannte sie jetzt. Und diese Erkenntnis machte sie gereizt.

Sie kam sich dermaßen überrumpelt vor, dass sie sofort zum Angriff überging. „Was tust du denn hier?"

Ihren misstrauischen Blick erwiderte er ganz gelassen. Lange sah er sie nur wortlos und prüfend an, bevor er mitfühlend feststellte: „Du siehst grauenhaft aus, Lauren."

Seine Stimme klang wie ein tiefes, leicht heiseres Grollen, und sofort musste Lauren an all die Ausschweifungen in seinem Leben denken, über die sie in den Klatschblättern gelesen hatte. Sie hatte es nicht wahrhaben wollen. Dennoch kamen ihr beim Klang seiner Stimme weitere Erinnerungen, und sie konnte sich nur auf eine Art gegen die Gefühle wehren, die diese Erinnerungen in ihr auslösten – mit heißer Wut. „Dann erspar dir meinen Anblick – und verschwinde."

Einerseits tat ihr dieser Ausbruch leid, aber andererseits hatte sie vor den Gefühlen Angst, die auf sie einstürmten. Sie knallte ihm die Tür vor der Nase zu.

Doch Mark war schneller. Er hielt die Tür mit der flachen Hand auf, und es kostete ihn kaum Anstrengung, sich durch den Spalt in den Flur zu quetschen.

Seine ausdruckslose Miene verriet nicht, was in ihm vorging. „Zum Verschwinden bleibt mir noch Zeit genug. Aber ganz so schnell wirst du mich nicht los."

Ohne ein weiteres Wort zog er sich die Lederjacke aus, und diese Jacke kannte Lauren auch. Es war ein teures Leder, das alt und sehr weich aussah. Es irritierte sie, diese Kleidung vor sich zu sehen, die sie nur aus dem Fernsehen und von Fotos kannte. Wenn Mark auf den Tausenden von Fotos, die während seiner Rennfahrerkarriere von ihm gemacht worden waren, nicht im Rennanzug zu sehen war, dann hatte er diese Jacke getragen. Selbst die Produzenten von grellbunten Werbespots und Plakaten hatten erkannt, welche Wirkung von Mark Remington ausging, wenn er seine schwarze Lederjacke trug und vielsagend lächelte. Diese Jacke war extra für ihn angefertigt worden, um sein Image als Rebell zu unterstreichen. Selbst heute, zwei Jahre nachdem er seine Karriere so abrupt beendet hatte, obwohl alle ihm noch weiterhin eine großartige Zukunft vorhersagten, wurde er von seinen Fans bewundert.

Aber er hat immer alles hingeworfen und ist weggelaufen, dachte Lauren. *Er kämpft nicht, sondern flüchtet. Genau wie vor sieben Jahren.*

Kühl erwiderte sie seinen Blick und war überrascht, als er den Blick abwandte. Gleichzeitig schob er das Kinn vor wie damals, als er noch ein Junge war. Sie wollte nicht an den Jungen denken, dessen Traurigkeit sie von dem Tag an fasziniert hatte, als er bei den Nachbarn einzog.

Diesen Jungen gab es nicht mehr. Stattdessen stand dieser Mann jetzt vor ihr, und gleichgültig, ob sie ihn mochte oder nicht, sie musste sich mit ihm auseinandersetzen.

Seine Abenteuer und Exzesse waren immer für eine Schlagzeile gut gewesen, und jeder andere wäre von so einem wüsten Leben gezeichnet, aber Mark war nicht wie jeder andere. Er war Mark Remington, Amerikas verwegener Held, dem die Öffentlichkeit jeden Skandal verzieh, weil er mit seinem jungenhaften Charme und seinem blendenden Aussehen die Herzen aller Frauen zwischen sechzehn und sechzig schneller schlagen ließ.

Mit seinem sexy Lächeln und seiner Zügellosigkeit hatte er eine Menge Geld verdient. Die Illustrierten hatten sich immer wieder in ihren Artikeln gegenseitig überboten, wenn es darum ging, Gerüchte über ihn zu verbreiten und seine Eskapaden in allen Details zu schildern. Die Menschen hatten ihn bewundert, sein Aussehen, seine Furchtlosigkeit und die Tatsache, dass er sich keiner Regel fügen wollte. Diese Beliebtheit, sein Erfolg bei Frauen und seine Pokale als Rennfahrer, das alles nahm er scheinbar als selbstverständlich hin. Und von einem Tag auf den anderen hatte er all das aufgegeben und war von der Bildfläche verschwunden.

Die Öffentlichkeit hatte ihn geliebt, aber Lauren hatte sich immer gewünscht, ihn zu hassen. Sie musste sich an jene Nacht vor sieben Jahren erinnern, die sie immer zu verdrängen versuchte. Obwohl das, was damals geschehen war, eher ihre Schuld als seine war, wollte sie ihn dafür hassen. Diese Nacht hatte ihre Ehe belastet, und ihr Ehemann hatte nie begriffen, was es eigentlich war, was zwischen ihnen beiden stand.

Lauren wollte Mark hassen, weil sie wusste, was sonst niemandem klar war. Er war damals weggelaufen, weil er von ihr wegwollte. Und damit hatte er ihr die Chance genommen, alles zu klären und ihm zu sagen, dass sie ihm alles verzieh. Sie hätte die Nacht von damals verarbeiten können.

Erschöpft schüttelte er den Kopf und zuckte mit den Schultern, und Lauren erkannte deutlich, dass er ihr genau ansah, was sie über ihn dachte. Innerlich stellte er sich bereits darauf ein, dass sie die Kritik aussprach, die ihre Blicke bereits deutlich machten. „Hast du etwas zu trinken für mich?"

Diese Frage war für ihn so typisch, dass Lauren fast gelacht hätte. „Ich bezweifle, dass es hier im Haus etwas gibt, was stark genug für dich ist."

Er lächelte gezwungen und sah sich rasch um. Dann ging er zur Hausbar ganz hinten im Wohnzimmer. „Ich schätze, ich muss es auf einen Versuch ankommen lassen."

Mark passte nicht in dieses alte viktorianische Haus, das Nate und sie so liebevoll mit Möbelstücken aus der damaligen Zeit ausgestattet hatten. Das ganze Haus besaß eine anheimelnde Eleganz, und Mark war davon das genaue Gegenteil. Er wirkte kühl, abgestumpft und im Moment etwas nervös, während er das begrenzte Angebot an alkoholischen Getränken im Barschrank durchsuchte. „Möchtest du auch etwas?" Er nahm eine Flasche Brandy heraus und sah Lauren fragend an. Seine raue Stimme wirkte wie eine Liebkosung, doch Lauren ließ sich davon nicht einlullen und schüttelte den Kopf. „Komm schon, Lauren. Leb ein bisschen gefährlich. Außerdem siehst du aus, als könntest du einen Drink sehr gut gebrauchen."

Sie zog den Morgenmantel enger um sich und setzte sich ganz vorn auf die Sofakante. „Sag doch einfach, was du auf dem Herzen hast. Aus irgendeinem Grund musst du ja hergekommen sein."

Er ließ sich Zeit dabei, um den Tresen herumzugehen. Dann lehnte er sich mit dem Rücken dagegen und stützte sich mit den Ellbogen auf dem Tresen ab. Nachdenklich sah er erst zu Lauren und dann auf den Brandy in seinem Schwenker. „Das Beste am Selbstmitleid ist ja, dass man sich nicht um die Trauer der anderen zu kümmern braucht. Man denkt einfach nur an sich."

Sein Tonfall wirkte sanft, doch seine Worte trafen Lauren zutiefst. Die Anschuldigung kam so unerwartet, dass sie einen Moment die Luft anhielt und dann sofort gegen die Schuldgefühle ankämpfte, die in ihr aufstiegen.

Sie hatte sich noch nicht ganz wieder unter Kontrolle, als Mark den Blick von seinem Glas hob.

„Ist dir mal die Idee gekommen, dass du nicht der einzige Mensch auf der Welt bist, der Nate geliebt hat, Lauren?"

Auf Spott und Beleidigungen war sie eingestellt gewesen, aber nicht auf so offene Worte, aus denen ganz unverhohlen auch Marks Schmerz klang. Sie hätte nicht gedacht, dass unter seiner großspurigen Art eine derartige Verletzlichkeit lag. Sofort empfand sie Nachsicht mit ihm, erst dann fiel ihr wieder ein, wer er war. Vielleicht war er früher einmal verletzlich gewesen, aber das war lange her. Einerseits hasste sie ihn, weil er sich zu dem Menschen entwickelt hatte, der er jetzt war, aber viel mehr noch hasste sie sich selbst, weil sie in jener einen Nacht in seinen Armen schwach geworden war.

„Mir ist aufgefallen", sagte sie und bemühte sich dabei um einen möglichst gelassenen Tonfall, „dass so viele falsche Dinge auf der Welt passieren und nur so wenig richtige."

Einen Moment blickte Mark sie aus seinen dunkelblauen Augen eisig an, und sie stellte wieder einmal fest, wie sehr sich diese Augen von Nates sanften grünen unterschieden. Dann wandte er den Blick ab und sah wieder zu seinem Brandy. „Das soll wohl heißen, wie schade du es findest, dass nicht ich anstelle von Nate umgekommen bin."

Es herrschte Stille, und Lauren wusste sehr genau, dass sie jetzt eigentlich widersprechen sollte.

So hatte sie es nicht gemeint, aber sie brachte es nicht fertig, ihm zu sagen, dass er sich irrte. Niemals würde sie ihm den Tod wünschen. Aber sie schaffte es nicht, ihren eigenen Kummer lange genug zu vergessen, um seinen zu lindern.

Sie fühlte sich kalt wie ein Stein, während sie Mark dabei beobachtete, wie er den letzten Schluck von seinem Drink trank. Ihr war klar, dass sie ihn durch ihr Schweigen ins Grübeln brachte, und sie konnte seine Gedanken lesen, als würde er sie laut aussprechen. *Ich war immer derjenige, der das riskante Leben geführt hat. Immer wieder bin ich dem Tod von der Schippe gesprungen. Nate hat nicht einmal ein Strafmandat wegen überhöhter Geschwindigkeit bekommen. Trotzdem war er zur falschen Zeit am falschen Ort und ist wegen eines betrunkenen Autofahrers ums Leben gekommen.*

Immer tiefer versank sie in ihren Schuldgefühlen und senkte den Kopf. Sie hatten Nate beide verloren, das stimmte. Ganz unvermittelt kamen die tiefen Gefühle zurück. Liebe, Sehnsucht und der schreckliche Verlust.

Doch Mark erschreckte sie mehr als all diese Empfindungen, von denen sie geglaubt hatte, sie habe sie zusammen mit Nate begraben. Mark weckte Erinnerungen an damals. Und gleichzeitig ließ er sie bestimmte Dinge vergessen.

Zum ersten Mal seit drei Monaten dachte sie nicht ausschließlich an Nate, dabei fühlte sie sich noch nicht imstande, sich innerlich von ihm zu lösen. Und sie wollte auch nicht nett und höflich sein, wenn dieser Schmerz sie innerlich zerfraß.

Sie atmete tief durch, bewahrte mühsam die Fassung und sträubte sich gegen die Erkenntnis, wie unhöflich sie sich benahm. Auf Marks durchdringenden Blick achtete sie gar nicht. Er durfte nicht erkennen, was er in ihr auslöste, nur weil er hier auftauchte und sie ihn wieder sah. Erst recht durfte er nicht erfahren, was für ein riesiges Problem Nate ihr hinterlassen hatte. Für dieses Problem wusste Lauren beim besten Willen keine Lösung.

Sie sah, wie Mark zum Fenster ging und nach draußen in die Dunkelheit blickte. In der angespannten Stimmung war nur das Ticken der Wanduhr zu hören. Endlich sagte er wieder etwas.

„Deine Mutter hat mich angerufen."

Lauren straffte die Schultern und sah auf ihre krampfhaft gefalteten Hände. Allmählich begriff sie, wieso er hier war. „Es tut mir leid, wenn sie dich genervt hat."

„Sie macht sich eben Sorgen um dich."

„Und da schickt sie ausgerechnet dich?" Ohne es zu wollen, musste sie lachen. Langsam blickte sie zu ihm. Ihr Lachen klang schrill, und es erstarb ganz plötzlich. „Ist das nicht so, als würde man den Bock zum Gärtner machen?"

Er lächelte, aber seine Augen blickten ernst. „Deine Mutter ist eine sehr bemerkenswerte und liebenswert naive Frau, die anscheinend niemals die Klatschpresse liest und nichts auf Gerüchte gibt. Irgendwie hat sie es geschafft, mich so in Erinnerung zu behalten, wie ich mit zwölf war."

Die schöne Erinnerung an diese Zeit ließ Lauren flüchtig lächeln. Es war seit Langem der erste schöne Gedanke, und sie genoss den Augenblick. „In dem Jahr hast du ihre Katze von dem Baum im Vorgarten geholt."

„Damals war ich ein richtiger Pfadfinder." Spöttisch hob er das Glas und trank noch einen Schluck.

231

Er fuhr sich mit dem Handrücken über die Lippen, dann blickte er Lauren prüfend an. „Was ist denn nun los, Lauren? Sie sagt, dass du nicht isst, und das glaube ich sofort. Anscheinend schläfst du auch kaum. Du siehst wie ein Gespenst aus."

Sofort keimte Wut in ihr auf. „Ich kann mir beim besten Willen nicht erklären, wo die ganzen Frauen, die du in dein Bett lockst, bei dir den Charme entdeckt haben wollen." Genauso unbegreiflich war ihr, wie er es schaffte, sie von einem Moment zum anderen in Rührung und dann wieder in Zorn zu versetzen. In den vergangenen Monaten hatte sie entweder Schmerz, Panik oder schlichtweg gar nichts empfunden.

Durchdringend hielt er ihrem Blick stand. „Hier geht es nicht um mich und meine Liebschaften. Wir sprechen von dir, Lauren." Er kam durch das Zimmer und setzte sich zu ihr auf das Sofa. „Was, um Himmels willen, tust du dir an?"

Nur undeutlich nahm sie wahr, dass die Knöchel ihrer Hände weiß hervortraten, so krampfhaft hielt sie die Finger verschränkt. Ja, was tat sie sich an? Sie wollte überleben, indem sie alles von sich fernhielt, was Gefühle in ihr weckte, denn sobald sie sich Empfindungen gestattete, wurde der Schmerz unerträglich. Also tat sie das Einzige, was in ihrer Macht stand. Sie kapselte sich innerlich ab.

„Was ich mit meinem Leben anstelle, geht dich nichts an."

Auch ohne ihn anzusehen, wusste sie, dass er sie mit seinem Blick bedrängte, ihm weitere Erklärungen zu liefern und bei ihm Halt zu suchen, obwohl dies das Letzte war, was sie tun durfte. Niemandem konnte sie erzählen, in was für Schwierigkeiten Nate sie gebracht hatte. Besonders Mark durfte sie nichts davon sagen.

Als er die Hand nach ihr ausstreckte und sie berührte, zuckte sie zurück. Mark unterdrückte einen Fluch, presste die Lippen aufeinander und drehte Lauren dann sanft, aber unnachgiebig an der Schulter zu sich, damit sie ihn ansah.

„Nate ist tot, Lauren."

Wie konnte seine Stimme bloß so zärtlich klingen, wenn seine Worte so gnadenlos waren? Lauren wollte sich seinem Griff entziehen, doch er hielt sie fest und zwang sie, ihm zuzuhören.

„Wenn ich ihn zurückbringen könnte, würde ich es tun. Wenn es etwas nützen würde, diesen versoffenen Dreckskerl zu verfolgen, der ihn von der Straße gedrängt hat, dann wäre ich sofort unterwegs. Aber dadurch kommt Nate nicht zurück. Und du kannst genauso wenig wie ich etwas daran ändern."

Ihr wurde die Kehle eng, ähnlich wie in den Albträumen, die sie so oft aus dem Schlaf schreckten. Polizisten hatten spätabends an ihrer Tür geklingelt, um ihr die traurige Nachricht zu überbringen, und im ersten Moment hatte sie es nicht glauben wollen.

Dann war der Kummer wie eine Sturzwelle über ihr zusammengeschlagen.

Verzweifelt wollte sie diese Gedanken verdrängen. Sie wand sich aus Marks Händen und rückte von ihm ab, obwohl seine Berührung seltsamerweise keinen Hass in ihr weckte. Vielmehr sehnte sie sich nach dieser Berührung wie nach dem nächsten Atemzug.

Zitternd stand sie auf und ging unsicher zur Bar. Plötzlich wurde ihr übel und schwindelig. Seit der Beerdigung ging das jetzt so.

Sie schwankte leicht, und wie aus weiter Ferne hörte sie, dass Mark ihren Namen rief. Durch den Nebel ihrer Benommenheit sah sie, wie er vom Sofa aufstand. Deutlich sah sie, dass er die Lippen zu einem Fluch formte, doch sie hörte keinen Ton von ihm. Obwohl sie alles wie in Zeitlupe erlebte, erkannte sie, dass er durch das Zimmer hastete. Und dann spürte sie seine starken Arme um sich. Lauren schloss die Augen und verlor das Bewusstsein.

Eine Ohnmacht war ein leichter Ausweg, und Lauren sehnte sich danach. Fast absichtlich ließ sie sich in die Besinnungslosigkeit fallen. Von ihrer Umwelt nahm sie nichts mehr wahr, abgesehen von Marks Rasierwasser und der Wärme seines Körpers. Die entsetzlichen Erinnerungen ließen sich leider nicht so leicht abstreifen.

„Immer mit der Ruhe, Lauren, ich halte dich."

Sie holte tief Luft und verfluchte die Übelkeit, die sie wieder ins Bewusstsein zurückkriss. Mit beiden Händen wollte sie sich von Mark abstoßen, doch dafür war sie im Moment viel zu schwach. „Lass mich los."

„Erst wenn du nicht mehr schwankst."

„Bitte lass mich los. Mir ist schrecklich übel."

Nur eine Sekunde lang zögerte er, dann hob er sie auf die Arme. Prüfend sah er sich nach einem Bad um und trug sie zur Toilette.

Sie schafften es gerade rechtzeitig. Lauren sank auf die Knie und übergab sich. Im Moment hatte sie keine Zeit, verlegen zu werden, und dankbar ließ sie sich von Mark den Kopf stützen und sich das Haar aus der Stirn schieben. Sanft rieb er ihr den Nacken und tröstete sie mit leisen Worten. Währenddessen gab Lauren das Wenige, was sie gegessen hatte, wieder von sich.

Als alles vorüber war, brachte sie nicht die Kraft oder den Stolz auf, Mark zum Gehen zu bitten. Sie sank auf dem Boden zusammen und lehnte sich erschöpft an den Wannenrand, während Mark in ihren Schubladen suchte, bis er einen Waschlappen fand, den er unter das kalte Wasser halten konnte.

„Das macht auf mich aber gar keinen guten Eindruck, mein Mädchen." Er hockte sich neben sie und presste ihr den nassen kalten Waschlappen an die Stirn. Sorgenvoll blickte er sie an. „Was geschieht mit dir?"

„Mir geht es bestens. Wirklich."

„Ach ja?" Auch er strich sich das Haar aus der Stirn. „Und ich bin der Osterhase. Jetzt erzähl schon."

Sie schluckte, lehnte den Kopf an die Wand und wich seinem Blick aus, mit dem er sie dazu bringen wollte, ihm die ganze Geschichte anzuvertrauen. „Lass mich einfach allein."

Nach einem weiteren eindringlichen Blick stand Mark auf und runzelte besorgt die Stirn. „Allein werde ich dich bestimmt nicht lassen. Wir fahren jetzt in die Notaufnahme im Krankenhaus."

Ganz langsam und vorsichtig schüttelte sie den Kopf und

kämpfte weiter gegen die Übelkeit an. „Ich brauche nicht zu einem Arzt."

„Dann erzähle mir alles. Erzähl mir endlich, was hier los ist."

Lauren konnte nicht länger alles in sich begraben. In diesem Moment sehnte sie sich zu sehr danach, alles herauszulassen, um gegen Marks Drängen oder die verfluchten Tränen in ihren Augen anzukämpfen. „Was hier los ist, willst du wissen?" Sie schluckte und gestand ihm dann das, was sie Nate niemals hatte mitteilen können: „Ich bin schwanger."

Einen langen Moment war es in dem kleinen Zimmer vollkommen still, bevor Mark tief durchatmete und begriff, was Lauren da gerade gesagt hatte. Auch er schluckte und wandte den Blick ab. Als er wieder zu ihr sah, sprach so viel Mitgefühl aus seinen Augen, dass Lauren sich nicht länger beherrschen konnte.

„Oh, Lauren."

Schluchzend ließ sie den Tränen freien Lauf, die sie schon so lange verdrängt hatte.

„Es ist einfach nicht fair." Sie schlug die Hände vor das Gesicht, um Marks mitfühlenden Blick auszublenden. Doch als Mark vor ihr auf ein Knie sank und mit einer Hand ihr Gesicht berührte, schaffte sie es nicht, sich gegen seine einfühlsame Sanftheit zu wehren.

Ihr Verstand riet ihr, sich gegen Mark zur Wehr zu setzen, doch ihre Gefühle ließen das nicht zu. Sie brauchte ihn.

„Das … das ist doch nicht fair. Nate hat sich so sehr ein Kind gewünscht. Und … und jetzt wäre ich endlich in der Lage, ihm diesen Wunsch zu erfüllen, aber er wird es nie erfahren. Er wird niemals wissen, dass ich ein Kind von ihm bekomme."

Mark setzte sich auf den kalten Fliesenboden und zog Lauren behutsam auf seinen Schoß. Kraftlos ließ sie ihn gewähren und lehnte sich an ihn. Er strich ihr sanft über das Haar, und Lauren gestattete es sich, schwach zu sein, nachdem sie sich so lange Zeit zum Starksein gezwungen hatte.

„Pscht", flüsterte er immer wieder, den Mund dicht an ihrer Schläfe. „Es wird alles gut werden, das verspreche ich dir. Ich

235

gebe dir mein Wort, dass ich irgendwie dafür sorge, dass alles gut wird."

Er machte es ihr leicht, und weil sie sich so sehr danach sehnte, gab sie sich zum ersten Mal seit Nates Tod dem Glauben hin, dass sich die Dinge wieder zum Guten wenden würden. Obwohl sie wusste, dass es eine Lüge war. Mark, der sie gerade im Arm hielt, würde doch wieder weglaufen. Trotzdem klammerte sie sich in diesem Moment verzweifelt an die absurde Hoffnung, dass er sein Versprechen halten würde.

3. Kapitel

Als ich sie wiedersah und im Arm hielt, wurde mir klar, dass ich etwas verloren hatte, was mir niemals wirklich gehörte.
Eintrag aus Mark Remingtons Tagebuch

Aus Erfahrung wusste Mark, dass es manchmal im Dunkeln egal war, von wem man im Arm gehalten wurde. Es kam nur darauf an, körperliche Wärme und die Umarmung zu spüren. Und genauso ging es Lauren jetzt. Ihm reichte es schon, dass sie in diesem Moment aufhörte, ihn zu hassen, und sich ihrer unendlichen Erschöpfung hingab.

Er schlang die Arme enger um sie und atmete tief aus. Langsam lehnte er sich an die Badezimmerwand und schloss die Augen.

Obwohl er einiges getrunken hatte, war er jetzt wieder stocknüchtern. Sein rechtes Bein war eingeschlafen, und der Fliesenboden war hart und kalt. Immer noch hielt er Lauren im Arm und fragte sich, wohin er von hier aus gehen sollte.

Sie war schwanger von Nate.

Eine Welle von Trauer überkam ihn, und sofort stiegen auch wieder Schuldgefühle in ihm auf. Lauren hatte recht, es war wirklich nicht fair.

Wussten wir das nicht längst? fragte er sich. *Das Leben ist ungerecht. Wenn es so etwas wie Gerechtigkeit gäbe, säße Nate jetzt hier, würde seine Frau im Arm halten und sich mit ihr auf die Geburt des Babys freuen. Und ich würde auf dem Friedhof liegen.*

Lauren bewegte sich unruhig, und Mark überlegte, ob es für sie auch so unbequem wie für ihn war. Schließlich lag sie auf seinem

Schoß und war zwischen der Badewanne und der Wand einge-
zwängt.

„Komm, Kleines, ich bringe dich ins Bett."

Verschlafen schmiegte sie sich enger an ihn und legte ihm beide
Arme um den Nacken, als sei Mark das Einzige auf der Welt,
was ihr jetzt Halt geben konnte. Und obwohl er wusste, dass
diese Geste des Vertrauens im Grunde nicht ihm galt, spürte er
eine Wärme in sich aufsteigen, die er lange nicht mehr empfunden hatte.

„In Ordnung", flüsterte er und küsste sie sanft auf die Stirn.
„Bleiben wir einfach noch ein bisschen länger so sitzen."

Das bedeutete, dass er auch noch etwas länger ihr seidiges Haar
berühren, ihren warmen Duft einatmen und ihren langsamen und
ruhigen Herzschlag spüren konnte. Er konnte sich noch ein bisschen länger einreden, dass er es war, den sie brauchte.

Allerdings weckte das auch Bilder der Vergangenheit in ihm, die
er lange Jahre verdrängt hatte.

Mark saß da und starrte auf den gefliesten Boden. Zum ersten
Mal seit damals ließ er die Erinnerungen zu und rief sich jedes Detail jener Nacht in Erinnerung, die es niemals hätte geben dürfen …

Es war der Abend vor Laurens und Nates Hochzeit, und Mark
hatte Lauren noch niemals schöner erlebt. Sie wirkte vollkommen
erschöpft und war mit ihren Nerven am Ende. Trotz ihrer Müdigkeit saß sie kerzengerade neben Mark in seinem Cabrio. Der
Wind wehte ihr das sonnengebleichte Haar ins Gesicht, während
sie beide in halsbrecherischem Tempo die Küstenstraße entlang-
fuhren.

Es war ein heißer Julitag gewesen, und die Abendluft kühlte
nur langsam ab. Mark bog mit seinem schwarzen Sportwagen vom
Freeway auf eine Straße ab, die zum Strand führte.

Als sie durch ein Schlagloch rasten, kurz abhoben und wieder auf die Straße knallten, schrie Lauren auf, doch als Mark
unbekümmert lachte, fiel sie in sein Lachen ein. Mark fuhr bis

auf den Strand und wendete so plötzlich, dass er Sandfontänen aufwirbelte.

Er hielt, stellte den Motor und das Licht aus. Dann drehte er sich zu Lauren und legte den Arm auf ihre Rückenlehne. „So, jetzt kannst du dich ganz offiziell als entführt betrachten."

„Du bist unmöglich." Sie versuchte es mit einem tadelnden Blick, aber das gelang ihr nicht, und schließlich platzte sie wieder vor Lachen heraus. In Marks Ohren klang es kehlig und sinnlich.

Sein Herz schlug schneller vor Freude, und er sagte sich, dass das nur daran lag, dass Lauren endlich etwas lockerer wurde. Vom Rücksitz zog er eine alte Decke und eine Flasche Champagner, die er beim Dinner nach der Generalprobe für die Hochzeit abgezweigt hatte. Mit der Schulter drückte er die Wagentür auf und stieg aus. Lachend stieß er mit einem Fuß die Tür wieder zu.

„Ich nehme nur meine Rolle ernst", entgegnete er Lauren. „Als Bruder des Bräutigams und Trauzeuge habe ich meine Verpflichtungen. Kannst du dir eine Hochzeit ohne Tradition und Bräuche vorstellen?", fragte er zum Scherz, und Lauren schüttelte widerwillig, aber gut gelaunt den Kopf.

„Siehst du? Und was ist so seltsam daran, die Braut zu entführen? Ich möchte doch nicht mit der Tradition brechen, und da mir nur diese eine Gelegenheit im Leben bleibt, möchte ich wenigstens alles richtig machen."

„Außerdem", fügte er hinzu und strich sich das Haar aus der Stirn. „ist es deine letzte Nacht als Single. Mit wem, wenn nicht mit mir, könntest du sie besser verbringen? Und du hast die richtige Entscheidung getroffen, indem du dir das Beste für den Abschluss deines Lebens als Junggesellin aufgehoben hast." Er wackelte mit den Augenbrauen, und Lauren verdrehte entnervt die schönen braunen Augen. Genau das hatte Mark erreichen wollen.

Er kannte sie wirklich sehr gut. Manchmal schon fast zu gut. Er wusste genau, wie er sie zum Lachen bringen konnte, und genauso wusste Lauren, wann sie ihn ernst nehmen musste und wann nicht.

Schon damals, als sie ihn zum ersten Mal so mitfühlend angesehen hatte, hatte Mark erkannt, dass Lauren in seinem Leben eine wichtige Rolle spielen würde. Damals war sie acht Jahre alt gewesen und er zehn. Von Anfang an hatte er sich in sie verliebt, obwohl sich niemals etwas daraus hatte entwickeln können.

Schließlich war sie eine McKenzie und Teil einer amerikanischen Bilderbuchfamilie. Er dagegen war in einer Hölle auf Erden geboren worden. Das Leben, das Mark geführt hatte, bevor die Remingtons ihn bei sich aufnahmen, war Lauren vollkommen fremd. Dennoch hatten sie sich irgendwann angefreundet, und obwohl sie sich später selten sahen, weil Mark anfing, sich als Rennfahrer einen Namen zu machen, war die alte freundschaftliche Vertrautheit zwischen ihnen beiden sofort wieder da.

Es lag an ihrer gemeinsamen Vergangenheit. Und sie vertrauten einander. Schon immer hatte Lauren ihn als den akzeptiert, der er war. Sie nahm es hin, dass er von klein auf gelernt hatte, vor Konflikten wegzulaufen. Und bald wusste sie, wo sie ihn finden konnte, wenn er sich versteckte. Sie nahm sein Schweigen und seine Wut hin, auch wenn sie oft den Grund dafür nicht kannte.

Und jetzt heiratete sie seinen Bruder.

Das war gut. Er liebte Nate, und genau einen Mann wie ihn brauchte Lauren. Nate würde sie glücklich machen.

Aber Mark verstand sie besser als Nate. Als er heute Abend bemerkt hatte, wie angespannt sie war, wusste er, dass sie wenigstens für ein paar Stunden dem Stress der letzten Vorbereitungen für die Hochzeitsfeier morgen entfliehen wollte.

„Komm mit." Er zog sie aus dem Wagen. „Machen wir das Beste draus."

Lauren sträubte sich nicht wirklich und ließ sich von Mark führen. „Nate wird sich wundern, wo ich bin."

„Das soll er ruhig." Im Licht des Vollmonds breitete er die Decke auf dem Sand aus. „Den Rest seines Lebens kann er damit verbringen, dich unter Beobachtung zu halten, aber heute Nacht", er ließ sich auf die Decke fallen und klopfte auf den Platz neben sich, „sind wir beide allein."

Ihr Seufzen zeigte, dass sie sich in ihr Schicksal fügte. Lauren setzte sich auf die Decke und lächelte strahlend, als Mark den Sektkorken knallen ließ, sodass der Sekt überschäumte.

„Eines Tages wirst du in große Schwierigkeiten geraten, weil du dich an keinerlei Regeln hältst."

„Dazu wird es nie kommen." Er schenkte ein und reichte ihr eines der Gläser, die er zusammen mit der Flasche aus dem Restaurant hatte mitgehen lassen.

„Dein jungenhaftes Lächeln und dein Charme werden dich irgendwann auch nicht mehr retten können." Mit diesem Spruch hatte sie Mark schon oft aufgezogen, und auch diesmal schnaubte er genervt.

„Was nützen mir mein Aussehen und der Charme, wenn ich trotzdem nicht die schönste Braut bekomme, die es je in dieser Stadt gegeben hat?" Er seufzte theatralisch. „Wieder hat mein großer Bruder die Nase vorn. Das ist wirklich ein schweres Schicksal."

Es hatte nie infrage gestanden, dass Lauren Nate heiratete. Sie hatte Mark gegenüber seinen Bruder einmal mit einem Kamin verglichen, dessen behagliches Feuer beschützend und anheimelnd wirkte. Seine Freundlichkeit und Selbstsicherheit waren der Inbegriff von allem, was sie sich erträumte und erhoffte.

Mark wusste, dass er sie im Gegensatz dazu mit seiner Wildheit und seiner Sucht nach Geschwindigkeit verängstigte und verwirrte. Er hatte Lauren gedrängt, bis sie ihm verriet, dass er auf sie eher wie ein Waldbrand wirkte, der alles verzehrte und unberechenbar und gefährlich war. Lauren hatte sich damit abgefunden, dass Mark und sie niemals zusammengehören würden. Und er wusste das auch. Für eine Frau wie Lauren wäre er nie im Leben gut genug.

Er lächelte, und seine Zähne strahlten im Mondlicht, als er prostend das Glas hob.

„Trink jetzt, kleines Mädchen. Ich sehe es als meine persönliche Pflicht an, dass all deine wilden Triebe gekappt werden, bevor der gute alte Nate sich für den Rest seiner Tage mit dir abplagen muss."

„Tja, so bin ich eben." Lauren lachte. „Der ewige Klotz am Bein."

Er lachte mit, doch dann wurde er schlagartig ernst und stieß mit ihr an. „Werde glücklich, Lauren. Und mach ihn auch glücklich."

Die beiden Gläser stießen klingend gegeneinander, und der helle Ton übertönte sekundenlang sogar das stetige Rauschen der Meeresbrandung. Tränen traten Lauren in die Augen, als sie nickte und einen großen Schluck trank. Dann sah sie hinaus zum Horizont.

Der Mond stand hell über dem Wasser, und in dem leichten Wind lag der Geruch von Salz und Sommer. Es war nicht das erste Mal, dass sie beide sich an diesen Ort geflüchtet hatten. Endlose Tage hatten sie hier am Strand verbracht. Sie fühlten sich zusammen wohl, und diese Vertrautheit war für sie beide etwas Selbstverständliches.

Mark wusste, dass es ihr nichts ausmachte, jetzt mit ihm zusammen zu sein. Es war ihr immer leicht gefallen, sich ihm anzuvertrauen. Gerade heute Nacht würde sie, gelockert durch den Alkohol, ihre Nervosität verlieren und ihm erzählen, was sie bedrückte.

Er brauchte nicht lange zu warten, bevor alles aus ihr heraussprudelte.

„Glaubst du mir, wenn ich dir sage, dass ich ein bisschen Angst habe?"

Sie sah ihn dabei nicht an, sondern blickte in ihr Glas und auf den Strand. Laurens Profil schimmerte im Mondlicht, und Mark betrachtete sie eingehend. Er erkannte ihre Zweifel und ihr Zögern. Das passte gar nicht zu Lauren, wie er sie kannte.

Und je eingehender er sie ansah, desto schwerer fiel es ihm, ganz gelassen mit ausgestreckten Beinen und lässig auf einen Ellbogen gestützt neben ihr zu liegen. Lauren saß mit verschränkten Beinen neben ihm, und ließ die Schultern leicht hängen. Ganz deutlich sah er ihr an, wie unwohl sie sich fühlte.

Eine Weile schwieg er, bevor er sie drängte, sich ihm anzuvertrauen. Sanft zog er sie mit einem Arm zu sich auf die Decke hinunter und beugte sich über sie. „Daran ist doch nichts Ungewöhnliches, Kleines. Sag mir, was los ist. Wovor hast du denn Angst?"

Sie biss sich auf die Unterlippe und warf ihm rasch einen Blick zu, bevor sie fortfuhr: „Es ... es wird nicht ganz leicht für dich sein. Jedenfalls ist es nicht leicht für mich." Sie schluckte und schüttelte leicht den Kopf. „Lach nicht."

Mark zog die Augenbrauen zusammen und wollte, dass sie weitersprach. „Ich lache doch gar nicht."

Wieder sah sie flüchtig zu ihm und wandte den Blick sofort wieder ab. „Ich mache mir Sorgen wegen der Hochzeitsnacht."

Ungläubig sah er sie an und schwieg. Wenn sie dabei nicht so ernst ausgesehen hätte, hätte er jetzt tatsächlich laut gelacht.

Schließlich räusperte er sich. „Willst du damit sagen, dass ...?"

Sie atmete tief durch. „Ich will damit sagen, dass wir noch nie ... also, wir haben es eben noch nie getan." Durchdringend und zugleich warnend sah sie ihn an. „Mark, wenn du jetzt lachst, dann schwöre ich dir, dass ich einen Weg finden werde, um mich zu rächen."

Von ihrer Drohung bekam er gar nichts mit. „O Mann!" Er konnte es einfach nicht fassen und vergaß vollkommen jegliches Taktgefühl. „Nate ist entweder aus Stahl oder komplett verblödet." Er blickte ihr ins Gesicht, als sehe er sie zum ersten Mal. „Moment mal. Bist du vielleicht frigide oder so?"

Vor Wut sprang sie sofort auf und stieß dabei mit dem Kopf gegen seinen. „Du unsensibler Mistkerl!" Sie richtete sich auf und wollte bloß weg von ihm. „Wie kannst du nur! Du ..."

„Was hast du denn? Darf ich nicht aussprechen, wovor du dich fürchtest?" Sein Kopf tat ihm weh, und er verzog das Gesicht, während er sie wieder zu sich auf die Decke zog und festhielt.

„Immer mit der Ruhe", sagte er leise.

Lauren gab den Kampf auf, drehte jedoch das Gesicht weg.

„Nein, wende dich nicht ab." Seine Zärtlichkeit ließ ihr wieder

Tränen in die Augen steigen, als er sanft ihre Gesicht zu sich drehte und ihr ein paar Strähnen aus der Schläfe strich. „Sind wir noch Freunde?" Zögernd lächelte er sie an.

Sie stieß die Luft aus. „Ich weiß nicht."

Er lächelte und gab ihr etwas Zeit zum Beruhigen. „Es tut mir leid, okay? Und du hast recht, das war wirklich unsensibel. Es ist nur so, dass ich mit so etwas nie gerechnet hätte. Du hast nur immer so geredet, als ob ... Na ja, ich hatte jedenfalls immer angenommen, Nate und du, ihr wärt in jeder Hinsicht ein Liebespaar." Wieder lächelte er und sah sie verständnisvoll und etwas spöttisch an. „Schließlich bist du keine süße sechzehn mehr."

In der Vorwoche hatten Lauren und Nate beide ihr Studium beendet. Nate hatte einen Arbeitsvertrag bei einer Werbeagentur, und Lauren hatte eine Stelle als Lehrerin in San Francisco angenommen, wo sie sich bereits ein Apartment gemietet hatten. Mit zweiundzwanzig noch Jungfrau zu sein war in dieser Zeit eine Seltenheit. Andererseits hätte Mark sich denken können, dass Lauren sich für den Mann, den sie liebte, aufsparte.

Eindringlich sah er sie an, bis sie mit den Schultern zuckte.

„Du bist doch sein Bruder. Ich dachte, da hätte er ... vielleicht etwas zu dir gesagt. Über mich. Über uns."

„Es glaubt zwar kaum jemand, aber Männer sind ziemlich verschwiegen, wenn es um die Frauen geht, die sie lieben." Er berührte ihr Haar. „Und das warst du immer für ihn."

„Und wenn er mich nicht begehrenswert findet?" Obwohl sie sich um einen ruhigen Tonfall bemühte, klang Panik aus ihrer Stimme. „Wenn ich ihm nun körperlich nicht gefalle?" Es platzte aus ihr heraus, und Mark erkannte daran, wie lange sie diese Angst schon mit sich herumschleppte.

Verlegen lachte er über ihren Tonfall. „Kleines, ein Mann muss schon tot sein oder im Koma liegen, wenn er dich nicht begehrenswert findet."

„Und du?" Ihr war gar nicht klar, wie beleidigt sie klang. „Dich spreche ich doch auch auf diesem Gebiet nicht an."

Er schwieg einen Moment, bevor er etwas sagen konnte. „Das ist etwas ganz anderes." Sanft strich er ihr mit dem Daumen über die Wange. Er wusste, dass er sich hier aufs Glatteis begab. „Wenn ich dich küssen würde, dann wäre es so, als würde ich meine Schwester küssen."

Er erkannte sofort, dass das die falsche Antwort gewesen war. Ihr Selbstbewusstsein schwand dahin, und dagegen musste er schnellstens etwas unternehmen. Bevor er jedoch etwas sagen konnte, hakte Lauren nach.

„Du hast gerade gesagt, dass ein Mann tot sein müsste, um nicht auf mich zu reagieren. Aber in dir löse ich nichts aus."

„Liebes, das habe ich so nicht gesagt."

„Wie war das? Als ob du deine Schwester küsst?"

Er umfasste ihr Kinn. „Das ist doch nur so eine Redensart. Du bist eine schöne und begehrenswerte Frau. Glaub nicht, das sei mir noch nicht aufgefallen."

Einen Moment dachte sie darüber nach, dann schüttelte sie den Kopf und wirkte wieder vollkommen verunsichert. „Und wenn es an mir liegt? Vielleicht hast du ja recht. Vielleicht bin ich ja fri..."

Er brachte sie zum Schweigen, indem er ihr einen Finger auf die Lippen legte. Mehr hatte er mit dieser Geste nicht vor, doch es wurde mehr daraus. Etwas, von dem er gedacht hatte, dass er es niemals mit Lauren erleben würde. Auf so etwas war er nicht vorbereitet gewesen.

Es war kein Ton zu hören, und mit einem Mal spürte Mark sehr deutlich Laurens Brüste, die sich an ihn pressten. Ihr Körper schmiegte sich weich und warm an ihn.

Wie ein Stromschlag durchzuckte ihn die Erkenntnis, dass er sie zum ersten Mal nicht als Schwester sah, sondern als Frau. Und genauso deutlich wurde ihm bewusst, dass auch Lauren das spürte. Vielleicht schon, bevor er sich selbst darüber klar wurde.

„Lauren." Seine Stimme klang rau. Ihre Augen wirkten verklärt und sehr dunkel, während Mark überlegte, wie er diese Situation meistern sollte. Für so ein Geständnis war es viel zu spät. „Bitte, Lauren, sieh mich nicht so an."

Dabei hätte er es belassen können. Ein Satz hätte ausgereicht, und es wäre alles sehr leicht gewesen. Aber es war nicht einfach, und Mark konnte nicht mehr aufhalten, was so unvermittelt zwischen ihnen beiden begonnen hatte.

In ihren Augen erkannte er immer noch die Angst, dass sie nicht das besaß, was einen Mann zu einer Frau hinzog. Gleichzeitig wusste Mark, dass sie ihm genug vertraute, um sich diese Angst von ihm nehmen zu lassen. Sie sah ihm das Verlangen an und auch die Sehnsucht, die sich trotz aller Widrigkeiten immer mehr steigerte.

Diese Sehnsucht gab ihm Mut, und Laurens Unsicherheit gab ihm den Anlass. Sachte strich er mit der Fingerkuppe über ihre Unterlippe und erwiderte eindringlich ihren Blick. Sein Herz schlug rasend schnell.

Noch während er den Mund senkte, entschuldigte er sich mit Blicken. Mark war zutiefst verwirrt.

Es war ein sehr zarter Kuss, fast wie ein Flehen danach, dass Lauren ihn aufhielt, doch gleichzeitig wünschte er sich inständig, sie würde es nicht tun.

Es musste am Alkohol liegen und an dem seltsamen Abend, dass sie beide nicht auf den Verstand hörten und ihre Verpflichtungen vergaßen. Mark gab Laurens Lippen die Schuld, die sich einfach viel zu verführerisch anfühlten und ihm die Beherrschung raubten.

Ganz leise stöhnte sie auf, dann drängte sie sich voller Vertrauen an Mark.

Das Verlangen überkam ihn so unvermittelt, dass Mark fast schwindlig wurde. Schließlich konnte er sich nicht mehr dagegen auflehnen und übertrat die Grenze, die ihm Anstand und Moral setzten.

Leise sprach er ihren Namen aus, als er die Lippen auf ihren Mund presste. Diesmal war es kein zärtliches Flehen, sondern ein hungriges Erobern. Mit einer Hand stützte er Laurens Kopf, während er wild und zärtlich zugleich mit der Zunge über ihre Lippen strich. Stöhnend gab er dem drängenden Begehren nach, das ihn so unvermittelt überkommen hatte.

Er hatte mit Widerstand gerechnet, doch Lauren gab sich vollkommen hin. In diesem einen Moment gehörte sie ganz ihm und sträubte sich in keiner Weise gegen den Anspruch, den Mark mit diesem Kuss an sie stellte.

Immer inniger presste er die Lippen auf ihren Mund, und es war ein vielversprechendes Vorspiel für die Leidenschaft, die Lauren eigentlich von seinem Bruder kennen sollte, jetzt jedoch durch ihn entdeckte.

Während sie sich fast verzweifelt an ihn klammerte, um das Schuldgefühl zu verdrängen, kostete Mark ganz ihren Geschmack aus, nach dem er sich, wie es ihm schien, schon eine Ewigkeit lang gesehnt hatte.

Tief stöhnte er auf und fuhr ihr durchs Haar. Beharrlich übte er mit Lippen und Zunge Druck aus, eine wortlose Aufforderung an Lauren, sich ihm ganz zu öffnen. Als sie nachgab, drang er glutvoll mit der Zunge in ihren Mund vor.

Leidenschaftlich strich er ihr über die nackte Haut, die zwischen dem bauchfreien Top und dem Rock zu sehen war. Ihre leichte Sommerkleidung und ihr unendliches Vertrauen zu ihm stellten kaum einen Widerstand dar. Begehrlich drängte er sich an sie und schob sich über sie, um den Kuss zu vertiefen.

Das Blut schoss ihm siedend heiß durch die Adern. Sein Verlangen kam ihm wie eine Droge vor, von der er unbedingt mehr haben musste. Gleichzeitig erkannte er, welche Macht Lauren mit einem Mal über ihn besaß. Sie wand sich in seinen Armen und zeigte ihm deutlich, dass sie kaum erwarten konnte, ihr gerade gewecktes Begehren zu stillen.

Sie erzitterte und bog den Rücken durch, als er mit den Lippen von ihrem Mund tiefer glitt. Er fuhr ihren Hals entlang und zog eine Spur von siedend heißen Küssen von ihrem Hals zum Ausschnitt ihres Tops. Diese sinnliche Frau war unbegreiflich. Verletzlich und voller Sehnsucht.

247

Zeit und Ort verloren jegliche Bedeutung. Schuldgefühle und Bedauern waren nur ganz flüchtige Gedanken, die sie gar nicht richtig wahrnahmen, denn die überwältigenden Empfindungen, die ihre Zärtlichkeiten in ihnen auslösten, verdrängten alles andere.

„Mark, ich will ..." Heiß strich ihr Atem an seiner Haut entlang. Ihre Stimme war nur ein Flüstern. „Ich will ..."

Der Klang ihrer flehenden Stimme traf ihn wie eine riesige Woge die Steilküste. Stöhnend hob er den Kopf, sein Gesicht wirkte verzerrt und drückte Verzweiflung aus. „Lauren", flüsterte er und musste sich zu jedem einzelnen Wort zwingen. „Wir können ... das nicht tun."

Schlagartig kehrten er und Lauren in die Wirklichkeit zurück, und ihnen wurde bewusst, was sie fast getan hätten.

Lauren blieb vollkommen reglos liegen und entfernte sich innerlich von ihm, bevor sie ihn langsam von sich schob. So gut sie die Schuldgefühle vorhin verdrängt hatten, so deutlich spürten sie sie jetzt. Und sie erkannten beide, dass Lauren alles hätte geschehen lassen, wenn Mark sie nicht aufgehalten hätte.

Er drehte sich neben ihr auf den Rücken und drückte sich die Hände flach auf die Augen. „Was ... was in aller Welt ist da bloß geschehen?"

Noch während er die Frage stellte, kannte er die Antwort. Die ganzen Jahre der Sehnsucht und des Leugnens waren von ihnen abgefallen. Immer wieder hatte er sich gesagt, dass sie nichts weiter verband als tiefe Freundschaft, doch diese Beteuerungen hatte er vorhin vergessen.

Sie hatten beide mehr verloren als nur die unbekümmerte Freundschaft, denn sie waren beide bereit gewesen, einen Mann zu betrügen, den sie liebten. Immer noch bebte Marks Körper vor Verlangen.

Ohne sich anzusehen, standen sie beide auf, hoben die Decke auf und fuhren schweigend zurück in die Stadt. Mark wollte etwas sagen und die Sache wieder in Ordnung bringen. Doch das

248

Cabrio war kaum vor dem Haus von Laurens Eltern zum Stehen gekommen, als sie ausstieg, zur Tür lief und im Haus verschwand.

Lange saß Mark dort und kämpfte mit dem Wunsch, Lauren zu folgen. Aber noch stärker war der Drang, fortzulaufen.

Er war acht Jahre alt gewesen, als er zum ersten Mal vor den Faustschlägen seiner Mutter davonlief. Mit zehn Jahren hatten die Remingtons ihn, der als Straßenkind lebte, aufgenommen und zu ihrem Sohn erklärt. Er war Nates Bruder geworden, doch selbst da noch, mit einem echten Zuhause als Rückhalt, war er mehr als einmal fortgelaufen. Und am liebsten wollte er das jetzt auch tun.

Er ließ den Wagen an und fuhr davon.

Als er spät in der Nacht nach Hause kam, fand er kaum Schlaf. Immer wieder träumte er von Liebe und Betrug, Vertrauen und Enttäuschung.

Ich komme aus der Gosse, sagte er sich, und ich werde immer in der Gosse bleiben, denn ich hatte gerade vor, meinen eigenen Bruder zu hintergehen.

Was hatte er bloß getan?

Den nächsten Tag erlebte er wie in einem Nebel. Er sah deutlich, dass Lauren die dunklen Augenränder nur schwer hatte überschminken können. Sie gab sich als rundum fröhliche Braut und wich – so gut sie konnte – seinen Blicken aus. Sie lächelte für Freunde und Familie und stellte sich für die Kamera in Pose, ohne jemals die unausgesprochene Frage in seinem Blick zu beantworten.

Ein beschämendes Geheimnis stand zwischen ihnen. Und es gab diesen Mann, den sie beide liebten, und Lauren hielt sich an ihr Versprechen, das sie diesem Mann gegeben hatte. Gleichzeitig gab es zwischen Mark und ihr diese leidenschaftliche Glut, die trotz aller Vernunft immer noch schwelte.

An jenem Nachmittag sah Mark sie in einem Kleid aus weißer Spitze auf den Altar zuschreiten. Leise Orgelmusik erklang, der

249

Raum war von Kerzen erleuchtet, und der Boden war mit Rosenblättern bedeckt. Die Familien und Freunde waren versammelt, und es sollte eigentlich der glücklichste Tag in Laurens Leben sein. Sie wurde Nates Frau, und Mark konnte nur zusehen.

In stummer Übereinstimmung bewahrten sie beide Schweigen über das, was am Abend zuvor geschehen war, und Mark als Trauzeuge lächelte und gab sich so gut gelaunt wie möglich. Er liebte die Braut, er liebte seinen Bruder, und diese Empfindungen waren vermischt mit Schuldgefühlen und völliger Verwirrung.

Lauren bewegte sich leicht im Schlaf. Schlagartig wurde Mark aus seinen Erinnerungen gerissen und nahm wieder die Wärme ihres Körpers und die kalten Bodenfliesen wahr.

Er blickte an die Wand und streckte vorsichtig ein Bein aus. Es fühlte sich wie tausend Nadelstiche an, als das Blut wieder durch die Adern schoss. Gedankenverloren rieb er sich das Kinn. Wie hatte damals nur alles so außer Kontrolle geraten können? Wie hatte er seinen Bruder dermaßen hintergehen können?

Eigentlich sollte die Entführung der Braut doch nur ein Scherz sein. Als er Lauren in die Arme zog, hatte er sie aufheitern und trösten wollen. Auf keinen Fall hatte er ihr Leben durcheinanderbringen wollen.

Oder das von Nate. Ich wollte sie nicht lieben, Nate, dachte er. *Weder damals noch heute.*

Doch während er mit Lauren auf dem Schoß dasaß, wurde ihm klar, dass er in all den Jahren nur eines versucht hatte: seine wahren Gefühle zu betäuben, und dazu war ihm jedes Mittel recht – bei Autorennen, Frauen und Alkohol.

Er hatte Lauren immer geliebt, und er liebte sie auch jetzt noch.

Sieben Jahre lang war er vor diesem Wissen davongelaufen. Die ganze Zeit über hatte er diese Erkenntnis geleugnet und gleichzeitig darunter gelitten.

Jetzt endlich hielt er sie im Arm, aber immer noch war sie für ihn unerreichbar. Die vergangenen Jahre und all das, was er in dieser Zeit erlebt hatte, standen zwischen ihnen. Lauren hatte Grund genug, ihn zu hassen.

Dabei wusste sie noch nicht einmal alles über ihn. Wenn Lauren jemals alles erfuhr, würde sie ihn noch mehr hassen als bisher.

4. Kapitel

Sie wollte mich nicht bei sich haben. Ich habe mir eingeredet, dass mir dadurch der Abschied leichterfallen würde, aber das war ein Irrtum.

Eintrag aus Mark Remingtons Tagebuch

Als Lauren aufwachte, wehte ein lauer warmer Wind durch die offenen Jalousien ihres Schlafzimmers, und die Sonne schien herein. Sie reckte sich und fühlte sich wunderbar erholt. Aus dem unteren Stockwerk hörte sie leise Blues-Musik, und es roch nach frischem Kaffee und gebratenem Speck. Sofort fing ihr Magen an zu knurren.

Wie nett. Lächelnd drehte sie sich auf die Seite und umschlang ihr Kopfkissen. Wenigstens einen Moment lang wollte sie diesen idyllischen Sommermorgen noch genießen.

Doch dann kehrte sie wieder in die Wirklichkeit zurück. Vor ihr lag kein schöner Sonntag im Sommer mit Nate.

Nate war tot, und sie war allein.

Nein, erkannte sie, allein bin ich nicht. *Irgendjemand ist bei mir im Haus.*

Genüsslich drehte sie sich auf den Rücken und blickte einen Moment lang an die Decke, dann drehte sie den Kopf zur Tür und erblickte den Mann, mit dem sie am wenigsten gerechnet hätte.

„Guten Morgen, Lauren."

Marks raue Stimme passte zu seinem unrasierten Gesicht, als er da so stand und sich mit einer Schulter gegen den Türrahmen lehnte. Er wirkte zerknittert und ein bisschen wild. Er trug dieselbe Jeans und dasselbe T-Shirt wie letzte Nacht. Und er sah wie ein Mann aus, den jede Frau sich in ihrem Bett erträumte.

252

Lauren wich seinem Blick aus und starrte wieder an die Zimmerdecke.

Nur das leise Knarren des Eichenbodens verriet ihr, dass er auf ihre wortlose Zurückweisung reagierte. Sie lehnte ihn ab, weil er so war, wie er war.

Er war nicht Nate. Er war nicht der Mann, den sie brauchte. Immer wieder sagte Lauren sich, dass sie Mark nicht bei sich haben wollte. Er sollte sie nicht so ansehen wie jetzt. In seinem Blick lag dieselbe Einsamkeit, die auch sie empfand.

„Ich habe Frühstück gemacht", sagte er leise. „Lass dir ruhig Zeit mit dem Aufstehen. Ich habe alles in den Backofen gestellt."

Fast hätte sie ihm gesagt, er solle verschwinden. Sie wollte kein Frühstück, das er zubereitet hatte. Am liebsten wollte sie überhaupt nichts mit ihm zu tun haben.

Aber sie war schon so lange Zeit allein. Und obwohl Mark der letzte Mensch war, mit dem sie diese entsetzliche Leere in ihrem Leben ausfüllen wollte, war er derjenige gewesen, der unerwartet vor ihrer Tür stand. Alle anderen hatten sich von ihr vertreiben lassen, nur er nicht.

In der letzten Nacht hatte er sie im Arm gehalten.

Es war ihr unglaublich peinlich, dass sie ihm gegenüber ihre Schwäche gezeigt hatte. Als sie wieder zur Tür sah, um sicherzugehen, dass er sie verstanden hatte, war er verschwunden.

Sie war wieder allein.

Und obwohl sie es nicht wollte, musste sie sich eingestehen, dass sie darüber traurig war.

Es war schon fast halb elf, als Lauren in die Küche kam. Wenigstens hat sie wieder etwas Farbe bekommen, stellte Mark fest, als sie sich an den runden Eichentisch setzte und sich von ihm eine Tasse Kaffee einschenken ließ. Ihre Wangen waren zwar nicht gerade rosig, aber Lauren war auch nicht mehr so bleich wie letzte Nacht. Doch ihre Hände zitterten immer noch leicht, als sie nach ihrer Tasse griff, und als sie sie absetze, klirrte die Untertasse.

Sie hatte geduscht, sich die Haare gewaschen und blaue Shorts und ein passendes T-Shirt angezogen. Mark musste an ihren Anblick denken, als sie gerade eben ganz langsam in ihrem Bett aufgewacht war, doch den Gedanken verdrängte er schnell wieder. Er wollte nicht an ihren warmen Körper denken, an die vollen Brüste, über denen sich das Nachthemd spannte, oder an das seidige Haar, das über das Kopfkissen ausgebreitet lag. Oder an die Nacht, die er gemeinsam mit ihr im Bett seines Bruders verbracht hatte.

Er konzentrierte sich auf den Anruf, den er heute Morgen schnell angenommen hatte, bevor das schrille Klingeln des Telefons Lauren aufwecken konnte.

Fast wünschte er sich jetzt, er wäre nicht rangegangen. Vor diesem Anruf hätte er es vielleicht noch fertiggebracht, Laurens elenden Zustand darauf zu schieben, dass sie um seinen Bruder trauerte und jetzt allein mit ihrer Schwangerschaft zurechtkommen musste. Ohne große Gewissensbisse hätte er ihren und seinen Eltern berichten können, dass Lauren lediglich etwas Zeit für sich allein brauchte. Dann wäre er zurück zur Sunrise-Ranch gefahren. Möglicherweise hätte er ein paar Tage schlecht geschlafen, aber bestimmt wären spätestens nach einer Woche ihre und auch seine Eltern hier aufgetaucht und hätten Lauren mit ihrer Liebe und ihrer Vorfreude auf das Enkelkind wieder aufgeheitert. Dadurch hätte Mark auch sein Versprechen Lauren gegenüber erfüllt, dass alles wieder gut würde.

Allerdings änderten dieser Anruf und seine Folgen das alles. Nun konnte er nicht einfach verschwinden. Es stellte sich eine ganze Reihe neuer Fragen, die er am liebsten gar nicht beantwortet haben wollte, weil er befürchtete, dass er durch die Antworten nur noch tiefer in Laurens Leben hineingezogen wurde. Lauren würde nicht wollen, dass er sie darauf ansprach, und auch Mark wollte die Auseinandersetzung nicht. Jedenfalls nicht auf leeren Magen.

Er zog einen Teller aus dem Backofen und stellte ihn vor Lauren auf den Tisch. Knuspriger Speck, Toast und ein Omelett mit Gemüse und Käse füllten den Teller fast bis zum Rand, und mit einem Glas Milch und einem Orangensaft vervollständigte er diese Mahlzeit. Das sollte an Nährstoffen und Vitaminen vorerst reichen.

„Iss", befahl er und setzte sich mit verschränkten Armen ihr gegenüber.

Lauren blickte erst auf den vollen Teller und dann zu Mark.

„Sehe ich aus wie ein komplettes Football-Team?"

Na, wenigstens klingt jetzt aus ihren Bemerkungen die Lauren von früher wieder etwas durch, dachte er erleichtert. Lächelnd erinnerte er sich daran, wie sie sich damals immer gegenseitig aufgezogen hatten.

„Wer weiß? Vielleicht bekommst du einen kleinen Quarterback. Für so einen Kerl brauchst du ein paar Kraftreserven."

Lauren blinzelte nur einen Moment, dann hob sie folgsam die Gabel und aß. Gleichzeitig hob sie jedoch eine Augenbraue und zeigte Mark damit deutlich, dass sie sich nicht als armes verirrtes Schaf betrachtete, das einen Schäfer brauchte, der es behütete.

Scheinbar gelassen griff Mark nach der Morgenzeitung, in der er bereits gelesen hatte, als Lauren in die Küche kam. Leider konnte er sich nicht konzentrieren. Immer wieder musste er an den Anruf denken. Und daran, dass Lauren sich in den vergangenen sieben Jahren auf subtile Weise verändert hatte. Andererseits wusste er nicht genau, was er eigentlich erwartet hatte.

Sie hatte sich zu einer reifen und schönen Frau entwickelt, doch das hatte jeder vermutet, der sie als junges Mädchen kennenlernte. Aber ihre hellbraunen Augen glänzten nicht mehr wie früher, und gleichzeitig war ihr auch das bezaubernde, fröhliche Lächeln abhandengekommen. Ihr Körper jedoch wirkte auf eine stilvolle Art sehr sinnlich, und trotz ihres Gewichtverlusts und des weiten T-Shirts sah Mark, dass ihr Brüste voller waren als früher.

Erst im frühen Morgengrauen hatte Mark sie dazu bewegen können, sich von ihm ins Schlafzimmer tragen zu lassen. In diesem Zimmer hatte sie gemeinsam mit Nate die Nächte verbracht, und als Lauren vom Bett aus die Hand nach ihm ausstreckte, war Mark sehr bewusst, dass sie sich im Schlaf nach seinem Bruder und nicht nach ihm sehnte. „Bitte lass mich nicht allein", hatte sie geflüstert, und Mark hatte sofort erkannt, dass diese Bitte nicht ihm galt.

Wenn sie nicht so erschöpft gewesen wäre, hätte sie diese Worte niemals zu ihm gesagt. Sorgfältig hatte Mark sie zugedeckt, sich die Schuhe abgestreift und sich neben sie gelegt, jedoch ohne zu ihr unter die Decke zu schlüpfen. Unbewusst hatte Lauren sich in der Dunkelheit zu ihm gedreht, um die Nähe eines anderen Menschen zu spüren, ganz gleich, um wen es sich dabei handelte. Und genauso unwillkürlich hatte Mark die Arme ausgebreitet und es zugelassen, dass Lauren die Wange an seine Brust schmiegte.

So hatte er verharrt und in die Dunkelheit geblickt. Auf sein wild hämmerndes Herz hatte er nicht geachtet und reglos beobachtet, wie die eierschalenfarben gestrichenen Wände sich im Morgengrauen immer heller färbten. Seine Gedanken waren erfüllt gewesen von den Erinnerungen an die Zeit vor sieben Jahren, die in der vergangenen Nacht neu geweckt worden waren. Jene Nacht hatte sein Leben für immer verändert.

Jetzt, an diesem strahlenden Morgen, waren sie wieder beisammen. Mark sah von seiner Zeitung zu Laurens Teller, und es überraschte ihn nicht, dass sie kaum etwas gegessen hatte. Wusste sie überhaupt noch, dass er sie heute Nacht in den Armen gehalten hatte?

Als ihm auffiel, wie still Lauren war, blickte er ihr ins Gesicht.

„Danke." Tränen der Rührung standen ihr in den Augen, und es war klar, dass sie sich nicht nur für das Frühstück bedankte.

Er hätte sie dazu bringen können, das offen auszusprechen. Ein Teil von ihm sehnte sich danach. Er wollte von ihr hören, dass sie ihn nicht als Mistkerl sah. Doch wenn er sie jetzt drängte, würde er sich dadurch nur wieder als Mistkerl aufführen, und das wollte er nicht. Also zügelte er sich.

Was würde es auch nützen? Sie hatte kein falsches Bild von ihm. Alles, was sie ihm innerlich vorwarf, stimmte. In den letzten sieben

Jahren war er nur deshalb nicht zur Ruhe gekommen und hatte sich hemmungslos ausgetobt, weil er nicht zusehen konnte, wie sein Bruder und sie in trauter Zweisamkeit zusammenlebten.

Genau deshalb war er fortgelaufen und nicht zurückgekommen. Aus diesem Grund hasste Lauren ihn, doch wenn er hiergeblieben wäre, hätte das lediglich dazu geführt, dass Lauren sich selbst auch gehasst hätte. Und von ihm würde sie nur noch weniger halten, als sie es ohnehin schon tat.

Er trank seinen Kaffee aus und stellte den Becher ab. In Gedanken versunken, strich er immer wieder über den Henkel. Es hatte keinen Sinn, sich darüber den Kopf zu zerbrechen, was alles hätte sein können. Lauren und er mussten sich über den Telefonanruf unterhalten. Und über den Berg von Rechnungen, den er auf dem Schreibtisch neben dem Telefon gefunden hatte. Am liebsten wäre es ihm, wenn Lauren von sich aus das Thema anschnitt. Also bekämpfte er seine Ungeduld.

Mit dem Becher in der Hand stand er auf. „Wie wär's?" Er schenkte sich Kaffee nach. „Möchtest du auch noch welchen?"

Als er sich ihr zuwandte, kämpfte Lauren noch immer mit den Tränen.

In der vergangenen Nacht hätte er sie in so einer Situation in die Arme gezogen und ihr die Kraft gegeben, die ihr die Trauer und die Schwangerschaft anscheinend geraubt hatten.

Aber heute Morgen war alles anders. Lauren rang darum, sich beherrschen zu können, und es fiel ihr schwerer, ihre Abneigung gegen ihn zu verbergen.

Ohne auf den Schmerz zu achten, den diese Erkenntnis in ihm auslöste, lehnte er sich an die Anrichte und bot Lauren das Einzige, wonach sie sich anscheinend wirklich sehnte.

„Möchtest du, dass ich fahre, Lauren?"

Sie stützte die Ellbogen auf den Tisch und strich sich das Haar nach hinten. „Ich möchte, dass alles wieder so ist, wie es einmal war. Ich will Nate wiederhaben. Ich will mein altes Leben zurück."

Es klang kaum lauter als ein Flüstern, doch gerade deswegen klang es umso flehender. Lauren lehnte sich gegen die Rückenlehne und starrte ins Nichts. „Aber den Wunsch kann mir niemand erfüllen, stimmt's?"

Schweigend dachten sie beide darüber nach, dass nichts mehr so sein würde wie früher.

„In welchem Monat bist du?"

Sie zögerte einen Moment mit der Antwort. „Am Beginn des vierten Monats."

„Warst du schon bei einem Arzt?" Mark fragte es aus Sorge, aber auch, um sie etwas von ihrer Trauer abzulenken.

Lauren blickte auf ihr Glas Milch und hob es widerwillig an die Lippen, als trinke sie nur aus Pflichtgefühl. „Ja."

Sein fragender Blick war deutlicher als jedes gesprochene Wort.

„Ja, ich passe auf mich auf. Und auch auf das Baby. Ich bin nicht die erste Schwangere, der morgens übel ist."

Bestimmt sah nicht jede Schwangere so mitgenommen wie Lauren aus, aber Mark wollte nicht weiter darauf eingehen. „Wenn ich es richtig verstanden habe, wissen deine Eltern noch nicht, dass du ein Kind erwartest."

Einen Moment antwortete sie nicht darauf, dann schüttelte sie bedächtig den Kopf. „Ich wollte erst wieder etwas mehr bei Kräften sein, bevor ich es ihnen sage. Wenn sie mich jetzt so sehen würden, dann …"

„Dann würden sie sich um dich kümmern. Dich verhätscheln."

Entschieden stellte sie das Glas ab. „Sie würden mich erdrücken."

Es tat ihm weh, Lauren so niedergeschlagen zu erleben. Sie war früher so voller Lebenslust gewesen, so stark und immer gut gelaunt.

„Was wäre denn so schlimm an ihrer Fürsorge?", bohrte er sanft weiter. Ein bisschen liebevolle Aufmerksamkeit konnte ihr im Moment bestimmt nicht schaden.

Lauren ließ sich Zeit mit einer Antwort, und Mark erkannte, dass es ihr schwerfiel, sich ihm anzuvertrauen.

„Sie brauchen nicht noch mehr Kummer. Meine Eltern nicht und deine auch nicht. Es dauert einfach noch ein bisschen, bis ich mich wieder gefangen habe."

Er trank von seinem Kaffee und dachte darüber nach. „Ist dir schon mal in den Sinn gekommen, dass es ihnen größeren Kummer macht, wenn du dich von ihnen distanzierst, als wenn du dir von ihnen helfen lässt?"

Anklagend sah sie ihn an. „Dass musst ausgerechnet du sagen!" Mark biss die Zähne zusammen. Zugegeben, er hatte sich sieben Jahre lang von allen ferngehalten, und deswegen hasste Lauren ihn. Sie dachte, er hätte sie verlassen, weil sie ihm nichts bedeutete. Sie glaubte, es sei ihm egal, wen er dadurch verletzte, dass er einfach fortging.

Da irrte sie sich, doch jetzt war nicht der richtige Zeitpunkt, um diesen Irrtum aufzuklären. Jetzt ging es nicht um ihn, sondern um sie.

„Wenn sie dir helfen könnten, Lauren, dann würde es ihnen auch helfen. Sie würden sich freuen, wenn sie von dem Baby wüssten."

„Ich weiß", erwiderte sie, und die Schuldgefühle waren ihr deutlich anzusehen. Wieder griff sie nach dem Glas Milch und strich mit einem Finger über den Glasrand. „Ich werde es ihnen auch sagen. Deinen und auch meinen Eltern. Aber erst wenn ich mich dem gewachsen fühle. Und es muss so geschehen, wie ich es will."

Ihnen beiden war klar, dass ein Anruf von Mark reichen würde, um sowohl die Remingtons als auch die McKenzies wie einen Bienenschwarm hier auftauchen zu lassen.

„Bitte gib mir die Chance, es ihnen erst dann zu sagen, wenn ich in der Verfassung dazu bin."

Aus ihren ausdrucksvollen braunen Augen sprachen Stolz, aber auch Verletzlichkeit, Flehen, Misstrauen und unausgesprochene Geheimnisse. Mark wünschte sich, er hätte diese Geheimnisse niemals entdeckt.

Was tue ich hier eigentlich? fragte er sich. Zum hundertsten Mal stellte er sich diese Frage, seit er vor Laurens Haus angehalten

259

hatte. *Sie will nicht, dass ich hier bin, aber sie braucht mich. Zumindest braucht sie irgendjemanden.*

Eigentlich brauchte sie Nate, aber Nate war tot, und er, Mark, war nur ein kläglicher Ersatz.

Er fuhr sich nervös durchs Haar. Am liebsten wäre er jetzt so schnell wie möglich von hier weggefahren, und gleichzeitig war ihm klar, dass Lauren genau damit rechnete. Mark flüchtete stets, wenn es schwierig wurde. Das tat er, seit seine Mutter ihn damals als kleinen Jungen zum ersten Mal mit dem Gürtel geschlagen hatte. Auch als er schon bei den Remingtons lebte, von denen er alle Liebe bekam, empfand er noch oft den Drang, zu fliehen.

Und jetzt stand er hier und blickte aus dem Küchenfenster. Die Vogeltränke im Garten war leer. Wer würde für Lauren all die kleinen Dinge erledigen, die bislang Nate gemacht hatte? Und wer würde die Schwierigkeiten bewältigen, in die Nate Lauren gebracht hatte?

Ohne ein Wort ging er durch die Küchentür nach draußen. Der Tag war hell und klar, und der Rasen musste gemäht werden. Außerdem waren die Blumenbeete vom Unkraut fast schon überwuchert.

Und ich, dachte Mark, ich muss hier weg und zurück zur Ranch.

Lauren konnte nicht genau sagen, wie lange sie schon an dem Küchentisch saß. Sie wollte sich die Neugier nicht eingestehen, was Mark dort draußen tat. Es spielt keine Rolle, ob er hier ist oder aus welchem Grund, sagte sie sich. *Er wird wieder verschwinden, so wie immer.*

Er hat seine Pflicht erfüllt und nach mir gesehen. Jetzt kann er seinen Eltern den Bericht liefern und alles erzählen, was er herausgefunden hat. Wenigstens weiß er nur von dem Baby und nicht den Rest.

Genau dieser Rest war es, der Lauren Angst machte.

Wieder traten ihr Tränen in die Augen. Nate, wie konntest du es so weit kommen lassen? dachte sie. *Wie konntest du so etwas tun?*

Sanft strich Lauren sich über den Bauch und kämpfte gegen die Panik an, die in ihr aufstieg. Was sollte sie bloß tun?

Die Tür des Gartenschuppens quietschte, und Lauren musste wieder an Mark denken. Weshalb ließ er sie nicht allein? Gleichzeitig wunderte sie sich, dass sie ihn nicht energischer von hier vertrieb.

Langsam stand sie auf, stellte das schmutzige Geschirr in die Spülmaschine und sah verstohlen nach draußen. Dass Mark so häuslich sein konnte, hätte sie ihm gar nicht zugetraut. Jetzt werkelte er schon seit mehr als einer Stunde dort im Garten herum. Die Vogeltränke war ausgespült und gefüllt, der Rasen gemäht, und die Beete waren gejätet. Jetzt beschnitt er mit einer großen Heckenschere die Sträucher und Büsche.

Lauren wusste nicht, was sie davon halten sollte. Sie fühlte sich umsorgt und geborgen, aber gleichzeitig traute sie diesen Empfindungen nicht, denn Mark war eigentlich nicht in der Lage, ihr Geborgenheit zu geben. Außerdem wollte sie in ihrem jetzigen Zustand auch nicht von ihm umsorgt werden.

Gerade hockte er sich hin und kraulte den Kater der Nachbarn hinter den Ohren, um ihn dann vorsichtig dazu zu bringen, aus den Lilien herauszukommen, ohne eine der Pflanzen umzutreten.

Lauren ging zur Hintertür, bevor sie sich genau der Wärme bewusst werden konnte, die Marks Fürsorglichkeit in ihr auslöste. Draußen setzte sie sich auf die unterste Stufe der Treppe, die von der Veranda in den Garten führte. Die Sonne wärmte ihre Schultern, und der Kater kam sofort auf sie zu. Schnurrend legte er sich auf ihren Schoß und ließ sich genüsslich kraulen. Obwohl sie es nicht wollte, musste Lauren immer auf Marks breite Schultern und seine muskulösen Arme sehen, während er die Büsche beschnitt.

Er war unglaublich attraktiv. Es tat Lauren fast weh, ihn anzuschauen. Schweißtropfen liefen ihm die Schläfen hinab, und die kurzen Härchen in seinem Nacken glänzten feucht, als er sich jetzt mit einem Unterarm über die Stirn wischte und prüfend seine Arbeit betrachtete.

261

Er verlagerte das Gewicht auf ein Bein, und in dieser Haltung sah er Nate verblüffend ähnlich. Lauren musste wieder daran denken, dass Mark als kleiner Junge ständig Nate nachgeahmt hatte. Er hatte versucht, wie Nate zu gehen und zu reden. Dass sie beide groß, breitschultrig und blond waren, war natürlich ein Zufall, und abgesehen davon sahen sie sich auch nicht ähnlich. Nate war nicht hässlich gewesen, aber Marks gutes Aussehen fiel jedem sofort ins Auge.

Auch vom Verhalten her unterschieden die beiden sich sehr. Nate war seit seiner Geburt geliebt und umsorgt worden, während Mark nichts als Wut und Angst kennengelernt hatte, bis die Remingtons ihn aus diesem Elend retteten.

Nate war still, selbstsicher und genügsam gewesen. Mark hingegen war niemals ruhig und drängte sich immer in den Mittelpunkt. Als Kind war er immer der Erste im Swimmingpool gewesen. Er blieb abends am längsten wach, versuchte stets, andere zum Lachen zu bringen, und kämpfte weiter, wenn die anderen schon aufgaben. Und sobald die Geborgenheit, die die Remingtons ihm boten, der er aber niemals vertraute, durch irgendetwas infrage gestellt wurde, lief er davon.

Jetzt war Lauren es, die sich bedroht fühlte, und sie verspürte den Drang zur Flucht wie noch nie in ihrem Leben.

Mark drehte sich um, um einen Rechen aufzuheben und die Zweige zusammenzuharken. Er sagte nichts, als er Lauren auf der Treppenstufe sitzen sah, und arbeitete wortlos weiter, obwohl er sich fragte, wieso sie schweigend zusah, wie er in dem Garten herumwerkelte, den sie gemeinsam mit Nate geplant und angelegt hatte.

Lauren und Nate hatten das Haus sehr liebevoll eingerichtet. Ihr war klar, dass sie das Haus und den Garten bald verlieren würde, und diese Erkenntnis legte sich wie ein Schatten über alles. Seufzend wurde Lauren bewusst, dass sie immer mehr die Kontrolle über ihr Leben verlor.

„Ich werde diesen Garten vermissen." Es überraschte sie selbst, dass sie es laut aussprach. Ihre Stimme zitterte leicht und klang rau.

Mark hielt mitten in der Bewegung inne und drehte sich langsam zu ihr um. Es sah Lauren an, als habe er sie falsch verstanden.

„Du ziehst weg?", fragte er vorsichtig nach.

Sie setzte den Kater auf den Boden, schlang die Arme um die Knie und wünschte, sie hätte geschwiegen. Jetzt musste sie Mark irgendeine Erklärung liefern. Anstatt zu gestehen, dass sie es sich nicht leisten konnte, das Haus zu behalten, verriet sie ihm die andere Hälfte der Wahrheit. „Dies war unser gemeinsames Zuhause. Ich möchte nicht allein hierbleiben."

Mark sah sie gespannt an. „Wohin willst du denn?"

Lauren zupfte ein Grasbüschel zwischen den Steinplatten aus. „Ich weiß noch nicht. Ich werde mir ein Apartment suchen, das näher an der Schule liegt."

In nicht einmal einer Woche sollte sie ihre Arbeit aufnehmen und das nächste Schuljahr vorbereiten. Die Aussicht, vor einer Klasse Elfjähriger zu stehen, konnte Lauren im Moment nur wenig begeistern. Sie hatte immer gern unterrichtet, doch ihr graute davor, sich mit dem diesjährigen Lehrplan auseinanderzusetzen.

„Nate war doch versichert, oder?"

Ohne Mark anzusehen, stand Lauren auf und ging zu ihren Lilien. Behutsam strich sie über ein Blütenblatt.

„Sag jetzt bloß nicht, er war nicht versichert."

„Unsere Finanzen gehen dich nichts an."

Aber Mark ließ sich nicht so leicht abwimmeln und hielt ihrem Blick unerbittlich stand.

„Er war versichert, zufrieden? Alles ist bestens." Sie hatte zu schnell geantwortet, und es klang nicht überzeugend.

Mit einer Hand umfasste Mark die Harke, die andere hielt er auf die Hüfte gestützt. Durchdringend sah er Lauren an. „Und wieso ruft dann jemand von der Bank hier an und verlangt Geld?"

Lauren wandte sich so hastig von ihm ab, dass ihr schwindlig wurde. Sie schwankte, spürte jedoch sofort Marks kräftige Hände, die sie stützten.

263

Als sie wieder sicher stand, schüttelte sie seine Hände ab und sah ihn anklagend an. „Du nimmst meine Anrufe entgegen?"

Mark unterdrückte einen Fluch. Jetzt konnte er der Auseinandersetzung nicht mehr ausweichen. Genauso wenig konnte er jetzt noch in aller Ruhe wieder seiner Wege gehen. Lauren gab sich nicht einmal die Mühe, nach einer Ausrede zu suchen. Es musste alles schlimmer sein, als er es sich gedacht hatte.

„Du brauchtest den Schlaf, und da habe ich schnell abgenommen, bevor du vom Klingeln wach wirst." Er wollte sich nicht entschuldigen, aber eine Erklärung wollte er ihr geben. „Jemand namens Bruce von der First National Bank hat angerufen. Er wollte dringend wegen der Hypothek mit dir sprechen. Und auch wegen anderer Dinge. Ich habe ihm gesagt, dass wir zurückrufen."

Eben noch waren Laurens Wangen vor Zorn gerötet gewesen, aber jetzt wurde sie blass. „Du hattest kein Recht, dich da einzumischen."

Mark stellte die Harke weg und verschränkte die Arme vor der Brust. „Dann findest du es sicher auch nicht in Ordnung, dass ich die Schublade des Schreibtisches durchsucht habe. Lauren, mit all den Rechnungen kann man ein Lagerfeuer entfachen."

Es tat ihm weh, zu sehen, wie sie allmählich die Fassung verlor und ihre Wut sich in Verzweiflung verwandelte.

„Lauren, um Himmels willen, was ist denn geschehen?"

Ihr Schweigen zeigte ihm, dass sie nach wie vor zu Nate hielt und sich ihren Stolz bewahren wollte.

Obwohl er seinen Bruder sehr geliebt hatte, konnte Mark in diesem Moment seine Wut auf ihn kaum noch bezähmen. Er biss die Zähne aufeinander. Wie hatte Nate bloß so einen Schlamassel anrichten können? Jetzt stand Lauren vor dem Nichts und musste irgendwie damit fertigwerden. Wie hatte so etwas passieren können? Wie hatte Nate so etwas tun können? Eigentlich war es doch immer Mark gewesen, der die Dinge vermasselte, und nicht sein Bruder.

Anscheinend war Nate auch nicht so gewesen, wie es nach außen hin den Anschein hatte. Vielleicht war er mit seinem Leben nicht so zufrieden gewesen, wie alle gedacht hatten.

Auch Mark hatte das Leben als Rennfahrer mit allem Ruhm und Glamour nicht so genossen, wie viele meinten. Die zahllosen Affären waren oberflächlich geblieben, und die Frauen hatten nicht die Bedeutung für ihn gehabt wie Lauren. Genauso wenig würde er jemals der Mann für sie sein, den sie brauchte.

Sie konnte nur mühsam die Verachtung verbergen, die sie für ihn empfand. Er hatte sie zu sehr enttäuscht und zu viele Fehler begangen. Allerdings war er anscheinend nicht der Einzige, der Lauren enttäuscht hatte.

Im Moment war er aber der Einzige in ihrer Nähe. Er bot ihr eine Zielscheibe für ihre Wut, obwohl Nate es gewesen war, der sie in Schwierigkeiten gebracht hatte.

„Was ist geschehen?", fragte er noch einmal leise.

„Ich weiß es nicht." Lauren gab den Widerstand auf. Sie schlang die Arme um sich und blickte verzweifelt zu Mark. Ihr Blick ließ eine Woge des Mitgefühls in ihm aufsteigen. „Ich weiß es wirklich nicht."

5. Kapitel

*Die Presse hatte mich oft als Helden bezeichnet, aber nun
wusste ich, dass ich für niemanden jemals ein Held war, schon
gar nicht für Lauren.*
Eintrag aus Mark Remingtons Tagebuch

Als ehemaliger Pfadfinder hatte Mark sich getreu den Leitsätzen
mit einer sorgfältig gepackten Reisetasche zu Lauren auf den Weg
gemacht. Jetzt ließ er Lauren im Garten, damit sie sich wieder etwas sammeln konnte, und holte seine Sachen aus dem Wagen.
Er duschte, rasierte sich und zog sich eine saubere Jeans und ein
T-Shirt an.

Lauren erwartete ihn in der Küche, als er wieder die Treppe hi-
nunterkam. Erleichtert sah er den Stolz in ihren Augen. Offenbar
hatte sie sich wieder unter Kontrolle und sich einen Plan zurecht-
gelegt, der ihn nicht mit einschloss.

Allerdings hatte er sich ganz genau überlegt, was er tun wollte.

„Setz dich." Er rückte einen Stuhl am Küchentisch für sie zurecht. „Es wird Zeit, dass wir das alles klären."

„Ich finde es eher an der Zeit, dich daran zu erinnern, dass dich
das alles nichts angeht."

Es freute ihn so sehr, dass sie wieder ihren festen Willen gefunden hatte, dass er sich ihr am liebsten gefügt hätte. Doch stattdessen
warf er ein paar der überfälligen Rechnungen vor ihr auf den Tisch
und hob die Hand, als Lauren sofort protestieren wollte.

„Nate und ich waren keine leiblichen Brüder, an dieser Tatsache
kann ich nichts ändern. Aber er war für mich in jeder anderen Hinsicht wie ein Bruder. Und dieses Baby gehört zu meiner Familie.
Damit geht mich das alles auch etwas an."

Obwohl sie kein Wort erwiderte, zeigte sie ihm deutlich mit ihrem eiskalten Blick, wie sie darüber dachte. Mark verstand. Sie wollte nicht, dass er sich einmischte, und sie wollte das alles ohne ihn klären. Aber das konnte er nicht zulassen, auch wenn sie ihn noch so abweisend ansah. Er würde nicht nachgeben, bis er alles wusste.

„Jetzt setz dich, Lauren. Wir werden alles besprechen. Und zwar hier und jetzt."

Am Abend kam Mark sich wie ein herrischer Macho vor, aber er hatte alle Informationen bekommen, die er brauchte. Lauren war seelisch und auch finanziell am Ende, obwohl sie das nach wie vor leugnete.

In einem Punkt hatte sie jedoch nicht gelogen. Es gab tatsächlich eine Lebensversicherung, doch die hatte Nate als Sicherheit für einen Kredit benutzt. Lauren bekam keine Auszahlung, vielmehr blieb ihr noch ein Berg von Schulden.

„Und der Fahrer des anderen Autos?"

Lauren schlang die Arme etwas enger um sich und antwortete leise. „Es war sein dritter selbst verschuldeter Unfall. Er war nicht mehr versichert, und er besitzt auch kein Einkommen. Mir bleibt nur der kleine Trost, dass der Kerl hinter Gittern sitzt und eine Zeit lang niemandem mehr das antun kann, was er Nate angetan hat."

Obwohl es Mark schwerfiel, Lauren dazu zu drängen, gingen sie am Nachmittag gemeinsam zur Bank. Dadurch wurde alles nur noch schlimmer. Als sie nach dem Treffen nach Hause zurückkehrten, war Lauren blass, und sie zitterte am ganzen Körper. Hilflos sah Mark zu, wie sie sich auf das Sofa fallen ließ und blicklos vor sich hin starrte.

Sanft strich er ihr über den Nacken und betrachtete sie besorgt. Lauren wirkte total schockiert. Von dem Bankangestellten hatten sie erfahren, dass Nate alle seine Besitztümer als Sicherheit für Kredite verwendet und noch zusätzliche Darlehen ohne Absicherung aufgenommen hatte. Das alles hatte er getan, um langfristige Investitionen zu tätigen, die sich nicht ausgezahlt hatten. Als der Banker schließlich die Gesamtsumme der anfallenden Schulden nannte, war Mark darüber fast genauso entsetzt wie Lauren.

„Bitte", flehte sie, als Mark zur Bar ging und sich einen Brandy einschüttete und sofort austrank. „Bitte erzähl meinen Eltern nichts davon. Und deinen auch nicht. Ich will nicht, dass sie davon wissen. Erst muss ich mir überlegen, was ich tun kann. Sie haben sich meinetwegen schon genug Sorgen gemacht."

Mark überlegte, ob er sich noch einen Drink einschenken sollte. Die Sorgen fingen ja gerade erst an. Doch er ging von der Bar weg und versuchte, den Zorn auf seinen Bruder zu zügeln, der sich ja nicht mehr verteidigen konnte. „Und du wusstest tatsächlich nichts von den finanziellen Schwierigkeiten, in die er geraten ist?"

Sie schüttelte den Kopf. „Erst als die Rechnungen hier eintrafen. Nate hat sich um alles Finanzielle gekümmert. Er hat die Rechnungen bezahlt und unser Geld angelegt."

Und diese Anlagen hatten letztlich zu den Schulden geführt. Nate hatte sein geliehenes Geld mit hohem Risiko investiert und es dadurch verloren.

Mark fuhr sich über das Gesicht. „Ich verstehe das nicht. Er war doch immer so vernünftig."

Lauren sah ihn an, und ganz flüchtig bekam ihr Blick einen abfälligen Ausdruck. Es traf Mark zutiefst. „Was ist denn?"

Sie wandte den Blick ab.

„Was ist?", drängte er, als sie sich weigerte, seinen Blick zu erwidern. Ihr Schweigen ließ ihn erkennen, dass Lauren sehr genau wusste, was in Nate vorgegangen war. „Lauren?"

„Was spielt das jetzt noch für eine Rolle?" Sie schrie fast und sprang vom Sofa hoch. Dann ging sie zum Fenster. „Er ist tot, und daran kann niemand etwas ändern."

Ihr Ausweichen weckte seinen Verdacht nur noch mehr. Irgendetwas verbarg sie vor ihm. Sie stand so unter Druck, dass sie eine Zielscheibe für ihren Zorn brauchte. War es nur ein Zufall, dass sie ihn dafür auswählte?

„Das hat doch etwas mit mir zu tun, oder?"

Lauren schüttelte den Kopf, doch sie wirkte wie ein Tier, das in die Enge gedrängt wurde. „Reden wir nicht weiter davon." Sie verschränkte die Arme vor der Brust, als wäre ihr kalt.

Mit ihren Blicken flehte sie ihn an, sie in Ruhe zu lassen, doch das konnte Mark nicht tun. „Erzähl es mir."

Nervös ging sie durch das Zimmer.

„Verdammt, Lauren."

„Also schön! Schon gut!" Sie fuhr herum und sah ihn wutentbrannt an. „Er war neidisch auf dich, verstehst du?" Jetzt platzte alles aus ihr heraus. „Ist es das, was du hören willst? Er hat dich geliebt, und gleichzeitig war er auf dich neidisch." Ihre Stimme klang jetzt ruhiger, und als sie Marks ungläubigen Blick sah, schüttelte sie den Kopf. „Nicht nur auf deine Erfolge als Rennfahrer, obwohl die nur schwer zu übersehen waren, Mark. Jahrelang konnten wir ja keine Zeitung lesen oder uns Nachrichten im Fernsehen anschauen, ohne über dein Gesicht zu stolpern."

Sie umfasste ihre Ellbogen. „Es tat ihm weh. Es hat ihn verletzt, dass er für dich nicht wichtig genug war, um nach dem Telefon zu greifen und anzurufen. Einfach nur, um ihm zu sagen, dass mit dir alles okay ist. Du hättest deine großen Siege ein bisschen mit uns teilen können, damit wir uns mit dir hätten freuen können. Stattdessen musste Nate alles durch die Medien erfahren. Und diese Medien haben dich bejubelt, egal, was du gemacht hast." Lauren seufzte. „Es hat ihn zerfressen", fuhr sie hilflos fort. „Er konnte den Gedanken nicht ertragen, dass er mir nicht die finanzielle Sicherheit bieten konnte, die du hattest."

Entsetzt hörte Mark ihr zu. Der vernünftige sachliche Nate, den er immer wegen seiner Werte und Ideale verehrt hatte, war neidisch auf ihn gewesen? Auf ihn? Den größten Nichtsnutz, den es je gab? Deswegen hatte Nate seine und Laurens Sicherheit aufs Spiel gesetzt und riskante Geldspielchen gewagt? Deswegen hatte er alles verloren?

„Du warst für ihn ein Held", erklärte Lauren. „Und er fühlte sich dir unterlegen."

Mark fühlte sich wie von einer riesigen Last erdrückt. Er war unendlich erschöpft. „Ich war für niemanden je der Held."

„Weshalb bist du dann jetzt hier?" Jedes Wort klang wie eine brennende Anklage. „Wieso willst du dann jetzt den Helden spielen?" Sofort hob sie abwehrend die Hand. „Willst du mir jetzt erzählen, dass du nach all den Jahren ein guter Mensch geworden bist?" Tränen liefen ihr über die Wangen. „Es ist zu spät. Nate ist tot, und daran kannst du nichts mehr ändern." Sie strich sich das Haar aus der Stirn und sank erschöpft aufs Sofa. „Wie kommst du bloß auf den Gedanken, du könntest hier auftauchen und irgendetwas ausrichten?"

Mark konnte nicht glauben, in was für einem Licht sie ihn sah. Aus diesem Grund war er nun wirklich nicht hier. Doch was sollte er erwidern, wenn sie ihn gleichzeitig anklagte und verdammte?

„Möchtest du ein bisschen den Reumütigen spielen, weil du Nate und allen anderen, denen du etwas bedeutet hast, den Rücken gekehrt hast?"

Er konnte ihre Wut verstehen, und er wollte sie nicht noch mehr verletzen, aber allmählich wurde er auch zornig. Wenn sie schon über die Vergangenheit sprach, dann musste sie sich auch der Wahrheit stellen.

„Was hätte ich denn deiner Meinung nach tun sollen?"

Sie hob den Kopf und sah ihn an.

„Sollte ich denn hierbleiben, damit du jeden Tag daran denkst, was in jener Nacht geschehen ist?"

Sofort fiel ihr wieder die Nacht ein, in der Mark sie in den Armen gehalten hatte und in der sie sich fast vergessen hätte.

„Da ist nichts geschehen!" Es klang viel zu schuldbewusst, und sie wandte sich ab. „Da ist nichts geschehen", wiederholte sie, als könne sie sich dadurch selbst überzeugen.

Sie atmete tief durch und hob entschieden die Schultern. Mark war nicht der Einzige, der darunter gelitten hatte, was damals am Strand fast geschehen wäre. „Ich war Nate eine gute Ehefrau. Ich habe ihn geliebt."

270

Ihre Feststellung klang wie eine traurige Verteidigung. Seufzend gab Mark den Streit auf, den er gar nicht erst hatte anfangen wollen. „Ich habe ihn auch geliebt. Und ob du es glaubst oder nicht, das war der Grund, weswegen ich weggegangen bin. Und deshalb bin ich auch die ganzen Jahre fortgeblieben."

Bedrückendes Schweigen herrschte zwischen ihnen, und auf beiden lastete immer noch das schlechte Gewissen.

Mark wünschte, er wäre niemals hergekommen. Oder viel früher. Wie konnte er diese verfahrene Situation zum Guten wenden?

Wahrscheinlich hatte Lauren recht. Vielleicht wollte er tatsächlich nur den Helden spielen. Wenigstens einmal im Leben wollte er in ihren Augen etwas richtig machen. Und ob sie es nun einsah oder nicht, sie konnte einen Helden mehr gebrauchen als jeder andere, den er kannte.

Und er wollte derjenige sein, der ihr half.

Kannst du sie auch dazu bringen, dich zu lieben? fragte eine leise Stimme in ihm sofort. Ich muss krank sein, sagte er sich. Ihr Mann – sein Bruder – ist vor Kurzem gestorben.

Tief holte er Luft und stieß sie wieder aus. An der Tatsache, dass Nate tot war, konnte er nichts mehr ändern. Er konnte ihn nicht wieder lebendig machen. Weder für sich noch für Lauren. Und auch nicht für das Baby. Die Beziehung zu seinem Bruder konnte er niemals wieder in Ordnung bringen.

Er konnte auch an seiner Vergangenheit mit Lauren nichts ändern.

Aber eines konnte er tun.

Der Gedanke kam ihm ganz unvermittelt, und schlagartig waren alle Zweifel beseitigt. Mark wusste genau, was er machen musste. Und damit Lauren seinen Vorschlag annahm, musste er rücksichtslos sein und es ausnutzen, dass er sich in der stärkeren Position befand.

Wahrscheinlich würde sie ihn deswegen noch mehr hassen, aber darüber wollte er lieber nicht länger nachdenken.

„Das meinst du nicht ernst."

Eine Stunde später saß Lauren mit einem Glas Milch in der Hand am Küchentisch und sah Mark ungläubig an. Dieses Angebot, das er ihr gerade gemacht hatte, konnte sie unmöglich annehmen. Er hatte damit gerechnet und ließ sich auch durch ihre Ablehnung nicht davon abbringen.

Vor ihr stand ein Teller mit Nudelsalat, den er zubereitet hatte, während er sich genau überlegte, was er ihr vorschlagen musste, damit sie ihr Gesicht wahren und gleichzeitig ihre Probleme lösen konnte.

Gefühlsmäßig hatte sie sich von Nates Tod noch nicht erholt. Das Baby war zwar nicht in Gefahr, aber Lauren war mitgenommen. Man musste kein Experte sein, um zu erkennen, dass ihre finanziellen Probleme und ihre Sorgen ihr jede Kraft geraubt hatten. Anscheinend machte sie sich jetzt auch noch Gedanken um ihr ungeborenes Kind. Seit über einer halben Stunde redete Mark jetzt auf sie ein. Er hatte alle Tricks eingesetzt, die ihm eingefallen waren.

Sie sollte mit ihm nach Sunrise kommen. Mark wusste, dass sie dort auf sich und das Baby aufpassen würde. Er wollte die Schulden abbezahlen, die Nate angehäuft hatte. Laurens Stolz stand diesem Plan allerdings noch mehr im Weg als die Verachtung, die sie für Mark empfand. Deshalb musste er ihr in erster Linie eine Möglichkeit schaffen, diesen Stolz zu vergessen. Mit ruhiger sanfter Stimme sprach er auf sie ein und hoffte, dass Lauren sich allmählich an die Vorstellung gewöhnte.

Er hatte darauf hingewiesen, dass er auch seinen Nutzen aus dieser Vereinbarung ziehen wollte. Seine gesamte Buchführung musste neu organisiert werden, und darum konnte Lauren sich kümmern. Es war natürlich eine Ausrede, und Lauren durchschaute das sofort. Dennoch spürte Mark, wie sie nachgiebiger wurde. Anscheinend bewertete sie es als positiv, dass er auf ihren Stolz Rücksicht nahm.

„Deine Eltern vermissen dich genauso wie meine. Schon seit ihr nach San Francisco gezogen seid. Seit Jahren wünschen sie sich, ihr würdet wieder nach Südkalifornien ziehen, damit ihr wieder mehr in der Nähe seid. Und jetzt würde es ihnen besonders viel bedeuten, wenn sie mehr von dir und dem Baby hätten." Er machte eine kurze Pause. „Und du weißt, dass ich auch recht habe, was deinen Job betrifft."

Darüber dachte Lauren einen Moment nach. Als Lehrerin konnte sie leicht ihren Vertrag auflösen, denn es gab genug Kandidaten, die nur darauf warteten, dass eine Stelle frei wurde.

„Wenn du nach der Geburt des Babys wieder unterrichten möchtest, kannst du viel leichter eine geeignete Stelle finden, weil meine und deine Eltern in der Nähe leben."

Ihr war klar, dass sie Marks Argumenten kaum etwas entgegensetzen konnte. Gleichzeitig fühlte sie sich wie gefangen. Welcher andere Ausweg blieb ihr denn? Sie wehrte sich dagegen, Marks Plan zuzustimmen, und schwieg beharrlich.

Doch Mark wusste genau, wie er diesen Widerstand durchbrechen konnte.

Sein ganzes Leben lang war er geflüchtet, sobald sich ihm Schwierigkeiten in den Weg stellten. Erst vor Schlägen und vor Scham, später bei den Remingtons hatte er der Zuneigung misstraut, die sie ihm entgegenbrachten. Wann immer er sich bedroht fühlte, lief er davon. Als erwachsener Mann war er dann vor der Frau geflohen, die nicht zu ihm gehören durfte, und vor dem Bruder, dessen Liebe zu dieser Frau er nicht ertragen hatte. Selbst seine Karriere, um die die meisten Männer ihn beneideten, hatte er aufgegeben, weil ihm die ständige wilde Raserei auch keinen inneren Frieden brachte.

Im Moment kam es ihm nur darauf an, etwas wiedergutzumachen. Er konnte Nate nicht das geben, was er zu seinen Lebzeiten gebraucht hätte. Aber er konnte Lauren etwas geben. Frieden, finanzielle Sicherheit und Zeit zur Erholung. Und später konnte er auch etwas für Nates Kind tun.

Als das Schweigen so bedrückend wurde, dass Mark schon dachte, er könnte Lauren niemals umstimmen, machte er einen

273

letzten Versuch. „Denk in Ruhe darüber nach, bevor du meinen Vorschlag ablehnst."

Nachgedacht hatte Lauren wirklich genug. „Es klingt alles sehr vernünftig, aber letztendlich läuft es darauf hinaus, dass ich deine Wohltätigkeit annehmen soll."

Mark blickte ihr direkt in die Augen. „Mir geht es nicht um Wohltätigkeit, und du weißt so gut wie ich, dass ich mich bei diesem Thema auskenne. Wenn niemand wohltätig zu mir gewesen wäre, säße ich jetzt sicher wegen irgendwelcher Verbrechen für lange Zeit im Gefängnis."

Er brauchte keine Gedanken zu lesen, um zu erkennen, dass Lauren jetzt auch darüber nachdachte, was für ein Leben er geführt hatte, bevor er zu den Remingtons kam. Seinen leiblichen Vater hatte er nie kennengelernt. Seine Mutter war alkohol- und drogensüchtig, und Mark lebte abwechselnd auf der Straße und im Erziehungsheim. Bei den Remingtons hatte er ein Zuhause bekommen und Liebe erfahren. Nicht jeder Mensch hatte solches Glück, das war Mark klar.

Mit Wohltätigkeit kannte er sich wirklich aus. Und dank der Remingtons und der Frau, deren Leben in Scherben gegangen war, wusste er auch, was Liebe war. Und er wusste um die Bedeutung einer Familie. Und das war der Grund, wieso er jetzt nicht nachgeben würde.

„Hast du wirklich während deiner Zeit als Rennfahrer so viel Geld verdient, dass du all diese Schulden bezahlen kannst?"

Er lächelte. Anscheinend machte ihr trotz allem anderen die Frage des Geldes noch am meisten zu schaffen. Andererseits war ihr sicher bewusst, dass es die Schulden waren, die die Zukunft ihres Babys am meisten gefährdeten.

„Ja. Ich habe mit den Rennen eine Menge verdient. Außerdem habe ich vor ein paar Jahren einem Freund Geld zur Verfügung gestellt, als der eine eigene Firma gründete. Du hast vielleicht davon gehört – Apostle?"

Als er den Namen des bekannten Softwareherstellers nannte, sah Lauren ihn verblüfft an. „Du besitzt Anteile an Apostle?"

Mark zuckte mit den Schultern. „Nur ein Drittel."

Sie richtete sich auf und blies sich eine blonde Strähne aus der Stirn. „Das wusste ich ja gar nicht."

Mark stellte seinen leeren Teller auf den Tisch. „Jetzt weißt du es. Und das sollte dir zeigen, dass ich es mir tatsächlich leisten kann."

Einen Moment ließ er sie darüber nachdenken, bevor er fortfuhr: „Geld spielt für mich keine so große Rolle, Lauren. Und du würdest mir die Ausgaben auf andere Art vergelten." Er überlegte, wie zufrieden es ihn machen würde, wenn er wüsste, dass es Lauren und ihrem Baby gut ging.

Anscheinend ging ihr etwas ganz anderes durch den Kopf. Ihr scharfer prüfender Blick verriet ihm, dass er den Boden, den er gerade eben erst gewonnen hatte, wieder verlor. Laurens anklagender Blick traf ihn wie ein Stich.

„Über was für eine Art der Wiedergutmachung sprichst du denn?"

Ihr Tonfall zeigte deutlich, was sie dachte, und dass sie ein so schlechtes Bild von ihm hatte, kränkte ihn viel mehr, als er gedacht hätte. Sofort ging er zum Gegenangriff über, wie er es früher als Straßenkind gelernt hatte: „Natürlich spreche ich von Sex, wann immer ich ihn will."

Fassungslos öffnete sie den Mund.

Mark schloss die Augen und schüttelte langsam den Kopf. „Um Himmels willen, Lauren, was traust du mir zu. Kennst du mich denn gar nicht mehr? Ich bin der Junge, der damals in eurem Garten gezeltet hat."

Lauren lief rot an und atmete tief durch. „Es tut mir leid. Ich wollte nicht …"

„Doch, das wolltest du." Er schob den Teller von sich und stand auf. Die Stuhlbeine schabten über den Boden. „Und vielleicht verdiene ich es, dass du so von mir denkst. Aber weißt du was? Im Moment ist es mir völlig egal, was du denkst. Jetzt geht es mir nur um das Baby."

Schweigend setzte er sich wieder. „Ich möchte, dass du mit mir nach Sunrise kommst, damit ich weiß, dass es dir gut geht. Denn dann ist auch mit dem Baby alles in Ordnung."

Unwillkürlich strich sie sich über den Bauch. Beim Anblick dieser Geste durchfuhr Mark ein stechender Schmerz. In Laurens Blick lag so viel Zurückweisung, dass er sie auch kränken wollte.

Mühsam kämpfte er diesen Wunsch nieder, lockerte die Schultern und ging zum Fenster. Er wollte ihr nicht mehr in die Augen sehen. In ihrem Blick lagen zu viele Fragen, auf die sie Antworten von ihm verlangte.

Diese Antworten konnte er ihr nicht geben. Jedenfalls würde sie seine Antworten nicht hören wollen, und er wollte auch gar nicht, dass jemand davon erfuhr. Er steckte die Hände in die hinteren Hosentaschen und suchte nach den richtigen Worten, mit denen er sich den Stolz bewahrte und Lauren dazu brachte, sein Angebot anzunehmen.

„Gib mir eine Chance, alles wiedergutzumachen. Ich möchte etwas tun, wozu ich bislang nicht fähig war. Nate kann dir nicht zur Seite stehen. Lass wenigstens zu, dass ich mich um dich kümmere, bis du wieder in der Lage bist, auf dich selbst aufzupassen."

Als sie nichts erwiderte, atmete er seufzend aus. Er war mit seinen Erklärungen am Ende. Seine Liebe würde er ihr nicht gestehen. Lauren würde sie auch nicht wollen. Dazu war ihre Abneigung ihm gegenüber viel zu groß und ihre Trauer um Nate noch viel zu frisch.

Sie würde ihm solche Gefühle niemals abkaufen. Wieso auch? Hatte er jemals etwas getan, was in ihr den Glauben wecken konnte, er sei zu tiefen Gefühlen fähig? *Ich bin von ihr weggelaufen*, dachte er. *Aber dass ich das aus Liebe getan habe, wird sie mir niemals glauben.*

In Gedanken versunken lehnte er sich gegen die Anrichte. Seine Hände in den Taschen wurden feucht, als er Lauren ein Ultimatum stellte.

„Morgen früh will ich deine Antwort hören. Und vergiss nicht, dass du entweder auf mein Angebot eingehst oder alles deinen und meinen Eltern überlässt. Dann müssen sie nicht nur mit ihrer Enttäuschung über Nate leben, sondern sie müssen auch einen Weg finden, um dich aus deiner Notlage zu befreien."

Mark war nicht sonderlich stolz auf sich. Schon gar nicht, weil Lauren ihm nicht auf der Stelle sagte, er solle verschwinden. Sie stand nur nach ein paar Minuten auf und ging mit hängendem Kopf aus dem Raum.

Die Nacht kam Mark unendlich lang vor. Und nie im Leben hatte er eine größere Erleichterung empfunden und gleichzeitig so starke Gewissensbisse gehabt wie am nächsten Morgen, als Lauren seinem Angebot widerwillig zustimmte.

Sunrise. Mark konnte sich nur wenige Gründe vorstellen, weshalb er seine Ranch verlassen würde. Einer dieser Gründe saß jetzt neben ihm. Mark fuhr gerade durch den großen Torbogen am Eingang und sah zu Lauren. Es würde lange dauern, bis er wieder so lange von hier fortblieb.

Über zwei Wochen hatte es gedauert, um alles so weit vorzubereiten, dass Lauren es über sich brachte, San Francisco zu verlassen.

Zum einen war da das Haus, das Lauren nur schweren Herzens aufgab. Mark hatte es ihr so leicht wie möglich gemacht. Zögernd war sie auf seinen Vorschlag eingegangen, dass er sich um alle Einzelheiten kümmerte. Außer ihren Kleidern hatte sie kaum etwas eingepackt. Alles andere würde verkauft werden, um einen Teil der Schulden zu tilgen, darauf hatte sie bestanden.

Mark dagegen hatte darauf beharrt, dass sie ihre Eltern anrief und sie bat, am letzten Tag, bevor sie San Fancisco verließ, zu ihr zu Besuch zu kommen. Mark hatte neben ihr am Küchentisch gesessen, als sie von dem Baby erzählte und davon, dass sie mit ihm nach Sunrise zog.

Mark hatte die drei allein gelassen, als er sah, wie Grace und Bill McKenzie die Tränen in die Augen traten. Doch bevor er ging, hatte Grace ihn noch voller Dankbarkeit in die Arme gezogen, und Bill hatte ihm fast endlos die Hand geschüttelt.

Dabei ging es ihm nicht um den Dank von Laurens Eltern. Mark tat das alles der Frau zuliebe, die jetzt neben ihm im Wagen saß. Ihre Augen funkelten wieder so lebendig wie damals, als er ihr die Ranch zum ersten Mal gezeigt hatte.

„Es ist wunderschön", stellte sie fest, als sie um ein paar Bäume bogen. Der Anblick des Hauses ließ Lauren einen Moment vergessen, dass Mark sie dazu überredet hatte, mit ihm hierherzukommen.

Dieses atemlose Geständnis überraschte Mark nicht. Genauso hatte er auch reagiert, als er die Ranch zum ersten Mal sah. Schon im Hubschrauber, mit dem der Makler damals das Grundstück überflog, um Mark alles zu zeigen, hatte er sich in dieses Stück Land verliebt. Die sanften grünen Hügel ringsum, die dicht bewachsenen Bergketten mit ihren schneebedeckten Gipfeln, die etwas weiter entfernt lagen.

Auch die Geschichte dieser Ranch hatte es ihm angetan, und er bedauerte die Familie, die das Land verkaufen musste, nachdem es sich seit Generationen im Familienbesitz befunden hatte. Mark hatte sich das Versprechen gegeben, so viel wie möglich von der Vergangenheit zu bewahren, um es zukünftigen Generationen zu übergeben.

Die Zukunft lag bei Nates Baby.

Ohne ein weiteres Wort trat er aufs Gas und fuhr schnell die letzten Kilometer bis zum Haupthaus.

Sunrise bot Lauren so viele Überraschungen, dass sie kaum dazu kam, die große Entscheidung, die sie getroffen hatte, eingehend zu überdenken. Das alte Haus besaß seinen ganz eigenen Charme. Es war liebevoll restauriert und neu eingerichtet worden, wobei Mark darauf geachtet hatte, das antike Flair zu bewahren und die Zimmer trotzdem mit allen modernen Errungenschaften auszustatten. Fast jedem Möbelstück merkte man den spanischen Einfluss an, der diese Landschaft mit geprägt hatte.

Keine zwanzig Meter vom Haupthaus entfernt entdeckte Lauren weiß gestrichene Scheunen und Ställe, die von Blumen und

Sträuchern umgeben waren. Im hohen grünen Gras lagen träge große Hunde im Schatten von ausladenden Bäumen. Ein paar Cowboys trainierten junge Pferde im Korral, während ein paar Stuten mit ihren Fohlen auf einer Weide herumliefen.

Obwohl sie sich fest vorgenommen hatte, sich in keiner Weise zu freuen, konnte Lauren es kaum erwarten, diese wundervolle Ranch zu erkunden, die Mark Sunrise nannte. Wenn er diesen Namen aussprach, leuchtete sein Gesicht immer auf.

Während er sie zum Haus führte, betrachtete Lauren das Anwesen. Die aus Lehmziegeln bestehenden Mauern waren weiß getüncht, die Dachziegel hatten die Farbe reifer Aprikosen. Innerhalb des verschachtelten Gebäudes gab es lichtdurchflutete gepflasterte Innenhöfe mit Arkaden und Torbögen. Zusätzlichen Schatten spendeten weit ausladende alte Bäume, und überall waren Sträucher und Blumen gepflanzt. Es herrschte ein wahres Meer an Blüten in Beeten, Blumenkübeln und hängenden Töpfen. Zu dem Anwesen gehörten auch mehrere Pools. Einer lag vor der großen Panoramascheibe des Wohnzimmers, zu dem auch eine anheimelnde Frühstücksecke gehörte. Ein weiterer Pool befand sich vor der Glastür, die auf die kleine Veranda des Zimmers führte, das Mark Lauren zugedacht hatte.

Jetzt stand Lauren am Bett und fragte sich, wie lange sie hierbleiben würde. Sie konnte sich an dem Garten, der dort vor ihrem Fenster lag, gar nicht satt sehen. Als sie ein Geräusch hinter sich hörte, drehte sie sich um und sah Mark.

„Hiermit kommst du sicher über die Runden, bis der Rest deiner Sachen geliefert wird." Er stellte ihren Koffer neben den Schrank. „Du siehst erschöpft aus. Wieso schläfst du nicht ein bisschen? Das Dinner gibt es früh am Abend. Aber wenn du jetzt Hunger hast, kannst du natürlich auch gleich etwas zu essen bekommen."

„Nein, danke, das ist nicht nötig." Erst allmählich wurde ihr bewusst, worauf sie sich eingelassen hatte. Sie wurde zuvorkommend wie in einem Hotel behandelt, aber gleichzeitig wurde von ihr erwartet, dass sie sich hier zu Hause fühlte.

279

Marks kühle Höflichkeit machte ihr fast noch mehr zu schaffen als das mürrische Schweigen, mit dem er früher immer auf Vorwürfe reagiert hatte.

Ihr Leben in San Francisco lag nun hinter ihr, und ihr blieben nur die Erinnerungen. Wie ein undurchdringlicher Nebel lag die Zukunft nun vor ihr. Es machte Lauren Angst, und gleichzeitig war sie verlegen. Die Schulden, die Nate ihr hinterlassen hatte, waren bezahlt, doch die Erleichterung, die sie deswegen empfand, war ihr nicht angenehm.

Sie sah dem Mann in die Augen, der ihre gesamten finanziellen Schwierigkeiten gelöst hatte. „Du hast recht", sagte sie schließlich. „Die Fahrt hat mich wirklich erschöpft." Es war noch früher Nachmittag, aber die Schwangerschaft und die ständige Anspannung waren nicht spurlos an ihr vorübergegangen. „Ich bin müde, und bestimmt wäre es am besten, wenn ich ein bisschen schlafe."

„Ruh dich aus, so lange du willst." Er ging bereits aus dem Zimmer, als er sich noch einmal umdrehte. „Willkommen auf Sunrise, Lauren."

Dann verließ er das Zimmer, und Lauren war allein mit ihren Gedanken in dieser seltsam friedvollen Umgebung. Aber im Moment war sie wirklich zu erschöpft, um weiter darüber nachzudenken.

6. Kapitel

Mir war nicht klar, wie sehr ich Sunrise vermisst hatte. Und erst als ich dorthin zurückkam, erkannte ich, dass es mein Zuhause geworden war.

Eintrag aus Mark Remingtons Tagebuch

Flüsternde Stimmen weckten Lauren. Wie ein sanfter Sommerwind drang das Gewisper in ihr Bewusstsein.

Ganz langsam öffnete sie die Augen. Das Zimmer war in das leuchtende Rot der untergehenden Sonne getaucht. Anscheinend hatte sie mehrere Stunden durchgeschlafen. Wann hatte sie das zum letzten Mal erlebt?

In der Nacht, die du in Marks Armen verbracht hast, beantwortete sie sich die Frage selbst. Es verwirrte sie. In den Monaten seit Nates Tod hatte sie immer nur kurz geschlafen, bevor sie wieder hochschreckte. Gewöhnlich wurde sie durch den Albtraum geweckt, in dem sie Nate allein in einem explodierenden Auto sterben sah. Und dann war vor zwei Wochen Mark wieder in ihr Leben getreten.

Aus diesem Schlaf jetzt wurde sie nicht durch einen Albtraum geholt, sondern durch Geflüster.

Lauren fühlte sich sehr erholt und lächelte genüsslich, während sie die Augen aufschlug. Über einen Blumenstrauß hinweg sah sie ein Paar große, runde blaue Augen, und der Blumenstrauß steckte in einer kleinen runden Faust.

Unwillkürlich musste sie wieder lächeln.

„Wir haben nicht gewusst, dass du aufwachst", flüsterte das niedliche Mädchen mit den dunklen Zöpfen und einem fehlenden Schneidezahn.

„Ja, wir dachten, du schläfst bis morgen früh." Neben dem Mädchen mit dem Blumenstrauß tauchte ein zweites auf, das genauso aussah, abgesehen davon, dass diesem Mädchen kein Zahn fehlte. Seine blauen Augen funkelten vor Aufregung. „Eddie hat gesagt, wir sollen leise sein. Ich habe die Blumen gepflückt. Tonya hält sie, weil sie die Jüngere ist. Aber ich bin die Klügere."

„Ich bin auch klug. Sonya denkt nur, dass sie klüger ist, weil sie schneller reden kann. Und ich bin nur zehn Minuten jünger als sie. Aber ich habe mehr gewogen."

„Aber ich habe lauter geschrien. Das sagt Eddie immer."

Anscheinend hatten die beiden sich damit ausgiebig vorgestellt, denn die Zwillinge verstummten erst, sahen sich an und erinnerten sich dann an ihre Anweisung. „Haben wir dich geweckt?", fragten die beiden gleichzeitig.

Lauren setzte sich im Bett hin. Zwei Mädchen, die gleichzeitig auf sie einredeten, und das direkt nach dem Aufwachen, das war ein bisschen zu viel. Sie mochte die beiden auf Anhieb. Mark hatte überhaupt nicht gesagt, dass auf Sunrise Kinder lebten. Die beiden hatten tiefschwarzes Haar, hellblaue Augen, und irgendetwas an ihnen kam Lauren vertraut vor.

Beide waren ganz in Rosa gekleidet, und fasziniert betrachtete Lauren die winzigen Rosen, mit denen die T-Shirts und die gleichfarbigen Shorts bestickt waren. Sogar die Zehennägel der nackten Füße der Mädchen waren in Pink lackiert. Lauren musste lächeln.

„Nein", antwortete sie schließlich, „ihr habt mich nicht geweckt." Sie griff nach den Blumen. „Die sind wunderschön. Vielen Dank euch beiden."

Die beiden Mädchen lächelten glücklich, und Lauren stellte erleichtert fest, dass Tonya beim Lächeln ihren linken Mundwinkel etwas höher zog, während Sonya den rechten nach oben zog. Ansonsten konnte Lauren außer Sonyas fehlendem Zahn keinen Unterschied feststellen. Die beiden mussten so um die fünf Jahre alt sein.

„Eddie hat Abendessen gemacht."

Lauren reckte sich, und es überraschte sie, dass sie tatsächlich hungrig war. Gleichzeitig war ihre Neugier geweckt. Fasziniert sah sie den Mädchen in die Augen. „Klingt fantastisch. Wer ist Eddie?"

„Sie ist unsere Großmutter, aber sie will, dass wir sie Eddie nennen, weil sie sich dann nicht so alt fühlt."

Lauren klopfte auf beiden Seiten von sich auf das Bett, und mit ein bisschen Hilfe setzten die beiden Mädchen sich seitlich von ihren Hüften auf die Matratze. Bewundernd sahen sie Lauren aus ihren großen blauen Augen an. Blaue Augen, dachte Lauren, genauso blau wie die von Mark.

Als Mark das Zimmer betrat, fand er Lauren und die Mädchen auf dem Bett an. Lauren hielt den Kopf gesenkt und hatte den Strauß Blumen in den Händen, während die Mädchen ihr von den Katzenbabys in der Scheune und den jungen Pferden auf der Weide erzählten. Sie berichteten, dass sie im nächsten Monat zur Vorschule kämen und mit dem Schulbus fahren würden. Dann wollten sie wissen, wie lange Lauren bei ihnen bliebe und ob sie wirklich so viel Ruhe brauche, weil sie ein Baby im Bauch hätte. Anschließend fragten sie Lauren, ob sie ihr das Haar flechten dürften.

Mit einer Schulter lehnte Mark sich an den Türrahmen. Er verschränkte die Arme vor der Brust und genoss den Anblick von Lauren, die hier in seinem Zuhause so ungezwungen mit den Mädchen plauderte.

Ihr Haar war zerzaust, und ihre Augen wirkten noch verschlafen. Vom Schlaf waren ihre Wangen leicht gerötet. Sie lächelte gerade über etwas, das Sonya gesagt hatte, und sofort schlang Tonya, die auch im Mittelpunkt stehen wollte, die Arme um Laurens Arm und lächelte sie bewundernd an. Anscheinend hatten die drei sich auf den ersten Blick ineinander verliebt.

Mark war gerührt, und zugleich bedrückte ihn die Erkenntnis, dass diese Idylle nach einiger Zeit wieder vorüber sein würde.

Sobald Lauren Mark erblickte, erstarb ihr Lächeln. Ihr Blick bekam einen schmerzvollen Ausdruck wie immer, wenn sie Mark sah. Allmählich wusste Mark, dass er an Lauren zuerst immer

283

Überraschung bemerkte, dann einen flüchtigen Anflug von Verlangen und anschließend kühle Abweisung.

„Wie ich sehe, hast du unser Empfangskomitee schon kennengelernt." Er ließ sich nicht anmerken, wie sehr ein einziger kalter Blick ihn verletzen konnte.

„Onkel Mark!", riefen die Mädchen gleichzeitig und sprangen vom Bett. Jedes umschlang eines seiner Beine, und beide redeten auf ihn ein. „Wir waren ganz artig, genau wie Eddie es uns gesagt hat."

„Wir haben sie nicht geweckt. Wirklich nicht."

„Sie ist ganz von allein aufgewacht, und unsere Blumen gefallen ihr."

Mark hatte die beiden vermisst, und er wollte nicht weiter über Laurens erschrockenen Gesichtsausdruck nachdenken, als die Mädchen ihn mit „Onkel" anredeten. Deshalb beugte er sich vor und hob die kichernden Mädchen hoch. Jeden der Zwillinge setzte er sich auf eine Hüfte. Die beiden kreischten vor Gelächter, als er sie in die Halsbeuge küsste. „Und woher habt ihr die Blumen?"

Schlagartig verstummte das Gekicher, und die Mädchen blickten ihn aus großen Augen an. „Eddie hat gesagt, es würde dir nichts ausmachen, wenn wir ein paar pflücken." Das kam von Sonya, die als Ältere immer die Sprecherin der beiden war.

„Ja", stimmte Tonya sofort zu und tätschelte ihm die Wange. „Das hat Eddie gesagt."

„Dann war ich anscheinend sowieso überstimmt, ja? Ihr Frauen tut ja ohnehin immer, was ihr wollt."

„Wir sind doch keine Frauen, Onkel Mark."

„Nein." Ernsthaft schüttelte Tonya den Kopf. „Wir sind nur kleine Mädchen."

Mit beiden Händen umfasste Sonya sein Kinn. „Willst du nicht, dass Lauren die Blumen hat, Onkel Mark?"

Mark sah in die beiden hoffnungsvollen Gesichter und dann zu Lauren, die ihn vom Bett aus beobachtete. Zahllose Fragen sprachen aus ihrem Blick, und ihr schien gar nicht bewusst zu sein, wie verletzlich sie wirkte.

„Natürlich will ich, dass sie die Blumen hat", erwiderte er mit heiserer Stimme und riss den Blick von Laurens Augen und ihren Lippen los. „Jetzt ist Sunrise ihr Zuhause. Damit gehören die Blumen ihr genauso wie mir und Eddie und euch beiden."

Einen Moment sah er Lauren schweigend und nachdenklich an, bevor er sich wieder den Mädchen zuwandte. „Aber bevor ihr noch mehr pflückt, müsst ihr erst Eddie fragen. Ihr wisst ja, wie sie sich sonst aufregt."

Theatralisch verdrehten die Mädchen die Augen und nickten mit Leidensmiene. „Beeilt euch jetzt lieber. Eddie braucht Hilfe beim Tischdecken."

Lustlos schlenderten die beiden aus dem Zimmer, und Mark blieb allein mit Lauren im Zimmer zurück. Betont gelassen lehnte er sich wieder an den Türrahmen. Ein Knie winkelte er an, und er steckte die Hände in die Gesäßtaschen seiner Jeans. „Hoffentlich haben sie dich wirklich nicht geweckt."

„Nein", antwortete sie hastig. „Ich war gerade aufgewacht. Die beiden sind wunderhübsch."

Das Schweigen zwischen ihnen dehnte sich, und Mark wartete auf Laurens Frage, doch sie sagte nichts. Als er beschlossen hatte, sie hierher nach Sunrise zu bringen, wusste er, dass er dadurch Lauren alles über sich und sein Leben verriet. Ihm war klar, dass sie sich über Eddie und die Mädchen wundern würde. Und bestimmt fragte sie sich, welche Rolle diese Menschen in seinem Leben spielten. Mark wusste nicht genau, ob er Lauren schon die Wahrheit verraten wollte.

Wenn sie allerdings keine Fragen stellte, brauchte er sich auch um die Antwort keine Gedanken zu machen. Was würde es auch für eine Rolle spielen? Mit ihrer Zukunft hatte Mark nichts zu tun.

„Das Dinner ist fertig, wann immer du willst." Er beschloss, dass sie alle noch offenen Fragen später klären konnten.

Der Anblick von Lauren, wie sie kurz nach dem Aufwachen aussah, erregte ihn unglaublich. Ihre Bewegungen waren von einer so natürlichen Sinnlichkeit, der sie sich sicher gar nicht bewusst war. Ihre Wangen waren vom Schlaf noch leicht gerötet, und ihre Augen glänzten. Ihre Haut schimmerte wie Seide, und ihr Haar glänzte golden. Mark verließ lieber schnell das Zimmer, bevor er sich von diesem Anblick noch zu etwas hinreißen ließ, was ihm später unendlich peinlich wäre, denn bestimmt würde Lauren ihn sofort empört zurückweisen. Energisch verdrängte er den Wunsch, jeden Morgen miterleben zu dürfen, wie sie langsam aus tiefem Schlaf erwachte.

Auch wenn sie darauf eingegangen war, mit ihm hierherzukommen, so sprach doch nichts Einladendes aus ihrem Blick. Daran würde sich auch nichts ändern, und Mark verstand die Gründe dafür.

Ja, dachte er. *Ich begehre und liebe sie, aber das hilft mir nichts. Sie trauert immer noch um Nate. Und selbst wenn sie darüber hinweg ist, wird sie mich niemals als den sehen, der ich wirklich bin. Und ich werde sie nicht darum bitten.*

Die Zwillinge waren Laurens erste Überraschung, aber Eddie stellte für sie die größte Überraschung dar. Eddie brauchte sich eigentlich keine Sorgen darum zu machen, als Großmutter alt auszusehen. Sie war eine der atemberaubendsten Schönheiten, die Lauren je gesehen hatte.

Und sie war unglaublich freundlich.

„Na, sieh mal einer an", begrüßte sie Lauren mit strahlendem Lächeln, als Lauren ins Esszimmer kam. „Was für eine Schönheit!"

Lauren fand, dass man sie eigentlich nicht als „schön" bezeichnen konnte. Den Kummer der letzten drei Monate sah man ihr deutlich an. Sie hatte fünf bis sechs Kilo abgenommen, ihre Haut war blass und fahl, und im Moment hatte sie auch noch Schlaffalten in ihrer Bluse und im Gesicht.

Andererseits hätte es auch keine Rolle gespielt, wie sehr Lauren sich zurechtmachte. Neben Eddie hätte auch Michelle Pfeiffer wie eine graue Maus ausgesehen.

Die Frau war wirklich erstaunlich.

Die schwarzen dichten Locken reichten ihr bis weit auf den Rücken, und sie war so schlank in ihrer Hose aus Rohseide und ihrer hellblauen Seidenbluse, dass sie aussah, als sei sie gerade einer Modezeitschrift entstiegen. Ihr Gesicht war perfekt und makellos. „Sie müssen ja halb verhungert sein." Besorgt zog Eddie die geschwungenen Augenbrauen zusammen. „Kommen Sie. Setzen Sie sich, und dann sehen wir mal, wie wir Ihren Magen dazu bringen können, mit dem Knurren aufzuhören."

Behutsam führte Eddie Lauren zu einem Stuhl und drückte ihr aufmunternd den Arm. „Mark, mein Lieber, ich könnte ein bisschen Hilfe gebrauchen. Komm doch bitte mit mir in die Küche. Ein starker Kerl wie du sollte seine Muskeln auch zum Einsatz bringen." Verschwörerisch zwinkerte sie Lauren zu, die die ganze Zeit über nur sprachlos staunen konnte.

„Grandma Eddie hat Suppe gekocht", verkündete Tonya von ihrem Platz aus, während Mark gehorsam Eddie in die Küche folgte.

„Da ist lauter gesundes Zeug drin", fügte Sonya wenig begeistert hinzu. „Aber wenn wir unsere Teller leer essen, bekommen wir Nachtisch. Du auch, Lauren", fügte sie hinzu und nickte ihr bekräftigend zu.

Lauren erwiderte das Nicken lächelnd und bemühte sich angestrengt, das Lächeln nicht ersterben zu lassen, als Mark mit der Hüfte die Schwingtür der Küche aufstieß. In den Händen hielt er eine große Suppenterrine.

„Wenn du die Terrine fallen lässt", warnte Eddie, die mit einer Schüssel Salat und einer Platte mit Sandwiches hinter ihm herkam, „dann werden wir beide eine ernsthafte Diskussion darüber führen, ob du dich weiter als richtigen Mann bezeichnen darfst."

„Als richtiger Mann", erwiderte er mit gut gelauntem Lächeln, während er die Terrine mitten auf den Tisch stellte, „würde ich nicht in der Küche mithelfen, wenn das ganze Haus voller Frauen ist."

Eddie lächelte nur, schlang die Arme um seine Taille und drückte ihn. Es sah aus, als wäre diese vertrauliche Geste für beide nichts

Ungewohntes. „Ich weiß genau, wie gern du das in Wirklichkeit tust."

Er erwiderte ihr Lächeln, und auch Lauren lächelte, wenn auch ein wenig gezwungen, und sie kämpfte mit einem Mal gegen das Gefühl an, ausgeschlossen zu sein.

„Er liebt es, uns zu umsorgen", versicherte Eddie allen Anwesenden, und Lauren sah, dass Eddie recht hatte. Mark küsste diese Frau so liebevoll auf die Wange, dass Lauren verlegen den Blick abwandte.

Eifersucht stieg in ihr auf, und auch das war eine für sie vollkommen neue Erfahrung. Dieses Gefühl kam ganz unerwartet, und Lauren konnte sich nicht dagegen wehren, obwohl es ihr peinlich war.

Sie hatte nicht damit gerechnet, Mark so gelöst zu erleben. Sie erkannte den jungen Mann von früher in ihm, der gerade gelernt hatte, dass er den Menschen um sich herum genug vertrauen konnte, um sich nicht immer hinter einer Maske zu verstecken. Er lächelte und lachte ungehemmt und wirkte nicht misstrauisch und ständig auf dem Sprung.

Es war Lauren unangenehm, so offene Zuneigung zu erleben, obwohl sie noch nicht genau sagen konnte, in welcher Beziehung Mark und Eddie zueinander standen. Und wie passten die Zwillinge da mit ins Bild? Sie war sich nicht sicher, ob Mark und Eddie ein Liebespaar waren. Wollte sie überhaupt wissen, ob es so war?

Sie betrachtete die Zwillinge, deren blaue Augen denen von Mark so ähnlich waren. Sie hatten das schwarze Haar von Eddie geerbt. Onkel Mark und Grandma Eddie?

Lauren wusste nicht, was sie von alledem halten sollte. Sie kämpfte gegen ihre Neugier an, und gleichzeitig versuchte sie, sich ihre Eifersucht nicht anmerken zu lassen.

Sie lobte das Essen, wenn sie gefragt wurde, lächelte, wenn jemand sie ansprach, und die ganze Zeit über redete sie sich ein, dass das alles sie nichts anging.

Das hier war Marks Leben und nicht ihres. Jedenfalls war es bisher so gewesen. Bis sie und ihr Baby ein Teil davon wurden.

Nates Baby ... Lauren konnte sich nicht über den Verlust damit hinwegtrösten, dass sie jetzt hier bei Mark war. Sie konnte ihre Gefühle überhaupt nicht sortieren. Im Grunde sollte sie sich eingesperrt und unter Druck gesetzt fühlen.

Aber nichts davon machte ihr so sehr zu schaffen wie die Überlegung, ob Eddie und Mark die Eltern dieser hübschen Kinder waren.

Irgendwie schaffte sie es, das Dinner zu überstehen. Als sie an diesem Abend wieder allein in ihrem Zimmer war, bezweifelte sie, ob es klug gewesen war, Mark hierher zu folgen. Sie schuldete ihm jetzt eine riesige Summe Geld, und die Zukunft war für sie ein einziges Fragezeichen.

Lauren traf die einzige Entscheidung, die ihr blieb. Sie würde genau das tun, weswegen sie hier war. Sie würde sich ausruhen und sich keine Sorgen um Geld machen, das sie nicht besaß.

Ich werde versuchen, aus jedem Tag das Beste zu machen, dachte sie. *Ich werde alles überstehen und irgendwann wieder mein Leben in die Hand nehmen.*

Und auf keinen Fall wollte sie weiterhin darüber grübeln, ob Mark sich verändert hatte. Eines allerdings durfte sie nicht vergessen. In einem Punkt würde er sich nie ändern. Er würde weglaufen, damals wie heute. Und wenn Lauren sich dann nicht allein fühlen wollte, durfte sie ihn nicht zu nah an sich heranlassen.

Dieser Mann war mal ein verängstigter Junge gewesen, der vernachlässigt und misshandelt worden war, doch daran wollte Lauren nicht denken. Und sie würde nicht auf ihre innere Stimme hören, die ihr sagte, dass sie diesen Mann lieben konnte.

Denn wenn sie auf diese Stimme hörte, würde sie damit Nate untreu werden. Sie hatte Nate geliebt, aber nicht genug.

Die Mädchen waren im Bett, und Mark dachte schon, alle im Haus würden schlafen, als Eddie mit zwei Gläsern Wein zu ihm auf die Veranda kam.

Sie reichte ihm eines der Gläser und setzte sich auf den Liegestuhl neben ihm. Sie sagte kein Wort.

Mark blickte auf sein Glas und dann in den sternklaren Nachthimmel hinauf.

„Möchtest du darüber reden?", fragte Eddie leise.

Mark sah zu ihr und dann wieder in die Sterne. „Da gibt es nichts zu reden."

Ungläubig stieß Eddie die Luft aus. „Das ist ein Paradebeispiel dafür, wie manche Menschen die Augen vor der Wirklichkeit verschließen."

Lange schwiegen sie beide, bevor Eddie weitersprach: „Hast du ihr schon von mir und den Mädchen erzählt?"

Er schüttelte den Kopf. „Das werde ich aber. Wenn der richtige Zeitpunkt gekommen ist."

Wieder sagte sie lange nichts. „Und wann wird der Zeitpunkt richtig dafür sein, dass du ihr sagst, dass du sie liebst?"

Es überraschte Mark nicht, dass Eddie ihn so leicht durchschaute. Er versuchte erst gar nicht, es zu leugnen. „Das werde ich ihr überhaupt nicht sagen." Er trank sein Glas in einem Zug leer.

„Warum nicht?", hakte Eddie nach.

Seufzend ließ er sich in den Liegestuhl sinken. „Darum nicht."

Eddie merkte, dass es eine Vielzahl von Gründen gab, über die Mark nicht sprechen wollte, und in Marks Kopf schwirrten die Gedanken im Kreis. Es lag an seinem Bruder, dass es für Lauren und ihn keine gemeinsame Zukunft gab. Sie fühlte sich von ihm abgestoßen, und er konnte niemals der Mann werden, den sie brauchte.

„Sie lässt dich nicht aus den Augen. Und mich beobachtet sie auch", stellte Eddie lächelnd fest. „Wahrscheinlich versucht sie herauszufinden, ob sie eifersüchtig ist oder nicht."

Abfällig verzog er den Mund. „Sie trauert um ihren Mann und weiß nicht, was sie denken soll. Sie weiß nur, dass es wehtut. Und ich bin der letzte Mann auf Erden, der ihr etwas bedeutet."

Eddie stand auf und stützte sich auf die Armlehne von Marks Stuhl. Sanft küsste sie ihn auf die Stirn. „Sei dir da nicht so sicher,

Darling. Gib ihr etwas Zeit", flüsterte sie. „Manchmal braucht man nur etwas zu warten, und alles regelt sich von allein."

Sie wussten beide, wie die Zeit Wunden heilte. Aber bis dahin kam es einem wie die Hölle vor. Die Zeit konnte einem alles nehmen und nur den Schmerz zurücklassen. Ihnen beiden war klar, dass Zeit oftmals der Feind war. Und manchmal blieb nicht genug Zeit, um alles wiedergutzumachen.

„In diesem Haus gibt es nur eine Regel", erklärte Eddie, nachdem sie Lauren am nächsten Morgen herzlich begrüßt hatte, sobald sie die Küche betrat. „Fühlen Sie sich wie zu Hause."

Eddie trug Sandaletten und einen knappen schwarzen Badeanzug, der unter dem dünnen Überwurf aus weißem Netzstoff hervorschimmerte. Es war nicht zu übersehen, dass sie eine fantastische Figur hatte. In ihrer lavendelfarbenen Bluse und der grauen Hose kam Lauren sich daneben wie ein verblühendes Veilchen vor.

„Der Kühlschrank ist immer voll, und es gibt immer heißen Kaffee." Über die Schulter hinweg lächelte Eddie ihr zu, während sie den Kühlschrank öffnete. „Wie geht's Ihnen, Liebes? Soll ich Ihnen Frühstück machen?"

Lauren erwiderte das Lächeln und griff nach der Kaffeekanne. „Bei mir gibt es auch eine Regel: Niemand braucht mich zu bedienen. Ich werde mir das Frühstück selbst machen."

Besorgt zog Eddie die Augenbrauen zusammen. „Mark sagte, es würde Ihnen nicht sonderlich gut gehen."

„Doch, mir geht es ganz gut." Sie bemerkte Eddies Zweifel, und sie schaffte es nicht, sich gegen die freundliche Fürsorge zu wehren. „Ich leide immer noch etwas unter morgendlicher Übelkeit, aber es wird schon besser. Kein Grund zur Sorge. Und heute habe ich richtigen Hunger. Das ist doch ein gutes Zeichen, oder?"

Sie ging zum Kühlschrank und holte sich frische Früchte heraus.

„Gehen Sie es langsam an, lassen Sie sich das schmecken, wonach Ihnen der Sinn steht, und bestimmt haben Sie diese unangenehme Sache dann bald überstanden."

Die Küchentür schwang auf, und Mark kam herein. Er trug einen dunklen Cowboyhut, und sein Blick wirkte ernst und durchdringend. „Was für eine unangenehme Sache?"

„Regen Sie sich ab, Sheriff." Eddie lachte und griff nach ihrem roten Badetuch. Dann setzte sie sich die Sonnenbrille auf. „Nur Frauenkram, den du sowieso nicht verstehen würdest. Und die beiden Mädchen werden es auch nicht verstehen, wenn ich nicht sofort am Pool erscheine, damit sie ins Wasser können. Sie warten jetzt schon fünf Minuten, und ich gehe jede Wette ein, dass die zwei schon auf dem Rand sitzen und die Zehen ins Wasser halten. Ich will nicht den Tag mit Schimpfen beginnen müssen."

Sie ging nach draußen zum Pool, der in der Sonne glitzerte. Lauren konnte Sonya und Tonya sehen, die artig in ihren pinkfarbenen Badeanzügen in sicherer Entfernung zum Wasser standen und warteten.

Ganz bewusst sah Lauren erst zu Mark, als sie sich genug unter Kontrolle hatte, dass es sie nicht mehr aus der Fassung brachte, ihn in Arbeitskleidung zu sehen und den Geruch nach Pferd und Leder einzuatmen, der ihm anhaftete.

Sie hatte Mark in T-Shirt und Jeans gesehen, auf Fotos hatte sie ihn im Rennanzug gesehen, in seiner Lederjacke und stets mit einem strahlenden Lächeln im Gesicht. Und bei Nates Beerdigung hatte sie ihn von Weitem im schwarzen Anzug gesehen.

Heute sah sie ihn zum ersten Mal in Stiefeln, mit Arbeitshandschuhen und mit einem abgenutzten Hut. Als Cowboy hatte sie Mark noch nie erlebt. Diesen Mann erkannte sie kaum wieder. Trotz allem, was in der Vergangenheit geschehen war, fing bei seinem Anblick ihre Haut zu kribbeln an, und sie fühlte sich magisch zu ihm hingezogen.

Mit langen Schritten kam er zum Spülbecken, und auf dem Fliesenboden der Küche hörte Lauren seine Schritte überdeutlich. Über seine Schläfe lief ein Schweißtropfen, und unwillkürlich sah Lauren zu seinem blauen Hemd, das er weit aufgeknöpft hatte. Mit den Zähnen zog er sich die Handschuhe aus und stopfte sie in die Gesäßtaschen seiner abgetragenen Jeans.

292

Immer noch betrachtete Lauren ihn wie gebannt, als könnte sie es nicht fassen, ihn so voller Tatendrang und Energie zu erleben. Er drehte den Wasserhahn auf und warf Lauren über die Schulter hinweg einen Blick zu.

Rasch füllte er sich ein Glas mit Wasser und leerte es in einem Zug. „Wie geht's dir? Bist du ausgeschlafen?"

Und wer bist du? hätte sie ihn am liebsten gefragt. Ihr fiel das Titelblatt einer Zeitschrift ein. Es hatte einen lachenden Mark gezeigt, der ein Filmsternchen mit langem Haar, viel Busen und wenig Kleid umarmte. Auf diesem Foto war sein Haar zerzaust und sein Kinn unrasiert gewesen. Die beiden hatten ausgesehen, als würden sie sich gegenseitig stützen, und man hatte ihnen deutlich angesehen, dass sie die ganze Nacht mit Feiern verbracht hatten.

Diese Seite an Mark durfte Lauren nicht vergessen. Er hatte ein Leben voller Ausschweifungen hinter sich, hatte Menschen benutzt und ihr Vertrauen missbraucht. Nur weil er sie hierher gebracht hatte und sich um sie sorgte, bedeutete das nicht, dass sie sich in ihrem Urteil über ihn täuschte. Er konnte jederzeit weglaufen und alle im Stich lassen, die auf ihn zählten.

Aber welche Rolle spielte er jetzt gerade? Den Heiligen oder den Sünder? Und wie lange würde es dauern, bevor eine seiner Frauen hier aufkreuzte? Diese Frauen musste es doch geben. Einem Mann mit Marks Aussehen würde es nie an weiblicher Begleitung fehlen. Wieder schoss ihr ein Bild durch den Kopf und ließ ihren Puls schneller schlagen. Sie lag am Strand und spürte das Gewicht seines Körpers, mit dem er sie in den Sand drückte. Sie fühlte seine Lippen und das Verlangen in seinem Kuss.

Lauren schloss die Augen. Sie konnte nicht glauben, dass eine Erinnerung, die sieben Jahre alt war, noch solche Gefühle und derartige Erregung wecken konnte. Gleichzeitig schämte sie sich dafür, dass sie sich überhaupt Gedanken über die Frauen in Marks Leben machte. Das alles ging sie schließlich nichts an.

Sie sah zu den Kindern am Pool, die vielleicht Marks waren, und der Frau, die vielleicht die Mutter dieser Kinder war. Sie ärgerte sich über Dinge, die sie nicht verstand, und obwohl sie es nicht wollte, kam sie immer wieder ins Grübeln darüber, was hier wohl vor sich ging. Das alles bestärkte sie jedoch in dem Entschluss, sich aus allem herauszuhalten und keine neugierigen Fragen zu stellen.

„Lauren, ist alles in Ordnung?"

Sein besorgter Tonfall riss sie aus ihren Gedanken. Nein, dachte sie. *Es ist nicht alles in Ordnung.* „Mir geht's gut."

Er schenkte sich noch mehr Wasser ein und lehnte sich dann an die Anrichte. Besorgt runzelte er die Stirn. „Hast du geschlafen?"

„Ja, ja", fuhr sie ihn an und unterbrach sich dann selbst. Entnervt drehte sie sich zum Fenster. „Ja, ich habe geschlafen. Und du kannst endlich aufhören, dich wie eine Glucke aufzuführen."

Geduldig musterte er sie.

Sie blickte auf die Mädchen im Pool und dann auf ihre Hände. „Tut mir leid. Ich wollte nicht so giftig sein. Ich brauche nur etwas Zeit, um mich einzuleben." Sie fuhr sich mit der Hand über das Gesicht und drehte sich dann wieder zu Mark. „Es ist nicht leicht für mich, hier zu sein. Ich fühle mich von jemandem abhängig, und das ist für mich ungewohnt."

„Ich kann nicht behaupten, dass ich weiß, was in dir vorgeht." Er sprach sehr ruhig und leise. „Und ich habe auch nie durchgemacht, was du erlebt hast. Aber du solltest dir die Chance geben, das Leben hier zu genießen. Sunrise hat eine heilende Wirkung auf die Menschen, und du solltest dich nicht dagegen wehren."

Mark wollte zu ihr gehen und sie in die Arme ziehen, damit er ihr durch seine Nähe zeigen konnte, dass alles in Ordnung war. Aber das stand ihm nicht zu, und sicher wäre Lauren damit auch nicht einverstanden.

Sie war so unnachgiebig und von ihrer Trauer beherrscht. Und immer noch lehnte sie ihn aus tiefstem Herzen ab. Mark betrachtete ihre gestrafften Schultern und ihr ernstes Gesicht. Lauren war unglücklich, und vielleicht wurde sie niemals mehr glücklich. Dennoch fühlte er, wie schon ihr Anblick ausreichte, damit etwas von seiner eigenen Anspannung von ihm abfiel. Sie war hier in seinem Haus, in seiner Küche, als ob sie hierhergehörte.

In diesem Augenblick wurde ihm klar, dass er sich schon immer vorgestellt hatte, sie hier bei sich zu haben. Schon damals, als er zum ersten Mal durch die einzelnen Zimmer gegangen war, hatte er sich Lauren hier bei sich vorgestellt. Sie sollte an seiner Seite sein und bei ihm im Bett. Genau das hatte er sich immer gewünscht.

Obwohl sie mit seinem Bruder verheiratet war.

Mark wollte lieber nicht näher darüber nachdenken, was das über seine Moral aussagte.

Über viele Jahre hinweg waren die Remingtons seine Familie gewesen. Er sah zum Pool, als die Mädchen laut lachten. Jetzt gab es andere Menschen in seinem Leben. Er hatte die Mädchen und Eddie bei sich, und auch wenn er sie dazu hatte drängen müssen, gehörte Lauren ab jetzt auch dazu.

„Ich muss zurück zu den Pferden", stieß er unvermittelt hervor.

„Was immer du auch möchtest, tu es einfach. Fühl dich zu Hause, und nach dem Dinner bekommst du von mir eine ausgiebige Führung."

Lauren drehte sich zu ihm, und aus ihrer Haltung sprachen Zurückhaltung und Stolz. „Du hast erwähnt, dass es hier für mich etwas zu tun gebe."

Er lächelte. „In meinem Arbeitszimmer herrscht jetzt schon so lange das Chaos, dass es auf ein paar Tage auch nicht mehr ankommt."

„Ich muss aber etwas tun, um …"

„Um Unterbringung und Verpflegung zu bezahlen? Wolltest du das sagen? Keine Sorge." Er wollte ihren Stolz nicht verletzen und sie beruhigen, damit sie sich in Ruhe erholte. „Wenn du erst mein Arbeitszimmer gesehen hast, wirst du erkennen, wie sehr ich von unserer Abmachung profitiere."

Mit einem einzigen Schluck leerte er auch das zweite Glas Wasser, dann holte er sich aus dem Kühlschrank ein Mineralwasser und ging zur Tür. „Entspann dich erst mal ein paar Tage, ja? Amüsier dich, und hab etwas Spaß mit den Mädchen und Eddie. Sie können ein bisschen Abwechslung gebrauchen, und eine andere Frau bringt sie sicher auf neue Gedanken.«

Damit ging er und wünschte sich, er würde Lauren genug bedeuten, dass sie ihn nach den Mädchen und nach Eddie fragte. Warum vertraute sie ihm nicht genug, um sich zu erkundigen, welche Rolle sie hier auf der Ranch spielten? Gleichzeitig musste er sich eingestehen, dass er selbst nur zu feige war, um ihr diese Informationen von sich aus zu geben.

7. Kapitel

Lauren erholt sich, das sehe ich an ihren Augen. Mittlerweile lächelt sie öfter, und das liegt in erster Linie an den Mädchen. Und an Eddie. Sie haben ihr einen Grund gegeben, sich auf etwas anderes als ihren eigenen Kummer zu konzentrieren.
Eintrag aus Mark Remingtons Tagebuch

Lauren beschloss, auf Marks Vorschlag einzugehen und sich auf Sunrise heimisch zu fühlen. Dem Baby zuliebe musste sie innerlich zur Ruhe kommen. Deshalb setzte sie sich in den Schatten eines grünweißen Sonnenschirms und lobte die Mädchen für ihren Mut bei den ersten Schwimmversuchen am flachen Ende des Pools. Eddie ermutigte die beiden immer wieder zum Tauchen und dazu, die Luft unter Wasser anzuhalten.

Die beiden waren wirklich auffallend schöne Kinder, und Eddie und Mark liebten die zwei Mädchen ganz offensichtlich sehr. Immer wieder ging Lauren die Frage durch den Kopf, die sie seit dem Moment bewegte, als sie beim ersten Aufwachen auf Sunrise in diese blauen Kinderaugen gesehen hatte. Es ging sie zwar nichts an, aber sie konnte die Zwillinge nicht anschauen, ohne sich zu überlegen, ob Mark der Vater und Eddie die Mutter war.

Falls das stimmte, dann ergab alles keinen Sinn. Wenn Eddie und Mark die Kinder so sehr liebten, wie es den Anschein hatte, wieso bekannten sie sich dann nicht zu ihnen?

Lag das daran, dass sie, Lauren, hier war?

Das kam ihr lächerlich vor. Eddie war eine warmherzige und großzügige Frau, doch sie wirkte sehr selbstbewusst und ließ sich sicherlich nicht derartig von einer anderen Frau einschüchtern.

Lauren kam einfach nicht dahinter. Sie konnte sich kein Bild ausmalen, in das all diese Puzzlesteine hineinpassten. Und fragen wollte sie auch nicht, weil sie weder sich selbst noch anderen eingestehen wollte, dass das alles für sie so wichtig war. Deshalb schob sie all diese Fragen vorerst beiseite.

Später führten die Mädchen sie durchs Haus. Es erschien ihr riesig, und die Einrichtung strahlte liebevolle Wärme aus. Große Fenster, Terrakottafliesen und gewölbte Zimmerdecken unterstrichen den angenehmen rustikalen Charakter des Gebäudes. Lauren entspannte sich immer mehr, und sie war überzeugt davon, dass es an dem Haus liegen musste.

Als sie an einem der großen Fenster vorübergingen, blickte Lauren zu den Ställen, wo Mark gemeinsam mit den anderen Cowboys arbeitete. Nein, sagte sie sich sofort, mit ihm kann es nichts zu tun haben, dass es mir hier besser geht.

Zum Glück wurde ihr bei dem Rundgang Marks Zimmer erspart. Stattdessen landeten sie alle drei im Zimmer der Mädchen, und es fiel Lauren nicht schwer, zu erkennen, dass Pink die Lieblingsfarbe der Zwillinge war. Alles war in Pinktönen eingerichtet.

Dieses Zimmer war der Traum eines jeden Mädchens. Der Boden war himbeerfarben, und überall gab es pinkfarbene Rüschen. Selbst die Stofftiere waren allesamt pink und standen aufgereiht auf pinkfarbenen Regalböden. Unwillkürlich fragte Lauren sich, ob ihr Baby ein Mädchen oder ein Junge werden würde.

Sie hob einen Stoffelefanten hoch und drückte ihn an die Brust. Oh Nate, dachte sie. *Wie sehr habe ich mich danach gesehnt, dir dieses Kind zu schenken!*

Das lag nicht nur daran, dass sie wusste, wie sehr er sich ein Kind wünschte. Dieses Kind wäre eine Art Wiedergutmachung dafür gewesen, dass sie sich ihm niemals ganz rückhaltlos hingegeben hatte. Ihr Zusammenleben war sehr harmonisch gewesen, doch Lauren hatte es nicht geschafft, sich mit ihm völlig als Einheit zu empfinden. Jedem anderen gegenüber hätte sie ihre Ehe als glücklich bezeichnet, und das wäre auch keine Lüge gewesen, aber in ihrem Herzen hatte sie gespürt, dass sie eigentlich zu einer noch innigeren

Liebe fähig war, die sie Nate nicht entgegenbringen konnte. Und diese Erkenntnis hatte bei ihr zu einem ständigen Schuldgefühl gegenüber ihrem Mann geführt.

Nate dagegen hatte sie über alle Maßen geliebt und war immer davon überzeugt gewesen, dass das Beste für Lauren gerade gut genug war. Auch er hatte ihr gegenüber immer ein schlechtes Gewissen, weil er sich wünschte, dass Lauren mit ihm in einem Reichtum leben konnte, den er nicht besaß. Dass sein Bruder Mark viel mehr Geld besaß als er, hatte in ihm den Drang ausgelöst, Lauren mehr zu geben, als er sich leisten konnte.

In der Situation lag eine seltsame Ironie. Nate hatte immer versucht, ihr den Reichtum zu verschaffen, in dem sein Bruder lebte, und weil ihm das nicht gelungen war und er sich wegen dieses Wunsches hoch verschuldet hatte, war Lauren jetzt auf seinen Bruder angewiesen. Sie besaß keinen Cent und konnte im Moment für ihren Unterhalt und den ihres Kindes nur auf Marks Großzügigkeit hoffen.

Kurz vor dem Lunch machte sie einen Rundgang über das Grundstück, wobei sie sich von den Scheunen und Koppeln fernhielt, wo Mark mit den Cowboys die lebhaften Pferde zähmte.

Eddie erklärte ihr alles ausführlich, blieb mit ihren Informationen aber auf einer unpersönlichen Ebene. „Mark trainiert diese Pferde für Shows und für Hobbyreiter. Es fing nur als Spaß an, aber allmählich wirft es Gewinn ab. Man könnte annehmen, dass er etwas zur Ruhe käme, nachdem er acht Cowboys eingestellt hat, aber die Pferde sind seine große Leidenschaft. Er ist immer aktiv", fügte sie voller Stolz hinzu. „Und er behält die Kontrolle über jedes Stadium des Trainings."

Nach dem Lunch tat Lauren, was sie schon zu lange aufgeschoben hatte. Sie rief Nates Eltern an und berichtete ihnen, dass sie sich bei Mark gut eingelebt hatte. Sie verabredete mit den beiden ein Treffen in der nächsten Woche auf der Ranch. Als sie auflegte, freute sie sich zum ersten Mal nach Nates Tod darauf, seine Eltern zu sehen. Sie wollte ihnen von dem Baby erzählen, und sie wusste, dass diese Neuigkeit ihnen über den Verlust ihres Sohns hinweghelfen würde.

Als sie sie letzte Woche angerufen hatte, um ihnen mitzuteilen, dass sie vorübergehend nach Sunrise zog, hatten sie diese Nachricht sehr ruhig aufgenommen, doch das überraschte Lauren nicht wirklich. Weder ihre noch Nates Eltern wussten von dem Vorfall am Abend vor der Hochzeit. Und dank Mark würden sie auch nicht von den finanziellen Problemen erfahren, die Nate ihr hinterlassen hatte. Dafür war sie sehr dankbar. Es war schon schwer genug, den Tod eines Kindes zu verkraften. Wenn seine Eltern sich jetzt noch zusätzlich darüber Gedanken machen müssten, warum er so viele Schulden gemacht hatte, würde das ihren Kummer unnötig erschweren.

Die Remingtons freuten sich unbändig darüber, dass Lauren auf Sunrise war. Sie hofften, dass dadurch auch Mark ihnen wieder näherkam. Und natürlich waren sie froh, dass Lauren wenigstens eine Zeit lang nicht allein war.

Sie sahen darin ein Anzeichen dafür, dass Lauren ihr Leben wieder in die Hand nahm. Der Gedanke bereitete ihr Schuldgefühle. Wie konnte sie ihr Leben weiterführen, wenn Nates zu Ende war?

Erschöpft schlief sie ein und wachte nach einem tiefen erholsamen Schlaf wieder auf, ohne von einem Albtraum geweckt zu werden. Gestern Nachmittag war es genauso gewesen, doch Lauren wollte lieber nicht darüber nachdenken, weshalb das so war. Vielleicht hing es mit dem Ortswechsel von San Francisco nach Sunrise zusammen.

Als sie bemerkte, wie spät es schon war, wusch sie sich das Gesicht, kämmte sich schnell und ging in die Küche, um zu sehen, ob sie Eddie beim Dinner helfen konnte.

Eddie deckte gerade den Tisch und blickte auf, als Lauren ins Esszimmer kam. „Die kleinen Teufel haben Sie doch nicht wieder aufgeweckt, oder?"

„Nein, das haben sie nicht. Aber es wäre mir lieber gewesen. Ich wollte Ihnen beim Dinner helfen."

Eddie lächelte. „Sie sind in der Küche jederzeit herzlich willkommen, aber Sie brauchen mir nicht zu helfen. Ich koche gern, und bei den kleinen Portionen, die Sie essen, muss ich nicht einmal mehr als vorher kochen." Sie ging zurück zur Küche. „Wenn Sie mir aber wirklich helfen wollen, dann können Sie die Truppen zu Tisch rufen. Mark wäscht sich bereits, aber die Mädchen sind noch irgendwo draußen."

Lauren fand die Zwillinge im Garten. Die beiden waren eifrig damit beschäftigt, sich gegenseitig Zöpfe zu flechten.

„Lauren", riefen sie fröhlich, als sie sie entdeckten. Sofort vergaßen sie die Zöpfe, sprangen auf und ergriffen jede eine von Laurens Händen.

„Hast du schon deinen neuen Garten gesehen?", fragte Sonya.

„Meinen Garten?"

„Ja." Tonya nickte eifrig. „Onkel Mark hat ihn gepflanzt. Komm, sieh ihn dir an."

Sie führten sie hinter das Haus, wo kleine rechteckige Blumenbeete den dichten grünen Rasen wie bei einer Flickendecke unterbrachen. Im Halbschatten eines Gebüschs und eingerahmt von Trittsteinen war ein Rechteck frisch umgegraben worden.

„Siehst du?" Stolz stand Sonya vor dem kleinen Fleck, wo grüne Stängel aus dem Boden ragten. „Wir haben mitgeholfen."

„Genau. Onkel Mark sagt, dass du deine Lilien aus San Francisco vermisst. Deshalb hat er sie mitgebracht und hier für dich wieder eingepflanzt."

Sie blickte von den lächelnden Mädchen zu dem sorgfältig angelegten Beet. Dann sah sie zu Mark, der gerade auf der Suche nach ihnen um die Ecke kam.

„Wir haben ihr den Garten gezeigt, den du gemacht hast, Onkel Mark. Den mit ihren Lilien."

Eine Weile konnte Lauren Mark nur wortlos ansehen. Dieser wunderbare gut aussehende Mann war voller Überraschungen. Sie wollte ihn gern verachten, und hatte ihm in den vergangenen sieben Jahren zahllose Sünden unterstellt. Wie konnte dies derselbe Mann sein, der jetzt ein bisschen befangen wirkte, weil er dabei ertappt worden war, wie er ihre Lilien umgepflanzt hatte?

Er hob die Schultern. „Ich hätte es schade gefunden, sie zurückzulassen."

Gerührt stand Lauren da und war überwältigt.

Bevor sie die richtigen Worte fand, um sich zu bedanken, wandte er den Blick ab und sah zu den Mädchen. „Ich habe ein Gerücht gehört, dass es Schokoladenkuchen für alle gibt, die ihre Teller leer essen."

Sonya verdrehte genervt die Augen und verzog wissend das Gesicht. „Du weißt genau, was das bedeutet."

„Ja." Stöhnend trottete Tonya in Richtung Haus. „Brokkoli. Igitt!"

„Denkt lieber an den Kuchen, Kinder." Lächelnd folgte Mark ihnen zur Küche. „Man muss immer die positiven Seiten sehen."

„Bei Eddie gibt es immer einen Haken", beschwerte Sonya sich.

„Und nichts ist bei ihr umsonst", fügte Tonya hinzu.

Lauren musste lächeln. Sie folgte den anderen zum Haus und war in Gedanken noch bei ihrem Lilienbeet. Vielleicht hatte sie Mark bisher doch falsch eingeschätzt.

Lauren wusste gar nicht, wie es geschehen war, aber ein Monat ging vorbei. Und noch ein weiterer. Ihre Lilien erholten sich von der Umsetzung und blühten. Die beiden Mädchen waren begeistert von der Vorschule. Das Baby in Laurens Bauch wuchs und wurde immer kräftiger, als sie sich dem letzten Drittel ihrer Schwangerschaft näherte. Das Leben, das sie eigentlich nur erdulden wollte, bis sie wieder auf die Füße kam, nahm seinen eigenen angenehmen Rhythmus an, und trotz ihres Vorsatzes, sich innerlich von allem zu distanzieren, wurde Lauren ein Teil des Familienlebens auf Sunrise.

Abgesehen von den Fahrten in die Stadt, um Vorräte zu kaufen oder Erledigungen für Eddie zu machen, blieb Mark fast die ganze Zeit über auf der Ranch. Und es tauchte keine Frau auf, um ihre Ansprüche auf Mark geltend zu machen.

Normalerweise begleitete Eddie Lauren zu den Terminen beim Frauenarzt. Sie gingen auch zusammen einkaufen, egal, ob es sich um Lebensmittel oder Babykleidung handelte. Dafür bedienten sie sich großzügig aus der – wie Eddie es nannte – Haushaltskasse.

Lauren gab sich Mühe, nichts als Freude über das Zimmer zu empfinden, das sie als Kinderzimmer einrichtete. Bald hatte sie alles von der Wiege über den Wickeltisch bis zu Stramplern und Windeln beisammen. Dem Baby zuliebe versuchte sie, sich keine Gedanken wegen ihrer vollkommenen Abhängigkeit von Mark zu machen.

Der Abend brach über der Sierra herein. Wie jeden Abend seit zwei Monaten verließ Mark das Haus kurz nach dem Dinner. Eddie las im Arbeitszimmer, und Lauren hatte den Mädchen noch bei einem Projekt für die Schule geholfen. Jetzt sahen sie sich gemeinsam eines der Lieblingsvideos der Kinder an.

Lauren hatte sich schon fast an diese Unruhe gewöhnt, die sie regelmäßig überkam. Sie ging hinaus auf die Veranda und drehte das Gesicht in den Wind, der von Westen her wehte. Mit jeder Minute wurde es dunkler.

In der Ferne konnte sie einen einzelnen Reiter oben auf einem der Hügel sehen. An den breiten Schultern und der Neigung des Kopfes erkannte sie ihn so deutlich wie am Fingerabdruck. Es gab ihr zu denken, dass sie Mark in einer Menschenmenge herausfinden konnte und auch auf diese Entfernung genau wusste, dass er es war. Noch mehr beunruhigte sie die Erkenntnis, dass sie auf die Veranda gegangen war, um nach ihm Ausschau zu halten.

Zögernd gestand sie sich ein, dass sie das jeden Abend tat. Sie konnte nicht genau sagen, wann sie damit angefangen hatte. Und sie konnte sich nicht erklären, wieso es ihr mittlerweile so wichtig war.

Allerdings fühlte sie sich wie von einem Magneten hierhergezogen, um Mark jeden Abend zu beobachten. Das Bild, das sich ihr dann bot, war fast von klischeehafter Schönheit. Schwarz zeichnete

303

sich der Umriss des Reiters auf seinem Pferd vor der tief stehenden glutroten Sonne ab. Ein einzelner Mensch vor der weiten Ebene der rauen Schönheit der Sierra. Die Einsamkeit dieses Menschen hatte Lauren sich niemals eingestehen wollen, und seine Bedürfnisse würde sie niemals verstehen.

Sie wandte sich ab und wollte die Gefühle, die sie erfüllten, nicht weiter beachten. Sie konnte diese Empfindungen nicht einordnen. Anscheinend hatte sie die vergangenen Tage doch nicht so ziellos durchlebt, wie sie es sich vorgenommen hatte. Sie war zutiefst verunsichert.

Sachte legte sie die Hände auf ihren gerundeten Bauch und ließ sich von dem Gedanken an das Baby beruhigen. Sie begriff die Sehnsüchte nicht, die sie empfand. Einerseits sehnte sie sich nach dem Mann, der verstorben war. Doch noch mehr sehnte sie sich nach dem einsamen Reiter hier in der Sierra.

An jenem Abend ging sie – genau wie an den folgenden Abenden – beunruhigt zu Bett. Jede Nacht lag sie lange wach im Dunkeln und horchte auf die Geräusche. Denn in diesem Haus, in dem Lauren sich von Tag zu Tag mehr heimisch fühlte, gab es noch andere Menschen.

Erst als sie schon fast ein Vierteljahr auf Sunrise lebte, gestand sie sich endlich ein paar Dinge ein. Sie war nicht für ein Leben in Einsamkeit geschaffen. Sie wollte wieder Teil einer Familie sein, und sie war es leid, nur eine Randfigur im Leben der Zwillinge zu sein. Es war ihre eigene Schuld, dass sie über so vieles nicht Bescheid wusste. Auch von Eddie wusste sie kaum etwas, abgesehen davon, dass sie eine freundliche und großherzige Frau war. Das konnte Lauren nicht leugnen, selbst wenn Eddie sich als Marks ehemalige Geliebte entpuppen würde.

Jetzt waren die beiden kein Liebespaar, da war Lauren sich ganz sicher. Allerdings begriff sie nicht ganz, wieso dieses Wissen sie so erleichterte. Sie hatte die beiden zusammen erlebt. Es herrschte eine tiefe Zuneigung zwischen den beiden, und die beiden hatten eine gemeinsame Vergangenheit, doch Lauren hatte sich fest vor-

304

genommen, nicht die Fragen zu stellen, die Eddie ihr sicher liebend gern beantwortet hätte. In diesem Falle wäre Wissen nicht Macht, sondern Schwäche. Je mehr sie erfuhr, desto mehr würde sie wissen wollen, und das bedeutete lediglich, dass sie noch mehr Anteil an Marks Leben nahm.

Oft ertappte sie Mark dabei, wie er sie beobachtete. Erst gestern Abend hatte Lauren nach dem Dinner seinen Blick gespürt und ihm in die Augen gesehen. In diesem kurzen Moment hatte sie ein Verlangen und eine Einsamkeit an ihm erkannt, die sie zu Tränen gerührt hätte, wenn sie es zugelassen hätte. Eine Sekunde darauf war sein Blick jedoch vollkommen ausdruckslos geworden, und sein flüchtiges Lächeln wirkte aufgesetzt.

Lauren drehte sich auf die Seite und blickte in die Dunkelheit. Sie kämpfte gegen ein körperliches Verlangen an, das sie sich nicht erklären konnte und für das sie sich schämte.

Wie konnte sie bloß auf diese Weise an Mark denken? Sie begehrte ihn mit schmerzlicher Intensität, dabei lag ihr Ehemann tot in der Erde. Wieso bloß verzehrte sie sich nach Mark, während sie Nates Kind unter dem Herzen trug? In nicht einmal drei Monaten würde das Baby auf die Welt kommen.

Doch Mark rührte sie immer wieder. Er war so liebevoll zu den Mädchen, und den Arbeitern gegenüber zeigte er sich immer großzügig. Zu jedem, der auf der Ranch lebte, hatte er ein ganz besonderes Verhältnis. Einige der Leute kannte er noch aus seiner Zeit als Rennfahrer. Von Eddie hatte Lauren erfahren, dass diese Männer allesamt Pech gehabt hatten und einen Ort suchten, wo sie wieder auf die Beine kommen konnten, ohne dabei ihren Stolz zu verlieren.

Von Mark bekamen sie noch mehr, denn er gab ihnen einen Job und lud sie zu sich zum Dinner an seinen Tisch ein. Er gab ihnen die Würde zurück.

Genau wie bei mir, dachte Lauren.

Anfangs hatte sie sich ihm gegenüber ganz bewusst nicht freundlich verhalten. Sie wollte sich nicht eingestehen, dass er ein großzügiger Mensch war. Allmählich akzeptierte sie diese Wahrheit, und dadurch gelangte sie an den schwierigsten Punkt, mit dem sie sich beschäftigen musste.

Obwohl es keinen Sinn ergab und sie sich dadurch fühlte, als würde sie Nate hintergehen, hatte Lauren wirklich geglaubt, dass Mark sie hierher mitgenommen hatte, weil er sie hier bei sich haben wollte. Nach drei Monaten höflicher Distanz konnte sie allerdings die Tatsachen nicht länger leugnen. Er hatte sich lediglich verpflichtet gefühlt, sie mit nach Sunrise zu nehmen.

Für ihn war sie nicht anders als die ganzen Leute, die hier auf der Ranch Zuflucht suchten. Für ihn war sie ein Mensch mit einem Problem. Lauren hatte ihn immer als einen Mann gesehen, der andere ausnutzte und ihr Vertrauen enttäuschte. Doch im Grunde war er jemand, der keiner Fliege etwas zuleide tun konnte.

Lauren kam sich wie eine arme Seele vor, derer er sich großzügig annahm.

Es war überhaupt keine Sehnsucht, die sie in seinem Blick sah. Es war Pflichtgefühl. Diese Erkenntnis tat ihr mehr weh als die Tatsache, dass sie auf ihn angewiesen war.

Sie brauchte Mark wirklich, so wenig ihr das gefiel. Und wenn sie sich selbst gegenüber ganz ehrlich war, musste sie sich eingestehen, dass sie ihn mehr brauchte, als sie Nate jemals gebraucht hatte. Diese Wahrheit war für ihren Stolz nur schwer erträglich.

Die leuchtende Oktobersonne schien durch die Verandatür, als Lauren am nächsten Morgen in Strümpfen in die Küche ging. Der Herbst in Kalifornien war schon recht kühl, und Lauren war froh, zu ihren weißen Leggins einen dicken hellblauen Pullover angezogen zu haben.

Als sie allerdings an der Küchentür ankam, wurde ihr durch den Anblick, der sich ihr bot, wärmer als im Hochsommer.

Sie verschränkte die Arme über dem gewölbten Bauch und stand wie gebannt da. Am Unterarm verspürte sie den kräftigen Tritt ihres gesunden Babys, und sie musste deswegen genauso lächeln wie wegen der Dinge, die in der Küche vor sich gingen.

Die Zwillinge saßen nebeneinander auf der Tischkante. Mark saß auf einem Stuhl direkt vor ihnen und hatte die Augenbrauen konzentriert zusammengezogen. In einer Hand hielt er Tonyas nackten Fuß. Die Beine hatte er weit gespreizt, und den Cowboyhut hatte er sich in den Nacken geschoben. Gerade tauchte er den Pinsel in das Töpfchen mit pinkfarbenem Nagellack.

„Jetzt halt still, du Wackelwurm, oder ich streiche dir am Ende noch die Nase statt der Fußnägel an. Wenn die noch kleiner wären, müsste ich mit Mikroskop arbeiten."

Sonya saß neben ihrer Schwester und stützte das Kinn auf einen Unterarm, während sie mit der anderen Hand gelangweilt an ihrem Zopf drehte. „Beeil dich, Onkel Mark. Eigentlich sollte ich zuerst drankommen."

Missmutig brummte er, als Sonya ungeduldig mit den Beinen hin und her schwang. „Wenn du nicht aufs Klo gemusst hättest, hättest du dich nicht wieder hinten anstellen müssen. Ach, Mist, Tonya, jetzt halt doch still. Sieh bloß, was ich jetzt deinetwegen gemacht habe."

Tonya verdrehte die Augen. „Eddie kann das viel besser als du."

„Und wieso wartet ihr dann nicht, bis Eddie aus der Stadt zurück ist?", regte er sich auf.

„Weil sie dann zu beschäftigt ist, um uns die Nägel zu lackieren", erklärte Tonya langsam und geduldig, während ihre Schwester zustimmend nickte. „Und du hast uns versprochen, es zu machen, Onkel Mark. Weil Eddie heute keine Zeit dafür hat."

„Weshalb konnte das denn nicht bis morgen warten?" Wieder stieß er unwillig die Luft aus, während er sich noch weiter vorbeugte und mit seinen großen Händen versuchte, die winzigen Fußnägel sorgfältig in grellem Pink zu lackieren.

„Morgen kocht sie Marmelade und backt Plätzchen, die sie fürs Erntedankfest einfriert. Dann essen wir auch einen riesigen fetten Truthahn." Beide Mädchen lachten lauthals los.

Lauren hatte Mark schon oft erlebt, wie er den Mädchen Geschichten vorlas oder ein Brettspiel mit ihnen spielte. Er kitzelte und streichelte die beiden, und oft sah sie ihn beim Zöpfeflechten. Wenn sie sah, wie behutsam er mit seinen kräftigen Fingern die einzelnen Haarsträhnen flocht, verspürte sie in ihrem Herzen immer einen Stich.

Allerdings hatte sie ihn noch nie als Fußpfleger erlebt, und ihre tiefe Rührung verriet ihr, dass sie diesen Moment so schnell auch nicht vergessen würde.

Und erst recht würde sie nicht sein Gesicht vergessen, als er bemerkte, dass er beobachtet wurde.

Er drehte den Kopf zu ihr, lief knallrot an und konzentrierte sich dann wieder ganz auf die zuckenden Zehen in seiner Hand. „Ich weiß gar nicht, wieso ich mich immer wieder zu solchen Sachen überreden lasse", murmelte er.

Lauren wusste das umso besser. Die Mädchen wussten genau, dass sie ihn zu allem Möglichen überreden konnten. Er konnte ihnen nichts abschlagen. Für Menschen, die er liebte, würde er alles tun. Das bedeutete auch, dass er einen Bruder, den er liebte, verließ, um ihm keinen Kummer zuzufügen.

Es hatte lange gedauert, bis Lauren das erkannt hatte, und jetzt versuchte sie, die Bedeutung dieser Tatsache zu verkraften.

„In Ordnung, du bist fertig."

Marks Stimme riss sie aus ihren Gedanken. Er drehte Tonyas Fuß von einer Seite zur anderen und blies vorsichtig auf die Zehen, damit der Nagellack trocknete, während er sein Werk begutachtete.

„Jetzt ich", befahl Sonya und hopste vor Aufregung auf der Tischkante herum. Prompt stieß sie mit dem Fuß an Marks Nase.

Knurrend biss er sanft in den Fuß, worauf Sonya kicherte und jauchzte und so sehr zappelte, dass sie Tonya fast vom Tisch stieß. Geschickt hielt Mark beide Mädchen fest und holte tief Luft.

„Was tue ich nicht alles der Eitelkeit der Frauen zuliebe! Jetzt gib mir deinen Fuß, Kleines. Und diesmal in die Hand und nicht ins Gesicht."

Wieder kicherten die beiden Zwillinge.

„Möchte jemand einen Saft?" Mühsam unterdrückte Lauren ein Lächeln, während sie zum Kühlschrank ging.

„Ich!", schrien beide Mädchen.

Als Lauren mit vier vollen Gläsern auf einem Tablett zum Tisch kam, glänzten alle zehn Zehen bei Sonya in demselben Pink wie bei ihrer Schwester.

„Schön", stellte Lauren anerkennend fest, als die Zwillinge sie erwartungsvoll ansahen. Und weil Mark so verlegen wirkte, konnte sie sich die Bemerkung nicht verkneifen: „Ich finde, euer Onkel Mark sollte das von jetzt an immer übernehmen."

„Niemand hat dich nach deiner Meinung gefragt", beschwerte er sich, konnte aber ein Lächeln nicht verbergen, als sie ihm den Saft reichte.

Seit Lauren sich auf der Ranch eingelebt hatte, herrschte zwischen Mark und ihr eine entspannte Atmosphäre. Mit der Zeit gingen sie unverkrampfter miteinander um, und diese Gelassenheit war für Lauren gleichermaßen neu und auch vertraut. Doch sie versuchten nach wie vor, eine gewisse Distanz zueinander zu bewahren.

„Du solltest Laurens Zehen auch anmalen, Onkel Mark."

„Ja", stimmte Tonya zu. „Onkel Mark. Mach Laurens Zehen auch so schön wie unsere. Das möchtest du auch, oder, Lauren?"

„Oh." Sie blickte Mark in die Augen. Er sah sie abwartend an und schien gespannt, was sie jetzt antwortete. „Tja, so gern ich auch so schöne Zehen wie ihr hätte, muss ich doch sagen, dass euer Onkel Mark auf mich einen erschöpften Eindruck macht. Du bist doch erschöpft, oder, Onkel Mark?" Die Frage gab ihm schon vor, dass er zustimmen sollte.

Mark setzte sich allerdings aufrecht auf seinen Stuhl, und sein Blick bekam einen hintergründigen Ausdruck. Diesen Blick hatte Lauren schon lange nicht mehr bei ihm gesehen, doch sie erkannte ihn sofort wieder. Es lag eine Herausforderung darin, und er wirkte wie der Junge von damals, wenn er einen Streich ausgeheckt hatte.

309

„Ach, so müde bin ich gar nicht", widersprach er gespielt unschuldig. Ohne den Blick von Lauren zu wenden, prostete er ihr mit dem Glas zu und trank einen tiefen Schluck. „Ein Mal Nägellackieren liegt durchaus noch in meinen Kräften."

Die Art, wie er sie mit diesen funkelnden Augen ansah, und sein vielsagendes Lächeln versetzten Lauren in eine Zeit zurück, als zwischen ihnen beiden noch alles in Ordnung gewesen war. Einen Moment lang vergaß sie, dass sie in seiner Nähe ihre Gefühle strikt im Zaum halten wollte. Sie dachte nicht mehr daran, dass sie trotz seiner Rücksichtnahme auf ihren Stolz für ihn nichts als ein Wohltätigkeitsprojekt war. In diesem Augenblick wusste sie nicht einmal mehr, aus welchem Grund sie sich innerlich von ihm fernhalten wollte.

„Na, bei so einer charmanten Aufforderung ..." Sie wollte vor dieser Herausforderung nicht zurückweichen, und sie verdrängte jeden Gedanken daran, wieso sie nachgab. „Wie könnte ich da ablehnen?"

Ohne den Blick von ihren Augen zu nehmen, zog er mit dem Stiefel einen Stuhl vom Tisch weg und gab ihr zu verstehen, sich dort hinzusetzen.

Langsam breitete sich ein strahlendes Lächeln auf seinem Gesicht aus, und er hob die Flasche mit Nagellack, drehte sie fest zu und schüttelte sie kräftig. „Von mir aus kann's jederzeit losgehen, Lauren", stellte er leise und mit leicht heiserer Stimme fest.

Lauren zögerte und überlegte etwas zu spät, ob das, was sie vorhatte, wirklich klug war. Er mochte bereit sein, aber Lauren war sich nicht sicher, ob sie es war. Er würde sie berühren, und bisher hatte sie so gut wie möglich jede Berührung vermieden.

Trotzdem setzte sie sich auf den Stuhl, wie es von ihr erwartet wurde. Ganz langsam hob sie den linken Fuß und zuckte leicht zusammen, als Mark die Hand ausstreckte und ihre Ferse umfasste.

Lauren hielt einen Moment die Luft an, dann zwang sie sich, ruhig durchzuatmen. Doch kaum schaffte sie das wieder, spürte sie eine intensive Wärme, die sich in Sekundenschnelle in ihrem ganzen Körper ausbreitete. Als Mark ihr ganz langsam die Socke auszog, musste Lauren sich auf die Unterlippe beißen, um nicht laut aufzustöhnen.

Sie bekam nicht mehr mit, was um sie herum geschah. Die Zwillinge saßen neben ihr auf der Tischkante und redeten pausenlos. Lauren hörte ihre Stimme und konnte auch einzelne Worte ausmachen, aber sie verstand nichts von dem, was die Mädchen erzählten. Sie brauchte ihre ganze Konzentration, um nicht vom Stuhl zu rutschen, als Mark ihr ganz behutsam die Fußsohle zu massieren begann. Bei den Mädchen war er sehr vorsichtig gewesen, und jetzt legte er unendliche Zärtlichkeit in die Berührung.

Sie bog die Zehen nach unten und hörte ein leises Stöhnen. Anscheinend hatte sie selbst gestöhnt, denn Mark hob den Kopf. Er hatte den Hut wieder etwas weiter in die Stirn gerückt, doch Lauren sah seine zusammengezogenen Augenbrauen. „Habe ich dir wehgetan?"

„Nein, nein. Ich bin nur ein bisschen kitzelig." Jedes Wort kostete sie große Anstrengung, und sie stieß erleichtert die Luft aus, als Mark den Kopf wieder senkte und ihren Fuß in Richtung seines Schoßes zog.

Mühsam unterdrückte Lauren ein weiteres Stöhnen, als er ihren Fuß auf seinen Schenkel legte.

Überdeutlich spürte sie jede seiner Berührungen, als er sanft ihren Fuß auf seinem festen, muskulösen Schenkel in die richtige Position brachte.

Durch den Jeansstoff hindurch spürte sie die Hitze seiner Haut, und sein ganzer Körper strahlte eine kraftvolle Ruhe aus.

Lauren wusste gar nicht, wohin sie sehen sollte, als Mark das Lackfläschchen aufschraubte. Sie war sich nicht einmal sicher, ob sie überhaupt noch atmen konnte. Nie im Leben hätte sie sich träumen lassen, dass es so erregend sein konnte, wenn ein Mann nur ihre Füße berührte.

Von Neuem durchströmte es sie. Von ihrem Fuß ihr Bein hinauf bis zu den Brüsten und wieder hinunter bis zwischen ihre Schenkel.

Diese plötzliche Erregung erschreckte Lauren. Wie schaffte Mark es nur so spielend leicht, diese intensiven Gefühle in ihr zu wecken? Nur mit der harmlosen Berührung seiner Hand und mit der männlichen Ausstrahlung seines Körpers. Ein verbotener Kuss damals im Sommer am Strand vor langer Zeit reichte als Erinnerung aus.

Lauren schloss die Augen, um diesen Ansturm der Empfindungen zu stoppen, doch dadurch wurde alles noch schlimmer. Ihre Fantasie ging mit ihr durch, und sie malte sich aus, dass Marks Hände ihren Schenkel hinaufglitten. Langsam würde er zu den Innenseiten streichen und behutsam ihren gewölbten Bauch berühren. Neugierig und zugleich zärtlich würde er ihre vollen Brüste liebkosen, und mit dem Geschick eines erfahrenen Liebhabers würde er die geheimsten Winkel ihres Körpers erkunden. Unendlich zärtlich würde er sie dort liebkosen. Immer weiter, bis sie …

„Du bist fertig."

Sie riss die Augen auf und blinzelte verwirrt, während sie versuchte, sich wieder in den Griff zu bekommen.

„Lauren?"

Sein Griff an ihrem Fußknöchel lockerte sich, während er ihren nackten Fuß mit den schreiend pinkfarbenen Nägeln von seinem warmen Schenkel wieder vorsichtig auf den Boden herabließ.

„Lauren?" Besorgt sah er sie an. „Ist alles in Ordnung mit dir?"

„Bestens." Sie rappelte sich vom Stuhl hoch und geriet ins Wanken.

Sofort sprang Mark auf und griff sie am Arm. Erschrocken sah Lauren ihm in die Augen und erkannte sofort, wieso er nicht fragte, was mit ihr los war.

Ihre geröteten Wangen waren ein todsicheres Zeichen. Mark kannte sich bei Frauen zu gut aus, um Laurens Verlegenheit falsch zu deuten. Es war körperliche Erregung, auch wenn Lauren das noch so vehement bestreiten würde.

Sie wandte den Blick ab. „Ich muss los."

„Aber Lauren! Onkel Mark muss doch noch deinen zweiten Fuß lackieren. Du kannst doch jetzt nicht einfach weg!"

Zärtlich strich sie Sonya über die Wange. „Später, meine Süße. Das können wir später beenden."

Damit ging sie aus der Küche. So schnell wie möglich wollte sie Abstand zwischen sich und Mark bringen. Abwechselnd erklang auf dem Fliesenboden das Geräusch ihres frisch lackierten Fußes und des Fußes im Strumpf.

8. Kapitel

*Ich habe bei Lauren einen großen Fehler gemacht. Und sie ist
zu einsam, um das Offensichtlichste zu erkennen. Nicht ich
bin es, nach dem sie sich sehnt. Und wenn ich auch nur ein
halbwegs anständiger Mensch wäre, würde ich dafür sorgen,
dass Lauren das versteht.*

Eintrag aus Mark Remingtons Tagebuch

Sie hatte sich nach ihm gesehnt.

Seit zwei Nächten lag Mark stundenlang schlaflos im Bett,
starrte auf den Mond und dachte an diesen Nachmittag. Immer
wieder ging ihm durch den Kopf, wie Lauren reagiert hatte, und
allein die Erinnerung erregte ihn unsagbar.

Ruhelos drehte er sich auf den Rücken, schlug auf das Kopfkissen und spürte Laurens Verlangen fast körperlich wie eine verzeh-
rende Hitzewelle.

Und jetzt? Lag sie jetzt auch wach im Bett und konnte vor Begierde nicht schlafen, so wie er? Oder hasste sie ihn dafür, dass er
diese Empfindungen in ihr geweckt hatte?

Was für eine Rolle spielte das schon? Es würde sich sowieso
nichts daraus entwickeln. Es hätte gar nicht erst geschehen dürfen.

Was habe ich mir dabei nur gedacht? fragte er sich. *Ich habe sie
dazu gedrängt, obwohl sie für solche Spielchen gar nicht bereit war.
Es muss daran gelegen haben, dass sie so entspannt wirkte. Sie hat
so glücklich gelächelt und bei dem Spaß mitgemacht. Offenbar hat
sie ihre Vorsicht vergessen und deshalb meine Herausforderung
angenommen. Und was mache ich? Ich gehe zu weit.*

Die Fußnägel lackieren! Er stieß die Bettdecke zurück und
setzte sich hin. Dann legte er die Hände vors Gesicht. Sobald er

die Augen schloss, sah er Laurens zierliche Zehen vor sich. Ihre schlanke Wade. Er merkte wieder ihr leichtes Zittern und sah in Gedanken vor sich, wie sie errötete. Und wieder spürte er diese triumphierende Erkenntnis, dass sie ihn in diesem Moment genauso begehrte wie er sie.

Das war vor zwei Tagen gewesen.

Ruhelos nahm er seine Jeans vom Stuhl neben dem Bett und zog sie an. Er sah aus dem offenen Fenster und rieb sich das Gesicht. Dann zog er sich ein Hemd an. Er musste sich bewegen.

Es war Mitternacht, und über Sunrise war der Himmel wolkenlos, doch in einiger Entfernung tobte ein Sturm. Über den Bergen hingen dicke schwarze Wolken. Lautlos verließ Mark sein Zimmer und ging den Flur entlang. Laurens Zimmertür stand offen. Mark blieb stehen, und nach kurzem Zögern sah er hinein.

Ihr Bett war leer, und die Tür zur Veranda war geöffnet.

Er redete sich ein, es nur zu tun, weil er besorgt war. Leise betrat er das Zimmer und ging direkt zur Veranda. Dort fand er sie.

Im sanften Licht des Mondes stand Lauren da, barfuß, genau wie Mark. Ihr weißes Nachthemd leuchtete vor den dunklen Umrissen der Bäume.

Sie sah so umwerfend schön aus, dass Mark schlucken musste. Lauren wirkte verloren, verletzlich und einsam. Er wollte sie in die Arme nehmen und mit seiner Kraft trösten, bis sie allen Kummer vergaß. All ihren Schmerz wollte er in sich aufnehmen, damit sie endlich innerlich wieder zur Ruhe kam.

Er wollte sie zu sich ins Bett holen und ihr mit seinen Zärtlichkeiten zeigen, dass es immer noch Liebe für sie gab, wenn auch nicht mit dem Mann, nach dem sie sich sehnte.

Dieser Mann würde er niemals sein. Körperlich fühlte sie sich vielleicht zu ihm hingezogen, aber er würde nie derjenige sein, nach dem sie sich wirklich sehnte. So nahe würde er ihr niemals stehen.

Deshalb sonderte er sich in letzter Zeit auch von ihr ab. Jeden Tag arbeitete er lange mit den Pferden und ritt vor Sonnenuntergang noch aus. Sein Arbeitszimmer betrat er so gut wie gar nicht mehr, seit Lauren dort alle Unterlagen ordentlich sortierte.

Bis vor zwei Tagen. Dieses eine zufällige Treffen hatte seinen Entschluss, sich von ihr fernzuhalten, untergraben. Dabei hatte Mark doch nur so etwas verhindern wollen, was in der Küche geschehen war.

Nun, solche Vorfälle ließen sich vermeiden. Er legte es nicht auf eine Wiederholung an, und mit ziemlicher Sicherheit wollte Lauren das auch nicht. Mark wandte sich zum Gehen.

„Geh nicht", flüsterte sie so leise, dass er nicht genau wusste, ob er sich die Worte eingebildet hatte – oder ob Lauren es tatsächlich gesagt hatte.

Über die Schulter hinweg sah er sich um. Lauren beobachtete ihn, und aus ihrem Blick sprach Sehnsucht.

Anstatt sich zurückzuziehen, ging er einen Schritt auf sie zu. Aber irgendetwas stimmte nicht. Prüfend musterte er ihr Gesicht. „Ist alles in Ordnung mit dir?"

Ihr Lächeln wirkte gezwungen. Sie hob das Kinn, schloss die Augen und schüttelte langsam den Kopf. Ein Anflug von Panik lag in ihrem Lächeln. Dann sprach sie sehr schnell, als wolle sie in ihrer Verzweiflung alles schnell herausbringen, bevor sie sich wieder unter Kontrolle bekam.

„Ich bin jetzt neunundzwanzig und weiß immer noch nicht genau, was ich will. Ich weiß nicht einmal genau, wer ich bin. Ich denke, wir können uns darauf einigen, dass mit mir nicht alles in Ordnung ist."

In der Dunkelheit suchte sie nach seinem Blick und versuchte, wieder ein Lächeln aufzusetzen. Als ihr das misslang, wandte sie den Blick schnell ab. Mark sagte nichts, hatte jedoch den Entschluss, ihr Zimmer zu verlassen, wieder aufgegeben.

„Ich kann nicht sagen, was mich hierher gebracht hat." Zitternd atmete sie durch und strich über einen geschnitzten Balken. „Natürlich weiß ich, wie ich nach Sunrise gekommen bin. Aber ich bin an einem Punkt in meinem Leben angelangt, wo ich nicht mehr weiß, welchem Teil von mir ich noch vertrauen kann."

Sie hob die Hand, ließ sie aber wieder kraftlos sinken. „Wie konnte das alles geschehen? Wie kann das einzige Kind liebevoller Eltern so vereinsamen?"

Schweigend wartete Mark ab. Er wusste keine Antwort, obwohl er nachempfinden konnte, was in ihr vorging.

Sie ließ alles Revue passieren. Lauren überdachte ihre Vergangenheit und versuchte, ihrem Leben eine neue Richtung zu geben. Deshalb sagte er nichts, denn er spürte, dass Lauren selbst alles aussprechen würde, was für sie wichtig war.

Seufzend verschränkte sie die Arme vor der Brust und neigte den Kopf nach hinten, um den Mond anzusehen. „Ich bin in einer Gegend aufgewachsen, wo der Rasen gepflegt wird, wo es alte Bäume gibt und wo wir nach Einbruch der Dunkelheit Räuber und Gendarm spielen konnten, ohne Angst vor Entführern oder Schießereien haben zu müssen. Mein ganzes Leben lang wurde ich behütet, und das Einzige, was diese Idylle störte, war der Junge, den die Nachbarn adoptierten."

Mark betrachtete ihr wie Gold schimmerndes Haar, das ihr offen auf den Rücken fiel, und wartete ab, was Lauren noch alles herauslassen würde.

„Er hieß Mark." Sie sah ihm wieder ins Gesicht und suchte seinen Blick. Ihre Offenheit rührte ihn, und sein Herz schlug schneller. „Anfangs warst du für alle nur ein exotisches Wesen, doch dann wurdest du mein Freund." Unruhig trat sie hinaus in den Garten, ging zu einem Springbrunnen und setzte sich auf den Beckenrand. In Gedanken versunken fuhr sie mit der Hand durch das Wasser. „Schon immer hat deine wilde Art mich fasziniert. Du warst aufbrausend, und es kam mir so vor, als könntest du jeden Moment einen Wutanfall bekommen. Fast jeden Abend habe ich im Bett gelegen und deinetwegen geweint."

Bei ihrem eindringlichen Blick bekam er kein Wort heraus. Auch er erinnerte sich an Lauren als achtjähriges Mädchen. Immer hatte sie ihn aus ihren großen braunen Augen eindringlich angesehen, und sie war der erste Mensch gewesen, der seinetwegen weinte.

„Als meine Eltern mir erzählten, dass du ein schlimmes Zuhause gehabt hattest, deinen Vater nicht kanntest und dass deine Mutter sich nicht um dich kümmerte, brachte mich das zum Weinen. Sie sagten, manchmal hättest du nicht einmal etwas zu essen gehabt oder ein warmes Bett. Kein Mensch hat dich in den Arm genommen, stattdessen bekamst du nur Schläge." Sie verstummte einen Moment.

Mark rieb sich das Kinn und durchlebte noch einmal die Zeit, bevor er zu den Remingtons gekommen war. Dann fiel ihm wieder Laurens trauriger Blick ein. Schon damals hatte er angefangen, sich in sie zu verlieben.

„Ich weiß noch, wie ich dir einmal erzählt habe, dass ich deinetwegen geweint habe." Bedrückt lächelte sie. „Du sagtest, dass niemand deinetwegen zu weinen brauche. Du hast dich aufgeführt, als seist du wütend auf mich, und das hat mir sehr wehgetan. Aber nach einer Weile kamst du wieder zu mir, und da wurden wir richtige Freunde. Und Nate war für dich wie ein richtiger Bruder."

Mark streckte den Arm aus und erfasste den tief hängenden Zweig eines Obstbaums, an dem noch Früchte hingen. „Das ist sehr lange her, Lauren." In der Stille der Herbstnacht klang seine Stimme laut und unsicher.

Doch Lauren hörte ihm gar nicht zu. Sie war in Gedanken in der Vergangenheit und versuchte, die tief vergrabenen Erinnerungen wieder zum Leben zu erwecken.

„Mehr als einmal hast du für mich gelogen." Lächelnd hob sie einen Mundwinkel. „Mit kleinen Notlügen hast du mir viel Ärger erspart. Mir kam es damals vor, als seist du ein selbstloser Ritter, der jeden Mut der Welt besitzt. Du warst mein Freund, und der bist du geblieben. Bis zu der Nacht, bevor ich Nate heiratete."

Mark wollte etwas erwidern, doch alles, was ihm einfiel, kam ihm zu oberflächlich vor. Außerdem war es für Erklärungen viel zu spät.

„Ich weiß immer noch nicht genau, was damals geschah." Das klang aufrichtig ratlos. „Wir hatten Spaß und haben ein bisschen

Dampf abgelassen. Ich war froh, dass du mich aus dieser Feier geholt hast. Ich war nervös wegen der Hochzeit und etwas gereizt. Das geht bestimmt den meisten Bräuten am Tag vorher so. Mehr steckte nicht dahinter, da bin ich mir sicher."

Sie unterbrach sich und strich mit dem Finger über die Lippen. „Aber dann hast du mich geküsst. Nur damit es mir wieder besser geht. Und ich habe es zugelassen. Wieso, das weiß ich heute nicht mehr. Es ist eben geschehen. Dann wolltest du mehr als nur diesen Kuss."

Bei der Erinnerung daran musste er schlucken. Nur zu gut wusste er noch, wie nachgiebig und hingebungsvoll Lauren reagiert hatte. Und viel zu spät war ihm damals eingefallen, dass sie seinem Bruder versprochen war.

„Ich wollte es auch", gestand sie flüsternd. „Ich habe mir eingeredet, es läge daran, dass du so nett warst und ich mir solche Sorgen gemacht habe. Ich sagte mir, dass ich dich nicht aufhalten konnte. Aber in Wahrheit hätte ich dir jederzeit sagen können, dass du aufhören solltest." Lauren seufzte und senkte den Kopf. „Es hat mir besser gefallen als alles, was zwischen Nate und mir bis dahin gewesen war. Und zugleich hat es mir Angst gemacht."

Mark hielt den Atem an und konnte sich nicht rühren.

„Deshalb bin ich weggelaufen. Ich bin vor dir geflüchtet, weil ich Angst hatte. Am nächsten Tag heiratete ich Nate und versprach ihm, ihn immer zu lieben und zu ehren und allen anderen Männern zu entsagen. Leider ...", ihre atemlos hervorgestoßenen Worte ließen Mark den Kopf heben, und sein Puls fing an zu rasen, „... leider gab es immer einen anderen. Und der warst du."

Tränen standen ihr in den Augen, und Mark hielt es keine Sekunde länger aus. „Lauren, tu das nicht. Bitte lass das."

Aber sie konnte das Weinen nicht unterdrücken. Und im selben Moment erkannte Mark, dass keine Macht der Welt Lauren jetzt daran hindern konnte, zusammen mit den Tränen all das herauszulassen, was sie seit Jahren bedrückte.

„Ich konnte dich nicht vergessen." Es klang fast wie ein Schluchzen. „Ich konnte nicht aufhören, an dich zu denken, obwohl ich es versucht habe." Sie hielt kurz inne. „Ich habe es versucht, aber tagsüber und auch nachts, wenn Nate und ich uns liebten, habe ich an dich gedacht. Es kam mir vor, als würde ich euch beide gleichzeitig betrügen. Indem ich an dich dachte und bei ihm lag."

Mark ging zu ihr und zog sie in die Arme, weil er ihren verzweifelten Blick nicht länger ertragen konnte.

Mit beiden Fäusten krallte Lauren sich an seinem Hemd fest und drückte das Gesicht an den Stoff. „Manchmal hoffte ich, ich könnte mit dir reden und alles klären. Damit ich alles im richtigen Verhältnis sehe. Aber du warst nicht da. Wie üblich bist du weggelaufen."

Es tut mir leid, es tut mir leid, dachte er immer wieder, aber das war zu wenig, und es kam viel zu spät.

„Nate hat nie gefragt, wieso du weggegangen bist. Er wollte auch nie wissen, weshalb ich nachts manchmal hochschreckte und aus dem Bett stieg. Dann habe ich an dich gedacht und mich dafür gehasst."

Unvermittelt stieß sie ihn von sich, als habe sie gerade erst erkannt, dass sie sich an Mark wandte, ohne es wirklich zu wollen. „Ich war ihm gute Ehefrau und habe mir mit ihm zusammen ein Zuhause aufgebaut. Ich habe ihn geliebt, so gut ich konnte. Und er hat mich zweifellos auch geliebt." Sie wirkte einsam und verzweifelt. „Kein einziges Mal hat er mich gefragt, aber ich glaube, er wusste es. Tief im Inneren spürte er, dass die ganze Rennfahrerei dir nur dazu diente, nicht nach Hause kommen zu müssen, damit du ihn und mich nicht zusammen erleben musst." Traurig schüttelte sie den Kopf. „Manchmal gab es im Fernsehen einen Bericht über dich, und dann erschien dein Bild auf unserem Fernseher. Wir waren wie gebannt und haben aufmerksam jedem Wort gelauscht, das du sagtest. Wir haben genau hingesehen, um uns zu überzeugen, ob es dir wirklich gut geht. Und immer haben wir uns gefragt, ob du uns vermisst."

Lauren fuhr sich über das Gesicht. „Nach einiger Zeit konnte ich diese Berichte nicht mehr ertragen. Dennoch habe ich im Supermarkt alle Zeitschriften nach Fotos von dir und Artikeln über dich durchsucht. Sogar nach den reißerischen Schlagzeilen und den Bildern, die dich jede Woche mit einer anderen Frau zeigten. Dort ging es um wilde Partys und Ausschweifungen, die so hässlich waren, dass ich lieber nicht darüber nachdenken wollte."

Mark hatte nicht mehr den Wunsch, sich zu verteidigen, denn es gab keine Entschuldigung für sein Verhalten. Diese Partys hatte es gegeben, genau wie die Frauen. Nur Lauren hatte stets in seinem Leben gefehlt.

„Und nach dieser Lektüre kehrte ich nach Hause zu Nate zurück und habe mich gefragt, wie ich überhaupt so oft an dich denken konnte, wenn ich doch von so einem guten Mann bedingungslos geliebt wurde."

„Lauren, ich …"

Sie schüttelte den Kopf und schob Mark weg, als er die Hand nach ihr ausstreckte. „Irgendwann habe ich angefangen, dich zu hassen."

Es erschreckte sie beide, dass Lauren es laut aussprach. „Ich habe dich gehasst, weil du meine Ehe zu einer Lüge gemacht hast. Du hast mich dazu gebracht, dich zu begehren, und mein eigener Ehemann, dieser gutherzige und liebenswerte Mensch, hat niemals verstanden, wieso ich mich in manchen Nächten in unserem Bett von ihm abgewandt habe."

Sie atmete tief durch. „Dieser Mann ist jetzt tot." Lauren sah Mark an, und Tränen standen ihr in den Augen. „Ich werde ihm niemals sagen können, wie leid mir das alles tut. Ich kann ihm nicht mehr sagen, dass ich ihn geliebt habe." Sanft berührte sie ihren Bauch. „Und ich kann ihm nicht von unserem Baby erzählen."

Eine Träne lief ihr die Wange hinunter, und hastig wischte Lauren sie weg. Dann lachte sie verbittert. „Jetzt bin ich voll und ganz von seinem Bruder abhängig. Von dem Mann, der all die Jahre während unserer Ehe zwischen uns stand."

Ein Windstoß kühlte Marks Haut und presste Laurens Nachthemd an ihre langen Beine, die vollen Brüste und den gewölbten

321

Bauch. „Wie soll ich mit dieser Erkenntnis leben? Ich habe ihn geliebt und gleichzeitig gewusst, dass es nicht ausreicht. Und wie soll ich mit dem Hass leben, den ich für dich empfunden habe? Es war unfair von mir, dich so zu verurteilen, das weiß ich jetzt. Aber soll ich von nun an einfach so tun, als sei es vollkommen in Ordnung, dass ich unter deinem Dach lebe?"

Sie umschlang ihren Oberkörper mit beiden Armen. „Obendrein muss ich auch noch die Tatsache verkraften, dass meine Gefühle für dich mich von deiner Familie vertrieben haben." Wieder stieß sie ein bitteres Lachen aus. „Hier stehe ich nun und versinke in Selbstmitleid, obwohl du derjenige bist, dem Unrecht angetan wurde."

Aus der Ferne hörten sie beide ein Donnern, und mit dem heranbrausenden Wind kamen auch die ersten Regentropfen.

„Am schwersten komme ich damit zurecht, dass ich dich immer noch begehre."

Pure Verzweiflung klang aus ihrer Stimme, und sie sah zu den dunklen Gewitterwolken, die heranrasten.

Unter anderen Umständen hätte Mark sich über dieses Geständnis gefreut und Lauren in die Arme gezogen. Er hätte ihr seine eigene Liebe gestanden, sich eine gemeinsame Zukunft mit ihr ausgemalt und hätte mit ihr geschlafen.

Aber im Moment wusste er genau, was Lauren bewegte. Es ging ihr nicht um Liebe oder Verlangen. In erster Linie empfand sie Schuldgefühle, Bedauern und eine Leere, die sie verzweifelt wieder füllen wollte.

„Du begehrst mich nicht", widersprach er sanft. Er wusste genau, dass er recht hatte, und wünschte sich gleichzeitig inständig, er würde sich irren. Doch auf keinen Fall wollte er Laurens momentane Verletzlichkeit ausnutzen. „Du sehnst dich nach Nate. Nach allem, was du mit ihm verloren hast."

Er wünschte sich so sehr, er könnte ihr Tröster sein. Aber was Lauren betraf, war er weder Tröster noch Held. An ihm gab es überhaupt nichts Heldenhaftes, und das würde sie auch irgendwann erkennen. „Obwohl es mir unendlich leidtut, wirst du bei mir nicht finden, wonach du dich sehnst."

Langsam wandte sie ihm wieder den Blick zu, und ihre großen Augen verrieten ihre innere Qual.

„Ich bin für dich nicht gut, Lauren. Ich habe noch nie zu dir gepasst. Für eine dauerhafte Beziehung bin ich nicht geschaffen, das wissen wir doch beide." Zärtlich strich er ihr über die Wange und fuhr mit dem Daumen bis zu ihren Lippen. „Du bist erschöpft. Geh schlafen, und ruh dich aus. Morgen früh wird alles anders aussehen."

Dann drehte er sich um und ließ Lauren allein. Mit ganzer Kraft wünschte er sich, ein anderer zu sein als der, der er nun mal war, doch das war völlig unmöglich.

In einem Punkt hatte Mark recht gehabt. Am nächsten Morgen sah tatsächlich alles anders aus. Unter der Dusche dachte Lauren über alles nach, was in der vergangenen Nacht gesagt worden war. In erster Linie wurde ihr bewusst, dass sie sehr viel mehr über Mark erfahren würde, wenn sie ihre unbegründete Abneigung gegen ihn ablegte. Auch über sich selbst hatte sie in der letzten Nacht viel erfahren.

Bis jetzt hatte sie gebraucht, um all die Fragen zu klären, die sie so sehr bedrängten. Im Grunde hatte sie Mark nicht ihr Herz ausschütten wollen, aber als sie so dringend einen Zuhörer brauchte, war er zu ihr gekommen. Und sie hatte ihm alles gesagt. Fast kam es ihr vor, als hätte etwas in ihr nur auf einen Moment wie diesen gewartet, um sich ihm zu offenbaren.

Ihr war gar nicht bewusst gewesen, wie durcheinander sie war, und sie hatte nicht genau festlegen können, was es war, was sie innerlich so auffraß. Das verstand sie jetzt besser. Die vergangene Nacht war ein Wendepunkt gewesen. Von nun an würde sie ihren Kummer besser verarbeiten können.

Im Grunde hatte sie sich die ganzen Jahre über selbst gehasst und nicht Mark. Ihre eigene Unaufrichtigkeit Nate gegenüber

323

hatte sie so bedrückt, und Mark hatte ihr als Zielscheibe gedient, an der sie ihre eigene Unzufriedenheit auslassen konnte.

Erst allmählich gestand sie sich diese Wahrheiten ein, und als Folge dieser Erkenntnis konnte sie auch anfangen, sich selbst zu verzeihen. Sie hatte Nate alles gegeben, wozu sie in der Lage war. Sie war ihm eine treue Ehefrau gewesen, die ihn liebte, so gut sie konnte.

Es tat ihr nicht mehr so weh, an ihn zu denken. Der Schmerz der Erinnerung war weniger schneidend und nahm ganz langsam ab. Das lag in erster Linie an dem neuen Leben, das in ihr heranwuchs. Und es tat gut zu wissen, dass sie mit ihrer Trauer nicht allein war. Auch Marks Eltern mussten mit diesem Verlust fertigwerden, dennoch führten sie ihr Leben weiter. Sie trösteten sich mit der Vorfreude auf das Baby und kamen regelmäßig nach Sunrise, um Mark und Lauren dort zu besuchen. Allmählich wusste Lauren, dass auch sie den Kummer überstehen würde.

Ja, Mark hatte recht gehabt. Am Morgen sah alles schon ganz anders aus. Nur in einem hatte er sich geirrt.

Er war es, den sie brauchte und den sie begehrte. Obwohl sie Nate vermisste, wünschte sie sich, dass Mark es war, der sie nachts in den Armen hielt.

Es war bereits nach Mitternacht, als der Tierarzt die Ranch verließ. Ein junges übermütiges Pferd von Mark hatte sich am Weidezaun verletzt. Zum Glück würde die Wunde bald verheilt sein, aber der Arzt musste dem Tier das Bein nähen.

Erleichtert und erschöpft betrat Mark durch die Hintertür das Haus und ging direkt unter die Dusche. Nach dem Abtrocknen zog er sich noch saubere Jeans an. Nur für den Fall, dass eines der Mädchen zufällig gerade jetzt durchs Haus schlich, um etwas zu trinken. Er zog den Reißverschluss nur halb zu und ging in die Küche. Er hatte einen Bärenhunger.

Auf dem Weg durch die dunklen stillen Räume entdeckte er, dass er wieder einmal nicht der Einzige war, der mitten in der Nacht noch wach war.

Sein Herz raste, als er Lauren sah. Mist, dachte er, dabei habe ich mich so bemüht, solche nächtlichen Treffen zu vermeiden. Noch so ein Gespräch würde er nicht durchstehen. Er würde nicht noch einmal anschließend tatenlos verschwinden können. Und später würden sie es bereuen.

Doch jetzt starrte er sie gebannt an. Lauren stand reglos an der offenen Verandatür, ihr Körper zeichnete sich vor dem sanften Licht des fast vollen Mondes ab. Der Anblick ihres gewölbten Bauchs und ihrer vollen Brüste erregte Mark, und gegen diesen Ansturm körperlicher Lust fühlte er sich machtlos.

Durch das dünne weiße Nachthemd zeichneten sich die dunklen vorstehenden Brustwarzen deutlich ab. Der Po war genauso rund und sexy wie immer, und durch den Stoff des Nachthemds hindurch konnte Mark sogar Laurens lange schlanke Beine sehen.

Alles in ihm sehnte sich danach, Lauren intim zu berühren. Es drängte ihn, sie zu küssen, sie zu streicheln, an ihren Brüsten zu saugen. Das Verlangen wurde so stark, dass Mark erkannte, dass er sofort verschwinden musste, weil er sonst etwas tun würde, was vollkommen falsch war. Oder vielleicht auch von Grund auf richtig.

Gerade wollte er sich umdrehen und wieder in sein Zimmer gehen, als Lauren sich mit beiden Händen über den Rücken strich. Diese behutsame Geste löschte sein Verlangen mit einem Schlag aus.

Mit zwei großen Schritten war er bei Lauren. „Was ist denn los?"

„Mark!" Erschrocken fuhr sie herum, und um sich nach dieser hastigen Drehung zu stützen, berührte sie ihn leicht am Arm.

Unter ihrer Hand spürte sie seine heiße Haut. „Ich … ich habe dich nicht hereinkommen hören."

„Was ist denn los?", fragte er noch einmal. Seine Stimme war nur ein raues Flüstern. „Du reibst dir den Rücken."

Vorsichtig zog Lauren die Hand zurück. „Das hat gar nichts zu sagen. Es geht nur um eine kleine Verspannung. Heute hat das Baby sich gedreht."

325

„Ist das denn normal?"

Lauren zwang sich zu einem Nicken und holte ganz bewusst tief Luft, um sich zu beruhigen. „Es gehört alles eben mit dazu", flüsterte sie und sah unwillkürlich auf Marks Lippen. Sie konnte den Blick nicht abwenden. In letzter Zeit konnte sie an nichts anderes als an Mark denken. Vor knapp einer Woche hatten sie diese nächtliche Unterhaltung geführt, und seitdem ging Mark ihr nicht mehr aus dem Kopf. „Alles bestens. Mir geht es gut. Es ... es tut nur ein bisschen weh."

Wie nah er mir ist! schoss es ihr durch den Kopf. Im Mondlicht konnte sie seine Bartstoppeln erkennen, und seine Haut wirkte leicht feucht. Die Wärme seines Körpers schien sie einzuhüllen, und sie nahm seinen erregenden männlichen Duft wahr.

Sachte strich er ihr mit einer Hand über das Kreuz und die Lendengegend.

„Hier?"

Die behutsame Massage ließ Lauren wohlig aufstöhnen. „Oh ja, genau dort. Mark, du musst das nicht tun." Ein Strom sinnlicher Wärme durchflutete sie, und Lauren konnte kaum glauben, dass Mark das allein mit seinen sanften streichelnden Händen bei ihr bewirkte. Sie versuchte, einen Schritt zurückzutreten.

Mark hielt sie am Arm fest, ohne mit der anderen Hand die zärtliche Massage zu unterbrechen. Ganz allmählich löste sich Laurens Verspannung.

Wieder stöhnte sie leise und stieß die Luft aus. Dann gab sie sich dem Zauber seines Streichelns hin und kostete ihn mit allen Sinnen aus. Sie sehnte sich unsagbar nach Marks Berührung und suchte nicht weiter nach Entschuldigungen, mit denen sie ihre Schwäche vor sich selbst rechtfertigen konnte.

„Komm her." Mark drehte sie zu sich herum, um ihr ins Gesicht zu sehen.

Feuchte Haarsträhnen waren ihm ins Gesicht gefallen. Im Licht des Monds wirkte sein Gesicht noch männlicher, seine vollen sinnlichen Lippen sahen dunkel aus. Seine Wangen lagen im Schatten und erschienen Lauren kantiger als sonst. Sie konnte kaum atmen, so sehr drängte es sie, ihm das Haar aus der Stirn zu streichen und sein Kinn zu berühren.

„Lehn dich an mich."

Lauren fühlte sich willenlos.

„Ja, genau so", flüsterte er, als sie zuließ, dass er ihren Kopf sanft an seine Brust drückte.

Mit beiden Armen umschlang er sie und strich langsam mit den Fingern ihren Rücken auf und ab.

Das ist himmlisch, dachte Lauren. Sie genoss seine Berührungen und versuchte, sich ganz auf die entspannende Wirkung seiner streichelnden Hände zu konzentrieren.

Aber es war so lange her, dass ein Mann sie zärtlich berührt hatte. Ihr kam es wie eine Ewigkeit vor, dass ein Mann sie mit seinem Streicheln zum Stöhnen gebracht hatte. Lauren entspannte sich vollkommen, lehnte sich an Mark und merkte nur ganz langsam, dass seine Berührungen sich geändert hatten. Es lag Verlangen in ihnen, und auch Laurens Lust steigerte sich mit jeder Sekunde. Sie wollte ihre Begierde, die sie schon so lange verdrängt hatte, nicht länger unterdrücken.

Sie seufzte leise und registrierte vage, dass ein Träger ihres Nachthemds ihr ganz langsam die Schulter hinabrutschte.

Dicht an ihrer Wange spürte sie Marks Herzschlag, der sich immer mehr beschleunigte. Sein heißer Atem fächelte ihre nackte Schulter. Die entspannende Massage hatte sich unmerklich in ein sinnliches aufreizendes Streicheln verwandelt.

Unwillkürlich hielt Lauren den Atem an. Ihre völlige Entspannung verwandelte sich in eine erregte Anspannung, die ihren ganzen Körper unter Strom setzte. Es tut so gut, dachte sie. *Mark macht es mir so einfach, mich ihm hinzugeben.* In diesem Moment kam es ihr als das Natürlichste der Welt vor, eins zu werden mit diesem Mann. Dieser blendend aussehende Mann wusste nicht nur, wie man kleinen Mädchen die Fußnägel lackiert, sondern er wusste auch genau, wie man große Mädchen zum Stöhnen brachte.

327

Wieso behauptete er immer wieder, er sei nicht der Mann, den sie brauchte?

Sachte strich er ihr mit den Lippen über die Schläfe, während er ihr Nachthemd an den Hüften mit beiden Händen packte und sie dicht an sich zog.

„Das ist nicht richtig", brachte er leise heraus. „Es ist falsch für dich, Lauren. Sag mir, dass es falsch ist."

Sein raues Flüstern stand völlig im Gegensatz zu den sanften aufreizenden Bewegungen seiner Hände. Zärtlich strich er ihr von der Taille über die Hüften und zog Lauren noch enger an sich. Sie sollte ihn fühlen und spüren, was sie in ihm auslöste. Einerseits wünschte er sich, sie würde ihn anschreien und empört in ihr Zimmer laufen. Andererseits sehnte er sich danach, sie die ganze Nacht in seinen Armen zu halten.

Lauren fühlte, dass Mark ebenso erregt war wie sie, als er jetzt eine Spur von Küssen zu ihrer Schulter zog.

„Berühr mich", brachte er heiser heraus und gab wie Lauren den Kampf gegen sein Verlangen auf. „Wenn du nicht willst, dass ich aufhöre, dann berühr mich. Bitte. Bitte berühr mich."

Erst jetzt wurde ihr klar, dass sie auf seine Aufforderung gewartet hatte. Sie hatte nicht geahnt, dass er sich so unbändig nach ihr sehnte. Sie hatte nicht gewusst, wie sehr sie ihn erregte. Ihr Herz raste wild, und sie wunderte sich, dass sie sich überhaupt noch auf den Beinen halten konnte, obwohl ihre Knie so zittrig waren.

Dann war sie zu keinem klaren Gedanken mehr fähig. Lauren genoss nur noch und gab sich ihren Empfindungen völlig hin. Fast ehrfürchtig strich sie über Marks festen flachen Bauch und schnappte überrascht nach Luft, denn ihre Finger hatten den nur halb hochgezogenen Reißverschluss ertastet.

Mark stöhnte auf, als sie sanft den empfindlichsten Teil seines Körpers berührte. Mit beiden Händen umfasste er ihr Gesicht, küsste sie hungrig auf den Mund und drang mit der Zunge in ihren Mund vor.

Atemlos kostete sie seinen Geschmack, beseelt von dem Wunsch, endlich ihr Verlangen auszuleben, das sie so viele Jahre unterdrückt hatte. Behutsam drängte er sie zum Fenster, und gleichzeitig drückte jede seiner Bewegungen das Begehren aus, das ihn erfüllte. Am Rücken spürte sie das kühle harte Glas, und sie schlang beide Arme um Mark, um ihm noch näher zu sein.

„Wenn du das hier nicht willst, dann sag es mir." Er fuhr mit dem Mund über ihre Wange und ihr Kinn und strich mit den Lippen ihre Schulter hinab bis zu ihrer Brust. Durch das dünne Nachthemd hindurch umschloss er eine der zarten Brustspitzen mit den Lippen. Sanft umfuhr er die Rundung mit der flachen Hand. „Ein Wort von dir reicht, und ich höre auf. Aber sag es jetzt."

Mit beiden Händen strich sie ihm durchs Haar und drängte sich ihm entgegen. „Ich will nicht, dass du aufhörst. Bitte hör nicht auf."

Mark hob den Kopf und nahm Lauren auf die Arme. „Komm mit in mein Bett."

Doch sie schafften es nicht bis zu seinem Bett, denn Laurens Zimmer lag näher. Ohne seine leidenschaftlichen Zärtlichkeiten zu unterbrechen, zog Mark ihr das Nachthemd aus und legte sie auf das Bett, das nur vom Mond erhellt wurde.

Wie durch einen Nebel hindurch sah Lauren, dass Mark sich auszog. Nachdem er sich hastig seiner Kleidung entledigt hatte, streckte er sich lang neben ihr aus. Sie konnte sich an ihm gar nicht sattsehen. Sein schlanker Körper war muskulös und voller Kraft, die gebräunte Haut glänzte und wirkte so weich wie Satin. Lauren schmiegte sich an ihn, wollte überall die Hitze fühlen, die von ihm ausging. Keine Sekunde länger wollte sie gegen die Sehnsucht, Mark ganz intensiv zu spüren, ankämpfen müssen.

Sie hob eine Hand und strich ihm über die unrasierte Wange. Mark wandte ihr das Gesicht zu und schmiegte sich an ihre Handfläche. Verlangend schloss er die Augen, bedeckte ihre Hand mit seiner und küsste die empfindsame Handfläche. Dann strich er mit der Zungenspitze über die Fingerknöchel.

Sie erzitterte, als er ihre Hand, die noch feucht von seinen Liebkosungen war, zwischen seine Schenkel führte. Noch nie zuvor hatte Lauren solche Kraft gespürt. Sie umschloss Mark und spürte das Pulsieren seiner Lust. Ohne jede Hemmung fuhr sie mit ihren aufreizenden Liebkosungen fort, bis Mark sich stöhnend aufbäumte und den Kopf in den Nacken warf. Die Sehnen an seinem Hals traten deutlich hervor, und er biss die Zähne aufeinander.

Lauren spürte, welche Macht sie über Mark besaß – und er über sie, denn sie konnte gar nicht anders, als weiterzumachen.

Behutsam zog er ihre Hand zurück und drückte sie neben ihrem Kopf auf das Kopfkissen.

„Das ist zu viel", stellte er leise fest und senkte den Kopf wieder zu ihrer Brust. „Es geht zu schnell. Ich will dich zuvor noch schmecken und berühren."

Mit der Zungenspitze strich er über ihre Brustspitze und brachte Lauren dazu, hilflos zu stöhnen. Hungrig umschloss er die Brust mit den Lippen und saugte an der empfindsamen Brustknospe, während er mit beiden Händen unablässig ihren Körper streichelte. Schließlich strich er ihr über den gewölbten Bauch.

„Ich möchte dir nicht wehtun", flüsterte er und küsste sie auf den Nabel. „Ich möchte auch dem Baby nicht wehtun."

„Das wirst du auch nicht. Keine Sorge. Oh Mark." Sie konnte kein Wort mehr herausbringen, als er mit den Lippen zu ihrer Hüfte strich und tiefer, bis er das Zentrum ihrer Lust erreichte.

„Mark!"

„Entspann dich. Lass es einfach geschehen."

Lauren spürte seine warmen Lippen und seine selbstlosen Zärtlichkeiten. Sie ließ sich fallen und gab sich dem Rausch hin. Sie hörte den Pulsschlag in ihren Ohren dröhnen, spürte Marks Mund und seine unablässig streichelnden Hände, und sie tat nichts, als sich der ins Unendliche steigenden Erregung auszuliefern, die sich in einem wilden Höhepunkt entlud. Stöhnend verspannte Lauren sich am ganzen Körper und sank schließlich kraftlos auf das Bett zurück. Fast schluchzend stieß sie Marks Namen aus.

Sie rang immer noch nach Luft, als Mark erst sanft ihren Bauch und dann ihre Brüste küsste. Ihr Atem hatte sich noch nicht beruhigt, als er sich verlangend an sie schmiegte. Ihr Körper glühte noch nach von dem überwältigenden Höhepunkt, und sie drückte sich in seine Arme. Ganz allmählich ebbte das Zittern ab, und Lauren hatte den Eindruck, als würde warmer Honig durch ihre Adern strömen.

Behutsam hob Mark sie an und rollte sich mit ihr herum, sodass er flach auf dem Rücken lag und Lauren rittlings auf ihm saß. Zärtlich lächelnd nahm sie Mark tief in sich auf. Lustvoll glitt sie auf und ab und ließ ihn alles außer ihrer innigen Vereinigung vergessen. Gleichzeitig strich sie ihm streichelnd über die Brust, und genoss es, als Mark laut stöhnend die Augen schloss. Er vergaß jede Zurückhaltung und gab sich ganz seiner Lust hin, bis er bei Lauren die Erlösung fand.

9. Kapitel

Einen Moment lang gehörte Lauren mir. Einen süßen, endlosen Moment lang war die Vergangenheit ausgelöscht, und nur die Gegenwart zählte. Doch es gab noch etwas, was zwischen uns stand und geklärt werden musste.

Eintrag aus Mark Remingtons Tagebuch

Der Sonnenaufgang über der Sunrise-Ranch war atemberaubend schön. Der Himmel erstrahlte in leuchtendem Orange, während die ersten Sonnenstrahlen durch das offene Fenster drangen und Laurens Haar wie Gold schimmern ließen.

Sie schlief noch tief und fest, als Mark ihr Bett verließ. Sehnsüchtig warf er einen Blick zurück auf ihre Lippen, die von seinen Küssen leicht geschwollen waren, und ihre schimmernde Haut. In der vergangenen Nacht hatte er jeden Zentimeter ihres Körpers kennengelernt. Als er schon an der Schlafzimmertür stand, wollte er am liebsten umkehren und wieder zu ihr unter die zitronengelbe Decke kriechen. Er wollte ihre wundervollen Brüste noch einmal küssen, ihre zarte Haut streicheln.

Doch er musste sie allein lassen. Beim Aufwachen brauchte sie Zeit für sich allein. Sie sollte erst in Ruhe ihre Gedanken und Gefühle sortieren können, damit sie verarbeitete, was zwischen ihnen geschehen war. Lauren musste selbst begreifen, dass die vergangene Nacht kein Anfang zwischen ihnen gewesen war, sondern ein Schlusspunkt. Sie würde erkennen, dass sie sich nach mehr sehnte, als er ihr auf Dauer bieten konnte.

Schon einmal war er in ihrem Leben lediglich ein beliebiger Partner gewesen, an den sie sich in der Nacht schmiegen konnte. Schon damals war er ein Ersatz für ihren Ehemann gewesen, um den sie so sehr trauerte. Wenn Mark auf sein Herz hörte, dann war die vergangene Nacht einzigartig gewesen und ein Zeichen für eine unendlich glückliche gemeinsame Zukunft.

Doch sein Verstand ließ diesen Gedanken nicht zu. Mark wusste, dass er das Andenken an seinen Bruder beschmutzt hatte, indem er Laurens verständliche Sehnsucht nach Wärme und Nähe ausnutzte.

Was hatte er sich bloß dabei gedacht? Er hatte sie verführt, daran gab es nichts zu rütteln. In ihrem schwächsten Moment hatte er sie bedrängt. Mitten in der Nacht, wo sie sich vor ihren Ängsten verstecken konnte. Wo auch er einige unumstößliche Wahrheiten verdrängen konnte. Dabei hatte er sehr wohl gewusst, dass sie sich nur nachts gestatten würde, mit ihm zu schlafen.

Mark unterdrückte einen Fluch und ließ den Kopf gegen den Türknauf sinken.

Ob Lauren ihn liebte? Wohl kaum. Viel wahrscheinlicher war, dass sie ihn hasste, wenn sie aufwachte und erkannte, was sie beide getan hatten.

Mark wollte nicht dabei sein, wenn ihr diese bittere Erkenntnis kam. Auf keinen Fall wollte er ihr Gesicht sehen, wenn sie sich für das, was in der Nacht geschehen war, Vorwürfe machte und ihn für etwas hasste, was er aus Liebe getan hatte. Vielleicht bildete sie sich auch ein, dass sie ihn liebte. Doch schon bald würde sie ihre Meinung ändern, wenn sie die ganze Wahrheit über ihn erfuhr.

Mit einem letzten sehnsüchtigen Blick zum Bett verließ er das Zimmer und zog die Tür leise hinter sich zu.

Und dann machte er, was er immer schon am besten gekonnt hatte. Er setzte sich ins Auto und ergriff die Flucht.

Lauren saß neben Sonya im Gras und sah ihr beim Spielen mit den Kätzchen zu. Tonya war gerade zur Scheune gelaufen, um die Katzenmama zu suchen. Tonya war fest davon überzeugt, dass die Mama gerade jetzt ihre Babys vermisste.

„Die Schnurrbarthaare kitzeln, Lauren." Sonya kicherte und hielt sich eines der Kätzchen dicht ans Gesicht. „Willst du mal fühlen?"

Mit flüchtigem Lächeln strich Lauren dem Tier über das Köpfchen.

Seit drei Tagen war Mark jetzt fort.

Er hatte nicht angerufen und mit keinem Wort verraten, wohin er wollte oder wann er zurückkehren würde.

Nach der gemeinsamen Nacht war er direkt aus ihrem Bett verschwunden, und Lauren konnte nicht begreifen, was geschehen war. Es war nicht nur purer Sex gewesen. Obwohl Lauren sich wünschte, sie könnte diese Nacht als rein körperliches Vergnügen abtun. Dann könnte sie ihren Hormonen und ihrer Trauer die Schuld geben und nach unzähligen kleinen Ausreden suchen, um ihre Sehnsucht nach Mark zu erklären.

Als sie aufgewacht war und Mark nicht mehr neben ihr lag, war sie zutiefst traurig geworden. Schon beim Aufwachen hatte sie es sich eingestanden, dass sie Mark liebte. Sie hatte ihn immer geliebt.

Nur mit einem kam sie nicht zurecht. Dass er immer die Flucht ergriff.

Verdammt, Mark, dachte sie. *Wieso kannst du dich nie einem Problem stellen? Weshalb läufst du immer weg, wenn du dich nicht mit etwas auseinandersetzen willst, was du nicht ganz verstehst?*

Sie selbst begriff es ja auch nicht. Aber in einem war sie sich sicher. Sie wusste, dass sie sich endlich ihre Gefühle für ihn eingestanden hatte. Und er hatte sie mehr verletzt, als sie es für möglich gehalten hätte.

„Willst du es mal halten?" Sonya tätschelte ihr den Arm. „Lauren?"

Sonya zuliebe zwang sie sich zu einem Lächeln und griff nach dem Kätzchen. Sanft drückte sie das kleine Fellknäuel an ihre Brust und fragte sich, worauf sie sich hier eigentlich eingelassen hatte.

334

Es regnete, als Mark gegen zwei Uhr nachts nach Sunrise zurückkam. Es war nur ein leichter Regen ohne Wind, kaum mehr als ein Nieseln. Ganz beiläufig kam ihm der Gedanke, dass dieser Regen gut für Laurens Lilien war, als er aus seinem Wagen stieg.

Langsam ging er durch die feuchte Luft auf das dunkle Haus zu und trat leise ein. Sofort fiel etwas von seiner Anspannung ab, wie immer, wenn er nach Sunrise kam. Gleichzeitig ließ der Gedanke an Lauren sein Herz schneller schlagen.

Ich muss es ihr sagen, fuhr es ihm durch den Kopf.

Sieben Jahre lang hatte sie sich eingeredet, dass er die Menschen nur ausnutzte, und jetzt war sie davon überzeugt, dass sie sich geirrt hatte.

Sie hatte sich nicht geirrt, und das hatte er ihr bewiesen, indem er mit ihr geschlafen hatte. Er hatte sie ausgenutzt, indem er zugelassen hatte, dass sie sich ihm hingab, weil er ihr gegenüber vorgab, ein anderer Mensch zu sein, als er tatsächlich war.

Er musste es ihr sagen, auch wenn er sie dadurch für immer verlor.

Mark ging ins Wohnzimmer und sah in Richtung des Flurs, der zu Laurens Zimmer führte. Er musste ihr von Eddie und den Zwillingen erzählen. Sie musste alles erfahren.

Doch als er an Laurens geschlossener Tür vorbeikam, konnte er sich nicht dazu überwinden, hineinzugehen.

Die Küche war vom morgendlichen Sonnenschein erfüllt, und es herrschte fröhliche Betriebsamkeit. Man hatte Mark ausgeschimpft und ihm anschließend verziehen. Eddie wusste, welche inneren Kämpfe er oft ausstand, und sie zog ihn in die Arme. Die Zwillinge küssten und umarmten ihn. Die beiden Mädchen redeten auch jetzt noch pausenlos, während sie ihre Cornflakes aßen und Saft tranken. Es herrschte Alltag.

Bis zu dem Moment, als Lauren die Küche betrat.

Deutlich sah man ihr die Überraschung an, dass Mark zurück war. Sonya saß auf seinem Schoß, Tonya auf dem Stuhl ne-

335

ben ihm, und Eddie kochte gerade Kaffee und beobachtete alles schweigend, aber aufmerksam. Schnell beherrschte Lauren sich wieder und ließ sich nicht weiter anmerken, wie gekränkt und verärgert sie war.

Nur ganz kurz hielt sie inne, bevor sie ein strahlendes Lächeln aufsetzte. „Guten Morgen, alle miteinander."

Sie ging direkt zum Kühlschrank, und obwohl sie sich sehr aufrecht hielt, bemerkte Mark, dass ihre Hände zitterten, als sie den Saft herausholte und auf den Tresen stellte.

Sofort überkam ihn ein überwältigendes Schuldgefühl. Er hatte sie verletzt. Eine seiner leichtesten Übungen. Viel schwerer fiel es ihm, das wiedergutzumachen, was er angerichtet hatte.

„Auf geht's, Mädchen." Eddie lächelte zwar, aber ihre Stimme bekam den Tonfall eines Sergeants. „Macht euch fertig. Ich habe heute einiges zu erledigen, deshalb fahre ich euch zur Schule. Wenn ihr nicht zu spät kommen wollt, müsst ihr euch beeilen. Und zwar jetzt."

Die Zwillinge verteilten hastig Küsse und schnappten sich ihre Tüten mit den Frühstücksbroten. Dann verschwanden sie zusammen mit Eddie aus der Küche.

Schlagartig waren Mark und Lauren allein. Es herrschte vollkommenes Schweigen, und sie hörten beide sehr laut das Ticken der Wanduhr. Nur sehr gedämpft drangen die Stimmen der Cowboys, die mit den Pferden arbeiteten, zu ihnen.

Mark riss sich zusammen und sah Lauren in die Augen. Zahllose Fragen, die nach Antworten verlangten, lagen in ihrem Blick. Er wollte Zeit gewinnen und ihr alles später erklären, wenn sie sich von der Überraschung, ihn wiederzusehen, etwas erholt hatte.

„Also." Er stand auf und räusperte sich. „Dann mache ich mich mal lieber an die Arbeit."

Wieder sahen sie sich an, und Mark zögerte einen Moment, bevor er zur Tür ging. Er griff nach seinem Hut und war schon fast draußen, als zwei Worte ihn erstarren ließen.

„Das ist alles?"

Er schluckte, und das Herz schlug ihm bis zum Hals. Langsam drehte er sich um. Lauren sah ihn aus ihren braunen Augen an, und er las Wut und Anklagen aus ihrem Blick. Und einen Schmerz, den er verursacht hatte, aber nicht heilen konnte. Ihm gaben fast die Knie nach.

„Lauren, ich …"

„Nein." Verächtlich schüttelte sie den Kopf. „Vergiss es einfach. Geh nur. Geh an deine Arbeit, und schieb das hier noch einen weiteren Tag auf. Ich will es sowieso nicht hören. Mir ist es egal, wie leid dir das alles tut."

Er schluckte und war wütend auf sich selbst, weil er schuld war an ihrem beißenden Tonfall. Er erkannte den verletzten Ausdruck in ihrem Blick und wusste, dass er ihr noch mehr Schmerz bereiten würde.

Mit langsamen Schritten kam er in die Küche zurück und legte seinen Hut auf die Anrichte. In Gedanken versunken strich er über die glatte Oberfläche.

„Du hattest neulich recht. Wir müssen uns unterhalten."

Wütend sah sie ihn an. „Das war vor drei Tagen."

Mark holte tief Luft und stieß sie langsam wieder aus. „Es war falsch von mir, dich einfach so zu verlassen. Komm bitte her." Er griff nach ihrem Arm und führte sie zum Küchentisch.

Die Stunde der Wahrheit war gekommen. Es gab kein Zurück mehr. Und genauso wenig gab es eine gemeinsame Zukunft für sie beide.

Er starrte auf die Regentropfen, die über das Küchenfenster rannen, fuhr mit dem Daumen über die Tischplatte des Eichentischs und überlegte, womit er anfangen sollte.

Lauren ersparte ihm weiteres Grübeln mit einer kühlen Frage: „Bist du der Vater der Zwillinge?"

Mit dieser Frage hatte er jetzt nicht gerechnet, aber er konnte auch mit dem Punkt anfangen. Er merkte Lauren deutlich an, welche Überwindung es sie kostete, dieses Thema anzuschneiden. Er befürchtete, dass die Antwort, die er ihr geben würde, weit mehr

337

war, als sie hören wollte, aber er war fest entschlossen, es jetzt endlich hinter sich zu bringen.

Es war schon seltsam, dass er seit Monaten darauf wartete, dass Lauren ihm irgendwelche Fragen über sein Leben stellte. Er hoffte darauf, weil ihm das beweisen würde, dass er ihr etwas bedeutete. Jetzt fragte sie, doch nur, weil sie eine Erklärung für den Schmerz suchte, den er ihr zufügte.

Tief durchatmend schüttelte er den Kopf. „Nein, ich bin nicht ihr Vater." Eindringlich blickte er ihr in die Augen. „Die Zwillinge sind die Töchter meines Bruders."

Einen Moment verharrte sie schweigend, dann schüttelte sie verständnislos den Kopf. „Nate war dein Bruder. Das begreife ich nicht."

„Ich rede von meinem leiblichen Bruder. Von Ray. Raymond."

Lauren sah ihn an, als würde er in einer Fremdsprache mit ihr reden. Ihm selbst kam der Name seines Bruders auch wie ein Fremdwort über die Lippen. Außer mit Eddie hatte er noch mit niemandem über Ray gesprochen. Nur Eddie kannte die ganze Geschichte, und jetzt würde er es auch Lauren erzählen. Dann würde sie begreifen, was für Blut in seinen Adern floss und wieso sie sich niemals auf ihn verlassen konnte.

Er stand da und hatte mit einem Mal den Eindruck, als sei der Raum zu klein. Sogar seine Haut fühlte sich gespannt an, als sei darunter nicht genug Platz für alle Gefühle und die Reue. Er steckte die Hände in die hinteren Hosentaschen und ging zur Tür, die zur Veranda führte. Mit einer Schulter lehnte er sich gegen den Rahmen und winkelte ein Knie an. Dann blickte er hinaus. Das Reden fiel ihm leichter, wenn er Lauren dabei nicht in die Augen sah.

Sieben Jahre lang hatte er sich aus Liebe zu ihr von ihr ferngehalten. Und zumindest gefühlsmäßig hatte er in den letzten paar Monaten das Gleiche versucht. Aber er sehnte sich so sehr nach ihr, dass es wehtat. Und dieser Schmerz war noch gewachsen, seit er mit ihr geschlafen hatte.

Lauren war im Moment vielleicht verwirrt, aber diese Verwirrung würde sich in Abscheu verwandeln, und dann brauchte Mark sich keine Gedanken mehr darüber zu machen, wie er es schaffen sollte, Abstand zu ihr zu bewahren. Dann würde sie ihn nämlich nicht mehr in ihre Nähe lassen.

„Verdrängen hilft oft am besten", fing er schließlich an. Es war die einzige Erklärung, die er sich selbst geben konnte. „Bei den Remingtons hatte ich ein gutes Leben gefunden. Ich wusste, wie gut es mir dort ging. Zu gut, als dass ich es mir durch irgendetwas aus meiner Vergangenheit kaputt machen lassen wollte."

Ihm war klar, dass das erst einmal unzusammenhängend klang, aber daran konnte er nichts ändern. „Diese Entscheidung habe ich ganz bewusst getroffen und damit beschlossen, vollständig mit meiner Vergangenheit abzuschließen. Ich habe auch tatsächlich fast vergessen, aus welchen Verhältnissen ich kam. Bis vor zwei Jahren."

Er hielt inne und stieß die Luft aus. „Ich habe nicht einfach so mit dem Autorennen aufgehört. Auch das war eine Flucht. Die Geschwindigkeit und das hektische Leben konnten mich nicht mehr davon abhalten, über mein Leben und meine Vergangenheit nachzudenken."

Wieder atmete er tief durch. „Es hat nicht mehr geholfen. Im Grunde hat es die ganze Zeit über nichts genützt. Die ganze Karriere als Rennfahrer war nur ein kläglicher Versuch, das zu verdrängen, was ich mir aus Feigheit nicht eingestehen wollte."

„Das verstehe ich nicht."

Natürlich nicht. Wie sollte Lauren das auch verstehen? Aber Mark würde es ihr erklären.

„Auch durch die schnellen Rennen habe ich es nicht geschafft, mir die Verpflichtungen vom Hals zu halten, die ich vergessen wollte."

„Was denn für Verpflichtungen, Mark? Das ergibt doch alles keinen Sinn."

339

„Meine Mutter war hochschwanger, als das Jugendamt mich von ihr abholte und mich in ein Pflegeheim steckte."

Er ging nicht näher darauf ein, dass er sich während seines glanzvollen Lebens als gefeierter Rennfahrer oft so einsam gefühlt hatte, dass die Erinnerungen an seine unglückliche Kindheit immer wieder schlagartig über ihn hereinstürmten. Auf der Sunrise-Ranch hatte er endlich den unbändigen Drang, vor sich selbst zu fliehen, überwinden können. Ständig hatte das schlechte Gewissen an ihm genagt, dass er seiner Vergangenheit einfach den Rücken kehrte. Letztendlich hatte er sich diesem schlechten Gewissen gebeugt.

„Ich beschloss herauszufinden, ob sie das Kind behalten hatte." Mark sah zu Lauren, und sein Blick war ausdruckslos. „Sie hatte einen Jungen bekommen. Ray ist heute einundzwanzig."

Lauren schloss die Augen und stieß zitternd den Atem aus. Doch dann hielt sie abrupt die Luft an, als Mark weiterredete.

„Und er sitzt eine lebenslange Haftstrafe wegen bewaffneter Überfälle und Drogenhandels ab."

Lange schwiegen sie beide.

„Ray hatte nicht so großes Glück wie ich", fuhr Mark schließlich so leise fort, als würde er zu sich selbst sprechen. Zutiefst bedauerte er all die Jahre, die er sich vor allem verschlossen hatte. In dieser Zeit hätte er Ray helfen können. „Er ist durch das soziale Netz gerutscht und lebte auf der Straße. Genau wie Eddies Tochter."

Das wurde alles immer verwirrender. „Wie Eddies Tochter?"

„Sie ist von zu Hause weggelaufen. Bis zum heutigen Tag weiß Eddie nicht, was mit ihr passiert ist. Eddie hat sie allein aufgezogen, nachdem ihr Mann starb. Die beiden waren auf sich allein gestellt. Eddie hat sie geliebt, aber ihre Tochter freundete sich mit den falschen Leuten an und dann … Langer Rede kurzer Sinn: Sie lehnte sich gegen ihre Mutter auf und rannte davon. Sie war fünfzehn, als sie Ray kennenlernte. Er war sechzehn, und es kam, wie es kommen musste. Sie wurde schwanger."

Mark ging zum Tisch und sank auf einen der Stühle. Er hatte das Gefühl, eine zentnerschwere Last zu tragen.

„Wie hast du die beiden gefunden?" Laurens Stimme klang kaum lauter als ein Flüstern, während sie diese ganzen Neuigkeiten zu verarbeiten versuchte.

„Ich habe einen Privatdetektiv beauftragt. Eineinhalb Jahre später spürte er Ray im Gefängnis auf."

An diesen Tag konnte Mark sich gut erinnern. Er hatte seinen Bruder zum ersten Mal gesehen. Durch das Sicherheitsglas hindurch hatte er in Rays Gesicht seine eigenen Augen gesehen, doch die Augen seines Bruders blickten kalt und abweisend. Es waren die Augen eines Kriminellen, der sich hoffnungslos dem Verbrechen verschrieben hatte.

Mark bereute zutiefst, dass er in der langen Zeit zuvor nichts für seinen Bruder getan hatte. Gleichzeitig wurde ihm bewusst, was aus ihm selbst hätte werden können, wenn die Remingtons sich nicht seiner angenommen hätten. Er war im Luxus aufgewachsen, hatte drei Mahlzeiten pro Tag bekommen, in einem sauberen Bett geschlafen und war liebevoll erzogen worden. Und die ganze Zeit über hatte er nur an sich selbst gedacht. Er hatte sein vergangenes Leben hinter sich gelassen.

Vor drei Tagen hatte er seinen Bruder im Gefängnis besucht, und Ray hatte ihn nur voller Hass und Verachtung angesehen.

„Du schaffst es nicht, mich in Ruhe zu lassen, was?", hatte Ray gesagt. „Es macht dich verrückt, zu wissen, wer und was ich bin, stimmt's? Du erträgst es nicht, dass das gleiche Blut in unseren Adern fließt."

Mit einem abfälligen Schnauben war er aufgestanden und hatte sich zur gläsernen Trennwand vorgebeugt. „Geh mir aus den Augen. Ich will nicht, dass du noch mal hierherkommst. Du bist zu spät dran, Mann. Mit deiner Wohltätigkeit kannst du bei mir nichts mehr ausrichten."

Mark schloss die Augen und verdrängte die Erinnerung. Er hatte Ray für immer verloren. Nate war ihm von einem betrunkenen

341

Fahrer geraubt worden. Für keinen der beiden war er da gewesen, als sie seine Hilfe hätten brauchen können. Aber er konnte Lauren helfen, indem er sich mit ihr aussprach.

„Als ich Ray zum ersten Mal sah, erwähnte er, dass er ‚ein paar Ratten‘, wie er es nannte, in die Welt gesetzt hätte, die irgendwo dort draußen herumliefen. Den Gedanken, dass seine Kinder irgendwo im Elend aufwuchsen, konnte ich nicht ertragen, und so bedrängte ich ihn so lange, bis er mir mehr erzählte. Ich stellte weitere Nachforschungen an, und ein halbes Jahr später fand ich Eddie und die Mädchen.“ Weil Mark ein Teil des Lebens der Mädchen werden wollte, schlossen Eddie und er einen Pakt, und sie wurde für ihn so wichtig wie früher Nate. Er nahm alle drei mit nach Sunrise.

„Und wo ist ihre Mutter?“ Lauren stellte diese Frage sehr leise, doch sie musste unbedingt die Antwort darauf erfahren.

Mark fuhr sich durchs Haar. „Sie treibt sich irgendwo herum. Zur Entbindung der Babys kam sie nach Hause, doch wenig später lief sie wieder weg. Aber diese beiden kleinen Mädchen werden hier geliebt und beschützt. Und daran soll sich niemals etwas ändern.“

Ja, er liebte diese Mädchen. Sie waren seine Chance, etwas Sinnvolles in seinem Leben zu tun, auch wenn er mit diesem Wunsch bei Ray zu spät dran war. Und auch bei Nate.

Für ihn und Lauren, war es ebenfalls zu spät gewesen. Ihr anfangs ungläubiger und entsetzter Blick bekam einen verstehenden Ausdruck. Offenbar wurde ihr erst jetzt in aller Deutlichkeit bewusst, woher er kam und was er war.

Jetzt weiß sie, dass ich nicht der Mann ihrer Träume bin, dachte er. *Ich bin ein Mann, der vor seinen Verpflichtungen davonläuft, und das bedeutet, dass ich überhaupt kein Mann bin.* An ihrem Blick erkannte er, dass sie das Gleiche dachte wie er.

Als er die Küche verließ, rief Lauren nach ihm und flehte ihn an, zurückzukommen.

Aber Mark ging weiter, und es kostete ihn große Überwindung, nicht zu rennen.

Mark hatte einen leiblichen Bruder, der ein Krimineller war.

Lauren stand an der Tür und blickte ihm nach. Ganz deutlich sah sie noch seinen verzweifelten Gesichtsausdruck vor sich, als er ihr das alles erzählt hatte.

Auch wenn er es nicht ausgesprochen hatte, so wusste sie doch, dass er sich die Schuld dafür gab, dass sein Bruder auf die schiefe Bahn geraten war. In den letzten drei Tagen, als er einfach so verschwunden war, hatte er seinen Bruder im Gefängnis besucht.

Er tat ihr unendlich leid. Gleichzeitig war sie jedoch auf ihn wütend, weil er wieder verschwand, ohne ihr die Möglichkeit zu geben, alles in Ruhe zu durchdenken oder mit ihm zu besprechen.

Später gab Eddie ihr noch weitere Informationen. Als sie im Lauf des Vormittags wieder zur Ranch kam, bat Lauren sie eindringlich, ihr die ganze Geschichte zu erzählen. Und mittlerweile bekam sie ein tieferes Verständnis für alles, was Eddie durchgemacht hatte.

Außerdem begriff sie eher, was Mark so unablässig antrieb. Ihr war schon immer klar gewesen, dass er als Kind misshandelt worden war, bevor die Remingtons ihn aufnahmen. Jetzt aber erfuhr sie auch, dass er glaubte, bei seinem Bruder versagt zu haben, als der ihn brauchte. Dieser Mann war noch ein Kind gewesen, als Mark sein wildes und aufregendes Leben führte.

Immer noch wusste Lauren nicht, was sie ihm sagen sollte. Wie konnte sie ihm auch einen Rat geben, wo sie doch stets ein behütetes Leben geführt hatte? Ihre Eltern hatten sie über alles geliebt und Nate ebenfalls. Bis zu Nates Tod hatte es in ihrem Leben keine einzige Katastrophe gegeben.

Der Verlust war wie ein Schnitt in ihr Herz gewesen. Doch sie wusste jetzt, sie würde darüber hinwegkommen, denn sie lebte, und sie würde das Kind haben.

Sie musste an Mark denken. Er brauchte sie, um seine seelischen Wunden zu heilen. Er gab sich die Schuld für alles, was um ihn herum anderen geschah, und Lauren hatte keine Ahnung, wie sie zu ihm durchdringen und ihm einen Teil seiner Last abnehmen konnte.

Und was konnte sie ihm geben? Der kleine Junge von damals tat ihr leid, und sie sehnte sich nach dem Mann, zu dem dieser kleine Junge sich entwickelt hatte. Sie begehrte ihn und wollte ihn ständig um sich haben.

Aber war sie dafür stark genug? Konnte sie das Risiko eingehen, ihm zu gestehen, was sie für ihn empfand? Wie würde sie es verkraften, sich ihm völlig anzuvertrauen und dann zuzusehen, wie er wieder flüchtete, wenn sein verhängnisvoller Drang, allen Komplikationen zu entfliehen, stärker wurde als seine Gefühle für sie?

Dann wäre sie wieder allein.

Lauren wusste nicht genau, ob sie das ertragen könnte, und für diese Unsicherheit schämte sie sich.

Das Erntedankfest war vorüber. Laurens Eltern waren gekommen und Marks Eltern auch. Eddie hatte mit großer Begeisterung für alle gekocht, und Lauren hatte ihr nach besten Kräften dabei geholfen. Mit geröteten Wangen hatte sie neben Eddie am Herd gestanden. Die Zwillinge waren wie üblich ganz aufgedreht gewesen und hatten ständig gekichert.

Alle waren fröhlich, nur Mark nicht. Er hatte sich verhalten, als gehöre er nicht dazu. Er blieb höflich, aber distanziert. Sobald Lauren den Raum betrat, verließ Mark ihn unter einem Vorwand. Falls er sie irgendwann mitten in der Nacht irgendwo gesehen hatte, dann war er wie ein Geist wieder lautlos verschwunden, ohne dass Lauren es erfuhr.

In ihrem Zustand blieb ihr nichts anderes übrig, als sich damit abzufinden. Sie hatte nicht die Kraft, ihm nachzulaufen, und so musste sie es hinnehmen, dass zwischen ihnen weiterhin alles ungeklärt blieb, bis sie ihr Baby bekam.

Als sich Weihnachten näherte und damit auch Laurens Entbindungstermin im Januar, konnte sie sich nicht wie bisher ganz auf sich selbst konzentrieren. Sie war auf die anderen auf der

Sunrise-Ranch stärker angewiesen. Und alle halfen ihr nach Kräften, abgesehen von dem Mann, der sie alle hier zusammengebracht hatte.

Lauren überlegte immer noch, wie sie mit Mark ins Gespräch kommen sollte, als am Morgen des einundzwanzigsten Dezembers ihre Fruchtblase platzte.

10. Kapitel

Niemals habe ich so sehr begehrt. Noch nie habe ich solche Sehnsucht empfunden und mich gleichzeitig so weit von allem entfernt gefühlt.

Eintrag aus Mark Remingtons Tagebuch

Laurens Haar war schweißnass, und die Kiefer taten ihr weh von der ständigen Anspannung. Ihre Kehle schmerzte von den unterdrückten Schreien und dem vielen Stöhnen.

Das Kind schmiegte sich an ihre Brust, und Lauren wusste, das der Kleine jeden stechenden Schmerz und jede Anstrengung wert gewesen war, die es sie gekostet hatte, ihn auf die Welt zu bringen. Jetzt hielt sie ihn in den Armen.

Tränen standen ihr in den Augen, weil ihr Sohn wunderschön war. Sie weinte um seinen Vater, der ihn niemals kennenlernen würde, und für den Mann, der mit ihr zum Krankenhaus gerast war und ihr in den sieben Stunden, bis das Baby endlich da war, zur Seite gestanden hatte.

Erschöpft hob sie den Blick zu ihm. Sie war voller Stolz auf das, was sie geschafft hatte, und lächelnd sah sie, dass auch Mark Tränen in den Augen standen, weil er an seinen Bruder dachte.

Die zahllosen winzigen Lichter an dem farbenfroh geschmückten großen Weihnachtsbaum spiegelten sich in Sonyas Augen, als sie bewundernd das Baby ansah.

„Nathan sieht wie der kleine Jesus aus, findest du nicht, Eddie?" Sonya klang wie eine Glucke, während sie neben Lauren auf dem Sofa saß. Nachdem sie nun endlose drei Tage darauf gewartet hatte, dass Lauren mit dem Baby aus dem Krankenhaus zurückkam, wich sie Lauren nicht mehr von der Seite. Vor zwei Stunden hatte Eddie Mutter und Kind abgeholt.

Tonya folgte Lauren ebenfalls auf Schritt und Tritt. „Ja", fügte sie hinzu. „Und wir können so tun, als sei die Wiege eine Krippe, weil sonst kein Platz in der Herberge ist."

Lachend zog Eddie die Mädchen an sich. „Na, wir haben hier doch wirklich genug Platz für den Kleinen, oder? Es sei denn, euer Onkel Mark kauft noch ein bisschen mehr Spielzeug, denn dann ist in Nathans Zimmer wirklich kein Platz mehr. Dann müssen wir wirklich zu den Ställen gehen und nachsehen, ob dort noch ein Platz für ihn ist."

Nachdenklich runzelte Sonya die Stirn. „Clara würde es sicher nichts ausmachen. Sie würde ein Stück zur Seite rutschen."

Erklärend wandte Eddie sich an Lauren. „Clara ist die zwölfjährige Stute, die so gutmütig wie ein Lamm ist." Lachend sah sie wieder zu Sonya, die wie gebannt die winzigen Fingernägel des kleinen Nathan untersuchte. „So weit wird es sicher nicht kommen, meine Süße."

Auch Lauren konnte sich an ihrem Sohn nicht sattsehen. Fast neun Monate lang hatte sie dieses Kind in sich getragen und nachts von ihm geträumt.

Nate, dachte sie, du wärst so stolz. Sofort traten ihr wieder Tränen in die Augen, als sie hochblickte und Mark in der Tür stehen sah. Er wirkte so einsam und verzweifelt, dass es Lauren fast wehtat, ihn nur anzusehen.

„Na, geht es allen gut?" Er wandte sich hastig ab, und Lauren fragte sich, ob ihr als Einziger auffiel, wie gezwungen sein Lächeln wirkte. Fand denn außer ihr niemand es merkwürdig, dass er Eddie geschickt hatte, um sie und das Baby aus dem Krankenhaus abzuholen?

„Er sieht aus wie der kleine Jesus", platzte Sonya heraus, die ihre geniale Erkenntnis gern mit allen teilen wollte.

„Leider muss er in Claras Futterkrippe schlafen", fügte Tonya hinzu. „Stimmt's, Eddie?"

Eddie musste lachen, weil Mark so ungläubig aussah. „Wir haben nach einer Lösung gesucht, weil der Kleine in seinem Kinderzimmer leider keinen Platz mehr hat. Du hast anscheinend ein paar Spielzeugautos und Stofftiere zu viel gekauft."

„Oh. Na, dann sollte ich diese etwas verfrühten Weihnachtsgeschenke lieber nicht dem Baby geben." Er zog zwei Kartons hinter seinem Rücken hervor, die in pinkfarbenes Papier eingepackt und mit hübschen weißen Glöckchen und künstlichem Schnee verziert waren.

Sofort sprangen die Zwillinge auf und kamen mit hoffnungsvollen Gesichtern auf ihn zu.

„Ich schätze, ihr kennt nicht zufällig jemanden, der das hier schon einen Tag vorher öffnen will, oder doch?"

„Wir wollen das!" Die beiden lachten los und warfen sich ihm an den Hals, als er sich hinhockte.

„Na, das erleichtert mich jetzt aber. Dann muss ich sie nicht wieder zurückbringen."

„Du verwöhnst die beiden viel zu sehr." Tadelnd schüttelte Eddie den Kopf, aber sie musste lächeln, als die Mädchen das Papier abrissen und zwei Videos auspackten, die sie sich schon seit Längerem wünschten.

„Ich dachte eher daran, dass wir die kleinen Quälgeister auf diese Weise mal eine Stunde los sind."

Das Baby bewegte sich, schnaubte leise und fing dann zu weinen an. Lauren kannte den unbändigen Appetit ihres Sohns bereits und wusste sofort, was in ihm vorging. „Ich glaube, der kleine Mr. Remington hat Hunger."

„Leg dich doch etwas mit ihm hin, meine Liebe", schlug Eddie vor. „Dann kannst du nach dem Stillen ein bisschen schlafen. Ich sehe dir doch an, wie müde du bist."

„Eine gute Idee."

Das Aufstehen vom Sofa fiel ihr noch etwas schwer, und sofort war Mark bei ihr und half ihr. Genauso schnell trat er danach wieder einen Schritt zurück.

348

„Ich muss wieder los", sagte er hastig. „Hank hat Grippe, da brauchen sie bei den Ställen jede Hilfe. Ich komme aber bald wieder."

Eddie und Lauren wechselten einen Blick, der verriet, dass sie beide wussten, dass hier mehr vorging, als ausgesprochen wurde.

Als Mark zum Stall ging, sah er Lauren vor sich, wie sie im Bett lag und gerührt auf ihren Sohn blickte, der an ihrer Brust saugte. Dieses Bild würde er noch wochenlang vor seinem inneren Auge sehen.

Er sehnte sich unbändig danach, Teil dieses Bildes zu werden. Er wollte neben ihr liegen und Lauren und das Baby in die Arme ziehen. Er wollte beobachten, wie das Kind seines Bruders trank, und er wollte die runde volle Brust berühren, die ein Kind stillen und einen Mann erregen konnte.

Dann kam ihm ein anderes Bild in den Sinn. Er sah seinen anderen Bruder hinter dicken Mauern und verstärkten Glasscheiben, ein wildes Tier, das man eingesperrt hatte, damit es anderen nicht noch mehr Schaden zufügen konnte.

Schlagartig erkannte er, dass er niemals in das Bild mit Lauren passen würde.

Langsam richtete Lauren sich in ihrem Bett auf und blickte auf die Uhr auf dem Nachttisch. Es war halb fünf Uhr früh.

In den zwei Monaten, die seit Nathans Geburt vergangen waren, hatte sie sich daran gewöhnt, mitten in der Nacht von dem quengelnden Baby geweckt zu werden. Doch diesmal war sie nicht von dem unruhigen Schnaufen aus der Wiege wach geworden. Als sie in das Bettchen blickte, sah sie, dass es leer war.

Sie machte sich keine Sorgen, aber neugierig griff sie nach dem Morgenmantel und zog ihn sich über. Dann ging sie aus ihrem Zimmer auf den Flur hinaus. Das ganze Haus war vollkommen still bis auf das rhythmische Knarren des Schaukelstuhls im Kinderzimmer.

Sie verknotete den Gürtel des Morgenmantels und ging barfuß den Flur entlang. Sicher hatte Eddie sich den Kleinen geholt. Doch der Anblick, der sich ihr bot, rührte sie zutiefst.

Eine kleine Nachtlampe tauchte das Kinderzimmer in warmes Licht, und die breite muskulöse Brust des Mannes, der ihren Sohn in seinen kräftigen Armen hielt, schimmerte golden. Der hellblaue Strampler des Babys wirkte fast weiß vor Marks dunkler Haut.

Er trug eine alte Jeans und war barfuß. Mark blickte nur das Baby an, das er behutsam festhielt.

Aus großen Augen sah Nathan ihn an, und aufgeregt wedelte das Baby mit beiden Armen, während er in Marks lächelndes Gesicht blickte.

„Pscht, du kleiner Kerl", sagte Mark leise, während er Nathans kleinen Bauch sanft massierte. „Deine Mommy braucht ihren Schlaf. Ja, genau, das verstehst du auch. Wie soll sie denn jemals ausschlafen, wenn du sie jede Nacht aufweckst? Hast du dir das mal überlegt?" Er senkte den Kopf und nahm die kleinen Finger zwischen die Lippen. Als Nathan sich festkrallen wollte, lächelte Mark. „Ja, ich weiß. Der schönste Platz der Welt ist in ihren Armen. Das kann ich gut nachvollziehen. Aber lass sie einfach noch ein bisschen länger schlafen, ja?"

Nathan gab ein zufriedenes Seufzen von sich.

„Das wollte ich hören. Wir beide verstehen uns."

Lauren musste schlucken. Sie konnte die Gefühle, die in ihr aufstiegen, kaum noch beherrschen. Dieser Mann und dieses Kind waren alles für sie. Sie liebte sie beide so sehr, dass es wehtat. Und diesen Mann, der viel verletzlicher war, als er es jemals zugeben würde, hatte sie enttäuscht.

Weihnachten war schon lange vorüber, und obwohl sie sich dieses Datum gesetzt hatte, um bis dahin mit Mark ausführlich über alles, was sie bewegte, zu sprechen, hatte sie bislang ihm gegenüber kein Wort darüber verloren. Täglich spürte sie seine Zurückhaltung ihr gegenüber, weil er aus unsinnigen Gründen heraus davon überzeugt war, ihrer nicht wert zu sein. Und die ganze Zeit über merkte sie genau, wie sehr er unter dieser höflichen Distanz litt. Wie mochte es für ihn sein, einem Menschen, der ihm so viel bedeutete, jeden Tag zu begegnen, ohne wirkliche Nähe mit ihm zu erleben? Lauren konnte diese Situation ja selbst nur ertragen, weil sie jetzt Nathan hatte, der ihre Zeit und ihre Gefühle so sehr in Anspruch nahm.

Jetzt schämte sie sich dafür, dass sie so lange schon bei ihm lebte, ohne ihm den Trost und die Zuversicht zu geben, die er so dringend brauchte. Selbst wenn sie es nicht schaffte, Mark gegenüber die richtigen Worte zu finden, um ihm Selbstwertgefühl und die Sicherheit, geliebt zu werden, zu vermitteln, so wollte sie es wenigstens versucht haben. Seit Langem schon wusste sie, dass ihre Gefühle für Mark niemals ersterben würden, und genauso war ihr klar, dass Marks Empfindungen für sie genauso intensiv und von Dauer waren. Sie war so mit Nathan beschäftigt und dabei überzeugt gewesen, dass der richtige Zeitpunkt kommen würde. Keine Sekunde lang hatte sie daran gezweifelt, dass sie ihre Gelegenheit bekommen würde, um mit Mark alles zu klären.

Diese Gelegenheit war jetzt da, und es lag an Lauren, Mark die Hand zu reichen und ihm zu zeigen, dass er in ihrem Leben willkommen war.

Sie trat einen Schritt in den Raum.

Als er sie hörte, hob Mark den Kopf. Sein Herz setzte einen Schlag lang aus und schlug dann rasend schnell. Das Baby bäumte sich auf und begann zu strampeln und sich zu winden, als es Marks Anspannung spürte.

Beruhigend klopfte er Nathan auf den Windelpo, während er Lauren in die Augen sah. „Ich wollte dich nicht stören", erklärte er leise.

„Ich habe den Eindruck", sagte sie in dem gleichen ruhigen Ton und kam auf ihn zu, „dass du die ganzen letzten zwei Monate mit dem Versuch verbracht hast, mich nicht zu stören."

351

Ihm gegenüber stand ein zweiter Schaukelstuhl, und in den setzte sich Lauren jetzt. Langsam fing sie an, im selben Rhythmus wie er zu schaukeln.

Eine lange Zeit sah sie ihm nur zu, wie er ihren Sohn streichelte. „Ihr beide wirkt wie ein eingespieltes Team." Wissend lächelnd sah sie ihm in die Augen.

Es stimmte. Es war tatsächlich nicht die erste Nacht, dass Mark in Laurens Zimmer gegangen war und das langsam aufwachende Baby aus der Wiege geholt hatte. Schon in den Nächten zuvor hatte Mark lange an ihrem Bett gestanden. Nathan hatte sich an seine Schulter geschmiegt, während Mark Laurens im Schlaf entspannten Körper betrachtete. Ihr langes blondes Haar lag schimmernd über das Kopfkissen ausgebreitet.

Und nicht zum ersten Mal sah er sie so entspannt im Morgenmantel. Ihre Brüste waren rund und voll, ihr Bauch wieder schlank wie bei einem jungen Mädchen.

Er begehrte sie.

Mühsam riss er den Blick von ihr los und sah wieder zu dem Baby. „Ich war sowieso wach." In letzter Zeit schlief er ohnehin schlecht. „Da fand ich es unsinnig, dass du so früh aufwachen sollst."

Als sie kein Wort erwiderte, hob er den Kopf. Sie lehnte sich im Schaukelstuhl nach hinten, hatte die Arme locker auf die Lehnen gelegt und den Kopf zur Seite geneigt. „Da wir jetzt beide wach sind, könnten wir uns doch auch unterhalten, oder?"

Mark betrachtete ihr Gesicht, das er schon liebte, seit er sie zum ersten Mal von der Veranda des Nachbargrundstücks aus gesehen hatte. Er wünschte sich wirklich inständig, dass es etwas nützen würde, wenn sie miteinander redeten.

„Ist dir schon einmal aufgefallen, wie wenig wir zwei eigentlich miteinander sprechen?", fragte sie ihn leise.

Anstelle einer Antwort war nur das leise Knarren des Schaukelstuhls zu hören.

„Wir beiden überlegen uns immer wieder, was wir sagen wollen, aber dann sprechen wir es aus dem einen oder anderen Grund nicht aus. Was meinst du, warum das so ist? Aus Angst? Oder Unsicherheit? Ich glaube, es liegt an beidem. Wir lassen uns von unseren Zweifeln leiten und schweigen lieber."

Das Baby verzog jetzt das Gesicht und ballte die winzige Hand zur Faust. Mark hob den Kleinen an die Schulter und strich ihm über den Rücken, während er seiner Mutter in die braunen Augen sah.

„Seit zwei Monaten denke ich über Dinge nach, die ich dir sagen sollte", gestand sie. „Dinge, die gesagt werden müssen, die ich aber nicht über die Lippen gebracht habe. Ich habe mir eingeredet, dass der Zeitpunkt ungünstig sei oder dass du es nicht hören wolltest. Und manchmal habe ich geglaubt, dass ich alles nur schlimmer mache, wenn ich mich nicht richtig ausdrücke."

Sie sah auf seine Hände und dann wieder in sein Gesicht. „Im Finden von Entschuldigungen bin ich ganz gut geworden, weil ich Angst hatte, dich noch mehr von mir wegzustoßen."

Während Marks Puls immer schneller schlug, fing das Baby zu quengeln an.

Lauren beugte sich vor und streckte die Arme nach dem Kleinen aus.

Mark reichte ihr Nathan. Sofort vermisste er den warmen kleinen Körper an der Brust, aber gleichzeitig rührte ihn der Anblick von Lauren und dem Baby.

Mutter und Kind, da war er überflüssig. Er gehörte nicht dazu.

Entschlossen umfasste er die Armlehnen des Schaukelstuhls und wollte aufstehen.

„Wag es nicht, jetzt zu gehen", befahl Lauren ihm leise, aber so bestimmt, dass er sofort wieder in den Stuhl sank.

Sie löste den Knoten des Gürtels, machte den Morgenmantel auf und zog sich das Nachthemd auf der einen Seite herunter, um das Baby zu stillen.

Der Anblick ihrer Brust, mit der sie ein Kind ernähren und einen erwachsenen Mann auf die Knie zwingen konnte, erfüllte Mark mit Liebe, Verlangen und Bewunderung.

Lauren wirkte so rein und unantastbar, dass er sofort wieder zu der Überzeugung gelangte, dass er sie nicht verdiente. Sanft redete sie auf das Baby ein, bis es zu saugen anfing. Als das leise Schmatzen ertönte, lächelte sie glücklich.

„Ich sollte nicht hier sein", stellte Mark fest und merkte zu spät, dass er seine Gedanken laut ausgesprochen hatte.

Sie hob den Kopf und hielt einen Moment damit inne, Nathans Köpfchen zu streicheln. „Da irrst du dich gewaltig. Du gehörst genau hierhin. Zu mir und zu Nathan."

Mark war so daran gewöhnt, seine Gefühle zu leugnen, dass er unwillkürlich den Kopf schüttelte.

„Wir brauchen dich, Mark."

Er erstarrte und spürte, wie ihm bis ins Innerste warm wurde.

„Wir brauchen genau dich. Den Mann, der du bist. Lauf nicht weg vor mir. Zieh dich nicht dorthin zurück, wo du dich verkriechst, wenn du glaubst, du gehörst zu niemandem."

„Ich gehöre aber zu niemandem", erwiderte er eindringlich und klammerte sich an die einzige Tatsache, die sich wie ein roter Faden durch sein Leben zog.

„Du hast ja keine Ahnung, wie sehr du dich irrst", beharrte sie voller Überzeugung, und allmählich keimte Hoffnung in ihm auf. „Du hast mir einmal gesagt, dass du für niemanden ein Held seist, aber für mich warst du seit meiner Jugend ein Held. Du bist Eddies Held und auch der der Mädchen. Auch für die Menschen, die du hier auf der Ranch beschäftigst. Aber vor allem warst du immer Nates Held."

Mark schüttelte verwirrt den Kopf.

„Nein? Es ist aber heldenhaft, dass du verschwunden bist, damit Nate und ich heiraten konnten."

„Du hast ihn geliebt."

Lauren wandte den Blick ab und sah auf das Kind, das friedlich

354

in ihren Armen lag. Noch im Schlaf bewegte der Kleine nuckelnd die Lippen. „Ja, ich habe ihn geliebt. So gut ich konnte. Tut es mir leid, dass ich ihn nicht genug lieben konnte? Ja, und ich vermisse ihn jeden Augenblick. Aber dadurch liebe ich dich nicht weniger. So wie du bist. Mit deiner Vergangenheit und allem, was du für uns getan hast."

Er schluckte und konnte immer noch nicht glauben, dass dies alles kein Traum war.

„Ich liebe dich, Mark. Ich habe dich immer geliebt. Ich bewundere dich dafür, dass du dich trotz deiner Vergangenheit zu so einem wundervollen Menschen entwickelt hast. Du hättest alle möglichen Wege einschlagen können, aber du bist ein herzensguter Mensch geworden. Du hast Eddie und die Mädchen zu dir geholt und dafür gesorgt, dass Nates Bild in der Erinnerung seiner Eltern nicht befleckt ist. Aber auch du bist nur ein Mensch. Du konntest deinen Bruder nicht retten, der schon verloren war, bevor du ihn überhaupt gefunden hast. Für Ray bist du nicht verantwortlich. Du bist nur für mich und dieses Kind verantwortlich." Tränen der Liebe stiegen ihr in die Augen, und allmählich war sie davon überzeugt, dass sie Mark dazu bringen konnte, an sich zu glauben. „Wir brauchen dich so sehr. Lauf nicht wieder weg. Ich will nicht ständig im Zweifel leben, ob du für immer hierbleibst. Ich wünsche mir, dass du mich wieder willst und so sehr begehrst wie ich dich."

Bevor er sich darüber klar wurde, dass er sich überhaupt bewegte, kniete er sich vor Lauren hin. „Ich habe nie aufgehört, dich zu begehren, und ich brauche dich mehr denn je."

Sanft strich sie ihm durchs Haar und fuhr ihm über die Wange. „Zeig es mir. Liebe mich, als sei ich die einzige Frau, die du je im Leben gewollt hast."

Die Morgendämmerung brach bereits an, als sie das schlafende Kind in seine Wiege legten. Sanft drückte Mark die Frau, der er

355

sich mit Leib und Seele verschrieben hatte, auf das kühle Bett-laken.

Ihr Nachthemd lag achtlos auf dem Boden, und sie ließ ihn nicht aus den Augen, während er sich neben ihr ausstreckte.

Mark liebte es, sie im Sonnenlicht zu sehen. Im ersten Morgen-licht schimmerte ihre Haut wie Seide, und die Kurven ihrer Brüste und Hüften wirkten wie ein Kunstwerk.

Langsam strich er ihr über den langen Schenkel und staunte über das Wunder der Natur, dass dieser wunderschöne Körper auch in der Lage war, Leben zu schenken. Sachte berührte er ihren flachen Bauch.

„Ich liebe die Art, wie du mich ansiehst", flüsterte sie und drängte sich an ihn, als er ihre volle Brust mit der Handfläche um-fuhr. „Und ich liebe es, wie du mich berührst."

Seufzend erzitterte sie. Ihre Brustspitzen richteten sich auf, und ein winziger Tropfen Milch glitzerte an der rosigen Knospe. Der Anblick war so schön, dass Mark einen Moment lang gehemmt war. Dann steigerte sich sein Verlangen umso mehr. Lauren um-fasste sein Gesicht mit beiden Händen und zog seinen Kopf zu sich heran.

Ihre Lippen schmeckten nach Leben.

Als wäre es das erste Mal, berührte er ihre Lippen. Und dann wurde er eins mit ihr.

„Ich liebe dich", flüsterte Lauren dicht an seinem Mund und hob sich ihm entgegen. In ihrem Blick erkannte Mark, was es be-deutete, zu jemandem zu gehören. Es war, als komme er gerade nach Hause. An einen Ort, wo er geliebt wurde und allen Kum-mer vergessen konnte. Das Leben war ihm noch nie so schön erschienen.

Als er den Höhepunkt erlebte, war sein letzter klarer Gedanke, dass er niemals mehr weglaufen musste.

Das Leben ist schön, und wir werden geliebt. Morgen wird der kleine Nathan ein Jahr alt, und nächste Woche heiraten Mark und ich. Ich hätte nie gedacht, dass ich so glücklich sein kann. Tief in meinem Herzen weiß ich, dass Nate lächelnd auf uns herabsieht.

Eintrag aus Lauren Remingtons Tagebuch

– ENDE –

Helen R. Myers

Der geheimnisvolle Traummann
Roman

Aus dem Amerikanischen von
Kai Lautner

Prolog

Er war schon seit Stunden unterwegs, nachdem er in Oklahoma City zu Mittag gegessen hatte. Außerdem war es mittlerweile dunkel, und die Fahrt begann ihn zu ermüden. An der rechten Straßenseite stand ein Verkehrsschild. Er stöhnte entnervt auf, weil er nicht wusste, ob seine Augen oder sein Hinterteil mehr wehtaten. Bis nach Houston brauchte er laut der Kilometerangabe auf dem Verkehrsschild immer noch anderthalb Stunden.

Er fluchte vor sich hin, denn der Tank war fast leer. Außerdem konnte er es kaum erwarten, endlich anzukommen und sich die Beine zu vertreten. Doch außer einer Tankstelle abseits der Schnellstraße, gab es erst in zwanzig Meilen wieder eine Raststätte. Er bezweifelte, dass das Benzin bis dorthin reichte. Das geschah ihm ganz recht. Warum war er nicht zehn Meilen zuvor abgebogen? Aber er hatte das Firmenlogo der Tankstelle gesehen und entschieden, dort kein Geld zu lassen. Keinen müden Dollar gönnte er der Firma, deren Kurse an der Börse in den Keller gerauscht waren und ihn einiges Kapital gekostet hatten.

Er fragte sich, warum er nicht wie immer nach Texas geflogen war.

Ganz einfach. Weil Sidney ihm geraten hatte, eine Auszeit zu nehmen.

Das Erste, was er tun würde, sobald er im Hotel eingecheckt hatte, war: seinen Golfpartner und Arzt anrufen und ihm erklären, wohin er sich das nächste Mal begeben durfte, wenn er wieder eine seiner genialen Ideen hatte. „Dein Blutdruck ist viel zu hoch‟, äffte er Sidney nach. „Lass mal fünf gerade sein, sonst spielst du bald Golf mit J. Paul Getty und Diamond Jim Brady in dem schönen Golfclub, der sich Jenseits nennt.‟‟

Na gut, hatte er sich gesagt. Als die Geschäftsreise nach Oklahoma City und Houston anstand, war er Sidneys Rat gefolgt, hatte ein Auto gemietet und war in Chicago losgefahren. „Autofahren entspannt", hatte Sid gesagt. Er hatte ihm geraten: „Schau dir die Gegend an. Danach fliegst du eine Woche auf die Cayman-Inseln und erholst dich. Gönn deinem alten Wecker mal eine Auszeit. Tu es für mich, ja?"

Jetzt hätte er Sid gern erklärt, dass der liebe Gott wohl kaum die Erfindung von Überschallflugzeugen gestattet hätte, wenn er ihn Meilen und Meilen durch die platteste Landschaft schicken wollte, die es überhaupt gab.

Wieder seufzte er, als er von der Schnellstraße abbog, und konnte nur hoffen, dass Peavy's Tankstelle tatsächlich rund um die Uhr geöffnet hatte, so wie es auf dem Schild stand. Sonst …

Hohe Pinien überragten die stockdunkle Straßenkreuzung, an der er nun hielt. Es gab keinen Hinweis auf irgendeine Art von menschlicher Behausung. Man kriegt Lust auf die Innenstadt von Chicago, dachte er frustriert. Und zwar im Berufsverkehr.

Nachdem er links abgebogen war, fuhr er eine Viertelmeile, ohne dass sich die Umgebung auch nur im Geringsten veränderte. Der dichte Wald ließ die Finsternis noch schwärzer erscheinen, als sie vermutlich war, und alles, was die Kegel seiner Scheinwerfer erfassten, war …

„Was, zum …?"

Im Licht der Frontscheinwerfer sah er einen weißen Kleinwagen, die Motorhaube war aufgeklappt. Das Unangenehme daran war aber vor allem, dass sich der Fahrer des Wagens als Frau erwies.

„Das hat mir gerade noch gefehlt", grollte er. „Noch mehr Probleme."

Wenn es ein Mann gewesen wäre, wäre er weitergefahren und hätte an der Tankstelle Bescheid gesagt. Doch so hatte er keine Wahl. Die Frau stand neben ihrem Auto und wedelte mit einem weißen Taschentuch oder was auch immer. Offensichtlich hatte ihr noch niemand gesagt, dass es gefährlich war, nachts auf einer einsamen Landstraße auszusteigen und fremde Leute anzuhalten.

„Dumm", murmelte er. „Du möchtest wohl die Verbrechensstatistik erhöhen." Ein Glück für sie, dass er vorbeikam, denn er dachte nur an eines, und das hatte mit Verbrechen nichts zu tun.

Er schaltete den Warnblinker ein und hielt neben der Brünetten, die einen Minirock trug. Als er die Seitenscheibe per Knopfdruck herunterließ, presste sie eine Hand auf ihr freizügiges Dekolleté und beugte sich mit ängstlichem Gesichtsausdruck zu ihm herunter.

Jetzt kriegt sie Schiss? fragte er sich grimmig und erwiderte ihr nervöses Lächeln nicht. „Haben Sie Probleme mit dem Motor?"

Sie musterte ihn und wurde sichtlich ruhiger.

„Gott sei Dank. Ich dachte schon, ich müsste die ganze Nacht hier draußen bleiben. Wissen Sie, wie man einen Reifen wechselt, Sir?"

Er reckte den Kopf aus dem Wagenfenster und inspizierte die Räder des Kleinwagens. „Ich kann keinen Platten entdecken."

„Es ist der Reifen vorne rechts. Es tut mir schrecklich leid, Ihnen Umstände zu machen."

Klar, dachte er und beobachtete, wie die Lady sich das Haar aus dem Gesicht strich und ihm dabei einen tiefen Blick in ihren Ausschnitt gewährte. Ihr Brustansatz und der Rand ihres Spitzen-BHs waren deutlich erkennbar.

„Sparen Sie sich die Show, Honey. Ich habe es eilig, aber ich nehme Sie mit bis zur nächsten Tankstelle. Sie heißt Peavy's oder so ähnlich. Dort finden Sie jemanden, der Ihnen hilft."

Für den Bruchteil einer Sekunde wurde ihr Gesichtsausdruck hart, doch sofort lächelte sie wieder. „Anscheinend sind Sie nicht aus der Gegend, sonst wüssten Sie, dass Peavy's schon vor Jahren dichtgemacht hat."

Er fluchte leise, zog die Handbremse an und stieg aus dem Wagen. Er hatte keine Wahl. Denn obwohl seine letzte Sekretärin anderer Meinung gewesen war, als sie wütend gekündigt hatte, war er

363

kein Mistkerl. Er war nur diszipliniert und arbeitete hart. Und da diese Frau sich hier offensichtlich auskannte, konnte sie ihm auch sagen, wo er die nächste ...

Zu spät hörte er, wie sich jemand von hinten näherte. Im selben Moment, als er sich umdrehte, spürte er einen Schlag auf den Hinterkopf.

Die Nacht zerbarst in einem Feuerwerk aus blendendem Licht und Schmerz. Lärm dröhnte in seinen Ohren. Voller Panik wollte er losrennen, doch seine Beine gaben nach, und er fiel zu Boden.

Hart schlug er auf dem Straßenbelag auf. Danach wusste er nichts mehr.

1. Kapitel

„Frannie, tanz mit mir!"

„Danke, Moose, aber ich möchte, dass meine Zehen heil bleiben. Außerdem ist es Zeit für die letzte Runde. Willst du noch ein Bier?"

Er wollte und bestellte für die beiden Stammgäste, die neben ihm saßen, gleich mit. Frannie nickte, ging zum nächsten Tisch und wiederholte ihre Frage.

„Ich hab 'ne bessere Idee, Frannie-Darling", rief ein dicker Mann, der am anderen Ende des Tisches saß, und grinste. „Wie wär's, wenn du mich mit in deinen kleinen alten Trailer nimmst? Ich hab nämlich heute Abend 'n gewaltiges Verlangen danach, bei dir unterzukriechen."

„Ich glaub schon, dass du dringend wo unterkriechen solltest, Howie", gab sie zurück, während sie den vollen Aschenbecher auf seinem Tisch gegen einen sauberen austauschte. „Aber was würde deine Frau dazu sagen?"

Er grinste und versuchte, ihr zuzuzwinkern. „Dass du den Verstand einer Mücke haben musst."

Frannie wartete, bis seine Kumpel aufgehört hatten, zu grölen und sich auf die Schenkel zu klopfen. „Du weißt, dass ich auf die Meinung von Pru viel gebe. Außerdem magst du keine Tiere. Der Mann, der bei mir unterkriechen darf, muss meine Tiere mögen."

„Kein Mensch außer dir könnte diese Kreaturen mögen, Frannie."

Sie zuckte die Achseln, lächelte, sammelte leere Bierflaschen ein und stellte sie zu denen auf ihrem Tablett. „Sicher, sie sind nicht so hübsch wie Lassie oder reden mit dir wie Mr. Ed, aber ich ziehe ihre Gesellschaft jedem Mann vor, mit dem ich bisher ausgegangen bin. Sie bleiben übrigens auch länger bei mir", fügte sie scherzhaft hinzu. „Also, wer außer Howie, der nur noch Kaffee kriegt oder mir seinen Autoschlüssel geben muss, will noch was zu trinken?"

Ein paar Gäste bestellten noch. Sie ging zur Bar und ratterte die Liste für Benny herunter. Der Besitzer des Two-Step-Clubs öffnete den Kühlschrank, um die Bierflaschen herauszuholen.

„Es ist nichts mehr los, seit diese Holzfäller weitergezogen sind", grummelte Benny und stellte Bourbon und eine Wasserkaraffe auf Frannies Tablett.

Frannie rümpfte die Nase, was sowohl den vollen Aschenbechern galt, die sie gerade ausleerte, als auch Bennys Bemerkung. Nur weil sich die Gäste an der Bar nicht stapelten, glaubte er sich schon halb bankrott. Sie dagegen vermisste das Trinkgeld der Holzfäller durchaus nicht.

„Ich bin froh, dass sie überhaupt noch ein paar Bäume stehen gelassen haben, ehe sie verschwunden sind", bemerkte sie. Auf dem Weg zur Arbeit kam sie immer an einigen der hässlichen Brachen vorbei, die nach den Rodungen übrig geblieben waren. Es sah dort eher aus wie nach einem Waldbrand oder Schlimmerem.

Der schmächtige Wirt warf den Kopf zurück, was seine Matrosenmütze ins Rutschen brachte, und stöhnte entnervt. Im Hintergrund wechselte die Jukebox von einem traurigen Westernsong zu fetzigem Rock 'n' Roll. „Könnten wir die Umweltdiskussion fürs Erste mal lassen?" Er musste fast schreien, um die Musik zu übertönen. „Wenn du ein Privatleben hättest, bräuchtest du dich nicht ständig so aufzuspielen!"

Das hatte Frannie schon oft von ihm gehört. „Ich habe ein Privatleben."

„Du wohnst in einer Sardinenbüchse, sammelst Müll, und deine Freunde sind bösartige Reptilien, blöde Vögel, streunende Katzen und Hunde, die unter Garantie Flöhe haben."

Sie warf ihm einen nachsichtigen Blick zu. „Jedem das Seine. Kritisiere ich deine Gäste?"

„Wehe dir. Sie zahlen meine Steuern. Aber was du tust, ist nicht normal. Schau dich doch mal an. Du bist noch einigermaßen jung und irgendwie ganz niedlich, auch wenn du ein bisschen klein geraten bist."

„Wie oft soll ich dir noch sagen, dass einsfünfundsechzig nicht klein ist, sondern Durchschnitt."

„Klar, ein Pinguin würde dich für eine Riesin halten. Immerhin wärst du vielleicht ein wenig größer, wenn diese Mähne nicht so schwer wiegen würde." Er stellte ein gezapftes Bier auf das Tablett.

Frannie blies eine Locke aus dem Gesicht, gönnte ihrem Chef ein mildes Lächeln und sagte: „Nur weil du voller Komplexe bist, brauchst du andere nicht zu beleidigen. Ich habe letzte Woche eine Talkshow gesehen, jetzt weiß ich, woran du leidest."

„Ach ja?"

Sie unterdrückte ein Grinsen und nahm das Tablett. „Du gehörst zu den Leuten, die von ihren Fehlern ablenken, indem sie die anderer Leute hervorheben."

„Ablenken? Ich? Ha!" Benny, der vor seiner Pensionierung als Polizist Diebstähle aufgeklärt hatte, wies empört mit dem Finger auf Frannie. „Ich will dir mal was sagen, Miss Neunmalklug. Estelle hat meine Schwächen aufgelistet und den Zettel an den Kühlschrank gehängt! Ich leide an überhaupt nichts. Vor dir steht ein Verfolgter."

„Oje", erwiderte Frannie nur und ging, um die bestellten Drinks zu servieren. Geschmeidig bewegte sie sich durch das voll besetzte Lokal. Bennys Neckereien nahm sie ihm nicht übel. Immerhin hatte sie es bisher in Slocum Springs länger ausgehalten als irgendwo anders, seit sie ihr Wohnmobil Silver Duck vor fünf Jahren von ihrem Großvater geerbt hatte. Benny war ein Schatz, sonst wäre sie auch längst gegangen.

Trotzdem dachte sie noch eine Weile über seine Bemerkungen nach. Sogar als sie eine Stunde später nach Hause fuhr, grübelte sie noch darüber nach. Warum war es ihr bisher nicht gelungen, die Leute dazu zu bringen, ihren Lebensstil und ihre Lebenseinstellung zumindest zu respektieren?

367

Ziemlich harter Job, sagte sie sich. *Ich bin jetzt siebenundzwanzig. Wenn meine Lebensphilosophie nicht zu der anderer Menschen passt, na bitte …*

„Ah!" Sie bremste scharf und hoffte, die Bremsen von Petunia, ihrem alten Truck, hielten durch. Zuletzt schloss sie die Augen, überzeugt, in der nächsten Sekunde den nackten Mann zu überfahren, der mitten auf der Straße stand.

Doch entweder waren die Bremsen des lila Trucks in besserem Zustand, als sie gedacht hatte, oder ihr Schutzengel verdiente großen Dank. Jedenfalls kam Petunia mit quietschenden Reifen nur wenige Zentimeter vor dem Exhibitionisten zum Stehen.

Frannie starrte ihn an. Er blinzelte in die Scheinwerfer.

„Was haben wir denn hier?" Es konnte kein Aprilscherz sein, denn April war lange vorbei. Es konnte kein Halloweenscherz sein, denn bis dahin war es noch eine Weile. Der Mann war tatsächlich splitternackt – bis auf die Zweige, die er schamhaft vor sich hielt.

„Na immerhin." Es war definitiv kein Spaß, den sich ein frecher Gast erlaubte, denn der Ausdruck blanken Entsetzens auf dem Gesicht des Mannes war echt.

Und dieser Ausdruck war es auch, der sie davon abhielt, laut loszulachen. Trotzdem wirkte dieser Mensch irgendwie seltsam. Und war es nicht absurd, dass ausgerechnet jetzt ein unbekleideter Mann mitten auf der Straße stand, kurz nachdem Benny ihr wieder mal eine Standpauke wegen ihres nicht vorhandenen Liebeslebens gehalten hatte?

Als der Mann sich zögernd der Fahrertür näherte, kurbelte sie das Fenster herunter. „Hm, Adam, vermute ich."

„Sie kennen mich?"

„Das war ein Scherz", erwiderte sie. Da er nicht antwortete, erklärte sie: „Die Zweige und so weiter."

Er ging nicht darauf ein. „Können Sie mir helfen?"

„Ich glaube nicht, dass …"

Erst als er sich umschaute und ihr die andere Seite seines Gesichts zuwandte, erblickte sie das Blut, das an seiner rechten Schläfe hinunterrann. Frannie schaltete in den Leerlauf und zog die Handbremse an. Dann öffnete sie vorsichtig die Fahrertür und schob den Mann damit sachte zur Seite. Sie stieg aus, und jetzt, da der Fremde nah vor ihr stand, sah sie, dass er zitterte wie Espenlaub.

„Du meine Güte, was ist passiert?", rief sie und fasste ihn am Oberarm, weil er schwankte.

„Ich … ich bin nicht sicher. Ich bin aufgewacht und … ich weiß es nicht."

„Woher kommen Sie?"

Er sah sich erneut um und deutete vage nach vorn. Doch außer dem Gebüsch im Straßengraben und den schemenhaft erkennbaren Bäumen war da draußen, wo das Licht der Scheinwerfer nicht mehr hinreichte, nur tiefes Schwarz.

„Aha. Wer sind Sie?"

Er versuchte zu antworten. Sie sah, wie er sich konzentrierte – so stark, dass ihm der Schweiß auf die Stirn trat. Doch schließlich sah er ihr nur verwirrt in die Augen.

„Adam?"

Jemand hätte sie schlagen müssen, weil ihr Misstrauen so rasch verflog und tiefem Mitgefühl wich. Spontan berührte sie seine Wange. „Armer Mann. Sie haben keine Ahnung, stimmt's?"

„Stimmt. Sie auch nicht?"

Sie schüttelte den Kopf. „Keine Sorge", fügte sie schnell hinzu. „Das finden wir bald heraus. Jetzt steigen Sie erst mal in den Wagen, dann schaue ich mir den Straßengraben mal genauer an. Dort gibt es sicher irgendetwas, was uns weiterhilft."

Falls er zustimmte, behielt er das für sich, denn er blieb einfach stehen und sah sie an, als wäre jedes ihrer Worte eine Offenbarung. Frannie fand diesen Gesichtsausdruck zwar bei Lambchop in Ordnung. Doch bei einem erwachsenen Mann?

Obwohl es mehr Fragen als Antworten gab, half sie dem Fremden auf den Beifahrersitz des Trucks. Das war nicht gerade ein-

369

fach, denn er war mindestens eins neunzig groß und kräftig gebaut. Gleichzeitig war er durchtrainiert und muskulös. Sie versuchte, nicht zu genau hinzusehen, aber wer konnte schon solch einer Versuchung widerstehen?

Sobald sie die Tür geöffnet hatte, griff sie nach einer Decke, die hinter dem Sitz lag. „Hier, nehmen Sie die. Kann sein, dass es ein bisschen pikst, denn sie gehört Maury, und der haart. Aber ich habe keine andere."

Der Fremde blickte über ihre Schulter, als ob er erwartete, dass dort jemand stand und protestierte. „Ich kann sie ja teilen."

Frannie starrte ihn misstrauisch an, doch sie hätte schwören können, dass er sie nicht hinters Licht führen wollte. Also wickelte sie ihn in die Decke und half ihm in den Truck. Frannie zog ein paar Tücher aus der Box, die zwischen Windschutzscheibe und Armaturenbrett eingeklemmt war, und tupfte vorsichtig das Blut, das bereits trocknete, von seiner Schläfe. Als sie fand, dass es genug war, drückte sie ihm die Papiertücher in die Hand, holte ihre Taschenlampe aus dem Handschuhfach und eilte davon, um im Straßengraben nach irgendetwas zu suchen, was auf seine Identität hinwies.

Sie fand eine leere Bierdose, den hölzernen Rest eines Eises am Stiel, dazu ein paar glücklicherweise ausgetretene Zigarettenkippen. Leider nichts, was das Geheimnis des Fremden hätte aufklären können. Nach einer Weile kehrte sie zu ihrem Transporter zurück, der vor sich hin tuckerte, und blieb neben der Beifahrertür stehen. Der Mann saß im Wagen, zitterte und erwiderte ihren Blick so hilflos, dass sie begriff: Hier bekomme ich keine Antwort auf meine Fragen.

Aber er hatte ein attraktives Gesicht – abgesehen von der Platzwunde an der Schläfe, einem nicht sehr tiefen Schnitt in der Wange und dem zerzausten, schmutzigen Haar. Sein Gesicht verriet ihr, dass er eigentlich selbstbewusst und energisch auftrat. Seine Nase war markant, sein Mund sinnlich, und sein Kinn deutete darauf hin, dass er stur sein konnte.

370

Doch es war sein Mund, der sie am meisten faszinierte. Sie nahm an, dass sein Lächeln Herzen im Sturm eroberte. Ein grimmiges Stirnrunzeln hingegen würde jeden erzittern lassen. Würde sie wetten, hätte sie ihr Trinkgeld darauf gesetzt, dass dieser Mann schon auf der Highschool das Prädikat „erfolgreich" getragen hatte. Er gehörte zu denen, die Frauen nie vergaßen. Zweifellos ging irgendwo in diesem Land gerade eine Frau hektisch auf und ab und fragte sich, wo er wohl abgeblieben war.

Dieser Gedanke versetzte ihr einen Stich, und sie betrachtete seine großen, kräftigen Hände, mit denen er die Decke an sich presste. Er trug keinen Ring, doch das musste nichts bedeuten. Heutzutage waren die Kerle Profis darin, so unbedeutende Kleinigkeiten wie Frau und Kinder zu unterschlagen. Aber zu dieser Sorte gehörte der Mann hier nicht, oder? Warum hätte sie sonst diesen starken Impuls verspürt zu sagen: „Gesucht und gefunden!"?

„Ich fahre Sie besser ins Krankenhaus", sagte sie, weil ihre Fantasie mit ihr durchzugehen drohte.

„Nein!"

Sein scharfer Ton ließ sie innehalten. „Sie sind verletzt. Sie brauchen medizinische Versorgung."

„Sie. Sie helfen mir."

Der Charme dieses Ich-Tarzan-du-Jane-Dialogs verblasste langsam. „Hören Sie, Mr. Wundervoll, ich brauche kein Arzt zu sein, um zu erkennen, dass dies hier keine Situation ist, die durch ein Küss-mich-und-alles-wird-gut zu bewältigen ist."

„Sie."

Wenn sie ihm nur hätte erklären können, was er von ihr forderte. Sie schüttelte den Kopf, nahm ihm die Papiertücher ab – er hatte sie überhaupt nicht benutzt – und tupfte erneut vorsichtig das restliche Blut von der größten Wunde. „Ich weiß nicht, warum Sie es mir so schwer machen."

„Ich brauche einfach nur Ruhe." Er zuckte zusammen.

„Genau das versuche ich, Ihnen klarzumachen. Im Krankenhaus können Sie sich ausruhen, bis die Polizei kommt, die dann sicher …"

„Bitte."

Frannie hörte auf, die Wunde zu betupfen, und beugte sich vor, um in seinen Augen zu lesen. Was wollte dieser Mensch? Seine Augenfarbe war, soweit sie es bei der schlechten Beleuchtung beurteilen konnte, blaugrau wie dunkler Schiefer. Gern hätte sie gewusst, wie seine Augen bei Tageslicht wirkten. Wenn er gesund war. Wenn er lächelte. Hör auf damit, Jones, ermahnte sie sich im Stillen. *Du kannst weder Ärger noch Liebeskummer gebrauchen.*

Seltsamerweise hörte sie sich murmeln: „Ich denke, ich nehme Sie mit zu mir. Aber ich warne Sie: Es ist alles andere als komfortabel."

„Ich will einfach nur liegen. Und mir ist kalt."

Er fror? Sie dachte, sein Zittern käme von dem Schreck, den sie ihm eingejagt hatte, und von dem, was er durchgemacht hatte. Immerhin war Sommer, und selbst nachts sank die Temperatur kaum unter fünfundzwanzig Grad.

Frannie warf die blutbefleckten Papiertücher unten vor den Sitz und schloss sanft die Beifahrertür. Als sie sich ans Steuer setzte, warf sie dem Mann einen Blick zu. „Ich sollte Sie besser vorwarnen", sagte sie. „Ich lebe nicht allein."

Einen Moment lang wirkte er unsicher, doch dann nickte er schwach. „Ich bleibe nicht lang. Möchte mich nur ausruhen."

Vielleicht war es nur Wunschdenken, aber sie hätte schwören können, dass er enttäuscht war. „Sie missverstehen mich. Ich meinte nur, dass Sie eventuell nicht so viel Ruhe haben werden, wie Sie benötigen. Ich habe einige Haustiere, und sie, nun, sie bringen ganz schön Leben in die Bude."

„Ich mag Hunde und Katzen. Glaube ich zumindest."

Sie lachte leise und legte den Gang ein. „Hört sich gut an. Fürs Erste."

Schweigend legten sie ein paar Meilen zurück. Der Mann saß

einfach nur da, reglos bis auf das Zittern, das bald nachließ, aber nicht vollständig aufhörte.

„Ich würde ja die Heizung anmachen", bemerkte sie, „aber sie funktioniert nicht. Die Klimaanlage auch nicht. Petunia ist schon ziemlich alt." Liebevoll tätschelte sie das Armaturenbrett.

Ihr Begleiter schwieg und starrte unentwegt hinaus in die Nacht, als könnte er da draußen etwas erkennen, woran er sich erinnerte.

Um die Situation etwas zu entspannen, versuchte sie es mit: „Ich heiße Frannie."

Das fesselte seine Aufmerksamkeit. „Ein ungewöhnlicher Name."

„Dafür dürfen Sie sich bei meiner Mutter bedanken." Frannie zog eine Grimasse. „Als Kind träumte sie davon, Schauspielerin zu werden. Doch daraus wurde nichts, und obendrein heiratete sie meinen Vater und trug fortan den Nachnamen Jones. Welch ein Unglück für meine arme Mom. Als sie mit mir schwanger war, wälzte sie ein Namenslexikon nach dem anderen, bis sie Francesca fand."

„Francesca ... hübsch."

Hm. Natürlich würde er so etwas sagen. „Ganz nett", erwiderte sie so würdevoll wie möglich. „Bloß nicht für jemanden wie mich. Ehe ich fünf Jahre alt war, hatte ich den Spitznamen Frannie weg."

Er wandte sich wieder der Umgebung zu. Irgendwann murmelte er plötzlich: „Ich habe keine Ahnung, ob ich meinen Namen mag."

Frannie warf ihm einen entschuldigenden Blick zu. „Keine Sorge. Wahrscheinlich brauchen Sie bloß ein wenig Schlaf."

Nach ein paar Minuten hatten sie ihr Zuhause erreicht. Der große Wohnwagen mit Namen Silver Duck stand an der südwestlichen Ecke von Mr. Millers Farm. Mr. Miller war ein Witwer, der mehrere hundert Hektar Land besaß, durch das ein Creek floss, der in den Trinity River mündete. Dieser Creek speiste auch den Teich, der als Viehtränke diente, und dort, neben dem Teich, parkte Frannies Trailer. Sie war mit dem Viehzüchter übereingekommen, dass sie ein Auge auf die südliche Grenze seines Landes haben würde, denn es gab eine Menge Wilderer und Viehdiebe in der Gegend. Als Gegenleistung ließ er sie den Stellplatz mit Wasser- und Stromanschluss benutzen, den er für einen ehemaligen Mitarbeiter eingerichtet hatte.

Sobald sie den Truck neben ihrem alten Wohnwagen abgestellt hatte, wurden sie von einer kleinen Tierschar begrüßt. Mitten in all dem Gebell, dem Miauen und allgemeinen Aufruhr sah Frannie, wie ihr Mitfahrer gebannt auf die dreibeinige Katze starrte, die auf der Kühlerhaube stand und durch die Windschutzscheibe zurückstarrte.

Sie grinste. „Keine Angst. Es hört sich wilder an, als es ist. Sie sind alle sehr nette Zeitgenossen. Hallo, Babys", sagte sie, als sie ausstieg. Die Tiere umringten sie sofort.

Als sie die Beifahrertür öffnete, um ihrem neuen Hausgenossen beim Aussteigen zu helfen, zögerte er. „Ich dachte, Sie sagten, es handele sich um Hunde und Katzen."

„Das haben Sie gesagt."

Außerdem gab es einen Hund und eine Katze. Maury trug den Namen eines Talkmasters und war ein langhaariger deutscher Schäferhund, der nur auf einem Auge sehen konnte. Die Katze hieß Callie, als Abkürzung für Calico. Sie war so etwas wie die Chefin unter den Tieren, obwohl sie nur drei Beine besaß. Dann gab es noch Samson, das Hängebauchschwein, das sich mit seinem Rüssel rücksichtslos den Weg bahnte, wohin auch immer es wollte. George war eine Ente von ziemlich edler Abstammung, und Lambchop, ihr Liebling, war eine Eselin mit einem deformierten Huf. Sie bildete jedes Mal den Schluss der Parade. Zu guter Letzt war da noch Rasputin, ein gefährlich aussehender Ziegenbock mit buschigen Augenbrauen und langem Bart.

Als der Fremde aus dem Wagen stieg, begannen Maury und Rasputin sofort, um die Decke zu kämpfen, in die er sich gewickelt hatte. Frannie seufzte, sie hätte es wissen müssen. „He, Leute, nicht jetzt!"

Sie schob die beiden sachte mit Knien und Ellbogen weg und schaffte es, ihren Gast die zwei Stufen zur Veranda hochzubugsieren, die sie im letzten Herbst selbst gebaut hatte. Doch ihre Versuche, die Rowdys zurückzuhalten, schlugen weitgehend fehl. Sie nahm an, dass ihr Begleiter mittlerweile überlegte, ob es nicht besser gewesen wäre, die Nacht auf freiem Feld mit Moskitos und anderen Unwägbarkeiten zu verbringen. Und im Übrigen war das hier ja nur der Anfang. Sie traute sich kaum, ihn vorzuwarnen, was ihn drinnen im Wohnmobil erwartete.

Sie öffnete die Tür und rief: „Ich bin wieder da!"

Noch ehe sie den Lichtschalter fand, krächzte jemand: „Rettet mich! Rettet mich!"

Sie hörte etwas flattern, und gleich darauf krallte sich dieses Etwas in ihre Schultern. „Au. Pass bloß auf!", drohte Frannie amüsiert und machte Licht.

Sobald es hell war im Raum, präsentierte sich der große rote Ara von seiner besten Seite. Er zwickte Frannie zärtlich in die Wange und krächzte: „Hallo, Blondie."

„Du weißt doch, dass du nicht rausdarfst, bevor ich dir gesagt habe, dass alles in Ordnung ist."

„Gib mir einen Kuss!", krächzte der Vogel.

Frannie gab nach, schimpfte aber. „Ich sollte dich Dr. J. zum Abendessen servieren, du kleine ungezogene Göre."

Das waren zu viele Worte für den Papagei, aber Honey verstand die Botschaft offensichtlich doch. Sie flog durchs Zimmer und kletterte zurück in ihren Käfig. Sobald sie drin war, zog sie von innen die Tür zu – gerade noch rechtzeitig, denn Dr. J., die Manx-Katze, war ihr auf den Fersen. Neulich war es Dr. J. fast gelungen, Honey in seinen Fressnapf zu zerren.

„Ich schaffe es einfach nicht, diese beiden voneinander fernzuhalten", erklärte Frannie ihrem Gast, der verblüfft dastand. „Jetzt hat Dr. J. auch noch rausgefunden, wie er aus dem hinteren Schlafzimmer entkommen kann, und ich weiß einfach nicht, was ich dagegen tun soll."

375

„Gibt es noch mehr?", fragte der Fremde ängstlich.

„Zwei. Aber die werden Sie erst sehen, wenn sie sich trauen. Sie sind nämlich sehr scheu." Sie fasste ihn am Arm. „Sie sollten duschen", riet sie und wies den Flur entlang. „Was Kleider betrifft ... Ich fürchte, Sie müssen sich mit einem Bettlaken oder einem Handtuch behelfen. Ich besitze ein paar Schlafshirts, aber ich nehme stark an, dass selbst die nicht groß genug sein werden."

Der Mann blieb stehen, und obwohl er so schwach war, dass er sich an der Wand abstützen musste, war sein Blick offen und dankbar. „Ich bin zwar etwas verstört, aber ... aber mir ist klar, dass ich viel von Ihnen verlange."

Frannie verspürte das Bedürfnis, für immer in diese schieferblauen Augen zu blicken. „Schon gut."

„Vertrauen Sie mir?"

„Ja, klar", erwiderte sie, ohne den Blick von ihm zu lösen.

Sie sah, wie er erleichtert aufseufzte. „Danke", sagte er leise.

Je länger er sie ansah, desto intensiver wurden ihre Fantasien, bis ihr Körper sich erhitzt anfühlte und ihre Wangen sich röteten. Sie wies auf das Bad und zog sich Richtung Küche zurück. „Ich ... ich muss die Tiere füttern. Bitte ertrinken Sie da drin nicht."

„Miss ... Frannie?"

Sie hielt inne und wartete.

„Sie gehen doch nicht weit weg, oder? Der Klang Ihrer Stimme, der ist so ... beruhigend."

Hilfe, dachte Frannie und wusste, dass das Chaos vorprogrammiert war. Die Hilflosigkeit in seiner Stimme und der Blick, der das, was er sagte, begleitete, bewirkten, dass sie förmlich dahinschmolz. Sie konnte mit Aufreißern und Chauvinisten, mit Anzüglichkeiten und billiger Anmache fertigwerden. Aber ein verletzlicher Mann, der sich in Schwierigkeiten befand, war zu viel für sie ...

„So ein Mist!", schimpfte sie laut. „Ich dachte, ihr Kerle wärt ausgestorben!"

„Ausgestorben?"

Jetzt war nicht der Moment, um ihn mit ihrer spontanen philosophischen Erkenntnis zu beglücken. „Nicht so wichtig. Jeder von uns fühlt sich ab und an mal verloren in dieser Welt. Gehen Sie duschen, danach sehen wir weiter. In Ordnung?"

2. Kapitel

Sobald er die Badezimmertür hinter sich geschlossen hatte, pfiff Frannie leise durch die Zähne. Himmel, das war knapp gewesen. Wenn er noch ein paar Sekunden länger dort gestanden hätte, wäre sie wohl gemeinsam mit ihm duschen gegangen. Wenn der Typ schon in diesem angeschlagenen Zustand so antörnend war – wie würde er dann erst auf sie wirken, wenn er frisch geduscht und rasiert war?

Gedankenverloren ging sie zurück in die Küche, doch gleich darauf blieb sie abrupt stehen, weil sie einen heißen Atem auf der Wange spürte, gefolgt von einer rauen Zunge. Zwei Reptilienbeine stemmten sich auf ihre Schultern, und einen Moment später löste sich der Leguan von seinem Platz auf dem Lautsprecher und wand sich um ihren Hals.

Frannie kratzte Bugsy unter seinem Kinn. „Wie findest du den Neuen?", flüsterte sie und ging weiter. „Ich weiß genau, dass er dir gefällt. Sonst würdest du nämlich nicht so neugierig hier herumspionieren."

Sie blieb neben dem Küchentresen stehen und setzte den Leguan auf die Arbeitsplatte. Dann schaltete sie das Deckenlicht ein. Dr. J. saß bereits auf seinem Lieblingsbarhocker und hoffte wohl auf einen Gutenachtsnack. Honey meldete sich krächzend aus ihrem Käfig, obwohl sie in ihrem Napf noch genug zu knabbern hatte.

„In Ordnung, Leute", sagte Frannie, die sich des Lärms, den die Tiere draußen machten, wohl bewusst war. Es japste und meckerte und kläffte und kratzte an der Tür. „Jeder bekommt etwas, genau wie immer. Aber reißt euch ein bisschen zusammen. Kann ich mich denn nicht mal um einen Gast kümmern, ohne dass ihr gleich Randale macht?"

Maury jaulte vorwurfsvoll hinter der Glastür. Er wollte immer das letzte Wort haben.

„Das habe ich genau gehört." Frannie hielt den Rinderknochen hoch, den eine ihrer Kolleginnen ihr zurückgelegt hatte. „Siehst du den hier? Keine Eifersucht, hörst du, sonst darf Samson daran nagen."

Maury gab einen verächtlichen Laut von sich und schlug mit einer Pfote gegen die Tür. Rasputin unterstützte ihn, indem er mit dem Kopf gegen die Scheibe stieß.

Frannie musste lächeln. Kein Wunder, dass ihr Gast misstrauisch gewesen war, als er aus dem Truck steigen sollte. Selbst für jemanden, der so vertraut mit der Bande war wie sie, waren die Biester manchmal eine Herausforderung. Sie wusste, dass sie an diesem Abend nur wenig Zeit haben würde, mit ihnen zu spielen, wie sie es sonst tat. Denn der Mann im Bad war so verdächtig still, dass sie das Gefühl hatte, es wäre an der Zeit, mal nach ihm zu schauen.

Es dauerte gute zwanzig Minuten, bis sie all ihre Tiere gefüttert hatte. Als sie endlich dem letzten „Gute Nacht" gesagt hatte und Richtung Badezimmer ging, war sie selbst so weit, dass sie hätte duschen müssen. Sie hoffte, dass der Fremde mittlerweile fertig war, und klopfte leise an die Tür.

„Wie weit sind Sie?", fragte sie von draußen.

Sie horchte, aber es kam keine Antwort.

„Hallo? Ist alles in Ordnung?"

Die Stille da drinnen machte ihr Angst. Was, wenn der Mann schwerer verletzt war, als es zunächst den Anschein hatte? Was, wenn er gerade in ihrem Badezimmer verblutete?

„Ich komme jetzt rein", verkündete sie. „Ist das in Ordnung?"

Als er immer noch nicht antwortete, verließ Frannie kurzzeitig der Mut. Nur dumm, dass niemand hier war, der den Job für sie hätte erledigen können!

Sie öffnete die Tür und spähte vorsichtig um die Ecke. Ihr Gast saß immer noch genauso auf der Kommode, wie sie ihn vorhin verlassen hatte. Frannie seufzte, ging zu ihm und legte ihm sanft eine Hand auf die Schulter. „Haben Sie mich nicht gehört?"

Er schaute zu ihr auf, und ihr Herz machte einen kleinen Hüpfer, als sie seinen warmen, erwartungsvollen Blick sah. „Hallo", murmelte er.

„Sie sollten doch duschen."

Fragend schaute er hinüber zu der Duschkabine. „Ich habe es wohl vergessen."

Vergessen? Das Einzige, worum sie ihn gebeten hatte? „Bitte sagen Sie das nicht. Sie müssen wissen, dass ich kurz davor bin, die Polizei um Hilfe zu bitten."

„Nein. Nein, bitte nicht."

„Aber Sie sind verletzt, und es ist klar, dass Sie nicht einfach bloß hingefallen sind. Vielleicht sperren sie mich wegen unterlassener Hilfeleistung ein oder so ähnlich."

„Sie haben mir doch geholfen."

„Ja, aber nicht professionell." Frannie beugte sich zu ihm und sah ihm in die Augen. „Sie müssen mit mir kooperieren. Und Sie müssen unbedingt duschen. Danach werden Sie sich viel besser fühlen, da bin ich mir sicher. Wenn nicht, dürfen Sie sich hinterher eine Weile hinlegen. Sie möchten doch meine saubere Bettwäsche nicht schmutzig machen, oder? Also, werden Sie duschen?"

Er nickte zögernd.

Frannie war nicht sicher, ob er sie wirklich genau verstanden hatte. Sie deutete auf die Duschkabine. „Wann immer Sie möchten."

Offensichtlich nicht jetzt, denn ihr Gast blieb einfach sitzen. Sie hatte das Gefühl, gegen Windmühlen zu kämpfen. Daher nahm sie seine Hände. „Fangen wir also noch mal von vorn an. Verstehen Sie, was ich sage?"

„Ja."

„Worin liegt dann das Problem?"

„Ich will da nicht rein."

Frannie warf einen Blick auf die Duschkabine. Was meinte er? Natürlich war ihr Zuhause keine Luxusvilla. Nach dem Tod ihrer Großmutter war ihr Großvater mit dem Trailer im Schlepptau auf seinem Selbstfindungstrip durch die USA getingelt. Die Einrichtung war also nicht gerade neu. Aber kein noch so pingeliger Mensch hätte behaupten können, dass es hier unordentlich oder schmutzig war. „Ich verstehe nicht ganz", sagte sie.

„Ich sehe nichts."

„Was wollen Sie denn sehen?"

„Da drin sehe ich nichts."

Sie brauchte einen Augenblick, doch dann begriff sie. Er hatte Platzangst. Ob das an seiner Verletzung oder einem älteren Trauma lag, wusste sie natürlich nicht. Doch es sah nicht so aus, als könnte sie ihn vor Sonnenaufgang noch dazu überreden, in diese Duschkabine zu steigen.

„Puh", sagte sie entnervt und hockte sich vor ihn hin. „Ich weiß gerade nicht, was ich tun soll. Am besten, ich fahre Sie doch ins Krankenhaus."

„Nein."

„Sie brauchen aber einen Arzt."

„Nein!"

Ehe sie reagieren konnte, packte er ihre Handgelenke und hielt sie fest. Für einen Mann mit einer Kopfverletzung war er verdammt kräftig. Frannie musste einen Schrei unterdrücken, obwohl sie es durchaus gewöhnt war, dass sich Krallen in ihre Arme schlugen, dass irgendein Tier sie biss oder zwickte oder ihr auf den Fuß trat. Doch das hier war etwas anderes. Persönlicher. Gefährlicher.

„Hören Sie", begann sie und senkte den Kopf. „Sie tun mir weh, und ich habe Angst vor Ihnen."

Sofort ließ er sie los. Mit erschrockenem Gesichtsausdruck schaute er auf sie hinab und berührte ihr Haar. „Das wollte ich nicht. Es tut mir leid."

Seine Reue war ehrlich, seine Berührung zart. Frannie unterdrückte den Impuls zu flüchten und richtete sich auf. „Was soll

381

ich bloß mit Ihnen machen? Verstehen Sie denn nicht, dass Sie sich waschen müssen? Der Dreck muss raus aus Ihren Wunden."

Er runzelte die Stirn und schaute erst auf die Duschkabine, dann auf Frannie. „Würden Sie mir helfen?"

Das meint er nicht ernst, oder? dachte Frannie. Doch als sie schon erwidern wollte, dass sie seinen Vorschlag unmöglich fand, begriff sie plötzlich, dass ihr wohl keine andere Wahl blieb. Er spielte ihr nichts vor. „Nein", stöhnte sie entnervt. „Verlangen Sie das nicht von mir."

„Bitte. Es ist nicht so, wie Sie denken. Ich weiß bloß nicht, ob ich allein …"

„Allein in so einer engen Kabine sein kann?" Als er nickte, seufzte sie im Stillen. Ein nackter Mann war durchaus nichts Neues für sie, obwohl sie so viele nun auch wieder nicht gesehen hatte. War diesem Menschen eigentlich klar, um was er sie da bat?

Es war ihm klar. Das erkannte sie, als sie seinen verlegenen Blick sah.

„Ich muss verrückt geworden sein", flüsterte sie kaum hörbar.

„Wie bitte?"

„Schon gut." Sie nahm das größte Handtuch, das sie besaß, aus dem Schrank hinter sich und legte es für später auf den Waschbeckenrand. Dann zog sie ihre Sneakers aus.

„Eins muss klar sein", sagte sie zu dem verletzten Fremden, während sie ihre Socken abstreifte. „Eine falsche Bewegung, und Sie werden es bereuen. Kapiert?"

„Ich werde mich überhaupt nicht bewegen."

„Das wird sich zeigen."

Sie drehte sich nicht um, als sie ihre Jeans auszog. Hier ging es nicht um Schamhaftigkeit, und trotz ihrer Warnung war sie ziemlich sicher, dass er nicht die geringste Lust hatte, irgendetwas Dummes zu tun. Immerhin trug sie noch ihr T-Shirt und ihren Slip, und das war mehr, als sie anhatte, wenn sie bei ihrer Freundin Holly im Swimmingpool herumplantschte.

Das Problem war eher der Fremde.

„Na gut", verkündete sie schließlich und drehte das Wasser auf. Sie wartete, bis es die richtige Temperatur hatte, und forderte den Mann auf: „Ich wäre so weit. Los geht's."

Frannie war neugierig, ob ihr Gast eher der schüchterne oder der freizügige Typ war. Doch als er aufstand, sich Halt suchend auf ihre Schultern stützte und das Handtuch, das er um seine Hüften geschlungen hatte, zu Boden fiel, wirkte er so unbeholfen wie ein Einjähriger, der Laufen lernt.

Wenn Frannie gehofft hatte, dass ihr T-Shirt und der Slip sie vor lüsternen Gedanken schützten, so wurde sie enttäuscht.

Bereits zuvor hatte sie entschieden, dass dieser Mann eine Augenweide war, doch nun wusste sie, dass das noch untertrieben war. Die Mädels im Club hätten ihn wahrscheinlich als „Hengst" bezeichnet. Ihr selbst erschien er einfach nur wunderschön. Es genügte ein Blick, um ihr klarzumachen, dass sie alle Selbstbeherrschung nötig haben würde, um sich in der nächsten Viertelstunde nicht komplett lächerlich zu machen.

Frannie legte einen Arm um seine Taille, um ihn zu stabilisieren. „Langsam, langsam", beruhigte sie ihn und führte ihn zur Duschkabine. „Das klappte doch schon prima."

„Ich fühle mich scheußlich."

„Da drin ist eine Sitzmöglichkeit. Gleich haben Sie es geschafft."

„Bitte lassen Sie die Tür auf."

„Klar, mache ich." Hier drin war es ohnehin viel zu eng. In all den Jahren hatte sie nie einen Gedanken daran verschwendet, wie eng die Duschkabine ihres Silver Duck war. Doch sobald sie mit dem Fremden darin stand und versuchte, ihn auf den dreieckigen Sitz zu bugsieren, gab es Platzprobleme. Der Mann war so groß, dass sie ihm nicht helfen konnte, ohne ihm nah zu kommen. Ihn sauber zu kriegen hieß also, den unfreiwilligen Körperkontakt hinzunehmen.

Schwierig, dachte sie. *Aber gibt es hier noch einen anderen Freiwilligen?*

„Warten Sie." Frannie war pitschnass, als sie ihn endlich dazu gebracht hatte, sich zu setzen. „Wir sind uns ja noch gar nicht offiziell vorgestellt worden", sagte sie leise, als seine Nase zum dritten und hoffentlich letzten Mal gegen ihre Brust stieß.

Glücklicherweise hatte er ihren Kommentar nicht gehört oder ihn einfach ignoriert. Sie justierte den Duschkopf, damit der Wasserstrahl den Fremden traf und nicht sie selbst. „Wenn Ihnen schwindlig wird, halten Sie sich einfach an mir fest."

Im Moment schien er jedoch zufrieden damit, sich an die Wand der Duschkabine zu lehnen und die Augen zu schließen. Er sah aus, als würde höchstens eine Explosion ihn wieder auf die Füße bringen.

Besorgt ermahnte ihn Frannie: „Sie dürfen mir hier nicht einschlafen."

„Bin aber müde."

„Nein, nein, nein. Sie müssen mir helfen, damit ich Ihnen helfen kann."

„Ich versuche es."

Sie schüttelte ihre Locken aus dem Gesicht und entschied sich dafür, zuerst sein Haar zu waschen. Schmutzige Rinnsale liefen über sein Gesicht. Je früher sie die Kopfwunden sauber bekam, desto weniger Gefahr bestand für ihn, sich eine Infektion zuzuziehen.

Glücklicherweise benutzte sie parfümfreies Shampoo und parfümfreie Seife, so konnte sie eine mögliche allergische Reaktion vermeiden. Aber es war ihr unangenehm, dass sie ihm beim Waschen vermutlich erneut Schmerzen zufügen musste. Daher fragte sie ihn mehrere Male, ob es wehtat, während sie sein Haar einschäumte. Doch er erwiderte immer nur: „Es ist wie die Berührung eines Engels."

„Das kann ich nur hoffen", erwiderte sie und versuchte, ein bisschen zu plaudern, um sich davon abzulenken, dass seine muskulösen Beine ihre Schenkel berührten. „Es wäre mir peinlich, wenn ich der Polizei erklären müsste, weshalb ich annahm, dass ich Sie besser zusammenflicken kann als ein Arzt im Krankenhaus."

„Keine Polizei. Kein Krankenhaus."

„Ja, ja, das sagten Sie bereits."

Als sie begann, das Shampoo auszuspülen, musste sie ihm noch näher kommen. Sie benutzte einen Waschhandschuh, um die Verletzung an seiner Schläfe zu reinigen, denn unter den gegebenen Umständen war es die einzige Möglichkeit, allen Dreck aus der Wunde zu spülen.

Als sie ihn endlich aufforderte, sich nach vorn zu beugen, damit sie die Beule an seinem Hinterkopf inspizieren konnte, geriet sein Gleichgewichtssinn vollends ins Wanken. Im selben Moment, in dem sie sich aufrichtete, um den Waschhandschuh auszuspülen, fiel der Mann fast von seinem Sitz und hätte Frannie beinahe mitgerissen.

Vor Schreck stieß sie sich den Ellbogen. Dann versuchte sie, den Verletzten zu stabilisieren, um ihre Arbeit beenden zu können – doch jedes Mal mit demselben Ergebnis.

„Ich weiß, dass Sie erschöpft sind", keuchte sie irgendwann. „Aber wir müssen das hier zu Ende bringen."

„Mir ist schlecht."

„Ist das eine Art, mit der Frau zu sprechen, die gern mit Ihnen schlafen würde?" Frannie warf ihm einen Blick zu, um zu prüfen, ob dieser schockierende Satz die richtige Wirkung zeigen würde – ohne Erfolg. „Also gut, versuchen wir es damit: Stützen Sie sich mit den Unterarmen auf die Knie, und legen Sie Ihren Kopf hierhin." Sie klopfte sich auf den Bauch, um es ihm zu zeigen.

Zuerst klappte es perfekt. Er fiel nicht mehr um, und sie konnte sich in Ruhe um die Beule an seinem Hinterkopf kümmern.

Aber dann spürte sie seinen warmen Atem auf ihrer Haut. Und als er gleich darauf wieder die Balance verlor, hielt er sich auch noch an ihren Beinen fest!

Frannie erstarrte und fühlte seine Hände an der Rückseite ihrer Oberschenkel. Sie hätte schwören können, dass es nicht nur Halt war, den er suchte ... „Hm ... Mister?"

385

Sie fragte sich, ob er ihr etwas vorspielte. Als er seine Hände höher wandern ließ und schließlich ihren Po umfasste, war sie sich sicher. Sie hatte schon den Waschlappen erhoben, um ihm damit auf die Finger zu hauen, da stöhnte er tief und schmerzvoll auf.

„Ich kann nicht mehr."

Ich auch nicht, dachte Frannie, verzieh ihm aber. „Halten Sie sich fest. Wir sind gleich fertig."

„Das ist ... alles zu viel."

„Nein, Sie machen das prima."

„Nein, Sie. Und Sie haben ... Hände."

Sie lächelte. „Das haben wir gemeinsam."

„Tolle Hände, meinte ich."

Das ungeschickte Kompliment rührte Frannie und elektrisierte sie gleichzeitig. Sie ertappte sich dabei, die Situation etwas zu sehr zu genießen.

Daher brachte sie ein wenig Abstand zwischen sich und den Fremden und konzentrierte sich darauf, seinen Hals und seine Schultern zu waschen, seine Brust und seine Arme. Doch das half ihr wenig. Zu durchtrainiert war sein Körper, zu weich seine Haut, zu hart waren die Muskeln ...

„Joggen Sie? Oder gehen Sie ins Fitnessstudio?"

Er zögerte erst, dann erwiderte er: „Ich wünschte, ich wüsste es."

Frannie verstand. Mitgefühl stieg in ihr auf, deshalb plauderte sie in unbeschwertem Ton weiter. „Ich hasse Sport. Das ist verrückt, denn ich treibe ständig Sport. Aber sobald jemand von mir verlangt, dass ich mich einem speziellen Training unterziehe, geht gar nichts mehr. In der Schule bin ich in Sport fast durchgefallen."

Der Fremde reagierte nicht.

Es machte Frannie nichts aus, denn sie war mittlerweile fertig. „So, jetzt bringen wir Sie wieder auf die Füße."

Sie zeigte ihm, wie er es anstellen musste, und half ihm, die Balance zu halten. Schon zuvor war es nicht einfach gewesen, doch nun brauchte sie ihre ganze Kraft. Und es gab keine Möglich-

keit, engen Körperkontakt zu vermeiden. Sie waren aneinanderge-
presst, ihre Brust an seinem Bauch, ihre Wange auf der Höhe seines
Herzens – und weiter unten ...

Oh nein! Der Fremde war offensichtlich überhaupt nicht mehr
müde. Zumindest ein Teil von ihm war hellwach! Er holte erschrocken Luft.

„Hier." Sobald sie ihn aus der Duschkabine bugsiert hatte,
lehnte sie ihn gegen die gefliesste feuchte Wand und nahm das Badetuch. Sie musste nachdenken, und das ging besser, wenn er sich
bedeckte.

Er schien es ebenso eilig zu haben, denn er wickelte das große
Handtuch sofort um seine Hüften. Doch dann suchte er ihren
Blick. „Frannie ..."

„Seien Sie vorsichtig. Der Boden ist rutschig, weil wir die Duschkabine offen gelassen haben."

„Frannie."

„Was ist?"

„Weshalb lassen Sie mich nicht? Ich möchte mich entschuldigen."

Frannie fühlte sich nun wie eine Idiotin. Ein Blick in sein Gesicht, und sie schmolz vor Sorge, Mitleid und noch einem anderen
Gefühl, das sie nicht beim Namen nennen wollte, dahin. Aber dieses andere Gefühl hatte hier nichts zu suchen.

„Wofür entschuldigen? Dafür, dass Sie ein Mensch sind?" Fragend blickte sie zu ihm auf. „Sie sind zu erschöpft, um sich heute
Nacht noch irgendwohin zu begeben, richtig?"

„Ich will nur schlafen."

„Schon verstanden. Bleiben Sie, wo Sie sind."

Sie ging ins Schlafzimmer und knipste die kleine Nacht-
tischlampe an, drehte sie aber so, dass sie ihn nicht blenden würde.
Dann nahm sie die Tagesdecke von ihrem breiten Bett und schlug
die Bettdecke zurück. Dabei konnte sie nicht verhindern, dass ihre
Fantasie mit ihr durchging. Der nackte Fremde zwischen ihren frischen Laken ...

Als sie ins Bad zurückkam, sagte sie: „Sie sind zwar noch nicht ganz trocken, aber das macht nichts. Wichtig ist, dass Sie sich hinlegen. Sie sehen aus, als würden Sie gleich umfallen."

Sie brachte ihn ins Schlafzimmer und half ihm, sich ins Bett zu legen. Als sie ihn zudeckte, sah sie, dass die Wunde an der Schläfe wieder angefangen hatte zu bluten. Also rannte sie zurück ins Bad, wo sich ihr Erste-Hilfe-Koffer befand. Er war gut ausgestattet, schon wegen ihrer Tiere. Sie machte einen Verband und plauderte dabei unablässig belangloses Zeug. Dann fiel ihr etwas ein. „Aspirin. Bestimmt haben Sie Kopfschmerzen."

Erneut verschwand sie und kehrte gleich darauf mit einer Tablette und einem Glas Wasser zurück. „Fällt Ihnen sonst noch etwas ein, was Sie brauchen könnten?"

„Nein. Doch. Frannie, ich wollte nicht ..."

„Versuchen Sie zu schlafen", riet sie ihm, weil sie keine Lust hatte, wieder auf das brisante Thema zurückzukommen. „Sie können mich jederzeit rufen, wenn es Ihnen schlechter geht. Normalerweise bleibe ich noch eine Weile wach, wenn ich nach Hause komme. Ich brauche nicht viel Schlaf."

„Francesca, stopp!"

Schneller als Samson, wenn er etwas zu fressen witterte, schnellte der Fremde trotz seiner Verletzungen hoch und umklammerte mit eisenhartem Griff ihr Handgelenk. Frannie setzte sich entnervt aufs Bett. „Was gibt's?"

„Sie machen mich schwindlig."

Wenn er bloß wüsste, dass er die gleiche Wirkung auf sie hatte.

„Sie müssen mich ausreden lassen", fuhr er fort.

„Sie sollen nicht reden, Sie sollen sich ausruhen."

„Aber Sie sind immer noch ... bitte, haben Sie keine Angst vor mir."

„Darf ich Sie daran erinnern, dass Sie derjenige mit dem Loch im Kopf und dem Gedächtnisverlust sind?"

„Frannie ..." Er sah aus, als wollte er sich tatsächlich mit ihr streiten, doch war zu schwach. Deshalb sagte er nur: „Sie sind sehr nett und sehr ... sexy."

Davor hatte sie sich gefürchtet: dass er etwas Gefühlvolles sagte. Denn sie fand ihn sowieso schon sehr anziehend. Im Übrigen litt der Mann offensichtlich nicht nur unter Gedächtnisverlust, sondern war auch noch blind wie ein Maulwurf! Sie warf einen Blick in den Schminkspiegel auf ihrem Nachttisch und fand sich so sexy wie Callie, nachdem Maury die Katze in den Teich geschubst hatte. Sie hatte keine Zeit gehabt, sich zu kämmen, und das bisschen Make-up, das sie trug, war verschmiert.

„Ich gehe dann mal besser", verkündete sie und versuchte, ihr Handgelenk aus seinem Griff zu befreien. Es gelang ihr nicht.

„Es stimmt, dass ich nicht weiß, wer ich bin", sagte er rau, „aber ich glaube nicht – nein, ich weiß, dass ich Ihnen niemals wehtun würde."

Frannie sah ihm in die Augen. Sie wusste, dass er die Wahrheit sagte. Doch er konnte nicht wissen, wie sehr er mit seinen Worten dazu beitrug, Frannie zu verwirren. Nicht nur, dass sie sich fragte, wer er wohl war – mehr noch irritierte sie das, was sich so unaufhaltsam zwischen ihnen zu entwickeln schien.

„Ich glaube Ihnen", erwiderte sie und gab sich einen Moment lang jenen unerklärlichen Gefühlen hin, die sie mit Wärme und Verlangen erfüllten. „Würden Sie sich jetzt bitte ein wenig ausruhen?"

Er lockerte seinen Griff, gab sie aber nicht ganz frei.

Sie konnte ein Kichern nicht unterdrücken. „Was ist denn nun noch?"

„Gehen Sie wirklich weg?"

„Nur ins Nebenzimmer."

„Aber nicht gleich."

„Sie müssen schlafen."

„Ich weiß. Aber … wenn Sie da sind, ist es erträglich."

„Es?"

„Dass ich nicht weiß, wer und was ich bin."

Dieses Gefühl musste furchtbar sein. Frannie sah, dass er extrem darunter litt, und gab den letzten Rest an Widerstand auf.

389

„Sie müssen sich einfach sagen, dass das nur ein vorübergehender Zustand ist", ermunterte sie ihn sanft. „Morgen früh wachen Sie vielleicht auf und fühlen sich wie neu, abgesehen von den Kopfschmerzen. Man sagt, dass das Gehirn in der Lage ist, wahre Wunder zu vollbringen. Sie werden sich gewiss wieder an alles erinnern."

„Und wenn nicht? Wenn es bei mir anders ist?"

„Das ist die falsche Einstellung. Mein Großvater hat immer gesagt: ‚Lass dich niemals von negativen Gedanken runterziehen. Denk immer positiv, das ist schon die halbe Miete.'" Frannie grinste, weil sie seinen zweifelnden Blick sah. „Es stimmt wirklich. Er hatte immer gute Laune und war voller Tatendrang."

„Das scheint auf Sie abgefärbt zu haben."

„Oh, ich bin im Vergleich zu ihm ein Trauerkloß."

„Das bezweifle ich." Der Fremde schloss die Augen und fragte: „Haben Sie bei ihm gelebt?"

„Manchmal. Jedenfalls so oft ich konnte. Meine Eltern fanden das nicht so lustig. Sie verstanden sein Fernweh nicht, und seine Reiselust wurde noch stärker, nachdem meine Großmutter gestorben war. Als Kind besuchte ich ihn in den Sommerferien, aber nach dem Schulabschluss zog ich zu ihm. Wir hatten eine wunderbare Zeit. Vor fünf Jahren ist er gestorben."

„Und Ihre Eltern?"

„Sie leben immer noch im Osten, in Pittsburgh. Immer noch in derselben großen Backsteinvilla, die sie kurz nach ihrer Hochzeit gekauft haben. Mein Vater arbeitet für eine große Versicherungsfirma. Meine Mutter … nun ja, sie kauft Antiquitäten auf privaten Flohmärkten und bei Haushaltsauflösungen, poliert sie ein bisschen auf und verkauft sie mit Profit an ihre Freundinnen."

„Welcher Großvater?"

„Welcher … oh! Von welchem Elternteil aus, meinen Sie? Er war der Vater meiner Mutter. Sie hat niemals aufgehört, sich bei meinem Vater und meinen Brüdern für ihn zu entschuldigen."

„Wie viele Brüder haben Sie?"

Du meine Güte, der Mann war hartnäckig. Was außer einem Schlag auf den Kopf brauchte es noch, um ihn außer Gefecht zu setzen? „Vier. Carson, Blake, Jason und Pierce. Ich bin das Nesthäkchen. Ein Unfall, sozusagen. Mr. und Mrs. Jones hatten wohl etwas zu viel Sekt getrunken an ihrem zwölften Hochzeitstag. Neun Monate später war ich da. Der große Plagegeist."

„Sie übertreiben."

„Oh, es ist wahr. Ich spiele besser Bridge als Mom und gewinne beim Pokern regelmäßig gegen Dad. Niemand konnte mich je kriegen, wenn ich etwas ausgefressen hatte – und das geschah häufig. Ich war faul in der Schule und bekam trotzdem die besten Noten, und gerade als mein Vater beschlossen hatte, dass ich aufs College gehen sollte, um Lehrerin oder Krankenschwester zu werden, lief ich davon und zog mit meinem Großvater durch die Lande. Mein Vater hat wochenlang kein Wort mit mir gesprochen."

Die Geschichte tat offenbar ihre Wirkung, denn der Fremde hatte ein seliges Lächeln auf dem Gesicht und atmete ruhig und tief. Frannie wollte leise aufstehen.

Er öffnete die Augen. „Und was machen Sie beruflich?"

„Ich jobbe gerade im Two-Step." Als sie seinen fragenden Blick sah, ergänzte sie: „Das ist eine Bar mit angeschlossenem Grill abseits der Schnellstraße. Weit genug weg vom Lärm, aber das heißt auch, dass Benny, mein Chef, nur selten Kundschaft von Durchgangsreisenden hat. Die Küche ist also kein richtiger Renner, sodass es schwierig ist, einen Koch zu halten. Der Grill ist mal geöffnet, mal nicht."

„Ich frage mich, welchen Beruf ich habe."

Frannie hörte den nervösen Unterton in seiner Stimme und versuchte, sich ihre Besorgnis nicht anmerken zu lassen. „Bestimmt geben Sie sich nicht mit schmutzigen Viechern ab, so wie ich." Als Nachweis legte sie ihre Hand neben seine. Ihre Fingernägel waren kurz, ihr Handrücken zerkratzt.

Der Fremde starrte auf seine Hand. „Er hat auch meinen Ring genommen."

391

„Welchen Ring?", fragte Frannie erschrocken.

„Ich weiß nicht. Es fühlt sich so … nackt an."

Ein Ring. Die Wahrscheinlichkeit, dass er irgendwo Frau und Kinder hatte, wurde größer. Was die wohl heute Nacht durchmachten?

Sie hätte das Thema gern noch weiterverfolgt, doch sie erkannte, dass es eine beunruhigende Wirkung auf ihren Patienten hatte. „Genug jetzt", sagte sie entschlossen und stand auf. „Sie müssen jetzt schlafen."

„Und Sie bleiben in der Nähe?"

Er schaffte es, mit einer Geschwindigkeit ihr Herz zu erobern, dass er froh sein konnte, wenn sie ihn morgen wieder gehen ließ. Schließlich hatte sie immer Zeit und Liebe genug für eine verlorene Seele.

„Ich schlafe auf dem Sofa, aber ab und zu werde ich nach Ihnen schauen, denn ich muss Sie immer mal wieder aufwecken, um zu verhindern, dass Sie bewusstlos werden."

„Danke."

„Eine Sache noch – falls Sie mal rausmüssen, rufen Sie mich. Ich möchte nicht, dass Sie aus Versehen irgendwo drauftreten, denn es könnte sein, dass es beißt."

Misstrauisch blickte er sie an. „Ich melde mich."

„Gute Nacht. Schlafen Sie gut."

„Frannie?"

Sie war schon fast an der Tür. „Ja?"

„Nichts. Ich wollte nur noch mal Ihren Namen sagen. Damit ich mich morgen früh daran erinnere."

Sie antwortete nicht, weil ihr die Kehle eng wurde. Doch dann dachte sie an seine vermutlich vorhandene Familie und spürte so etwas wie Neid. Es war ein unerwartetes Gefühl, und sie hoffte, dass diese Menschen, wer auch immer sie waren, wussten, wie gut sie es hatten.

3. Kapitel

Frannie hielt Wort und schaute während der nächsten Stunden mehrmals nach dem Fremden. Irgendwie hatte sie das Verlangen, bei ihm zu sein; sie spürte die Herausforderung, die dieser Mann, der so unerwartet in ihr Leben getreten war, für sie bedeutete. Die Sache war komplizierter als alles, was sie bisher erlebt hatte.

Wenn sie klug gewesen wäre, hätte sie die Zeit, in der der Patient schlief, genutzt, um zu Mr. Miller hinüberzufahren und ihn zu bitten, das Büro des Sheriffs zu informieren. Der alte Mann war so etwas wie ein Ersatz-Großvater für sie geworden. Sie durfte ihre Post an seine Adresse schicken lassen und in seinem Haus Anrufe ihrer Familie entgegennehmen, denn sie weigerte sich, sich ein Telefon anzuschaffen. Mr. Miller hätte es ihr nicht übel genommen, wenn sie so spät noch bei ihm aufkreuzte.

Sie konnte diese Sache hier beenden, ehe sie aus dem Ruder lief. Ehe die Träumerin in ihr die Oberhand gewann. Doch sie tat es nicht.

Halbstündlich ging sie ins Schlafzimmer, um den Fremden sanft zu wecken, ihm etwas zu trinken zu reichen und ihm ein paar Worte zu entlocken. Danach strich sie ihm jedes Mal behutsam das aschblonde Haar aus der Stirn und flüsterte beruhigend auf ihn ein, damit er die Augen schloss und wieder einschlief. Er reagierte willig auf alles, was sie tat und sagte. Wie ein Kind. Wie hätte sie ihn da im Stich lassen können?

Er nahm ihr die Entscheidung ab, als sie das letzte Mal nach ihm sah. Sobald sie das Wasserglas auf dem Nachttisch abgestellt hatte, griff er nach ihrer Hand und ließ sie nicht los.

„Ich bin vorhin aufgewacht, und Sie waren nicht da", sagte er verschlafen.

393

„Warum haben Sie mich nicht gerufen? Ich wäre sofort zu Ihnen gekommen."

Das reichte ihm jedoch nicht. Er weigerte sich, ihre Hand loszulassen.

Sie erklärte ihm, dass es mittlerweile auch für sie Zeit war zu schlafen. Sie sehnte sich danach, sich auf dem Sofa ausstrecken zu können, auch wenn das Ding alt und durchgesessen war und man darauf schwitzte, weil die Polster aus Schaumstoff waren. Außerdem war ihre Klimaanlage kaputt. „Wenn ich mich nicht bald schlafen lege, dann komm ich morgen früh nicht aus den Federn, und weder Sie noch sonst jemand kriegt was zum Frühstück", rechtfertigte sie sich.

Überrascht sah sie, dass er auf die leere Seite des Bettes klopfte. „Sie können hier bei mir schlafen", sagte er.

Jedem anderen hätte sie ins Gesicht gelacht. Sie war aufgeschlossen und immer bereit, sich gute Argumente anzuhören, doch das bedeutete nicht, dass sie naiv war. In diesem Fall war ihr jedoch trotz der Anziehung, die zwischen ihr und dem Fremden bestand, klar, dass er jetzt nur eines von ihr wollte.

Daher zögerte sie nicht und ging auf die andere Seite des Bettes. „Wenn Sie so weitermachen, schlage ich vor, dass man Sie heilig spricht", sagte sie dankbar und streckte sich neben ihm aus.

„Möchten Sie ein Stück Decke?"

Obwohl sie sich umgezogen hatte und jetzt ein trockenes Shirt trug, das wenig verführerisch war, konnte sie auf keinen Fall mit dem attraktiven Fremden unter einer Decke schlafen. Sein nackter Körper war viel zu anziehend. Wenn sie überhaupt ein Auge zutun wollte, dann durfte sie nicht einmal daran denken. „Nein, schon gut", murmelte sie, drehte ihm den Rücken zu und rollte sich zusammen. „Träumen Sie was Schönes", fügte sie hinzu.

Sie musste sofort eingeschlafen sein, denn als sie das nächste Mal die Augen öffnete, war der Raum lichtdurchflutet, und eine große warme Männerhand lag auf ihrem Oberschenkel. Ihr Puls begann zu rasen, als sie sich erinnerte. An alles.

Was fiel diesem Menschen ein? Hatte sie sich vielleicht doch in ihm getäuscht?

Frannie wandte sich ihm zu und bemerkte, dass ihr Bettgenosse aussah, als sei der Teufel hinter ihm her. Und das aus gutem Grund, wie sie gleich darauf feststellte.

Während er immer weiter nach hinten rutschte, bis er gegen die Rückwand des Bettes stieß, schlängelte sich eine Boa constrictor zwischen seinen Beinen nach vorn, wobei sie ab und zu ihre gespaltene Zunge hervorschnellen ließ.

Seufzend richtete Frannie sich auf, ergriff die Schlange und hielt sie vor ihr Gesicht. „Stretch, du Terrorist. Ich habe dir doch gesagt, du sollst brav sein, bis ich dich ordnungsgemäß vorstelle." Sie nahm ihn in beide Hände und trug ihn zu seinem Nest unter dem Sofa. „Du ungezogene Schlange. Sei froh, dass unser Gast nicht Robespierre heißt. Jetzt bleibst du da unten, bis ich mich für dein Benehmen entschuldigt habe."

Da sie schon auf halbem Weg war, ging sie in die Küche und schaltete die Kaffeemaschine ein. Auf dem Weg zurück ins Schlafzimmer ließ sie Dr. J. ins Freie, streichelte Bugsy und öffnete Honeys Käfig.

„Es tut mir leid", sagte sie zu dem Fremden, der immer noch genauso erstarrt dasaß wie vorher. „Das war Stretch. Normalerweise ist er viel freundlicher. Meistens kann man ihn als Kissen benutzen, ohne dass er sich beschwert." Dabei drückte sie hinter ihrem Rücken die Daumen, weil man ja nie wissen konnte … Sie kam gut aus mit Stretch, was nicht hieß, dass er nicht ab und zu mal darauf spekulierte, Honey oder Dr. J. zwischen die Kiefer zu bekommen.

„Sie leben hier mit einer Schlange?"

„Sie ist noch jung. Kaum einen Meter lang." Als sich die Verblüffung ihres Gastes nicht legte, fügte sie hinzu: „Er ist ja keine Kobra oder eine Klapperschlange."

„Heißt das, er wird noch größer?"

„Er ist doch eine Boa", antwortete sie, als ob das alles erklärte. „Aber ich werde ihn nicht behalten. Ich habe ihn aufgenommen, nachdem eine Kollegin ihn in ihrem Badezimmer fand. Sie wohnt in einem ziemlich unorthodoxen Apartmentkomplex. Kein Mensch weiß, wie Stretch in ihr Bad gelangt ist. Ich habe ihn sehr gern, aber seine Fressgewohnheiten bereiten mir Sorgen."

„Was frisst er denn? Nein, sagen Sie es mir nicht", beeilte sich ihr Gast zu erwidern. „Ich will es gar nicht wissen."

„Zumindest nicht vor dem Frühstück. Der Zoo in Houston hat mitgeteilt, sie hätten Interesse an ihm. Sie müssen nur noch sein Gehege fertig einrichten, dann bringe ich ihn hin. Es wird gut für ihn sein, Freunde zu finden, denn er mag Gesellschaft."

Der Fremde schloss die Augen.

Frannie nutzte die Gelegenheit, ihn eingehender zu betrachten. Er sah zugleich besser und schlechter aus als am Vorabend. Zwar war er nicht mehr so leichenblass, aber die Wunden wirkten bei Tageslicht noch schauriger. Sie setzte sich neben ihn aufs Bett und berührte fürsorglich seine Stirn. Die Sonnenbräune ihrer Finger hob sich deutlich von seiner blassen Haut ab.

„Ihr Fieber ist weg", verkündete sie und war sich seiner Nähe plötzlich allzu sehr bewusst. Sie schluckte. „Wie fühlen Sie sich?"

„Als hätte mir jemand eine Axt in den Kopf gerammt. Sehen Sie eine?"

„Nein." Frannie sah, dass sich der Verband an seinem Hinterkopf gelöst hatte. Sie strich sachte über die Beule. „Sie armer Mensch. Das ist ein schönes Osterei, das Sie da haben. Kein Wunder, dass Ihr Kopf schmerzt. Ich gebe Ihnen noch ein Aspirin, sobald Sie etwas gegessen haben. Die gute Nachricht ist, dass es nicht mehr blutet."

„Habe ich Ihr Bett dreckig gemacht?" Er wollte sich umdrehen, zuckte aber schmerzerfüllt zusammen.

„Langsam." Frannie legte eine Hand an seine Wange, um ihn aufzuhalten. „Das bisschen Blut ist egal. Ich bin Experte, was Flecken angeht. Andernfalls müsste ich mir jede Woche neue Klamotten kaufen. Glauben Sie, dass die Schmerzen nachlassen? Oder möchten Sie sich lieber wieder hinlegen?"

„Es tut nicht so weh, wenn Sie bei mir sind."

Wie konnte jemand aussehen wie das Männermodel des Monats in einer Frauenzeitschrift und gleichzeitig so süß sein? Sie zögerte, doch sie wusste, dass sie fragen musste: „Können Sie sich an meinen Namen erinnern?"

Er sah sie aus schieferblauen Augen an, und sein Blick wurde sanft, als er ihr verwuscheltes Haar, ihr zerknittertes Shirt und ihre nackten braunen Beine sah. „Frannie."

Vor Freude hätte sie ihn küssen mögen. „Und wie heißen Sie?"

Er versuchte es. Es strengte ihn so an, dass an seiner Schläfe eine Ader sichtbar wurde. Konzentriert presste er die Lippen zusammen. Doch schließlich verneinte er mit einer frustrierten Kopfbewegung.

„Nichts?"

„Adam?", murmelte er verwirrt. „Irgendjemand hat mich Adam genannt. Oder habe ich das geträumt?"

Frannie zog eine Grimasse. „Das war nur ein Scherz. Als ich Sie gestern Nacht gefunden habe, nannte ich Sie so, weil Sie … Schon gut."

Sie hätte auch gegen die Wand reden können. Sobald er erkannte, dass er sich geirrt hatte, sank er zurück in die Kissen und legte einen Arm übers Gesicht. „Ich habe das Gefühl, wahnsinnig zu werden. Vielleicht habe ich mit meiner Erinnerung auch den Verstand verloren."

„Hören Sie auf damit! Sie sind vollkommen bei Sinnen", erwiderte sie bestimmt. „Das Einzige, was Sie haben, ist eine schwere Verletzung."

Er senkte den Arm. „Und was mache ich jetzt?"

Wieso glaubte er, dass sie nachdenken konnte, wenn er sie anschaute, als sei sie sein Ein und Alles? Unter diesen Umständen gab es nur eine Antwort, und die war pragmatisch. „Zuerst waschen Sie sich, dann frühstücken Sie. Danach fühlen Sie sich besser."

„Wirklich?"

„Vertrauen Sie mir. Routine hat einen positiven Effekt auf die

397

Psyche." Als sie sah, dass er den Mund verzog, fügte sie entschlossen hinzu: „Verzeihung, Mr. Pessimist, aber das lehrt der Umgang mit Tieren. Nach manchen kann man die Uhr stellen. Ich glaube, das liegt zum Teil daran, dass ihre Welt voller Gefahren ist. Durch bestimmte Wiederholungen und Rituale reduzieren sie ihren Stress."

Sie nahm das Badetuch, das sie auf einen Rattanstuhl neben dem Bett gelegt hatte, und reichte es ihm. „Also, stehen Sie auf, und legen Sie los."

Er rührte sich nicht.

„Brauchen Sie Hilfe?" Dann begriff sie und grinste. „Darling, sind wir ein bisschen schüchtern? Schließlich haben wir die Nacht zusammen verbracht." Sie sah, dass er verzweifelt überlegte, was das wohl bedeuten konnte, und entschied, ihn nicht länger zu necken. Daher stand sie auf und ging zur Tür. „Ich verschwinde jetzt. Wenn Sie mich brauchen sollten, rufen Sie bitte."

Sie ging zurück in die Küche und bedauerte, dass sie nicht vor ihm aufgewacht war. „Schicksal", murmelte sie. „Jedes Mal, wenn er mich sieht, sehe ich aus, als wäre ein Tornado über mich hinweggewirbelt."

Doch sie erging sich nicht lange in Selbstmitleid. Der frisch gebrühte Kaffee duftete herrlich, und sie goss sich eine Tasse ein, während sie ihr weiteres Vorgehen plante.

Es gab nämlich eine Menge zu tun, bevor ihr Gast wieder aus dem Bad kam. Zuerst öffnete sie Honeys Käfig, damit der Papagei sich ein bisschen Bewegung verschaffen konnte, solange Dr. J. noch draußen war.

Honey zögerte nicht lange und landete mit einem schrillen Schrei auf Frannies Schulter. „Traube ... Traube ...", krächzte sie.

„Weshalb gelten deine ersten und letzten Worte immer nur dem Essen?", beschwerte sich Frannie.

„Wer liebt dich, Baby?"

Frannie lächelte. Normalerweise konnte sie nie sicher sein, wer es zuerst auf ihre Schulter schaffte – der Ara oder der Leguan. Sobald es ans Füttern ging, brach in der Truppe das Chaos aus. Jeder wollte der Erste sein.

„Traube ...“

„Meine Güte, bist du gierig.“ Frannie trank noch einen Schluck Kaffee, ehe sie die Abdeckung von einer Schüssel nahm, die auf dem Tresen stand. Kaum hielt sie eine Traube hoch, pickte Honey sie ihr auch schon aus der Hand.

„Die war eigentlich für Bugsy, junge Lady. Na gut. Bugs, hier kommt deine“, sagte sie, nahm eine weitere Traube und ließ sie in das weit geöffnete Maul des Reptils fallen.

Vor der Tür erklang nun ein klägliches Miauen, gefolgt von einem Kratzen. Frannie warf einen Blick zu der Glastür und entdeckte Dr. J., der sich Callie als Verstärkung geholt hatte.

„Ich habe euch nicht gezwungen, nach draußen zu gehen“, erklärte sie. „Ihr kriegt euren Thunfisch, sobald ich die Würstchen für unseren Gast heiß gemacht habe.“

Sie wusste, dass Dr. J. und Callie eigentlich den frischen Fisch bevorzugten, den Mr. Miller am Vortag vorbeigebracht hatte, doch es kostete Zeit, ihn zu kochen. Die graue Katze würde sie ein Vermögen kosten, wenn Mr. Miller nicht so aufmerksam und großzügig wäre. Stretch war der Einzige, um den sie sich an diesem Morgen nicht kümmern musste. Er hatte tags zuvor genug gefressen und brauchte für die nächsten ein, zwei Tage nichts.

Trotzdem blieben noch genügend hungrige Mitglieder ihrer Rasselbande übrig. Da Frannie an die Kopfschmerzen ihres Gastes dachte, fütterte sie Honey und Bugsy rasch und ging dann sofort nach draußen, um den Lärm so schnell wie möglich zu beenden. Eilig verteilte sie ein paar Leckerlis. Hundebiskuits für Maury und Samson, einen Apfel für Rasputin und Lambchop, ein wenig zerkleinerte Hähnchenbrust für Dr. J. und Callie. George hatte immer noch Getreide in seinem Trog, daher konnte sie wieder in den Trailer zurückgehen, um sich um ihren Patienten zu kümmern.

Als er endlich aus dem Bad kam, duftete es lecker nach gebratenen Würstchen und Frikadellen. Frannie war gerade dabei, Margarine auf den Toast zu streichen. Sie sah auf und bemerkte überrascht, dass der Fremde einen grünen Frotteebademantel anstatt des Handtuchs trug.

„Darf ich mir den hier ausleihen?", fragte er.

Sein Zögern und sein schüchterner Blick wärmten ihr Herz. „Natürlich. Warum habe ich nicht selbst daran gedacht? Er gehörte meinem Großvater. Ich habe ihn behalten, weil er so kuschelig ist, wenn die Tage kühler werden. Ist es Ihnen nicht zu warm da drin?"

„Ist nicht so schlimm."

Ihrem Großvater hatte der Bademantel perfekt gepasst, doch dem großen, muskulösen Fremden waren die Ärmel zu kurz, und er reichte ihm nur knapp bis übers Knie. Frannie war klar, dass der Mann lieber schwitzte, als mit einem ständig rutschenden Handtuch um die Hüften herumzulaufen.

Als er näher kam, musterte er die Tiere draußen hinter der Glastür und entdeckte dann den Papagei, der auf einer Stuhllehne saß. „Ich dachte, ich hätte die Tiere nur geträumt."

„Wunschdenken vermutlich", gab sie zurück.

„Nein, sie …" Er sah, dass sie lächelte, und lenkte ein. „Wahrscheinlich", gab er zu. „Wo ist die Schlange?"

„Unter dem Sofa. Wahrscheinlich bleibt sie da auch und hofft, dass ich sie später wieder in der Dusche spielen lasse."

Der Mann schaute unsicher, als wüsste er nicht, ob sie einen Scherz gemacht hatte. „Beißt irgendeines Ihrer Tiere?"

Sie war zu ehrlich. Diplomatisch sagte sie: „Wahrscheinlich nicht. Sie sind normalerweise alle sehr freundlich und vor allem dankbar, dass sie hier ein Zuhause gefunden haben."

„Wahrscheinlich? Normalerweise?"

Er war zu klug, selbst mit einer Beule am Kopf und Gedächtnisverlust. Also sagte sie: „Was würde Ihnen eine Garantie von mir nützen, wenn eines der Tiere beschließt, dass ihm Ihr Geruch missfällt oder Ihre Art, sich zu bewegen, und Sie in den Finger zwickt oder ins Bein? Ich weiß nie genau, wie sie sich verhalten, wenn Besuch kommt."

„Haben Sie denn oft Besuch?"

Was für eine seltsame Frage. Fast fühlte sie sich geschmeichelt, doch dann ignorierte sie dieses Gefühl. Der Mann hatte bisher durch nichts gezeigt, dass er sich für sie interessierte. „Mr. Miller zum Beispiel. Er ist sozusagen mein Vermieter und sehr, sehr nett. Er geht ab und zu im Creek für mich fischen oder bringt mir einen Fisch aus seinem Teich. Ich bringe es nicht fertig, die Tiere zu töten und auszunehmen."

„Ich glaube nicht, dass ich ihn kenne."

Sein Gesicht wirkte so sensibel und sein Mund so weich, wenn er nachdenklich oder verwirrt war. Es tat Frannie leid, dass sie ihm nicht helfen konnte. „Das stimmt wohl leider." Sie erzählte ihm, dass Mr. Miller Probleme mit Wilderern gehabt hatte, nachdem sein Mitarbeiter ihn verlassen hatte. „Er hat mir den Stellplatz hier für meinen Trailer gegeben, und im Gegenzug habe ich ein Auge auf die südlichen Weiden und das Vieh."

„Noch mehr Tiere?"

„Kühe. Sie befinden sich hinter einem Zaun. Mögen Sie keine Tiere?"

„Wenn ich das bloß wüsste. Ich komme mir irgendwie vor wie Alice im Wunderland."

„Vergessen Sie es einfach, und setzen Sie sich." Sie deutete auf den Stuhl neben jenem, auf dessen Lehne Honey saß. „Mögen Sie … nein, Sie trinken jetzt von diesem Cranberrysaft hier", korrigierte sie sich und schob ihm das Glas hin. „Ich hoffe, Sie sind hungrig, denn ich habe, glaube ich, zu viel aufgetischt. Aber Sie sehen aus, als könnten Sie eine Menge essen."

„Ich bin hungrig." Er ließ sich auf dem Stuhl nieder, warf aber einen Blick über die Schulter zur Tür, wo der Radau von Neuem losging.

„Kümmern Sie sich nicht um Dr. J. Sie sitzen halt zufällig auf seinem Lieblingsstuhl."

401

„Lassen Sie mich raten … Er spielt gern Basketball?"

„Mit dem Papagei als Ball. Deshalb wird man meine Hände auch niemals in einer Schmuckwerbung sehen." Sie zeigte ihre frischen und verschorften Kratzer, ehe sie sich der Aufgabe zuwandte, Rührei auf seinen Teller zu häufen.

Dann wies sie erneut mit dem Löffel auf die Tür, von wo ein leises Meckern und ein verhaltener Japser ertönten. „Das ist Rasputin, der Ziegenbock. Er hat gestern Nacht versucht, Ihr Handtuch zu klauen, falls Sie sich erinnern."

„Ich erinnere mich vor allem an den Huf, der auf meinem Fuß landete. Warum Rasputin?"

„Schauen Sie sich nur dieses schwarze Gesicht, diese feurigen Augen, diese wilden Augenbrauen und den langen Bart an. Können Sie sich einen besseren Namen für ihn vorstellen? Maury ist ein Deutscher Schäferhund. Man muss sich ihm von rechts nähern, weil er auf dem linken Auge blind ist."

„Wahrscheinlich sollte ich vermeiden, mich ihm überhaupt zu nähern. Er ist riesig."

„Aber total lieb. Die Katze neben ihm heißt Callie."

„Ich kann mich an sie erinnern. Sie saß direkt vor der Windschutzscheibe und starrte mich an, und ich dachte, ich muss verrückt geworden sein."

„Sie hat zwar nur drei Beine, aber sie kommt gut zurecht, wenn man ihr Alter bedenkt."

„Wie viele Tiere gibt es hier denn eigentlich?"

„Zurzeit sind es zehn. Aber die Zahl ändert sich ab und zu, weil ich versuche, für manche ein gutes Zuhause zu finden. Manche sterben halt auch, weil sie verletzt waren oder alt sind. Das ist manchmal sehr hart."

„Sie haben ein weiches Herz", sagte er leise. „Vielleicht zu weich."

„Irgendjemand muss den Tieren helfen. Wenn Sie sich mit der Natur und lebendigen Dingen beschäftigen, dann sind Momente der Trauer unvermeidlich. Aber das Glück, das die Tiere schenken, ist größer als der Schmerz in weniger guten Zeiten." Sie stellte den Teller vor ihn auf den Tisch. „Genug philosophiert. Jetzt wird gegessen."

Das ließ er sich nicht zweimal sagen. Zwar zitterten seine Hände, doch er aß so gierig, dass Frannie sich fragte, wann er wohl seine letzte Mahlzeit gehabt hatte. Doch sie wollte nicht neugierig sein. Stattdessen öffnete sie eine Futterdose und begann, die Portionen für ihre Tierfamilie aufzuteilen.

„Essen Sie nichts?", fragte er.

Sie wies auf ein angebissenes Würstchen, das zwischen zwei Toastscheiben klemmte. „Ich brauche nicht viel, um mich am Leben zu erhalten. Oh ..." Ihr fiel der Kaffee ein, und sie füllte eine Tasse für ihn. „Probieren Sie ihn erst mal schwarz", riet sie.

„Danke", murmelte er, nippte und strahlte befriedigt. „Sehr guter Kaffee", lobte er. „Ich glaube, ich trinke ihn genau so."

„Prima. Das nenne ich Fortschritt."

Er trank noch einen Schluck, setzte dann die Tasse ab und nahm wieder seine Gabel. Doch dann runzelte er nachdenklich die Stirn. Frannie fand, es verlieh ihm einen intellektuellen Touch. Ziemlich sexy, für ihren Geschmack. Aber über was grübelte er jetzt wieder nach?

„Erzählen Sie mir, wo Sie mich gefunden haben", forderte er sie auf.

„Möchten Sie nicht erst mal in Ruhe essen? Wir können nachher darüber reden."

„Es nützt nichts, das Thema zu vermeiden. Ich brauche ein paar Antworten. Mein Kopf fühlt sich so leer an wie ein tiefes schwarzes Loch. Können Sie sich vorstellen, wie unangenehm das ist?"

„Ich möchte wenigstens zuerst die Tiere füttern", erwiderte sie. „Ich brauche nicht lange."

Sie hatte viel Übung darin, und die Arbeit ging ihr flott von der Hand. Doch die Tiere machten ihr meist einen Strich durch die Rechnung. Callie zum Beispiel bestand darauf, zuerst die Näpfe ihrer Genossen zu inspizieren, was zu Futterneid führen

403

konnte. Lambchop, die Eselin, wiederum sah nicht ein, weshalb sie nicht wie die anderen auf der Veranda essen sollte. Das bedeutete aber, dass sie die Blumen in Frannies frisch angelegtem Beet zertrat.

„Lambchop, du Ungeheuer! Scheint so, als wäre es mir nicht erlaubt, Blumen zu haben wie andere Leute. Endlich finde ich eine Sorte, die weder Rasputin noch Samson schmeckt, und du trampelst sie nieder."

Endlich verschwand Frannie im Bad, aber sie hatte nicht viel Zeit, sich zurechtzumachen. Deshalb wusch sie sich nur das Gesicht und putzte die Zähne. Ihre lange blonde Lockenmähne war durch die feuchte Luft im Südosten von Texas ohnehin nicht zu bändigen. Daher flocht sie sie nur zu einem lockeren Zopf. „Na ja, Park-Avenue-Stil war noch nie dein Fall", sagte sie zu ihrem Spiegelbild. „Jetzt taucht hier mal ein attraktiver Mann auf – und du … Wie wär's mit Make-up?"

„Frannie … Frannie!"

Sie legte die Wimperntusche zurück in den Spiegelschrank und rannte in die Küche.

„Bugsy! Du magst doch gar keine Kartoffeln!"

Das Reptil war aus seinem Versteck gekrochen und hatte sich über das Frühstück des Fremden hergemacht. Frannie nahm den Leguan hoch und trug ihn zu seinem Käfig im Freien, den sie für ihn gezimmert hatte. Dort konnte er bei den anderen Tieren sein, ohne sich zu verletzen oder sich zu verirren.

„Wenn du immer noch Hunger hast, dann such dir einen netten Käfer oder zwei", riet sie dem grünen Gesellen und schloss die Käfigtür.

Als sie zurückkam, warf sie ihrem Gast einen entschuldigenden Blick zu und lächelte.

„Tut mir leid. Er ist Nummer zehn. Ein Iguana, ein grüner Leguan."

„Sie schlafen mit einer Boa, einem Papagei, einer Katze und einem Leguan in einer Wohnung?"

404

„Ich schlafe nicht mit ihnen zusammen. Dr. J. braucht im Winter Wärme. Ich habe ihn bekommen, als sein Besitzer, der im Two-Step-Club verkehrte, nach Übersee ging. Bugsy war eigentlich für die Speisekarte eines seltsamen Restaurants in Kalifornien vorgesehen."

Während sie sprach, füllte Frannie erneut die Kaffeetassen und setzte sich dann auf den Stuhl, den Honey verlassen hatte, um sich auf dem Fensterbrett über der Spüle niederzulassen. „Also, wenn Sie wollen, können wir jetzt reden."

„Ich glaube, ich habe noch nie jemanden wie Sie kennengelernt", sagte der Fremde langsam.

„Wahrscheinlich haben Sie sogar recht."

„Warten Sie einen Moment – Sie haben Houston erwähnt. Sind wir in der Nähe von Houston?"

„Es sind etwa zwei Stunden Fahrt von hier. Nicht weil es wirklich so weit wäre, sondern weil so viel Verkehr herrscht. Die Gegend hier heißt Slocum Springs. Können Sie sich an den Namen erinnern?" Als er schwieg, fügte sie hinzu: „Dallas, Texas, die Vereinigten Staaten von Amerika?"

Er wirkte so unglücklich, dass sie ihren kleinen Scherz sofort bereute. Daher legte sie ihm mitfühlend eine Hand auf den Arm. „Es tut mir leid. Ich wünschte, ich hätte die Macht, Sie aufzuwecken und Ihnen zu sagen, dass Sie nur einen Albtraum hatten."

„Das wünschte ich mir auch", murmelte er. „Doch das würde bedeuten, dass auch Sie nur ein Traumbild wären."

Frannie sah in seine graublauen Augen und schmolz dahin. Weil sie fürchtete, gleich etwas ziemlich Dummes zu tun, rettete sie sich mit einer scherzhaften Erwiderung. „Ich wette, es gibt viele Leute, die froh wären, wenn ich nur in ihrer Einbildung existierte."

„Das glaube ich nicht."

Er hatte so eine angenehme Stimme. Weich und dunkel, dabei sehr männlich. Sie seufzte. „Ich wünschte, ich wüsste, ob es Ihnen immer so leichtfällt, mit Frauen zu reden."

405

„Ich bezweifle es."

„Wieso?"

„Weil sich alles, was ich zu Ihnen sage, zu stimmig anfühlt."

Sie hatte das gleiche Gefühl. Einerseits war es fast wie ein Wunder, andererseits machte es ihr Angst. Wenn er sie jetzt bitten würde, ihn zu …

Er wandte sich abrupt ab und nahm seine Tasse zwischen beide Hände. „Sie sollten mich nicht so anschauen."

„Warum nicht?"

„Ich habe mich gefragt, ob ich nicht ein entlaufener Verbrecher bin."

„Das dürfen Sie nicht denken!", rief sie spontan, obwohl sie sich erinnerte, am Anfang genau das Gleiche gedacht zu haben.

„Es ist eine Möglichkeit. Aber das Verrückte ist, dass ich es gar nicht so genau wissen will."

„Die Wahrheit könnte Sie aber beruhigen!"

„Ich weiß, dass Sie mich für wahnsinnig halten müssen, und ich bin nicht sicher, ob ich es richtig erklären kann. Aber sobald ich an mein früheres Leben denke, fühle ich diese Angst. Vielleicht war ich vorher einfach todunglücklich. Vielleicht habe ich jemanden verletzt, und was ich fühle, ist Schuld. Oder ich bin wirklich ein Verbrecher", fügte er ruppig hinzu. „Kann doch sein, dass ich aus dem Gefängnis ausgebrochen bin oder aus der Psychiatrie. Sosehr ich es auch versuche – ich kann mich an nichts erinnern. Es ist einfacher, nichts zu wissen."

„Sie sollten froh sein, dass Sie überhaupt noch leben. Irgendjemand hat Sie schwer verletzt." Frannie stellte ihre Tasse ab und beugte sich vor. „Was ist, wenn Sie ein guter Mensch sind? Was ist, wenn irgendwo Frau und Kinder auf Sie warten?"

Er schüttelte den Kopf, noch während sie sprach. „Das ist unmöglich."

„Wieso?"

„Weil es nicht sein kann. Ich fühle nichts dergleichen."

„Das muss noch lange nicht heißen, dass es nicht existiert."

406

„Oh, Gott …" Er fasste sich an die schmerzenden Schläfen. „Ich glaube, mein Kopf explodiert gleich."

Frannie sprang auf und nahm ihn spontan in die Arme. Er zitterte. „Ganz ruhig", flüsterte sie. „Alles wird gut. Versuchen Sie sich zu entspannen. Ganz ruhig."

Sie streichelte seinen Rücken, und als er seine Arme um sie schlang und seinen Kopf an ihre Brust legte, begann auch sie zu zittern. Sie strich ihm sanft übers Haar.

„Frannie, werden Sie mir helfen?", fragte er unglücklich.

Sie schluckte, weil ihr die Kehle eng wurde. Vorsichtig legte Frannie die Wange an seinen Kopf. „Ja. Ich helfe Ihnen." Sobald sie die Entscheidung ausgesprochen hatte, fühlte sie einen tiefen inneren Frieden. Sie spürte, dass es ganz einfach richtig war.

„So einfach?", flüsterte er. „Keine Widerrede? Kein Protest?"

„Ich wüsste einiges, was ich dagegen einwenden könnte, aber ich behalte es für mich."

„Dann darf ich bei Ihnen bleiben?"

„Eine Weile. Bis Sie eine andere Entscheidung treffen."

„Warum?", fragte er und sah zu ihr auf.

„Ich kann nicht anders." Sie schaute in sein schönes männliches Gesicht. Solche Augen waren dafür geschaffen zu leuchten, sein Mund war dafür gemacht zu lächeln. Irgendetwas verriet ihr jedoch, dass es in seinem Leben nicht viel Anlass dazu gab.

Sie hatte Worte des Dankes erwartet, doch stattdessen drückte er einen Kuss zwischen ihre Brüste und murmelte: „Danke."

Frannie spürte, wie die Berührung sie elektrisierte. Sie sehnte sich danach, dass er die Geste wiederholte, und ihre Brustspitzen richteten sich auf. Sie konnte fühlen, dass auch er erregt war.

Es erschreckte sie, wie schnell sich die Situation verändert hatte. „Wir dürfen nicht … Das ist nicht klug", stammelte sie.

„Ich weiß", erwiderte er, sein Mund dicht an ihrer Brust. „Aber es fühlt sich so gut an."

„Ich … ich habe noch nicht mal einen Namen, mit dem ich Sie rufen kann."

Es dauerte einen Moment, dann schaute er auf und seufzte. „Wie soll ich denn heißen? Fido?"

Frannie musste unwillkürlich lachen. „Das ist nicht schlecht, aber ich glaube, wir reservieren den für einen Vierbeiner." Dann hatte sie eine Idee.

„Wie wär's mit Johnny?", meinte sie.

Er runzelte die Stirn. „Gab es nicht mal ein Lied? Frannie und Johnny?"

„Nein", korrigierte sie ihn. „Es gab mal einen Film, aber der hieß ‚Frankie und Johnny'."

„Haben die beiden sich geliebt?"

„Ja, aber ich heiße Frannie, nicht Frankie."

„Ich weiß."

„Und Liebe ist in unserem Film nicht vorgesehen."

„Ich weiß." Er seufzte. Doch dann nahm er ihre Hand und legte sie auf seine Brust. „Aber hier drin sind wir längst Liebende."

Das war korrekt. Sie wusste es seit der vergangenen Nacht und hatte doch versucht, es zu leugnen. „Ich werde nicht zulassen, dass ich jemandem wehtue", sagte sie, während sie seinen Herzschlag an ihrer Handfläche spürte.

„Keine Gefahr."

„Ihr Gedächtnis wird irgendwann zurückkehren, und Sie werden mich wieder verlassen."

„Niemand weiß, wie lange eine Geschichte dauert."

Das war verrückt. Sie würde riskieren, dass er ihr das Herz brach.

Erneut nahm er ihre Hand und strich damit über seine Brust. „Sag meinen Namen, Frannie. Sag ihn."

Ihr war nach Weinen zumute. Sie wollte weglaufen. Doch mehr als alles sehnte sie sich nach ihm. Nach allem, was sich zwischen ihnen entwickeln konnte. Durfte sie hoffen? Durfte sie dem Blick seiner magischen Augen vertrauen?

Haben wir uns gesucht und gefunden? fragte sie sich. Konnte es solch ein Glück wirklich geben?

„Frannie?"

Sie atmete tief durch und lächelte dann strahlend. „Hallo, Johnny."

4. Kapitel

Nach diesem höchst emotionalen Erlebnis bestand Frannie darauf, dass Johnny sich wieder hinlegte, wenigstens für eine Weile. Unter leisem Protest zog er sich zurück, und Frannie bemerkte wenig später amüsiert, dass er sofort eingeschlafen war.

Das ermöglichte ihr, über die Geschehnisse nachzudenken. War sie etwa gerade dabei, sich auf das größte Abenteuer ihres Lebens einzulassen? Weit kam sie allerdings nicht mit ihren Überlegungen, denn die Arbeit wartete, und die Tiere mussten versorgt werden.

„Glaubst du, ich habe diesmal völlig den Verstand verloren, Lambchop?", fragte sie, während sie die Eselin striegelte. „Schon gut. Es lässt sich sowieso nicht mehr rückgängig machen. Ich habe zugesagt, und jetzt muss ich ihm helfen."

Einige Minuten später füllte sie den Wassertrog auf. Maury kam sofort und schlabberte frisches Quellwasser, das er dem nahen Teich vorzog, obwohl das Wasser dort aus dem Creek stammte. „Es ist eine Sache, euch wilde Bande aufzunehmen", sagte sie zu dem Schäferhund. „Zumindest musste ich mir für euch keinen fingierten Lebenslauf ausdenken."

Dann ging sie hinüber und wässerte das Schlammloch für Samson. „Er braucht einen Nachnamen und eine Biografie", erklärte sie dem Hängebauchschwein. „Und was ist mit Klamotten? Woher soll ich wissen, welche Größe er trägt? Ich kann ihn ja nicht einmal fragen!"

Hinter ihr ertönte Hundegebell, und sie drehte sich um, peinlich berührt, weil sie sich dabei ertappt fühlte, dass sie mit ihren Tieren redete.

Johnny kam die Treppe herunter und streichelte den Hund, ehe er zu Frannie trat. „Antworten sie dir?"

In gespielter Entrüstung zog sie die Nase kraus. „Würde dir recht geschehen, wenn ich Ja sagte. Dann würdest du wirklich glauben, du bist bei den Außerirdischen gelandet." Sie deutete auf seine Füße. „Du solltest hier draußen nicht barfuß laufen. Sonst riskierst du einen Bienen- oder – noch schlimmer – einen Skorpionstich. Dann müsste ich dich doch ins Krankenhaus bringen. Und was sollte ich denen dann wohl erzählen, wenn sie mich fragen, ob du allergisch auf Stiche reagierst?"

Ein Ochsenfrosch quakte im Teich. Hoch am Himmel rüttelte ein Falke und spähte nach einer Feldmaus oder einem Maulwurf. Die Tierstimmen wirkten überlaut in der Stille.

Johnny schwieg lange. Endlich sagte er: „Bereust du, dass du mich aufgenommen hast?"

Frannie stellte das Wasser ab und zögerte. Ehe sie den Wasserschlauch aufrollen und zurück auf seine Halterung legen konnte, war Johnny bei ihr und nahm ihr die Arbeit ab. Danach ergriff er ihre Hand und führte Frannie zur Veranda.

„Setz dich mit mir hierher. Die Sonne tut so gut."

„So blass, wie du bist, solltest du aber nicht allzu lange draußen bleiben."

„Du bist gereizt", bemerkte er gut gelaunt. „Vielleicht hättest du dich auch eine Stunde hinlegen sollen."

Tolle Idee, dachte Frannie.

„Komm schon, sag, was los ist", forderte er sie auf.

„Nichts Besonderes. Mir gehen nur lauter kleine Bedenken durch den Kopf. Jedes für sich nicht wichtig, aber zusammengenommen ... Vergiss es. Du denkst bloß, ich bin verrückt."

„Ich finde dich wunderbar. Nichts hat sich geändert."

Doch, dachte sie. *Ich habe dir was versprochen. Und ich kenne deinen Körper fast so gut wie du selbst.* Er hatte, anders als die Männer, die sie vor ihm gekannt hatte, etwas ganz tief in ihrem Inneren berührt. Sie waren Fremde, die sich unendlich nah gekommen waren. Nun mussten sie herausfinden, was das bedeutete und wohin das führte.

Mit ihm zusammen zu sein war allerdings höchst angenehm. Sie saßen in der heißen Julisonne, die Nadeln der großen Schirmpinie dufteten, der Lehmboden war hart und rissig, weil es seit einer Woche nicht geregnet hatte. Doch Frannie konzentrierte sich ganz auf den Mann, der neben ihr saß und die Sonne so offensichtlich genoss.

„Wie geht es dir eigentlich?", fragte sie, denn sie fand, er sah immer noch ziemlich mitgenommen aus. „Hat das Aspirin geholfen?"

„Einigermaßen." Er ließ seinen Blick über das Weideland, den Teich und den Wald streifen, der diesen Teil der Wiesen von denen im Westen trennte. „Es ist schön hier", bemerkte er. „Als ich vorhin aufgewacht bin, habe ich dich eine Weile beobachtet und …"

„Wie gemein! Warum?"

„Weil es hinreißend war. Du bist wie eine Narzisse in der Sonne. So voller Lebensfreude, egal was du tust. Wunderschön."

Man hatte sie ab und an mal niedlich genannt, knackig, manchmal sogar hübsch. Aber noch nie hatte ihr jemand gesagt, sie sei wunderschön. Und das Schlimme war: Sie wünschte sich, dass er es ernst meinte.

„Da du ja jetzt wach bist, kann ich reingehen und mich umziehen. Dann fahre ich los und besorge dir ein paar Klamotten, ehe ich arbeiten gehe."

„Ich mache dir Umstände, nicht wahr?"

„Schon gut. Glaubst du, du kannst eine Weile allein hierbleiben?"

„Ich hoffe es. Es muss irgendwie gehen."

Das war richtig, besonders wenn er wirklich hier wohnen wollte. „Falls jemand vorbeikommt …", fuhr sie fort, weil sie annahm, dass es vielleicht Probleme geben könnte.

„Erwartest du Besuch?"

„Nicht um diese Uhrzeit. Mr. Miller bringt mir die Post, und meine Familie hat seine Telefonnummer, für den Fall der Fälle."

„Hast du kein Handy?"

Es freute sie, dass er es nicht wusste, denn das hieß, dass er nicht im Trailer herumgeschnüffelt hatte. „Nein. Ich vermisse es auch nicht."

„Du telefonierst nicht gern mit deiner Familie?"

„Ich habe dir doch gesagt, dass ich das schwarze Schaf bin. Sie erzählen mir immer nur, dass ich mein Leben vergeude. Ich schreibe ihnen ab und zu. Manchmal erhalte ich auch eine Antwort. Das ist genug." Weshalb erzählte sie ihm das alles? „Ich wollte klären, wie wir deine Anwesenheit hier begründen, falls jemand vorbeikommt."

„Ich könnte ein guter Freund sein", schlug er vor. „Ein sehr guter", fügte er mit Blick auf den Bademantel hinzu.

„Ein Studienkollege?"

„Aber du hast doch gesagt, du warst nicht auf dem College."

„Ich habe keinen Abschluss. Also gut, dann eben von der Highschool."

„Wir sind all die Jahre in Kontakt geblieben?"

„Bestimmt, oder?", fragte sie kokett, weil die Unterhaltung gerade eine interessante Wendung zu nehmen schien.

„Natürlich. Aber wenn ich dir geschrieben hätte ..."

„Hm, geht nicht, weil Mr. Miller ja meine Post sieht. Gutes Argument. Ich muss Lügen üben."

„Ich bin froh, dass du keine gute Lügnerin bist." Er nahm das Ende ihres Zopfes, das über ihrer linken Schulter hing, zwischen die Finger. „Warum erzählst du mir nicht einfach, wer in deinem Leben eine Rolle gespielt hat? Das bringt uns vielleicht auf eine gute Idee."

Sie zuckte die Achseln, weil sie nichts zu verbergen hatte. „Es gab in meinem Leben nur zwei Männer. Andy stellte von Anfang an klar, dass er nach einer reichen Ehefrau Ausschau hielt. Er fand sie schließlich in einer aufstrebenden Investmentberaterin. Ted hat mich beklaut und mich belogen. Ich komme mit Tieren besser aus als mit Menschen."

„Wie lange ist das mit Ted her?"

413

„Anderthalb Jahre."

„Dann bin ich Nummer drei."

„Aber alle hier wissen, dass ich nicht auf der Suche nach Nummer drei bin."

„Das Schicksal wartet nicht, bis du bereit dafür bist."

Frannie sah ihn erstaunt an. „Ich fange an zu glauben, dass du ein Naturtalent bist, was diese Dinge angeht."

„Nein. Bei dir fällt es mir einfach nur sehr leicht." Er nahm das Zopfende und strich damit zärtlich über ihre Wange. „Du gibst dem Wort ‚Versuchung' eine ganz neue Bedeutung, Frannie."

Sie fand keine Worte, obwohl sie wusste, was sie gern gesagt hätte. Sie wollte ihre Arme um seinen Nacken legen und hören, wie er ihr süßen Unsinn ins Ohr flüsterte. Sie wollte seine Küsse spüren. Erfahren, was ihm gefiel.

Er neckte sie, indem er das Zopfende über ihre Lippen gleiten ließ. Konnte er Gedanken lesen?

„Also, wie lautet mein Nachname, und wo haben wir uns kennengelernt?"

„Wie wär's mit Ash? Wie dein aschblondes Haar."

„Johnny Ash. Ich weiß nicht."

Als ob Maury gespürt hätte, wie wenig der Name ihm gefiel, gähnte der Hund laut. „Oh, danke, Maury", rief Frannie. „Wie wär's mit Shepherd?"

„Shepherd? John Shepherd. Hört sich schon besser an." Johnny wies mit einem Nicken auf den Schäferhund. „Ist er dann ein entfernter Verwandter von mir?"

„Sehr entfernt", erwiderte Frannie betont ernsthaft.

„Und wo haben wir uns kennengelernt? Du und ich, meine ich."

„Vielleicht in Dallas? Es war ein heißer Sommertag. Du warst der Taxifahrer, der mir beim Radwechsel geholfen hat, als der Trailer einen Platten hatte." Sie grinste. „Es war Liebe auf den ersten Dreh."

Er lächelte. „Hat dir schon mal jemand gesagt, dass du einen ziemlich ausgefallenen Humor hast?"

Sie sah in seine schönen schieferblauen Augen und vergaß zu antworten. Als sie wieder sprach, ging sie nicht auf seine Bemerkung ein. „Das einzige Problem besteht darin, dass du keinen texanischen Akzent hast."

„Hab ich nicht?" Er wurde ernst. „Stimmt."

„Es tut mir leid", entschuldigte sie sich, weil sie merkte, dass ihre Unterhaltung ihn bedrückte.

„Wir kommen nicht drum herum", beruhigte er sie. „Egal, wie wir uns drehen und wenden – es holt uns immer wieder ein."

Frannie dachte angestrengt nach, um eine Geschichte zu finden, mit der sie beide leben konnten. „Könnte doch sein, dass du ein alter Schulkamerad bist, den ich aus den Augen verloren habe. Du warst viel auf Reisen, und als du nach Pennsylvania zurückgekommen bist, hast du meine Eltern nach meiner Adresse gefragt."

Er warf ihr einen zweifelnden Blick zu. „Wie alt bist du, Frannie?"

„Siebenundzwanzig."

„Und wie alt wirke ich?" Er machte eine Handbewegung, die auf sein Gesicht wies. „Selbst ohne diese Verletzungen wäre jedem klar, dass ich mehrere Jahre älter bin als du. Würdest du glauben, dass wir Schulkameraden waren?"

„Dann sagen wir halt einfach die Wahrheit. Wir haben uns kennengelernt, weil ich dich fast überfahren hätte. Wir sagen niemandem, wo und wann das war. Wir bleiben einfach vage in unseren Angaben."

„Das fällt mir leicht."

Frannie berührte seine Lippen. „Hör auf, dich niederzumachen."

Johnny nahm ihre Hand. „Sie ist so zierlich. Ich vergesse immer wieder, wie viel Verantwortung du übernommen hast. Ich hoffe, ich bin es wert, Frannie."

„Du musst einfach daran glauben. Ich tue es auch."

„Dann sorge aber dafür, dass du auch etwas bekommst. Sei egoistisch. Ich habe nichts dagegen."

Es verschlug ihr die Sprache, denn sie wusste, was er ihr anbot.

415

Der Griff, mit dem er ihre Hand umfasste, wurde fester, als er seinen Blick zu ihrem Mund wandern ließ. „Andererseits ist es wahrscheinlich besser, du gehst jetzt einkaufen, sonst werde ich wortbrüchig und fasse dich an."

Er zeigte ihr einen Fluchtweg auf, doch Frannie rührte sich nicht vom Fleck. „Du fasst mich an."

Es schien eine Ewigkeit zu dauern, bis er sich endlich zu ihr beugte und sie zart auf die Lippen küsste. Frannie stockte der Atem, so süß, so sanft, so aufregend war die Berührung. Sie spürte, wie sich in ihrem Inneren etwas entfaltete, erblühte.

Dann küsste er sie erneut. Wieder und wieder.

Sie wusste nicht, wie es geschehen konnte, dass sich schon nach wenigen Sekunden Zärtlichkeit in leidenschaftliches Verlangen wandelte. Im einen Moment fühlte sie sich geborgen, im nächsten überliefen sie heiße Schauer der Lust.

Sie benötigte all ihre Willenskraft, um sich aus der Umarmung zu lösen. Stockend brachte Johnny ihren Namen hervor und verriet damit, wie erschrocken auch er war. Frannie sprang auf, stolperte die Treppe hinauf und verschwand im Trailer.

Ihr war vollkommen klar, dass es nötig war, Abstand zwischen sich und Johnny zu bringen. Ihre Gefühle für ihn machten sie verletzbar, und davor fürchtete sie sich. Nachdem sie sich gewaschen hatte, schlüpfte sie in ein lavendelfarbenes T-Shirt und Jeans.

Als sie wieder nach draußen kam, bemerkte sie, dass Johnny immer noch an derselben Stelle saß. Er hatte den Oberkörper nach vorn gebeugt und stützte den Kopf in die Hände.

„Ich fahre dann mal", verkündete sie.

Er richtete sich auf. „Ich glaube, ich muss mich bei dir entschuldigen. Es hat mich einfach übermannt."

„Es ist nicht allein deine Schuld. Wir sind erwachsen, Johnny. Wir wissen, wie Stresssituationen auf Menschen wirken können. Es ist ja kein Schaden entstanden." Diesmal jedenfalls nicht, dachte sie. „Ich komme so schnell wie möglich wieder nach Hause."

Er nickte. Frannie murmelte „Tschüs" und eilte hinüber zu Pe-

416

tunia. Dabei war sie sich nur zu bewusst, dass Johnny ihr hinter-
herschaute.

Erwachsen. Ich bin erwachsen, dachte Johnny immer wieder, als er
wenige Minuten später ins Bad ging, den Verband löste und sein Gesicht im Spiegel betrachtete. Er sah wahrhaft alt genug aus. Durch
die hässliche Wunde, an deren Rändern sich die Haut langsam violett
verfärbte, und die Linien um die Mundwinkel hätte man ihn locker
für vierzig halten können. Dazu kam, dass er sich körperlich gerade
wie fünfzig fühlte. Doch der Gedächtnisverlust bewirkte, dass er,
was das Wissen über sich selbst und sein Leben betraf, auf dem Stand
eines Neugeborenen war.

Er spritzte sich kaltes Wasser ins Gesicht und hoffte, dann klarer denken zu können. Sein Kopf dröhnte. Geschieht mir recht,
dachte er. Doch davon ging das intensive Verlangen, mit Frannie
zusammen zu sein, nicht weg. Sie fühlte sich so gut an. Ihr Mund,
ihr zierlicher Körper …

„Frannie."

Er nahm ein Handtuch, um sich das Gesicht abzutrocknen. Ihr
Name allein genügte, um sein Herz schneller schlagen zu lassen. Sie
war halb Kind, halb Engel, aber vor allem war sie eine Frau. Ihre
Fürsorge hatte ihn ebenso überrascht wie die Leidenschaft, die er
gespürt hatte, als er sie küsste.

Aber durfte es sein? Woher konnte er wissen, dass er ihr nicht
wehtun würde? Wie konnte er sicher sein, dass er kein entlaufener
Sträfling oder Schlimmeres war?

Nichts konnte er wissen. Sein Kopf schmerzte zum Zerspringen,
und er ging hinüber ins Schlafzimmer, um sich wieder hinzulegen.
Nur ein paar Minuten. Er war nicht müde, ihm war nur schwindlig. Dazu kam eine leichte Übelkeit.

Ihm war klar, dass er dankbar sein musste, dass er noch am Leben war und Frannie getroffen hatte. Mach es nicht kaputt, sagte
er zu sich selbst, während er nach einer bequemen Lage suchte.
Seufzend schloss er die Augen.

417

Es gab kürzere Wege zum Fair Mart, aber sobald Frannie losfuhr, wusste sie, dass sie zu der Stelle zurückkehren musste, wo sie Johnny in der Nacht zuvor aufgelesen hatte. Vielleicht fand sie dort irgendeinen Hinweis auf seine Identität.

Als sie die Straße entlangfuhr, entdeckte sie eine Ölspur, die unter Garantie von Petunia stammte, denn der alte Truck hatte ein Leck. Die Gegend sah bei Tageslicht völlig normal aus. Wie eine der Landstraßen im Südwesten von Texas halt. Dichter Wald, Pinien und Laubbäume, aber vor allem Pinien, denn der Davey Crockett State Park war in der Nähe. Es war Holzfällerland, wie die Einwohner stolz betonten. Die Trockenheit im Sommer brachte leider oft Waldbrände mit sich, doch da es erst eine Woche nicht geregnet hatte, war alles noch „saftig grün", wie Mr. Millers Enkel es immer nannten.

Gut für den Wald, schlecht für Frannies Vorhaben, denn das Gras war offensichtlich schon länger nicht mehr gemäht worden. Sich dort hineinzubegeben hieß, bei lebendigem Leib von Insekten aufgefressen zu werden. Also fuhr sie zuerst einkaufen und kehrte eine Stunde später zurück, bewaffnet mit einer Dose Insektenspray. Sie trug Jeans und Joggingschuhe und sprühte beides sorgfältig ein. Dann begann sie ihre Suche.

Sie brauchte es Johnny ja nicht mitzuteilen. Weshalb sollte sie ihn unnötig aufregen?

Außer sie fand etwas.

Aber dann kam es darauf an, was genau sie fand.

In diesem Moment hörte sie ein Motorengeräusch, und als sie sich umdrehte, sah sie einen Streifenwagen, der hinter ihrem Truck hielt. Langsam ging sie zurück.

„Nichts als Ärger", murmelte sie.

Einer der Polizisten stieg aus und richtete seinen breitkrempigen Hut. „Was ist los, Ma'am?"

„Nichts, Sir. Ich habe vor einer Weile eingekauft und dachte, ich hätte etwas verloren. Deshalb wollte ich nachschauen, ob ich es wiederfinde."

„Was haben Sie verloren?"

„Mein… meinen Ohrring." Sie schob eine Haarsträhne, die sich aus ihrem Zopf gelöst hatte, zurück, um auf ihr Ohrläppchen zu zeigen.

„War er wertvoll? Hier gibt es viele Schlangen, außerdem ist die Gegend sehr abgelegen. Sie sollten hier nicht allein spazieren gehen."

„Das habe ich auch gerade festgestellt", gab sie zu. „Es war kein teurer Schmuck. Nur ein Erinnerungsstück. Er ist es nicht wert, dass man dafür unnötige Risiken eingeht. Danke, Officer."

„Wohnen Sie in der Nähe?"

„Ein paar Meilen östlich. Auf der Farm von Mr. Miller. Ich arbeite im Two-Step. Möchten Sie meinen Führerschein sehen?"

„Wozu?"

Frannie schalt sich innerlich einen Esel.

„Ich dachte, das würden Sie routinemäßig verlangen. Jetzt muss ich aber heim und mich für die Arbeit fertig machen. Vielen Dank für Ihren Rat und Ihre Aufmerksamkeit."

„Seien Sie vorsichtig."

Ob er wohl sehen konnte, dass sie vor Aufregung schwitzte? Wieso hatte der Polizist sich nicht über die merkwürdige Stelle gewundert, an der sie ausgestiegen war? Hatte niemand eine Vermisstenmeldung gemacht? Hatte kein Mensch eine Ahnung, wo man nach Johnny suchen musste?

Was bedeutete das? Woher stammte er? Wohin wollte er? Wer hatte ihn niedergeschlagen? Wollten die ihn töten? Würden sie es wieder versuchen, wenn sie herausfanden, dass er noch lebte?

Sie nahm sich vor, zu allererst Fernsehnachrichten zu schauen, sobald sie im Two-Step angekommen war.

Frannie fuhr nach Hause, froh, dass das Intermezzo mit der Polizei so glimpflich verlaufen war. Als sie Petunia abstellte, kam Samson angerannt, hungrig wie immer. Der Rest der Tiere blieb im Schatten, weil es zu heiß war, um sich freiwillig zu bewegen. Sie war froh, denn sie hatte einiges eingekauft und konnte die Sachen

419

nun in den Trailer bringen, ohne dass sie von neugierigen Nasen bedrängt wurde.

„Johnny?", rief sie, als sie ihr mobiles Heim betrat.

Honey saß in ihrem Käfig und putzte sich. Bugsy thronte auf dem Fensterbrett und genoss die letzten Sonnenstrahlen. Sie konnte Stretch nicht entdecken, deshalb rannte sie ins Schlafzimmer, um zu verhindern, dass Johnny, falls er sich wieder hingelegt hatte, von der Schlange bedroht wurde.

Erleichtert sah sie, dass das nicht der Fall war, doch was sie beunruhigte, war, dass Johnny sich im Schlaf hin und her wälzte und stöhnte. Offenbar hatte er einen Albtraum.

Frannie stellte ihre Einkaufstüten ab und ging ihn wecken. „Johnny?" Sie berührte seine Stirn. Er hatte Fieber. „Johnny, wach auf. Du ... oh!"

Ehe sie wusste, wie ihr geschah, packte er ihr Handgelenk mit eisernem Griff und starrte sie aus funkelnden Augen an.

„Johnny, bitte!"

„Frannie!"

„Ich bin es doch. Du hast schlecht geträumt, aber jetzt ist alles wieder gut."

Sein Blick veränderte sich. Nach einigen Sekunden ließ er Frannies Handgelenk los. „Frannie", sagte er heiser und sank zurück in die Kissen.

Seine Erleichterung war so groß, dass es sie tief berührte. Er hatte im Schlaf den Verband abgerissen, und die Wunde blutete wieder. Auch hatte er sich beim Hin- und Herwälzen fast völlig entblößt, doch Frannie war zu besorgt, als dass ihr seine Nacktheit irgendetwas ausgemacht hätte.

„Ich hole was", verkündete sie. „Du bist nass geschwitzt, und deine Verletzung blutet. Ich bin gleich wieder da."

Als sie zurückkam, saß er am Bettrand und trug den Bademantel. „So was Blödes", entschuldigte er sich. „Alles schmutzig."

„Kein Problem, man kann das Bettzeug ja waschen. Trink das hier." Sie reichte ihm eine Flasche kaltes Mineralwasser. Dann nahm sie den Waschlappen, den sie mitgebracht hatte, tauchte ihn in die Schüssel, die sie auf den Nachttisch gestellt hatte, und tupfte ihm das Blut von der Stirn.

„Besser?", fragte sie, als er ihr signalisierte, dass er genug getrunken hatte. Sie nahm die Flasche und stellte sie auf den Nachttisch.

„Viel besser. Aber was ist mit dir? Habe ich dir wehgetan?"

„Nichts gebrochen."

„Das ist nicht witzig."

„Erzähl mir lieber, was du geträumt hast", lenkte sie ab. „Erinnerst du dich an irgendwas?"

„Nicht richtig."

„Willst du darüber reden? Manchmal hilft es."

Er schloss die Augen. „Es war dunkel. Ich bin irgendwo reingestoßen worden, wo es dunkel war."

„Denkst du, dass es sich um die Situation handelte, in der du verletzt wurdest?"

„Nein, ich …" Er öffnete die Augen und runzelte die Stirn. „Es ergibt keinen Sinn."

„Was?"

„Der Traum. Was ich gesehen habe."

„Und was hast du gesehen?"

„Es war jemand anders, denn ich konnte es ja nicht sein. Es war ein kleiner Junge. Zehn, vielleicht zwölf Jahre alt. Ich war es nicht. Ich meine, es fühlte sich an, als wäre er ich, aber er war es nicht. Wie kann das sein?"

Gute Frage, dachte sie. „Vielleicht musstest du annehmen, dass das Ganze jemandem passiert, der viel jünger ist als du, damit du es verarbeiten kannst?", schlug sie vor. „Damit du deine Angst zugeben konntest?"

„Vielleicht." Er atmete tief durch. „Ich habe mich tatsächlich wie ein Kind gefühlt. Hilflos. Verloren."

Ein Schauer überlief ihn, und Frannie setzte sich neben ihn. „Was noch?"

„Ich fühlte mich verraten. Und ich war wütend. Entsetzlich wütend."

Als er noch einmal erschauerte, legte sie ihre Arme um ihn, obwohl die Erwähnung seiner Wut sie verunsicherte. „Es ist alles gut. Es ist vorbei, und jetzt bist du in Sicherheit."

„Ich bin ganz verschwitzt."

„Bei dir macht es mir nichts aus."

Er seufzte und zog sie an sich. „Oh, Frannie." Er lehnte sein Gesicht an ihre Schulter. „Was würde ich ohne dich machen?"

„Wahrscheinlich hätten sie dich als Exhibitionisten eingesperrt." Sie hörte ihn lachen und wusste, dass er sich langsam von dem Albtraum erholte. „Erinnerst du dich sonst noch an etwas?", wollte sie wissen.

„Nein. Es ging weiter und weiter, aber jetzt, wo ich wach bin … nein." Sein Atem streifte ihre Wange. „Danke."

„War mir ein Vergnügen."

Es war unausweichlich, dass die Stimmung zwischen ihnen sich veränderte. Johnny begann, ihren Rücken zu streicheln. Er strich über ihr Haar, atmete ihren Duft ein, und als er zärtlich ihren Hals küsste, spürte sie, wie eine aufregende Vorfreude in ihr aufstieg.

„Du riechst so gut", flüsterte er. „Wie der Frühling. Klar und frisch. Du bewahrst mich davor, durchzudrehen, Frannie."

„Weil ich an dich glaube. Weil ich will, dass du wieder gesund wirst."

„Weil du ein guter Mensch bist", murmelte er dicht an ihrem Ohr. „Gut, liebevoll und …"

Er wollte sie küssen, und sie schloss erwartungsvoll die Augen. Doch dann rief sie: „Bitte, küss mich nicht, Johnny." Ehe er sie missverstehen konnte, fügte sie hinzu: „Ich will, dass du mich küsst. Aber wenn ich es zulasse, dann tue ich etwas vollkommen Verrücktes, und das geht nicht, weil ich arbeiten gehen muss."

Er zog sich zurück, aber sein Blick verriet sein Verlangen. „Vielleicht solltest du mich besser rauswerfen, Frannie. Ich leide an Gedächtnisverlust und will nur eins: dich berühren."

Bedauernd strich sie ihm über die Wange. „Vermutlich kann ich dich genau deswegen nicht rauswerfen, Johnny. Ich bin bekannt dafür, dass ich keinem Problem aus dem Weg gehe."

„Sweetheart." Er nahm ihre Hand und drückte einen Kuss auf die Handfläche. „Sag so was nicht. Ich komme nur auf dumme Gedanken."

Sie sehnte sich danach, einfach hierzubleiben und herauszufinden, was zwischen ihnen möglich war. Sie wollte, dass er sie langsam entkleidete, jeden Zentimeter ihres Körpers erkundete, sie streichelte, küsste, bis das Verlangen sie beide überwältigte und …

„Lass uns bitte über etwas anderes sprechen. Ich wechsle jetzt deinen Verband, und dann schaust du am besten mal, was ich dir mitgebracht habe."

Er ließ sie nicht ganz los, aber immerhin drehte er sich um und entdeckte die Tüten. „Frannie, du tust zu viel für mich."

„Unsinn. In dieser Gegend hier ist die Auswahl nicht besonders groß. Daher gefallen dir die Sachen vermutlich nicht besonders. Aber ich habe von allem, was du brauchst, etwas mitgebracht und hoffe, dass ich deine Größe erwischt habe."

Ein paar Minuten später probierte er die Kleidung an. Frannie hatte seine Wunde neu versorgt. Danach half er ihr, das Bett neu zu beziehen. Die Kleidung passte prima, nur die Joggingschuhe waren etwas zu klein. Frannie versprach, sie am nächsten Tag umzutauschen.

„Danke", murmelte er, als er in einem hellblauen T-Shirt und Jeans vor ihr stand. „Wie werde ich das jemals wiedergutmachen können? Und wann?"

Frannie winkte ab. Er sah verdammt gut aus in den neuen Klamotten. Groß, kräftig und doch schlank. Sehr natürlich und sehr sexy. Und er schien glücklicherweise nicht der Typ für elegante Dreiteiler zu sein. Denn das wäre doch ein Zeichen gewesen, dass er nicht zu ihr passte, oder?

„Mach dir darüber keine Gedanken", sagte Frannie. „Alles zu seiner Zeit. Jetzt musst du erst mal gesund werden."

5. Kapitel

Frannie war bester Stimmung, als sie daranging, den Salat mit Schinken und Ei fürs Abendessen zuzubereiten. Johnny half ihr, wo er konnte. Sie arbeiteten harmonisch zusammen, gleichzeitig spürten beide, wie es zwischen ihnen prickelte. Es war angenehm und aufregend zugleich.

Kurze Zeit später jedoch war es Zeit für Frannie, aufzubrechen und zur Arbeit zu fahren. Unterwegs dachte sie über Johnnys Traum nach und das, was er ihr über seine Gefühle erzählt hatte.

Verrat und Wut, dachte sie. Was für entsetzliche Worte. Instinktiv spürte sie eine Aversion gegen denjenigen, der diese Gefühle ausgelöst hatte, wer auch immer er sein mochte. Sie wünschte, Johnny hätte ihr Genaueres erzählt. Er musste mehr geträumt haben, als er ihr erzählte. Entschlossen, sofort TV-Nachrichten zu schauen, betrat sie den Two-Step-Club.

Leider waren schon zahlreiche Gäste da. Benny kam sofort auf sie zu. „Ich wünschte, du hättest ein Telefon", sagte er. „Wir hätten dich schon vor einer Stunde gebraucht."

„Was ist denn los?", fragte sie und griff sich ein Tablett mit leeren Gläsern sowie ein paar volle Aschenbecher. „Feiert jemand seinen Lottogewinn?"

„Beinahe. Es ist Freitagabend, und die Leute haben Geld gekriegt. Außerdem spielen beide Texas-Teams. Ich habe einen zweiten Flachbildfernseher organisiert, sodass wir beide Spiele auf den verschiedenen Kanälen zeigen können!" Er rieb sich begeistert die Hände. „Heute Abend machen wir einen Superumsatz."

„Prima", gab Frannie wenig begeistert zurück, denn die Wahrscheinlichkeit, dass Benny auf die Nachrichten umschalten würde, war gleich null.

424

Sie bemühte sich jedoch, das Beste aus der Situation zu machen, und hoffte, dass nicht alle Gäste unbedingt Baseball sehen wollten. Irgendjemand würde sicherlich den neuesten Klatsch verbreiten. Daher versuchte sie, so viel von den Gesprächen an den Tischen aufzuschnappen wie möglich. In Gedanken war sie jedoch bei Johnny.

Ein paar Stammgäste bemerkten ihre Verträumtheit und neckten sie, sobald im Fernsehen mal Werbung lief. Doch nicht alle fanden es lustig, dass sie nicht so richtig bei der Sache war.

„Frannie, du hast gerade eine Bierdose in den Glascontainer geworfen!"

„Frannie! Seit wann trinke ich diese Biermarke?"

„Was hast du vor? Willst du die Kneipe in die Luft jagen?"

Die letzte Bemerkung stammte von Fern, der ältesten und normalerweise geduldigsten der Kellnerinnen. Frannie riss sich zusammen, als sie merkte, dass sie eine brennende Zigarette in den Papierkorb geworfen hatte. Entsetzt kippte sie einen Rest Bier hinterher.

„Tut mir leid", entschuldigte sie sich.

„Was ist los mit dir? Wenn ich es nicht besser wüsste, würde ich annehmen, dass es mit einem Mann zu tun hat. Aber du hast den Männern ja abgeschworen."

Frannie lächelte und entschloss sich, die Gelegenheit zu nutzen. „Du hörst dich an, als hätte ich einen Vertrag mit meinem Blut unterschrieben."

„Und das ist genau das, was wir alle tun sollten", mischte sich Cherry ein, die an die Bar trat. Die rothaarige Kellnerin stemmte eine Faust in die Hüfte. „Wisst ihr, was Edgar getan hat? Er kam gestern Abend nach Hause und brachte einen Stapel Bücher über Straußenfarmen mit. Und ich dachte, das sei die einzige Idee, wie man sich selbstständig machen könnte, auf die er *nicht* kommen würde. Also, wer ist es?", fragte sie Frannie übergangslos.

Frannie zögerte, doch dann sagte sie: „Ein Typ, den ich zufällig kennengelernt habe. Sehr nett. Ich habe ihn beinahe überfah-

425

ren. Danach sind wir uns nähergekommen und …" Sie hoffte, die Andeutung würde reichen. „Er heißt Johnny. Johnny Shepherd."

„Na, gratuliere", bemerkte die Kollegin und schüttelte ihre wilde, künstlich verlängerte Mähne, die einer Countrysängerin alle Ehre gemacht hätte. „Was ist er von Beruf?"

Frannie schob das, was sie und Johnny vorab besprochen hatten, beiseite, weil sie wusste, dass Cherry sich darüber nur lustig gemacht hätte. „Er … er ist zurzeit arbeitslos."

Cherry verdrehte die Augen. „Ihr seid alle mondsüchtige Cinderellas. Ich sage dir was, Baby, an deiner Stelle wäre ich ein bisschen vorsichtiger. Es könnte doch einer der vier Verbrecher sein, die gestern Morgen aus dem Gefängnis von Huntsville entkommen sind."

Frannie starrte sie entgeistert an. „Was … was hast du gesagt?"

„Schon gut. Sie haben den letzten der vier Sträflinge heute Abend wieder eingefangen. Ich habe es in den Nachrichten gehört. Aber es sollte dir eine Lehre sein. Vor allem weil du so abgelegen wohnst."

Erleichtert sah Frannie, dass Cherry ihr voll beladenes Tablett nahm und sich einen Weg zwischen den Tischen hindurch bahnte. Johnny hätte tatsächlich einer jener Verbrecher sein können. Sie waren hier nur ein paar Meilen von Huntsville entfernt. Oder vielleicht war er selbst von diesen Leuten angegriffen worden?

„Mach dir nichts aus ihren Kommentaren", bemerkte Fern und klopfte ihr auf den Rücken. Die Ältere mit dem leicht ergrauten Haar nahm ebenfalls ihr Tablett. „Cherry ist nur glücklich, wenn sie Glück zerstören kann – am liebsten ihr eigenes. Ich freue mich jedenfalls, dass du verliebt bist. Und zwar ausnahmsweise mal in jemanden mit zwei Beinen."

Verliebt? Seit wann, dachte Frannie verwundert und bedankte sich verwirrt. Danach gab sie Benny ihre Bestellungen und wartete, während er Bier zapfte und Drinks mixte. „Hab ich dir schon erzählt, dass mein alter Kumpel aus Minnesota mit seinem Neffen hierherkommt?", sagte Benny über den Tresen hinweg. „Er ist gerade an der Grenze von Arkansas und Texas. Ich erwarte sie morgen. Er hat Interesse daran, den Job als Koch hier im Club anzunehmen. Er macht die weltbesten Zwiebelringe. Du kannst es also weitersagen: Der Grill öffnet wieder!"

Frannie, die mit ihren eigenen Angelegenheiten beschäftigt war, hatte den Kumpel aus Minnesota längst vergessen. Jetzt versicherte sie Benny: „Mache ich. Gratuliere!"

Als sie spät in der Nacht endlich hinter sich abschließen und in ihren alten Truck steigen konnte, war Frannie ausgesprochen erleichtert. Da laut Cherry die Ausbrecher gefasst worden waren, konnte Johnny keiner von ihnen sein. Cherry war immer bestens über allen Klatsch und Tratsch in der Gegend informiert. Da sie sonst keine kriminellen Machenschaften erwähnt hatte, war Frannie jetzt sicher, dass ihr attraktiver Gast in Ordnung war.

Glücklich fuhr sie nach Hause. Sie war sich wohl bewusst, dass dieses Glücksgefühl vielleicht nur von kurzer Dauer sein würde, doch sei es, wie es sei – sie summte die ganze Fahrt über vor sich hin.

Johnny starrte auf die Schlange. Stretch, korrigierte er sich. Die Boa constrictor lag auf der Sitzbank von Petunia, dem Truck, zwischen ihm und Frannie. Er kratzte die Stelle, wo es unter dem Verband an der Schläfe mittlerweile angefangen hatte zu jucken, und überlegte, ob er sich jemals daran gewöhnen würde, dass alles in Frannies Haushalt einen Namen besaß. Außerdem fragte er sich, ob sie es bis Houston schaffen würden.

„Macht es dir wirklich nichts aus, mit mir zu kommen?", fragte Frannie besorgt. „Tut dein Kopf weh? Ich fand, die Wunde sah schon viel besser aus, als ich heute Morgen noch mal Jod draufgetan habe."

„Es juckt, weil es heilt, Sweetheart", sagte Johnny. „Mir geht's gut. Alles wird gut."

Am Samstag war Mr. Miller vorbeigekommen, um mitzuteilen,

dass der Zoo in Houston jetzt bereit sei, Stretch aufzunehmen. Seitdem benahm sich Frannie wie eine überfürsorgliche Vogelmutti, der man den Nestling klauen wollte. Sie fürchtete sich vor dem Moment des Abschieds, und Johnny war tief berührt von ihrer Trauer.

Sie liebte ihre Tiere wirklich von ganzem Herzen. Wie schaffte sie es bloß, sich von ihnen zu trennen? Johnny war froh, dass das Wochenende vorbei war und sie den Abschied von Stretch bald hinter sich hatten.

„Findest du, er wirkt gestresst?", fragte sie ihn zum fünften Mal, seit sie losgefahren waren.

Er warf einen Blick auf die Schlange, die ihn unverwandt anstarrte, während Frannie nur eine Hand am Steuer hatte und das Tier mit der anderen unentwegt streichelte. „Nein", antwortete er. „Er sieht genauso aus wie immer und schaut mich an, als würde er mich gern erwürgen."

„Es ist nett von dir, dass du mich aufheitern willst, Johnny."

Aber er wusste, dass sie alles andere als heiter war. „Bist du sicher, dass du ihn hergeben willst?", fragte er. Zwar mochte er Stretch nicht besonders, doch er hatte entschieden, dass er mit ihm auskommen würde, wenn es Frannie wichtig war, dass die Schlange blieb.

„Ja", erwiderte sie entschieden, um dann jedoch zuzugeben: „Mehr oder weniger. Ich weiß, dass es gut für ihn ist. Ich hoffe nur, dass er den Kontakt zu Menschen nicht zu sehr vermisst. Er ist so anhänglich, der Kleine."

Johnny konnte ihr da nicht unbedingt zustimmen, doch es zeigte ihm wieder einmal, was für ein ganz besonderer Mensch Frannie war. Sie hatte es ja auch in seinem Fall bewiesen.

Es erstaunte ihn immer noch, wie selbstverständlich sie ihn aufgenommen hatte. Dabei war sie ein großes Risiko eingegangen. Trotzdem hatte sie ihn in ihrem Zuhause willkommen geheißen.

Seine Gefühle für sie waren alles andere als nur freundschaftlich. Wie sie da neben ihm saß in ihrem weiten T-Shirt und den Jeans, rührte ihn und zog ihn unwiderstehlich an. Sie hatte eine unglaubliche Ausstrahlung, und wenn sie lächelte, was oft geschah, schien die Sonne aufzugehen. Und ihr Haar ... Sicher, irgendein Friseur würde bestimmt behaupten, es sei viel zu wild für so eine zierliche Person. Aber er fand die Unmenge blonder Locken überaus reizvoll. Die ganze Frau war reizvoll. Wunderbar.

„Hallo?", fragte sie. „Wo bist du gerade in Gedanken?"

„Hier", erwiderte er. „Bei dir."

„Dann verrate mir mal, ob du Mr. Miller jetzt netter findest als beim ersten Mal."

Johnny verdrängte seine Fantasien, in denen er Frannie leidenschaftlich umarmt hatte, und bemerkte: „Ich finde ihn ja nett. Aber er ist misstrauisch mir gegenüber."

„Das hast du schon einmal gesagt."

„Meine Meinung steht."

„Er will mich bloß beschützen."

„Das respektiere ich. Aber er fragt zu viel."

Frannie dachte einen Moment nach. „Mich hat er damals auch ausgefragt, als ich auf seiner Farm erschien und mich hier niederlassen wollte. Du musst bedenken, er ist Witwer und viel allein. Seine Kinder wohnen weit weg. Wenn er eine Chance sieht, zu plaudern, dann nutzt er sie."

„Er hat behauptet, ich erinnere ihn an jemanden", sagte Johnny und befühlte die Beule an seinem Hinterkopf, die langsam zurückging.

Der alte Mann hatte ihn eingehend durch die dicke Nickelbrille gemustert. Nicht wirklich misstrauisch, aber auch nicht freundlich. Natürlich war Johnny klar, dass sein ramponiertes Gesicht nicht gerade vertrauenerweckend wirkte. Doch die Miene des alten Farmers hatte ihn verunsichert.

„Mr. Miller verwechselt dauernd Leute", erinnerte ihn Frannie, denn sie hatte es ihm bereits erzählt. „Wenn er dir von einem Film erzählt, den er gesehen hat, dann lobt er den Schauspieler oder die Schauspielerin über den grünen Klee und sagt, er habe sie oder ihn schon in diesem und jenem Film genauso gut gefunden, und später kommt heraus, dass er einen ganz anderen Darsteller gemeint hat."

Doch Johnny grübelte weiter. Was, wenn der neugierige Alte recht hatte und wirklich ein Foto von ihm in irgendeiner Zeitung erschienen war? Das brachte Frannie unter Umständen in Schwierigkeiten. „Ich will nicht, dass du meinetwegen Probleme bekommst."

„Hat er die Polizei angerufen? Ist irgendjemand auf der Türschwelle erschienen, um dich einzusperren? Oder dich zu adoptieren?", gab Frannie zurück und sah ihn zärtlich an. „Ich mache mir viel mehr Sorgen wegen der Albträume, die du hast."

Das kam noch dazu. Er brauchte nur die Augen zu schließen, und der Terror begann. In der letzten Nacht war es besonders schlimm gewesen. Wieder war er ein Kind, wieder wurde er endlose Treppen hinaufgeschleift, trat um sich und schrie, aber er konnte nicht erkennen, wer sein Peiniger war. Jedes Mal endete es an jenem engen dunklen Ort, wo er gefangen war und alle Kraft aufbringen musste, um nicht durchzudrehen.

Später erfassten ihn Rachegefühle, Mordgelüste, doch dann änderte sich die Szene, und eine verführerische Frau kam ins Spiel – oder waren es zwei Frauen? Die Gesichter wechselten, aber sein Hass blieb derselbe. Zum Schluss lief jedes Mal ein roter Schleier über seine Augen. Blut? Selbst jetzt, mitten am Tag, war das Bedürfnis zu schreien beinahe übermächtig. Nachts war er tatsächlich schreiend aufgewacht und hatte alle Tiere geweckt, die sofort anfingen zu toben. Diese Träume erschütterten ihn bis ins Mark.

„Ich glaube ja, dass deine Träume von diesem Kind etwas mit jener Attacke zu tun haben, die du nachts auf der Straße erlitten hast", sagte Frannie.

Johnny war nicht ihrer Meinung. Denn wenn sie recht hatte, dann war er feige und lief vor Problemen davon. Und das war im Angesicht einer so tapferen Lady nicht besonders heldenhaft. Er wollte Frannie ebenbürtig sein. Es war ihm wichtig, dass sie ihm vertraute und dass sie sich bei ihm sicher fühlte.

„Du brauchst dir jetzt keine Gedanken über meine Albträume zu machen", bemerkte er liebevoll und strich ihr eine Locke aus dem Gesicht. „Du hast gerade genug Sorgen. Zur Abwechslung sollte ich mich mal um dich kümmern."

Die Gelegenheit dazu erhielt er schon bald darauf. Sie übergaben Stretch den Experten im Reptilienhaus des Zoos und gingen danach zurück zum Parkplatz. Johnny sah Tränen in Frannies Augen schimmern. Sie versuchte, sich hinter ihren Locken zu verstecken, doch Johnny ließ es nicht zu und nahm sie in die Arme. Eine Weile hielt er sie einfach nur fest, dann forderte er sie auf, ihm die Autoschlüssel zu geben.

„Du hast doch gar keinen Führerschein", wandte sie mit tränenerstickter Stimme ein.

„Stimmt." Doch Frannie war blind vor Tränen und konnte nicht fahren. „Ich fahre ganz vorsichtig. Komm schon, gib mir die Schlüssel." Er hoffte, dass er überzeugend klang, aber dann fiel ihm ein, dass er ja gar nicht wusste, ob er überhaupt fahren konnte.

Frannie atmete tief durch und gab ihm die Autoschlüssel. Sie schien sogar erleichtert.

Zunächst redeten sie nicht. Petunia war nicht einfach zu steuern, denn die Hinterachse war nicht ganz in Ordnung, und auch die Bremsen waren sehr gewöhnungsbedürftig. Außerdem waren die Straßen in Houston verstopft, was dem Begriff „defensives Fahren" eine neue Bedeutung gab.

Als sie endlich im Norden der Stadt angelangt waren, hatte sich Frannie ein wenig erholt, und der Verbrauch an Taschentüchern wurde geringer. Die Gegend war jetzt ländlicher, es gab mehr Bäume, dazu kleine Einkaufszentren, flache Bürogebäude und adrette Wohnsiedlungen.

„Ich glaube, es wird Stretch in seinem neuen Zuhause gefallen", meinte Frannie schließlich und lächelte ein wenig. „Hast du gesehen, wie er sofort hinüber in das Nachbargehege wollte? Dort lebt das Weibchen, mit dem sie ihn paaren wollen, sobald er sich eingelebt hat."

„Das ist doch eine gute Aussicht", erwiderte Johnny, obwohl es ihm nicht aufgefallen war. Die Schlangen hatten ihm bloß Gänsehaut verursacht. „Siehst du, er findet schon bald neue Freunde. Das freut dich sicher."

„Klar. Ich fühle mich jetzt auch wieder besser."

Falls Johnny daran noch Zweifel hatte, verschwanden sie in dem Augenblick, in dem sie den Welpen entdeckte.

„Schau dir das an!", rief sie empört und drehte sich abrupt um. „Der arme Kleine ist bei dieser Hitze in dem Wagen eingesperrt, und das Fenster ist kaum einen Spaltbreit offen. Es muss auf Mittag zugehen! Draußen sind fast vierzig Grad. Fahr die nächste Ausfahrt raus, Johnny. Ich werde den Besitzer des Wagens anzeigen."

Er fuhr langsamer und warf ihr einen erstaunten Blick zu, doch er bog nicht ab. Sie protestierte schrill.

„Was soll das?", rief sie.

„Vielleicht kauft der Besitzer gerade Hundefutter und ist gleich wieder da", schlug er vor.

„Ha! Viel wahrscheinlicher ist, dass es sich um eine dumme Kuh handelt, die sich gerade die Fingernägel manikürren lässt. Los, fahr endlich raus, Johnny!"

Ihre Stimme klang schneidend, und er begriff, dass sich Frannie in eine Furie verwandelte, wenn sie sich für eine gute Sache einsetzte. Also wendete er und fuhr zurück zu dem kleinen Einkaufszentrum, wo der Wagen mit dem Welpen parkte. Er sah, wie der kleine Hund in der Hitze japste, und nahm sich vor, mit dem Eigentümer selbst ein Wörtchen zu reden.

Er hatte kaum eingeparkt, als Frannie aus dem Truck sprang und hinüber zu der Limousine rannte. Sie rüttelte an allen Türen, und der Welpe begann im Auto herumzuspringen und wie wild zu bellen. Das Tier leckte an der Scheibe und kratzte mit den Pfoten.

Johnny zuckte zusammen, als die Tür des Schönheitssalons aufgerissen wurde und eine dicke Frau im lila Umhang und mit neonblauen Lockenwicklern auf den Parkplatz stürmte. „Frannie, wir kriegen Besuch."

432

„Was fällt Ihnen ein?", schrie die Frau. „Lassen Sie das, sonst hole ich die Polizei. Hilfe! Jemand soll 911 anrufen!"

Frannie richtete sich zu voller, wenn auch zierlicher Größe auf und begegnete dem wütenden Blick der Frau. „Ganz richtig. Wir rufen jetzt die 911 an, denn dieser Welpe braucht Hilfe, nachdem Sie ihn hier drin weichgekocht haben!"

Johnny kratzte seine Wunde. Dieser hübsche Engel hatte das Herz einer Löwin, die ihre Jungen verteidigte.

Entweder war die Frau von Frannies Worten eingeschüchtert, oder sie war bloß erstaunt, dass jemand, der so zierlich war, eine so laute Stimme hatte. Vielleicht sah sie auch, dass die andere einen knallharten Willen besaß. Jedenfalls trat die Besitzerin des Hundes einen Schritt zurück und zögerte.

„Durch den Fensterschlitz bekommt er Luft", verteidigte sie sich.

„Aber nicht genug. Wie würde es Ihnen gefallen, wenn Sie einen Pelzmantel anhätten und da drin eingesperrt wären?"

Die Bemerkung hatte eine interessante Wirkung auf die dicke Frau, denn sie entrollte eine Zeitschrift, die sie in der Hand gehalten hatte, und fächelte sich damit Luft zu. „Woher sollte ich wissen, wie man sich richtig verhält? Der Hund gehört einem ehemaligen Mieter in meinem Apartmenthaus, der abgehauen ist, ohne zu bezahlen. Er schuldet mir noch zwei Monatsmieten. Ich wollte diesen Hund nachher ohnehin ins Tierheim bringen."

„Oh!" Frannie riss entrüstet ihre Geldbörse auf und entnahm ihr einen Schein. „Hier. Im Tierheim verlangen sie von Ihnen eine Spende für seinen Unterhalt, bis er einen neuen Besitzer findet. Falls er einen neuen Besitzer findet. Und jetzt machen Sie die Tür auf und geben mir den Hund."

Die Frau nahm das Geld und gehorchte. Sobald sie die Wagentür geöffnet hatte, nahm Frannie den japsenden Welpen in die Arme. „Schon gut, kleiner Mann", flüsterte sie zärtlich. „Alles wird gut." Sie trug ihn zu Petunia hinüber, ohne die Frau, die perplex neben ihrer Limousine stand, noch eines Blickes zu würdigen.

433

„Ist er nicht wundervoll?", fragte sie Johnny, als sie wieder auf der Schnellstraße waren. „Schau mal, wie glücklich er ist, dass wir ihn aus den Klauen dieser Hexe befreit haben. Fahr die nächste Ausfahrt raus, Johnny."

Weshalb denn diesmal? fragte er sich. Hoffentlich hatte sie nicht noch ein Tier entdeckt …

„Ich möchte, dass du eine Flasche Wasser für ihn kaufst. Nimm dir Geld aus meiner Börse. Bitte sei so lieb. Der Kleine ist wahrscheinlich halb verdurstet. Fühl mal seine Nase. Sie ist ganz warm und trocken."

Johnny musste wider Willen lächeln und fuhr wie gewünscht zu dem Laden. Zurück kam er mit einer Flasche Wasser und einer Schachtel Hundefutter. Der Welpe sah bereits viel erholter aus, jetzt, da die Wagenfenster offen waren und er liebevolle Zuwendung bekam. Frannie ließ ihn Wasser aus ihrer Handfläche schlabbern und gab ihm ein paar Bröckchen Trockenfutter. Die Hundeaugen leuchteten dankbar.

„Wie taufen wir ihn?", fragte sie, als Johnny den Truck zurück auf die Straße fuhr.

„Lucky", schlug er vor.

„Sehr lustig. Die Mädels im Club sagen das auch jedes Mal, wenn ich ein verwaistes Tier mit nach Hause bringe. Aber dies hier ist ein ganz besonderer kleiner Mann."

„Dann solltest du ihn Johnny jr. nennen", bemerkte er grinsend. „Oder Maury zwei."

„Gut, gut, du hast ja recht. Ich sage das über jedes neue Tier, das ich adoptiere. Aber es stimmt ja auch irgendwie immer."

„Im Namen deiner Zöglinge danke ich dir." Seine Bemerkung mochte spöttisch klingen, doch innerlich fühlte er ein tiefes, unsagbares Glück. Er sehnte sich danach, für immer bei Frannie zu bleiben. Er besaß nichts, nicht mal seine eigenen Klamotten, und er war glücklich. Er warf Frannie einen besitzergreifenden Blick zu und war froh, dass sie es nicht mitbekam. „Er hat dieselbe Haarfarbe wie du. Wie wär's mit Blondie oder Goldie?"

434

„Goldie ist süß. Happy würde mir auch gefallen. Kennst du jemanden, der so begierig nach Liebe ist?", fügte sie hinzu und streichelte das Hundebaby.

Oh ja, dachte Johnny. *Ich brauche bloß in den Spiegel zu sehen.* Er sah, dass der Welpe an Frannies Gürtelschnalle nagte. „Ich hab's! Nenn ihn doch einfach Buckle."

„Das klingt nett. Oder einfach nur Buck?"

„Scheint mir ein mächtiger Name für so einen kleinen Hund."

„Er bleibt nicht lange so klein. Schau dir seine Pfoten an. Wenn er ausgewachsen ist, wird er mindestens so groß sein wie Maury."

„Bist du sicher, dass es ein Er ist?"

Frannie grinste, hob den Welpen hoch und drehte Johnny seinen kleinen Bauch zu. „Noch Fragen?"

„Definitiv keine Fragen mehr", antwortete er, und beide lachten.

Frannie hätte nie gedacht, dass sie diesen Tag so genießen würde. Sie wünschte, es würde immer so weitergehen, doch bald war es Zeit für die Arbeit. Die Aussicht auf einen schwierigen Abend entmutigte sie etwas.

Sie hatte Johnny bisher nichts von den unangenehmen Dingen erzählt, die sich im Two-Step-Club ereignet hatten, weil sie ihn nicht damit belasten wollte. Im Übrigen hatte sie gehofft, dass sich das, was Montagabend im Club passiert war, nicht wiederholen würde. Doch sobald sie die Kneipe betrat, wusste sie, dass sie den Tatsachen ins Auge sehen musste.

Bennys alter Kumpel, Stan Mahar, schien ein netter Kerl zu sein. Er war freundlich und lachte gern, und er schien wirklich vorzuhaben, sich in Texas eine neue Existenz aufzubauen. Es war offensichtlich, dass er eine tiefe Freundschaft für Benny hegte. Sein Neffe jedoch war von einem ganz anderen Kaliber.

Er war schlau und attraktiv, dabei aber verschlagen. Deke Mahar machte sofort jedem im Club klar, dass er vorhatte, sich sein Territorium zu erobern. Was Frannie verstörte, war, dass sie offenbar zu diesem Territorium gehörte.

Er verlor keine Zeit und lud sie ein, mit ihm auszugehen.

Sie sagte umgehend Nein.

Es störte sie nicht, dass Deke im Gefängnis gewesen war. Wenn es jemanden gab, der jedem eine zweite Chance einräumte, dann war sie es. Doch sie traute ihm nicht über den Weg.

Deke ließ sich von dem Korb, den sie ihm gegeben hatte, nicht abschrecken, und so verließ Frannie sich darauf, dass die Tatsache, dass sie mit Johnny zusammenlebte, ihn zur Vernunft bringen würde. Deke jedoch begegnete der Nachricht, dass sie vergeben war, mit großer Gleichgültigkeit. Sobald sie ihre Arbeit an diesem Dienstag aufgenommen hatte, nutzte er einen Vorwand, um sie in die Abstellkammer in der Küche zu locken. Dort küsste er sie.

Wütend stieß Frannie ihn zurück, angewidert von dem Alkoholdunst, den er verbreitete. „Wenn du das noch mal machst, sage ich Benny Bescheid."

„Erzähl mir nicht, dass es dir nicht gefallen hätte", gab er grinsend zurück. „In diesem verdammten Nest bist du doch froh, wenn du mal ein bisschen Aufmerksamkeit bekommst."

„Hast du nicht kapiert, dass ich einen Freund habe?", fragte sie ihn aufgebracht.

Er zuckte die Achseln. „Klar, aber das wird sich bald ändern."

„Ich verstehe nicht, wie jemand, der so nett ist wie Stan, mit solch einem Mistkerl wie dir verwandt sein kann."

Sie ließ ihn stehen und kehrte ärgerlich in den Schankraum zurück. Trotzdem nahm sie sich vor, die Sache auf sich beruhen zu lassen, falls Deke sich ab sofort zurückhielt. Doch Fehlanzeige. Zum Glück bemerkten auch ihre Kolleginnen, was los war.

„Ich finde ihn widerlich", sagte Holly, als sie Frannie im Waschraum traf. Holly war gerade aus dem Urlaub zurückgekommen und war alles andere als erfreut über den Neuankömmling. „Wenn er dich das nächste Mal fragt, ob du ihm hilfst, dann sag einfach Nein. Ich unterstütze dich, falls es Stunk gibt."

„Sag es Benny", riet Fern, als sie mitbekam, wie Deke Frannie hinterherstarrte.

„Deke wird es einfach leugnen", widersprach Frannie. Sie hatte bemerkt, dass er, sobald er mit dem Chef sprach, wie ausgewechselt schien.

„Na und?", mischte sich Cherry leise ein. „Der Typ bringt nur Ärger. Benny verschließt davor die Augen, weil er Stan nicht verletzen will. Aber auch er kann sich so einen wie Deke nicht hier leisten."

Doch Frannie bat die Kolleginnen, Benny nichts zu sagen, denn er wirkte viel glücklicher, als sie ihn bisher gekannt hatte. Sie wollte nicht diejenige sein, die einen Keil zwischen ihn und seinen Freund trieb.

Der Abend zog sich endlos in die Länge, und als sie den Club endlich verließ, bekam sie Gelegenheit zu bereuen, dass sie bei Benny nichts hatte verlauten lassen.

Wenige Minuten nachdem sie losgefahren war, merkte sie, dass ihr jemand folgte.

Instinktiv wusste sie, wer es war. Sie bekam Angst, denn es war ihr klar, dass sie es hier mit einem Menschen zu tun hatte, mit dem sie nicht so leicht fertigwerden würde.

Deke blieb dicht hinter ihr. Zu dieser Uhrzeit waren sie allein auf der Landstraße. Solange sich kein Streifenwagen hierher verirrte, gab es keine Hilfe.

Sie konnte nur hoffen, dass die Tiere zu Hause genug Rabatz machen würden, um Deke zu vertreiben. Es war ja nicht das erste Mal, dass sie mehr Aufmerksamkeit bekam, als sie haben wollte. Bisher hatten Maury und Co. es immer geschafft, die lästigen Besucher abzuwimmeln. Und dann war da noch Johnny … Ein Schauer überlief sie, als sie sich vorstellte, er würde zu einem Kampf gezwungen. Ihr netter, liebevoller Johnny, der keiner Fliege etwas zuleide tun konnte.

Sie zitterte, als sie Petunia auf dem Parkplatz vor dem Trailer abstellte. Maury bellte laut, als er den fremden Wagen sah, der ihr gefolgt war. Doch zu Frannies Überraschung ließ sich Deke von dem Schäferhund nicht davon abhalten, auszusteigen und herüberzukommen.

437

Frannie stieg hastig aus und eilte zum Trailer. „Hau ab!", rief sie.

„Das meinst du doch nicht ernst", erwiderte Deke grinsend. „Bring diesen Köter zum Schweigen, und dann vergnügen wir uns ein bisschen."

„Der Hund wird dich beißen!"

Deke Mahar ließ sich nicht abschrecken, kam auf sie zu und fasste sie um die Taille.

„Lass mich los!"

Sie zerkratzte sein Gesicht und schrie. Maury sprang hoch und wollte Deke in den Arm beißen, doch der Mann besaß zu gute Reflexe und wehrte sich. In diesem Augenblick wurde die Tür des Trailers aufgerissen, und Johnny erschien.

„Nimm sofort deine dreckigen Hände weg!", befahl er.

6. Kapitel

Maury wich zurück, als er Johnnys scharfes Kommando hörte, und presste sich knurrend an Frannies Bein. Die eiskalte Stimme hatte selbst Frannie erschreckt. Sie wusste, dass Johnny ihr zu Hilfe kommen würde, doch die mörderische Wut in seinen Augen machte ihr Angst.

Der Schäferhund spürte es auch und blieb nah bei ihr, weil er nicht zu wissen schien, ob er seine Herrin an einer oder an zwei Fronten verteidigen musste. Frannie, bedrängt von beiden Seiten, begann das Gleichgewicht zu verlieren. In diesem Augenblick sprang Johnny von der Veranda und stürzte sich auf Deke Mahar.

Johnny verpasste Deke einen Schlag gegen die Schulter, und Deke flog zur Seite. Frannie wurde in die entgegengesetzte Richtung geschleudert. Ihr T-Shirt zerriss. Maury überschlug sich, fing sich aber als Erster wieder und biss Deke herzhaft ins Bein. Deke trat nach dem Hund. Dann verlor Frannie den Überblick, weil Buck sich auf sie stürzte, überglücklich bellend.

„Oh, nein, Sweetie, runter hier", keuchte sie und versuchte mitzubekommen, wie der Kampf stand, den Deke und Johnny ausfochten. Sie rappelte sich auf und nahm den Welpen auf den Arm.

Als sie sich umdrehte, sah sie, dass Johnny Deke in seinen Wagen schob. „Und wag es nicht, dich noch einmal hier blicken zu lassen!", fuhr er ihn an.

Maury knurrte drohend, und gleich darauf spritzte Kies auf, als Deke mit durchdrehenden Reifen davonraste. Johnny sagte etwas zu dem Schäferhund, das Frannie nicht hören konnte.

Wer war dieser Mann? Sie betrachtete ihn, wie er dastand, barfuß, in Jeans, die sie ihm gekauft hatte, und die Frage beschäftigte sie mehr denn je. Während der vergangenen Tage hatte sie geglaubt, ihn einschätzen zu können, doch die Gewaltbereitschaft, die er gerade gezeigt hatte, verunsicherte sie und machte ihr Angst.

„Alles in Ordnung?", fragte er.

Sie fand keine Worte, so fremd erschien ihr dieser Mann.

„Frannie?"

Sein Blick wurde sanft, und Frannie entspannte sich etwas. Er hockte sich vor sie. Im Licht der Hofbeleuchtung glitzerte Schweiß auf seiner Brust. Zärtlich berührte er Frannies Haar, strich über ihre nackte Schulter. Sie erinnerte sich daran, dass ihr T-Shirt zerrissen war, und entzog sich seiner Liebkosung.

„Sweetheart, schau mich nicht so an. Bist du verletzt?"

„Nein. Alles in Ordnung."

„Wer war das, zum Teufel?"

Sie setzte zweimal vergeblich an, dann sprudelte die ganze Geschichte aus ihr heraus. „Das war Deke Mahar. Der Neffe des neuen Kochs. Sie sind am Wochenende hier angekommen. Stan ist ein alter Kumpel von Benny. Benny ist so froh, ihn hier zu haben, dass er nicht erkennt, was für ein unangenehmer Zeitgenosse Deke ist."

„Hat er dich von Anfang an belästigt?"

Als sie seine Frage zögernd bejahte, wurde Johnnys Blick eiskalt. Selbst Buck erschrak und rannte hinüber zu Maury.

„Mistkerl", knurrte Johnny. „Und ich dachte, das Einzige, was dir Sorgen macht, wäre die verdammte Schlange." Er legte ihr einen Finger unters Kinn und zwang sie, zu ihm aufzublicken. „Morgen gehst du zu Benny und erzählst ihm alles. Verstanden?"

„Ja. Es fällt mir nicht leicht, seine Gefühle zu verletzen, aber ich muss es tun. Wenn du Deke nicht aufgehalten hättest …"

Ein kalter Schauer lief ihr über den Rücken. Johnny nahm sie in die Arme. „Wenn du wüsstest, was ich dachte, als ich dich schreien hörte. Und dann, als ich ihn auf dich zustürzen sah …"

„Es ist ja vorbei."

Doch er hielt sie weiterhin in seinen Armen geborgen, und sie ließ es geschehen. Grillen zirpten ihr nächtliches Lied, Frösche quakten im Teich. Die Nacht war wieder friedlich. Buck und die anderen Tiere hatten sich auf ihre Schlafplätze zurückgezogen. Frannie wusste, dass sie wieder etwas Distanz zu Johnny brauchte. Außerdem würden sich bald die Stechmücken auf sie stürzen, wenn sie die Körperwärme spürten. Aber schon der Gedanke daran, sich aus der Umarmung lösen zu müssen, ließ sie aufschluchzen.

Johnny fluchte leise, hob sie auf seine Arme und trug sie in den Trailer. Er setzte Frannie auf dem Küchentresen ab, was den Vorteil hatte, dass sich ihr Gesicht nun auf gleicher Höhe mit seinem befand.

Zärtlich umfasste er ihr Gesicht mit beiden Händen. „Sag mir die Wahrheit. Bist du verletzt?"

„Hör mal", murmelte sie, „mich zu retten gibt dir nicht das Recht, zum Despoten zu werden."

Er legte seine Stirn an ihre. „Keine Scherze, bitte. Sag mir, was los ist."

„Nichts. Mich verstören nur meine Gefühle, wann immer du mich berührst."

Johnny schwieg einen Moment, dann sagte er leise: „Ich möchte dich so gern küssen. Aber du musst es wirklich wollen."

„Ja." Sie schloss die Augen, weil sie den Druck seiner Lippen auf ihren erwartete, doch zu ihrer Überraschung schob er das zerrissene T-Shirt zur Seite und presste einen Kuss auf die nackte Haut oberhalb ihrer Brüste.

Sein Mund fühlte sich heiß auf ihrer kühlen Haut an, und seine Bartstoppeln kratzten angenehm. Die Berührung ließ Frannie erschauern, und sie schob ihre Finger in sein Haar.

Nur die beiden Ventilatoren machten die Hitze erträglich. Sie bliesen Frannies lange Locken über Johnnys Rücken, und er stöhnte leise, ehe er sich aufrichtete und begann, Frannie leidenschaftlich zu küssen.

Sein Verlangen war deutlich spürbar, doch noch etwas anderes lag in der Wildheit, mit der er ihren Mund in Besitz nahm. Es war, als wollte er sie das Schreckliche, das sie erlebt hatte, vergessen machen. Dann wieder küsste er sie zart, liebevoll, werbend und streichelte ihren Hals, ihre Schultern, ihre Brüste.

Frannie gab sich ihrem Verlangen hin und erwiderte seine Küsse voller Leidenschaft. Doch sie hatte nicht mit solch einem Sturm der Gefühle gerechnet, der sie erfasste, als Johnny das T-Shirt zur Seite schob, ihren BH öffnete und gleich darauf ihre empfindliche Brustknospe zwischen die Lippen nahm. Sie kam ihm entgegen, als er die Brustspitze mit der Zunge liebkoste und zart mit den Zähnen reizte.

In ihren wilden Fantasien sah sie sich mit Johnny in ihrem riesigen Bett. Sie sehnte sich danach, ihn zu spüren, sich ihm hinzugeben, sein Begehren ins Unermessliche zu steigern, und wusste, dass sie sich gegenseitig höchste Lust verschaffen konnten.

Gleich darauf meldete sich jedoch eine warnende Stimme, ungebeten, lästig und unüberhörbar. Was ist, dachte Frannie, wenn er wirklich irgendwo Frau und Kinder hat?

„Oh Gott."

Der Gedanke verstörte sie zutiefst. Johnnys Küsse wurden immer verlangender, und ihr war klar, dass sie sich nicht mehr lange würde zurückhalten können. Mit letzter Willenskraft wandte sie sich ab und wich ihm aus.

„Frannie."

„Bitte nicht, Johnny", flüsterte sie verzweifelt.

„Küss mich, Sweetheart", forderte er.

„Johnny, du weißt, dass wir zu weit gehen. Wir müssen damit aufhören."

Doch er schien dazu ebenso wenig in der Lage zu sein wie sie selbst. Er hob sie vom Tresen, und sie umklammerte seine Hüften mit ihren Beinen. „Es ist doch kein Verbrechen, keine Sünde, was wir füreinander fühlen", sagte er rau. „Es ist doch so gut, so ehrlich. Es fühlt sich so richtig an."

Sie ließ zu, dass er sie erneut küsste, diesmal warm und tief. Verführerisch. Sekundenlang genoss sie es einfach, doch dann gewann ihr Verstand die Oberhand. Wie konnte sie Johnny am nächsten

Tag noch in die Augen sehen, wenn sie taten, was so unausweichlich schien?

Johnny bemerkte, dass Tränen über ihre Wangen liefen. Langsam ließ er Frannie auf die Füße. Sein Atem ging schwer; es fiel ihm offensichtlich nicht leicht, sie loszulassen.

„Nicht weinen", murmelte er und küsste sie zärtlich auf die Stirn.

„Ich weine ja gar nicht. Ich weine nie."

„Ich halte es nicht aus, Baby."

„Es ist dumm zu weinen. Ich bin noch nie so schwach und dumm gewesen." Energisch wischte sie die Tränen weg, doch schon kamen neue.

Johnny schob sie in Richtung Schlafzimmer. „Leg dich ein wenig hin", bat er sanft. „Ich weiß, dass du wahrscheinlich nicht schlafen wirst, aber versuch dich ein wenig auszuruhen."

„Johnny ..."

„Geh!"

Sie begriff, dass er sich kaum noch unter Kontrolle hatte, und wollte im Schlafzimmer verschwinden. Doch mit zwei Schritten war er bei ihr und zog sie an sich. „Du darfst mich nicht hassen, Frannie. Wenn du morgen früh willst, dass ich gehe, dann werde ich es tun. Aber bitte sei mir nicht böse, weil ich mich so unmöglich benommen habe."

Natürlich wollte er nicht gehen, aber Johnny machte sich nicht nur Sorgen, weil er sich Frannie gegenüber zu Dingen hatte hinreißen lassen, die nicht sein durften. Er fragte sich auch, was die nahezu ungebremste Aggression zu bedeuten hatte, die er beim Kampf mit Deke Mahar gespürt hatte.

Er ging nach draußen, um nachzudenken und Buße zu tun, indem er sich von Stechmücken peinigen ließ und es ertrug, dass die tierischen Mitbewohner ihn als Kratzbaum benutzten.

Nach und nach wurde ihm klar, dass er offensichtlich eine gewalttätige Ader hatte. Dabei wollte er doch gut und nett sein. Für

443

Frannie. Er hatte sich mittlerweile sogar an die Tiere gewöhnt, obwohl er es dem Leguan übel nahm, wenn der sich ab und zu ohne Vorwarnung auf ihn stürzte. Johnny wollte hierhergehören, in diesen seltsamen, einzigartigen, wunderbaren Haushalt. Er sehnte sich danach, dazuzugehören und die heitere Gelassenheit zu genießen, die Frannie umgab.

Stattdessen hatte sich herausgestellt, dass ein Blick in die kalten, gerissenen Augen von Deke Mahar genügte, um zu erkennen, dass etwas davon auch in ihm selbst schlummerte. Deshalb hatte er den Gegner auch so rasch in sein Auto verfrachtet, aus Angst davor, seine Aggressionen möglicherweise nicht unter Kontrolle zu haben …

Frannie hatte diese Gefahr ebenfalls gesehen. Sie war gutgläubig, aber nicht naiv, und sie musste begriffen haben, dass Johnny nicht nur wütend gewesen war, sondern voller Hass. Daher war sie schließlich vor ihm zurückgeschreckt.

Als endlich der Morgen dämmerte, ging er wieder in den Trailer zurück, um Kaffee zu kochen, den er dringend benötigte. Während die Kaffeemaschine lief, schaute er im Schlafzimmer vorbei und betrachtete Frannie. Sie lag da, die dünne Decke verrutscht, sodass eine nackte Schulter und viel Bein zu sehen waren. Johnny musste sie so intensiv angestarrt haben, dass sie es schließlich merkte und erwachte. Ihre Blicke trafen sich.

„Und jetzt?", fragte sie und schloss nahtlos an die Konversation der vorangegangenen Nacht an.

„Das wollte ich dich fragen."

„Hast du wenigstens ein bisschen geschlafen?"

„Nein. Du offenbar auch nicht."

„Nur ein paar Minuten, ehe du reinkamst." Frannie gähnte und setzte sich auf. „Der Kaffee duftet himmlisch."

Johnny sah, wie das weite Shirt, das sie angezogen hatte, von ihrer Schulter rutschte und ihren Brustansatz freigab. Jene Stelle, die er in der letzten Nacht geküsst hatte. Er erinnerte sich nur zu gut, wie leidenschaftlich Frannie reagiert hatte. Frustriert wandte

444

er sich zur Tür, doch dort drehte er sich noch einmal um. Er musste die Frage stellen. „Willst du, dass ich gehe?"

Sie antwortete nicht sofort, sondern nahm ein Kissen und hielt es fest wie einen Teddybär. „Wohin willst du denn?", fragte sie zurück.

Als ob das nicht egal wäre. Er hatte eine dunkle Seite, und sie wussten es beide. Selbst in halb wachem Zustand hatten ihn in der Nacht die Albträume wieder eingeholt. Wer waren die Frauen, die ihn entweder verführten oder betrogen? Wer war der mächtige Geist, der ihn verfolgte? Handelte es sich dabei vielleicht um einen älteren Mann?

Er zuckte die Achseln. „Ich gehe einfach zur Polizei und schaue, was passiert."

Frannie warf das Kissen zur Seite und sprang aus dem Bett. „Wenn ich mir diesen Mist am frühen Morgen anhören soll, brauche ich dringend einen Kaffee."

„Es ist kein Mist, und du weißt das." Er folgte ihr in die Küche, wie magisch angezogen von dieser energischen, zarten, wunderbaren Frau. „Deke Mahar und ich haben mehr gemeinsam, als du denkst."

Sie warf ihm einen verächtlichen Blick zu und schob ihm eine dampfende Tasse Kaffee rüber. „Wenn du vorhast, dich selbst schlechtzumachen, dann nur zu. Aber ich werde dir dabei nicht helfen."

„Aber es ist wahr. Du hast es gestern Nacht selbst gesehen und hast Angst vor mir gehabt."

„Ich habe Angst vor Deke gehabt. Vor dem, was hätte passieren können."

„Und was ist mit uns? Was ist, wenn ich dein Nein nicht akzeptiert hätte und mit dir geschlafen hätte? Mein Gott, wenn ich daran denke, dass du gerade dem Vergewaltigungsversuch dieses Kerls entkommen warst – und ich …"

„Aber du hast es nicht getan!"

„Diesmal. Was passiert das nächste Mal?"

„Nichts."

„Woher willst du das wissen?", rief er aufgebracht.

Ihre Hände zitterten, der heiße Kaffee schwappte über ihre Hand. Sie unterdrückte ein Stöhnen und stellte die Tasse ab. Johnny sprang auf und schob sie hinüber zur Spüle, wo er sofort kaltes Wasser über die verbrühte Stelle laufen ließ.

„Siehst du?", sagte sie ruhig, als sie sich helfen ließ. „Du bist fürsorglich und zärtlich zu mir. Egal, was du behauptest – ich behaupte, dass du kein Monster bist."

Er ignorierte seine nassen Hände, nahm Frannie in die Arme und barg sein Gesicht in ihrem Haar. „Frannie, oh, Frannie."

Sie entspannte sich etwas, doch sie argumentierte beharrlich weiter. „Du schaust mich an, und irgendetwas verändert sich in dir. Diese Gefühle, die ich spüre, sind echt. Ich vertraue dir. Natürlich fand ich nicht so toll, dass du auch eine andere Seite hast. Aber sie ist nur ein Teil von dir. Was auch immer du in der Vergangenheit getan hast, muss noch lange nicht deine Zukunft bestimmen."

„Ich wünschte, das wäre wahr."

Sie legte ihre Finger auf seine Lippen. „Ich auch. Und ich wünsche mir, dass du meine Hilfe annimmst."

„Aber das tue ich doch bereits. Du gibst mir ein Zuhause, du sorgst für mich, bis ich herausfinde, was ich tun soll."

„Das meinte ich nicht, und das weißt du genau."

„Ich werde nicht zulassen, dass du noch mehr tust, ehe ich nicht mehr über mich herausgefunden habe. Ich muss ganz sicher sein." Er war kurz davor, sie zu küssen, aber er beherrschte sich, obwohl ihm klar war, dass sie seine Erregung deutlich spüren konnte. Kurz drückte er Frannie an sich und gab sie frei. „Was wirst du wegen Mahar unternehmen?"

„Ich fahre nachher rüber zum Club und spreche mit Benny. Sonntags und mittwochs habe ich frei, aber ich kann nicht warten. Benny wird außerdem tagsüber dort sein, weil heute neue Lieferungen kommen."

„Werden Mahar oder sein Onkel da sein?"

„Das weiß ich nicht."

Johnny entschied sofort: „Dann fahre ich mit dir."

Sie sah ihn erstaunt und dankbar an, doch dann schüttelte sie den Kopf. „Das ist vielleicht keine so gute Idee."

Er wusste, was sie dachte. „Ich suche keinen Streit. Aber wenn Deke Mahar dort ist, werde ich auch dort sein."

Sosehr Frannie sich auch bemühte, Johnny ließ sich nicht davon abbringen, sie zu begleiten. „Was ist, wenn dich jemand erkennt?", fragte sie. „Was passiert, wenn ihr kämpft und jemand die Polizei holt?" Sie drohte ihm sogar damit, dass sie ihn rauswerfen würde, falls er eine Dummheit beging. Doch als sie gefrühstückt hatten und die Tiere gefüttert waren, schwang er sich auf Petunias Beifahrersitz und schnallte sich an.

„Super", murmelte sie und schloss ihren eigenen Sicherheitsgurt. „Einfach super. Du bist nicht nur stur wie ein Maultier, du spielst auch russisches Roulette."

„Ich will mich nur erkenntlich zeigen, Frannie. Warum kannst du es nicht einfach akzeptieren, dass ich mich ein klein wenig für all das revanchieren will, was du für mich getan hast?"

„Gut, ich akzeptiere", erwiderte sie grimmig, während sie auf die Landstraße einbog. „Und ich weine dir keine Träne nach, wenn sie dich in Handschellen abführen."

„Ich weiß", antwortete er und strich ihr zärtlich über die Wange. „Du weinst nie."

Als sie in den Club kamen, fanden sie nur Benny und Stan vor. Stan schaute ihnen mit besorgter Miene entgegen. Das allein sagte Frannie schon einiges. Sie stellte Johnny vor und verkündete, dass sie mit Benny unter vier Augen sprechen wollte.

„Hat es etwas mit Deke zu tun?", fragte Stan gepresst.

„Leider ja."

Der Mann schien um zehn Jahre zu altern. Er atmete tief durch und senkte den Kopf. „Das habe ich mir fast gedacht. Ich habe bei Benny übernachtet, und als ich heute Morgen ins Motel kam, war

447

Deke auch gerade erst erschienen. Ich habe die Schrammen in seinem Gesicht gesehen, die aufgeplatzte Lippe, und habe ihn gefragt, was passiert ist, aber er meinte nur, ich sollte mich um meinen eigenen Kram kümmern."

„Was ist los? Worüber sprecht ihr?", mischte sich Benny ein.

Er tat Frannie leid, weil er so glücklich über die Ankunft seines alten Kumpels gewesen war. Nun würde sie alles ruinieren.

Als ob er ihre Gedanken lesen könnte, begann Johnny zu berichten. „Deke Mahar ist Frannie gestern Nacht nach Hause gefolgt, Sir." Er bemühte sich um einen höflichen, aber bestimmten Ton. „Wenn ich nicht da gewesen wäre, weiß ich nicht, ob Sie sie wiedergesehen hätten."

Die Zigarre, die Benny sich ab und zu gönnte, fiel ihm aus dem Mund. „Frannie ... mein Gott ... Stan?"

Stan ließ sich auf einen Stuhl sinken. Sein Gesicht war aschfahl. „Es tut mir leid, Benny. Ich weiß nicht, was ich sagen soll. Wie du weißt, hat Deke im Gefängnis gesessen. Das war auch der Grund, weshalb wir Minnesota verlassen haben. Ich dachte, er hätte aus dieser Erfahrung etwas gelernt und würde sich ändern, aber ... Ich denke, es ist besser, wenn wir abreisen."

„Wir?", wiederholte Benny. „Warum ihr beide?" Er wirkte enttäuscht, unglücklich. Ohne nachzudenken, drückte er die Zigarre im Aschenbecher aus. „Sag ihm, er soll abhauen. Das hat doch nichts mit dir zu tun. Er ist erwachsen, Mann!"

„Er ist das einzige Kind meiner Schwester und somit mein letzter naher Verwandter. Wenn ich nicht auf ihn aufpasse, dann tut es niemand. Es tut mir so leid, Ben." Stan stand auf. „Frannie."

Er lieh sich Bennys Auto, um zum Motel zurückzufahren und Deke abzuholen, und versprach, den Wagen später im Ort an der Hauptstraße abzustellen.

„Wohin wollt ihr gehen?", rief Benny ihm nach.

Stan blieb in der Tür stehen und drehte sich ein letztes Mal um. „Nach Houston vermutlich. Da wollte ich ursprünglich hin. Deke ist ... Deke. Ich wollte dir keine Scherereien machen, glaub mir, mein Freund." Er lächelte traurig. „Ein Mann sollte seiner inneren Stimme folgen, meinst du nicht?"

„Alles Gute, Stan Mahar", rief Benny dem Freund hinterher.

Frannie hatte die Szene verfolgt. Es tat weh zu spüren, dass sich zwischen den Freunden etwas verändert hatte. Das Vertrauen war zerstört.

Als Stan die Tür hinter sich geschlossen hatte, nahm Benny seine Matrosenmütze ab und strich sich über sein schütteres Haar. „Kaum zu glauben, wirklich, Frannie. Ich hätte nie gedacht, dass … Es tut mir so leid."

„Du kannst doch nichts dafür, Benny."

„Irgendwie doch. Natürlich habe ich gesehen, wie dich der Kerl ständig angeglotzt hat. Aber ich dachte, Stan würde schon dafür sorgen, dass …"

„Schon gut, Benny. Vergiss es einfach."

Benny wirkte einen Moment erleichtert, dann fiel ihm etwas ein. „Was mache ich jetzt mit dem Grill? Heute kommen die Vorräte, und ich habe keinen Koch. Ich verliere ein Vermögen!"

„Vielleicht könnte Estelle aushelfen?", schlug Frannie vor.

„Meine Frau? Die würde nur zu gern ihre Nase ins Geschäft stecken", sagte Benny. „Aber davor bewahre mich Gott. Mit ihr zusammenarbeiten zu müssen hieße, den Dritten Weltkrieg heraufzubeschwören."

„Und was ist, wenn die Mädels und ich uns einfach abwechseln?", meinte Frannie. „Wenigstens bis du einen Koch gefunden hast."

„Ihr vier habt doch sowieso schon alle Hände voll zu tun."

Dann hatte er also durchaus bemerkt, dass das Geschäft gut lief, auch ohne die Holzfäller. „Schön, dass du das mal zugibst, Benny."

„Ja, ja." Er wischte ihre Bemerkung mit einer Handbewegung weg. Dann wandte er sich an Johnny. „Wie war noch Ihr Name?"

Frannie spürte, wie Johnny sich verspannte. „Shepherd", erwiderte er. „John Shepherd."

449

„Was ist passiert?", wollte Benny wissen und deutete auf das Pflaster, das mittlerweile den Verband an Johnnys Schläfe ersetzt hatte.

Frannie legte Johnny eine Hand auf den Arm und erklärte rasch: „Ich habe ihn überfahren. Na ja, jedenfalls beinahe. Ist das nicht romantisch? Aber er ist noch nicht ..."

„Ich weiß nicht, ob ich Ihren Erwartungen entspreche, Mr. ...", fiel ihr Johnny ins Wort.

„Nennen Sie mich ruhig Benny, das ist einfacher. Und die Speisekarte ist auch ziemlich übersichtlich. Bloß Hamburger, Fritten und so weiter. Wir beschränken uns, damit die Gäste den Überblick behalten. Aber es ist heiß in der Küche, und Sie wären die meiste Zeit allein."

„Das stört mich nicht."

„Johnny", murmelte Frannie warnend.

„Sie müssten heute Abend schon anfangen", fuhr Benny fort. Johnny nickte. „Kein Problem. Aber ich kann mich nicht ausweisen. Ich meine, wegen der Steuer."

„Wieso nicht? Hm ..." Er wirkte einen Moment lang enttäuscht, doch gleich darauf erhellte ein Lächeln seine Miene. „Sie und Frannie sind doch, hm, sozusagen ein Paar, nicht wahr? Ist doch kein Geheimnis, oder? Dann kann ich Ihren Lohn doch auf Frannies draufschlagen."

„Benny, das wäre wohl kaum ...", mischte sich Frannie ein.

„Akzeptiert", verkündete Johnny. „Ich mache den Job, allerdings nur vorübergehend. Bis Sie einen Ersatz für mich gefunden haben. Ist das in Ordnung?"

„Klar, wenn Sie heute Abend hier auftauchen." Benny legte eine Hand aufs Herz. „Danke. Sie retten mir das Leben."

„Und wer rettet deins?", flüsterte Frannie, als sie und Johnny kurz darauf den Club verließen.

7. Kapitel

Johnny amüsierte sich über Frannies Bemerkung und unterdrückte ein Lächeln, als er auf den Beifahrersitz von Petunia stieg. „Was meinst du damit?"

„Spiel bitte nicht das Unschuldslamm. Du weißt ganz genau, welches Risiko du eingehst, wenn du diesen Job annimmst."

„Wieso? Benny sagte doch, dass sich die Küche im hintersten Teil des Clubs befindet."

„Aber sie grenzt an den Flur, wo sich die Toiletten befinden. Was passiert, wenn jemand die falsche Tür benutzt und dich sieht? Dich wiedererkennt?"

Johnny zuckte die Achseln. „Mich kann auch jemand wiedererkennen, der bei dir auf den Hof fährt."

„Die Mädels werden alles von dir wissen wollen."

„Ich muss ihnen ja nicht antworten."

Sie gab einen verächtlichen Laut von sich. „Das glaubst auch du nur. Holly ist nicht schlimm, aber nicht, weil sie nicht neugierig wäre, sondern weil sie nicht so penetrant ist wie Fern und Cherry. Da kommst du nicht heil davon."

Er lachte leise. „Flickst du mich wieder zusammen, nachdem sie mich in der Mangel hatten?"

Frannie fand das gar nicht witzig. „Ich meine es ernst, Johnny. Seit Tagen versteckst du dich bei mir, und jetzt so was. Deke wird schon nicht wiederkommen. Du hast ihm gezeigt, wo es langgeht. Er sucht sich immer nur Opfer, die schwächer sind als er."

„Ich möchte mich dir einfach erkenntlich zeigen", sagte Johnny.

„Habe ich dich um irgendwas gebeten?"

Nein, und er wünschte, sie hätte es getan. Natürlich wusste er, dass man ihre Fürsorge nicht mit Geld aufwiegen konnte, und

451

seine Zärtlichkeiten wies sie zurück, weil sie keine Ahnung hatte, ob irgendwo Frau und Kinder auf ihn warteten.

„Es ist mir ein Bedürfnis, Francesca."

Er sah, dass sie zitterte, und wünschte, er säße am Steuer. Dann hätte er anhalten und sie in die Arme nehmen, trösten und beruhigen können.

Er wusste nicht, wie viel Zeit ihnen noch blieb, und er hatte nicht die geringste Lust, dass zwischen ihnen eine negative Spannung entstand, die zu Schweigen und Ablehnung führte. Es war an der Zeit zuzugeben, dass sie sich zueinander hingezogen fühlten, und er wollte jeden Moment, den er mit Frannie verbringen durfte, auskosten. Denn wer konnte schon wissen, was die Zukunft bringen würde?

„Du kannst doch gar nicht kochen", brachte sie schließlich hervor.

„Woher willst du das wissen?"

„Ich weiß es. Ich musste dir ja sogar zeigen, wie man eine Kaffeemaschine bedient."

„Dann lerne ich es eben."

„Bis heute Abend?"

„Benny hat mir die Grundlagen erklärt. Es kann doch nicht so schwer sein."

Es war im Grunde überhaupt nicht schwierig, bloß dass er eine ganze Packung Käsescheibletten verbrauchte, ehe er merkte, dass man die Zellophanhülle von jeder einzelnen Scheibe entfernen musste, ehe man sie auf den Hamburger legte. Und dann musste er feststellen, dass man die Bulette nicht wendete, sobald der Käse obendrauf lag. Nicht einmal die Tiere hatten Interesse an seinen ersten Bratversuchen.

Doch Johnny gab nicht auf. Am späten Nachmittag wusste er bereits einigermaßen Bescheid. Allerdings auf Kosten von Frannies Vorräten, die jetzt weder Hackfleisch noch Käse noch Fritten mehr hatte. Darüber hinaus sah die Küche aus, als hätte eine Bombe eingeschlagen.

Er und Frannie waren auch in Mitleidenschaft gezogen. Sie schwitzten, weil es in der Küche glühend heiß war. Aber auch die Enge des Raumes und die ständigen Berührungen machten, dass die gefühlte Temperatur ständig stieg.

„Du musst ja fix und fertig sein", bemerkte Johnny irgendwann, obwohl Frannie keinerlei Anzeichen von Erschöpfung zeigte. „Da du deinen freien Tag opferst und heute Abend arbeiten willst, solltest du dich vielleicht eine Stunde hinlegen, ehe du duschen gehst?"

„Nein. Ich fühle mich fit. Aber geh du doch ins Bett, falls du möchtest."

Nicht ohne dich, dachte er.

Sie bemerkte seinen Blick und seufzte. „Hör auf, mich so anzuschauen, sonst zerre ich dich in den Hof und spritze dich mit kaltem Wasser ab."

„Komm lieber mit unter die Dusche", schlug er vor. „Es wäre ja nicht das erste Mal."

„Nur wenn wir Buck mitnehmen. Er hat nämlich Samson durch seine Schweinesuhle gescheucht und sieht dementsprechend aus. Ich muss ihn waschen, ehe ich arbeiten gehe."

Johnny hatte den kleinen Stinker ganz vergessen. „Ich mache ihn sauber", bot er an.

„Und wer räumt hier auf?" Sie wies auf den Küchentresen und die vollgestellte Spüle.

Darum würde er sich ebenfalls kümmern. Doch er ließ sich die Gelegenheit nicht entgehen, Frannie zu necken. „Die Putzfrau?"

„Ich werd's dir gleich zeigen! Von wegen Putzfrau …"

Sie nahm die Plastikflasche mit dem Ketchup, zielte auf ihn, und zu seiner Überraschung drückte sie kräftig zu. Ein dicker roter Klecks landete auf seinem T-Shirt. „Du … du …"

Sie quiekte laut und rannte nach draußen. Johnny, der mittlerweile wusste, wie schnell das kleine Biest flitzen konnte, raste hinter ihr her.

„Puh, zwischen dem Tresen und der Küche kann man es kaum aus-
halten, so sehr prickelt es zwischen euch", beschwerte sich Cherry
scherzhaft, als sie Frannie später an der Bar traf. „Ein Wunder, dass
der Kondomautomat im Waschraum nicht ständig Plastikpäckchen ausspuckt."

Frannie gönnte ihr ein zuckersüßes Lächeln. „Sei still, Cherry."

Sie hatten bereits über zwei Stunden gearbeitet, und außer viel-
sagenden Blicken hatten die Mädels sie bisher in Ruhe gelassen,
was Johnny betraf. Das lag vermutlich daran, dass sie die Geschichte mit Deke Mahar gehört hatten und sich mit Frannie so-
lidarisch zeigten. Doch langsam, aber sicher schien ihre Zurückhaltung zu schwinden, denn Cherry fragte ganz direkt: „Wer ist
er, Sweetie?"

„Ich habe euch doch vorgestellt. Er heißt Johnny Shepherd."

Die Kollegin kam näher. „Dann verrate mir doch, wovor er davonläuft?"

„Davonläuft?", fragte Frannie entsetzt, denn mit dieser Frage
hatte sie nicht gerechnet.

„Honey, du weißt doch genau, dass ich einen Blick für falsche
Fünfziger habe. Der Typ dahinten in der Küche ist zwar heiß auf
dich, aber irgendwas stimmt nicht mit ihm."

„Du irrst dich, Cherry. Er ist wunderbar. Wirklich."

„Klar, Baby, und das hier ist meine natürliche Haarfarbe. Hast
du dich etwa verliebt?"

Frannie verschränkte die Arme vor der Brust. „Das geht dich
nichts an."

„Na super, du bist verliebt. Und du machst dir wegen irgendwas
Sorgen. Dass er dir hinterherguckt, ist ja gut und schön, aber sobald eine von uns Richtung Küche geht, schaust du, als wolltest du
uns vergiften. Was ist los? Was hat er verbrochen? Komm schon,
erzähl's mir."

Cherry war eben Cherry. Klug und penetrant. Frannie fühlte
sich in die Enge getrieben. „Mist!", schimpfte sie. „Kannst du dir
nicht einen besseren Zeitpunkt aussuchen?"

„Es hört doch keiner zu", entgegnete Cherry. „Sie gucken alle Baseball. Fern ist in der Küche und versucht, deinen Süßen auszuquetschen, und Holly reinigt im Waschraum ihre Kontaktlinsen. Also, sag schon, was los ist. Ich habe zwar eine scharfe Zunge, aber ich bin auch hilfsbereit, wie du weißt."

Das stimmte. Cherry hatte ein gutes Herz. Aber konnte man ihr in diesem Fall trauen? Frannie musste zugeben, dass sie froh wäre, sich jemandem öffnen zu können. Alles war so verworren, und sie hatte ihre Gefühle für Johnny kaum noch unter Kontrolle.

„Ich habe ihn wirklich fast umgefahren", begann sie schließlich. „In jener Nacht, in der die vier Leute aus dem Gefängnis ausgebrochen sind. Er stand auf der Straße, splitternackt. Man hatte ihn niedergeschlagen, und er litt unter Gedächtnisverlust."

„Armer Kerl. Was hat der Arzt gesagt?"

„Wir waren bei keinem Arzt."

„Bist du verrückt?" Glücklicherweise kümmerte sich Benny gerade um einen Gast am anderen Ende der Bar, aber Cherry senkte die Stimme, als sie fortfuhr: „Du hast einen völlig Fremden mit nach Hause genommen? Du bist noch wahnsinniger, als ich dachte."

„Da erzählst du mir nichts Neues", gab Frannie zurück. „Sag mir lieber, wie ich ihm helfen kann. Er erinnert sich an nichts und wollte nicht, dass ich ihn in die Klinik bringe. Er will auch nicht zur Polizei."

„Warum nicht?"

„Er hat Angst."

„Wovor?"

„Dass er gesucht wird. Der Gedanke macht ihn fertig. Er hat fürchterliche Albträume. Jede Nacht. Und er glaubt, dass sie etwas mit ihm und seiner Vergangenheit zu tun haben. Er hat mich gebeten, ihm etwas Zeit zu geben. Das ist alles."

„Und du hast ihm auch gleich noch dein Herz geschenkt", bemerkte Cherry und pfiff leise durch die Zähne. „Junge, Junge, wenn du vor einem Abgrund stehst, springst du, nicht wahr?"

455

„Er ist ein guter Mensch", beharrte Frannie. „Vielleicht ist er anderer Meinung, aber mir gegenüber verhält er sich sanft und liebevoll."

„Dann habt ihr tatsächlich eine Affäre?"

„Nein! Aber das heißt nicht, dass wir nicht etwas füreinander empfinden."

Spontan umarmte Cherry Frannie. „Oh, Baby, es tut mir so leid."

„Schon gut. Sag mir lieber, wie ich herausfinden kann, wer er ist, ohne dass er Ärger bekommt. Hast du in den Fernsehnachrichten oder in der Zeitung irgendwas gefunden? Wird jemand hier in der Gegend vermisst? Erinnert er dich an jemanden?"

„Nein. Und das, obwohl ich davon ausgehe, dass ich das meiste, was sich in unserer Gegend ereignet, mitbekomme. Er ist aber nicht von hier, oder?"

Anscheinend hatte Cherry genug Worte mit Johnny gewechselt, um zu hören, dass er keinen texanischen Akzent hatte.

Cherry sah, wie Frannie den Mund verzog, und fügte schnell hinzu: „Du weißt, wie hartnäckig ich sein kann. Ich glaube, er kommt aus dem Norden. Aber nicht von der Ostküste. Weißt du, was ich mache? Unser Satellit empfängt Lokalnachrichten von überallher. Ich werde ab und zu mal reinschauen. Sei vorsichtig in der Zwischenzeit. Es kann durchaus sein, dass es hier um Drogen geht. Wenn jemand hinter ihm her ist, machen sie dich gleich auch noch kalt."

Frannie erschauerte. „Bloß nicht dran denken. Ich bin zurück zu der Stelle gefahren, an der ich ihn gefunden habe, aber da war absolut nichts. Es ist, als wäre er einfach vom Himmel gefallen."

„Schweig, mein Herz", sagte Cherry und legte ihre Hand auf das kleine rosafarbene Glasherz, das an einer Samtschnur um ihren Hals hing. „Wenn Marsmännchen so aussehen, dann will ich auch eins."

Cherry hatte wirklich einen gesunden Humor, aber sie war auch sehr verlässlich. Nachdem das Baseballspiel vorbei war, schaltete sie bei einem der Fernsehgeräte auf einen Nachrichten-sender um, ohne sich um die Proteste der Stammgäste zu küm-mern. Als der Cousin des Sheriffs hereinkam, fragte sie ihn ge-schickt aus, ob es Neuigkeiten in diesem Distrikt gab. Doch all das blieb ohne Erfolg.

„Was kann das bedeuten?", fragte Frannie, als sie und Cherry das nächste Mal Gelegenheit hatten, miteinander zu reden.

„Entweder vermutet ihn niemand in dieser Gegend hier, oder niemand vermisst ihn."

Das barg eventuell neue Probleme, doch die Aussicht, dass er ein gesuchter Verbrecher war, schwand mehr und mehr. Frannie ertappte sich dabei, ein wenig zu träumen. Würde sie damit leben können, nie herauszufinden, wer er wirklich war? Sie nahm an, dass sie es konnte, und sie vermutete, dass es ihm ähnlich ging.

Wenn nur diese furchtbaren Albträume aufhören würden! Dann gab es vielleicht eine Zukunft für sie beide.

An dieser Hoffnung hielt sie fest.

Am nächsten Morgen kam Mr. Miller vorbei, und ihre Theorie wurde erneut auf die Probe gestellt.

„Danke für die Post, Mr. Miller. Und danke auch für das frische Gemüse. Ihr Garten ist dieses Jahr eine Wucht."

Frannie strahlte ihren Vermieter an, der auf seinem alten Trak-tor saß, und klopfte begeistert auf die große Plastiktüte mit all den guten Sachen, die er mitgebracht hatte.

„Ja, es ist wirklich kein schlechtes Jahr", erwiderte der alte Mann. „Nur die Cantaloupe-Melonen sind ein bisschen klein ge-raten."

„Aber sie schmecken doch wunderbar", rief Frannie, weil Mr. Miller schwerhörig war und der Traktor ratterte.

„Ja, oder? Die Tomaten haben allerdings eine ziemlich feste Schale, weil es so heiß ist."

„Die Tomaten schmecken exzellent. Hab noch nie bessere ge-gessen."

457

„Stimmt. Aber ich fürchte, die Gurken vertrocknen mir."

Frannie grinste. „Sie übertreiben, Mr. Miller."

„Klar." Der alte Mann grinste zurück. Dann sah er sich um. „Wo ist Ihr Freund?"

„Er schläft noch. Er hat einen neuen Job und gestern Abend das erste Mal gearbeitet. Danach war er ziemlich müde."

„Er arbeitet? Das ist gut", bemerkte Mr. Miller. „Als ich ihn das erste Mal gesehen habe, dachte ich mir, der wäre ein noch größerer Faulpelz als Lambchop." Er nickte hinüber zu der Eselin, die im Schatten stand und einen Apfel verspeiste, den er ihr mitgebracht hatte.

„Er ist ein guter Mann, Mr. Miller."

„Trotzdem erinnert er mich an jemanden."

Frannie bemühte sich um ein Lächeln. „Hab ich das nicht schon öfter gehört?"

„Ich weiß, ich weiß. Aber ich schaue trotzdem noch mal in den alten Zeitschriften nach."

Bloß nicht, dachte Frannie. Laut sagte sie: „Gut, Mr. Miller, tun Sie das."

„Da sind auch zwei Briefe von Ihrer Familie dabei", bemerkte der alte Mann.

„Möchten Sie einen Kaffee?", bot Frannie an. „Oder Eistee?" Sie wusste, dass er sich gern die Briefe vorlesen ließ, die ihre Mutter ihr schrieb, denn manchmal kam auch er darin vor. Er war ein einsamer Mann, und seine Kinder kümmerten sich nicht allzu viel um ihn.

„Heute Morgen geht es nicht", erwiderte er. „Die Frau von der Zeitung kommt, um meine Wassermelonen zu fotografieren. Hab ich Ihnen erzählt, dass ich dieses Jahr schon wieder den ersten Preis gewonnen habe? Meine Wassermelonen sind die größten im ganzen Bundesstaat."

„Das haben Sie, Mr. Miller." Frannie lächelte ihn an. Er hatte es bereits dreimal erwähnt. „Ich schneide das Bild aus und hole mir ein Autogramm von Ihnen, so wie letztes Jahr."

„Abgemacht." Er legte den Gang ein. „Bis dann", rief er und winkte, ehe er losfuhr.

Frannie winkte ebenfalls. Maury und Buck rasten dem Traktor hinterher, bis Frannie sie zurückrief. Dann trug sie das Gemüse in den Trailer.

Johnny war gerade dabei, sich Kaffee einzuschenken, was durch Honey erschwert wurde, die sich in ihn verliebt hatte und jede Gelegenheit nutzte, um auf seiner Schulter zu sitzen. Da er morgens beim Frühstück kein T-Shirt trug, spürte er ihre Krallen scharf auf seiner nackten Haut.

„Geschwätzig wie der alte Kerl", murrte er, nahm Honey und setzte den Papagei auf einen Stuhl. Honey krächzte beleidigt.

„Du bist bloß eifersüchtig, weil ich nett zu ihm bin", bemerkte Frannie und genoss wie immer den Anblick von Johnnys nacktem Oberkörper.

„Natürlich." Sein Blick hätte Eisberge zum Schmelzen gebracht. „Guten Morgen."

„Guten Morgen. Wie geht es dir? Du siehst immer noch ziemlich fertig aus."

„Ich fühle mich, als hätte mich jemand mit dem Bulldozer überfahren." Er goss sich eine Tasse Kaffee ein.

„Armer Schatz."

„Küss mich, dann wird alles wieder gut."

„Hier scheint jemand zum Flirten aufgelegt, was?"

„Das ist deine Schuld."

„Tut mir leid. Was kann ich tun, um es wiedergutzumachen?"

„Das willst du gar nicht wissen", erwiderte er und trank einen Schluck Kaffee. „Ich habe mir diese Krankheit eingefangen und werde sie nicht wieder los."

Plötzlich hatte Frannie Schmetterlinge im Bauch. „Und wie heißt diese Krankheit?"

„Frannie-itis."

„Das ist tragisch."

„Es tut entsetzlich weh."

Da war es wieder, dieses geheime Einverständnis zwischen ihnen. Die Anziehungskraft wurde immer stärker, und die Neckereien wurden deutlicher.

„Du verschüttest gleich deinen Kaffee", warnte sie ihn sanft.

„Aber du würdest mich gern küssen, nicht wahr?"

Sie sah ihm in die Augen. „Ja. Mehr noch als das."

„Davon werde ich zehren, solange es geht."

Frannie atmete tief durch. „Scheint, als hätte ich sehr tief geschlafen, denn ich habe nicht mitbekommen, ob du Albträume hattest."

„Hatte ich seltsamerweise nicht. Was glaubst du, ist der Grund dafür? Weil ich so erschöpft war? Oder weil ich sexuell frustriert bin?"

„Johnny!"

Er stand auf und ging Richtung Bad, um zu duschen. Doch vorher blieb er neben Frannie stehen. Und ehe sie wusste, wie ihr geschah, küsste er sie hart und fordernd auf den Mund.

Sie war froh, dass er gleich darauf im Bad verschwand, denn wenn er gesehen hätte, wie sie sich verträumt mit der Zunge die Lippen befeuchtet hatte, hätte es kein Zurück mehr gegeben.

Johnny wusste, dass sie mit dem Feuer spielten. Als er abends im Two-Step-Club Küchendienst schob, wurde seine Selbstbeherrschung auf eine harte Probe gestellt. Jedes Mal, wenn Frannie an den Küchentresen trat, um eine Bestellung aufzugeben oder ein Tablett mit Hamburgern abzuholen, wurde das Verlangen, sie in die Arme zu nehmen, stärker.

Sie trug ein rotes T-Shirt, das mit silbernen Perlen bestickt war und einen herzförmigen Ausschnitt besaß, dazu schwarze Jeans. Johnnys Fantasien gingen mit ihm durch; er sah sich eng umschlungen mit Frannie beim Liebesspiel. Der Gedanke, dass draußen im Schankraum fremde Männer saßen, die sie anstarrten, machte ihn halb wahnsinnig vor Eifersucht. Während er Tomaten schnitt, malte er sich aus, wie er ihr das T-Shirt abstreifte und die zarte Haut streichelte.

460

Er war gedanklich so abwesend, dass er vergaß aufzupassen. Das Messer, mit dem er die Tomaten schnitt, fuhr in seinen Finger. Fluchend ließ er das Messer fallen und hob seine blutende Hand. Frannie, die gerade in der Nähe war, kam angerannt. „Lass mich nachschauen!"

Der Schnitt blutete stark, aber die Wunde war nicht allzu tief. „Gott sei Dank", rief Frannie und holte ein Pflaster aus dem Erste-Hilfe-Kasten. „Du hast Glück gehabt."

Sie versorgte die Wunde und befahl ihm, die Hand nach oben zu halten und mit den anderen Fingern Druck auf den Schnitt auszuüben, um die Blutung zu stoppen.

„Ich muss aber Hamburger braten, mein Engel", protestierte er.

„Das mache ich."

„Du musst doch servieren."

„Im Moment nicht."

Sobald sie die Bestellungen ausgeführt hatte, klingelte sie. Holly kam und trug die Tabletts zu den Gästen.

Frannie warf Johnny einen koketten Blick zu und seufzte. „Manche Leute tun eben alles, um Aufmerksamkeit zu erhalten."

Er sah die Lichtreflexe in ihrem blonden Haar. „Es hat doch funktioniert, oder?"

Sie sah den Ausdruck in seinen Augen und hielt inne. Er nutzte die Gelegenheit, um zu tun, wonach es ihn verlangte, und küsste sie. Sie vergaß, wo sie war, und erwiderte seinen Kuss leidenschaftlich. Er drängte seine Hüften an ihren Bauch.

Frannie seufzte lustvoll. Er stöhnte. Doch plötzlich hörten sie, wie jemand ihnen eine Warnung zuzischte.

Als sie aufblickten, sahen sie Cherry, die mit dem Finger drohte. „Seid ihr verrückt geworden?", fragte sie leise. „Wenn Benny euch sieht, feuert er euch beide."

„Tut mir leid", flüsterte Johnny, als er und Frannie wieder allein waren.

„Ich bin schuld."

„Eigentlich tut es mir gar nicht leid."

461

Sie lächelte strahlend. „Mir auch nicht."

Trotzdem ging sie nach draußen und schwor sich, der Küche in der nächsten Zeit so fern wie möglich zu bleiben. Johnny war einerseits erleichtert, andererseits frustriert, denn sein Verlangen nach ihr hatte nicht im Geringsten nachgelassen.

So konnte es nicht mehr weitergehen.

„Wie lange wollt ihr noch so weitermachen?", fragte Cherry, als sie Frannie nach Dienstschluss im Waschraum traf.

„Es ist kompliziert, wie du weißt", verteidigte sich Frannie.

„Es wird noch komplizierter, wenn man das Feuer anfacht, statt es zu löschen."

Was für eine Binsenweisheit, dachte Frannie. „Und was sollen wir tun?"

Statt zu antworten, warf Cherry ein paar Münzen in den Kondomautomaten, nahm das Plastikpäckchen, das herausfiel, und steckte es in Frannies Jeanstasche. „Muss ich noch mehr sagen?"

„Cherry! Er ist vielleicht verheiratet oder verlobt oder was auch immer!"

Ihre Kollegin schüttelte ungeduldig den Kopf. „So wie der dich anschaut, gibt es keinen anderen Weg. Falls Johnny anderweitig gebunden sein sollte, so ist die Beziehung mittlerweile tot oder zumindest so gut wie tot. Kümmere dich ausnahmsweise mal um dich, Darling."

Frannie ging nach draußen in den Schankraum. Sie war sich des Kondoms in ihrer Tasche nur zu bewusst. Gedankenverloren räumte sie auf und vergaß dabei, die Tür abzusperren, wie es eigentlich ihre Aufgabe gewesen wäre.

Die Tür flog auf, und ein Mann trat ein. Er hielt eine Waffe auf sie gerichtet.

Holly, die ihn als Erste bemerkte, ließ ihr Tablett fallen und schrie.

Sofort herrschte ein Tumult in der Kneipe. Benny griff unter seinen Tresen, wo seine eigene Waffe lag, doch der maskierte Mann rief: „Runter mit dem Ding", und unterstrich seine Drohung, indem er mit der Waffe vor Frannie herumfuchtelte.

Frannie starrte ihn entsetzt an. Ihre Gedanken überschlugen sich. *Warum passiert mir das? Ich will doch leben. Ich habe doch Träume.*

„Alle auf den Boden!", befahl der Maskierte. „Du nicht, Schätzchen", sagte er zu Frannie.

Die anderen legten sich auf den Boden. Frannie stand allein vor dem Mann.

„Was wollen Sie?", fragte sie.

„Geld."

Seine Augen funkelten hinter dem Sichtschlitz der Skimaske. Seltsamerweise kam er Frannie irgendwie vertraut vor, doch sie musste sich irren. Sie konnte nur hoffen, dass Johnny hinten in der Küche von alledem nichts mitbekam.

„Er will, dass ich die Kasse leere", sagte sie zu ihrem Chef.

„Gib ihm, was er verlangt."

Sie warf einen Blick auf die Waffe. „Seien Sie vorsichtig mit dem Ding", bemerkte sie, als sie hinüber zum Tresen ging und den Inhalt der Kasse in Bennys Geldsack füllte. „Hier. Und jetzt verschwinden Sie."

Der Mann nahm das Geld. „Noch nicht", antwortete er knapp. „Dreh dich um."

„Was haben Sie vor?", rief Frannie, als er sie um die Taille packte und rückwärts zur Tür ging. „Bitte lassen Sie mich los."

„Auf keinen Fall, Schätzchen."

Dies war das zweite Mal, dass er sie so nannte, und Frannie wurde wütend. Sie stemmte die Beine in den Boden.

„Lass das", fauchte der Maskierte. „Los, komm."

„Ich gehe mit Ihnen!", rief Benny hilflos. „Aber geben Sie sie frei!"

„Halt's Maul", brüllte der Mann.

„Frannie … Frannie, was soll ich Johnny bloß sagen?", redete Benny weiter. „Du weißt doch, dass er zu Hause auf dich wartet, und wenn du nicht heimkommst ... Was soll ich ihm bloß erzählen, Frannie?"

Frannie hätte ihn am liebsten geohrfeigt. Er wusste doch genau, dass Johnny in der Küche war.

Doch Johnny war ganz woanders. Es war ihm gelungen, durch die Hintertür nach draußen zu entkommen und um das Haus herumzulaufen. Als der Maskierte Frannie rückwärts aus der Tür nach draußen zog, gab es einen Schlag. Glas splitterte. Frannie schrie. Aus der Waffe löste sich ein Schuss.

Frannie konnte nicht genau sagen, was dann passierte. Sie wurde zu Boden gerissen und von einem massiven Körper fast erdrückt. Doch irgendwann wurde das Gewicht von ihr genommen, und sie konnte wieder durchatmen.

„Frannie. Baby? Oh Gott ..."

Sie kannte diese Stimme. Johnny half Frannie auf und zog sie an sich.

„Johnny."

„Ja, Sweetheart. Es ist vorbei."

Es tat so gut, ihn zu spüren. Sie lachte und weinte vor Erleichterung und hielt ihn fest, als wollte sie ihn nie wieder loslassen. Benny und die anderen kamen nach draußen gerannt, als sie merkten, dass die Gefahr gebannt war. Alle umarmten sich, es gab ein paar Freudentränen. Unter dem Jubel hörte Frannie die Polizeisirene.

„Ich habe die 911 angerufen, ehe ich nach draußen lief", erklärte Johnny.

Er war ein Held. Nur Frannie war vor Angst fast erstarrt, als der Polizeiwagen auf den Hof fuhr. Johnny war in Gefahr.

Doch der war damit beschäftigt, die Identität des maskierten Mannes festzustellen. Er zog dem Bewusstlosen die Skimütze vom Kopf und lächelte grimmig.

„Du wusstest es", flüsterte Frannie.

„Oh, nein", stöhnte Benny, als er Deke Mahar erkannte.

Deke kam langsam wieder zu Bewusstsein. Er sah Johnny und

beschimpfte ihn. Die Polizei musste dazwischengehen, um Johnny daran zu hindern, sich auf Deke zu stürzen.

„Immer mit der Ruhe, mein Sohn", sagte der Sheriff. „Wir brauchen ein paar Informationen von Ihnen, und dann schlage ich vor, dass Sie Ihre Lady nach Hause bringen."

Frannie trat besorgt neben Johnny. „Können wir nicht gleich fahren?", bat sie. „Mir ist schlecht."

Johnny legte einen Arm um ihre Taille. „Sie steht unter Schock", erklärte er.

Die Vernehmung dauerte nicht lange. Als der Sheriff merkte, dass Johnny keinen texanischen Akzent besaß, wollte er noch einiges mehr wissen, doch Johnny vermied es geschickt, ins Detail zu gehen.

„Tut mir leid, dass unser Staat Sie so unfreundlich willkommen heißt", meinte der Sheriff zum Abschluss. „Aber ich bin froh, dass das Ganze so glimpflich abgelaufen ist." Er warf einen Blick auf seine Notizen. „Sie haben kein Telefon, aber ich kann Sie über den Club oder Mr. Miller erreichen, falls ich noch Fragen habe."

Frannie merkte, wie ihre Knie nachgaben. Johnny hob sie auf seine Arme. „Sie kann nicht mehr", sagte er entschlossen. „Ich bringe sie jetzt nach Hause."

Als er sich ans Steuer von Petunia setzte, flüsterte Frannie: „Du hast keinen Führerschein. Das hast du dem Sheriff selbst gesagt."

„Dann hoffen wir mal, dass er zu beschäftigt ist, um sich daran zu erinnern."

Die Hüter des Gesetzes schienen es gnädig zu ignorieren, und Johnny fuhr davon. Sobald sie außer Sichtweite waren, löste er seinen Gurt und zog Frannie an sich.

Frannie ließ es zu und kuschelte sich an ihn. „Ich hatte solch eine Angst."

„Ich auch."

„Du warst wunderbar."

„Ich bin fast gestorben vor Sorge, als ich sah, dass er dich in der Gewalt hat." Johnny küsste sie auf die Schläfe.

465

Frannie ließ ihre Hand in den V-Ausschnitt seines ramponierten T-Shirts gleiten. Sie brauchte den Körperkontakt, sehnte sich nach seiner Wärme, seiner Kraft. „Glaubst du, der Sheriff wird uns noch mal kontaktieren?", fragte sie und legte ihre Wange an seine Brust.

„Denk einfach nicht drüber nach."

„Was ist, wenn sie dich vorladen, um vor Gericht auszusagen?"

„Keine Ahnung. Dann verschwinde ich vorher."

„Johnny!"

Er verstärkte seinen Griff und hielt sie noch fester. „Denkst du, dass ich das möchte? Aber die Unterhaltung mit dem Sheriff war schon riskant. Ich möchte mir gar nicht vorstellen, wie es erst im Zeugenstand wäre."

Sie wusste nur eins: Sie würde es nicht ertragen, wenn er sie verließ. Etwas in ihr würde sterben. Sie schwieg für den Rest der Fahrt, damit ihre Stimme nicht verriet, dass sie den Tränen nahe war.

Johnny schwieg ebenfalls. Zu Hause angekommen, wurden sie von den Tieren begrüßt, doch sie gingen rasch in den Trailer. Dabei sahen sie sich nicht an und berührten sich auch nicht. Zu stark waren die Gefühle, die in ihnen loderten. Frannie breitete das Tuch über Honeys Käfig, setzte Dr. J. zurück auf seinen Schlafplatz und befahl ihm, dort zu bleiben.

Und dann stand sie einfach nur da. Furchtsam und unsicher, was die Zukunft betraf.

Irgendwann löste sie sich aus der Erstarrung und begann, ihr Sofa zum Bett umzubauen. Doch plötzlich spürte sie, wie Johnny die Arme um sie legte. Er drehte sie zu sich um.

Seine große Gestalt wirkte dunkel und verführerisch. „Es ist so weit", flüsterte er heiser und beugte sich zu ihr.

8. Kapitel

Frannie wusste, dass es kein Zurück mehr gab. Sie stellte sich auf die Zehenspitzen und schlang die Arme um Johnnys Hals. Er küsste sie ungestüm und besitzergreifend, bis auch ihre letzten Bedenken dahinschwanden.

Sie konnte sich den Gefühlen nicht entziehen, die dieser Mann in ihr wachrief. Sie begehrte ihn so sehr, dass es fast schmerzte, und ihm ging es ebenso. Das spürte sie, denn er erschauerte unter ihren Berührungen und stöhnte leise vor Verlangen.

Keinen Widerspruch duldend, trug er sie auf seinen starken Armen ins Schlafzimmer. Gleich darauf lag er neben ihr, berührte ihre dichten Locken und schaute Frannie tief in die Augen. Im gedämpften Licht vermochte sie seinen Blick nicht genau zu deuten, doch sie las sowohl Zärtlichkeit als auch rückhaltloses Begehren in ihm.

„Frannie, bist du dir sicher?"

„Ja."

„Wenn ich daran denke, was heute Abend beinahe passiert wäre ... Du musst dir ganz sicher sein."

Sie wusste, was er meinte. Sie waren sich schon einige Male sehr nahegekommen, hatten sich geküsst, berührt. Ihr war klar, dass er es nicht länger aushielt, doch ihr ging es genauso. „Ich bin ganz sicher", sagte sie leise.

Er beugte sich über sie und begann, sie zu streicheln. Ihr Gesicht, ihre Arme, den Bauch und dann ihre Brustspitzen, die unter dem dünnen Stoff ihres T-Shirts hart geworden waren. Mit den Daumen liebkoste er ihre Knospen und hörte, wie Frannie lustvoll aufstöhnte.

Als sie schon dachte, keine Sekunde länger warten zu können, küsste er sie wieder leidenschaftlich. Seine Küsse waren ein Anfang, vielleicht ein Versprechen: sanft zu sein, zu geben und zu nehmen. Doch eines konnte Johnny ihr nicht gewähren: Zeit. Ihr momentanes Glück war zerbrechlich. Frannie spürte, dass diese Nacht kostbar war. Denn wenn sie vorüber war, konnte es sein, dass etwas zwischen ihnen kaputtging.

Und Johnny küsste sie, als wüsste er bereits, dass alles zu Ende gehen würde; er atmete Frannies Duft, streichelte ihre Haut, als wollte er sich jeden Zentimeter ihres Körpers für immer einprägen.

Frannie erwiderte seine Liebkosungen sehnsüchtig und steigerte so Johnnys Verlangen.

Seufzend drehte er sich auf den Rücken und zog sie auf sich, um sie von ihrem T-Shirt und dem BH zu befreien. Sein T-Shirt war sowieso zerfetzt von dem Kampf mit Deke – jetzt warf er das, was davon übrig geblieben war, achtlos zur Seite. Genießerisch presste Frannie sich an seine nackte Brust und rieb ihre empfindlichen Knospen an seinem muskulösen Oberkörper.

Sie seufzte lustvoll, doch Johnny wollte mehr und löste sich von ihr, nur um gleich darauf eine ihrer Brustspitzen in den Mund zu nehmen. Wenn Frannie gedacht hatte, ihre Lust ließe sich kaum noch steigern, wurde sie nun eines Besseren belehrt. Erfahren und unnachgiebig reizte er ihre Brüste, küsste und liebkoste sie, bis Frannie es vor Verlangen fast nicht mehr aushielt.

Sie war ganz außer Atem, als Johnny sich mit ihr drehte, sodass sie unter ihm lag. Hastig befreiten sie sich gegenseitig von ihren Jeans und Slips. Endlich, endlich würde sie sich ihrer brennenden Sehnsucht hingeben. Im letzten Moment erinnerte sich Frannie an das Kondom in ihrer Jeanstasche und zog es heraus.

„Ein kleines Geschenk von Cherry", sagte sie heiser. „Sie meinte, sie könnte nicht mehr mit ansehen, wie wir uns gegenseitig mit Blicken verschlingen."

Johnny küsste sie und flüsterte: „Streif es mir über."

Sie zögerte nicht.

Er war so schön, so stark, so leidenschaftlich. Und sie genoss es, ihn mit ihren Küssen und ihren Zärtlichkeiten zu sinnlichen Reaktionen herauszufordern, ohne dass er etwas dagegen hätte unternehmen können.

Doch zuletzt war er es, der den Rhythmus bestimmte. Lange genug hatte er gewartet, jetzt kam er zu ihr, drang sanft und tief in sie ein. Frannies Atem kam stoßweise. Sie konnte nicht mehr sprechen, nicht mehr denken. Er schenkte ihr so überwältigende, wundervollste Empfindungen. Heiß wogte das Verlangen in ihr auf.

„Frannie", flüsterte er liebevoll, ehe er begann, sich in ihr zu bewegen. Kraftvoll und langsam zuerst, bald aber, angespornt von ihrer Hingabe, immer drängender. Als Frannie kurze Zeit später den Höhepunkt erreichte, erstickte er ihren Schrei mit einem innigen Kuss. Glücklich schlang sie die Beine um seine Hüften, und gleich darauf erklomm auch er den Gipfel der Lust.

Ohne sich voneinander zu lösen, lagen sie eng umschlungen da. Johnny spürte, dass er Frannie schon wieder begehrte.

„Ich wusste, dass es so sein würde", flüsterte er. Da sie nicht antwortete, stützte er sich auf die Ellbogen und betrachtete sie in dem schwachen Licht, das durch die Fenster drang.

Sein Engel. Seine große Liebe. Er konnte sich nicht an andere Frauen in seinem Leben erinnern, aber das war ihm nur recht. Selbst die Frauen in seinen Träumen verblassten. Er wollte niemand anderen als Frannie. Francesca Rose. Er sehnte sich nach einem Leben mit ihr. Für immer.

„Alles in Ordnung?", fragte sie und strich sachte über seinen Rücken.

Er lächelte. Typisch Frannie, schoss es ihm durch den Kopf. *Immer denkt sie zuerst an andere statt an sich selbst.* „Ja", antwortete er und verteilte kleine Küsse auf ihrem Gesicht.

„Bleib bei mir."

„Das habe ich vor." Denn sein Verlangen nach ihr wuchs mit jeder Berührung, mit jedem Blick. Er hatte vor, ihr zu zeigen, dass sie

469

die Frau war, nach der er sich sein ganzes Leben gesehnt hatte. Vielleicht war er es ja wert, dass sie ihn liebte. Sie brauchten nur Zeit.

„Erzähl mir was", murmelte er und strich ihr liebevoll über die Wange.

„Was denn?"

„Erzähl mir mehr über dich. Alles. Von Anfang an. Ich habe keine Vergangenheit. Schenk mir deine. Was ist das Erste in deinem Leben, woran du dich erinnerst? Wer war der erste Junge, in den du verliebt warst? Was hast du auf den Reisen mit deinem Großvater erlebt? Wovor hast du dich gefürchtet? Wovon hast du geträumt? Schreib dein Leben in mein leeres Buch. Tu es, Frannie. Ich weiß nichts über mich. Nur dass ich grenzenlos einsam bin."

Frannie schlang ihre Arme um ihn und zog ihn mit erstaunlicher Kraft an sich. „Schlamm und Spitze", sagte sie.

Es war nicht das, was er erwartet hatte, aber typisch Frannie. „Das ist deine erste Erinnerung?"

„Ja. Ich war etwa drei oder vier Jahre alt. Blake und Jason, die Zwillinge, spielten Fußball, und ich wollte unbedingt mitspielen. Sie haben mich nicht bemerkt, als ich mich anschlich. Ich glaube, es war entweder zu Ostern oder am Erntedankfest. Ich trug irgend so ein scheußliches Spitzenkleid, das widerlich kratzte, und landete im Blumenbeet. Carson hat mich rausgeholt und mir die Leviten gelesen."

„Ist er der Älteste?"

„Ja. Der Diktator. Je älter ich wurde, desto übler benahm er sich. Irgendwann sagte ich zu ihm, dass er sogar einen Granitblock erwürgen könnte."

„Aua. Hört sich an, als wäre das Einzige, was man ihm vorwerfen kann, seine Zuneigung zu dir."

„Zuneigung ginge ja noch. Er ist einfach viel zu extrem – in allem. Ich bedaure die Frau, die ihn abbekommt. Falls er jemals heiratet."

Johnny war überhaupt nicht überrascht, dass sie sich mit ihrem ältesten Bruder angelegt hatte. Hierarchien bedeuteten ihr nichts.

„Und weiter?", fragte er. „Erzähl mir einfach, was dir in den Sinn kommt."

„Hm, lass mich nachdenken. Palmen im Februar, eine Kuh, die ihr Kalb unter einer Plakatwand neben einem Highway zur Welt bringt, Führerscheinprüfung bei Schnee und Eis, Ohrfeigen von meiner Mutter, weil ich eine eigene Meinung hatte. Meinst du diese Art Dinge?"

„Ja. Aber die letzte Erinnerung kann nicht so schön gewesen sein."

„Oder du verbuchst es als Erfahrung, die dich reifen lässt."

„Gesunde Einstellung. Funktioniert das?"

„Findest du, dass ich gesund aussehe?"

Ihre Stimme klang amüsiert, und sie zwinkerte ihm zu. Er spürte, wie Lust in ihm aufstieg, und warf einen bedeutungsvollen Blick zu seinem Bauch. „Allerdings", meinte er.

Sie lächelte und zog seinen Kopf zu sich. „Ich muss dir etwas gestehen. Ich will noch mal."

Aufreizend bewegte sie ihre Hüfte, und er ließ sich davon mitreißen. Hungrig küsste er sie. „Das kannst du haben."

Sie liebten sich erneut, und diesmal schien ihre Leidenschaft noch stärker zu lodern als beim ersten Mal. Johnny küsste Frannie wieder und wieder.

„Es fühlt sich so gut an, dich in mir zu spüren", flüsterte sie, als er seinen Mund von ihren Lippen löste, um an ihrem Ohrläppchen zu knabbern.

Ihr Bekenntnis erregte ihn noch mehr. „Frannie", stöhnte er. „Komm her, mein Engel." Er rollte sich auf den Rücken, sodass sie auf ihm saß. „Zeig mir, was dir gefällt, und nimm mich mit."

Sie tat es, und Johnny schaute ihr dabei zu. In ihrem Blick spiegelte sich ihr brennendes Begehren. Sie erkundete seinen Körper, fand heraus, was ihn erregte, bewegte sich in ihrem Rhythmus, auf den er einging, bis sie das Tempo steigerte und sie sich beide gemeinsam im Strudel der sinnlichen Empfindungen verloren.

Danach kuschelte sie sich an ihn und schlief einfach ein.

471

Du gehörst zu mir, dachte Johnny, während er ihr Haar streichelte. *Mir. Nur mir.* Dann schloss er die Augen und schlief ebenfalls ein.

Sie wachten später auf als gewöhnlich, doch das lag an Frannie und ihrem lustvollen Überfall mitten in der Nacht. Sie hatte Johnny geküsst, und er hatte das zum Anlass für ein weiteres erotisches Intermezzo genommen.

Als er jetzt die Augen öffnete, sah er, dass Frannie bereits auf der Bettkante saß. „Geh nicht weg", bat er sie und streichelte ihren Rücken.

„Ich will ja nicht", gab sie zu. „Aber die Tiere werden nicht ewig auf ihr Frühstück warten."

„Wie fühlst du dich?", fragte er.

„Wunderbar."

„Bereust du es?"

„Nein, nicht im Geringsten. Und du?"

„Ich bereue nichts, außer dass ich es nicht schaffen werde, dich wieder ins Bett zu holen."

Sie lachte, sprang auf und ging ins Bad. Johnny schaute ihr nach, bewunderte ihre zierliche Gestalt und spürte, wie er wieder von Sehnsucht ergriffen wurde. Seufzend legte er das Gesicht auf Frannies Kissen.

Er gönnte ihr Zeit allein im Bad und stand erst auf, als er hörte, dass sie in die Küche ging, um Kaffee zu machen. Gegen das akute Verlangen, mit ihr zu schlafen, half eine kalte Dusche. Danach schlenderte er in die Küche und erblickte Frannie, die gerade den Tisch deckte. Prompt gerieten seine guten Vorsätze ins Wanken.

Sie trug Shorts und ein bauchfreies Top, das kaum ihre Brüste bedeckte. Johnny, der sich vergewisserte, dass Honeys Käfig noch geschlossen und zugedeckt war, trat hinter Frannie, umarmte sie und drängte sich an sie. Der Leguan war glücklicherweise nirgendwo zu sehen. Johnny hatte mit dem Tier mittlerweile so etwas

472

wie eine Vereinbarung: keine Annäherung, ehe er die erste Tasse Kaffee getrunken hatte.

„Johnny! Hast du mich erschreckt! Oh …"

Er streichelte mit einer Hand ihren Oberschenkel und schob die andere unter ihr Shirt. „Ich liebe deine Brüste", flüsterte er dicht an ihrem Ohr. „Ich wünschte, du würdest oben ohne gehen."

„Mr. Miller würde der Schlag treffen." Sie griff hinter sich, um ihn dichter zu sich heranzuziehen.

„Dann halt nur hier im Trailer. Zumindest solltest du keinen BH tragen. Bitte." Er reizte eine Brustknospe mit den Fingern, bis Frannie leise aufstöhnte. „Versprich es mir."

Sie lehnte den Kopf an seine Brust. „Zuerst frühstücken, Johnny."

„Versprich es."

„Ich verspreche es", sagte sie heiser vor Verlangen, weil er gerade den Reißverschluss ihrer Shorts öffnete.

„Trägst du einen Slip?"

„Hm."

„Zeig mal", erwiderte er und ließ seine Hand in ihre Shorts gleiten. Darunter war sie nackt.

„Johnny, das geht doch nicht …"

„Klar geht das, Sweetheart." Sinnlich küsste er sie, bevor er ihr die Shorts herunterzog und sich seiner Jeans entledigte. Sanft drängte er Frannie, sich über den Tisch zu beugen. Allein ihr leidenschaftlicher Blick erregte ihn.

Ehe es zu spät war, holte er noch eines der Kondome, die er am Vorabend aus dem Automaten gezogen hatte, aus seiner Jeanstasche, öffnete das Päckchen und streifte sich den Schutz über. Gleich darauf war er wieder bei Frannie, die den Kopf in den Nacken legte und seine Berührungen hörbar genoss. Mit einer geschmeidigen Bewegung drang er in sie ein.

„Das nächste Mal streiche ich Marmelade auf deine Haut und lecke sie ab."

Sie seufzte vor Verlangen und hielt sich an der Tischkante fest.

„Tue ich dir weh?", fragte er.

„Nein, es ist wunderbar."

Für ihn war es das auch. Nicht nur, weil sie sich hemmungslos ihren Sehnsüchten hingaben, sondern weil er wusste, dass sie ihm vertraute. Er küsste sie auf den Nacken und ließ eine Hand zu ihrer empfindsamsten Stelle gleiten. Er hörte nicht auf, sie zu streicheln, während er begann, sich in einem drängenden Rhythmus zu bewegen.

Nicht lange, und er spürte, wie sie dem Höhepunkt entgegentrieb. Er fühlte sich wie auf Wolken und hörte ihr lustvolles Stöhnen, als sie den Gipfel erreichte. Kurz darauf folgte er ihr.

„Ich glaube nicht, dass ich das in den nächsten ein, zwei Tagen wiederholen kann", bemerkte Frannie ein paar Minuten später.

„Ja, das war überwältigend", gab Johnny zu und küsste sie.

„Das kann man wohl sagen", erwiderte sie. „Was hältst du davon, die Kaffeetassen zu füllen und …?"

In diesem Moment hörten sie ein Fahrzeug, das sich näherte. Maury begann zu bellen. Frannie und Johnny spähten aus dem Küchenfenster und sahen einen vertrauten Wagen. Er war weiß und besaß ein Blaulicht, und auf der Tür prangte das Emblem des Sheriffs. Frannies Lächeln erstarb, als sie sah, dass in dem Wagen zwei Personen saßen. Sheriff Mills und eine Frau.

„Johnny."

Sie wollte nicht in Panik geraten, doch es gelang ihr nicht, ihre Furcht zu unterdrücken. Dieses Gefühl, das sie schon tags zuvor gehabt hatte, holte sie wieder ein. Ein Gefühl, dass es vorbei war. Als ihr Großvater gestorben war, hatte sie eine ähnliche Vision gehabt.

„Vielleicht will er nur wissen, wie es dir geht, Frannie", mutmaßte Johnny.

„Hoffentlich hast du recht. Aber wer ist diese Frau?"

„Das werden wir wohl gleich erfahren."

Sie verließen den Trailer. Frannie rief Maury und Buck zurück. Als die Hunde sich entfernten, stiegen Sheriff Mills und die Frau aus dem Wagen.

Johnny stockte der Atem.

„Was ist?", fragte Frannie und sah, dass er die Frau anstarrte.

Sie fühlte sich plötzlich vollkommen unpassend gekleidet. Denn die Frau dort drüben war der Inbegriff weiblicher Eleganz.

Sie war groß und dünn wie ein Model. Ihr pinkfarbenes Kostüm wirkte teuer, ebenso wie ihr Schmuck. Sie war blond und trug einen modischen Kurzhaarschnitt.

Selbst ein Jahr auf einer Schönheitsfarm würde mich nicht annähernd so attraktiv machen, dachte Frannie frustriert.

„Mr. Shepherd, Miss Jones." Sheriff Mills begrüßte sie freundlich. „Tut mir leid, dass ich nicht vorher angerufen habe, aber Sie besitzen ja kein Telefon. Geht es Ihnen gut, Miss Jones?"

„Ja, Sheriff. Danke."

Der großväterliche Mann nickte und wirkte etwas verlegen. „Verdammt schwierige Situation, in der ich mich befinde", sagte er dann. Entschuldigend fügte er hinzu: „Seien Sie mir also nicht böse, wenn ich mir die langen Einleitungen spare."

„Gute Idee", bemerkte Frannie und warf der Frau einen Blick zu. Sie war nicht überrascht, dass die elegante Blondine sie ignorierte.

„Also, ich kam heute Morgen ins Büro, und da fiel mir ein, weshalb mir Mr. Shepherd nicht aus dem Sinn gegangen war. Er wusste ja kaum eine Antwort auf meine Fragen. Und jetzt denke ich, ich weiß auch, warum. Sie sind nämlich gar nicht Johnny Shepherd, nicht wahr? Könnte es sein, dass Sie unter Gedächtnisverlust leiden, mein Sohn?"

„Ja", gab Johnny widerwillig zu und starrte die Blondine an. Unsicher, fast ängstlich.

Frannie bemerkte, dass die Frau ihn anlächelte. Sanft, einladend.

„Kennen Sie diese Frau hier?", fragte Sheriff Mills.

„Nein ... Ich meine ...", stammelte Johnny.

Beinahe hätte Frannie ihrem Impuls nachgegeben, Johnny einfach hinter sich in den Trailer zu ziehen und die Tür zuzuschlagen. Das hier war einfach nicht fair!

475

„Ich habe Sie gesehen", murmelte Johnny. „In meinen Träumen."

Frannie schlug eine Hand vor den Mund, um nicht aufzuschreien. Weshalb hatte er ihr nichts davon erzählt? Zumindest hatte er nie erwähnt, dass die Frau in seinen Träumen so schön war. „Johnny ..."

Sheriff Mills bedeutete ihr zu schweigen. „Mrs. Sullivan kommt aus Chicago. Sie war sehr froh, als ich sie anrief. Möchten Sie versuchen, ob er sich erinnert, Mrs. Sullivan?"

Die Frau kam näher. „R. J.?", sagte sie zärtlich und berührte seine Brust. Frannie sah das diamantbesetzte Set aus Ehe- und Verlobungsring an ihrer Hand. „R. J., ich bin es, Greta. Erinnerst du dich an mich, Darling?"

Er wirkte vollkommen verstört, und Frannie musste an sich halten, um sich nicht einzumischen.

„Ich ... ich weiß nicht. Wie heiße ich?"

„Ranier John Sullivan. Aber keine Sorge, R. J., jetzt bin ich da, um dich hier herauszuholen. Wenn du wieder zu Hause bist, wird auch dein Gedächtnis wiederkommen. Ich habe Sidney Birnbaum bereits Bescheid gesagt. Die besten Experten werden sich um dich kümmern. Du erinnerst dich doch an Sid, mein Lieber? Er ist dein bester Freund. Oh, R. J., ich hatte solche Angst um dich."

Die Frau küsste Johnny auf den Mund. Frannie hätte sie am liebsten in Samsons Schlammkuhle gestoßen. Dann wandte sich die Frau an Sheriff Mills. Seit ihrer Ankunft hatte sie Frannie nur einen einzigen vernichtenden Blick gegönnt.

„Durch Sie sind meine Wünsche in Erfüllung gegangen, Sheriff", flötete sie. „Ich werde nie aufhören, Ihnen dankbar zu sein. Darf ich Sie jedoch noch um einen Gefallen bitten? Ich fürchte, dass bereits zu den Journalisten durchgedrungen ist, dass wir R. J. gefunden haben. Wären Sie so freundlich, uns zu unserem Privatjet am Flughafen zu eskortieren?"

„Aber selbstverständlich", erwiderte der weißhaarige Mann

und straffte die Schultern. „Ich biete Ihnen meinen persönlichen Schutz an."

„Das ist wunderbar. Danke." Sie hakte sich bei Johnny unter. „Gehen wir, Darling?"

„Aber ich ..." Johnny warf Frannie einen verzweifelten Blick zu.

Sie wusste, dass er sie um Hilfe bat. Aber was sollte sie tun? Ihr wäre es lieber gewesen, er hätte sich abgewandt und sie stehen lassen. Aber dieser flehende Blick ... Nach allem, was sie jetzt über seine Träume wusste ... Er hatte ihr bereits das Recht genommen, sich einzumischen.

Sie musste zweimal ansetzen, doch endlich brachte sie heraus: „Du ... du musst gehen."

„Frannie", flüsterte er panisch. „Das kann ich nicht."

„Geh", befahl sie fast tonlos.

„R. J.", meldete sich die Frau an seiner Seite.

Er machte einen, dann zwei hölzerne Schritte. Greta Sullivan geleitete ihn zum Wagen des Sheriffs. Sie wirkte so fürsorglich, dass sie Florence Nightingale Konkurrenz gemacht hätte – abgesehen davon, dass sie hochhackige Schuhe trug und sich wegen des unebenen Bodens mehr auf Johnny stützte als umgekehrt. Frannie brach das Herz, als sie es sah. Johnny verdiente etwas Besseres als diese Ehefrau.

Der Sheriff öffnete die rückwärtige Tür, doch gerade als Greta einsteigen wollte, riss Johnny sich los und rannte zurück zu Frannie.

„R. J.!", rief Greta empört.

Er bremste knapp vor Frannie ab und nahm sie in die Arme. „Ich weiß noch nicht, wie ich es anstelle, aber ich komme zu dir zurück", flüsterte er.

„Nein, Johnny, das geht nicht."

„Doch!"

„Es ist vorbei", schluchzte sie. „Begreifst du das denn nicht? Sie ist deine Frau!"

„Aber ich lie…"

Frannie legte ihm rasch die Hand auf den Mund. „Sag es nicht. Du musst es vergessen. Vergiss mich!"

Sein Gesichtsausdruck veränderte sich, wurde hart, zornig.

„Wirst du mich denn vergessen?", fragte er.

Sie schwieg, weil sie nicht wollte, dass er die Wahrheit erfuhr. Sie würde ihn niemals vergessen, nicht bis ans Ende ihres Lebens. Aber er musste die Chance haben, dorthin zurückzukehren, wohin er gehörte.

„Frannie, ich bitte dich um alles in der Welt …"

„Adieu, R. J." Sie löste sich von ihm. Ihr war schwindlig. Ihr Magen revoltierte. Alles drehte sich um sie.

Er starrte sie an, als hätte sie sich in eine Fremde verwandelt. Doch waren sie damit nicht irgendwie quitt? Auch sie wusste nicht, wer Ranier John Sullivan war.

Wortlos drehte er sich um und ging zurück zum Auto des Sheriffs.

Frannie schaute zu, wie der Sheriff wendete und vom Hof fuhr. Staub wirbelte auf, als der Wagen zurück zur Hauptstraße fuhr. Dann war er zwischen den Bäumen verschwunden.

Buck trottete zu der Stelle, wo der Truck des Sheriffs gestanden hatte, schnupperte und winselte. Maury legte sich neben Petunia, als ob er auf Johnnys Rückkehr warten wollte.

Frannie hielt es nicht länger aus. Sie rannte nach drinnen und schaffte es gerade noch bis ins Bad, bevor sie sich übergeben musste.

9. Kapitel

Ranier John Sullivan. R. J.

Während der kleine Jet vom Rollfeld abhob und gleich darauf nach Norden drehte, spürte Johnny, wie der Name etwas in ihm zum Klingen brachte. Doch je mehr er sich auf die schwache Erinnerung konzentrierte, desto stärker wurden seine Kopfschmerzen. Dazu kam der Schmerz, den ihm Frannies Zurückweisung zugefügt hatte.

Er schaute aus dem kleinen Fenster zu seiner Rechten und bemühte sich, etwas Vertrautes zu erkennen, aber sie gewannen rasch an Höhe, und die Dinge unter ihnen wurden immer kleiner. Sosehr er sich danach sehnte, wenigstens einen letzten Blick auf den Silver Duck zu erhaschen, so vergeblich war seine Suche. Frannie konnte ihre letzten Worte nicht ernst gemeint haben. Es durfte einfach nicht sein. Sie war einfach nur zu verstört gewesen, genau wie er.

„Sie ist deine Frau!"

Der Schmerz wurde noch bohrender, als er an Frannies Worte dachte. Er warf einen Blick zu Greta hinüber, die ihm gegenübersaß. Seine Frau. Hatte er sich wirklich einmal in ein so gekünsteltes Geschöpf verliebt?

Sicher, auf eine gewisse Weise war sie attraktiv. Doch mit allem, was sie tat oder sagte, schien sie ein ganz bestimmtes Ziel zu verfolgen. Daher wirkte sie kalt und berechnend. An Bord der Maschine angelangt, hatte sie sofort begonnen, das Personal herumzukommandieren. Sie hatte gern alles unter Kontrolle.

Mich auch? dachte R. J. Allein die Vorstellung war ihm zuwider.

Als der Steward den Champagner brachte, nahm Greta ein Glas und ließ sich mit einem zufriedenen Lächeln in die Polster sinken. „Trink was, R. J. Es ist deine Lieblingsmarke."

„Nein danke", sagte er höflich, als der Flugbegleiter ihm ein Glas reichte. Der junge Mann entfernte sich. Johnny beobachtete Greta, die nur die Achseln zuckte und an ihrem Champagner nippte. Es schien ihm etwas zu früh für Alkohol.

„Wir haben uns entsetzliche Sorgen um dich gemacht, R. J.", begann sie nun. „Und dann auch noch die Kleine da draußen in Hicksville." Sie schüttelte den Kopf. „Das war wirklich nicht dein Stil. Aber wahrscheinlich konntest du in deinem Zustand nicht anders."

„Frannie hat mir das Leben gerettet."

„In mehr als einer Hinsicht vermutlich", bemerkte Greta kühl. „Ich werde Sid mitteilen, dass er die erforderlichen Bluttests durchführt. Die kleine Schlampe scheint in ihrem Trailer ja weit herumgekommen zu sein. Schließlich wollen wir ja nicht, dass du dich mit etwas Ansteckendem infiziert hast, nicht wahr, Darling?"

Als sie erneut das Glas an die Lippen hob, sprang Johnny auf und schlug es ihr aus der Hand. Es knallte gegen eine Fensterscheibe und zersprang.

„Meine Güte, Greta!", schrie er. Die elegante Blondine war erschrocken zusammengezuckt, als das Glas zu Bruch ging. „Was fällt dir ein?"

„Ich habe doch nur …"

„Ich will kein Wort mehr hören." Langsam kam die Erinnerung zurück, und was er nun wusste, machte ihm klar, dass er betrogen und verraten worden war. Er war so wütend, dass er kaum sprechen konnte. „Nicht ein Wort!", wiederholte er.

Frannie ignorierte das Gebell und Gescharre draußen im Hof und presste Johnnys Kopfkissen an ihre Brust. Sie fühlte sich so elend, dass sie sich fragte, ob die Trauer sie irgendwann umbringen würde.

Zuschauen zu müssen, wie Johnny am Arm seiner Frau verschwand, war die furchtbarste Erfahrung ihres Lebens gewesen.

Sie wusste nicht mehr, wie sie den Tag herumgebracht hatte, und erinnerte sich nur daran, dass sie es später am Abend in den Two-Step-Club geschafft hatte, um Benny mitzuteilen, dass sein Koch auf und davon war. Dass Johnny nicht Johnny war. Dass er sie verlassen hatte. Dann war sie zusammengebrochen.

Als sie auf dem Sofa in Bennys Büro wieder zu sich kam, behauptete sie, es wäre nur eine Sommergrippe. Doch Benny glaubte ihr kein Wort. Spät in der Nacht schloss er die Clubräume ab und fuhr Frannie nach Hause. Holly blieb die ganze Nacht bei ihr. Danach wechselte sie sich mit Fern und Cherry darin ab, einmal pro Tag nach ihr zu schauen.

„Frannie." Cherry benutzte den Schlüssel, den man ihr anvertraut hatte, und betrat den Trailer. „Du gehst mir langsam auf die Nerven."

In Flip-Flops schlurfte sie hinüber ins Schlafzimmer, warf einen Blick auf Frannie und sagte: „Du siehst scheußlich aus."

„Geh weg, dann musst du es nicht sehen."

„Das könnte dir so passen. Dann bräuchtest du nie mehr aufzustehen und könntest im Bett vermodern." Cherry stellte ihre Basttasche aufs Bett und nahm Frannie am Arm. „Aber so haben wir nicht gewettet. Heute wirst du dich wieder zu den Lebenden gesellen."

Frannie protestierte heftig, aber Cherry schob sie unnachgiebig ins Bad. Dort drehte sie in der Dusche den Kaltwasserhahn auf und bugsierte Frannie in die Kabine. Frannie schrie laut auf.

„Siehst du", fuhr Cherry fort, „du kannst auch noch was anderes als jammern und weinen."

Sie hatte nicht gejammert und nicht geweint. Keine einzige Träne! „Cherry, ich bringe dich um!"

„Nach dem Duschen", gab Cherry gelassen zurück und verließ das Bad.

Frannie zog das klitschnasse Sleepshirt aus. Ihr Zähne klapperten, und sie drehte hastig das warme Wasser auf. Hatte denn niemand mehr Mitleid mit ihr?

Zwanzig Minuten später kam sie barfuß in die Küche, wo Cherry gerade zwei Tassen Kaffee eingoss. Auf dem Tisch stand auch eine heiße Hühnersuppe mit Nudeln, daneben lag auf einem Teller ein frisches Thunfischsandwich.

„Setz dich."

Frannie sah den Tisch, dachte an Johnny sowie an das, was hier auf diesem Tisch geschehen war, und verschränkte die Arme vor der Brust. „Kommandier mich nicht rum, Cherry. Das kannst du vielleicht mit den anderen machen, aber bei mir funktioniert das nicht."

„Dann benimm dich auch wie die Frannie Jones, die ich kenne." Cherry deutete auf den Papageienkäfig und zur Fliegengittertür, hinter der sich die Tiere drängten. „Wann hast du das letzte Mal das Tuch von jenem Käfig genommen, außer zum Füttern? Wann hast du dich das letzte Mal um die armen Viecher da draußen gekümmert?"

„Sie haben Futter bekommen."

„Du weißt genau, was ich meine. Sie brauchen mehr als Futter. Sie brauchen Aufmerksamkeit, Zuneigung. Das sind deine Worte, Frannie."

Cherry hatte recht. Frannie erkannte, dass sie in ihrem Selbstmitleid vergessen hatte, dass es Lebewesen gab, die auf sie angewiesen waren. Sie ging zur Tür mit dem Fliegengitter und legte ihre Handfläche daran. Sofort kamen Maury und die anderen und begannen, ihre Hand zu lecken.

„Hallo, ihr Süßen." Sie redete mit den Tieren, lobte sie, und nach ein paar Augenblicken wandte sie sich zu Cherry um. „Es tut mir leid."

„Setz dich jetzt, und iss etwas. Dann verzeihe ich dir vielleicht. Du siehst so zerbrechlich aus, als würdest du jeden Moment umfallen."

„Gleich." Frannie ging zuerst zu Honeys Käfig und nahm das Tuch herunter. Dann öffnete sie die Käfigtür. Danach ging sie zu Dr. J., der gelangweilt in einer Ecke lag. Sie hob ihn auf die Arme.

„Du hast es satt, dass sich keiner um dich kümmert, nicht wahr? Wie wär's mit ein bisschen Licht und Luft?"

Sie ließ den Kater nach draußen. Als sie am Bücherregal vorbeikam, kratzte sie Bugsy liebevoll unterm Kinn. Der Leguan öffnete und schloss genussvoll sein Maul.

Frannie wusch sich die Hände, dann nahm sie die Suppenschüssel und den Teller mit dem Sandwich und stellte beides auf den Küchentresen. „Ich kann nicht am Tisch sitzen", verkündete sie.

„Mir egal. Hauptsache, du isst." Cherry nahm ihren Kaffee mit und setzte sich ebenfalls auf einen Barhocker. Wie ein Luchs passte sie auf, dass Frannie alles aufaß. „Hast du in den vergangenen Tagen Zeitung gelesen?", wollte sie irgendwann wissen.

„Ich will nicht über das reden, was passiert ist."

„Ich weiß, dass du dein kaputtes Fernsehgerät nie ersetzt hast, aber hast du vielleicht Radio gehört?"

„Die Suppe schmeckt gut."

„Deshalb habe ich sie dir auch mitgebracht." Cherry griff in ihre Basttasche, die sie aus dem Schlafzimmer geholt hatte, während Frannie duschte, und förderte eine Handvoll Zeitungsausschnitte zutage. „Das meiste davon hat schon in der Presse gestanden, weil er ziemlich wenig aus seinem Privatleben preiszugeben scheint. Aber jedenfalls bekommst du so eine Vorstellung davon, was für ein Typ er ist. Lies." Sie legte die Zeitungsausschnitte auf den Tresen. „Du wirst sehen, dass es sich nicht lohnt, wegen eines Menschen zu trauern, der gar nicht existiert. Dann kannst du endlich wieder anfangen zu leben."

Wovon redete sie? Sicher, Johnny Shepherd war nicht sein richtiger Name gewesen, aber der Mann, der ihn benutzt hatte, war genauso echt und lebendig wie sie selbst. Egal, was Cherry auch behauptete – daran würde sie nie zweifeln.

„Sein Name ist Ranier John Sullivan", las Cherry vor, da Frannie die Schnipsel nicht anrührte.

„Ich weiß, wie er heißt."

483

„Er ist fünfunddreißig Jahre alt, geboren und aufgewachsen in Chicago – wenn er sich nicht gerade auf irgendeinem Internat in Übersee befand. Er hat Dutzende von hochkarätigen Abschlüssen. Anscheinend ist er ziemlich intelligent. Dazu stinkreich."

Fünfunddreißig? dachte Frannie und erinnerte sich an seine Bedenken, zu alt für sie zu sein. Fünfunddreißig war überhaupt nicht alt.

„Seine Familie schwimmt im Geld. Sie ist so reich, dass sie es nicht nötig hat, in der Klatschpresse aufzutauchen oder Interviews zu geben. Offenbar hat er es geschafft, das Familienvermögen seit dem Tod seines Vaters zu verdoppeln. Ein Investment-Genie, dein R. J."

„Er ist nicht mein R. J."

„Jedenfalls ist er nicht das, was er vorgab zu sein."

„Ja, scheint so. Nimm dir die Hälfte von dem Sandwich. Ich kann nicht mehr." Frannie hoffte, wenn Cherry etwas zu kauen hätte, würde sie vielleicht den Mund halten.

„Man sagt, er sei einer der klügsten und härtesten Manager, die es gibt", fuhr Cherry ungerührt fort. „Er soll einen ehemaligen Klassenkameraden in den Bankrott getrieben haben, und er ist nicht zum Begräbnis seines eigenen Vaters erschienen."

„Cherry, hör auf."

„Das ist alles nicht erfunden. Es steht da drin." Cherry wies auf die Zeitungsausschnitte.

„Es ist mir egal. Kapier das doch endlich. Es ist vorbei."

„Aber du hast ihn geliebt."

Sie hatte ein Phantom geliebt, das sie selbst mit erschaffen hatte. Ein Ideal, das ihr genau so wenig gehörte wie R. J. Sullivan, der Finanzhai. Ein Typ Mann, dem sie weder Verständnis noch Liebe entgegenbringen konnte. Trotzdem war es bemerkenswert, dass sein zweiter Name tatsächlich John war. Doch niemand rief ihn so, und noch weniger nannte ihn jemand Johnny.

Sie wusste jetzt, weshalb ihr Großvater es nach dem Tod seiner Frau nicht mehr in den vertrauten vier Wänden ausgehalten hatte. Zu viele Erinnerungen waren auf ihn eingestürmt. Doch sie selbst konnte nicht einfach abhauen. Lambchop, George, Rasputin brauchten sie. Die anderen Tiere hätte sie mitnehmen können, aber die großen Tiere? Sie musste hierbleiben, um ihre Pflicht zu erfüllen.

„Ich arbeite heute Abend", sagte sie zu Cherry. „Falls ich noch einen Job habe."

„Sei nicht albern. Du weißt genau, dass Benny möchte, dass du zurückkommst. Er fühlt sich für diese Sache irgendwie verantwortlich. Wenn Deke nicht gewesen wäre, hätte der Sheriff nie herausgefunden, dass Johnny – R. J. – hier in der Gegend ist."

Frannie schüttelte den Kopf. „Du weißt genau, dass das Unfug ist. Seine Erinnerung wäre irgendwann zurückgekehrt. Ich hatte schon ein paar Mal beobachtet, wie ..." Sie fröstelte. „Mittlerweile funktioniert sein Gedächtnis vermutlich wieder perfekt."

„Was aber nicht funktioniert, ist sein Sinn für Anstand", bemerkte Cherry. „Er hat tagelang auf deine Kosten gelebt. Kann er dir nicht einen Scheck schicken? Oder wenigstens einen Blumenstrauß?"

„Ich will nichts haben. Ich habe getan, was ich tun musste. Es war richtig so."

„Auch dass du mit dem Typ geschlafen hast? Männer wie er schenken ihrer Geliebten zum Abschied teuren Schmuck. Du hast bloß ein paar T-Shirts mehr im Schrank."

Frannie hatte genug und lenkte das Gespräch auf ein anderes Thema. „Hast du mitbekommen, ob die Polizei jetzt weiß, was genau ihm passiert ist?"

„Nein. Sie glauben, er sei auf einer Geschäftsreise überfallen und ausgeraubt worden."

Frannie warf einen Blick auf die Zeitungsausschnitte. „Lass sie hier", sagte sie, denn sie war entschlossen, alles über R. J. zu lesen, damit sie Johnny Shepherd ein für alle Mal vergessen konnte.

Offensichtlich wirkte sie stabil und gefasst genug, denn Cherry nickte. „Braves Mädchen. Ich lasse dich jetzt allein. Nur eine Sache noch. Benny hat Stan gebeten zurückzukommen. Sie haben Deke wieder eingesperrt, weil er während seiner Bewährungszeit straffällig geworden ist. Benny hatte Angst, dass Stan völlig verzweifelt, so allein, wie er jetzt ist."

„Das ist schön. Gut, dass er seinen Freund zurückgeholt hat. Stan kann ja nichts dafür, dass sein Neffe ein Krimineller ist."

Sie brachte Cherry zu ihrem Auto und nahm Buck unterwegs auf den Arm. Die anderen Tiere scharten sich um sie und erhielten ebenfalls Streicheleinheiten. Irgendwie schien sich etwas verändert zu haben. Sie hatte wieder Lebensmut. Außerdem hatte sich der Hof in den wenigen Tagen in einen Dschungel verwandelt, obwohl Rasputin und Lambchop der Vegetation ordentlich zu Leibe rückten.

„Bis heute Abend", rief sie und winkte, als Cherry davonfuhr.

Frannie atmete tief durch. Es ging ihr nicht wirklich gut, aber sie begann wieder zu funktionieren. In einiger Entfernung sah sie Mr. Miller auf seinem Traktor und lächelte ironisch, als sie an das kurze Gespräch mit ihm dachte, das sie geführt hatten, nachdem Johnny weg war.

„Hab Ihnen die Post mitgebracht, Sonnenschein. Wo ist Ihr Freund?"

„Er musste abreisen, Mr. Miller. Sein … sein Urlaub war zu Ende."

„Urlaub? Ich wusste gar nicht, dass es nur ein Urlaub war. Ich hätte für ihn was zum Lachen gehabt. Ich habe doch neulich gesagt, dass er mich an jemanden erinnert. Jetzt habe ich das Foto gefunden."

Er gab es ihr. Es war die Ankündigung eines neuen Kinofilms, einer Bestseller-Verfilmung. Der Hauptdarsteller war berühmt für seine Schauspielkunst, sowohl in romantischen Komödien als auch in ernsten Rollen.

„Ja, sie sehen sich ähnlich", hatte sie erwidert. Mit einem traurigen Lächeln gab sie das Bild zurück.

„Nein, behalten Sie es. Dann können Sie es ihm zeigen, wenn er wiederkommt. Vielleicht freut es ihn."

„Sicher." Frannie hatte Tränen in den Augen, als sie zurück in den Trailer lief. „Wenn er wiederkommt."

„Lass dir Zeit, R. J."

Doch er hatte keine Zeit. Warum verstand das niemand? Jeder Tag und jede Stunde, die er hier verbrachte, waren zu viel. Frannie drohte ihm zu entgleiten. Die Zeit drängte!

„Mir ist klar, dass du, seit du begonnen hast, dich zu erinnern ...", fuhr Sid Birnbaum fort.

„Ich erinnere mich an alles", gab R. J. zurück, der hinter seinem Schreibtisch saß. „Es gibt keine einzige Lücke mehr."

„Umso mehr ein Grund, die Dinge nicht zu überstürzen." Sid nahm seine Brille ab und rieb seine Nasenwurzel. „Warum bemühe ich mich überhaupt? Dir ist doch völlig egal, was ich sage."

R. J. verstand, weshalb der dunkelhaarige Mann frustriert war. Sie kannten einander seit Universitätstagen. Tennis und Golf waren gemeinsame Interessen gewesen. Sid hatte Medizin studiert und war jetzt Partner in einer sehr erfolgreichen Chicagoer Klinik. Er war vielleicht der einzige Mensch, den R. J. als so etwas wie einen Freund betrachtet hätte. Sie spielten zwei Mal die Woche zusammen Golf. Die wenigen Male, die R. J. in seinem Leben jemals Rat gebraucht hatte, hatte er Sid angerufen.

Es gab allerdings einen Preis, den Sid für seine Vertrauensstellung bezahlte. Immer wenn er etwas sagte, was R. J. nicht passte, bekam er seinen Zorn zu spüren. „Ich weiß, dass ich dich nerve, weil ich sage, du sollst die Dinge langsam angehen lassen. Aber ich spreche nicht nur als dein Arzt, sondern auch als dein Freund. Du hast vor wenigen Wochen ein schweres Trauma erlitten, und das hat deine Psyche in Mitleidenschaft gezogen. Jede radikale Entscheidung, die du jetzt triffst, kann dazu führen, dass du sie bereust. Du musst dich erst noch mit deiner Vergangenheit auseinandersetzen. Tust du das nicht, kann das verheerende Folgen für alle Beteiligten haben. Wäre das fair?"

Es gab nur eine Beteiligte, die ihm etwas bedeutete. Seit er nach Chicago zurückgekehrt war, wusste er, wie es sich anfühlte, in der Hölle zu schmoren. Er sehnte sich nach Frannie, er sehnte sich so sehr nach ihr, dass der Schmerz fast nicht auszuhalten war. Und er fürchtete, dass er sie verlieren würde, wenn er seine Probleme nicht so schnell wie möglich in den Griff bekam. Frannie war für ihn der Garant für ein normales, vernünftiges Leben, für Klarheit und für Glück. Wenn irgendjemand das verstehen konnte, dann Sid.

„Ich kann dir folgen", antwortete Sid, als R. J. ihm seine Gedanken erläutert hatte. „Glaub mir, ich höre dir schon zu, seit du wieder da bist. Ich bin froh, dass du dich endlich mit deiner Kindheit auseinandersetzt. Zugibst, dass du aus einer kaputten Familie stammst. Zugibst, dass dein Vater ein Ungeheuer war. Jetzt beginnst du langsam zu begreifen, weshalb Menschen dich fürchten, dein Bruder inklusive." Sid setzte seine Brille wieder auf. „Aber du bist immer noch kein Lämmchen, R. J. Du kannst mich immer noch in Angst und Schrecken versetzen. Denkst du wirklich, deine zarte, liebevolle Frannie möchte mit einem Typen wie dir zusammen sein?"

„Ich habe mich verändert. Sie hat mich verändert."

Sid nickte. „Du bist anders als früher, das stimmt. Aber wie sehr und wie lange es vorhält, kann niemand sagen. Vor ein paar Minuten erst habe ich gesehen, wie Greta heulend aus deinem Büro rannte. Wenn du Frauen so behandelst ..."

„Greta hat vor dir eine Show abgezogen", erwiderte R. J. hart. „Da, wo bei anderen Menschen das Herz sitzt, hat sie nur eine Kreditkarte aus Platin."

Seit sie nach Texas geflogen war, um ihn abzuholen, war er mit ihr endgültig fertig. Bisher hatte er ihr unmögliches Verhalten ihm gegenüber toleriert, weil er seinen Bruder schützen wollte. Aber jetzt war es genug. Wenn sein Bruder kein Problem damit hatte, dass seine Frau ein übles Spiel mit ihm trieb, dann war das seine Sache. R. J. hatte jedenfalls vor, sie ab sofort in ihre Schranken zu weisen.

„Ich würde Frannie niemals jenem Mann aussetzen, der ich bisher gewesen bin", sagte er ernst.

„Du glaubst, dieser Mensch ist einfach verschwunden? Und meinst du nicht, dass sie nicht mittlerweile genug über dich gelesen und gehört hat, um froh zu sein, dass sie dich los ist? Ich schaue in deine Augen, R. J., und sehe genau jene Rücksichtslosigkeit und den Killerinstinkt, die dein Vater in dich hineingeprügelt hat. Ich bin mir nicht sicher, ob du es schaffen wirst, diese Eigenschaften abzulegen. Falls deine Frannie einen Funken Verstand hat, dann spürt sie das."

„Ich werde es trotzdem wagen."

„Verdammt, R. J., hab Mitleid mit ihr. Ich flehe dich an, wenn es sein muss. Du brauchst eine Therapie. Das kann Monate dauern. Irgendwann …"

„Jetzt", entgegnete R. J. grimmig. „Sie gehört zu mir." Dann seufzte er. „Und ich gehöre zu ihr. Sie ist die einzige Therapie, die ich brauche. Kann sein, dass du das nicht verstehst. Kann sein, dass du es missbilligst. Aber ich darf Frannie nicht verlieren. Ende der Diskussion."

Ein Tag verging wie der andere. Frannie begriff, dass das Leben weiterging und dass es leichter war, wenn man arbeitete und sich unter Menschen begab.

Da die Nächte am schlimmsten waren, half es, im Two-Step-Club zu sein, umgeben von netten Kolleginnen. Tagsüber waren ja die Tiere da. Sie mussten versorgt werden und erwiderten die Fürsorge mit unbedingter Anhänglichkeit und Liebe. Manchmal hatte Frannie das Gefühl, sie vermissten Johnny auch.

Nur in den frühen Morgenstunden wurde sie regelmäßig von einer tiefen Traurigkeit eingeholt. Dann kamen die Erinnerungen. An Zärtlichkeit, wilde Leidenschaft, Küsse … Frannie brauchte glücklicherweise wenig Schlaf, sonst wäre sie wahrscheinlich krank geworden. Doch gut ging es ihr noch lange nicht.

Sie musste endlich akzeptieren, dass sie Johnny verloren hatte.

Denn selbst wenn R. J. Sullivan wie durch ein Wunder plötzlich hier auftauchte, könnte sie ihn nicht lieben, wie sie Johnny geliebt hatte. Und das lag nicht nur daran, dass er verheiratet war.

Sie hatte die Zeitungsartikel gelesen, und im Two-Step kannte jeder die Geschichte. Die Leute schienen zu glauben, dass sie einen unendlichen Bedarf an Nachrichten über Ranier John Sullivan hatte, und brachten ihr jeden Schnipsel mit, den sie finden konnten. Wenig erfuhr Frannie daraus über seine Frau, was für die Macht und den Reichtum der Sullivans sprach. Doch was sie in den Medien las, war genug, um zu begreifen, dass die reine zauberhafte Liebe, die sie für diesen Mann empfunden hatte, zum Sterben verurteilt war.

Er war gleichzeitig ein Investment-Genie und ein Finanzhai. Man respektierte ihn, aber man mochte ihn nicht wirklich. Die wenigen Fotos, die sie fand, waren schon ein paar Jahre alt, aber sein Gesichtsausdruck zeigte einen kaltschnäuzigen, arroganten Menschen, der ihr eine Gänsehaut verursachte.

Dieser R. J. Sullivan wäre der Letzte gewesen, der ihr geholfen hätte, eine alte große Schnappschildkröte von der Straße zu tragen, damit sie nicht überfahren wurde. Johnny hatte es getan.

Niemals hätte er ihr dabei geholfen, Callie, Maury und Buck ins Altersheim zu bringen, damit sie die gebrechlichen Bewohner dort aufheitern konnten. Johnny hatte es getan, und er hatte nicht ein einziges Mal auf die Uhr geschaut.

Nicht um alles in der Welt hätte R. J. riskiert, sich in einer durchwachten Nacht im Hof die Tollwut zu holen, um die Kojoten fernzuhalten, die es auf George, das Hängebauchschwein, abgesehen hatten. Johnny hatte nicht eine Minute gezögert.

Irgendwie war Johnny Shepherd gestorben. Ihre Liebe war nur für den Moment bestimmt gewesen, ein Irrlicht im Universum, das erlosch, wenn seine Zeit abgelaufen war.

Das und noch anderes dachte Frannie, als sie im Waschraum stand und in ihrer Tasche nach der Haarbürste kramte. Dabei fand sie einen weiteren Zeitungsartikel. Es war der erste Samstag im

August, und der Club hatte Feierabend gemacht. Frannie überflog den Bericht, den Holly ihr gegeben hatte.

Cherry kam herein. Sie warf einen Blick auf den zerknitterten Artikel und schäumte: „Du hast doch versprochen, die Dinger nicht mehr zu lesen! Ich habe sie dir damals nur gegeben, damit du klarersiehst."

„Es ist ein alter Artikel. Ich hatte vergessen, dass ich ihn in der Tasche habe."

„Quatsch", bemerkte Cherry, riss ihn ihr aus der Hand, zerknüllte ihn und warf ihn in den Abfalleimer. „Jetzt ist er weg."

Frannie hätte ihn am liebsten wieder rausgeholt. „Gut", sagte sie wenig überzeugt.

„Gut", echote Cherry. „Du redest dir ein, du würdest den Typen vergessen, aber dein Herz erzählt dir etwas ganz anderes."

„Ich schaffe es schon."

„Ich will dir mal was sagen", fuhr die Kollegin fort. „Wenn du es nicht bald schaffst, dann krepierst du an gebrochenem Herzen, und das wegen eines Kerls, der dich längst vergessen hat."

„Danke, Cherry."

„Ich meine es nicht böse, Sweetheart. Es tut mir nur weh, jemanden, den ich gernhabe, leiden zu sehen. Und das wegen eines rücksichtslosen Brutalos."

„Er war zu mir ganz anders", wandte Frannie ein.

„Er war nicht er selbst. Er litt an Gedächtnisverlust", gab Cherry zurück. „Aber jetzt ist er wieder da, wo er hingehört. Außerdem ist er verheiratet. Das hast du selbst gesagt. Schmink ihn dir ab. Endgültig!"

Frannie ließ die Haarbürste wieder in ihre Tasche fallen und flocht sich einen Zopf. „Das würde ich verdammt gern, Cherry. Aber es würde mir helfen, wenn nicht alle Leute ständig darüber reden würden!"

Als sie wenig später über den Parkplatz zu Petunia ging, kam sie sich vor wie eine Zicke. Gern hätte sie sich bei Cherry entschuldigt, aber sie war so unendlich müde. Glücklicherweise kannte sie den Heimweg in- und auswendig. Sie hätte auch blind fahren können.

Sie hatte die Schnellstraße bereits überquert und dachte gerade daran, dass sie für Cherry Pfirsicheiscreme machen konnte, weil sie die so gern mochte, als Petunias Motor anfing zu stottern. Es war nicht das Geräusch, das der Wagen von sich gab, wenn kein Benzin mehr im Tank war.

Gibt sie jetzt endgültig ihren Geist auf? fragte sich Frannie. „Nein!", rief sie, als der Truck seine Fahrt verlangsamte und schließlich einfach stehen blieb. „Hättest du damit nicht noch ein paar Minuten warten können?"

Sie schaute sich um und stellte fest, dass es etwa noch eine Viertelmeile bis nach Hause war. Das konnte sie locker zu Fuß gehen. Leider war es zwei Uhr morgens, und kein Mensch war so lebensmüde, allein um diese Uhrzeit hier spazieren zu gehen. Andererseits war die Chance äußerst gering, dass hier außer ihr überhaupt jemand langkommen würde. Da sie keine Lust hatte, die Nacht im Auto zu verbringen, stieg sie aus und lief los.

Die nächtlichen Geräusche waren unheimlich, obwohl sie sie so gut kannte. Doch Frannie überlegte fieberhaft, wie sie ihren alten Truck am folgenden Tag wieder flottkriegen konnte. Vielleicht fuhr Mr. Miller sie in die Stadt, wo sie die nötigen … Sie war so in Gedanken, dass sie das Fahrzeug nicht hörte, das plötzlich hinter ihr auftauchte. Sie erschrak und wirbelte herum.

Der Fahrer fuhr nur mit Standlicht!

Frannie erstarrte, als die Limousine neben ihr hielt. Das hintere Seitenfenster wurde heruntergelassen.

„Oh, mein Gott!", flüsterte sie.

10. Kapitel

„Steig ein."

Er erschrak selbst, so hart und scharf klangen die Worte in seinen Ohren. Sie waren nicht so gemeint, aber die lange Reise und die Ereignisse der letzten Tage hatten seine Nerven strapaziert. Petunia verlassen am Straßenrand vorzufinden, hatte ein Übriges getan. Doch jetzt sah er die Panik in Frannies Augen. „Frannie", sagte er sanfter.

„Das kann nicht wahr sein. Was geschieht hier gerade? Ich muss verrückt geworden sein ..."

„Allerdings, wenn du mitten in der Nacht allein hier draußen herumläufst", fuhr er sie an, ohne es zu wollen. Dann merkte er, wie falsch er sich verhielt, und öffnete die Wagentür. „Steig ein."

Aber sie tat es nicht. Stattdessen wich sie entsetzt zurück.

„Was tust du?", rief er.

„Geh weg!"

„Francesca!"

Sie rannte los. Er konnte es nicht fassen. Sie rannte vor ihm weg.

Er schlug die Tür wieder zu und beugte sich nach vorn zum Chauffeur. „Los, folgen Sie ihr."

Er war froh, dass es nicht mehr weit bis zu ihrem Trailer war, denn zu sehen, wie die nun aufgeblendeten Scheinwerfer des Wagens Frannie verfolgten, die flink wie eine Gazelle versuchte, ihrem Verfolger zu entkommen, bereitete ihm Unbehagen.

„Ich sagte, Sie sollen ihr folgen", schnauzte R. J., als der Chauffeur die Fahrt verlangsamte.

„Mr. Sullivan, mir ist bei der Sache nicht wohl, Sir."

R. J. hatte den Namen des Mannes längst vergessen. Der Wagen war von seiner Sekretärin bestellt worden, um ihn vom Flughafen

493

in Houston abzuholen. Da er keine Lust auf lange Erklärungen hatte, nahm er einige Geldscheine und reichte sie nach vorn. „Ich steige jetzt aus. Suchen Sie sich ein Motel, und kommen Sie morgen früh mit meinem Gepäck wieder. Der Trailer ist von dieser Straße aus gut sichtbar."

„Sind Sie sicher, dass …?"

R.J. war bereits ausgestiegen und knallte die Tür zu. Er befürchtete, Frannie könnte vor ihm den Trailer erreichen und sich einschließen. Ihm war längst klar, dass sie Angst vor ihm hatte. Sie musste zu viel über ihn gelesen oder im Fernsehen gesehen haben.

Also rannte er los. Sie war ihm ein gutes Stück voraus, doch er hatte in Chicago wieder angefangen, Sport zu treiben, und war gut in Form. Nicht lange, und er überwand das Gatter und sprintete die Zufahrt zum Trailer entlang.

Maury empfing ihn mit einem wütenden Knurren, der kleine Buck machte es ihm nach. R.J. sah, dass Frannie nicht in den Trailer ging, sondern weiterrannte.

„He, braver Hund, guter Hund", beruhigte er die beiden Tiere. „Erinnert ihr euch denn nicht mehr an mich?"

Seine Stimme schien sie etwas zu beruhigen, doch er musste stehen bleiben, sonst hätte der Schäferhund ihn angefallen. Lambchop war diejenige, die die Situation entspannte, denn die Eselin kam und knabberte sofort an seinem teuren Jackett, um zu prüfen, ob er nicht ein Leckerli in der Tasche hatte. Das brachte Buck auf den Plan, der näher kam, an R.J.s italienischen Schuhen schnupperte und dann erfreut zu bellen begann. Endlich ließ auch Maury sich herab, R.J. zu begrüßen.

„Hat ja lange genug gedauert", sagte er, streichelte die drei Tiere kurz und befahl ihnen dann: „Ihr bleibt hier!" Schon rannte er weiter.

Als er den Weidezaun hinter dem Teich erreicht hatte, schwitzte er bereits wie ein Langstreckenläufer und entledigte sich seines Jacketts. Er lief weiter, und schon nach ein paar Metern nahm er die Krawatte ab.

Auf der Wiese holte er etwas auf, doch sein Seidenhemd klebte an seinem Körper. Er riss an den Knöpfen.

Frannie war flink und gerissen, und sie rannte noch schneller, nachdem sie ihre Leinentasche weggeworfen hatte. Das helle Mondlicht zeigte R. J. in einiger Entfernung die Silhouette des Waldes. Wenn Frannie den Wald erreichte, würde er sie niemals finden. Also beschleunigte er noch einmal, und als er sie erreichte, warf er sich nach vorn. Gemeinsam fielen sie zu Boden.

Ihr Schrei traf ihn mitten ins Herz. Seine schlimmsten Befürchtungen waren noch übertroffen worden. Doch er musste sie berühren. Sie war seine Rettung.

„Frannie", keuchte er und hielt sie fest. Sie lag auf dem Bauch und schluchzte. „Baby, nicht weinen."

Das Schluchzen wurde heftiger.

Er streichelte ihr Haar und drehte sie kurz danach auf den Rücken, um sie in die Arme zu nehmen. Sie musste verstehen, würde verstehen, wenn sie ihm nur zuhörte.

„Lass mich in Ruhe", brachte sie mühsam hervor. „Ich halte das nicht aus. Bitte."

Ihre Zurückweisung tat unendlich weh. Hilflos ließ er seine Arme sinken. „Frannie, das meinst du nicht ernst", beschwor er sie. „Ich bin doch zurückgekommen, genau wie ich es versprochen habe."

Sie rappelte sich auf und kroch ein Stück von ihm weg. „Du hättest es lassen sollen."

„Aber warum denn?"

„Weil du verheiratet bist!"

Also das war es. Beinah hätte er erleichtert aufgelacht, abgesehen von dem Wunsch, Greta zu erwürgen. „Ich bin nicht verheiratet."

„Ich habe sie doch gesehen!"

„Das war die Frau meines Bruders."

Sie starrte ihn mit offenem Mund an. Dieser sinnliche, verführerische Mund, von dem er jede Nacht geträumt hatte.

„Deine Schwägerin?"

495

„Ich habe einen sechs Jahre jüngeren Bruder. Er heißt Collin. Wir sind mehr oder weniger getrennt voneinander aufgewachsen." Frannie rührte sich nicht vom Fleck und sah ihn misstrauisch an.

„Ich bin nicht verheiratet, Frannie. Vielleicht fragst du dich, weshalb die Frau meines Bruders mir hinterherläuft, aber das begreift man nur, wenn man Greta näher kennt."

„Ich mochte sie nicht", bekannte Frannie. „Aber du hast gesagt, du hättest sie in deinen Träumen gesehen."

R. J. nickte verständnisvoll. „In meinen Albträumen, ja, daher kannst du dir vorstellen, was ich empfand, als ich sie leibhaftig vor mir sah. Selbst ohne Erinnerung spürte ich, dass etwas nicht in Ordnung war. Sie ist eine berechnende Hexe, immer darauf aus, das nächste Opfer zu finden. In diesem Fall war ich dazu ausersehen." Es war eine lange, verrückte Geschichte. So krank wie sein ganzes bisheriges Leben. Wie konnte er von Frannie Verständnis erwarten, wenn sie die Geschichte nicht kannte?

R. J. richtete sich auf und versuchte, ein paar wichtige Details zu erklären. „Greta hat Collin kennengelernt, als er für mich auf Dienstreise war. Sie ist jemand, der schnell zuschlägt, und als er nach Chicago zurückkam, brachte er nicht nur den Vertrag mit, den er abschließen sollte. Doch als Greta begriff, dass es unter den Sullivans noch einen dickeren Fisch gab, ließ sie mich wissen, dass sie nichts dagegen hätte, die Brüder zu tauschen. Seitdem stellt sie mir unentwegt nach."

„Sie ist wahnsinnig!"

„Zumindest war es ziemlich verrückt, hier anzukommen und so zu tun, als sei sie meine Frau, während ich an Gedächtnisverlust litt. Aber für Geld und Macht würde Greta alles tun. Sie hat kein Gewissen."

„Weiß dein Bruder davon?"

„Ich habe ihm reinen Wein eingeschenkt. Und auch vorher hatte er zumindest eine Ahnung, was vorging. Aber er glaubte, er wäre verliebt. Seit er weiß, dass Greta einen Privatdetektiv angeheuert hat, um mich zu finden, und den Anruf des Sheriffs vor ihm geheim hielt, um mich in eine kompromittierende Situation zu bringen – nun, seitdem ist er kuriert." Er hatte so etwas wie Mitleid mit Collin empfunden, als sie an diesem Morgen miteinander geredet hatten. Er war verständnisvoller geworden, mitfühlender. Weil er jetzt wusste, wie es war zu lieben.

„Was er jetzt tut, ist sein Problem", fuhr er fort. Als er sah, dass Frannie missbilligend die Stirn runzelte, fügte er sanfter hinzu: „Ich habe versucht, ihm zu helfen, wo ich kann. Wie er sein Leben gestaltet, liegt in seiner Hand. Ich jedenfalls bin nicht verheiratet. In meinem Leben gibt es nur dich. Deshalb bin ich hergekommen, mein Engel. Deinetwegen."

Sie wollte ihm glauben; er sah es in ihren Augen. Doch etwas hielt sie zurück. „Was ist?", fragte er ruhig.

„Du bist aber anders. Zumindest sagen das diese Zeitungsartikel. Das, was die Journalisten über dich geschrieben haben, und die Art, wie du mich vorhin im Auto angeschaut hast, machen mir Angst. Apropos – diese Limousine …!"

Er folgte einem Impuls und zog sein Seidenhemd aus, dessen Knöpfe ohnehin schon offen waren. „Nein. So anders bin ich gar nicht. Es gibt diesen Charakterzug an mir, und ich habe ihn für die Rolle, die ich glaubte spielen zu müssen, genutzt. Für mich war es der einzige Weg, um zu überleben. Aber jetzt …" Er schleuderte das teure Hemd achtlos zur Seite. „Jetzt ist das alles vorbei. Es spielt keine Rolle mehr. Wichtig ist der Mensch, zu dem ich geworden bin, seit ich dich kenne. Du hast mich aufgenommen, in dein Haus und in dein Herz." Er streckte die Arme aus. „Sag mir, wen du hier siehst."

Sie sah zauberhaft aus im Mondlicht. Er sehnte sich danach, sie zu berühren. Wie sehr, konnte sie gar nicht wissen. Doch er wartete, weil er wusste, dass seine Zukunft davon abhing.

Dann aber warf sie sich ihm in die Arme. Gott sei Dank, dachte er und hielt sie fest. Er wollte sie nie wieder loslassen.

Als sie sich fanden, zitterten sie beide, weil die Anspannung zu viel gewesen war. In ihren ersten Kuss legten sie all ihre Gefühle, die sie während der letzten Tage zu bekämpfen versucht hatten: Einsamkeit, Verlangen, Angst, Zärtlichkeit.

Mit beiden Händen griff er in ihre Locken und berauschte sich an ihrem Duft. Er küsste Frannie wieder und wieder, und sie kam ihm entgegen, zeigte ihm, wie sehr sie ihn vermisst hatte. Bald jedoch wurde sein Begehren heftiger, und er begann, ihren zarten Rücken zu streicheln. Dabei bemerkte er, dass sie schmaler geworden war.

Ich bin schuld, dachte er zerknirscht. *Sie hat gelitten. Aber das ist nun vorbei!*

Die Wiese wurde zu ihrem Bett, Blumen, vom Mondlicht beschienen, wurden ihr Kissen. R. J. entkleidete sie langsam und zärtlich, begleitete alles, was er tat, mit Küssen.

Sie war sein Glück. Sein Leben. Und genau das wollte er ihr beweisen. Er verwöhnte sie mit sinnlichen Spielen, bis sie unter seinen Händen lustvoll erzitterte. Er sah und hörte, wie sie ihren Höhepunkt erlebte. Für den zweiten nahm er sich noch mehr Zeit und reizte mit Lippen und Zunge ihre empfindsamste Stelle, bis sie vor Lust zu vergehen schien und sich keuchend an ihn drückte. Erst dann entledigte auch er sich seiner Kleidung und drang in sie ein.

„Johnny", seufzte sie.

In ihrer Stimme lag so viel Gefühl, dass er vor Glück erschauerte. In diesem Moment wurde er wiedergeboren.

„Ich liebe dich. Ich liebe dich", flüsterte er immer wieder, während er sie hungrig liebte. Gemeinsam verloren sie sich in alles verschlingender Leidenschaft.

Wir müssen verrückt geworden sein, dachte Frannie. *Mitten auf der Wiese, mitten in der Nacht, wenn Gott weiß was über uns stolpern kann!*

Sie wunderte sich, dass Maury und die anderen Tiere ihnen nicht hinterhergelaufen waren.

Egal, sie fühlte sich jedenfalls so wunderbar wie noch nie zuvor in ihrem Leben!

Das war das Verrückteste, was sie je getan hatte. Abgesehen davon, dass sie mitten in der Nacht einen splitternackten Mann auf der Straße aufgelesen hatte. Frannie musste lächeln, als sie sich daran erinnerte.

„Das habe ich gespürt", flüsterte er dicht an ihrem Ohr. „Was geht in deinem hübschen Kopf vor?"

Sie umfasste sein Gesicht mit beiden Händen und hob es an, sodass sie ihm in die Augen schauen konnte. „Wer bist du?", fragte sie.

„Der Mann, der ohne dich nicht leben kann. Johnny für dich. Sullivan, nicht Shepherd, aber der Rest ist derselbe." Er nahm ihre Hand und drückte einen liebevollen Kuss in ihre Handfläche.

Ja, dies war der Mann, den sie so sehr vermisst hatte. Sie berührte seinen festen und doch sensiblen Mund, seine markante Nase, die Narbe an seiner Schläfe, die langsam heilte. Sie suchte in seinen Augen nach der Kälte und Härte, die sie fürchtete, und fand sie nicht. Was sie sah, war Bewunderung ... und Liebe.

„Es tut mir leid, dass ich dich in Angst und Schrecken versetzt habe, mein Engel."

Sie war nur zu bereit, ihm zu vergeben, doch zuerst sollte er verstehen, weshalb sie so reagiert hatte. „Zuerst konnte ich gar nicht glauben, dass du es wirklich bist. Dann bekam ich Angst. Wenn du der Mann warst, den die Zeitungen beschrieben, dann hätte es für uns keine Hoffnung gegeben."

„Ich weiß. Ich war ein zorniger, unzufriedener Mann. Aber es gab Gründe dafür, Frannie. Es gibt Dinge in meiner Vergangenheit, die du wissen musst, um zu verstehen und danach nie wieder Angst vor mir zu haben."

„Dann hatten die Journalisten recht? Du erinnerst dich an alles?"

„An mein Leben, ehe ich hierherkam? Ja, an das meiste. An den Überfall erinnere ich mich überhaupt nicht. Die Ärzte sagen, es kann sein, dass ich niemals erfahren werde, was geschehen ist. Zwischen dem Moment, in dem ich von der Schnellstraße abge-

499

bogen bin, und jenem Augenblick, in dem du mich entdeckt hast, klafft immer noch ein riesiges schwarzes Loch in meinem Kopf. Die Polizei hat jedenfalls herausgefunden, dass der Überfall wohl nicht geplant war. Er galt nicht mir im Speziellen. Ich war einfach zur falschen Zeit am falschen Ort."

Frannie erschauerte, als sie daran dachte, was alles hätte passieren können. „Ich habe gelesen, dass man in dieser Gegend hier gar nicht nach dir gesucht hat, weil dein Auto in New Orleans gefunden wurde."

„Ich habe auch in New Orleans geschäftlich zu tun. Man hat angenommen, dass ich, nachdem ich in Houston war, meine Reisepläne geändert hätte. Die Leute in Houston wiederum haben mehrere Tage gebraucht, um diese Theorie zu widerlegen. Das hat dazu geführt, dass sich die Suche in die Länge zog."

Frannie seufzte und dachte an Dinge, die sie noch gelesen hatte. „Macht es dir etwas aus, dass man die Verbrecher vermutlich niemals finden wird?"

„Nein, eigentlich nicht. Ich habe gelernt, dass das Schicksal der Gerechtigkeit oft auf ganz eigenen Wegen zum Sieg verhilft."

„Ich glaube nicht, dass ich so großzügig wäre", gab sie zu. „Aber ich bin dankbar dafür, dass das Ganze für dich so glimpflich abgelaufen ist."

„Der Himmel hat mir einen Engel geschickt."

War sie ausgesandt worden, um sein Leben zu verändern? Was für ein wunderbarer Gedanke. Und würde er ihr Leben verändern? Wie sehr? Und für wie lange? Für ein paar Tage? Wochen?

„Wie lange kannst du bleiben, Johnny?"

Er sah überrascht auf. „Du hast es noch nicht begriffen, nicht wahr?", fragte er ungläubig.

Sie schüttelte den Kopf, und er lächelte, während er sich aufsetzte und sie auf seinen Schoß zog.

„Erst will ich meinen Bericht zu Ende bringen. Danach kannst du dir deine Frage vielleicht sogar selbst beantworten."

Sie war ungeduldig, doch sie wollte ihn auch verstehen. „Was meinten eigentlich die Ärzte, als du ihnen erzählt hast, dass du nicht zur Polizei oder ins Krankenhaus gehen wolltest?"

„Es scheint so, als ob das aktuelle Trauma ein vergangenes Trauma ans Tageslicht gefördert hat."

„Du sprichst von deinen Albträumen", flüsterte sie. Aber was meinte er mit einem vergangenen Trauma? Sie fürchtete sich davor, dass er etwas Schlechtes getan haben könnte. Das hätte sie nicht ertragen können.

Als sie ihre Befürchtungen aussprach, konnte Johnny sie beruhigen. „Der wiederkehrende Albtraum von dem Jungen, der im Dunkeln eingesperrt wurde, hatte einen wahren Kern. Als Kind habe ich genau das erlebt. Und noch mehr. Ich hatte keine normale Kindheit. Mein Vater war ein grausamer Mann. Ich werde wohl nie ganz begreifen, was ihn trieb. Er war extrem ehrgeizig und hasste jede Schwäche, bei sich selbst und bei anderen. Einiges davon hatte mit seinen eigenen schlechten Erfahrungen zu tun. Sein Vater machte Bankrott und nahm sich das Leben. Danach war er entschlossen, es bei sich selbst und bei seinem Sohn nie so weit kommen zu lassen."

„Hat er dich geschlagen?"

„Das auch. Aber meistens hat er mich in einer dunklen Kammer eingesperrt, um mich abzuhärten, wie er es nannte."

Frannie stieß einen entsetzten Laut aus und schlang ihre Arme um seinen Hals. Jetzt wusste sie auch, weshalb er in ihrer Dusche solche Platzangst gehabt hatte. „Was für ein entsetzlicher Mensch. Wie hast du es ertragen?"

„Nicht gut, wie man sieht."

Er erzählte ihr, dass es ihm immerhin gelungen war, seinen Bruder Collin zu schützen.

„Wo war deine Mutter in dieser Zeit?"

„Sie stand hilflos daneben und sah weg. Mein Vater war reich und mächtig. Er drohte ihr, sie zum Gespött der Gesellschaft zu machen, wenn sie ihn anzeigte. Sie hätte beide Söhne verloren. Also habe ich sie überredet, ihn zu verlassen und Collin mit-

501

zunehmen. Er war gerade erst fünf, als mein Vater ihn das erste Mal schlug."

„Du hast dein Glück für ihn geopfert", sagte sie beeindruckt. Welch einen Mut, welch eine Kraft musste er schon als Junge gehabt haben.

„Stimmt, aber ich hatte auch ein paar weniger ehrenhafte Motive. Natürlich wollte ich meinem Bruder die Tortur ersparen, aber zuallererst wollte ich meinem Vater eins auswischen."

„Du bist hart und rücksichtslos geworden, aber nicht so, wie er es wollte."

„Genau. Mein Ziel war es, zu überleben, um ihn zu zerstören."

„Und? Hast du es geschafft?"

„Nein. Er ist vor ein paar Jahren an einem Schlaganfall gestorben. Danach habe ich alles getan, um noch mächtiger, noch reicher zu werden, als er es gewesen war. Mir war es egal, ob die Menschen mich für eine Kopie von ihm hielten. Als ich endlich merkte, was falsch lief, war es zu spät. Ich war in einem Teufelskreis gefangen."

Er sah ihr tief in die Augen. „Dann wurde ich beinahe ermordet und habe dich kennengelernt. Du hast mir gezeigt, dass es im Leben wichtigere Dinge gibt als Rache. Ich war ein Gefangener meiner Wut, meiner Bitterkeit. Du hast mir bewiesen, dass ich kein schlechter Mensch bin."

„Johnny, du bist ein guter Mensch. Ein wunderbarer Mensch." Sie hielt ihn fest umschlungen. „Und du warst ein so tapferes und kluges Kind. Weiß Collin all das?"

„Ja. Seit ich nach Chicago zurückgekehrt bin, haben wir viel geredet. Aber das heißt nicht, dass zwischen uns alles in Ordnung wäre. Er fürchtet mich immer noch mehr, als dass er mir dankbar wäre. Das ist sicher zum Teil auch meine Schuld, weil ich nicht immer zu meinem Wort gestanden habe. Es tut mir leid, Liebling", sagte er und küsste sie. „Du wirst noch einige Ecken und Kanten an mir begradigen müssen."

„So viele nun auch wieder nicht", erwiderte Frannie und forderte ihn auf, ihr noch einmal zu beweisen, wie zärtlich und liebevoll er sein konnte.

Lange Zeit sprachen sie kein Wort. Als ihr Atem sich langsam beruhigte, fragte sie: „Was geschah mit deiner Mutter?"

„Sie hat wieder geheiratet, und diesmal führt sie eine glückliche Ehe. Ich besuche sie ab und zu. Am Anfang gab es Probleme, bis ich herausfand, dass ich ihr übel nahm, dass sie damals gegangen ist. Aber jetzt verstehen wir uns schon besser." Er erzählte Frannie, dass er angenommen hatte, seine Mutter wäre die zweite Frau in seinen Albträumen gewesen. Doch Sid hatte ihn überzeugt, dass es sich bei der zweiten Frau eher um jemanden handeln musste, der in den Überfall verwickelt war.

Seine Geschichte berührte Frannie tief. Sie erkannte die Tragödie des kleinen Jungen, der er gewesen war, jenes ängstlichen kleinen Jungen, der niemals lachte, niemals fröhlich spielte. Lachen, Fröhlichkeit, Zärtlichkeit – das waren Dinge, die sie ihm schenken konnte, wenn er es nur zuließ.

„Eines aber hast du nicht geschafft", sagte sie und strich ihm das Haar aus der Stirn. „Ich weiß nämlich immer noch nicht, wie lange du bleiben kannst."

Er lächelte, nahm sie in die Arme und küsste eine ihrer empfindlichen Brustspitzen. „Denk doch mal nach. Ich habe mich vorhin nicht geschützt, als wir miteinander geschlafen haben. Was machst du, wenn du nun schwanger bist?"

Sie sah ihn an. Das Mondlicht tauchte alles in ein magisches Licht. Er hatte ein so schönes Gesicht. Sie liebte dieses Gesicht, sie liebte diesen Mann, und die Vorstellung, von ihm ein Kind zu bekommen, machte sie glücklich. Aber …

„Bist du sicher?"

Er wurde ernst. „Liebst du mich denn nicht?"

„Johnny, jeder Tag ohne dich war die Hölle. Ich habe mir solche Sorgen um dich gemacht. Habe mich gefragt, ob du dein Gedächtnis wiederfindest, ob du glücklich bist. Ich habe gehofft, dass dich deine Frau gut behandelt", fügte sie mit einem gequälten Lächeln hinzu. „Was hatte sie eigentlich in deinen Träumen zu suchen?"

„Glaub mir, Frannie, ich habe nicht freiwillig von ihr geträumt. Ich nehme an, dass mein Unterbewusstsein irgendwie versucht hat, mit den Schuldgefühlen fertigzuwerden, die ich meinem Bruder gegenüber hatte, weil ich ihm nichts von Gretas widerlichen Schachzügen gesagt hatte. Sie war eine Bedrohung für mich, ebenso wie mein Vater."

Das machte Sinn, und Frannie war froh, dass es nicht das war, was sie befürchtet hatte.

„Hm, ich stelle fest, dass ich es mag, wenn du ein kleines bisschen eifersüchtig bist", bemerkte er.

„Das war nicht nur ein ‚kleines bisschen'", gab sie zurück.

Er lächelte zufrieden, doch dann wurde seine Miene wieder ernst. Er suchte ihren Blick. „Dann sag mir, weshalb du dich weigerst, mir zu sagen, was ich hören will. Sag es, Frannie. Sag jene Worte, die mir so viel bedeuten."

„Ich liebe dich."

Er strich mit dem Daumen über ihre Unterlippe. „Und jetzt sagst du: ‚Ja, Johnny, ich will dich heiraten.'"

Sie barg ihren Kopf an seiner Schulter, um nicht zu verraten, dass sie lächeln musste. „Kann es sein, dass du immer noch ein wenig den Diktator spielen musst?"

„Manchmal ist das von Vorteil, wie du weißt, wenn du dich an unser kleines Intermezzo auf dem Küchentisch erinnerst. Der Diktator findet dich nämlich viel verlockender als jedes Sternemenü."

Sie errötete, als sie daran dachte. „Ich verstehe", sagte sie, seufzte glücklich und setzte sich auf. Ein Blick über die Schulter zeigte ihr Buck, der sich durchs Gras anschlich. Maury folgte ihm auf den Fersen, die Ohren flach an den Kopf gelegt und schwanzwedelnd, weil er hoffte, freundlich empfangen zu werden.

„Oh, Johnny, sieh nur! Sind sie nicht süß? Sag, dass ich meine Tiere nicht aufgeben muss."

504

Er schaute hinüber und tat so, als würde er nachdenken. Dann zuckte er die Achseln. „Ich könnte ein Haus für dich bauen und eine große Scheune. Dann kannst du dir noch mehr Tiere anschaffen."

„Johnny!"

Sie fiel ihm um den Hals. Der Schwung, mit dem sie das tat, war so groß, dass er hintenüberfiel. Sie lachte überglücklich und küsste ihn.

„Wenn morgen früh der Chauffeur mit meinem Gepäck kommt, fahren wir rüber zu Mr. Miller und sagen ihm, dass wir dieses Grundstück kaufen wollen."

„Aber er lebt hier schon ewig. Ich glaube nicht, dass er verkaufen will."

„Er kann ja auch hierbleiben, solange er will. Ich möchte doch bloß in diesem Teil der Farm ein Haus für dich bauen."

Sie wusste nicht, ob sie lachen oder weinen sollte. „Und du? Könntest du denn hier glücklich sein?"

„Solange du bei mir bist, könnte ich auch in einem Iglu leben."

Sie fing an, ihm Glauben zu schenken, weil sie sah, wie er sich verändert hatte. Da war ein sanfter Schimmer in seinen Augen, und die Linien um seinen Mund waren weicher geworden. „Was willst du denn hier draußen in der Einöde anfangen?"

„Deine Liebe genießen, zum Beispiel. Geld ausgeben, das ich Jahr für Jahr angehäuft habe, ohne zu wissen, was ich eigentlich damit tun will. Ich möchte Spaß haben. Spielen." Er zuckte die Achseln. „Ich möchte etwas Sinnvolles tun." Er umfasste ihr Kinn und drückte einen Kuss auf ihre Lippen. „Würde dir das Angst machen, wenn ich immer bei dir wäre? Komme ich dir besitzergreifend vor oder diktatorisch?"

„Nein", erwiderte sie aus ganzem Herzen. „Es hört sich wundervoll an. Schöner als alles, wovon ich geträumt habe."

„Dann ist die Frist jetzt abgelaufen. Sag es. Sag: ‚Ich will dich heiraten, Johnny.'"

„Ich möchte dir Kinder schenken, Johnny."

„Das ist immerhin fast dasselbe", erwiderte er lächelnd und zog sie auf sich, um noch einmal mit ihr zu schlafen.

Frannie überließ sich glücklich seiner leidenschaftlichen Umarmung. In der Nähe hörte sie das fröhliche Gebell von Maury und Buck, gleich darauf miaute Callie zufrieden. Auch von Lambchop waren zustimmende Laute zu hören, Rasputin meckerte, und selbst Samson grunzte ein paarmal.

Es schien, als ob die ganze Familie einverstanden mit ihren Plänen war.

Er konnte sie nicht finden. Im ganzen Haus hatte er nach ihr gesucht und sogar in der Scheune angerufen, aber sie war nirgendwo aufzutreiben. Johnny bemühte sich, nicht in Panik zu geraten. Es musste eine einfache Erklärung geben. Trotzdem spürte er, wie sich sein Magen verkrampfte – wie immer, wenn Frannie zu lange wegblieb.

Er liebte sie so sehr. Mehr als sein Leben. Wenn ihr etwas passiert war …

Er schaute auf das Hochzeitsfoto, das auf dem Tisch neben dem Panoramafenster stand. Sie hatten im September geheiratet. Das war der früheste Termin, an dem sie alle Familienmitglieder zusammenbringen konnten. Am liebsten hätte er Frannie einfach entführt, weil ihm die ganze Planung auf die Nerven ging. Doch es hatte sich gelohnt zu warten. Er hatte ihr Collin vorgestellt und seine Mutter, die Frannie sofort in ihr Herz schloss.

Etwas länger hatte es dann gedauert, ihr Traumhaus zu bauen, denn sie wollten etwas Besonderes, etwas, was ihren Lebensstil widerspiegelte und sich harmonisch in die Landschaft fügte. Es war ein Landhaus aus Naturstein und Zedernholz geworden. Die riesigen Fenster gaben den Blick auf Wiesen und Wälder frei. Es war das perfekte Haus für ihre Liebe.

Doch jetzt war sein kleines Vögelchen ausgeflogen. Wusste Frannie denn nicht, dass es ihn halb wahnsinnig machte, wenn sie einfach verschwand, besonders in dieser wichtigen Zeit?

Er hörte das Geräusch eines Traktors und rannte nach draußen. Ehe er noch um die Hausecke kam, hörte er Maury und Buck bellen. Der Welpe war mittlerweile ziemlich gewachsen. Johnny wurde ruhiger, denn er wusste, dass die Hunde Frannie selten aus den Augen ließen.

Dann jedoch sah er Mr. Miller, er sah den Traktor, und er sah den Anhänger, auf dem Frannie lag, umgeben von den Hunden. Er erschrak.

„Was ist los?", fragte er und rannte zu ihr. „Ist etwas passiert?"

„Nicht schimpfen, Johnny", bat Frannie und strich sich behutsam über den Bauch. Sie war hochschwanger. „Ich habe bloß am Creek nachgeschaut, was die Biber machen. Du weißt doch, dass sie durch die starken Regenfälle der letzten Zeit schon zweimal ihren Bau verloren haben. Ich wollte schauen, ob alles in Ordnung ist."

In deinem Zustand? dachte Johnny grimmig. *Was hättest du denn tun können? Den Damm für die Biester bauen?* Nervös fuhr er sich mit der Hand durchs Haar. „Frannie, mein Engel, ich wünschte, du würdest mir Bescheid sagen, ehe du dich in Abenteuer stürzt. Was ist, wenn du plötzlich Wehen bekommst?"

„Habe ich ja", erwiderte sie lächelnd. „Ich habe Wehen. Deshalb habe ich Maury zu Mr. Miller geschickt. Er war auf der Nachbarweide zugange."

Johnny konnte nur froh sein, dass der alte Farmer in der Nähe gewesen war. Er schaute auf Frannies Bauch, dann in ihre Augen. „Heißt das, es geht los?"

Mr. Miller schaltete sich ein. „Scheint, als ob ich Sie selbst ins Krankenhaus bringen müsste, Frannie. Der Mann dort kann ja vor Nervosität kaum noch einen Schalthebel bedienen."

Sie lachte. „Sie haben recht, Mr. Miller. Ich nehme Sie beim Wort." Sie streckte Johnny ihre Hand hin. „Außerdem will ich, dass du ganz für mich da bist."

Niemand wünschte sich das mehr als er. Er hob sie von dem Pritschenwagen herunter, vorsichtig, als ob sie zerbrechlich wäre, und trug sie zu seinem geräumigen Auto. Der Moment, von dem er seit Monaten träumte, war gekommen. Das Kind ihrer Liebe kam zur Welt.

„Hast du Schmerzen? Fürchtest du dich? Kann ich irgendwas für dich tun?", fragte er.

„Hm", meinte sie, „du kannst aufhören, Panik zu schieben, und ins Haus gehen, um meinen Koffer zu holen." Doch als er folgsam tun wollte, was sie verlangte, hielt sie ihn fest. „Aber zuerst darfst du mich küssen. Die Wehen sind noch nicht sehr stark. Ich glaube nicht, dass der kleine Johnny in den nächsten zwei Minuten geboren wird."

Ihre Gewissheit und ihre sanften Neckereien beruhigten ihn. Er küsste sie zärtlich. „Ich bete dich an, Francesca Rose", flüsterte er. „Danke, dass du mir gezeigt hast, was es heißt, glücklich zu sein."

„Gern geschehen, mein Liebling. Aber wir fangen doch gerade erst damit an."

– ENDE –

Informationen zu unserem Verlagsprogramm, Anmeldung zum Newsletter und vieles mehr finden Sie unter:

www.harpercollins.de

Lisa Jackson
Was nur die Nacht weiß

1. Was nur die Nacht weiß:

Kaum ist Rachelle in ihren Heimatort am Whitefire Lake zurückgekehrt, trifft sie auf Jackson Moore, ihre große Liebe. Noch immer spürt sie dieses knisternde Prickeln in seiner Nähe, aber die Vergangenheit steht zwischen ihnen: Jackson wurde des Mordes verdächtigt! Dennoch erliegt Rachelle erneut ihrer Leidenschaft. Dabei weiß sie, eine gemeinsame Zukunft mit Jackson ist erst möglich, wenn sie herausfinden, was damals wirklich geschah!

ISBN: 978-3-95649-206-8
9,99 € (D)

2. Flammende Lügen:

„Ich habe keine andere Wahl!" Vor sechs Jahren hat Heather den attraktiven Turner Brooks das letzte Mal gesehen – als er ihr das Herz brach und sie ihm eine gewaltige Lüge erzählte. Doch jetzt bleibt Heather kein anderer Ausweg; sie muss Turner auf seiner Ranch am Whitefire Lake besuchen, um ihm alles zu beichten. Denn nur Turner kann ihr helfen, das Kostbarste in ihrem Leben zu retten: Ihren Sohn ...

Lisa Jackson
Was die Nacht verspricht

Was die Nacht verspricht:

Vor dreizehn Jahren hat Nadine ihre Jugendliebe Hayden Monroe zum letzten Mal gesehen. Jetzt ist er nach Gold Creek zurückgekehrt und erneut flammt zwischen ihr und Hayden die Leidenschaft auf. Doch solange die Intrigen der Vergangenheit immer noch zwischen ihnen stehen, scheint ein neues Glück für die Single-Mom und den reichen Sohn der Stadt unmöglich. Zu spät erkennt Nadine, dass Hayden es tatsächlich ernst mit ihr meint ...

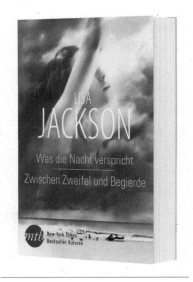

ISBN: 978-3-95649-225-9
9,99 € (D)

Zwischen Zweifel und Begierde:

Nie hat Carlie die aufregende Zeit mit ihrem sexy Ex Ben Powell vergessen. Seine Küsse, so wild wie der Whitefire Lake im Sturm ... Kaum trifft sie ihn unerwartet wieder, fühlt sie sich insgeheim sofort wieder zu ihm hingezogen. Aber alles Hoffen auf eine zweite Chance für eine gemeinsame Zukunft scheint vergebens. Denn kaum hat sie Ben ihr Geheimnis anvertraut, unterstellt er ihr, eine Betrügerin zu sein ...

Anne Barns
Apfelkuchen am Meer

Originalausgabe

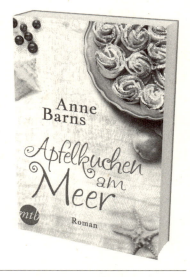

Durch Zufall findet Hobby-Tortendekorateurin Merle im Blog einer Unbekannten ein Rezept für Töwerland-Torte. Genau dieses Rezept für die leckere Apfelbuttertorte wird seit jeher vertrauensvoll in ihrer Familie weitergegeben, von Generation zu Generation. Merle macht sich im Auftrag ihrer Mutter auf den Weg nach Juist, um die Bäckerin der Torte zu suchen. Auf der zauberhaften Insel findet sie heraus, dass es noch mehr Gehemnisse gibt, die in der Familie gehütet werden.

ISBN: 978-3-95649-710-0
9,99 € (D)

Caroline Roberts
Rosen, Tee und Kandiszucker

Deutsche Erstveröffentlichung

Für Ellie geht ein Traum in Erfüllung: In diesem Sommer darf sie die Teestube im wunderschönen Clavenham Castle mit Leben und dem Duft nach Tee und frischem Kuchen füllen. Doch der alte Lord Henry streubt sich gegen jede Veränderung. Hat Ellie sich doch zu viel vorgenommen? Reicht es einfach nur gut backen zu können, um eine Teestube zu führen? Sie muss es einfach schaffen und sich in das Herz des alten Griesgrams backen – und vielleicht sogar in das des gutaussehenden Verwalters Joe …

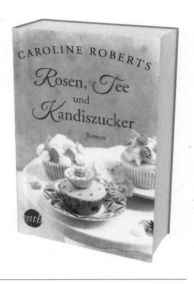

ISBN: 978-3-95649-662-2
9,99 € (D)